Kidnappée… et séduite

---

Un prisonnier très troublant

---

Je sais que tu m'attends

CINDI MYERS

# Kidnappée... et séduite

*Traduction française de*
ANDRÉE JARDAT

BLACK ROSE

HARLEQUIN

*Collection :* BLACK ROSE

*Titre original :*
PRESUMED DEADLY



**HARPERCOLLINS FRANCE**
83-85, boulevard Vincent-Auriol, 75646 PARIS CEDEX 13
Service Lectrices — Tél. : 01 45 82 47 47 - www.harlequin.fr
ISBN 978-2-2804-7360-6 — ISSN 1950-2753

Composé et édité par HarperCollins France.
Imprimé en mai 2022 par CPI Black Print (Barcelone)
en utilisant 100% d'électricité renouvelable.
Dépôt légal : juin 2022.

FSC
www.fsc.org
MIXTE
Papier issu de sources responsables
FSC® C159065

Pour limiter l'empreinte environnementale de ses livres, HarperCollins France s'engage à n'utiliser que du papier fabriqué à partir de bois provenant de forêts gérées durablement et de manière responsable.

# 1

Posté au fond de la foule, Dane Trask observait l'agent Faith Martin tandis qu'elle s'adressait aux journalistes et aux membres du public, venus en masse pour l'occasion. Tous s'étaient regroupés devant le bâtiment qui abritait le quartier général de la brigade des rangers, près de l'entrée du parc national de Gunnison. Petite et mince, Faith Martin portait l'uniforme kaki des rangers. Elle avait rassemblé ses cheveux en un chignon bas sur la nuque, qui aurait pu lui donner un air sévère si ses traits n'avaient pas été aussi délicats. Les quelques mèches échappées de sa coiffure qui encadraient son visage adoucissaient encore son apparence.

Les épaules et le dos bien droits, elle semblait vouloir affirmer, par cette posture, une autorité qu'elle était loin de posséder. Car, lorsqu'elle parlait, tous devaient faire silence pour pouvoir l'entendre.

— Nous sommes toujours à la recherche de Dane Trask, annonça-t-elle. Aussi, tous les renseignements pouvant nous permettre de le retrouver sain et sauf seront les bienvenus.

Il y eut un léger mouvement de foule en même temps que certains membres des rangers, visiblement mal à l'aise, s'agitaient un peu sur la plate-forme métallique qui servait d'estrade. Car chacun d'eux était à la poursuite de Dane Trask depuis plus de sept semaines. Que diraient-ils s'ils savaient qu'il était ici, presque sous leur nez, à moins de cinquante mètres d'eux ?

Martin enchaîna sur la raison principale de cette conférence de presse, à savoir la mort récente de Mitch Ruffino, vice-président de la TDC, abattu au cours d'une fusillade.

— Certains indices montrent que Mitchell Ruffino, en sa qualité de vice-président de la TDC, avait falsifié des documents dans le but manifeste de dissimuler le transfert de matériaux toxiques destinés à la construction d'une école primaire, déclara-t-elle. Dane Trask l'aurait découvert et serait allé se confronter à Ruffino, lequel l'aurait alors menacé de mort, lui, mais également sa famille. Dane Trask se serait enfui pour protéger sa fille, Audra, qui en collaborant avec les rangers ! a aidé à la découverte du complot.

Lorsqu'il entendit prononcer le nom de sa fille, Dane sentit son cœur se serrer. Elle était présente sur l'estrade, elle aussi, une main posée sur le bras d'un officier blond qui ressemblait plus à un surfeur qu'à un flic. Elle semblait épanouie, souriante et heureuse, sans doute soulagée que cette histoire ait connu un dénouement heureux.

Si seulement ça pouvait être vrai ! Le regard de Dane glissa vers l'homme aux cheveux poivre et sel qui se tenait lui aussi sur l'estrade, en bout de ligne. Vêtu d'un costume sombre à la coupe impeccable, Charles Terrell transpirait le pouvoir et l'arrogance qui vont souvent de pair avec une réussite éclatante. Maintenant que Ruffino avait été neutralisé, Terrell avait la situation en main. C'était, en tout cas, ce qu'il avait déclaré aux journalistes du *Denver Post.*

*« Mes associés et moi-même sommes choqués et horrifiés d'apprendre qu'un homme en qui nous avions toute confiance ait pu mener à bien un projet aussi criminel. Nous travaillons dur pour regagner la confiance de cette communauté dont nous faisons partie et nous engageons à dédommager toute personne que les crimes de Ruffino ont touchée de près ou de loin. Cet engagement concerne bien sûr Dane Trask qui, je l'espère, viendra très vite retrouver sa place parmi nous. »*

Salaud ! Si Terrell souhaitait que Dane se montre, ce n'était pas pour le récompenser mais pour finir le sale boulot que Ruffino avait commencé.

— Dane Trask est-il toujours suspecté d'assassinat ? demanda un journaliste.

— Pour l'instant, M. Trask n'a toujours pas réapparu et notre but est de le retrouver, rétorqua l'agent Martin, éludant la question.

Sur ces mots, elle balaya la foule du regard. Instinctivement, Dane fit un pas de côté pour se placer derrière un homme plus baraqué que lui. Même s'il était peu probable qu'on le reconnaisse – ses cheveux et sa barbe avaient bien poussé depuis sept semaines qu'il était en fuite –, il préférait ne prendre aucun risque. Avec la panoplie de parfait biker dont il s'était affublé – lunettes à verres miroir, bandana sur le front et blouson de cuir noir –, il pouvait se fondre dans la foule.

— Vous n'avez pas répondu à ma question, insista le journaliste. Dane Trask est-il soupçonné du meurtre de Roy Holliday ?

— Non, répondit Martin.

— Et Mitch Ruffino ? demanda un autre journaliste. Était-il impliqué dans ce meurtre ?

— L'enquête le dira mais, en effet, il se pourrait qu'il ait quelque chose à voir là-dedans.

— C'est facile de lui faire porter le chapeau maintenant qu'il n'est plus là pour se défendre, non ? dit quelqu'un dans la foule.

— Pensez-vous que, maintenant que Ruffino est mort, Trask va sortir de sa cachette ?

Dane crut reconnaître dans la femme blonde qui venait de s'exprimer une journaliste de la chaîne de télévision locale.

— Nous ne pouvons pas l'assurer, bien sûr. Mais en tout cas, nous l'espérons.

— Pourquoi ne l'a-t-il pas déjà fait ? Vous pensez qu'il est toujours vivant ?

— Oui, certains indices nous portent à le croire. Quant à savoir pourquoi il ne s'est pas encore manifesté, lui seul peut répondre à cette question.

— La TDC a-t-elle maintenu la prime offerte à la disparition de Trask ?

Dane suivit du regard Charles Terrell alors qu'il venait se présenter devant le micro.

— Si Dane Trask ne s'est pas encore manifesté, répondit-il d'une voix forte qui contrastait avec celle de Martin, c'est sans doute parce qu'il n'est pas au courant des derniers événements et qu'il ignore qu'il peut regagner la ville en toute sécurité. Il se peut aussi qu'il soit blessé et incapable de bouger. C'est pourquoi j'ai décidé de porter cette prime de 25 000 dollars à 50 000 dollars.

Un murmure parcourut la foule tandis que Dane soufflait intérieurement la question à Faith Martin : Pourquoi surenchérir sur une offre déjà conséquente pour retrouver un homme qui ne représentait plus une menace pour la société ?

La réponse, il la connaissait déjà : parce qu'il représentait une menace pour Terrell et qu'il risquait de faire capoter une opération de grande envergure.

Malheureusement, l'agent Martin ne posa pas la question. En revanche, son regard se fixa sur lui. Un regard persistant, pénétrant, qui accéléra les battements de son cœur. Il s'exhorta à rester immobile. Elle ne pouvait pas l'avoir reconnu. C'était impossible, habillé comme il l'était. Elle ne pouvait voir en lui qu'un motard qui la trouvait à son goût. Dans l'espoir de brouiller les pistes, il lui adressa un sourire aguicheur qu'elle ignora pour détourner précipitamment la tête. Pas assez vite, cependant, pour qu'il ne voie pas ses joues devenues cramoisies.

Si lui n'avait pas rougi, en revanche, il ne pouvait pas ignorer le désir qui le tenaillait depuis qu'elle avait posé les yeux sur lui. Mais quoi de plus naturel ? Cela faisait un moment maintenant qu'il vivait en pleine nature comme un sauvage abstinent, et Faith Martin était une femme très attirante. Cependant, il se connaissait assez bien pour savoir que l'attirance qu'il éprouvait pour elle allait au-delà du simple désir sexuel. Faith Martin avait éveillé son intérêt car il avait deviné en elle une intelligence vive.

Une intelligente à laquelle il allait pouvoir se mesurer. Cette idée l'amusait autant qu'elle le titillait. Mais très vite, il la chassa de son esprit. Ce n'était pas le moment de céder à des pulsions d'homme des cavernes. Il aurait trop à y perdre.

La conférence de presse terminée, Faith emboîta le pas au commandant Sanderlin. Les collègues de la brigade et Audra Trask suivaient ce dernier. Elle referma la porte derrière eux pour empêcher la foule de s'approcher trop près. Elle entendit Charles Terrell répondre aimablement aux questions qui lui étaient posées, dans le but manifeste de redorer l'image bien écornée de la TDC. Charismatique et déterminé comme il l'était, il ne faisait aucun doute qu'il y parviendrait.

— Ça s'est plutôt bien passé, non ? dit Audra.

Grande et mince, elle avait hérité de son père son menton volontaire mais aussi ses cheveux et ses yeux noirs. Elle souriait, mais Faith devinait l'inquiétude qui se cachait derrière l'assurance de façade.

— J'espère que la nouvelle parviendra jusqu'à mon père et qu'il reviendra bientôt, poursuivit-elle.

— C'est ce qu'il va se passer, ne vous inquiétez pas, affirma Faith pour la rassurer.

— Vous avez été parfaite, agent Martin, la félicita Sanderlin.

Depuis deux mois qu'elle avait intégré l'équipe des rangers, elle avait eu l'occasion d'apprécier le caractère de Sanderlin. Un caractère fort mais également bienveillant. Pourtant, sa fonction d'agent du FBI l'intimidait toujours autant. Ici, à la brigade, elle était chargée des relations entre la presse et les forces de l'ordre et, si tous ses collègues la traitaient comme une égale, elle les soupçonnait de ne voir en elle qu'une employée administrative.

— Merci, mon commandant.

— Terrell vous avait informée de son intention d'augmenter la prime offerte pour la capture de Trask ?

— Non, monsieur. D'ailleurs, je me demande bien à quoi rime cette augmentation. Si je comprenais les motivations de Ruffino, qui avait tout intérêt à mettre la main sur Trask avant qu'il ne le dénonce, je ne vois pas pourquoi Terrell persiste dans cette voie.

— Dane Trask bénéficie du soutien d'une grande partie de la population locale, répondit Mark Hudson.

Le bel officier et la fille de Dane s'étaient rapprochés au cours des dernières semaines et, à voir les regards énamourés qu'ils se lançaient, leur idylle semblait ne montrer aucun signe de faiblesse.

— Ils le considèrent comme un héros depuis qu'ils savent ce que Ruffino tramait contre lui, poursuivit Hudson. La TDC, qui a besoin de redorer son image, veut sans doute s'attirer la sympathie du public en maintenant son offre pour des raisons différentes. Elle veut aujourd'hui sauver Dane Trask, accusé à tort par un des leurs de crimes qu'il n'a pas commis.

Faith ne se rangeait pas tout à fait à l'avis d'Hudson. Trask s'était enfui alors qu'il aurait pu venir révéler aux officiers de police ce qu'il savait sur Ruffino et ses magouilles. Et puis, il avait tué un homme, ce qui faisait de lui un meurtrier même si l'homme en question avait pris en otage son ex-petite amie et menaçait de la tuer. Non, clairement, Trask était loin d'être un saint.

— Je ne sais pas pourquoi mais je n'arrive pas à faire confiance à Terrell et à ses acolytes, dit Audra. Ils ont beau soutenir que les pots-de-vin, les faux rapports, la décharge sauvage, tout cela était le fait de Ruffino, mais j'ai du mal à croire qu'ils n'avaient aucune idée de ses agissements.

Là-dessus, Faith était d'accord avec Audra, même si elle n'était pas du genre à tout prendre pour argent comptant.

— C'est pourquoi nous n'allons pas lâcher les dirigeants de la TDC, annonça Sanderlin. Nous allons les garder sous surveillance pendant encore un certain temps. Le temps que Dane Trask se manifeste et nous donne sa version des faits. Qui sait s'il ne fera pas enfin la lumière sur toute cette affaire ?

Sur ces mots, le commandant retourna à son bureau et les membres de la brigade, à leur voiture de patrouille. Les rangers avaient pour tâche de faire respecter la loi sur cette partie du

Colorado. Une vaste étendue presque déserte, longtemps occupée par toutes sortes de malfaiteurs qui cherchaient à échapper aux forces de police. Les rangers ne pouvaient pas couvrir tout le territoire aussi se concentraient-ils sur les délits majeurs.

Faith, elle, n'était pas impliquée dans ce travail. Le sien consistait à rédiger des communiqués de presse et à répondre aux journalistes. Comme tous les autres membres de l'équipe, elle portait une arme et un badge mais, malgré cet attirail, elle se sentait différente d'eux.

— C'était qui ce motard qui te faisait les yeux doux ?

Elle se tourna vers l'officier Carmen Redhorse. Issue de la tribu indienne des Ute, Carmen était, avec elle, la seule femme de l'équipe. Il se murmurait qu'elle avait été reine de beauté. Faith n'avait aucun mal à le croire. Avec ses longs cheveux noirs soyeux, ses yeux sombres bordés de cils immenses dans un visage au teint diaphane, elle avait l'air d'une madone. Mais il ne fallait pas s'y tromper. Derrière ses airs de poupée délicate se cachait une redoutable dure à cuire qui n'avait rien à envier à ses homologues masculins. Tireuse d'élite, rien n'échappait à son œil exercé. Normal donc qu'elle ait remarqué le bref échange qui avait eu lieu entre elle et le motard.

— Je n'en sais rien, répondit-elle. Je ne l'avais jamais vu avant. Ça devait encore être un de ces crétins que le port de l'uniforme excite.

— Moi non plus, je ne l'avais jamais vu avant, dit Carmen. Pour un motard, il était plutôt pas mal. D'habitude, ils aiment bien la bière et ça se voit.

Devant son air réprobateur, Carmen éclata de rire.

— Hé ! Ce n'est pas parce que je suis mariée que je ne vais pas remarquer un beau gosse athlétique en cuir noir quand il s'en présente un. Heureusement, le mariage ne m'a pas rendue aveugle.

Faith se sentit devenir rouge pivoine. Évidemment qu'elle non plus n'avait pas manqué de le voir. Elle avait même deviné le regard accrocheur derrière les verres miroir. Et que dire du sourire en coin qui en disait long sur l'assurance de son pouvoir de séduction ? Malheureusement, si elle aimait les hommes sûrs d'eux, elle détestait en revanche les arrogants imbus de leur petite personne.

— Il en faut plus que ça pour m'impressionner, assura-t-elle. Et puis, je déteste les types qui ont le culte de leur corps et passent des heures dans des salles de musculation. En général, leur intelligence est inversement proportionnelle à leur musculature.

— L'avantage d'être flic, c'est qu'on ne s'en laisse pas conter facilement.

C'était vrai. D'autant plus qu'elle s'était fait piéger une fois et qu'on ne l'y reprendrait plus.

# 2

Dane attendit que les premiers participants partent pour s'éloigner avec eux. Il avait hésité à rester un peu pour écouter ce que Terrell avait à dire mais, finalement, il s'était ravisé. En s'attardant, il prenait le risque qu'on le remarque et surtout qu'on remarque que, en dépit de sa tenue, il était à pied.

De toute façon, il savait ce que Terrell allait dire. Que la TDC était atterrée qu'un de leurs associés ait pu tremper dans une affaire aussi sordide ; qu'ils allaient tout mettre en œuvre pour rétablir l'ordre au sein de leur entreprise et que lui, Charles Terrell, s'engageait personnellement à ce que de telles dérives ne se reproduisent plus. Et blablabla et blablabla… Par la suite, la TDC balancerait un paquet d'argent à la municipalité et à des associations caritatives jusqu'à ce qu'elle ait regagné les bonnes grâces de tous.

Une fois l'opinion publique calmée, elle continuerait à engranger les bénéfices tirés de trafics dont personne ne parlait. La plus grosse erreur de Dane avait été d'être allé trouver Ruffino pour le mettre face à ses responsabilités plutôt que d'aller voir la police pour lui déballer tout ce qu'il avait découvert. C'était tellement énorme qu'il avait un temps nourri l'espoir de s'être trompé. D'avoir mal interprété. Il devait y avoir une explication à ce qu'il avait vu.

Mais aucune des explications qu'il avait envisagées n'avait de sens. Sauf celle qui avait fini par s'imposer : La TDC était l'initiatrice d'opérations criminelles menées par un réseau bien plus vaste dont Mitch Ruffino n'était qu'un des maillons. Mitch

Ruffino qu'on n'avait pas hésité à supprimer de peur qu'il n'en dise trop.

Si Audra et tous les gens que Dane aimait étaient encore en vie, c'était parce qu'il avait fui plutôt que d'aller trouver la police. Jusqu'à ce qu'une partie de la vérité éclate avec la mort de Ruffino, les gens le considéraient comme un lâche. Mais il se fichait bien de ce qu'on pensait de lui pourvu que sa famille ne soit pas en danger.

Pour autant, la bataille n'était pas finie. Car il pourrait bien porter toutes les accusations qu'il voudrait contre la TDC, tant que les autorités compétentes n'auraient pas trouvé les preuves par elles-mêmes, la TDC poursuivrait ses trafics illégaux. La parole d'un homme ne valait rien si elle n'était pas assortie de preuves tangibles.

Il se faufila entre les voitures stationnées au fond du parking puis emprunta le chemin qui conduisait au bureau d'accueil des visiteurs où les motards avaient garé leurs engins. Il suivit ensuite un passage qui menait à un point de vue panoramique où les gens se rassemblaient pour avoir un premier aperçu du Black Canyon, gorge profonde au fond de laquelle serpentait le ruban argenté de la rivière Gunnison.

De là partait un sentier qui longeait le canyon sur quelques mètres avant de se terminer en une pente abrupte que n'utilisaient que les randonneurs chevronnés. Il s'engagea sur le sentier, récupéra au passage le sac à dos qu'il avait caché dans un buisson puis il attaqua la descente jusqu'au fond de la gorge où les eaux tumultueuses de la rivière grondaient en roulant sur les rochers.

Le bruit du torrent couvrait tous les autres bruits mais Dane avait appris à rester en alerte permanente. Ce qui lui avait bien servi le jour où il s'était retrouvé face à un ours brun venu se désaltérer. L'animal s'était dressé sur ses pattes arrière, le cou tendu, dans une posture offensive ; contre toute attente, il s'était alors laissé retomber lourdement sur ses pattes et s'était enfui en courant. D'autres fois, il avait croisé des cerfs et des lynx, il avait attrapé des lapins qu'il avait fait rôtir sur un feu de camp improvisé. Mais des êtres humains, il n'en avait jamais vu.

Il longea la rivière sur cinq cents mètres environ puis s'engagea dans un goulet étroit avant de commencer à grimper. Après une heure de marche, il se faufila dans des broussailles épaisses avant d'émerger sur une plate-forme rocheuse.

Il s'arrêta pour scruter les environs mais ne remarqua rien qui aurait pu l'alarmer. Il ne vit aucune trace de pas dans la fine couche de poussière qu'il avait tamisée devant l'entrée de sa cachette. Personne n'avait non plus dérangé l'ordonnance des branchages qu'il avait disposés devant l'ouverture de la grotte. Il renifla l'air mais, là encore, il ne décela aucune odeur suspecte. Satisfait, il se glissa à l'intérieur de la caverne.

Il attendit de s'être enfoncé à trente mètres environ avant d'éclairer sa lampe frontale. Il laissa tomber son sac à dos au sol puis déroula le sac de couchage qu'il veillait chaque jour à planquer derrière un amoncellement de roche et de terre qui s'étaient détachées de la paroi rocheuse. D'un autre sac, il sortit une bouteille d'eau, un carnet, un stylo et la caille qu'il avait fumée au bord de la rivière, la veille. Il veillait à cuisiner loin de sa planque pour éviter que la fumée ne trahisse sa position.

Il s'installa sur son sac de couchage, son repas étalé devant lui. La grotte était fraîche mais sèche. Il s'y sentait en sécurité. Tout en mangeant, il ouvrit son carnet et étudia les notes qu'il avait prises sur la TDC, certaines quand il y travaillait encore, d'autres après s'être enfui dans la nature. Il relut les rapports concernant le taux de contamination de la mine Mary Lee, en totale contradiction avec les résultats des prélèvements auxquels il avait procédé.

Lorsqu'il s'était de nouveau rendu sur le site de la mine pour tenter de déterminer d'où pouvait provenir un tel taux de radiation, il avait pensé que les matériaux pouvaient venir d'un autre endroit. Depuis, l'idée avait fait son chemin, et la mort de Ruffino avait confirmé l'hypothèse selon laquelle ces déchets de construction provenaient du chantier de l'école primaire que la TDC était en train de bâtir. Un scandale sanitaire qui avait fait la une de la presse locale et nationale.

Mais ce n'était pas ce que Dane avait cherché à faire savoir aux autorités. En les mettant sur cette piste, il voulait que la brigade des rangers, tout comme lui l'avait fait, explore les anciens tunnels miniers. Car là aussi ils auraient trouvé les sachets d'héroïne et de fentanyl – un puissant analgésique opioïde – qui y étaient stockés en attendant d'être transportés vers d'autres régions ou d'autres pays.

Souvent, dans ses rêves, il revivait le moment où sa vie avait basculé dans le cauchemar. D'autres que lui, en réalisant l'impact qu'une telle découverte aurait sur leur vie, se seraient défilés et n'auraient rien dit à personne. Dane n'était pas de ceux-là. Quand les gens sombraient dans l'illégalité, dans la violence ou le délit, il éprouvait le besoin viscéral d'agir.

Le problème de la drogue, de ses addictions, il connaissait. Pour s'être investi personnellement dans l'association Welcome Home Warriors, qu'il avait lui-même fondée, il savait les ravages qu'elle pouvait faire sur les plus fragiles. Sa fille en avait été victime dans son adolescence. Dieu merci, elle s'en était sortie. Mais tout le monde n'avait pas sa force de caractère.

Quand il avait vu la quantité de drogue entreposée dans la mine, il avait compris que son employeur se livrait à un trafic de grande envergure. Les dirigeants de la TDC étaient des dealers. Sous couvert d'expédier des matériaux de construction, ils faisaient passer des stupéfiants. Dane n'était pas loin de penser que cette société florissante, bien sous tous rapports, n'était qu'une couverture. Un moyen bien pratique de faire voyager des produits illicites sans trop d'inquiétude puis de blanchir l'argent sale tiré de ce trafic.

Faire don d'un terrain contaminé pour y construire une école élémentaire, puis essayer de dissimuler cette contamination et décharger des déchets de construction dans un lieu préservé, tout cela, Mitch Ruffino pouvait en avoir eu l'idée tout seul. Pour gratter un peu d'argent ici et là. Des magouilles de minable.

Mais le trafic de drogue à l'échelle internationale que Dane avait découvert ne pouvait être le fait d'un seul homme. Cela demandait des connexions, la coopération de complices prêts à détruire des vies pour empocher le pactole.

Et puis Dane était arrivé et avait découvert le pot aux roses. Il pouvait tout gâcher. Les rangers, sa famille, ses amis, personne ne comprenait pourquoi il avait pris la fuite plutôt que de venir témoigner de ce qu'il avait vu ou entendu. Mais lui savait comment les choses auraient tourné. Il ne se faisait aucune illusion. Face à la TDC, il ne faisait pas le poids. Ses employeurs auraient soutenu qu'il souffrait du syndrome post-traumatique, courant chez les vétérans qui avaient combattu en Afghanistan. Ou ils l'auraient fait passer pour un toxicomane. Dans tous les cas, il aurait été seul contre tous.

Fort de ces certitudes, il avait fait le choix d'agir à distance. D'essayer d'orienter les recherches des forces de police. Mais maintenant que la TDC avait fait porter le chapeau à Ruffino, il allait y avoir du relâchement. Les rangers allaient classer l'affaire, et les gros bonnets de la TDC allaient continuer leur trafic en toute tranquillité. Il ne restait qu'une possibilité à Dane : se faire entendre de quelqu'un qu'il pourrait convaincre de sa bonne foi. Mais il fallait faire vite. La TDC le traquait toujours et il ne savait pas combien de temps ils mettraient à le retrouver.

C'était un après-midi comme Faith les détestait. Quand tous les membres de la brigade étaient partis patrouiller ou mener une enquête et qu'elle restait seule avec les assistants administratifs à répondre au téléphone ou à s'occuper de la montagne de paperasse qui, malgré ses efforts, semblait ne jamais vouloir diminuer. S'il se passait quelque chose en l'absence de ses collègues, c'est elle qui devrait gérer ; mais, depuis deux mois qu'elle avait intégré la brigade, rien de notable ne s'était produit.

Aussi sursauta-t-elle quand les portes du bureau s'ouvrirent sur un homme d'âge moyen aux cheveux blonds clairsemés et aux yeux d'un bleu délavé. Il lança des coups d'œil furtifs par-dessus son épaule, comme pour s'assurer que personne ne l'avait suivi, mais resta silencieux.

— Puis-je vous aider ? demanda Sylvia, l'une des assistantes.

— Je voudrais parler à l'officier Hudson, répondit l'homme.

— L'officier Hudson n'est pas là pour le moment. Puis-je prendre un message ?

— Je... Je ne sais pas si je peux.

Intriguée, Faith se leva de son siège, attirant l'attention de l'homme sur elle.

— En quoi puis-je vous aider ? demanda-t-elle à son tour.

L'homme regarda son uniforme.

— Vous êtes de la brigade ?

— Oui. Je suis l'officier Martin.

Il enfonça les mains dans les poches de son pantalon puis se lança.

— Ce n'est rien, vraiment, mais j'ai pensé que cela pourrait vous intéresser de le savoir. Encore une fois, ce n'est peut-être pas important.

Le voyant alors se retourner vers la porte, et par crainte de le voir partir avant d'avoir parlé, Faith s'approcha de lui.

— Si vous me disiez ce qui vous préoccupe ? Je suis là pour vous écouter.

Et faire le tri entre ce qui était important et ce qui ne l'était pas.

L'homme hésitait encore.

— Je transmettrai tout ce que vous me direz à l'officier Hudson, assura-t-elle pour l'encourager à parler.

Il sortit les mains de ses poches et hocha la tête.

— D'accord.

Elle le conduisit dans un bureau à l'écart et lui fit signe de s'asseoir.

— Je vous écoute.

— Je m'appelle Larry Keplar, dit-il. Je travaille pour la TDC. J'ai fait la connaissance de l'officier Hudson quand lui et un de ses collègues sont venus dans nos bureaux enquêter sur un cambriolage, il y a un peu plus d'une semaine. C'était avant toute cette histoire avec M. Ruffino.

Faith eut un hochement de tête puis attendit patiemment la suite.

— En réalité, je ne travaille plus pour la TDC. J'ai donné ma démission ce matin. Je retourne dans le Kentucky, dont je suis originaire. Ma femme n'est pas heureuse ici, et puis la société pour laquelle je travaillais là-bas a bien voulu me reprendre. Avec tout ce qui s'est passé à la TDC ces derniers temps, c'est mieux de partir, je pense.

Faith se demanda combien d'employés – et de clients – avaient fait la même chose.

— Quel poste occupiez-vous ?

— Je dirigeais le service informatique.

— C'est un poste important dans une société comme la TDC.

Un peu de flatterie ne pouvait qu'aider, pas vrai ? Sauf que cette manœuvre eut sur Keplar l'effet inverse. Il se ferma comme une huître, hésitant soudain à poursuivre.

— Dites-moi, monsieur Keplar.

— Je sais que maintenant que M. Ruffino est mort, les gens disent que Dane Trask est innocent. Mais j'ai vu des dossiers, des dossiers de Trask. J'ai tout épluché. Des rapports de routine aux notes de frais en passant par d'autres trucs.

— Quels genres de « trucs » ?

Keplar s'agita un peu sur sa chaise.

— C'est de ça que je voulais parler avec l'officier Hudson.

— Monsieur Keplar, je vous l'ai dit. Je lui rapporterai l'intégralité de notre discussion. Vous pouvez me faire confiance.

— J'ai vu des fichiers que je n'étais pas censé voir, lâcha-il d'un trait en fuyant le regard de Faith. Ils étaient en quelque sorte cachés dans le système. Mais trouver ce genre de choses, ça fait partie de mon boulot.

— De quoi s'agissait-il ? De dossiers secrets ?

— Oui.

— Il y avait quelque chose d'irrégulier dans ces fichiers ?

Keplar acquiesça en silence avant de dire :

— Oui. C'est bien le terme.

Il se pencha alors vers elle et ajouta en baissant la voix :

— Il y avait des rapports que je n'avais jamais vus avant

où il était question de projets qui n'étaient pas du ressort de Trask. Du moins, pas officiellement. J'ai noté aussi des notes de frais pour des voyages à Mexico. Or, Trask ne travaillait pas à l'international.

— En quoi tout cela vous paraît illégal ? interrogea Faith qui ne voyait pas ce qui, là-dedans, pouvait intéresser les rangers.

— J'ai trouvé des enregistrements qui avaient été effacés. Il est difficile d'effacer complètement des données et j'ai pu en restaurer certaines. Enfin, des fragments, je veux dire.

— Quelles sortes de données ?

Des lignes soucieuses creusèrent le front dégarni de Keplar.

— Des registres d'expédition, des feuilles de route de camionneurs, ce genre de choses. Je me trompe peut-être mais j'ai pensé que, comme M. Ruffino trempait dans des affaires louches, Trask aurait pu être son complice. Peut-être que tous les deux étaient en désaccord et c'est pourquoi Trask aurait pris la fuite.

Faith hocha la tête. Pourquoi pas ? La théorie de Keplar pouvait tenir la route. Ce n'était en tout cas pas la plus farfelue qu'on lui ait servie jusque-là.

— Vous avez une copie de ces données ?

Keplar la regarda alors fixement, lui donnant l'impression qu'il avait affaire à une demeurée.

— Ce serait illégal, répondit-il finalement. Et contraire à l'éthique.

— Avez-vous parlé de ça à quelqu'un d'autre ? demanda-t-elle.

— Non, répondit-il en se levant. D'ailleurs, je me demande si j'ai bien fait de venir vous trouver.

Faith se leva à son tour.

— Je vous remercie d'être venu, monsieur Keplar. Nous allons vérifier tout ça.

Comment ? Elle n'en avait aucune idée. Car elle doutait qu'un magistrat leur accorde un mandat de perquisition basé sur les vagues trouvailles d'un ex-employé de la TDC.

— Personne ne doit savoir que je suis venu, c'est clair ? Parce que, même si j'ai donné ma démission, ça la ficherait mal que mes nouveaux employeurs apprennent que je me suis amusé à fouiner dans des dossiers secrets.

— Je doute que cette piste nous mène quelque part, monsieur Keplar. Mais si c'était le cas, il n'y a pas lieu de vous inquiéter. Il existe une loi qui protège les mouchards.

À ce mot, Keplar devint blême. Il tourna les talons et se précipita vers la sortie sans demander son reste.

Une fois seule, Faith se rassit et ouvrit dans son ordinateur une page sur laquelle elle écrivit le résumé de l'entrevue qu'elle venait d'avoir avec Keplar. Tout en tapant, elle pensa à Dane Trask.

Grâce aux affiches placardées un peu partout en ville, elle revoyait très nettement son visage. Des traits taillés à la serpe, des cheveux d'un noir de jais, des yeux couleur chocolat, un nez aquilin au-dessus d'une bouche bien dessinée, le menton creusé d'une fossette. Il n'avait pas le physique d'une star de cinéma mais il émanait de lui un charme certain.

Elle savait que c'était un ancien ranger. Formé à l'académie militaire, il était doté d'une force mentale et physique à toute épreuve. Il fallait l'être pour pouvoir vivre en pleine nature depuis deux mois dans des conditions plus qu'incertaines. Il devait tenir grâce à la pêche et à la chasse, ou peut-être bénéficiait-il aussi d'une aide extérieure.

Toute à ses pensées, elle termina son rapport puis le relut, s'interrompant au bruit de la porte qui s'ouvrit sur Michael Dance et Ethan Reynolds.

— Salut, Martin, la salua Dance. Rien à signaler ?

— Un certain Larry Keplar, futur ex-directeur du service informatique de la TDC, est venu nous faire une petite visite, répondit-elle. Il a découvert des fichiers secrets qui montreraient que Trask aurait eu des activités suspectes. Il a insinué que Ruffino et Trask pourraient avoir été complices.

— Ils disent quoi ces fichiers ? demanda Reynolds, un beau gosse viril aux yeux verts.

Elle prit une copie du rapport, qu'elle avait imprimée, et la leur tendit. Les deux hommes la lurent ensemble en silence.

— Ça pourrait être intéressant si ça n'était pas aussi vague, déclara Dance. Nous allons ajouter ce rapport au dossier et demanderons des comptes à Trask quand il se montrera.

— Vous croyez vraiment qu'il va revenir un jour ? demanda-t-elle.

— Il ne peut pas vivre indéfiniment comme un sauvage. Il faudra bien qu'il sorte de son trou un jour ou l'autre. À moins que nous ne lui mettions la main dessus avant.

Elle aurait pu rétorquer que, jusque-là, Trask s'était montré plus malin qu'eux et qu'il pouvait continuer à passer entre les mailles du filet encore un bon bout de temps mais elle s'abstint. Car une idée venait de germer dans son esprit.

Elle attendit que le commandant Sanderlin passe devant son bureau, environ une heure plus tard, pour le saisir au vol.

— Commandant, puis-je vous parler un instant ?

— Oui, bien sûr.

Elle le suivit dans son bureau, une pièce exiguë qui offrait à peine assez de place pour une table de travail, une bibliothèque et deux chaises. Elle prit l'une d'elles tandis que Sanderlin s'installait derrière son bureau.

— Que puis-je faire pour vous ? s'enquit-il.

— Je comprends bien que j'ai été engagée pour assurer la liaison avec le bureau du shérif et les relations avec la presse, mais aucune de ces fonctions n'occupe tout mon temps. Aussi, j'aimerais bien élargir mon champ d'intervention.

— Dans quel sens ? demanda Sanderlin dont le visage ne laissait rien trahir de ce qu'il pensait vraiment.

— J'aimerais patrouiller, moi aussi. Enquêter.

Elle se redressa pour ajouter d'une voix plus forte :

— Je veux faire le travail pour lequel j'ai été formée.

Elle se prépara mentalement à un refus mais, contre toute attente, Sanderlin lui dit :

— Vos supérieurs m'ont parlé de vous en des termes très élogieux. Cependant, d'après eux, vous avez besoin d'un peu de recul avant de retourner sur le terrain.

— J'ai été autorisée par un médecin et par un psychiatre à

reprendre mes fonctions, rétorqua-t-elle. J'ai vu dans ce transfert à la brigade l'occasion d'élargir mes compétences.

Elle marqua une courte pause avant de reprendre d'une voix qu'elle voulait ferme :

— Je ne suis pas le premier officier de police à avoir été pris en otage par un criminel. J'en ai réchappé et cette malheureuse expérience est derrière moi à présent.

« Je n'ai pas besoin qu'on me protège ! » aurait-elle voulu crier.

— Je veux juste faire le travail pour lequel j'ai été formée, répéta-t-elle.

Sanderlin hocha la tête.

— Dans ce cas, je ne vois aucune raison de m'y opposer. Je vous remercie de m'avoir parlé ouvertement. Je ne me rendais pas compte de tout cela. À partir de demain, vous ferez équipe avec la patrouille. Cependant, vous devrez garder votre poste de porte-parole.

— Merci, commandant.

Elle se leva et s'apprêta à partir.

— Officier Martin…

— Oui, mon commandant.

— J'ai lu le rapport sur cette histoire d'otage. Vous n'avez rien à vous reprocher. Les louanges de vos supérieurs sont amplement méritées.

— Merci, monsieur.

Si c'était ce qu'il voulait croire, ça l'arrangeait. Mais il ne connaissait pas toute l'histoire. Peut-être même que personne ne la connaîtrait un jour.

# 3

Dane avait l'habitude de poser ses collets le long des sentiers qu'empruntaient les animaux sauvages. Il savait que là il attraperait toujours un lièvre, une caille ou une perdrix. Il était en train de relever un piège quand il entendit quelqu'un s'approcher du sentier. Il se glissa prestement derrière un buisson et attendit que le randonneur passe. Une femme, ou alors un homme de petite taille, à ce qu'il lui semblait.

Quelques secondes plus tard, l'importun entrait dans son champ de vision. Dane réprima un soupir de soulagement quand il reconnut l'officier Faith Martin. Vêtue de l'uniforme kaki et des bottes des rangers, un sac en bandoulière, elle allait d'un pas vif, le regard alerte. Était-elle partie à sa recherche ? C'était probable, bien qu'il ne l'ait jamais vue faire partie des équipes qui sillonnaient le coin.

Elle était presque au niveau des buissons qui le dissimulaient quand elle s'immobilisa soudain puis pivota lentement dans sa direction. Il se figea, son cœur tambourinant dans sa poitrine.

— Il y a quelqu'un ? cria-t-elle à la cantonade.

Maintenant, son regard tentait de sonder l'épaisseur du buisson. Elle s'immobilisa de nouveau, portant la main sur la crosse de son arme de service. Dane profita de cette proximité pour l'étudier plus attentivement. Il émanait d'elle un mélange de force et de fragilité qui n'était pas pour lui déplaire. Il devinait, malgré sa tenue peu seyante et son gilet pare-balles, une silhouette aux formes harmonieuses, musclée juste comme il le fallait pour qu'elle reste sexy. Elle avait un joli visage en forme de cœur et de grands yeux verts ourlés d'une épaisse frange de cils noirs qu'il évita de regarder trop fixement de peur qu'elle ne sente son regard sur elle. Ses yeux glissèrent sur sa bouche aux lèvres pulpeuses. Une bouche faite pour être couverte de baisers passionnés. Une onde de désir fulgurante le parcourut tout entier.

Il retint sa respiration, s'exhortant à refouler cette envie qui le taraudait et à calmer les battements frénétiques de son cœur. Allons, elle ne pouvait pas le trouver. Au moins cinq mètres d'épaisses broussailles les séparaient. Le temps qu'elle les traverse – si elle y parvenait ! –, il serait déjà loin.

Soudain, un bruant poussa un trille aigu. Faith Martin porta son attention sur l'oiseau qui se tenait sur la plus haute branche d'un arbre, facilement discernable à son plumage orange vif. Puis elle ajusta la bandoulière de son sac sur son épaule et reprit sa marche.

Au lieu de relever ses pièges et de partir, Dane se mit à la suivre. Il se déplaçait de buisson en buisson, attentif à ne pas faire le moindre bruit qui pourrait attirer son attention. Quand ils furent proches de la rivière, le grondement tumultueux des rapides lui permit de se déplacer plus vite et de réduire la distance qui les séparait. Faith Martin l'intriguait. Il était curieux de voir jusqu'où elle allait l'entraîner.

Elle quitta soudain le sentier pour suivre une mince piste parallèle qu'empruntaient souvent les animaux pour aller se désaltérer à la rivière. Quand il la vit se glisser dans l'étroit goulet qui menait à sa cachette, son cœur s'emballa de nouveau. Pour ne pas la perdre de vue, il dut grimper puis longer la paroi abrupte. Il marchait avec précaution, veillant à ne pas faire rouler de pierres sous ses pas. Faith, elle, marchait les yeux baissés au sol, donnant l'impression qu'elle cherchait des indices. L'avait-elle suivi ? C'était impossible. Il avait fait très attention à ne laisser aucune trace derrière lui et, à chaque fois qu'il regagnait sa tanière, il le faisait par des chemins détournés.

Pourtant, elle s'approchait dangereusement de la grotte. Devait-il détourner son attention ? Se montrer pour l'entraîner loin de là ? Elle était armée et rien ne lui garantissait qu'elle ne tirerait pas sur lui. Cependant, pour atteindre une cible en mouvement sur un terrain accidenté il fallait être un sacré tireur.

Lui aussi était armé mais il savait qu'il ne tirerait jamais sur une femme. La seule fois où il s'était servi de son arme, c'était quand un psychopathe avait enlevé Eva Shea, son ex-compagne, menaçant de la tuer.

Un énorme rocher lui bloquait le passage. Le temps qu'il le contourne, il avait perdu de vue l'agent Martin. Il jura tout haut. Si elle trouvait sa cachette, il serait obligé de lever le camp pour aller s'installer ailleurs. Il avait bien repéré un autre endroit, mais il n'était pas aussi pratique ni aussi inaccessible que sa caverne.

Plus d'une fois, il avait été tenté de se rendre. D'aller raconter aux rangers tout ce qu'il avait découvert et de les laisser poursuivre la TDC par des moyens légaux. Mais à chaque fois, au dernier moment, la certitude qu'on ne le croirait pas le faisait renoncer. La TDC avait assez de pouvoir pour faire pression sur les forces de police ainsi que sur certains fonctionnaires du gouvernement. Elle avait donné de lui l'image d'un déséquilibré, voire d'un criminel. Confier son destin à la brigade des rangers était un énorme pari qu'il n'était pas encore prêt à prendre. Il devait continuer à se battre seul afin de faire éclater une vérité qui, lorsqu'elle se saurait, allait en déranger plus d'un.

Faith se réjouissait de cette escapade qui la libérait pour un temps des contraintes du quartier général et de la montagne de paperasses qui encombrait son bureau. Elle avait sauté sur l'occasion de se confronter à nouveau à ce pour quoi elle était faite : travailler sur le terrain. Le soleil était déjà chaud à cette heure pourtant matinale, mais elle respirait à fond, emplissant avec bonheur ses poumons des odeurs de pins, qu'elle trouvait énergisantes.

Les sens aiguisés, elle s'était lancée sur la piste de Dane Trask. Elle avait choisi d'inspecter cette zone après avoir étudié la topographie des lieux sur une carte. L'endroit regorgeait de grottes et de petits canyons latéraux qui pouvaient se transformer en cachettes idéales pour des fugitifs comme Trask. Elle en avait discuté avec le lieutenant Dance qui n'avait pas jugé inutile de revisiter la zone. Il lui avait même proposé de la faire accompagner par un membre de l'équipe mais elle avait refusé, préférant effectuer sa première patrouille en solitaire.

Pourtant, elle n'avait pas grand espoir de retrouver Trask. Au milieu de ces milliers de kilomètres carrés de nature sauvage et souvent hostile, autant chercher une aiguille dans une botte de foin. En plus, Trask était loin d'être idiot. Entraîné comme il l'avait été, il avait dû choisir une planque inaccessible au commun des mortels. La possibilité qu'il soit mort n'était pas non plus à écarter. Il avait très bien pu périr au fond d'un gouffre à la suite d'une chute mortelle ou, acculé comme il l'était, se suicider. Les suicides étaient fréquents au sein du parc.

Elle ne connaissait pas Dane Trask mais, d'après ce qu'elle avait entendu dire, il n'était pas homme à se donner la mort. Ingénieur spécialisé, citoyen respecté, ancien militaire, il n'avait pas non plus le profil de l'homme qui fuit les problèmes lorsqu'ils se présentent. C'était pourtant bien ce qu'il faisait depuis plus de deux mois.

Mais n'était-ce pas ce que ses collègues du bureau du shérif avaient pensé d'elle quand elle avait demandé à intégrer la brigade des rangers ? Qu'elle avait fui ? Oh ! personne ne l'avait formulé tout haut mais c'était bien ce que chacun avait pensé.

Elle avait été tentée de leur dire la vérité. D'avouer qu'elle voyait dans ce nouveau poste la possibilité de prendre un nouveau départ. Elle avait été assez naïve pour croire que son passé ne la poursuivrait pas.

Grosse erreur.

Car si, par moments, elle semblait avoir oublié le traumatisme qu'elle avait subi, il pouvait encore resurgir à tout moment.

Elle revivait alors la scène avec une acuité qui la laissait tremblante. Dire qu'elle avait grandi avec l'homme qui l'avait prise en otage ! Évidemment, puisqu'elle pensait connaître

Jerry, elle ne pouvait pas se douter que les choses prendraient une tournure aussi dramatique.

Il était séparé de sa femme depuis quelques mois – une séparation dont il avait le plus grand mal à se remettre – quand il avait commis l'irréparable. Au terme de son week-end de garde, il s'était barricadé chez lui avec son fils de quatre ans, refusant de le rendre à sa mère et menaçant de le tuer puis de se suicider si on ne lui accordait pas ce qu'il demandait.

Ce soir-là, Faith était de permanence. C'était elle qui avait répondu à l'appel de Liz. En larmes, affolée, peinant à s'exprimer, celle-ci avait fini par lui expliquer la situation. Faith s'était portée volontaire pour aller parler à Jerry, qui était son ami d'enfance. Le capitaine de la brigade d'intervention s'était montré réticent mais elle avait fini par le persuader qu'elle était la bonne personne. Jerry la connaissait. Il ne lui ferait aucun mal. Au début, les choses s'étaient plutôt bien passées. Jerry l'avait écoutée parler à travers la porte puis l'avait laissée entrer dans la maison.

Mais dès qu'elle avait été à l'intérieur il l'avait jetée violemment à terre, la menaçant de son arme. Avaient alors commencé trente-six heures cauchemardesques pendant lesquelles elle et l'enfant s'étaient retrouvés prisonniers d'un véritable forcené, sous l'emprise d'une rage aveugle que rien ne pouvait calmer.

Elle avait pris sous son aile le petit garçon terrorisé, cherchant à le calmer et à le bercer du mieux que cette situation éprouvante le lui permettait. Profitant d'un moment d'inattention où leur bourreau avait baissé la garde, elle avait entraîné le garçonnet derrière le canapé puis s'était emparée d'un éclat de verre dont le sol était jonché. Rassemblant toutes ses forces, elle avait jailli de derrière leur cachette de fortune et s'était jetée sur Jerry pour le poignarder en plein cœur. Animée par la peur, elle ne lui avait laissé aucune chance de s'en sortir vivant.

Garrett et elle étaient sains et saufs, mais Faith avait subi un tel contrecoup psychologique qu'elle avait dû rester plusieurs jours sous surveillance à l'hôpital. À son retour au bureau, tout le monde la traitait comme si elle était une petite chose fragile à ménager à tout prix de peur qu'elle ne se brise. Puis, imperceptiblement, leur comportement avait changé. Elle avait senti un mur se dresser entre ses collègues et elle. Lui en voulaient-ils d'avoir pris des risques inconsidérés qui avaient mis en danger non seulement sa vie mais aussi celle de ce petit garçon et la leur ?

Aujourd'hui encore, elle n'avait pas la réponse à cette question. Mais quand le shérif lui avait proposé de rejoindre la brigade des rangers pour prendre en charge les relations avec la presse, elle avait sauté sur l'occasion.

Elle réfléchissait encore à tout cela quand elle eut l'étrange sensation que quelqu'un l'épiait. Un frisson la parcourut. Elle s'immobilisa pour scruter les environs et tendre l'oreille. Mais elle ne vit rien d'alarmant et n'entendit que le bruit des rapides. Elle reprit sa route, choisissant de quitter le sentier pour une piste parallèle plus étroite qui la conduisit jusqu'à un goulet. Alors qu'elle s'engouffrait dedans, la sensation que quelqu'un la suivait persistait.

Comme pour lui donner raison, des cailloux dégringolèrent du haut de la paroi. Elle se figea de nouveau et porta instinctivement la main à son arme. Elle leva les yeux sur la pente escarpée. Quelqu'un l'observait-il de là-haut ? Elle inspira profondément, s'exhortant à calmer les battements rapides de son cœur. Pourquoi imaginer le pire ? Ce devait être un puma. Ces félins pullulaient dans le parc.

Elle se remit en marche mais veilla à garder la main sur son arme. Elle n'était pas la meilleure tireuse de l'État mais elle s'en tirait pas mal quand elle s'entraînait au stand de tir.

Un « Waouh ! » sonore lui arracha un cri de peur. Elle fit volte-face et vit deux hommes qui se tenaient de l'autre côté de la rivière. L'un d'eux exhibait fièrement un énorme poisson qui frétillait désespérément au bout de sa ligne tandis que l'autre lui donnait une tape amicale dans le dos.

Soulagée, Faith s'approcha d'eux en se frayant un passage sur les rochers.

— Félicitations ! dit-elle.

— Regardez-moi ça, se rengorgea le pêcheur. C'est la plus belle prise que j'aie jamais faite !

Mais très vite, la joie céda la place à l'inquiétude quand il comprit qui était Faith.

— La pêche n'est pas interdite, par ici, n'est-ce pas ?

— Je n'en sais rien, répondit-elle.

— Vous n'êtes pas garde forestier ?

— Brigade des rangers, annonça-t-elle en leur montrant sa plaque. Vous n'avez vu personne traîner par ici ?

— Pas âme qui vive, répondit le plus âgé, tandis que son ami retirait avec précaution l'hameçon de la bouche de la truite. Pourquoi ? Vous cherchez quelqu'un en particulier ?

— Oui. Un homme d'une quarantaine d'années, un mètre quatre-vingts, brun aux yeux noirs.

— C'est Dane Trask, ça. C'est vraiment lui que vous recherchez ?

— Vous le connaissez ?

— Je l'ai rencontré une fois, à une collecte de fonds pour un groupe de vétérans. Un type sympa. Il m'a paru intelligent. J'ai entendu dire qu'il se planquait dans le parc mais j'ai tendance à ne pas croire ce qu'on raconte dans les journaux. Pourquoi le recherchez-vous ?

— Quand des gens sont portés disparus dans ce parc, nous essayons de les retrouver, répliqua-t-elle. Il se pourrait que Dane Trask soit blessé et qu'il ait besoin d'aide.

— Peut-être aussi qu'il a besoin d'être seul, rétorqua l'homme. Qu'on lui fiche la paix. En tout cas, on ne l'a pas vu.

— Vous venez souvent, ici ? insista-t-elle.

Le pêcheur s'essuya les mains à un chiffon qu'il avait sorti de la poche de sa veste.

— Non, c'est la première fois, répondit-il sans la regarder. On a marché un bon bout de temps avant d'arriver jusqu'ici mais ça valait la peine.

Elle hocha la tête et reprit son chemin. Trente minutes plus tard, le terrain devint plus accidenté. D'énormes blocs rocheux barraient la piste, l'empêchant de poursuivre, à moins de faire des détours improbables.

Elle but de l'eau à sa gourde, prit avec son smartphone quelques clichés de l'entrée des grottes environnantes puis fit demi-tour. Les pêcheurs étaient partis. L'excitation du début avait cédé la place à une grande fatigue teintée de solitude.

Lorsqu'elle arriva en vue du quartier général, le soleil se couchait, son ventre criait famine et les prémices d'une violente migraine lui martelaient les tempes. Tout le monde était parti, à l'exception de Dance et Knightbridge, qui travaillaient sur leur ordinateur.

Dans un même mouvement, ils levèrent les yeux sur elle quand elle entra.

— Tu rentres tard, fit remarquer Knightbridge.

— Tu as trouvé quelque chose d'intéressant ? demanda Dance.

Elle songea à leur parler de la sensation qu'elle avait eue de se sentir observée mais elle y renonça. À quoi bon ? Une sensation, ça n'était pas du concret.

— Non, rien, répondit-elle.

Elle fit glisser son sac de son épaule et le laissa tomber au sol, à côté de son bureau, puis elle prit dans un tiroir une des barres chocolatées aux amandes qu'elle gardait toujours là en réserve.

— Tu as bien dit que tu avais parlé à Larry Keplar, il y a deux jours, n'est-ce pas ? s'enquit encore Dance.

— Exact, répondit-elle après avoir croqué dans sa friandise.

Un délice. Elle en aurait rugi de plaisir.

— Il t'a paru normal ?

Quelque chose dans la voix de Dance l'alerta.

— Mais oui. Pourquoi ?

— Un type a été retrouvé mort dans sa voiture stationnée en bordure du parc, sur une aire de camping, répondit Knightbridge. La voiture est enregistrée au nom de Lawrence Keplar, il y a des chances que ce soit lui.

— De quoi est-il mort ?

— D'après les premiers rapports du médecin légiste, il aurait succombé à une overdose. Mais nous continuons à enquêter. Cette mort reste suspecte.

Maintenant qu'elle y pensait, Larry Keplar lui avait semblé anormalement nerveux quand il était venu lui parler.

— Vous voulez dire qu'on l'aurait tué ? Mais pour quelle raison ?

— Nous l'ignorons. Peut-être pour l'empêcher de parler…

# 4

— Larry ne se droguait pas. Il n'a jamais touché à ça.

Jana, la veuve de Larry Keplar, était une femme d'une quarantaine d'années aux traits taillés à la serpe. Le visage couleur de cendres, les yeux soulignés de cernes mauves, elle portait sa douleur comme un masque mortuaire. Elle resserra les doigts sur les mouchoirs en papier qu'elle tenait roulés en boule dans ses mains et fit face à Faith et Ethan Reynolds.

— Si c'est une overdose qui l'a tué, poursuivit-elle, c'est qu'on l'a forcé à prendre de la drogue.

Reynolds avait demandé à Faith de l'accompagner. « Histoire, avait-il dit, d'avoir un point de vue féminin sur cette entrevue. » Ce n'était pas exactement un compliment sur ses compétences d'enquêtrice mais Faith s'en fichait. C'était pour elle l'occasion de participer à une enquête importante et elle n'allait pas s'en priver.

— Qui pouvait en vouloir à votre mari au point de vouloir l'assassiner ? demanda-t-elle.

— Dane Trask, par exemple, répondit Jana sans hésiter.

Faith et Reynolds échangèrent un regard sceptique.

— Pourquoi Dane Trask ? s'enquit Reynolds.

— J'ai travaillé pour sa fille. Elle m'a virée mais, même avant ça, nous ne nous aimions guère toutes les deux. Trask a peut-être eu vent du fait que la TDC me payait pour espionner sa fille. Il aura voulu se venger de moi.

Elle marqua une courte pause avant de reprendre, la voix tremblante d'émotion :

— Mais il n'avait pas besoin de tuer Larry.

— Pourquoi la TDC vous payait-elle pour espionner Audra Trask ? demanda Faith.

Jana renifla un peu et redressa les épaules, cherchant visiblement à retrouver son sang-froid.

— Ils pensaient qu'elle savait quelque chose sur les raisons qui avaient poussé son père à disparaître du jour au lendemain. Et sur ce qu'il comptait faire, aussi.

Elle marqua une nouvelle pause, cette fois pour défier Faith du regard.

— Je me fiche bien de ce que les médias pensent de moi aujourd'hui. Dane Trask trempait dans un trafic de drogue et se servait de l'école que dirigeait sa fille comme couverture. Je ne pouvais pas laisser faire ça, vous comprenez ?

— Qui vous a dit que Trask était un trafiquant de drogue ? s'enquit Reynolds.

— M. Ruffino. Le patron de Larry.

— Votre mari savait que la TDC vous payait pour espionner Audra Trask ?

— Non. Il… Il n'aurait pas aimé ça. Larry était l'honnêteté même. C'était un homme simple, sans histoires. Je sais qu'il n'avait rien à voir avec tous ces trafiquants de drogue.

Submergée d'émotion, elle fondit soudain en larmes.

Une femme qui lui ressemblait beaucoup entra dans la pièce. *Sa sœur, sans doute,* supposa Faith. Elle alla s'asseoir à côté de Jana et passa un bras autour de ses épaules, dans un geste qui se voulait réconfortant.

— Vous avez vraiment besoin de la cuisiner comme ça ? dit-elle sur un ton de reproche. Vous trouvez qu'elle n'a pas assez souffert ?

— Nous sommes désolés, lâcha Faith. Mais je pense que découvrir ce qui est véritablement arrivé à son mari l'aiderait à faire son deuil. Il n'y a rien de pire que de rester dans l'ignorance, non ?

Comme en réponse, Jana se redressa et se tamponna les yeux avec ses mouchoirs froissés.

— Je veux que vous trouviez qui a tué Larry, dit-elle d'une

voix forte. Je veux que celui qui a fait ça soit puni. Larry ne méritait pas de finir tué comme un chien.

— Votre mari est venu au quartier général des rangers, lundi, ajouta Faith. Il m'a dit qu'il venait de quitter la TDC et que vous alliez retourner vivre dans le Kentucky.

Jana acquiesça.

— Je n'ai jamais été heureuse, ici. Quand nous avons appris la mort de M. Ruffino et tout ce qu'il avait fait, Larry et moi on s'est dit qu'on n'avait plus rien à faire ici. La société pour laquelle Larry travaillait avant avait accepté de le reprendre et j'avais décidé d'ouvrir une nouvelle crèche.

Évoquer ces projets avortés la fit s'effondrer de nouveau. Faith attendit qu'elle se reprenne pour poursuivre :

— Larry nous a dit qu'il était tombé sur des dossiers qui lui paraissaient suspects. Il vous en avait parlé ?

Jana secoua la tête.

— Non, il ne m'a jamais rien dit à ce sujet.

— Comme il avait quitté la TDC, est-ce qu'il avait rapporté des dossiers ou certaines affaires personnelles de son bureau ?

— Je ne sais pas mais il y a une boîte dans son bureau. C'est là-dedans qu'il a dû mettre tout ça.

— On pourrait la voir ?

Suivie de près par sa sœur, Jana se leva pour les conduire dans une pièce attenante au salon. Il y avait là un petit bureau sur lequel se trouvaient un ordinateur portable et une boîte à archives ; la pièce abritait aussi une chaise et une bibliothèque. Il n'y avait pas de photos sur les murs ni de livres sur les étagères de la bibliothèque, un peu comme si l'occupant des lieux n'avait pas pris la peine d'emménager totalement ou qu'il se trouvait sur le point de déménager.

— Tout est là, dans cette boîte, indiqua Jana.

La boîte renfermait des papiers personnels, quelques manuels et trois livrets. Ils ne trouvèrent aucune clé USB, aucun CD ni disque dur, bref, rien qui aurait pu faire avancer l'enquête.

— Un officier porteur d'un mandat de perquisition viendra

récupérer l'ordinateur de votre mari, annonça Reynolds. Jusque-là, ne touchez à rien.

Jana acquiesça d'un hochement de tête.

— Quand avez-vous vu votre mari pour la dernière fois ? s'enquit Reynolds.

— Hier matin, répondit-elle.

— Il n'a pas passé la nuit chez vous ?

Jana rougit un peu.

— Il m'a appelée vers 16 heures pour me dire qu'il devait retourner au bureau régler un problème important. Nous… nous sommes disputés à ce sujet. Je pensais que, comme il avait donné son préavis, il n'avait pas besoin de faire des heures supplémentaires, mais il n'a rien voulu entendre. Il a dit qu'il avait encore des choses à faire.

— Vous ne vous êtes pas inquiétée de ne pas le voir rentrer ? s'étonna Faith.

— Évidemment que je me suis inquiétée ! Mais j'ai cru qu'il était fâché contre moi et qu'il avait décidé de passer la nuit au bureau. Ça lui arrivait de temps en temps quand il avait trop de travail. Je n'aimais pas ça, mais quand Larry avait une idée en tête… Il pouvait se montrer très têtu.

— Est-ce que vous savez sur quoi il travaillait ? De quelle nature était ce dossier important qu'il a mentionné ?

— Non. Larry restait toujours très vague sur ce qu'il me disait. Et quand je lui posais des questions, il me répondait que c'était confidentiel. Qu'il ne pouvait rien dire. Cela dit, le sujet ne m'intéressait pas vraiment.

— À part cette dispute entre vous, votre mari vous semblait-il contrarié ou soucieux ces derniers temps ?

— Non, dans notre couple, c'est plutôt moi qui me faisais du souci. Pour tout et n'importe quoi. Larry était très focalisé sur la finalisation de nos projets mais cela ne l'inquiétait pas, non.

Faith se demanda si Jana ne mentait pas. Car lorsque Larry était venu au quartier général il lui avait paru agité, semblant craindre quelque chose.

— S'entendait-il bien avec ses collègues de travail ?

— Je crois, oui. Comme je vous l'ai déjà dit, c'était un homme gentil. Un peu effacé, même. C'est ce qui me fait dire qu'il n'a pas pu tremper dans une histoire de drogue. Ni de près ni de loin.

La profonde détresse que Faith lut dans le regard de Jana lui serra le cœur. De toute évidence, elle aimait sincèrement son mari.

— Je suis vraiment désolée pour vous, dit-elle. Nous ferons tout ce que nous pourrons pour faire éclater la vérité sur la mort de votre mari.

— Merci, dit Jana dans un souffle, les yeux de nouveau débordants de larmes.

Reynolds posa sa carte de visite sur le bureau.

— Si quelque chose vous revenait qui serait susceptible de nous aider, appelez-moi, dit-il.

Elle acquiesça en silence tandis que sa sœur revenait vers elle l'envelopper de ses bras rassurants.

— Alors ? Qu'est-ce que tu en penses ? demanda Reynolds une fois que Faith et lui furent installés dans le véhicule de patrouille.

— Primo, si Larry se droguait, sa femme l'ignorait, répondit-elle. Deuzio, c'est la première fois que j'entends quelqu'un dire que Trask trempe dans un trafic de drogue.

— Moi aussi. Tu crois que c'est encore un coup de la TDC ? Qu'elle essaie de charger un peu plus Trask ?

— Je ne sais pas mais Keplar pensait que Ruffino et Trask étaient complices et que, par la suite, ils se seraient brouillés.

— Espérons que l'ordinateur de Keplar va parler. En attendant, si nous allions jeter un coup d'œil à l'endroit où son corps a été retrouvé ?

La circulation était fluide à cette heure de la journée. Le soleil encore éblouissant faisait étinceler les eaux du réservoir de Blue Mesa et incendiait de rouge et d'ocre les roches bordant les rives. Quand ils bifurquèrent en direction du parc, le paysage se mit peu à peu à changer. Les buissons d'armoise se firent plus rares, les bosquets, plus nombreux. Les visiteurs qui venaient pour la première fois dans ce coin du Colorado étaient généralement surpris d'y découvrir de hauts plateaux surplombant de grands espaces désertiques. Ils quittèrent la route pour prendre sur trois kilomètres un chemin en terre défoncé qui traversait un domaine public qui autorisait le camping sauvage.

La jeep blanche de Keplar était toujours là, à l'endroit où on l'avait trouvée.

— C'est un campeur qui a donné l'alerte, expliqua Reynolds. Il promenait son chien quand il a remarqué le corps de Keplar affalé sur le volant. D'abord, il a cru qu'il dormait mais il a très vite compris qu'il était mort.

Reynolds se gara à côté d'un autre véhicule de la brigade, duquel sortit l'officier Jason Beck.

— La dépanneuse ne va pas tarder à arriver pour transporter la jeep à la fourrière, dit-il.

— Nous venons de parler à la veuve de Keplar, dit Reynolds. D'après elle, son mari ne se droguait pas. On l'aurait plutôt tué.

— Possible. À part le garrot et la seringue plantée dans le bras, le médecin légiste n'a relevé sur le corps aucune trace laissant penser que Keplar se piquait régulièrement, répliqua Beck. Et nous n'avons trouvé aucun indice dans son véhicule allant dans ce sens, même pas un sachet d'héroïne vide.

Reynolds se pencha en avant pour jeter un coup d'œil à l'intérieur de la voiture tandis que Faith faisait de même de l'autre côté. L'habitacle était impeccablement propre, hormis quelques empreintes digitales ressortant sur le tableau de bord légèrement poussiéreux. Pas de ticket de caisse, ni de papier d'emballage de fast-food ni de vieux gobelets. Rien ne traînait sur les sièges ou les tapis de plancher.

— Soit le meurtrier a fait preuve d'une rare négligence soit il se fichait qu'on sache qu'il s'agit d'un meurtre, résuma Reynolds.

— Depuis combien de temps cette jeep était-elle ici quand on l'a trouvée ? demanda Faith.

— Tous les campeurs que j'ai interrogés m'ont assuré qu'elle n'était pas là hier, répondit Beck. Le gars au chien, celui qui nous a appelés, affirme qu'elle n'était pas là à 22 heures. Ce qui laisse supposer que la scène s'est déroulée dans la nuit.

— Keplar a quitté nos bureaux vers 16 heures, dit Faith. Qu'a-t-il fait ensuite ?

— D'après sa femme, il serait retourné à la TDC. À moins qu'il ne lui ait menti.

— Nous allons vérifier ça auprès de la TDC.

Un bruit de moteur les fit se retourner tous les trois en même temps sur un vieux pick-up vert qui venait vers eux en zigzaguant habilement entre les ornières et les nids-de-poule. Arrivé à leur hauteur, le conducteur – un homme d'âge moyen aux joues ombrées d'une barbe naissante et portant une casquette de base-ball vissée bas sur le front – baissa sa vitre et les interpella.

— Quelque chose ne va pas, messieurs les officiers ? s'enquit-il d'une voix rocailleuse.

Faith fit mine de ne pas avoir relevé ce trait de misogynie flagrant.

— Bonjour. Vous aviez déjà vu cette jeep avant aujourd'hui ? lui demanda Reynolds.

— Elle était déjà là quand je suis arrivé dans la nuit, répondit l'homme. Et elle était encore là ce matin, quand je suis parti. J'ai pensé que le conducteur s'était arrêté pour dormir.

— Vous campez dans le coin ? demanda Beck.

— Oui. Là-bas, un peu plus haut.

Il indiqua une direction d'un geste évasif de la main.

— Depuis combien de temps êtes-vous ici ? le questionna Reynolds.

Le regard de l'homme alla de Reynolds à Beck avant de se poser sur Faith.

— Un moment, lâcha-t-il finalement.

Le Bureau of Land Management, qui s'occupait de gérer le territoire public, autorisait les campeurs à rester sur place pour une durée maximale de quinze jours. Aussi, soit l'homme était là depuis plus longtemps et il rechignait à l'admettre, soit il était naturellement ombrageux et réticent à parler, surtout à des représentants des forces de l'ordre.

— Vous avez vu quelqu'un rôder autour de cette voiture ?

— Pourquoi vous me posez cette question ? demanda l'homme au lieu de répondre.

— Le propriétaire de cette voiture a été retrouvé mort hier après-midi.

L'homme accueillit cette réponse sans émotion particulière.

— Que lui est-il arrivé ?

— L'enquête démarre juste, rétorqua Beck. Vous n'avez rien vu d'anormal au moment où vous êtes passé ?

— Il y avait un type ce matin. Un grand type avec des cheveux bruns. Il portait un sac à dos et il avait l'air d'un sauvage. Enfin, comme quelqu'un qui aurait passé pas mal de temps en pleine nature. Il avait tout d'un sans-abri mais ça pouvait tout aussi bien être un randonneur. Cela dit, j'en ai rien à faire.

— Comment vous appelez-vous ? poursuivit Beck.

— Mike.

— Mike comment ?

— Stacy.

— Pouvez-vous me montrer vos papiers, monsieur Stacy ?

L'homme fronça les sourcils, visiblement contrarié, mais finit par présenter son permis de conduire.

Beck releva dans un carnet toutes les informations le concernant.

— Avez-vous parlé à l'homme que vous avez vu ? reprit-il.

— Non.

— Quelle heure était-il ?

— Aux alentours de 6 h 30.

— Où alliez-vous à une heure aussi matinale ?

— À la pêche.

— Vous n'avez vu personne d'autre, à part cet homme ?

— Non. Je peux y aller, maintenant ? Je dois retourner au campement.

— Comment pourrons-nous vous joindre si nous avons besoin de vous parler ? s'enquit Beck.

— Vous me trouverez là-haut. Vous reconnaîtrez mon pick-up.

Sur ce, il fit vrombir son moteur et s'éloigna dans un nuage de poussière.

Les trois officiers le suivirent des yeux en silence.

— Ce n'était pas Larry Keplar qu'il a vu, ce matin, dit Faith.

— Non, approuva Reynolds. En revanche, ça pourrait bien être Dane Trask.

— Qu'est-ce que Trask serait venu faire ici ? demanda Faith. Les deux hommes ne se connaissaient pas.

— À nous de le découvrir.

— Ce serait également intéressant de savoir ce que M. Stacy ne nous a pas dit, suggéra Faith.

— Tu crois qu'il nous a menti ?

— En tout cas, il n'est pas allé pêcher.

— Comment le sais-tu ?

— J'ai jeté un coup d'œil à l'intérieur du pick-up et je n'ai rien vu de l'attirail classique du pêcheur. Il n'y avait ni canne à pêche, ni panier, ni glacière.

— Peut-être qu'il avait rangé tout son barda dans le plateau, suggéra Beck.

— Peut-être, concéda Faith d'un ton peu convaincu.

Ou peut-être aussi que Mike Stacy avait fait quelque chose qu'il voulait cacher aux flics comme cambrioler une épicerie ou travailler au noir pour une entreprise de construction. En tout cas, quelque chose qui n'avait rien à voir avec l'enquête en cours mais qui était malgré tout répréhensible.

— Quand la dépanneuse sera venue chercher la jeep, je retournerai parler à Stacy, fit Beck. On ne sait jamais… S'il lui prenait l'envie soudaine de lever le camp.

— Tu veux qu'on t'accompagne ? proposa Reynolds.

Beck secoua la tête.

— Dans ce cas, nous allons retourner au quartier général. Le rapport définitif du médecin légiste a dû nous parvenir.

— OK, on se retrouve là-bas.

Le portable de Faith sonna au moment où Reynolds et elle arrivaient à l'entrée du parc.

— On a besoin de toi ici, annonça Dance. Il y a eu une fuite. La presse est au courant de la mort de Keplar, et le bureau est submergé d'appels.

— Je suis là dans deux minutes, assura Faith.

— J'ai entendu, dit Reynolds quand elle eut raccroché. Je me demande bien ce que la presse a appris pour qu'elle soit sur les dents comme ça.

Dance vint à leur rencontre sitôt qu'il les vit passer la porte.

— Réunion dans deux minutes dans la salle de conférences, ordonna-t-il. J'ai réussi à faire patienter les journalistes jusque-là, mais il est temps que tu reprennes la main, Faith.

Tous les officiers en service étaient présents autour de la table que présidait le commandant Sanderlin.

— Nous avons reçu les rapports du médecin légiste concernant la mort de Larry Keplar, commença-t-il. Nous ignorons encore d'où provient la fuite mais je vous rappelle que notre politique d'information reste la même. Pour l'instant, nous ne confirmons ni n'infirmons.

Son regard entendu se posa alors sur Faith.

— Bien entendu, commandant, dit-elle. Aucun commentaire n'est fait sur une enquête en cours.

Sanderlin afficha son approbation.

— Pour en revenir au rapport du médecin légiste, poursuivit-il, il démontre que la mort est due à une surdose d'un mélange d'héroïne et de fentanyl, un opioïde très puissant. Compte tenu du fait qu'il n'y a aucune preuve d'utilisation antérieure de stupéfiants, nous pouvons considérer qu'il y a suspicion de meurtre.

Il se tourna vers Faith et Reynolds et demanda :

— Avez-vous appris quelque chose de la veuve de Larry Keplar ?

— Elle nous a dit qu'il l'avait appelée dans l'après-midi – probablement à l'heure où il quittait nos bureaux – pour lui annoncer qu'il comptait retourner à la TDC pour y régler une affaire importante. Comme elle ne le voyait pas rentrer, elle a supposé qu'il avait dormi là-bas, comme il lui arrivait de le faire. Nous n'avons pas encore vérifié auprès de la TDC si cette information est avérée.

Sanderlin consulta des notes sur la tablette qui se trouvait devant lui. Il s'apprêtait à prendre la parole quand des coups frappés à la porte l'en empêchèrent.

— Entrez ! dit-il d'une voix forte teintée d'une pointe d'agacement.

Sylvia, l'une des assistantes, fit son apparition.

— J'ai le rapport que vous avez demandé, dit-elle en lui tendant un document imprimé.

Sanderlin le parcourut des yeux, les sourcils froncés et le visage soucieux.

— C'est un rapport préliminaire sur les empreintes digitales relevées sur la jeep de Keplar, dit-il. Ce sont celles de Dane Trask.

# 5

Dane s'assit à califourchon sur la branche épaisse d'un pin tordu puis s'installa contre le tronc du mieux qu'il le put. À aucun moment il ne lâcha des yeux les trois officiers de la brigade des rangers – reconnaissables à leur uniforme – qui tournaient autour de la jeep blanche. Il reconnut tout de suite Faith Martin. Dire qu'il ne l'avait jamais vue avant la conférence de presse qu'elle avait tenue quelques jours plus tôt et que, depuis, il tombait sur elle sans arrêt... Il l'observa tandis qu'elle parlait. Que pouvait-elle dire ? Il aurait bien aimé le savoir. En tout cas, à voir son air concentré, ça avait l'air sérieux.

Sans doute échangeaient-ils des hypothèses sur cet homme retrouvé sans vie à l'intérieur du véhicule. Dane avait repéré la jeep alors qu'il se rendait à son rendez-vous habituel avec Steve Betcher, un ancien de la brigade qui lui était venu en aide quand il avait appris qu'il avait des problèmes. Quand il avait lu dans les journaux que Dane volait de la nourriture aux campeurs pour survivre, il était venu traîner dans cette zone en lui laissant çà et là de quoi manger ou des petits mots sur lesquels il disait qu'il voulait l'aider et qu'il pouvait lui faire confiance.

Dane n'avait pas hésité longtemps. Il savait que la parole de Steve valait de l'or. Depuis, ils se retrouvaient toutes les semaines dans cette zone de camping sauvage. C'était plus sûr que dans le parc. La plupart des gens qui venaient ici restaient entre eux et ne se mêlaient pas des affaires des autres. Certains étaient des campeurs venus planter leur tente ici par souci d'économie ;

d'autres étaient des sans-abri qui cherchaient un endroit où se poser sans être persécutés.

Steve était le lien entre la vie sauvage et la ville. C'était par lui que Dane avait appris la mort de Ruffino et toutes les révélations qui tournaient autour de ce meurtre. La TDC avait affirmé ne pas être au courant des agissements de son associé et, depuis, elle en faisait des tonnes pour redorer son blason. À grands coups de conférences de presse et de sommes faramineuses versées à des associations caritatives, elle s'évertuait à sauver sa réputation.

— Ils sont en train de gagner, lui avait annoncé Steve la dernière fois qu'ils s'étaient vus. L'opinion publique penche en leur faveur. Les gens pensent que les gros bonnets de la TDC ignoraient tout des manigances de Ruffino, sans quoi ils ne seraient pas restés sans rien faire.

— Et moi, je sais que c'est faux.

— Alors, pourquoi ne vas-tu pas tout balancer à la police ?

— Parce que je nous mettrais en danger, ma famille et moi.

Jusque-là, c'était la réponse que Dane donnait toujours à Steve quand celui-ci l'encourageait à sortir de son trou pour aller témoigner contre la TDC. Pourtant, il commençait à douter. N'était-il pas temps, en effet, d'aller trouver les forces de police pour tenter de faire éclater la vérité ? Pour leur annoncer que l'entreprise de construction de la TDC n'était qu'une façade destinée à dissimuler un trafic de stupéfiants de grande envergure ?

Après avoir récupéré la nourriture et les journaux que Steve avait laissés pour lui, Dane était retourné à la jeep. Quand il avait vu le cadavre, il avait essayé d'ouvrir la portière mais elle était verrouillée. En y regardant de plus près, il avait vu le garrot ainsi que l'aiguille plantée dans le bras. Il en avait déduit que l'homme, venu là pour se piquer en toute tranquillité, avait succombé à une overdose d'héroïne sans doute fournie par la TDC.

Au lieu de repartir, il avait grimpé à cet arbre et, de son observatoire, s'était mis à surveiller la jeep. C'est ainsi qu'il avait vu un campeur promenant son chien s'approcher du véhicule et découvrir, comme lui un peu plus tôt, la scène macabre. Peu de temps après, le corps avait été transporté à la morgue pour y subir une autopsie, et la scène de crime, sécurisée par l'habituel ruban jaune et noir. L'officier Faith Martin et ses deux collègues étaient les derniers à avoir débarqué. Quelles conclusions étaient-ils en train de tirer de ce qu'ils avaient vu ?

Il ne chercha pas de réponse à sa question, trouvant plus intéressant de focaliser son attention sur l'agent Martin. Et elle ? Le croirait-elle s'il lui confiait tout ce qu'il savait ? L'aiderait-elle à faire éclater la vérité ? Il avait été entraîné à vivre à la dure, à se défendre en toutes circonstances, mais se mesurer seul à la TDC, c'était un pari perdu d'avance. Steve avait raison. Il était temps de demander de l'aide.

Un vieux pick-up vert déglingué entra soudain dans son champ de vision. Le conducteur s'arrêta à la hauteur des officiers. Depuis son perchoir, Dane ne pouvait rien voir de l'homme ni entendre ce qu'il disait mais il n'était pas bien difficile d'imaginer l'échange. Peu de temps après, l'homme reprit sa route.

Dane attendit encore un peu, laissant le soleil qui filtrait à travers les aiguilles de pin lui réchauffer le visage. Il respira à pleins poumons l'odeur de résine que dégageait l'arbre. Quelques minutes à peine s'étaient écoulées quand la dépanneuse venue chercher la jeep arriva. Faith Martin repartit avec l'officier avec qui elle était arrivée tandis que le troisième officier attendait que le véhicule soit enlevé pour quitter les lieux. Le spectacle était terminé. Dane pouvait regagner le parc, lire les journaux que Steve lui avait apportés et planifier sa prochaine action.

Il suivit une ancienne piste qui longeait le camping et débouchait sur la partie nord du parc. Il marchait d'un pas vif mais silencieux, les sens en alerte. Pourtant, il n'aurait jamais imaginé que le danger viendrait de front. L'homme, surgi de nulle part, lui barrait la route, le menaçant d'une arme à feu qu'il tenait à deux mains, les jambes bien campées dans le sol.

— Les mains en l'air, Trask, lui ordonna-t-il.

Tout en s'exécutant docilement, Dane évalua les chances qu'il avait de remporter la bataille. L'homme était costaud, tout en muscles et il n'avait pas l'air de plaisanter. C'était du sérieux.

— Que voulez-vous ? demanda-t-il pour gagner du temps.

— Jette ton arme à terre, commanda l'inconnu en guise de réponse.

Cette fois, Dane ne broncha pas. L'homme fit un pas en avant, le tenant toujours en joue. Le fait qu'il l'ait trouvé sur cette piste abandonnée lui fit penser qu'il n'avait pas affaire à un des nombreux amateurs qui, appâtés par la somme offerte par la TDC, s'improvisaient régulièrement chasseurs de prime et se lançaient à ses trousses. Tout dans le comportement de cet homme trahissait l'expérience militaire.

— Jette ton arme à terre ou je tire, répéta l'homme d'une voix sourde en même temps qu'il avançait encore d'un pas.

Dane sortit son pistolet de son étui et le fit glisser du pied en direction de l'homme qui, à présent, ne se trouvait qu'à un mètre de lui.

— Qui vous envoie ? demanda-t-il.

Encore une fois, l'homme botta en touche. Au lieu de répondre, de la pointe de son arme, il fit signe à Dane de se retourner.

— Vous voulez me tirer dans le dos, c'est ça ? dit Dane en le défiant du regard.

Une provocation qui lui valut un bon coup de crosse en travers du visage ce qui, à ses yeux, était plutôt positif. L'homme n'était pas là pour le descendre sinon il n'aurait pas raté cette occasion de le faire. À moins qu'il n'ait pas usé de son arme de peur d'alerter les campeurs avoisinants.

— Qu'est-ce que tu fichais dans cet arbre à mater les rangers ? demanda l'homme.

Dane eut alors la certitude qu'il avait affaire à un professionnel. Le commun des mortels ne marchait pas la tête en l'air mais les yeux rivés sur ses pas, histoire de s'éviter une chute malheureuse. Cet homme était-il le conducteur du pick-up ?

— Je voulais voir ce qu'ils faisaient, répondit-il prudemment.

— Tu balances un mot aux flics et tu ne reverras pas ta fille vivante.

Sur ce, il esquissa le geste de frapper de nouveau Dane mais celui-ci fut plus rapide. Il esquiva le coup et, prenant l'homme par surprise, se jeta sur lui tête baissée, visant le plexus. L'homme tituba, le souffle coupé. Il chercha à riposter, mais un coup de pied violent dans le poignet lui fit lâcher son arme. Dane attaqua encore et encore jusqu'à ce que son assaillant se retrouve en vrac par terre, à demi inconscient et ensanglanté.

Haletant, la bouche en sang et les pommettes tuméfiées, Dane ramassa les deux pistolets et s'éloigna en courant, porté par la peur et l'adrénaline. Cette fois, il avait vu la mort de près.

Combien de temps encore sortirait-il vainqueur de ces jeux dangereux ?

— A-t-on trouvé des empreintes de Dane Trask ailleurs que sur la portière de la jeep ? s'enquit Faith. Sur la seringue, par exemple ?

Le commandant Sanderlin secoua la tête.

— Non. On n'y a même pas trouvé celles de Keplar.

— De toute évidence, notre tueur a tout essuyé après son passage, dit Reynolds.

— Justement. C'est curieux qu'il n'ait pas pensé à nettoyer la poignée de la portière, non ? rétorqua Faith.

— Il n'en a peut-être pas eu le temps, fit Knightbridge. Il aura entendu quelqu'un s'approcher et il aura pris la fuite.

— Cela dit, les empreintes de Trask n'ont peut-être rien à voir avec la mort de Keplar, dit Reynolds. Ce dernier a peut-être embarqué Dane alors qu'il faisait du stop.

— Je n'imagine pas bien Trask se déplacer en stop alors qu'il a tous les flics de l'État à ses trousses, répliqua Faith. Et si c'était le cas, on aurait trouvé ses empreintes sur la portière du côté passager et pas sur la portière du côté conducteur. À mon avis, Trask a vu la voiture après que le tueur était parti.

— Je ne comprends pas ce type, déplora Hudson. Pourquoi n'a-t-il pas signalé ce mort ?

— Parce qu'il n'a pas de portable ? proposa encore Faith. Ou parce qu'il a peur qu'on lui colle ce meurtre sur le dos.

— Trask avait-il une raison de tuer Keplar ? s'enquit Sanderlin.

— Keplar m'a dit lui-même qu'ils ne se connaissaient pas, répondit Faith. Ils ne s'étaient même jamais rencontrés à la TDC. Trask n'avait donc aucune raison de vouloir l'éliminer.

— Non, mais Keplar est venu ici pour signaler qu'il était tombé sur des dossiers douteux incriminant Trask, dit Dance. Trask aurait très bien pu tuer Keplar pour l'empêcher de révéler le contenu de ces dossiers.

— Tuer quelqu'un par overdose ne s'improvise pas à la légère fit remarquer Sanderlin. Cela suppose que Trask se soit procuré de la drogue, ce qui ne colle pas avec le profil d'un homme en cavale.

— Peut-être que Trask a cherché à ouvrir la portière pour porter secours à Keplar, suggéra Hudson.

— Tout ça, ce ne sont que des suppositions, fit remarquer Dance. Pour le moment, nous n'avons aucune preuve de ce que nous avançons.

— Vous allez retourner questionner les campeurs, trancha Sanderlin. Quelqu'un se souviendra peut-être d'avoir vu ou entendu quelque chose. Martin, vous vous occuperez de la presse. Faites une déclaration qui s'en tient aux faits, sans rien divulguer de ce qui pourrait compromettre l'avancée de l'enquête.

— Oui, monsieur.

Elle ravala avec peine sa frustration d'être mise sur la touche. Après tout, c'était pour assurer la relation entre la brigade et les médias qu'elle avait été embauchée ici. Alors, pour l'instant, autant faire contre mauvaise fortune bon cœur.

Le soleil se couchait quand elle répondit au dernier appel téléphonique. Entre-temps, la police scientifique avait passé la jeep au peigne fin mais n'avait rien trouvé de significatif. Quant à Mike Stacy, il s'était envolé dans la nature. Reynolds et Beck n'avaient pas pu lui mettre la main dessus et personne n'avait pu témoigner l'avoir vu ou lui avoir parlé avant sa disparition. La plaque d'immatriculation de son véhicule était enregistrée au nom de Wendell Stacy à une adresse différente de celle que Beck avait relevée sur son permis.

Après cette journée éprouvante, Faith était pressée de rentrer chez elle, de troquer son uniforme contre un jogging confortable puis de siroter un verre de vin devant quelques épisodes de sa série préférée. Elle salua ses collègues et sortit du bâtiment pour regagner sa vieille Subaru, qu'elle avait garée au fond du parking. Au passage, elle croisa l'officier Knightbridge qui regagnait le QG. Elle sourit en voyant sa fidèle Lotte, le museau pointant à la vitre entrouverte du côté passager.

Parvenue à sa voiture, elle ouvrit sa portière et balança son sac à main sur le siège passager. Elle s'apprêtait à se glisser derrière son volant quand une main puissante la bâillonna.

— Tenez-vous tranquille et tout ira bien, lui ordonna une voix masculine.

# 6

Portée par un fort instinct de survie, Faith se débattit tant qu'elle put pour tenter de se libérer de l'emprise de l'homme. En vain. Même le violent coup de pied qu'elle avait réussi à lui asséner dans la rotule et qui, pourtant, lui avait arraché un cri de douleur ne lui avait pas fait lâcher prise. La lutte n'était pas égale. L'homme était beaucoup plus fort et plus grand qu'elle. Et il savait exactement comment s'y prendre. En l'espace de quelques secondes, il l'avait muselée avec du ruban adhésif, il lui avait ligoté les poignets et les chevilles et l'avait balancée sur son épaule comme un vulgaire sac de charbon. Même chargé comme il l'était, il s'était mis à courir à grandes foulées, filant derrière le bureau d'accueil des visiteurs du parc, fermé à cette heure-là, sur un chemin de terre qui longeait la route sur quelques dizaines de mètres avant de s'enfoncer en direction du canyon.

Dans l'obscurité naissante, Faith essaya de prendre mentalement des repères. Que pouvait-elle faire d'autre ? Entravée comme elle l'était, elle n'avait aucune chance d'échapper à son ravisseur. Au mieux, elle prendrait le risque de tomber et de se briser les os contre les rochers. Lorsqu'ils se furent enfoncés assez loin dans le parc, l'homme cessa de courir pour adopter une marche rapide. Il était à bout de souffle mais il la maintenait encore fermement. Faith essaya alors de crier mais elle ne parvint qu'à émettre un gémissement pathétique.

— Ne vous inquiétez pas, dit l'homme. Je ne vous veux aucun mal.

Elle aurait tant voulu le croire ! Mais le souvenir de Jerry était encore trop présent à sa mémoire. Lui aussi lui avait dit des paroles rassurantes avant de lui faire vivre l'enfer. Elle en avait encore des séquelles physiques et psychologiques. Tandis que cet étranger l'emportait loin de toute civilisation, son cœur s'emballa et elle dut faire un effort phénoménal pour ne pas céder à la panique.

Pour se rassurer, elle se dit qu'un des membres de la brigade allait s'étonner de voir sa voiture stationnée au même endroit ; qu'il trouverait sans doute ses clés, qu'elle avait laissées tomber au moment où son ravisseur l'avait attrapée. Non, elle ne resterait pas longtemps prisonnière de ce fou.

Au bout d'un temps qui lui parut une éternité, l'homme s'arrêta enfin et la reposa à terre. Elle le regarda fixement mais l'obscurité l'empêchait de distinguer ses traits. Elle put juste discerner que ses cheveux étaient longs et qu'il portait une barbe épaisse.

— Je vais vous porter jusqu'à l'intérieur, dit-il. Une fois là, je vous détacherai et vous ôterai votre bâillon. N'essayez pas de vous enfuir, vous n'y arriveriez pas. Sachez que je ne vous ferai aucun mal. Je veux juste que vous écoutiez ce que j'ai à dire.

Cette fois, il la souleva du sol avec délicatesse et c'est entre ses bras qu'il la fit pénétrer dans une grotte. Il émanait de lui une odeur virile, mélange de sueur et de fumée de bois. Le doute n'était plus permis. Elle savait désormais qui l'avait kidnappée.

Il s'enfonça profondément dans la grotte avant de la déposer à terre une nouvelle fois.

— Je vais vous retirer votre bâillon. Ça risque de ne pas être très agréable.

En effet. Elle poussa même un cri tant la douleur était vive.

Il alluma une lanterne à piles qui projeta aussitôt une lumière blanche sur les parois rocheuses.

— Qu'est-ce que vous attendez de moi, Dane Trask ? demanda-t-elle.

— J'ai besoin que vous m'aidiez, répondit Dane.

Elle le fusilla d'un regard noir.

— Et évidemment, ça ne vous est pas venu à l'esprit que vous pouviez simplement me le demander, rétorqua-t-elle d'un ton rageur. Un truc du genre : « Bonjour, j'ai besoin de votre aide. Il faut que je vous parle. »

— Ma vie est en danger, rétorqua-t-il. Et celle de ma fille également. Je ne peux pas prendre le risque de m'exposer.

— En revanche, prendre le risque de kidnapper un agent des forces de l'ordre, cela ne vous dérange pas ?

Sa colère enfla un peu plus. Elle serra les poings de rage et d'impuissance.

— Je ne vous ai pas kidnappée.

— Vous m'avez traînée jusque dans cette grotte contre ma volonté. Désolée, mais il s'agit bien d'un kidnapping.

— Je comprends que vous puissiez le voir sous cet angle mais je n'avais pas le choix. Il fallait que je vous emmène dans un endroit sûr pour pouvoir vous parler sans risquer de me faire arrêter.

Il vit bien qu'elle ne le croyait pas mais il ne pouvait pas lui en vouloir. Encore une fois, il avait agi sous le coup d'une impulsion qui pouvait lui coûter cher.

— Vous devez me laisser partir, dit-elle.

— Vous ne pouvez pas repartir seule. Il fait nuit, vous ignorez où nous nous trouvons et l'endroit n'est pas sûr à cette heure-là.

— Je vous rappelle que je suis officier de police et qu'à ce titre j'ai suivi un entraînement qui devrait me permettre de me défendre, répliqua-t-elle d'un ton railleur.

— Avez-vous été entraînée à survivre en pleine nature, dans un milieu hostile ? Sauriez-vous vous orienter en pleine obscurité sans GPS ou sortir du canyon ou encore retrouver les pistes qui vous conduiraient à votre quartier général sans vous rompre le cou ? Et je ne vous parle même pas des animaux sauvages qui pourraient croiser votre route.

La peur s'inscrivit sur son visage mais, très vite, elle afficha un air impénétrable.

— Je pourrais juste sortir d'ici et attendre le jour pour rentrer.

— C'est exact. Mais dans ce cas, vous feriez tout aussi bien de rester dans cette grotte où vous serez au sec et en sécurité. Et pendant que vous mangerez, vous écouterez ce que j'ai à vous dire. Demain matin, je vous conduirai sur le sentier qui mène au bureau d'accueil des visiteurs. Je vous en fais la promesse formelle.

— Rendez-moi mon arme.

— Demain, quand vous partirez.

Elle était encore suffisamment en colère contre lui pour faire une bêtise – comme, au mieux, vouloir le forcer à se rendre ou, au pire, tenter de le tuer – ; une bêtise contre laquelle il n'aurait d'autre choix que de se défendre.

— Je vous le répète encore une fois, je ne vous veux aucun mal.

Elle le regarda un long moment sans rien dire mais il ne chercha pas à la brusquer. Il attendit patiemment qu'elle veuille bien parler.

— Détachez-moi, finit-elle par dire.

Cela voulait-il dire qu'elle était prête à rester et à l'écouter ? Il l'ignorait mais il décida de prendre le risque. Il se saisit de son canif et, le tenant de manière à pouvoir s'en servir s'il devait se défendre, il s'approcha d'elle. Il s'accroupit et, d'un geste vif, trancha le ruban adhésif qui lui entravait les membres. Elle essaya de se relever mais, incapable de se tenir debout, se laissa retomber lourdement avec un gémissement de douleur.

— Ce n'est rien, dit-il en allant s'installer sur son sac de couchage. Il faut attendre que le sang se remette à circuler normalement.

Tout en la surveillant du coin de l'œil, il sortit de son sac à dos une thermos et remplit un gobelet qu'il fit doucement glisser vers elle.

— C'est du thé.

Il l'accompagna de la boîte de poulet frit que Steve lui avait donnée le matin même.

— Mangez un peu. Vous vous sentirez mieux après.

Elle regarda la nourriture comme si elle avait été empoisonnée.

— Alors, c'est vrai, dit-elle d'un ton dédaigneux. Vous volez les campeurs pour vous nourrir.

— Je n'ai jamais rien volé. Chaque fois que je prenais quelque chose, je laissais un objet de valeur en compensation. Et puis, j'ai arrêté. Ce poulet ne provient pas du garde-manger d'un campeur.

Elle baissa les yeux sur l'étiquette de l'emballage qui indiquait le nom d'un supermarché puis, semblant convaincue, se servit enfin.

Elle mastiquait lentement, avec délicatesse, sans le quitter des yeux. De toute évidence, elle était encore sur le qui-vive.

Quand il la vit s'agiter sur la roche où elle était assise, il lui lança la couverture contre laquelle il était adossé.

— Tenez. Ce sera plus confortable.

Sans dire un mot, elle plia la couverture en quatre, s'assit dessus puis se remit à manger. Elle laissa passer quelques secondes de silence puis lança d'un ton égal :

— Vous avez la réputation d'être un homme intelligent. Brillant, même. Pourtant, tout dans votre comportement démontre le contraire.

Que répondre à cela ? Qu'elle avait raison ?

— Cela vous montre à quel point je suis désespéré, finit-il par dire. Et prêt à avancer. Mais pour cela, j'ai besoin que vous m'écoutiez. Et surtout, que vous me croyiez.

Faith n'avait plus faim mais elle se força à manger. Elle n'avait peut-être pas été entraînée à survivre en milieu hostile mais elle savait une chose : si elle voulait échapper à cet homme, manger lui permettrait de garder des forces et à avoir les idées claires.

À la distance où ils se trouvaient l'un de l'autre, elle ne pouvait pas le voir très distinctement mais elle sentait son regard peser sur elle. Il l'épiait comme il avait dû le faire avant, pour bien planifier son enlèvement. Comme il avait également dû repérer cette cachette avant d'envoyer son pick-up s'écraser au fond du canyon puis de disparaître dans la nature. Elle n'avait pas pu prendre de repères qui l'auraient aidée à savoir où ils se trouvaient mais elle pouvait déduire, à l'heure de marche qu'il lui avait fallu pour arriver jusqu'ici, qu'ils n'étaient qu'à cinq kilomètres environ de la route qui traversait le parc. Par quel miracle cette grotte avait-elle échappé aux patrouilles incessantes des rangers, elle se le demandait encore.

Une autre question lui vint : si Dane disait vrai et qu'il n'avait pas volé ce poulet à des campeurs, comment faisait-il pour aller se ravitailler dans un supermarché de Montrose ? Avait-il un déguisement planqué quelque part qui lui permettait de se déplacer sans se faire remarquer ? Cela paraissait peu probable. Il semblait plus plausible qu'il bénéficiait de la complicité d'une personne venant de l'extérieur. Mais qui ? Audra, sa fille ? Non. À chaque fois que Faith avait eu l'occasion de lui parler, il lui avait paru évident qu'elle était inquiète pour son père. Elle avait même coopéré de manière très étroite avec les forces de police, allant jusqu'à risquer sa vie pour prouver l'innocence de Dane.

— Vous êtes prête à m'écouter, maintenant ?

Oui. Elle était prête à écouter ses salades. Elle l'encouragerait même à les développer car, plus il parlerait, plus elle se donnerait de temps pour tenter de trouver un moyen de se sortir de cette situation épineuse.

— Si vous voulez que j'écoute ce que vous avez à me dire, je vous demanderai de me faire l'honneur de vous mettre là où je pourrai voir votre visage. Et vos mains.

Rester prudente. Ne pas se laisser endormir par ses mensonges. Il fallait qu'elle garde cela en tête.

Il ne chercha pas à discuter. Docilement, il avança jusqu'à se trouver sous le faisceau de lumière crue que dispensait la lanterne. Même sous la barbe épaisse qui lui mangeait le visage, elle le reconnut parfaitement. C'était bien Dane Trask qui se tenait devant elle. Elle remarqua aussitôt sa lèvre éclatée et ses joues tuméfiées. Des marques qui ne pouvaient qu'être le résultat d'une bagarre serrée.

Il répondit à son interrogation muette en la défiant du regard.

Cette posture provocatrice, elle l'avait déjà vue quelque part. Son cœur se mit à battre la chamade.

— Vous étiez à la conférence de presse, lundi, dit-elle. Vous portiez un blouson de cuir et un bandana sur le front.

— Je voulais savoir quels boniments la TDC allait vous servir, cette fois, répondit-il sans chercher à nier. Quand je vous ai vue, je ne sais pas pourquoi je me suis dit que vous pourriez m'aider.

— Il a fallu que ça tombe sur moi. Quelle chance j'ai eue ! ironisa-t-elle. Mais dites-moi. Pourquoi moi ? Parce que je suis jeune et que vous m'avez crue naïve ? Ou parce que je suis une femme et que vous vous êtes imaginé que je ne pouvais que tomber sous le charme du séducteur de pacotille que vous êtes ?

Il ne prit pas la peine de relever ce coup bas.

— J'avais lu votre nom dans les journaux, répondit-il. C'est vous qui assurez la liaison entre la police et la presse. Vous êtes donc en contact régulier avec les journalistes et j'ai pensé que ça pouvait m'être utile. En plus, vous êtes du coin ; pas comme la plupart des rangers qui sont parachutés là pour quelques années avant de repartir vers de nouveaux horizons. La TDC, vous connaissez ; alors, j'ai pensé que vous auriez plus à cœur de faire éclater la vérité.

— Un officier de police n'a pas besoin d'être du coin, comme vous dites, pour vouloir que justice soit faite, rétorqua-t-elle sèchement.

— Vous avez raison, convint-il. Mais sur ce coup-là, je joue gros et j'avais besoin de mettre toutes les chances de mon côté.

Elle médita ces paroles un court instant avant de demander :

— Que savez-vous des agissements de la TDC ? Vous voulez parler de la construction d'une école sur un terrain contaminé ? Ou de la décharge sauvage sur des terres fédérales ? Ou encore du meurtre de Roy Holliday ?

Trois délits dont les rangers savaient aujourd'hui qu'ils avaient été perpétrés par Mitch Ruffino.

— Je pense qu'ils ont éliminé Roy Holliday pour l'empêcher

de parler. Parce qu'il avait découvert ce qu'ils trafiquaient. Moi aussi ils m'auraient supprimé si je ne m'étais pas enfui.

Elle changea de position, la couverture ne lui offrant qu'une protection sommaire contre la dureté de la roche.

— Allez-y, dit-elle. Je vous écoute.

Au cours de ses nombreuses nuits sans sommeil, Dane s'était imaginé cette scène ; la façon dont il présenterait les faits. Entraîné comme il l'était, il commença donc par les résultats des analyses qu'il avait fait faire à l'insu de la TDC et qui ne correspondaient pas à ceux qui figuraient sur les rapports officiels communiqués au ministère de l'environnement. Il lui révéla ensuite l'existence de la cargaison de drogue qu'il avait découverte dans un des tunnels de la mine.

— Les hommes et les femmes membres de l'association que j'ai créée pour leur venir en aide m'ont tous assuré qu'ils n'avaient aucun mal à se procurer cette drogue et que, en plus, elle n'était pas très chère. Ils prétendent que de l'héroïne de bonne qualité arrive régulièrement du Mexique par cargaisons entières. De là à faire le lien entre ce trafic et ce que j'ai trouvé dans la mine, il n'y avait pas loin. Alors, j'ai commencé à creuser davantage. Et j'ai découvert que la TDC avait considérablement développé ses échanges avec le Mexique. S'ils ne s'étaient pas cachés de traiter avec eux ; en revanche ils s'étaient bien gardés de s'étendre sur l'ampleur du marché qu'ils avaient passé avec la ville de Mexico.

— Traiter avec des fournisseurs étrangers n'est pas illégal, que je sache.

— Non. Mais j'ai décidé de me rendre sur place, histoire de vérifier par moi-même. J'avais planifié mon voyage quand la TDC m'a demandé d'aller évaluer une ancienne usine qu'ils venaient d'acquérir et qu'ils souhaitaient transformer en lofts.

Il interrompit son récit pour se rapprocher d'elle. Il voulait qu'elle voie qu'il ne mentait pas.

— Ce sont des projets qui peuvent rapporter beaucoup

d'argent, reprit-il. Enfin, tant qu'il n'y a pas de problème de contamination par l'amiante, ou autre matériaux toxiques par exemple. Bref, j'ai fait comme ils m'ont demandé mais j'en ai profité pour aller jeter un coup d'œil à leur usine de fabrication de cloisons en Placoplatre. J'ai suivi les transporteurs et j'ai compris que certains d'entre eux prenaient une route différente pour se rendre jusqu'à la frontière. Et là, j'ai vu que pendant que le chauffeur dormait, des hommes venaient ajouter des cargaisons qu'ils planquaient sous les camions, derrière des panneaux, invisibles si on n'a pas l'idée d'aller fouiner là-dessous.

— Le service des douanes ne les a jamais pris en flagrant délit ?

— Cela arrive, occasionnellement. Le problème, c'est que les chauffeurs sont des contractuels qui changent tout le temps. Dans ces cas-là, la TDC leur donne un blâme puis soudoie les personnes qui peuvent servir ses intérêts. La TDC se fait alors passer pour victime d'un transporteur corrompu.

— Que se passe-t-il une fois que la drogue a passé la frontière ?

— La cargaison est livrée dans un entrepôt appartenant à la TDC, situé dans un endroit désert, à l'abri des caméras et des regards indiscrets.

— Mais vous, vous avez remarqué leur manège.

— Parce que j'ai cherché. J'ai passé trois nuits d'affilée à filmer leurs allées et venues.

Elle se pencha vers lui, visiblement intéressée.

— Où sont les films ?

— En lieu sûr. Enfin… Si la TDC ne les a pas trouvés et détruits.

— Vous devez les remettre à la brigade des rangers.

— Je le ferai. Si vous me dites que vous me croyez.

Derrière son expression indéchiffrable, il devina un mélange de scepticisme et d'aversion pour les révélations qu'il venait de lui faire. Mais aussi une pointe d'émotion qui lui laissait à penser qu'une partie d'elle croyait à son récit ou, du moins, voulait le croire.

Faith fixa sur Dane un regard scrutateur. Elle devinait en lui un être plus complexe qu'il n'y paraissait. Son récit, bien que cohérent, lui apparaissait néanmoins tiré par les cheveux.

— Pourquoi une entreprise aussi florissante que la TDC prendrait-elle le risque de se lancer dans un trafic de drogue international ? demanda-t-elle. En plus d'être illégale et dangereuse, cette activité demande également un blanchiment d'argent qui n'est pas négligeable.

— Le domaine du bâtiment est très fluctuant. Les bénéfices varient au gré du marché. Si celui-ci se porte bien, l'argent rentre à flots mais, si ce n'est pas le cas, les résultats peuvent être catastrophiques. Parfois, les marges bénéficiaires sont très minces ; il suffit de prendre la mauvaise décision et c'est le dépôt de bilan assuré. Il y a deux ans, la TDC a frôlé la faillite. Elle avait investi dans la construction de bureaux en Chine mais le chantier a brûlé. Ils ont perdu beaucoup d'argent sur ce coup-là. Ils ont dû voir dans le trafic de stupéfiants un bon moyen de renflouer leurs caisses. Entre les chantiers de construction disséminés un peu partout dans le monde, l'excellente réputation dont ils jouissent et les cohortes de transporteurs qui peuvent passer les frontières sans problème, ils ont trouvé la voie royale. L'entreprise en elle-même est devenue l'écran parfait. Celui qui est destiné à dissimuler toutes ces activités illégales et aussi à blanchir l'argent de la drogue. Avec les sommes faramineuses que le trafic de stupéfiants leur rapporte, ils ont de quoi graisser la patte de pas mal de monde et, du coup, de s'ouvrir pas mal de portes.

— Je ne comprends pas quel est le lien entre l'école primaire, la mine Mary Lee et cette affaire ? s'enquit-elle.

— Pour ce qui est de la mine, ils se servent des tunnels comme entrepôt pour leurs cargaisons d'héroïne. Ensuite, ils ont vu dans cette mine désaffectée le lieu idéal pour y déverser les déchets de matériaux toxiques qui ont servi pour la construction de la future école primaire.

— Comment se fait-il que vous soyez le seul à avoir découvert le pot aux roses ? Pourquoi personne d'autre que vous n'a rien vu ?

— Parce que personne n'a cherché. Mais il faut dire qu'il fallait creuser pour trouver. La TDC a été assez maligne pour, à chaque fois, charger des personnes différentes de remplir les rapports destinés aux autorités compétentes. Ils ne s'attendaient pas à ce qu'un des rapports d'analyses me tombe entre les mains et que cela me pousse à procéder à d'autres prélèvements dont les résultats ne collaient pas avec les précédents.

— Admettons, lui concéda-t-elle. Si ce que vous dites est vrai, pourquoi n'êtes-vous pas allé en parler à la police ?

— Parce que je suis certain que, là aussi, la TDC a assuré ses arrières en effectuant des « donations » régulières.

— Vous auriez pu aller trouver des agents du FBI. Ou des membres de la brigade des rangers. Je vous donne ma parole qu'aucun de nous n'a touché de pots-de-vin.

Il eut un vague hochement de tête qu'elle ne sut comment interpréter.

— J'aurais pu, c'est vrai, admit-il.

— Pour quelle raison ne l'avez-vous pas fait ?

Il détourna la tête, visiblement gêné.

— Parce que j'ai la fâcheuse manie de tout vouloir résoudre moi-même.

— Vous pensiez sincèrement mettre fin tout seul à un trafic de drogue international ?

— De toute évidence, je me suis trompé, avoua-t-il piteusement.

— De toute évidence, en effet. Qu'avez-vous fait ?

— Je suis allé trouver Mitch Ruffino en lui collant sous le nez les preuves que j'avais recueillies. Tout d'abord, il a nié en bloc. Puis il m'a offert de l'argent. Quand il a vu que ça ne marchait pas, il a envoyé chez moi deux types qu'il avait chargés de me tuer. Mais là encore, ils ont échoué à se débarrasser de moi. Ils m'ont alors envoyé des photos de ma fille qui prouvaient qu'ils ne la lâchaient pas d'une semelle et qu'ils s'en prendraient à elle si je crachais le morceau.

— Même là, vous n'avez pas eu envie d'aller tout raconter à la police ?

— Non. J'avais fini par devenir paranoïaque. Je n'avais plus confiance en personne. Je ne savais pas à qui me fier. J'ai pensé que le mieux était que je disparaisse. J'ai bien laissé des indices à mes proches pour les conduire sur la voie de la mine Mary Lee ; pour qu'ils découvrent les cargaisons de drogue. Mais avant même que quelqu'un comprenne, la TDC avait trouvé une autre cachette.

— Honnêtement, je ne vous comprends pas, déplora-t-elle.

— C'est pourtant facile à comprendre. Mon but était que ce soit quelqu'un d'autre que moi qui trouve la drogue et dénonce la TDC. De cette manière, Audra n'aurait plus été inquiétée.

— Mais comme personne n'a compris, vous avez décidé de m'enlever. Bravo.

Il ignora la pique ironique pour continuer, comme pour lui-même.

— Ce sont eux qui ont tué cet homme dans la jeep. Puis ils ont envoyé quelqu'un sur mes traces. Comme vous pouvez le voir, il m'a retrouvé. Mais, si je m'en suis tiré encore une fois, j'ai le sentiment que l'étau se resserre autour de moi et que je manque de temps pour agir.

— Que savez-vous de l'homme que l'on a retrouvé mort dans la jeep ?

— Je ne l'avais jamais vu avant mais il avait le sigle de la TDC collé sur son pare-brise. Quand j'ai vu l'aiguille dans son bras, j'ai pensé qu'il avait succombé à une overdose. Mais même là, je soupçonne la TDC d'y être pour quelque chose. Comment s'appelle-t-il ?

Elle hésita un court instant à lui répondre.

— Il s'appelle Larry Keplar, dit-elle finalement. Il était à la tête du service informatique de la TDC. Il a été embauché juste après votre disparition. Il est venu au quartier général de la brigade lundi après-midi, pour me dire qu'il avait trouvé des fichiers vous concernant et qui n'auguraient rien de bon. Il pensait que Mitch Ruffino et vous étiez complices.

Il fronça les sourcils, visiblement contrarié.

— Je n'ai jamais rien eu à voir avec les magouilles de Ruffino.

Ce Keplar a dû noter les mêmes irrégularités que moi mais il en a tiré les mauvaises conclusions.

Devait-elle le croire ? Elle aurait bien voulu, en grande partie parce que cela aurait mis un terme à cette affaire qui n'en finissait pas de traîner. Malheureusement, Dane Trask avait toutes les raisons de mentir. Il devait se protéger, de même que gagner sa confiance.

— Peu importe que je vous croie ou non, trancha-t-elle. Ce qui compte, ce sont les preuves.

— J'en ai. Mais j'ai besoin d'aide.

— Nous sommes là pour ça.

— C'est pourquoi il est si important pour moi que vous me croyiez. Mais il y a aussi une autre raison.

— Quoi ? demanda-t-elle, ne voyant vraiment pas de quoi il pouvait s'agir.

— Votre nom, répondit-il. J'ai besoin que vous ayez foi en moi.

Il lui demandait clairement de lui faire confiance. Après l'avoir ligotée, bâillonnée et trimballée sur son épaule comme l'homme des cavernes qu'il était devenu ?

Un frisson lui parcourut l'échine mais ce n'était la peur qui la faisait frissonner. C'était l'excitation que lui procurait la perspective de poursuivre l'aventure avec lui.

# 7

— Faith Martin a disparu, annonça avec gravité le commandant Sanderlin.

Toute la brigade était présente dans la salle de conférences. Tous affichaient le même air inquiet.

— Tout laisse à penser qu'elle a été enlevée hier soir, après avoir déverrouillé sa voiture mais avant d'avoir pu monter dedans, poursuivit Sanderlin. L'officier Dance a retrouvé son sac et ses clés par terre, quand il est arrivé ce matin à l'endroit où sa voiture est garée.

— Je suis arrivé tôt parce que j'avais des dossiers à rattraper, précisa Dance. J'ai été étonné de voir la Subaru de Faith, parce qu'elle avait quitté le bureau tard hier soir et qu'elle avait besoin de se reposer. Comme elle n'était pas dans son bureau, je suis retourné au parking. J'ai pensé qu'elle avait eu des soucis mécaniques et qu'elle avait demandé à quelqu'un de la ramener chez elle. Mais quand j'ai vu son sac et ses clés par terre, près de la portière du côté conducteur, j'ai compris qu'il s'était passé quelque chose. En revanche, je n'ai trouvé aucune trace de lutte.

— Moi, je l'ai croisée au moment où elle partait hier soir, ajouta Knightbridge. Nous nous sommes fait un signe de la main. Tout avait l'air normal. Je n'ai remarqué personne sur le parking.

— L'enlèvement a dû se produire après, intervint Hudson.

— Savez-vous si elle a de la famille ou des proches en ville ? demanda Carmen.

La question fut accueillie par un silence embarrassé. Tous ressentaient le même sentiment de culpabilité car aucun d'eux ne s'était vraiment intéressé à cette jeune femme, fraîchement recrutée. En réalité, ils n'avaient même pas cherché à se rapprocher d'elle. Assignée à un poste administratif, ils ne la considéraient pas vraiment comme une des leurs.

— Elle était très discrète sur sa vie privée, répondit Hudson au nom du groupe.

— J'ai parlé au shérif, reprit Sanderlin. Il a été très choqué par la nouvelle et m'a assuré que ses hommes allaient se joindre à nous pour effectuer les recherches.

— Qui a pu faire ça ? interrogea Knightbridge. Et pourquoi ?

— Quelqu'un qui lui en voulait personnellement ? suggéra Hudson. En tant que porte-parole de la brigade, son nom apparaissait régulièrement dans les journaux. Quelqu'un sait si elle avait reçu des menaces ?

— Si c'est le cas, elle n'en a pas fait état, affirma Sanderlin. Je veux que vous fouilliez son ordinateur. Il nous dira peut-être quelque chose.

— Et si c'était quelqu'un qui en a après les flics ? Elle était en uniforme quand on l'a enlevée.

— Ou un psychopathe qui en a après les femmes en général, suggéra Carmen à son tour. Je me souviens d'un motard qui assistait à la conférence de presse. J'ai remarqué qu'il ne quittait pas Faith des yeux. Nous en avons même parlé ensemble.

— Vous l'aviez déjà vu avant ? s'enquit Sanderlin.

— Non. Il ne s'est pas approché de Faith, il ne lui a même pas parlé. Mais il l'observait avec insistance.

— Essayez de mettre la main sur ce type, ordonna le commandant. Autre chose ?

— C'est peut-être Trask qui a fait le coup, lâcha Reynolds.

— Qu'est-ce qui vous fait penser cela ?

— Supposons que Faith soit passée trop près de la cachette de Trask, le jour où elle est partie patrouiller seule. Il l'aura surprise et aura décidé de la kidnapper pour l'empêcher de parler.

— Il est possible aussi qu'il l'ait prise en otage.

— Si c'était le cas, il nous aurait contactés pour nous faire part de ses exigences, fit Sanderlin. Or, nous n'avons rien reçu allant dans ce sens.

Des fous tuaient aussi sans raison. Pour le plaisir de tuer. Cette réalité était tellement horrible que Carmen préféra la refouler. De toute façon, même si elle ne la formulait pas à voix haute, aucune des personnes ici présentes n'écartait cette possibilité. Il arrivait si souvent que des gens meurent juste parce qu'ils se trouvaient au mauvais endroit au mauvais moment.

— Assez discuté, conclut Sanderlin. Knightbridge, vous prenez Lotte et voyez si elle flaire quelque chose. Hudson, vous vous chargez de fouiller l'ordinateur de Faith. Carmen et Reynolds, vous allez interroger les gardes forestiers et les campeurs du parc. L'un d'eux aura peut-être vu ou entendu quelque chose. Ah… Il faudra aussi identifier ce motard.

— Très bien, dit Carmen, repoussant sa chaise la première.

Lorsqu'elle sortit du bâtiment en compagnie de Reynolds, Knightbridge et son malinois étaient déjà en quête d'indices autour de la Subaru de Faith.

— D'après vous, quelles sont les chances qu'une femme se fasse kidnapper deux fois en un an ? lança Reynolds.

— Je ne sais pas, mais elles sont plus élevées pour un flic que pour la plupart des gens, répondit Carmen.

— Je ne connais aucun autre officier de police à qui c'est arrivé.

— Moi non plus. J'ai connu un agent de la brigade des stups qui a été pris en otage par un dealer, et un gardien de prison, par des détenus, mais ça ne leur est pas arrivé deux fois. Cela dit, je me fiche des statistiques. Tout ce que je veux, c'est que nous retrouvions Faith saine et sauve.

Les gardes forestiers et les campeurs qu'ils interrogèrent n'avaient rien remarqué de suspect. De son côté, Knightbridge revint bredouille au quartier général.

— Nous avons sillonné toute la zone autour du canyon, dit-il, mais Lotte n'a rien flairé d'anormal.

— Plus ça va, plus je suis persuadé que c'est un coup de Trask, déclara Reynolds.

— Si au moins nous en avions la certitude, nous pourrions concentrer nos recherches dans le parc.

— Pourquoi aurait-il enlevé Faith ? demanda Carmen sans grande conviction.

Il y avait tant de mauvaises raisons à l'enlèvement d'une femme. Carmen envoya un message silencieux à sa collègue.

*Tiens bon, Faith. Nous te retrouverons. Je te le promets.*

Adossée à la paroi rocheuse, Faith écoutait la respiration régulière de Dane. Il dormait. Ou du moins le pensait-elle. Car dans ce noir total, elle ne pouvait rien voir. Quand Dane avait éteint la lanterne, elle avait failli céder à un accès de panique. Elle s'était agrippée à une aspérité rocheuse avec l'horrible sensation qu'elle allait basculer à tout instant dans les entrailles de la terre. Elle s'était alors exhortée à se calmer en se focalisant sur les rares sons qui lui parvenaient. Les battements de son cœur affolé puis le souffle régulier de Dane. Elle s'était concentrée ensuite sur les différentes odeurs qu'elle avait essayé de distinguer. Elle avait reconnu l'odeur caractéristique de la poussière, celle des restes du poulet qu'ils avaient mangé puis une odeur de cuir – le cuir des bottes de Dane – et enfin celle de la fumée.

Peu à peu les battements de son cœur avaient retrouvé un rythme normal. Elle avait commencé à se détendre. Pourtant, elle n'arrivait pas à trouver le sommeil. L'inconfort de son gilet pare-balles ainsi que la dureté de la roche sur laquelle elle était installée l'empêchaient même de s'assoupir. Non qu'elle tienne absolument à dormir : même si elle ne voyait plus en Dane Trask un individu dangereux comme l'avait été Jerry Dallas, il n'en restait pas moins qu'elle n'avait pas confiance en lui. Après deux mois passés à vivre comme un sauvage en pleine nature, qui sait s'il n'était pas devenu psychologiquement instable ?

Elle ferma les yeux et chercha à tuer le temps en se repassant le récit de Dane. À première vue, son histoire pouvait paraître délirante mais une partie d'elle croyait à ce qu'il lui avait révélé. Après tout, ce n'était pas si fantaisiste de penser que la TDC trempait dans un trafic de drogue international. Elle avait toutes les cartes en main pour cela.

Toute à ses pensées, elle changea encore une fois de position pour détendre ses membres endoloris.

— Vous devriez retirer votre gilet pare-balles.

La voix de Dane s'était élevée, grave et douce à la fois.

— Vous seriez plus à l'aise.

Comme elle ne répondait pas, il enchaîna :

— Je vous promets de fermer les yeux. On ne le dirait pas mais je peux me comporter en gentleman quand je le veux.

Ce trait d'humour la fit sourire.

— Ce n'est pas la peine. Il fera bientôt jour, non ?

— Oui. Mais ici, nous serons toujours dans le noir.

— Sommes-nous au fond du canyon ? demanda-t-elle.

— Presque, répondit-il évasivement.

— Comment avez-vous trouvé cette grotte ?

— Que faites-vous pour lutter contre le stress ? demanda-t-il en guise de réponse. Quand vous ressentez le besoin de vous détendre ?

— Je regarde des séries ou je lis des auteurs britanniques.

La réponse était sortie de sa bouche avec une spontanéité qui l'étonna en même temps qu'elle la troublait. Aucune des personnes avec qui elle travaillait, pas même celles qu'elle considérait comme des proches, ne connaissait son goût prononcé pour les œuvres de Jane Austen ou de Thomas Hardy ni son addiction à des séries comme *Poldark* ou *Rumpole of the Bailey.*

— Vous n'avez pas répondu à ma question, insista-t-elle en se reprenant. Comment avez-vous déniché cette cachette qu'aucun membre des forces de police n'a réussi à trouver ?

— Je connais ce parc par cœur. Je suis tombé sur cette grotte par hasard, il y a un an, au cours d'une de mes nombreuses randonnées. J'y ai même passé deux nuits. Quand j'ai vu la tournure que prenaient les choses avec la TDC, que j'ai compris que je devrais trouver refuge quelque part, j'ai tout de suite pensé à cet endroit. J'y suis venu plusieurs fois en amont pour y stocker des provisions et du matériel de survie.

— J'ai lu quelque part que vous étiez un ancien ranger.

— C'est exact. On peut dire que ça m'a bien servi. Je ne sais pas si j'aurais tenu bien longtemps sans l'entraînement militaire que j'ai suivi dans l'armée. Ce qui m'a aidé aussi, c'est que je suis un solitaire invétéré. Et vous ? Vous avez un mari ? Des enfants ?

— Non.

— Des parents, sans doute ?

— Non plus. Ils sont morts dans un accident de voiture, il y a dix ans.

— Je suis désolé. Vous étiez très jeune.

— J'avais quatorze ans.

— Ça n'a pas dû être facile pour vous, de vous retrouver orpheline à cet âge-là.

— C'est vrai.

L'émotion encore vive l'empêchait de s'étendre sur le sujet. Elle s'était retrouvée en pleine adolescence ballottée de famille d'accueil en famille d'accueil, qui n'avaient de famille que le nom. L'âge de la majorité atteint, elle n'avait pas attendu pour intégrer les forces de l'ordre. Si elle ne s'y était pas vraiment fait d'amis, elle savait en revanche que ses collègues allaient tout mettre en œuvre pour la retrouver.

— Les rangers vont partir à ma recherche quand ils comprendront que j'ai été enlevée, dit-elle.

— Je n'ai qu'une parole, rétorqua-t-il. Je vous ai dit que si vous écoutiez ce que j'avais à vous dire, je vous relâcherais. Dès que le jour sera levé, je vous conduirai jusqu'au sentier qui mène à votre quartier général. Vous pourrez tout leur raconter.

— Venez avec moi. Vous le leur raconterez vous-même.

— Je vous l'ai dit. Je ne peux pas m'exposer. Je mettrais ma fille en danger.

— Nous vous protégerons.

— Je ne pense pas que vous le puissiez.

Elle observa un court instant de silence durant lequel elle médita cette assertion.

— Je pense que vous nous sous-estimez, dit-elle finalement.

— Et vous, vous sous-estimez les gens qui veulent ma peau. Hier matin, un type m'a agressé et, croyez-moi, ce n'était pas un de ces amateurs qui se lancent de temps en temps à mes trousses pour tenter de toucher la prime promise par la TDC. C'était un professionnel. Un type qui m'aurait tué si je n'avais pas eu le dessus sur lui.

— C'est lui, la lèvre éclatée et les bleus sur les joues ?

— Oui. Si ce type m'a retrouvé là où personne avant lui n'avait réussi, vous imaginez ce que je risque si je me hasarde en ville ? Je ne peux me fier à personne.

— Vous pouvez vous fier à nous.

— J'aimerais vous croire mais je ne partirai pas d'ici tant que les coupables ne seront pas en prison, là où ils ne pourront plus s'en prendre à ma fille.

— Est-ce que vous savez qu'elle sort avec un officier de la brigade ? Il s'appelle Mark Hudson et il est de taille à la protéger.

— Je les ai vus à la conférence de presse mais j'ignorais qu'ils étaient ensemble. Je suis soulagé qu'elle ne soit plus seule mais ce n'est pas ça qui me fera changer d'avis, ajouta-t-il après avoir marqué un temps d'hésitation.

À sa place, si elle avait un enfant, agirait-elle de même ? La réponse lui parut évidente.

— Je vous dois des excuses, dit-il.

— Je vous écoute.

— Je regrette de vous avoir traînée ici de force et la manière dont je l'ai fait. Quand je me suis rappelé qui vous étiez, je m'en suis voulu à mort. Je sais bien que c'est beaucoup vous demander mais j'espère que vous ne me détesterez pas pour ça.

— Qu'est-ce que vous voulez dire par : « Je me suis rappelé qui vous étiez » ?

— Cette nuit, je me suis souvenu d'un reportage sur une femme flic qui avait été séquestrée avec un enfant par un forcené. Tout d'un coup, j'ai fait le rapprochement entre son nom et le vôtre. Je me dégoûte de vous avoir fait revivre un tel traumatisme.

Cette empathie aussi subite qu'inattendue la toucha au plus

haut point. Une boule d'émotion lui serra la gorge, qu'elle mit un moment à refouler.

— Ça va, assura-t-elle quand elle fut en mesure de parler de nouveau. Et puis, ce n'était pas la même chose.

— Vous avez sauvé ce petit garçon. Vous êtes une véritable héroïne.

— Ça n'a pas été l'avis de tout le monde. Beaucoup m'ont reproché d'avoir agi de manière inconséquente. Je ne suis pas loin de le penser aussi. Parce que je connaissais cet homme – du moins, je pensais le connaître – j'ai cru que je pourrais lui faire entendre raison. Je me suis crue plus forte que mes collègues qui avaient de la bouteille. Ma présomption aurait pu nous coûter la vie, à cet enfant et à moi.

— Ça n'a pas été le cas, rétorqua-t-il gentiment. Le principal, c'est que cette histoire se soit bien terminée pour vous. Dans ce genre d'affaire, il vaut mieux réfléchir aux résultats qu'à ce qui aurait pu se produire.

Ces mots, que personne ne lui avait jamais dits, lui firent l'effet d'un baume lénifiant.

— Merci, dit-elle dans un souffle. Je crois bien que vous êtes la seule personne à voir les choses sous cet angle.

— Vous vous trompez. Je parie que la mère de ce petit garçon pense la même chose que moi.

— Vous avez peut-être raison.

Évoquer ce sujet délicat avec lui et alors qu'ils se trouvaient si près l'un de l'autre qu'elle entendait le bruissement de son sac de couchage à chacun de ses mouvements, créait entre eux une intimité étrange.

— Il est 6 heures, annonça-t-il après avoir consulté le cadran fluorescent de sa montre. Nous allons prendre un bon petit déjeuner puis je vous montrerai comment regagner vos bureaux.

Joignant le geste à la parole, il alluma la lanterne puis mit de l'eau à bouillir sur un réchaud.

— Tenez, dit-il en lui tendant une lampe frontale. Elle vous sera utile si vous avez besoin de sortir pour vous soulager. Les buissons ne manquent pas autour de la grotte. Faites attention en marchant sur les rochers.

Elle se leva et étira ses muscles ankylosés. Il lui fallut quelques minutes avant de voir les premières lueurs du jour au bout du tunnel. Une fois dehors, elle jeta un coup d'œil circulaire autour d'elle. L'entrée de la grotte était cachée par des buissons broussailleux qui la rendaient invisible. Elle entendit sans la voir la rivière en contrebas. Elle fit quelques mètres le long d'une piste étroite, sursautant violemment au passage d'un écureuil bondissant. Pas de doute, elle avait encore les nerfs à vif. Comment Dane faisait-il pour vivre dans de telles conditions, traqué, les sens en alerte vingt-quatre heures sur vingt-quatre ?

Laissant ses interrogations de côté, elle inspira profondément l'odeur de pin tenace qui flottait dans l'air. Qu'il était bon d'être en vie ! Elle se sentit soudain envahie d'une force revigorante. Elle n'avait pas à réfléchir plus longtemps pour savoir ce qu'elle avait à faire.

Dans moins de deux heures, quand ils arriveraient au quartier général, les membres de la brigade verraient sa voiture et les affaires qu'elle avait laissées échapper. Jusqu'à présent, ils n'avaient pas réussi à trouver Dane mais ce serait plus difficile de passer inaperçu à deux. Car sa décision était prise. Elle allait rester avec Dane. Elle allait réunir les preuves dont ils avaient besoin pour mettre un terme à cette affaire.

Quand elle revint, Dane finissait de préparer du café.

— La journée s'annonce belle, dit-elle.

Il leva sur elle son visage tuméfié. Même amoché comme il l'était, il n'avait rien perdu de son pouvoir de séduction.

— Je n'étais pas certain que vous alliez revenir, dit-il d'un ton égal.

— Je veux que vous me montriez ces preuves qui incriminent la TDC, dit-elle sans détour. J'ai besoin des vidéos pour défendre votre cas et, du coup, le mien.

— Pour aller les chercher où elles se trouvent, il vous faudra un mandat de perquisition.

— Le juge ne va pas m'accorder un mandat juste sur la base d'allégations venant d'un type en cavale depuis deux mois.

Elle s'accroupit pour se mettre à sa hauteur et le regarder droit dans les yeux.

— Même les discours les plus convaincants ne valent rien sans preuves concrètes. Vous comprenez ?

Il acquiesça en silence.

— D'accord, finit-il par accepter. Mais ça risque d'être dangereux.

— Le danger ne me fait pas peur.

# 8

— Nous recherchons cette femme. Elle est peut-être accompagnée de cet homme.

Carmen passa au couple de campeurs le prospectus sur lequel figuraient les portraits de Faith et de Dane.

La femme regarda les photos par-dessus l'épaule de son mari.

— Ils forment un joli couple, commenta-t-elle.

— Pourquoi les recherchez-vous ? s'enquit l'homme. Qu'est-ce qu'ils ont fait ?

— La femme est un officier de police, répondit Carmen. Il se peut qu'elle ait été enlevée par cet homme.

— Oh ! c'est terrible, dit la femme. Vous croyez que nous sommes en danger, ici ? Vous pensez que nous devrions partir ailleurs ?

— Ne vous inquiétez pas. Vous ne courez aucun danger. En revanche, si vous êtes témoins de quelque chose qui vous paraît suspect, appelez-nous au numéro qui se trouve au bas de ce prospectus.

Sur ce, elle quitta le couple et alla retrouver Hudson qui l'attendait devant la voiture de patrouille.

— Alors ? demanda-t-elle en pointant du menton le paquet de flyers qu'il tenait à la main. Qu'est-ce que ça a donné ?

En guise de réponse, Hudson secoua la tête.

— Je crois que ça ne sert à rien.

— Nous focalisons nos recherches dans ce parc mais il se peut que Trask ait changé d'endroit. À l'heure qu'il est, il a peut-être passé la frontière mexicaine.

— Et puis, qui nous dit que c'est vraiment lui ? Pourquoi pas ce motard que vous avez remarqué toutes les deux à la conférence de presse ? Ou quelqu'un d'autre.

— En tout cas, qui que ce soit, ce n'est pas bon signe que nous n'ayons pas reçu de demande de rançon.

Hudson ne trouva rien à dire, ce qui n'était pas fait pour rassurer Carmen.

— Regarde, dit-il soudain. Le type qui vient de se garer là-bas. Allons l'interroger.

Ils allèrent ensemble trouver le conducteur, un homme mince aux cheveux gris coupés très court.

— Bonjour, le salua Hudson. Nous recherchons cette femme. Il se peut qu'elle soit accompagnée de cet homme. Les auriez-vous vus par ici ?

Comme le couple de campeurs avant lui, l'homme se saisit du prospectus que lui tendait Hudson et l'étudia attentivement. Comme eux aussi, il secoua la tête.

— Désolé, mais non, je ne les ai pas vus. En revanche, j'ai vu traîner un type pas net. Le genre à la mine patibulaire, vous voyez ? Je vous avoue que je n'en menais pas large.

— Pouvez-vous nous en dire plus ?

— Il était salement amoché. À coup sûr, il venait d'en découdre avec quelqu'un et pas qu'un peu.

— Pouvez-vous nous le décrire, monsieur… ?

— Jackson. Del Jackson, répondit l'homme en fermant les yeux quelques secondes sans doute pour plus de concentration. Il était grand. Je dirais qu'il faisait plus d'un mètre quatre-vingts… Dans les quatre-vingt-dix kilos mais plutôt athlétique. Une petite trentaine. De type caucasien. Il portait une casquette de base-ball alors je ne peux pas vous affirmer qu'il avait le crâne rasé, mais c'est ce que je me suis dit. Il portait aussi un jean et une chemise en chambray. Ce qui m'a fait penser qu'il s'était battu, c'est qu'il était dépenaillé et que ses vêtements étaient sales, comme s'il s'était roulé dans la terre. Mais surtout, il avait la mâchoire enflée et les mains tout égratignées. J'aime bien faire un tour avant d'aller me coucher. C'est comme ça que je l'ai croisé. Il m'a lancé un de ces regards ! J'ai vraiment eu la frousse.

— Pouvez-vous nous donner vos coordonnées au cas où nous aurions besoin de vous contacter, monsieur Jackson ? demanda Carmen.

Pendant qu'elle inscrivait dans son carnet son adresse et son numéro de téléphone, Hudson relevait le numéro de sa plaque minéralogique.

Forts des informations que venait de leur donner Jackson sur ce mystérieux individu, les deux rangers passèrent le coin au peigne fin. Bien leur en prit : un peu à l'écart, entre deux pins, ils trouvèrent des traces de pneus incrustées dans la terre, meuble à cet endroit-là. Juste à côté, un foyer fait de pierres empilées au milieu duquel se trouvaient des canettes de bière et des emballages à demi calcinés. Hudson se baissa pour toucher les cendres du bout des doigts.

— Elles sont encore tièdes, dit-il. Ça ne fait pas longtemps que notre homme a levé le camp.

Carmen retourna inspecter les traces de pneus, bien visibles dans l'argile. Mais ce qui attira plus particulièrement son attention, ce furent les taches pourpres qu'elle découvrit juste à côté.

— Viens voir ça.

Hudson la rejoignit.

— Ça m'a tout l'air d'être du sang, dit-il. J'appelle la police scientifique.

— Jackson nous a dit que l'homme avait l'air de s'être battu. C'est peut-être son sang.

— Peut-être. Mais nous devons nous en assurer.

Avec le temps, Carmen avait appris à ne pas tirer de conclusions trop hâtives lorsqu'elle était sur une enquête. Mais dans ce cas précis, l'émotion l'emporta sur la raison.

Si c'était le sang de l'homme sur le sol, cela voulait-il dire que c'était avec Faith qu'il s'était battu ?

Si ce n'était pas le sien, était-ce celui de Faith ?

Hudson et elle avaient-ils été à deux doigts de la retrouver ? Avaient-ils échoué dans leur mission ?

— Nous allons avoir besoin d'une voiture.

Faith leva les yeux du sandwich au poulet que Dane lui avait confectionné en guise de petit déjeuner.

— Pardon ?

— Nous allons avoir besoin d'une voiture, répéta-t-il. Pour récupérer les vidéos, précisa-t-il.

— Où sont-elles ?

— À la mine Mary Lee.

— Vous les avez laissées là-bas ?

Elle le regarda fixement et demanda :

— Là où les trafiquants sont censés passer beaucoup de temps puisqu'ils y ont planqué leurs cargaisons. Mais pourquoi ?

— Justement parce qu'ils ne peuvent pas imaginer une seconde que j'aie pu cacher sous leur nez les preuves que je détiens contre eux.

Il se rapprocha d'elle, comme pour mieux se faire entendre.

— La preuve, c'est qu'ils ont fouillé chez moi, sur mon lieu de travail et même dans le coffre que j'avais à la banque.

Elle avait presque oublié cette histoire de coffre qui s'était révélé une fausse piste, comme beaucoup d'autres.

— Si je me souviens bien, votre compagne avait un double des clés de ce coffre et elle pensait que vous y aviez enfermé des documents à charge contre la TDC.

— Mon ex-compagne, rectifia-t-il. C'est moi qui l'avais entraînée sur cette voie pour qu'elle en parle aux flics. Je voulais déstabiliser la TDC.

Il avala la dernière bouchée de son sandwich tandis qu'elle buvait une gorgée de café, trop amer à son goût.

— Vous n'aimez pas ? demanda Dane à qui sa moue grimaçante n'avait pas échappé. Vous préférez les cappuccinos, sans doute ?

— En général, je prends mon café avec un nuage de lait et surtout du sucre.

Et encore. Même avec un kilo de sucre, ce breuvage resterait infect.

— C'est une habitude que j'ai prise à l'armée, expliqua-t-il. On avait l'habitude de le boire bien serré.

— Il aura au moins l'avantage de nous garder éveillés, plaisanta-t-elle. Pour en revenir à votre coffre-fort…

— J'ai commis l'erreur de laisser entendre à Ruffino que j'avais des preuves de ses magouilles cachées en lieu sûr. Et que, au cas où il m'arriverait quelque chose, la police en serait immédiatement informée. Je pensais que cette menace suffirait à le faire reculer mais c'est le contraire qui s'est produit. Il a commencé à s'en prendre à moi, puis il a cherché frénétiquement partout où il pouvait. C'est alors que j'ai eu l'idée de le pousser vers le coffre. Il est tombé dans le panneau mais il a été plus rapide que la police. Quand Eva est arrivée, le coffre avait déjà été ouvert et l'oiseau s'était envolé.

— Qu'y avait-il dans ce coffre ?

— Des rapports relatifs à la construction de l'école primaire. Je pensais qu'en les trouvant Eva alerterait les autorités, qui y regarderaient de plus près. En fait, j'ai essayé de mettre tout le monde sur la voie mais ça n'a pas marché.

Rassasiée, Faith laissa de côté ce qu'il restait de son sandwich.

— Ç'aurait été plus efficace si vous étiez allé trouver la police directement.

— Peut-être. Mais comme je vous l'ai déjà dit, j'ai pensé que régler le problème à ma façon était plus sûr.

Elle voyait. Quand Dane Trask avait une idée en tête, il était difficile de le faire changer d'avis. Si cette forte détermination lui avait sans doute été utile dans l'armée, ou même dans son travail, en revanche, elle ne facilitait pas la tâche des forces de police.

— Vous dites que vous avez laissé les vidéos dans la mine Mary Lee ?

— Oui. Je les ai transférées sur une clé USB que j'ai planquée dans un des nombreux tunnels de la mine, près de l'endroit où ils stockaient l'héroïne. Mais c'est à des kilomètres d'ici. D'où la nécessité d'une voiture.

— Avant toute chose, il nous faut élaborer un plan, répliqua-t-elle.

— C'est très simple : nous allons à la mine, nous récupérons la clé USB, je vous la donne et vous la faites passer à votre équipe.

Ensuite, j'attends que les criminels soient sous les verrous pour réapparaître en public.

— C'est très simple, en effet, approuva-t-elle d'un ton ironique. Vous auriez de quoi écrire ?

— Pourquoi ?

— Parce que si vous voulez que je vous aide, vous allez devoir faire quelques concessions. Et il se trouve que je préfère coucher mes réflexions par écrit.

Il bondit sur ses pieds, fouilla dans son sac à dos puis revint s'asseoir avec un carnet à spirale et un stylo qu'il lui tendit.

— Inutile de compliquer les choses, recommanda-t-il.

— C'est l'homme en cavale depuis deux mois qui me dit ça ?

Ils s'affrontèrent du regard avant que Faith ne dise la première :

— Nous allons essayer de faire ça bien et de manière à ce que nous courions le moins de danger possible.

Elle ouvrit le carnet à une page vierge.

— Règle numéro un : établir un objectif. Ensuite, envisager les différentes étapes pour y parvenir ainsi que les obstacles éventuels que nous pourrions rencontrer ; enfin, réfléchir à la façon dont nous pouvons soit les éviter soit les surmonter.

Elle divisa donc sa feuille de papier en trois colonnes dans laquelle elle inscrivit « objectif », « étapes », « obstacles ».

— Vous qui avez une formation d'ingénieur, je suis surprise que vous ne soyez pas plus organisé que ça, dit-elle sur un ton de reproche.

— Ça n'a rien à voir, bougonna-t-il. Moi, j'ai tout dans la tête.

— Le problème avec votre méthode, c'est qu'elle manque de précision. De ce fait, vous ne pouvez pas anticiper la réaction des gens, en l'occurrence dans le cas qui nous occupe, les gens de la TDC.

— C'est à l'académie de police qu'on vous a appris ça ? ironisa-t-il à son tour.

— Non. Dans les familles d'accueil.

— Vous avez été placée en famille d'accueil ?

— Oui. Après la mort de mes parents. Un jour, un éducateur nous a fait un cours sur ce qu'il avait intitulé « les facultés d'adaptation ». C'était censé nous aider à nous jeter dans le grand bain de la vie lorsque nous aurions atteint l'âge de la majorité. Moi, j'avais déjà compris qu'il n'y avait pas besoin de cours pour ça. Soit on est apte à se débrouiller seul, soit on ne l'est pas. Plus tard, en revanche, une femme est venue nous parler de choses plus concrètes qui ont trouvé une résonance en moi. Gérer son argent, planifier, organiser, se fixer des objectifs. J'ai trouvé que cela avait du sens.

— Qu'avez-vous fait de ces préceptes ? Comment les avez-vous appliqués ? demanda-t-il d'une voix radoucie.

— Avec l'argent hérité de mes parents, je me suis lancée dans des études supérieures puis, une fois mon diplôme en poche, j'ai intégré l'académie de police. Là encore, j'ai réussi. J'ai posé ma candidature au bureau du shérif de Montrose et ça a marché.

— Ça, c'était votre plan de carrière, Faith. Mais le reste ? Votre vie privée ? Qu'en avez-vous fait ?

Il était si près d'elle à présent que leurs jambes se touchaient.

— Disons que je suis du genre à procéder par étapes.

Elle évitait de le regarder, préférant repasser inutilement son stylo sur les mots qu'elle avait écrits.

— Pourtant, vous n'êtes pas le genre de femme à rester seule, à moins que vous ne le vouliez.

— Vous voulez dire que c'est ma faute si je suis encore célibataire ?

Elle leva enfin les yeux sur lui mais, à la seconde où leurs regards se croisèrent, elle comprit qu'elle n'aurait pas dû. Car elle lut au fond de ses prunelles le feu d'un désir incandescent qui se communiqua aussitôt à elle.

— Je n'ai pas la prétention de savoir ce qui se passe dans votre tête, dit-il. Mais quand je vous regarde, je vois une jolie jeune femme, attirante, intelligente, forte. Une femme qu'un homme aimerait avoir dans sa vie. En ce qui me concerne, chaque fois que je me suis retrouvé seul, c'était parce que je faisais tout pour que la femme que j'aimais me quitte. Un réflexe de protection, j'imagine. Nous sommes différents tous les deux mais je peux dire que nous avons des points communs.

Était-ce une manière détournée de la draguer ? Non, ces confidences qu'il venait de lui faire, c'était autre chose qu'une manœuvre de séduction. C'était comme si... Comme s'il se souciait vraiment d'elle et voulait l'aider. C'était impensable, compte tenu du fait qu'il la connaissait depuis moins de vingt-quatre heures et que la relation avait plutôt mal débuté.

Le problème, c'était qu'elle ressentait le même intérêt pour lui. Oui, il était têtu, et oui, il lui avait causé pas mal de tort, à elle mais aussi à ses collègues, qu'il entraînait depuis deux mois dans un jeu de cache-cache qui leur faisait perdre un temps précieux. Mais elle avait compris que ce n'était pas un jeu. Dane Trask faisait ce qu'il pensait être juste.

— C'est possible, dit-elle d'un ton qu'elle voulait désinvolte. Et tant mieux. Cela devrait nous faciliter les choses. D'ailleurs, assez discuté. Nous avons un plan d'attaque à mettre en place.

En plus de leur éviter d'aborder des sujets personnels, cette réflexion commune présenterait l'avantage de lui faire oublier le flot d'émotions contradictoires que la présence de Dane suscitait en elle.

# 9

Charles Terrell, cofondateur avec Davis et Compton de la TDC, puait l'argent à plein nez. De son costume de marque impeccablement coupé à la Rolex en or qu'il exhibait au poignet, tout chez lui trahissait les signes extérieurs d'une richesse qu'il se plaisait à afficher de manière excessive. Il arborait l'arrogance des gens fortunés qui ont l'habitude qu'on les écoute parler. Mais il avait beau multiplier les signes de respect et de politesse, Carmen sentait chez lui l'assurance de l'homme de pouvoir qui s'imaginait leur avoir fait une immense faveur en s'étant déplacé en personne jusqu'à leurs bureaux.

— J'espère que vous me tiendrez informé de l'avancée de votre enquête sur Dane Trask, dit-il. Au fait, j'ai entendu dire qu'une femme de chez vous avait disparu ?

— Savez-vous quelque chose à ce sujet ? demanda Carmen.

— Non. Mais ce serait un coup de Trask que ça ne m'étonnerait pas. Un enlèvement, ça colle assez bien avec le personnage.

Carmen fronça les sourcils sans chercher à cacher son agacement.

— Nous n'avons rien trouvé dans son passé qui justifierait une pareille affirmation. Trask n'a jamais été violent avec les femmes.

— À ses yeux, cette femme est avant tout un officier de police. Trask est prêt à tout pour brouiller les pistes et essayer de se sortir du pétrin dans lequel il s'est fourré. On ne peut pas dire qu'il s'y prenne de la meilleure des façons. Savez-vous que la police du comté de Montrose a saisi dans un entrepôt de l'ouest de la ville un camion rempli d'héroïne ?

Carmen, qui l'ignorait, fit de son mieux pour cacher son étonnement.

— Non. Mais vous, comment en avez-vous été informé ?

— Le camion appartenait à une société de transport avec laquelle nous travaillons. Évidemment, la police est venue nous questionner. Heureusement, nous avons pu prouver que nous ignorions tout de ce trafic. Cependant, j'ai mené ma petite enquête et j'ai découvert que Trask avait contacté cette société qui opère des transports réguliers vers le Mexique. En début d'année, il a effectué pour notre compte un séjour professionnel au Mexique, qu'il a prolongé. De là à faire le lien entre ces « vacances » et un trafic de stupéfiants, il n'y a qu'un pas qu'il n'est pas bien difficile de franchir. Cela expliquerait sa disparition soudaine, cette mise en scène ridicule pour faire croire à sa mort et, plus récemment, le meurtre de ce pauvre Larry Keplar et l'enlèvement de votre officier de police.

Sur ce, Terrell afficha un air suffisant qui semblait dire que cette enquête n'était pas bien compliquée à résoudre et que, par voie de conséquence, la brigade des rangers faisait preuve d'une rare incompétence.

— Le problème, voyez-vous, c'est que vous n'avez aucune preuve de ce que vous avancez, monsieur Terrell, fit remarquer Carmen d'un ton qu'elle avait bien du mal à garder neutre.

— Une preuve circonstancielle reste une preuve, insista lourdement Terrell. Et si vous voulez vraiment des preuves, il y en a plusieurs. Je peux vous fournir le relevé des fréquents allers-retours de Trask au Mexique, et la société de transport pourra témoigner que Trask s'est bien rendu dans ce pays pour visiter leurs entrepôts. Et enfin, dites-moi un peu pourquoi on aurait retrouvé des empreintes de Trask sur la portière de Keplar si ce n'est pas lui qui l'a tué ?

Cette information n'avait pas été divulguée aux médias. Comment Terrell en avait-il eu connaissance ?

— Je ne m'en souviens plus, éluda-t-il alors que Carmen

lui posait la question. Quelqu'un l'aura évoqué en ma présence sans que j'y prête attention. D'ailleurs, quelle importance ? Si je suis venu ici aujourd'hui, c'est pour voir où en est votre enquête. Trask est un individu dangereux mais il est toujours en liberté et enchaîne délit sur délit en se riant des forces de police.

Carmen refoula avec peine l'accès de colère qui montait en elle et ne demandait qu'à exploser. Charles Terrell était peut-être un homme de pouvoir mais elle était une représentante de la loi et à ce titre il lui devait le respect.

— L'avancée de cette enquête ne vous regarde pas, lâcha-t-elle d'un ton sec.

— Si c'est ainsi que vous le prenez, j'en référerai à vos supérieurs, officier Redhorse. Je n'apprécie pas ce que je qualifierais de comportement obstructionniste.

Sur ce, il tourna les talons et sortit en claquant la porte.

— « Comportement obstructionniste », se moqua Hudson venue la rejoindre. Voilà un chouette slogan à imprimer sur un T-shirt.

— Je ne supporte pas ce genre de types qui se croient supérieurs aux autres parce qu'ils ont de l'argent, grommela-t-elle. En plus, je suis très contrariée que quelqu'un ait révélé à cet homme une information aussi importante et qui, de surcroît, devait rester confidentielle.

— Ne t'inquiète pas. Nous finirons bien par savoir qui est à l'origine de cette fuite. En ce qui concerne la cargaison de drogue saisie par la police de Montrose, j'ai lu un article en ligne à ce sujet. Il ne mentionnait pas que le camion appartenait à une société de transports travaillant avec la TDC.

— Ce sera facile à vérifier.

— Tu as bien fait de ne pas dire à Terrell que nous avions écarté la possibilité que ce soit Trask qui ait tué Larry Keplar.

— Oui. Même si Trask figure encore sur la liste de nos suspects, il y a peu de probabilités que ce soit lui. Je parierais plutôt sur le type dont nous a parlé Del Jackson. Celui à la mine patibulaire.

— J'en ai touché un mot à Reynolds. Figure-toi que Faith,

Beck et lui ont parlé à un homme qui correspond tout à fait à la description que Jackson nous a faite de lui. Il leur a dit s'appeler Mike Stacy mais son camping-car est immatriculé au nom de Wendell Stacy, domicilié dans l'Ohio. Le numéro de téléphone qu'il leur a communiqué est un faux et, depuis, nous avons perdu sa trace. Un avis de recherche a été lancé contre lui. Avec un peu de chance, on finira bien par le coincer.

— Ce qui est sûr, c'est que j'aimerais bien lui parler de la disparition de Faith.

— Au fait, les résultats des tests sanguins nous sont parvenus. Le sang que nous avons trouvé près des traces de pneus n'est pas celui de Faith.

— Oui, Reynolds me l'a dit. Il m'a dit aussi que Knightbridge et Lotte avaient trouvé d'autres traînées de sang dans les bois, derrière la zone de camping. Ils ont remarqué aussi des traces de lutte.

— En tout cas, ce n'est pas avec Keplar que notre homme s'est colleté. Le médecin légiste l'a confirmé à Sanderlin ce matin. Keplar ne portait aucune égratignure, ni aucune trace de coups.

— Dommage. Parce que, du coup, on en revient à Faith.

Hudson afficha un air sceptique.

— Faith mesure quoi ? Un mètre soixante à tout casser ? Elle a de l'entraînement mais elle n'est pas de taille à lutter avec un colosse, armé, qui plus est.

— À ce stade de l'enquête, on ne peut malheureusement présumer de rien.

— Terrell n'a peut-être pas tort lorsqu'il affirme que tout est lié dans cette affaire. Regarde le nombre de fois où on a trouvé de la drogue récemment. Il y en avait dans la voiture du détective qui espionnait Audra Trask. Puis dans la maison de Trask lui-même, alors que la perquisition n'avait rien donné la première fois que nous sommes allés chez lui et qu'il était déjà en cavale. Et ensuite, Larry Keplar meurt d'une overdose.

— De toute façon, là encore, nous n'avons rien contre Trask. S'il trempait effectivement dans un trafic de stupéfiants, où cacherait-il l'argent ? Comment l'écoulerait-il ? Le FBI a épluché tous ses comptes et n'y a relevé aucune irrégularité. Ses seuls revenus provenaient de son salaire d'ingénieur à la TDC. Il vivait simplement. La seule chose de prix qu'il possédait c'était son pick-up, qu'il a balancé au fond du canyon.

— La brigade des stupéfiants n'a pas encore pu établir que le trafic s'effectuait avec quelqu'un d'ici. En revanche, toutes les pistes convergent vers le Mexique.

— C'est quand même curieux comme coïncidence que le transporteur travaille avec la TDC, non ?

— Pas vraiment. Ces sociétés de transport travaillent avec pas mal de monde. Celle-là ne doit pas avoir de contrat exclusif avec la TDC. Il se peut que le chauffeur ait profité d'une mission au Mexique et qu'on lui ait proposé de l'argent pour ramener de la drogue aux États-Unis. Avec la réputation dont jouit la TDC, les trafiquants ont dû penser qu'ils auraient moins de risques d'être contrôlés.

— C'est possible. Ce qui me chiffonne, c'est que Terrell ait tellement à cœur de faire porter le chapeau à Dane Trask.

— Sans doute qu'il lui en veut d'avoir fait éclater au grand jour l'affaire de la contamination de la mine Mary Lee.

— Pourtant, ils ont tout mis sur le dos de leur associé, Mitchell Ruffino.

— Oui. C'est toujours pratique d'accuser un mort.

— Exact. Sur ce coup-là, ils s'en sont bien sortis. Leur réputation n'a pas beaucoup souffert de ce scandale.

— Avec les millions qu'ils ont distribués à diverses œuvres caritatives, ils ont pu se racheter une conduite.

Depuis, tout le monde chantait de nouveau les louanges de la TDC. Peut-être que c'était son boulot qui la rendait cynique, mais Carmen avait du mal à voir en Terrell un homme altruiste guidé par l'amour de son prochain.

— Quand j'étais petite et que j'étais gentille avec mes frères, dit-elle pour illustrer sa pensée, ma mère me soupçonnait toujours d'avoir fait un mauvais coup. Et elle avait raison.

— Tu veux dire que la TDC essaie d'attirer notre attention sur

Trask pour faire diversion ? Pour que nous ne nous intéressions pas de trop près à elle ?

— Je veux dire que nous devrions garder un œil sur elle.

— Comment, à ton avis ? Parce que, entre la fuite de Trask, l'enlèvement de Faith, la disparition de Stacy, le meurtre de Larry Keplar et tout le reste, je te rappelle que nous sommes déjà pas mal occupés.

— Il ne s'agit pas de nous concentrer sur la TDC mais d'essayer d'établir un lien entre elle et toutes ces affaires.

— Dans ce cas, ajoutons-la à notre liste, déjà longue. Mais ce ne sera pas facile de les garder à l'œil, comme tu dis. Des entreprises comme celles-là doivent avoir une tripotée d'avocats pour veiller à leurs intérêts et à leur défense. À mon avis, nous ne pourrons pas les approcher de trop près.

— « Un bon chasseur est un chasseur qui sait observer », disait mon père.

Elle se faisait fort de mettre ce précepte en pratique.

— Ils en ont mis du temps, chuchota Dane à l'oreille de Faith.

Accroupis depuis deux heures dans un bosquet de chênes, ils regardèrent la dernière voiture de patrouille quitter le parking du quartier général de la brigade des rangers.

— Ils travaillent tard parce qu'ils nous cherchent, dit-elle.

— Pourquoi « nous » ? Ils ne peuvent pas savoir que vous êtes avec moi.

— Parce que ce sont de bons flics et qu'ils sont intelligents, répondit-elle en souriant.

— Surtout parce que chaque fois qu'il se passe quelque chose, on me le colle sur le dos. Quoi qu'il arrive, je suis le suspect numéro un. Vous savez, je lis les journaux. Je suis au courant de tout ce dont on m'accuse. Mais rien de tout cela n'est vrai.

— Si vous tenez à rétablir la vérité, alors montrez-vous. Allez vous défendre.

En guise de réponse, il se renfrogna. Faith détourna la tête et scruta de nouveau le parking. Conformément à la réglementation, aucun éclairage n'était autorisé autour du parc pour éviter toute pollution lumineuse susceptible de perturber l'écosystème. Les véhicules qui restaient sur place étaient stationnés dans un espace sécurisé fermé par de hautes grilles et un portail verrouillé.

Le parking visiteurs où se garaient la plupart des employés pendant la journée était vide. Sa Subaru avait disparu, sans doute emportée à la fourrière où les flics de la scientifique avaient dû la passer au peigne fin.

— Il nous faut un de ces véhicules, déclara Dane en pointant du menton l'aire de stationnement sécurisée.

— Voler un véhicule de police, voilà qui va s'ajouter à la liste déjà longue de vos délits, fit-elle remarquer, un brin narquoise.

Si elle avait adhéré à l'idée de Dane de venir chercher ici la voiture dont ils avaient besoin pour se rendre à la mine, elle n'avait pas accepté cette décision de gaieté de cœur.

— Ce n'est pas du vol, répliqua-t-il. En tant qu'officier de la brigade, vous avez bien le droit de conduire un de ces véhicules, non ?

— Oui, sauf que je suis censée avoir été enlevée. Et puis, je vous rappelle qu'il nous faut une clé de contact pour faire marcher ces machines.

— Où sont-elles gardées, ces clés ?

— Dans une pièce de ce bâtiment que vous voyez là.

Elle avait expliqué tout cela à Dane quand il avait évoqué l'idée de venir ici, au quartier des rangers pour y « emprunter » – selon ses propres termes –, une des voitures de patrouille. Mais même confrontés comme ils l'étaient à tous ces obstacles, il refusait toujours de voir la réalité en face.

— Vous connaissez le code pour entrer ?

— Avant d'arriver à la porte, il nous faut déjà passer la clôture.

— J'en fais mon affaire, décida-t-il. Allez venez, ajouta-t-il en lui donnant une tape qui se voulait encourageante dans le dos. Suivez-moi.

Elle fut tentée de rester où elle était et de le laisser agir seul. Une fois qu'il aurait passé la clôture, elle pourrait même en profiter pour s'échapper. Mais elle renonça très vite à cette éventualité. Tout comme lui, elle voulait voir la vérité éclater au grand jour. Elle voulait mettre la main sur la preuve qui permettrait aux forces de l'ordre de l'emporter sur le fric et le pouvoir et de juger trop d'hommes et de femmes qui se pensaient intouchables. Et si, pour cela, elle devait se mettre hors la loi, eh bien, elle se mettrait hors la loi.

Forte de cette résolution, elle courut derrière Dane jusqu'à la clôture qui consistait en un grillage surmonté de deux rangées de fil de fer barbelés. Dane n'hésita pas. Il s'agrippa au grillage et grimpa d'une traite jusqu'en haut. Là, il retira son blouson en cuir, le posa sur le barbelé, l'enjamba et sauta de l'autre côté.

— À vous, dit-il tout bas.

Le cœur battant, elle escalada le grillage à son tour, étonnée de l'aisance avec laquelle elle procédait. Elle pensa même à récupérer le blouson de Dane, histoire de ne laisser derrière eux aucun indice qui pourrait les trahir.

— Merci, dit-il quand elle le lui rendit.

— Et maintenant ? s'enquit-elle.

— J'ai remarqué qu'il y avait une caméra près de la porte.

— Et… ?

— Et il nous faut la neutraliser.

— Comment comptez-vous vous y prendre sans faire de bruit ?

Elle le vit chercher du regard une solution autour de lui puis se baisser pour ramasser un caillou de la taille d'un poing.

— Faites attention à vous.

Après trois essais infructueux, il réussit à toucher la caméra qui, se retrouvant de travers, était à présent orientée non plus sur la porte mais sur l'angle du bâtiment.

— Bravo ! Je suis très impressionnée, fit-elle, mi-sérieuse, mi-moqueuse.

— J'ai joué au base-ball dans ma jeunesse, expliqua-t-il. Pas assez bien pour faire partie de la Ligue mais je me défendais pas mal. Bon, on y va ?

Ils se pressèrent vers la porte où Faith tapa le code. Une fois à l'intérieur, elle eut l'impression de se retrouver chez elle. Elle eut envie de s'attarder dans ce lieu qu'elle trouvait chaleureux par rapport à la grotte où elle avait passé les dernières vingt-quatre heures. Mais au lieu de cela, elle se dirigea vers le tableau où étaient accrochées les clés des véhicules de patrouille.

— Il y a des caméras ici ? s'enquit-il.

Elle secoua la tête en s'emparant de deux clés. Elle hésita un instant à laisser derrière elle des indices qui conduiraient ses collègues à savoir qu'elle était passée par là et que, donc, elle était toujours en vie. Mais elle finit par y renoncer. Dane et elle avaient besoin de gagner du temps pour atteindre le but qu'ils s'étaient fixé et lancer la brigade à leurs trousses ne les aiderait pas dans leur mission.

— Ne traînons pas, dit-il en la poussant doucement vers la sortie.

Dès qu'ils furent dehors, elle le conduisit jusqu'au cruiser qu'elle avait choisi, un vieux tout-terrain cabossé et rayé qui affichait allègrement cent cinquante mille kilomètres au compteur.

— Vous n'avez rien trouvé de pire ? ironisa-t-il quand ils furent installés dans l'habitacle.

— Si j'ai choisi cette vieille guimbarde, c'est parce qu'elle n'est pas souvent utilisée, se justifia-t-elle en mettant la clé dans le contact. Elle sert de véhicule de secours quand un des cruisers est au garage.

Sur ce, elle mit le moteur en marche et, tous feux éteints, alla à vitesse réduite jusqu'au portail devant lequel elle s'arrêta.

— Tenez, dit-elle en lui tendant l'autre clé. Descendez ouvrir.

Elle se sentit moins oppressée une fois hors de l'enceinte du parking. Elle s'arrêta une nouvelle fois à la hauteur du bosquet où ils étaient restés planqués pour permettre à Dane d'aller récupérer le sac à dos rempli de victuailles et de matériel qu'il y avait laissé.

— Vous savez comment vous rendre à la mine ? s'enquit-il quand ils se furent remis en route.

— Grosso modo, répondit-elle. Mais je compte sur vous pour me guider.

Il faisait nuit noire à présent. La seule source de lumière

provenait des phares du cruiser dans le faisceau duquel des animaux sauvages se laissaient prendre de temps à autre.

Dane poussa un soupir que Faith interpréta comme un soupir de contentement.

— Vous êtes heureux de vous retrouver dans une voiture ? demanda-t-elle.

— Je suis surtout heureux de me retrouver en plein air, sur une vraie route et sans avoir besoin de me cacher. Enfin… pour l'instant.

Rien dans ces mots n'indiquait qu'il s'apitoyait sur son sort. Il énonçait juste une réalité. *Sa* réalité. Elle prit alors toute la mesure de ce que cet homme endurait depuis deux mois qu'il se cachait dans le parc, traqué par tous.

— Vous êtes en sécurité, maintenant, affirma-t-elle avec émotion.

— C'est vous qui allez me protéger ? demanda-t-il d'une voix où elle devina une pointe d'amusement.

— Nous allons enfin pouvoir prouver que vous êtes innocent. Vous n'aurez plus à vous cacher. Vous pourrez enfin rentrer chez vous.

— Nous verrons bien.

Manifestement, le doute s'était emparé de lui. Elle ne lui en voulait pas. Elle resserra les doigts autour du volant. Dane ne la connaissait pas encore très bien. Il ignorait qu'elle pouvait se montrer aussi déterminée, pour ne pas dire têtue, que lui. Il n'était pas le seul à vouloir que la vérité triomphe.

# 10

La lune était haute dans le ciel quand Dane repéra la bretelle qui conduisait à la mine. Il pointa du doigt la direction à prendre.

— Tournez là, indiqua-t-il à Faith.

Au moment où ils quittèrent l'autoroute, il sentit se dissiper un peu la tension qui nouait ses muscles depuis qu'ils avaient quitté la brigade. Il n'en avait rien dit à Faith mais il s'était attendu durant tout le trajet à ce qu'ils rencontrent un barrage de police ou entendent hurler derrière eux la sirène d'un cruiser de patrouille qui les aurait obligés à se ranger sur le bas-côté de la route pour vérifier leur identité.

— Je ne vous ai rien dit mais j'avais peur de croiser des rangers, dit-elle, confirmant ainsi qu'elle avait partagé ses craintes.

— Heureusement, ça n'a pas été le cas. Mais j'avoue que je suis soulagé, moi aussi.

Elle passa des feux de croisement aux feux de route, ce qui eut pour effet d'éclairer un paysage de roches et de buissons d'armoise à la beauté austère.

— C'est encore loin ? s'enquit-elle.

— Environ quatre kilomètres sur cette route et ensuite nous devrons encore rouler quelques kilomètres sur une piste en terre.

Elle acquiesça d'un hochement de tête, son attention concentrée sur la route. Dane baissa sa vitre pour laisser entrer l'air chargé des odeurs d'armoise qu'il huma goulûment.

— Vous êtes déjà venue par ici ? demanda-t-il.

— Non, répondit-elle en tournant à demi la tête vers lui.

À vrai dire, ça fait à peine quelques jours que je suis revenue sur le terrain.

— Pourquoi cela ?

— J'ai été engagée au bureau de Montrose pour servir de liaison entre les médias et le département du shérif ; puis, à ma demande, j'ai été transférée à la brigade des rangers où j'ai continué ma mission de porte-parole. Je passais mon temps à faire des comptes rendus, à publier des communiqués, à organiser des conférences de presse ou à répondre aux questions des journalistes. Enfin, ce genre de choses.

— Vous n'aimiez pas ce que vous faisiez ?

Elle haussa les épaules dans un mouvement qui voulait exprimer une certaine désinvolture mais derrière lequel il devina une grande frustration.

— Qu'est-ce qui a fait qu'on vous a mise sur une enquête ?

— Je suis allée trouver le commandant et je lui ai dit ce que j'avais sur le cœur.

— Et il vous a entendue.

— Je crois qu'il a été surpris mais, oui, il m'a entendue. Il m'a maintenue à mon poste de porte-parole mais il m'a autorisée à retourner sur le terrain.

Dane se pencha en avant et pointa une direction à travers le pare-brise.

— Prenez à gauche, juste là, dit-il. Dans un peu plus d'un kilomètre nous arriverons à une grille mais nous nous garerons bien avant et nous finirons à pied.

Elle fit comme il lui commandait et se retrouva très vite face à un large panneau qui indiquait :

PROPRIÉTÉ PRIVÉE.
ENTRÉE INTERDITE SOUS PEINE DE POURSUITES.

Son œil expert remarqua tout de suite les impacts de balle qui trouaient le panneau. Les yeux rivés sur la piste défoncée, elle contourna les ornières les plus profondes jusqu'à arriver en vue d'une grille d'environ cinq mètres de long et d'où partait de part et d'autre un grillage couronné, comme à la brigade, de plusieurs rangées de fil de fer barbelé.

— Toutes ces terres appartiennent à la TDC ? s'enquit-elle.

— Oui. Garez-vous sous ces arbres. On devrait être hors de portée des caméras, là-bas.

— Pourquoi y a-t-il des caméras dans un site aussi isolé ? Et surtout, qui pourrait avoir envie de venir faire un tour dans ce lieu sinistre ? Vous pensez que la drogue est encore cachée ici ?

Elle contourna le cruiser pour aller rejoindre Dane qui, après avoir vérifié que son pistolet se trouvait bien dans son étui, lui tendit l'arme de service qu'il lui avait confisquée la veille.

— Je vous fais confiance pour ne pas vous en servir contre moi, dit-il sur un ton taquin qui ne dissimulait pas tout à fait une pointe d'inquiétude.

Sans dire un mot, elle se saisit de son arme puis, après avoir vérifié qu'elle était bien chargée, la rangea dans son holster.

— Vous pensez qu'on va avoir des ennuis ?

— Je ne peux pas l'affirmer mais mieux vaut être préparés. Allons-y.

Joignant le geste à la parole, il s'enfonça dans les buissons. Le disque plein de la lune baignait le paysage d'une clarté blafarde qui leur permettait de se déplacer sans trop de risques.

— Où allons-nous exactement ? s'enquit-elle.

— À l'arrière de la propriété, répondit-il. Là où la clôture est plus facile à franchir.

— Vous avez l'air de connaître l'endroit par cœur. Vous êtes venu souvent ici ?

— De nuit, plusieurs fois. Pendant un moment, il y avait un garde armé.

— Il n'y est plus ?

— Je n'en sais rien. Peut-être. J'imagine que cela dépend de là où est stockée la drogue : si elle est ici ou pas.

— Dommage que vous ne m'ayez pas prévenue avant, lâcha-t-elle.

Il perçut la note de colère dans sa voix.

— De toute façon, nous serions deux contre un, dit-il d'un ton désinvolte fait pour la rassurer.

Ils arrivèrent à l'endroit où le grillage avait été remplacé sur quelques mètres par quatre rangées de barbelés. Dane coinça deux d'entre elles sous son pied, souleva précautionneusement les deux autres du bout des doigts et invita Faith à se glisser dans l'ouverture pratiquée. Une fois passée, elle fit la même chose pour lui.

— Et maintenant ? Où allons-nous ?

— Par là, répondit-il en agitant la main vers un point vague à leur gauche.

Ils descendirent une pente douce, traversèrent un bois à la végétation dense, franchirent un ruisseau à gué puis s'arrêtèrent enfin sur une large clairière recouverte de gravier et bordée de talus.

— Ce sont des bermes, répondit-il à son interrogation silencieuse. Elles ont été conçues pour filtrer l'eau qui s'écoule à travers la roche contaminée avant de rejoindre la rivière en contrebas. Des roches davantage contaminées ont été enterrées sous le terrain argileux qu'on peut voir là-bas.

— Pourquoi la TDC n'a-t-elle pas procédé de la même façon avec les déchets de construction radioactifs du chantier de l'école, au lieu de les déverser en pleine nature ? Est-ce que ça ne marche pas avec la radioactivité ?

— Je pense que c'est ce qu'ils projetaient de faire. Mais quand ils ont su que j'avais découvert leurs magouilles, ils ont préféré s'en débarrasser autrement, pensant qu'on ne pourrait pas remonter jusqu'à eux.

Elle acquiesça en silence tout en scrutant les lieux.

— On dirait qu'il n'y a personne, murmura-t-elle.

— On dirait, en effet.

Ils longèrent la clairière en rasant les arbres jusqu'à arriver à une structure en bois qui indiquait l'entrée de la mine. Haute d'environ deux mètres et large d'un peu plus d'un mètre cinquante, l'ouverture avait l'apparence d'un trou noir. Mais quand Dane braqua sa lampe dans sa direction, il découvrit qu'une grille empêchait quiconque d'y pénétrer.

Il laissa échapper un juron de frustration.

— On dirait que cette grille est neuve, fit remarquer Faith par-dessus son épaule.

Composée de barreaux espacés les uns des autres d'une dizaine de centimètres, elle bloquait complètement l'accès à la mine.

— Elle n'était pas là la dernière fois que je suis venu, dit-il.

— C'cst pcut-être parce qu'ils n'avaient pas terminé la décontamination à ce moment-là.

Elle saisit l'un des barreaux et tira dessus. Il ne bougea pas d'un millimètre.

— Bloquer cette entrée était peut-être une des exigences de la protection de l'environnement, suggéra-t-elle. Ces barreaux servent à laisser entrer et sortir les bestioles qui vivent là-dedans.

Les bestioles mais pas les humains. Même Faith, mince comme elle l'était, ne pourrait pas passer une jambe entre ces espaces étroits. Désemparé, Dane se retourna et balaya la zone du regard.

— Vous cherchez quelque chose ?

— Oui. Quelque chose qui pourrait scier ces fichus barreaux.

— À moins qu'un miracle ne se produise, je ne vois pas bien ce que vous pourriez trouver.

— Allons voir ce qui se trouve dans cette cabane, là-bas, dit-il en désignant une petite construction en bois qui avait dû servir de remise pendant les travaux de décontamination.

Il se dirigea d'un pas vif vers la cabane, talonné par Faith. Ils n'avaient pas fait tout ça pour renoncer si près du but. Il avait hâte que cette affaire soit bouclée. Il allait récupérer cette fichue clé USB et faire tomber les gros bonnets de la TDC. Jusqu'à présent, vivre comme un sauvage ne l'avait pas dérangé plus que ça. Sauf que, cette fois, il voulait retrouver sa vie d'avant.

Passer du temps avec Faith lui avait rappelé tout ce qui lui manquait. Elle lui avait redonné l'envie des lits douillets, du corps doux et chaud d'une femme contre lui, des bons petits plats partagés à deux.

Arrivé à la cabane, il fut surpris de constater que la porte n'était pas fermée à clé. Il alluma sa lampe frontale et pénétra à l'intérieur, toujours suivie de Faith. Il balaya du regard les outils alignés sur une étagère puis la couverture qui traînait par terre et semblait recouvrir quelque chose d'imposant.

Sauf que le quelque chose en question était un type baraqué qui s'assit d'un bond et tendit la main vers son arme.

# 11

Faith poussa un cri aigu quand Dane, en reculant, la heurta violemment. Une première balle alla se loger dans le chambranle de la porte ; une deuxième dans le sol en terre battue alors que l'homme visait les pieds de Dane.

— Cours ! Vite ! cria-t-il à Faith tout en la poussant en avant.

Elle courut jusqu'à la colline, qu'elle grimpa quatre à quatre pour se réfugier au plus vite dans les bois. Les cris de rage de l'homme qui s'était lancé à leur poursuite et le bruit des balles qui sifflaient à leurs oreilles lui firent redoubler l'allure. Ils n'allaient pas tarder à atteindre la clôture maintenant. Elle courait à perdre haleine, redoutant de se prendre les pieds dans une racine ou de ne voir les barbelés qu'au dernier moment, quand il serait trop tard pour les éviter. L'homme continuait à leur tirer dessus. Viser en pleine nuit tout en courant n'était pas fait pour lui faciliter les choses mais ils n'étaient pas à l'abri d'un ricochet ou d'un coup de malchance.

Elle repéra soudain la forme massive d'un bloc rocheux. Elle n'hésita pas une seconde. Elle plongea derrière tandis que Dane continuait sa course. Elle prit une profonde inspiration, se cala contre la paroi rocheuse, arma son Glock et se tint prête à riposter au passage de l'homme.

Mais les choses ne se passèrent pas comme prévu. Contre toute attente, Dane, bravant le danger, revint vers elle et sourd à ses protestations, la souleva du sol, la balança sur son épaule et se remit à courir.

Elle aurait voulu lui crier de la reposer par terre ou lui donner un bon coup de crosse derrière les oreilles mais avec un tireur fou à leurs trousses, elle ne voulait rien tenter qui aurait pu ralentir sa course.

Une fois devant la clôture, il la fit doucement glisser de son épaule pour la reposer à terre.

— Tu le vois ? demanda-t-il, hors d'haleine.

— Oui. Il vient sur nous.

Elle arma son pistolet, le pointa en direction de l'ombre mouvante puis tira une fois, deux fois, trois fois. L'homme trébucha. L'avait-elle touchée ou avait-il plongé à terre pour se protéger, elle n'aurait su le dire mais elle ne jugea pas opportun d'y réfléchir plus longtemps.

— Ne traînons pas, commanda Dane. Vas-y.

Une fois tous les deux de l'autre côté, il fit le geste de la porter de nouveau.

— C'est bon, dit-elle sèchement. Je cours aussi vite que toi.

Pour prouver de ce qu'elle venait d'avancer, elle se lança dans une course effrénée qui la conduisit la première jusqu'au cruiser.

Dès qu'ils furent à l'intérieur, elle démarra sur les chapeaux de roues, les pneus patinant dans le gravier à chacun des virages qu'elle amorçait. Lorsqu'ils parvinrent à la route secondaire qui devait les conduire jusqu'à la voie express, elle se gara sur le bas-côté et se tourna vers Dane.

— Tu me refais le coup du sac de charbon et je te promets que tu t'en souviendras, gronda-t-elle d'une voix menaçante. C'est clair ?

— J'ai cru que tu t'étais arrêtée parce que tu étais en difficulté, se justifia-t-il. Je suis revenu pour te prêter main-forte.

— Je n'ai pas besoin de ton aide. Je te rappelle que je suis un officier de police qualifié et entraîné et qu'à ce titre je sais ce que je fais. Si je me suis arrêtée derrière ce rocher, c'est parce que j'avais en tête de tirer sur ce type au moment où il passerait à ma hauteur. Mais il a fallu que l'homme des cavernes s'en mêle, au risque de nous faire tuer. En plus, je pense qu'il ne m'avait pas vue à la cabane et que tu as fait capoter notre seule chance de lui tomber dessus.

Dane resta silencieux un court instant.

— Je suis désolé, lâcha-t-il. J'imagine que c'est parce que j'ai l'habitude d'agir seul, de prendre des décisions sur une impulsion.

— Eh bien, si tu veux vraiment que je t'aide, il va falloir te mettre dans le crâne que nous sommes deux et que, de temps en temps, tu dois me laisser prendre des initiatives. Il faut me faire confiance, Dane.

Cette fois, il garda le silence si longtemps qu'elle pensa l'avoir offensé pour de bon. De toute évidence, le super macho, ex-ranger, ne supportait pas l'idée de recevoir d'ordres d'une femme. Tant pis pour lui ! Elle n'avait pas de temps à perdre avec ses plans foireux. Elle allait le contraindre à se rendre aux bureaux de la brigade pour y faire sa déposition. Fin de l'histoire.

— Excuse-moi, dit-il enfin. Tu as raison. J'ai tendance à oublier que tu es une vraie professionnelle. Je suis désolé de ne pas en avoir tenu compte. Je te promets de ne plus prendre d'initiatives malheureuses, d'écouter ce que tu as à dire et de suivre ton exemple quand je le jugerai éclairé.

Venant de lui, et quoique cette dernière assertion soit discutable, un grand pas venait d'être franchi.

— Parfait, lui concéda-t-elle.

— Que faisons-nous maintenant ? demanda-t-il sans doute pour lui montrer à quel point il était devenu conciliant.

— Je propose que nous retournions au quartier général de la brigade et que tu leur racontes tout ce que tu sais.

— Tu penses qu'ils me croiront sur parole ? Je te rappelle que je n'ai toujours aucune preuve de ce que j'avance. Face à la TDC qui n'a de cesse de vouloir me rendre responsable de ses agissements, je ne fais pas le poids. Je suis certain qu'ils ont corrompu une bonne partie des juges et des politiciens de cette ville.

— Les rangers te croiront, soutint-elle avec fermeté. Parce que, moi, je te crois. Je serai à tes côtés. Je te soutiendrai.

Elle avait beau essayer de se montrer convaincante, en fait, elle n'était sûre de rien. D'autant plus qu'elle avait intégré la brigade il y avait peu de temps et que ses collègues ne la connaissaient pas bien. Ils pourraient très bien penser qu'elle en pinçait pour Dane et que, du coup, elle en perdait toute objectivité.

Il secoua la tête.

— Même s'ils me croient, ils n'obtiendront pas de mandat de perquisition et si, par miracle, le juge leur en délivre un, la TDC s'empressera d'effacer toute trace de leurs combines. En revanche, ça risque de les monter un peu plus contre moi. Je crains vraiment pour la sécurité de ma fille.

Ce n'étaient pas des paroles en l'air. Faith sentait vraiment derrière les mots la peur qui le prenait aux tripes. Le doute s'insinua en elle. Et si c'était lui qui avait raison ? Si la TDC était trop influente pour que même les forces de police restent impuissantes à les protéger, sa fille et lui ?

— Tu ne peux pas non plus passer le restant de tes jours à te cacher dans une grotte en semant de vagues indices çà et là pour tenter de mettre la police sur la voie de ce que tu as découvert. Ça ne marchera pas.

Pour toute réponse, il laissa son regard errer sur le paysage que la lune baignait de sa lueur blafarde.

— Je ferais peut-être mieux d'oublier toute cette histoire et de disparaître pour de bon.

Le cœur de Faith se serra sans qu'elle sache si c'était à cause du désespoir qui avait pointé dans sa voix ou à l'idée de ne plus jamais le revoir.

— Nous pouvons essayer de trouver une solution pour récupérer cette fameuse clé USB, dit-elle. Si c'est le seul moyen que nous avons de faire payer les coupables…

— Il faut que nous retournions à la mine avec de quoi scier les barreaux. Mais reste le problème du vigile.

Intrusion. Effraction. Destruction. Atteinte à la vie d'un civil. Faith se repassa mentalement la liste des délits qu'ils avaient déjà commis.

— Nous serions encore une fois hors la loi, Dane. Sans compter que la cour n'apprécierait pas la manière dont nous aurons récupéré une preuve. Non, ce qu'il nous faut, c'est agir mais de manière plus légale. En tout cas, moins illégale.

— Si tu as une idée, je suis prêt à t'écouter, dit-il. Mais je préférerais que nous rentrions à la grotte. Je suis épuisé et j'imagine que toi aussi. En plus, je ne suis pas tranquille ici. Il va bientôt faire jour, la circulation va reprendre et avec elle les risques de nous faire arrêter.

Cela signifiait rester avec lui et laisser croire à son entourage qu'elle était en danger. Pourtant, l'envie d'aider Dane fut encore la plus forte.

— D'accord, dit-elle en se remettant à rouler. Nous retournons nous reposer dans la grotte et nous établissons ensuite un plan d'attaque.

Comment ? Elle n'en avait pas la moindre idée. Mais entre sa logique implacable et l'esprit vif de Dane, ils devraient trouver sans trop de mal.

Faith dormait d'un sommeil profond dans le sac de couchage que Dane lui avait cédé. Il ne voyait d'elle que l'auréole que formait sa chevelure déployée sur le sac à dos qui lui servait d'oreiller. Il s'adossa au mur, sa lampe frontale dirigée vers la carte topographique qu'il avait étalée devant lui.

Rien ne lui venait. Le trou noir. Il n'avait aucune idée de ce qu'ils devaient faire ni de là où ils devaient aller. Au cours des dernières semaines, il avait agi sur des impulsions, en obéissant à son instinct, persuadé que sa persévérance allait payer un jour ou l'autre. Et puis Faith lui avait démontré qu'il faisait n'importe quoi. Qu'il ne s'y prenait pas de la bonne manière.

Il se prit la tête entre les mains, découragé, accablé par le poids de ses échecs successifs. Pourtant, il le savait, il était loin d'être stupide. La plupart du temps son obstination et sa détermination à poursuivre un objectif malgré les obstacles rencontrés avaient joué en sa faveur. Comme lorsqu'il s'était mis en tête de créer Welcome Home Warrior, une association destinée à venir en aide aux vétérans mais aussi aux plus démunis. Tout le monde y était allé de son commentaire négatif : « Tu n'auras jamais les fonds nécessaires… Personne ne soutiendra ton projet… »

Il leur avait prouvé qu'ils avaient tort. Il avait foncé, bille en tête, porté par son optimisme et sa détermination. Et il avait gagné son pari. Il en avait été de même quand il avait intégré le personnel de la TDC. À force de volonté, il s'était forgé la réputation d'un homme efficace, qui ne lâchait rien.

Mais aujourd'hui, et alors que l'enjeu était si important, il ne pouvait qu'admettre que ces qualités ne lui servaient à rien. Pire, même, elles l'avaient desservi. Chaque erreur commise en avait entraîné une autre, allant jusqu'à tellement l'éloigner de son but initial qu'il craignait de ne jamais pouvoir revenir en arrière.

Qu'est-ce qui lui avait pris d'enlever un officier de police ? Pourtant, quand il y réfléchissait – et même s'il était conscient d'avoir pris la pire des décisions – il ne regrettait pas son geste. Car Faith réveillait en lui des émotions qu'il pensait enfouies à jamais et avec lesquelles il était heureux de renouer. Avec elle, il se sentait profondément en vie.

Il l'avait choisie, elle, pour son petit gabarit, pensant que, menue comme elle l'était, elle ne ferait pas le poids face à un ex-militaire surentraîné.

Il l'avait mal jugée. Car elle compensait sa petite taille par un courage et un sang-froid exceptionnels. Il admirait aussi sa force de caractère et sa franchise. Une franchise qui l'avait certes un peu secoué mais qui lui avait fait comprendre qu'elle avait raison. En agissant sur des impulsions, comme il l'avait fait jusque-là, sans plan préétabli, il n'arriverait à aucun résultat positif.

Il la regarda s'étirer avant d'émerger du sac de couchage. Elle le regarda et lui sourit. Un véritable enchantement pour l'homme des bois qu'il était devenu.

— Qu'est-ce que tu fais ? demanda-t-elle.

Il aurait pu lui mentir, lui raconter n'importe quoi pour se mettre en valeur mais il préféra jouer la carte de la sincérité.

— Rien, répondit-il. Je réfléchissais et me disais à quel point j'avais été stupide.

Elle ne fit aucun commentaire allant dans ce sens. Au contraire, elle vint s'asseoir à côté de lui, si près que son épaule frôla délicieusement la sienne. Abstinent comme il l'était depuis plusieurs semaines, ce simple contact suffit à allumer en lui le feu d'un désir violent.

— Voyons un peu cette carte, dit-elle gentiment. C'est quoi, ce point que tu as entouré ?

Elle pointait du doigt un rectangle situé en bordure de terres domaniales.

— Un domaine ultra-privé où Terrell possède une résidence secondaire.

— Tu y es déjà allé ?

— Une fois. Terrell y avait organisé une soirée de fin d'année pour ses employés et leurs familles. Sa maison venait juste d'être construite. Mais je pensais retourner là-bas un de ces jours pour y jeter un coup d'œil.

— Eh bien, c'est le moment.

— D'accord. Et ensuite ?

— Ensuite, dans un deuxième temps, nous pourrions demander à parler à Terrell et lui balancer ce que nous savons. Nous verrons bien comment il réagira.

— C'est exactement ce que j'ai fait avec Mitch Ruffino, tu te rappelles ? Et regarde un peu le résultat.

Elle acquiesça d'un hochement de tête avant de se replonger dans l'étude de la carte. Lui ne pouvait se concentrer que sur elle, sur son profil délicat, sur son oreille parfaitement ourlée, sur son cou gracile.

En se penchant un peu plus en avant, son sein gauche se pressa contre son bras. Était-ce un geste délibéré de sa part ? Une invitation à aller plus loin ? Retiré depuis deux mois de la civilisation et de ses codes tout comme des jeux de la séduction, il ne savait plus quelle attitude adopter. Il resta bêtement figé, le souffle court, incapable d'esquisser le moindre geste. Puis, lentement, elle tourna son visage vers lui et riva son regard au sien. Il vit alors brûler au fond de ses prunelles le reflet de son propre désir.

Il caressa sa joue d'une main hésitante, conscient de la rugosité de sa paume contre sa peau douce et satinée. Elle entrouvrit les lèvres, invitation tacite à l'embrasser. Il scella alors sa bouche à la sienne dans un baiser qui passa d'une douceur infinie à une passion fulgurante. Il brûlait de l'envelopper de ses bras, de tout son corps, mais il se retint. Plus question d'obéir à ses pulsions. Désormais, il allait se comporter en homme raisonnable et raisonné.

— Alors ? Ce n'est pas mieux que de me jeter par-dessus ton épaule comme un sauvage ?

Soulagé autant qu'heureux de ce trait d'humour, il éclata d'un rire sonore qui le libéra des tensions accumulées depuis trop de temps.

— Je meurs de faim, dit-elle en se levant. Qu'avons-nous à manger ?

— Des crackers et du beurre de cacahuètes. Je peux aussi préparer des œufs durs.

Cette perspective n'eut pas l'air de la réjouir.

— Mmm, un vrai festin, ironisa-t-elle.

Il ne répondit pas à cette attaque, préférant aller puiser dans sa réserve de nourriture.

Tout en mangeant, Faith se remit à étudier la carte puis traça une ligne entre l'endroit où ils se trouvaient et la propriété de Terrell.

— Qu'est-ce que tu fais ? s'enquit-il.

— Je trace l'itinéraire qu'il nous faudra emprunter pour aller rendre une petite visite à ce cher Terrell.

— Quand ?

— Ce soir. Pourquoi attendre ?

— Parce que nous ne savons pas s'il sera là-bas. Le principe d'une résidence secondaire, c'est qu'on n'y vit pas en permanence.

— Et moi, je suis certaine qu'il y sera. S'il était complice de Mitch Ruffino, il doit avoir un intérêt personnel à veiller de près sur les opérations de la TDC. Cette maison représente la retraite idéale pour avoir les coudées franches sans être importuné.

— Une fois sur place, comment comptes-tu procéder ? Tu imagines bien que cette propriété doit être hautement sécurisée. En plus des gardiens chargés de la surveiller vingt-quatre heures sur vingt-quatre, Terrell doit avoir engagé des gardes du corps qui ne doivent pas le lâcher d'une semelle.

— Pour le moment, nous partons juste en repérage. Nous verrons bien s'il y a des mouvements indiquant un quelconque trafic parce que je ne pense pas qu'ils continuent d'utiliser la mine Mary Lee pour y planquer leurs cargaisons de drogue. Le garde que nous avons surpris n'était pas particulièrement vigilant ; il dormait, même. Ce qui veut dire qu'il n'y a rien de précieux à garder et que les cargaisons ont été déplacées. Et quoi de mieux que cette immense propriété où il doit falloir montrer patte blanche pour pouvoir y pénétrer ?

— Ton raisonnement tient la route, lui concéda-t-il en guise de compliment

En silence, elle replia la carte puis consulta l'heure à sa montre.

— Nous avons deux heures devant nous, annonça-t-elle. Largement de quoi rassembler ce dont nous aurons besoin sur place avant de nous mettre en route.

Au lieu de s'en offusquer, Dane se laissa commander avec bonheur. Pour un homme qui avait l'habitude de faire cavalier seul, se faire prendre en charge par quelqu'un d'autre se révélait délicieusement reposant.

# 12

Faith s'exhorta à ne pas penser au baiser qu'elle avait échangé avec Dane. Elle voulait considérer ce bref instant comme une parenthèse agréable qui avait répondu à une envie réciproque. Une parenthèse à laquelle ils ne donneraient pas suite. Elle avait vu dans ce baiser la confirmation que l'attirance qu'elle éprouvait pour lui était partagée. Une espèce de mise à l'épreuve pour voir jusqu'où Dane était prêt à aller. Mais il s'était comporté en parfait gentleman, n'insistant pas quand elle s'était écartée de lui. De cela, elle lui était reconnaissante.

Sans se dire un mot, ils remplirent le sac à dos de victuailles auxquelles ils ajoutèrent la carte topographique, une paire de jumelles, une boussole, une trousse de premiers secours et des munitions. Puis Faith enfila son gilet pare-balles et enfonça sur sa tête le bonnet en polaire que Dane lui avait donné pour se protéger du froid mordant de la nuit. Elle avait sur elle son arme, une lampe torche, son téléphone portable et son talkie-walkie, que Dane avait récupéré quand il l'avait enlevée.

Elle fut saisie d'un profond sentiment de culpabilité en pensant que ses collègues étaient à sa recherche et la croyaient en danger. Elle avait honte de les laisser s'inquiéter pour elle alors qu'elle allait bien. Mais sa volonté de protéger Dane et de prouver son innocence l'emportait sur cette culpabilité. Car si la TDC était capable de tremper dans un trafic de drogue international sans éveiller les soupçons des autorités compétentes, il était évident qu'elle avait les moyens de faire taire sans être inquiété un homme que l'opinion publique considérait déjà comme un fou furieux.

— Prête ? demanda-t-il.

— Prête, répondit-elle.

Ils avaient cinq heures de marche pour atteindre le lieu où ils avaient caché le cruiser. De là, il faudrait compter une trentaine de minutes supplémentaires pour rejoindre la voie express par des routes secondaires bien souvent en mauvais état. Enfin, il leur resterait un court trajet à effectuer pour parvenir jusqu'à la propriété de Charles Terrell.

La lune était pleine quand ils arrivèrent au cruiser. Dane écarta les branchages qui le recouvraient presque entièrement.

— C'est bon, dit-il. Personne ne l'a vu.

De son côté, Faith se baissa pour étudier le sol autour du véhicule. Elle n'y vit rien d'alarmant. Aucune trace suspecte.

— Prends le volant, dit Dane alors qu'il s'installait sur le siège passager. Je t'indiquerai la route.

Ils roulèrent en silence sauf durant les moments où Dane lui donnait les indications à suivre. Faith était tendue. Cette tension qu'elle ressentait n'était pas due à la peur mais à l'excitation. Après tant de temps passé à effectuer des tâches administratives, enfermée dans un bureau, elle était heureuse d'être au cœur de l'action. Enfin, elle retrouvait le terrain ! Enfin, elle avait l'impression de servir vraiment à quelque chose ! Enfin, elle renouait avec ce pour quoi elle était faite : mener une enquête.

Perdue dans ses pensées, elle ne vit qu'au dernier moment l'oiseau qui venait de piquer sur le pare-brise avant de reprendre de la hauteur.

— Un engoulevent, expliqua Dane.

— Je savais qu'il y en avait dans la région mais je n'en avais jamais vu, dit-elle.

— C'est normal. Il faut être un oiseau de nuit, comme eux, pour pouvoir espérer les surprendre.

Par ces paroles, Dane lui signifiait que, malgré l'inconfort de son mode de vie, il était chez lui ici et qu'il en connaissait les règles bien mieux qu'elle.

Ils ne croisèrent aucun véhicule sur les huit kilomètres qui les séparaient de la sortie pour Sunset Estates, lieu privilégié où se trouvait la résidence de Terrell.

— Inutile de prendre le risque de nous faire remarquer, dit-il. Je vois sur la carte une route secondaire qui longe la principale. Nous allons la prendre.

C'est ainsi qu'ils se retrouvèrent sur un chemin de terre accidenté qui semblait courir sur plusieurs kilomètres.

— Tu sais où nous allons ? s'enquit-elle.

— Non, mais si je me fie à la carte, nous devrions arriver en haut d'une colline sur laquelle se trouvent une antenne relais et des citernes d'eau.

Si la distance pour arriver jusqu'en haut était courte, elle se révéla compliquée, trouée comme elle l'était de nombreux nids-de-poule.

Parvenus à quelques mètres de leur destination, elle éteignit les phares et gara le cruiser à l'abri des regards, derrière les citernes.

— Nous allons devoir y aller à pied, annonça-t-il en récupérant le sac à dos qu'il avait posé sur la banquette arrière.

Ils sortirent aussi discrètement que possible du cruiser puis restèrent un moment silencieux et immobiles à scruter les maisons construites à flanc de colline. Il y en avait cinq, plus de nombreuses dépendances.

— Laquelle est celle de Terrell ? demanda-t-elle à voix basse.

Pour toute réponse, il sortit les jumelles de son sac à dos et les ajusta à sa vue. Un court instant plus tard, il pointait du doigt la demeure qui se situait le plus à l'est.

— C'est celle-là, dit-il. Celle qui se trouve presque au pied de la colline, sur notre droite.

— Tu en es sûr ?

— Oui, affirma-t-il en remettant les jumelles dans son sac. C'est bien là que Terrell nous a reçus. Allons voir si nous pouvons nous en approcher.

Ils évitèrent de prendre la rue pour s'en tenir à ce qui semblait être une piste cyclable à l'arrière des habitations.

Aucun chien n'aboya à leur passage. Sans doute étaient-ils enfermés pour la nuit, endormis avec leurs maîtres. Les maisons étaient bâties sur des terrains immenses que clôturaient des murs de pierre ou des grilles en fer forgé.

— C'est là, indiqua-t-il alors qu'ils longeaient une palissade en bois.

Ils s'arrêtèrent pour tenter d'apercevoir quelque chose entre les interstices des rondins de bois. La résidence – une imposante bâtisse en pisé construite sur deux étages, chacun prolongé par une immense terrasse – se trouvait à une centaine de mètres de là. Faith compta quatorze fenêtres rien que sur ce côté de la maison.

— Regarde, dit-il. Là.

Il pointait du doigt une immense structure semi-cylindrique en acier galvanisé qui se trouvait dans l'angle le plus reculé de la propriété.

— Il y a là de quoi planquer tout ce qu'on veut. Ce hangar n'existait pas quand nous sommes venus à la soirée de Terrell.

— Il y a combien de temps de cela ?

— Trois ans.

— Tu as dit que la maison venait d'être construite. C'est possible que cette construction ait été prévue dans les plans mais que Terrell ne l'ait fait réaliser que plus tard. Ce n'était pas le plus urgent. En plus, il l'utilise peut-être comme garage pour des voitures de collection, par exemple. Il peut s'agir aussi d'un court de tennis couvert ou Dieu sait quoi encore.

— La femme de Terrell est architecte d'intérieur, spécialisée dans les maisons haut de gamme. Je la vois mal faire construire une verrue pareille à côté de sa propre habitation, contra-t-il.

— C'est sûr, répliqua-t-elle, les yeux fixés sur l'immense chenille métallique. Il y a mieux en termes de décoration. À ton avis, c'est là que Terrell aurait transféré ses cargaisons de drogue ?

— Je ne peux rien affirmer mais ce genre de structure présente le double avantage d'être facilement monté et démonté et d'être assez vaste pour y cacher des semi-remorques.

— Alors, il nous faut aller vérifier si ce que tu penses est vrai.

Déjà, il esquissait le geste d'escalader la palissade. Elle l'empêcha de poursuivre en le tirant en arrière.

— Tu es vraiment incorrigible, le rabroua-t-elle gentiment. La situation exige que nous planifiions notre approche. On ne t'a pas appris ça à l'armée ?

Il acquiesça.

— Mais on m'a aussi appris à évaluer rapidement une situation et à agir en conséquence, rétorqua-t-il. Il y a un portillon dans la clôture qui donne pile sur le hangar. Et une petite maison qui pourrait bien abriter un gardien chargé de le surveiller en permanence.

Elle approuva d'un hochement de tête, impressionnée mais déterminée à ne pas le montrer.

— Que proposes-tu ?

— Nous allons jusqu'au portillon pour voir de plus près de quoi il retourne. Ensuite, l'un de nous reste surveiller pendant que l'autre va faire un tour du côté de la rue pour chercher une entrée accessible à une semi-remorque et tenter de voir où sont positionnés les gardiens.

— Ensuite ?

— Ensuite, celui de nous deux qui sera côté rue fera diversion pour permettre à l'autre de se faufiler dans le hangar.

— Que fais-tu du gardien qui est dans la petite maison ?

— Je pars du principe que c'est le créneau pendant lequel il dort.

— Impossible. Si ce hangar recèle effectivement une importante cargaison de drogue, le gardien ne peut pas se permettre de fermer l'œil, ne serait-ce qu'une demi-seconde.

Désarçonné, Dane croisa les bras et fronça les sourcils.

— Tu as une meilleure idée ?

— Pas meilleure mais moins risquée.

— Je t'écoute.

— Si nous nous séparons, comme tu le proposes, nous serons plus vulnérables, commença-t-elle. Mieux vaut rester ensemble et travailler en équipe. Et puis, je ne pense pas que ce soit une bonne idée de manifester notre présence sur place en faisant diversion. Nous aurons l'avantage sur eux tant que nous resterons invisibles. N'oublie pas que nous ignorons combien ils sont et que, en cas de problème, nous ne pourrons pas appeler de renforts.

— Tu as raison. Nous allons vérifier ce portillon ?

Elle acquiesça en silence tout en lui emboîtant le pas. Dane fut le premier à vérifier le loquet. Il était fermé par un énorme cadenas impossible à fracturer sans outil adapté.

Délaissant cet accès, ils se dirigèrent vers l'angle de la clôture puis continuèrent sur le côté. Ils marchèrent un long moment avant d'arriver en vue de la rue principale. C'est là qu'ils virent le large portail susceptible de laisser passer des semi-remorques de plusieurs tonnes. S'ils avaient la réponse à leur question, ils se demandaient encore comment de tels véhicules pouvaient passer inaperçus aux yeux des voisins. Sans doute Terrell choisissait-il le bon moment pour se faire livrer. Si, comme Dane et Faith le supposaient, ces maisons étaient toutes des résidences secondaires, elles restaient inoccupées une bonne partie de l'année. Il suffisait que Terrell programme ses livraisons au moment où ses voisins étaient absents et le tour était joué. Personne ne se rendait compte de rien.

Dane courut jusqu'au portail et s'accroupit pour examiner la terre. Il la tâta du bout des doigts puis revint chercher Faith.

— Regarde, chuchota-t-il. Il y a des traces de pneus qui correspondent à celles de poids lourds.

Elle approuva en silence.

— On ne peut pas attendre. Il faut que nous allions jeter un coup d'œil dans ce hangar, dit-elle tout bas.

— Je suis d'accord.

— Mais comment faire ? Le portillon est cadenassé et un vigile monte la garde. Et puis, je suppose que la porte du hangar aussi est sécurisée.

— En général, ces structures ne sont pas entièrement métalliques. Le bas de la construction se termine par une toile épaisse. Avec mon canif, c'est possible de la découper. Il ne me restera plus qu'à me glisser dessous.

C'était risqué mais ils n'avaient pas d'autre choix.

— Cela ne règle pas le problème du portillon, dit-elle.

— Là aussi, j'ai une idée. Tu vois, je crois que ton sens de la planification a déteint sur moi, ajouta-t-il avec un sourire amusé.

— Ton idée…

— Viens, je vais te montrer.

Il l'entraîna alors à un endroit de la clôture où les rondins avaient été remplacés sur quelques mètres par des piquets. Décidément, rien n'échappait à son œil exercé.

— Regarde. Ces piquets sont reliés entre eux par du fil de fer. Il suffit de le couper et d'arracher deux ou trois piquets.

— Sauf s'ils sont enfoncés dans le sol profondément, objecta-t-elle.

— Je ne crois pas, non.

Pour preuve de ce qu'il avançait, il donna un petit coup de pied à l'un des piquets, qui bougea légèrement.

Prenant le silence de Faith pour un assentiment il sortit de son sac la pince multi-usages qu'il avait emportée. Quelques coupes rapides et le fil était tranché. Dane n'eut plus qu'à faire jouer les piquets dans la terre meuble et à les sortir.

— Tu sais siffler ? s'enquit-il soudain.

— Oui, répondit-elle.

— Si tu vois quelqu'un arriver ou si tu entends quelque chose d'alarmant, tu siffles pour me prévenir, tu prends le sac et tu fonces jusqu'au cruiser. Je te rejoindrai dès que je pourrai.

— Et si nous faisions l'inverse ? proposa-t-elle. Je suis plus petite et plus mince que toi. Je pourrai me faufiler partout plus facilement. En plus, j'ai un gilet pare-balles.

— Mais moi j'ai vu la cargaison à la mine Mary Lee. Je sais exactement ce qu'il faut chercher.

Elle aurait pu lui faire remarquer que, en tant qu'officier de police, elle avait déjà arrêté des trafiquants de drogue et qu'elle savait de quoi il s'agissait. Mais Dane avait tellement à cœur de prouver son innocence, et ce depuis si longtemps, qu'il lui revenait de confondre les coupables.

— OK, fit-elle. Je fais le guet.

En revanche, si Dane s'imaginait qu'elle allait l'abandonner au cas où la situation tournerait au vinaigre, il se trompait lourdement.

Dane se glissa dans l'espace entre deux piquets, s'écorchant le dos au passage. Une fois de l'autre côté, il resta immobile, l'oreille aux aguets, mais il n'entendit que les battements sourds de son cœur. Il regarda Faith, qui n'était plus qu'une silhouette se fondant dans l'obscurité. Savoir que sa vie dépendait d'elle, de sa vigilance, ne l'effrayait pas. Au contraire, il était heureux de pouvoir compter sur quelqu'un d'autre que lui-même.

Il tourna les talons et se dirigea vers le hangar qui, situé comme il l'était, ne pouvait pas être vu de la maison. En avançant, il découvrit ce qui devait être un abri de jardin, à en juger par les nombreux pots en terre vides empilés de part et d'autre de la porte et les jardinières remplies de terre où pointaient des pousses vertes.

Il avança à pas de loup jusqu'à se retrouver à l'arrière de la structure, distante de la clôture d'à peine un mètre. Il continua, longea le côté du hangar où l'espace était plus vaste. Là, il s'accroupit, sortit son canif de sa poche et le plongea dans la toile. Puis il attendit.

Aucun bruit alarmant ne lui parvint de l'intérieur. Il pouvait continuer.

Tout doucement, procédant millimètre par millimètre, il forma un carré d'environ trente centimètres ouvert sur trois côtés. Il souleva le pan flottant et passa la tête à l'intérieur. C'était le noir total.

Il attendit que ses yeux s'habituent à l'obscurité mais, même au bout de plusieurs minutes, il ne distinguait toujours rien. Il enfila sa lampe frontale et l'alluma en prenant soin d'en limiter le faisceau avec ses deux mains placées en coupe de chaque côté.

Cette fois, il vit nettement l'énorme remorque qui emplissait presque tout l'espace. Ses soupçons se confirmaient mais il fallait qu'il en ait le cœur net.

Il éteignit sa lampe, se releva et retourna à l'arrière du hangar, là où l'espace était le plus étroit. Il pouvait à peine s'y mouvoir mais, à moins de venir ici exprès, personne ne pouvait le voir. L'autre avantage, c'était que, tout comme l'autre extrémité, celle-ci était munie d'un zip qu'il suffisait de remonter pour l'ouvrir. Il s'agenouilla et, après avoir tâtonné un peu, trouva la tirette, qu'il fit remonter tout doucement jusqu'à ce que l'ouverture lui permette de se faufiler à l'intérieur.

Une fois debout, il avança prudemment, les mains tendues devant lui pour ne pas se cogner contre la remorque. Quand ses paumes heurtèrent le métal froid de ce qu'il devina être le bas de la remorque, il ralluma sa lampe frontale, procédant comme il l'avait fait un peu plus tôt pour ne pas attirer l'attention sur cette source lumineuse. La chance était avec lui : la remorque était ouverte et la rampe de chargement, toujours en place. Il n'eut plus qu'à grimper dessus et à la remonter à pas feutrés. La remorque était pleine de barils en plastique bleu, dont les étiquettes mentionnaient le nom d'un engrais chimique destiné à l'épandage des plantations de maïs.

À l'aide de son canif, Dane fit levier sur le bouchon d'un des barils. Comme il s'y attendait, il ne contenait pas d'engrais mais des sachets remplis de poudre blanche.

De la cocaïne. Des centaines de sachets de cocaïne, comme ceux qu'il avait découverts dans un des tunnels de la mine Mary Lee. Il sortit son portable de sa poche et prit une douzaine de photos des barils et de leur contenu. Puis il referma celui qu'il avait ouvert et descendit de la remorque.

Il prit également des clichés de la plaque d'immatriculation puis du hangar. Plus il réunirait de preuves, plus sa parole aurait de crédit.

La tête pleine d'espoir, il s'apprêtait à sortir quand une voix menaçante le paralysa.

— Pas un geste ou tu es mort.

# 13

Dane mettait trop de temps. Faith s'exhorta à rester immobile, consciente que le moindre bruit pourrait attirer l'attention des gardes mais elle n'y tenait plus. Cela faisait presque trente minutes que Dane était parti. Qu'avait-il pu faire qui mettrait encore sa vie en danger ?

Elle vérifia encore une fois l'heure au cadran lumineux de sa montre. Ce n'était pas normal. Dane aurait déjà dû revenir.

Elle se glissa à demi dans la brèche de la palissade, prête à aller le rejoindre, quand une voix masculine la fit s'immobiliser et retenir son souffle.

— Tu vas voir que ce sera un raton laveur, comme la dernière fois. J'ai déjà dit à John que l'alarme du périmètre de sécurité était trop sensible.

— Raton laveur ou pas, il faut quand même aller vérifier, grommela une autre voix d'homme.

Bon sang ! se maudit-elle intérieurement. Pourquoi n'avaient-ils pas pensé aux alarmes ? Il était trop tard pour le regretter maintenant. Voyant deux ombres s'avancer, elle se précipita hors de la clôture et plongea à plat ventre dans ce qui semblait être un fossé d'irrigation. Là elle attendit. Quand le faisceau d'une puissante lampe torche balaya l'endroit où la palissade était trouée, elle ferma les yeux et se mordit les lèvres, le cœur battant.

— Merde ! jura l'un des hommes. Quelqu'un a coupé le fil de fer.

Elle ressentit un profond soulagement quand elle les entendit s'éloigner. Pourvu que Dane les ait repérés lui aussi et qu'il ait eu le temps de se cacher !

Elle attendit encore un long moment avant de se risquer à se relever et à regarder autour d'elle. Personne. Évidemment, alertés par ce qu'ils avaient découvert, les gardiens s'étaient lancés sans attendre à la recherche de l'intrus. Et le premier endroit où ils étaient allés chercher était sans nul doute le hangar.

Il fallait prévenir Dane. Et vite ! Elle courut le long de la clôture en prenant garde à ne pas la toucher. Qui sait ce qui avait bien pu déclencher cette alarme qui avait alerté les deux hommes ? Arrivée en vue du portillon, elle s'arrêta, l'oreille aux aguets. Rien. Pas un bruit. Mais les gardiens étaient là, c'était certain. Tapis quelque part pour surprendre Dane. Mais si elle ne les entendait pas, Dane ne le pouvait pas non plus.

Elle dégaina son arme et, s'efforçant de calmer sa respiration, repartit vers la brèche dans laquelle elle se glissa sans attendre. Sitôt de l'autre côté, elle se mit à ramper vers le hangar. Elle se trouvait à l'endroit le plus étroit, là où Dane avait dû se trouver avant elle, quand de puissants éclairages baignèrent d'un coup la structure d'une lumière aussi crue qu'éblouissante. Faith se ratatina tant qu'elle put et suspendit sa respiration. Ce n'était pas le moment de se faire remarquer ! Elle entendit soudain des cris, suivis de coups violents qui lui semblèrent durer une éternité.

Puis le silence retomba un bref instant avant que les voix des hommes s'élèvent de nouveau. Faith comprit qu'ils sortaient du hangar. Elle se risqua sur le côté et les vit qui se dirigeaient vers la maison, traînant entre eux le corps inerte de Dane. Les battements de son cœur redoublèrent d'intensité tandis qu'un nœud d'angoisse lui étranglait la gorge. Était-il mort ou seulement inconscient ?

Elle ne pouvait pas agir seule. Il lui fallait retourner au plus vite au cruiser pour demander de l'aide aux rangers. Mais alors qu'elle s'apprêtait à regagner la palissade, un troisième homme sortit de la petite maison. Muni de deux piquets en bois, il se dirigea vers la clôture, remplaça ceux que Dane avait retirés puis les relia de nouveau entre eux avec un morceau de fil de fer neuf. Elle était prisonnière. Elle ne pouvait rien faire d'autre que s'asseoir et attendre, sans même savoir si Dane était vivant ou mort.

Dane avait l'impression que son crâne allait éclater. Son cuir chevelu palpitait à l'endroit où le plus costaud de ses deux assaillants l'avait frappé. Sa joue était gonflée, sa lèvre, éclatée, et ses poignets, solidement attachés derrière son dos, lui faisaient un mal de chien. Ce salaud n'y était pas allé de main morte.

Il souleva avec peine ses paupières tuméfiées et vit qu'il se trouvait dans une pièce lambrissée presque vide mais dont le sol, assez curieusement, était recouvert de tapis berbères. D'ailleurs, c'est sur l'un d'eux qu'on l'avait allongé sur le côté. Il referma les yeux, feignant d'être inconscient pour tenter d'en savoir un peu plus sur le sort que ces hommes lui réservaient.

— Si nous l'achevons et que nous balançons son corps quelque part, le patron n'en saura rien, suggéra l'un d'eux qui avait un accent texan très prononcé.

— Et si on retrouve le corps ? dit un autre à la voix haut perchée. Et qu'on en parle aux infos ?

— Et après ? fit un troisième larron. Il ne fera pas le lien avec nous.

— Il le fera.

— Et encore heureux s'il ne se débarrasse pas de nous quand il saura.

— Ou alors…

Celui que Dane avait mentalement surnommé Voix-de-Fausset laissa sa phrase en suspens. Il vint vers Dane et le fit rouler sur le dos du bout de sa botte.

— Vous savez qui c'est ? demanda-t-il à ses acolytes. C'est Dane Trask. Terrell sera tellement content qu'on le lui ramène qu'il en oubliera de nous faire payer notre négligence. Peut-être même qu'il nous donnera la récompense promise par la TDC.

— En tout cas, si ça tourne au vinaigre, ne comptez pas sur moi pour vous défendre les gars. Moi, je n'y suis pour rien dans cette affaire. C'est vous qui étiez censés être de garde, au lieu de regarder la télé, les bras croisés.

— Ça va, la ferme ! tonna le Texan tandis que Voix-de-Fausset lançait sur Dane un seau d'eau glacée.

— Allez, debout ! lui ordonna-t-il d'une voix mauvaise.

Dane ouvrit les yeux mais ne broncha pas.

— M. Terrell ne va pas être content quand il va savoir que tu es venu fouiner par ici, poursuivit son bourreau.

— Au fait, tu peux oublier ton téléphone et tes jolies photos, renchérit le Texan. C'est bête, il nous a échappé des mains et il s'est cassé en mille morceaux, dis donc.

— Tu sais qu'il y a une grosse récompense à la clé pour celui qui te ramènera à Terrell ? fit le troisième, un type sec aux biceps surdéveloppés. Je pense que ça sent bon pour nous.

Ils partirent d'un même rire gras, comme si c'était la chose la plus drôle qu'ils aient jamais dite. Dane ferma les yeux, attendant qu'ils se calment.

Un violent coup de pied dans les côtes les lui fit rouvrir brusquement. Il serra les dents pour s'empêcher de hurler de douleur.

— Allez ! Debout, je t'ai dit. M. Terrell est du genre lève-tôt. Nous allons lui rendre une petite visite.

— Comment tu es arrivé jusqu'ici ? s'enquit soudain le Texan. Tu n'as pas pu venir à pied.

Dane ne répondit rien.

— Peut-être qu'il sait voler, ricana Gros-Biceps.

— Ou alors, il n'est pas venu seul. Quelqu'un l'aura aidé.

Dane sentit son cœur faire un bond dans sa poitrine mais il parvint à garder un visage impassible. Plutôt mourir sous la torture que de les mettre sur la piste de Faith.

— Tu as vu quelque chose ? demanda Voix-de-Fausset à Gros-Biceps.

— Non. Il n'y avait aucune trace dans la terre et, en plus, il faisait nuit noire. À un moment, j'ai cru entendre du bruit mais c'était un écureuil. Je l'ai vu grimper à un arbre. Comme il n'y avait pas lieu de s'inquiéter, j'ai planté mes piquets et j'ai réinitialisé l'alarme.

— S'il y avait un écureuil, c'est peut-être que quelque chose, ou quelqu'un lui a fait peur, fit remarquer Voix-de-Fausset. Mais évidemment, tu n'as même pas pensé à ça. Tu n'as pas cherché plus loin, pauvre idiot.

Dane crut que Gros-Biceps allait se rebiffer mais non. Il courba l'échine et se leva du fauteuil où il était assis, résigné.

— Je te dis qu'il n'y avait rien. Mais je vais retourner voir, si ça peut te rassurer.

Dane jugea qu'il était temps de faire diversion.

— Je n'ai besoin de personne pour faire ce que j'ai à faire dit-il. Pas comme vous qui, même à trois, n'êtes pas fichus de faire votre boulot correctement. J'étais dans ce hangar depuis vingt bonnes minutes avant que vous réalisiez quoi que ce soit. Terrell va être ravi d'apprendre comment sa propriété est bien gardée. Ne vous étonnez pas si, après ça, vous finissez en pleine cambrousse à surveiller un troupeau de moutons.

Cette provocation lui valut une nouvelle volée de coups assortie cette fois d'une bordée d'injures. Mais Dane s'en fichait. Il avait réussi à leur faire oublier qu'il pouvait avoir un complice.

Le téléphone de Voix-de-Fausset sonna.

— Oui, monsieur, dit-il. Bien, monsieur. Terrell a eu mon message, annonça-t-il à la ronde après avoir raccroché. Il nous attend.

Le Texan attrapa Dane sous les aisselles et le remit sur pied sans ménagement.

— Voilà, dit-il. C'est fini pour toi, mon vieux. Tu vas enfin avoir ce que tu mérites.

Faith attendit d'être sûre que les hommes n'allaient pas revenir avant de sortir de sa cachette. Il fallait qu'elle sache où les gardiens détenaient Dane et s'il était vivant. L'espace d'un bref instant, elle songea à appeler des renforts mais, le temps qu'ils soient sur place, Dane serait peut-être mort.

Elle avança prudemment en direction de la résidence de Charles Terrell. C'était une maison faite d'un mélange de pisé et de bois qui lui rappelait les cabanes que ses frères et elle construisaient quand ils étaient enfants. Mme Terrell devait y voir, elle, la marque du dernier chic architectural.

Une chose était sûre, cette maison était immense. Avec ses tours, ses patios et ses dépendances attenantes, elle avait des allures d'hacienda. Dans l'allée circulaire étaient stationnés deux gros SUV noirs. Bien qu'il ne soit que 6 heures, la lumière brillait à tous les étages. Dane était-il retenu dans l'une de ces pièces ?

Évitant de prendre l'allée, elle longea une haie haute et dense qui cachait la maison aux voisins. Arrivée à hauteur des voitures, elle s'arrêta. Et maintenant ? Que pouvait-elle faire ?

Elle ne perçut aucun mouvement à l'intérieur de la maison. Elle repéra deux caméras braquées sur l'allée mais aucune sur les côtés. Les fenêtres et les portes devaient sans doute être équipées d'alarme.

Dans ces conditions, comment pouvait-elle imaginer mettre ne serait-ce qu'un pied dans cette maison sans se faire attraper, ce qui ne serait d'aucune utilité à Dane.

Elle n'avait pas d'autre solution que d'alerter la brigade et, pour cela, il lui fallait sortir de là. Portée par un sentiment d'urgence, elle se coucha à plat ventre et commença à ramper en direction de la rue.

Elle était à mi-chemin quand elle entendit des voix et des bruits de pas. Elle s'immobilisa et tourna la tête en direction des SUV. Deux gardiens – sans doute ceux qu'elle avait vus précédemment – encadraient un Dane en piteux état, le visage hagard et les mains attachées dans le dos, tandis que le troisième le poussait brutalement en avant. Au même instant, la porte de la maison s'ouvrit sur Charles Terrell. Il se tenait sur le perron, les mains sur les hanches, le visage fermé. Puis il dit quelque chose que Faith, trop éloignée, ne put entendre. Dane répliqua, ce qui lui valut un coup de poing dans les côtes.

Elle détourna le regard pour focaliser son attention sur Terrell. Vêtu comme il l'était d'un jean délavé et d'une chemise à carreaux aux manches retroussées, tenue qu'il avait dû enfiler dans l'urgence, il avait perdu de sa superbe. Il parla de nouveau et, cette fois, un des gardiens ouvrit la portière arrière du SUV pour y faire entrer Dane. Elle frissonna de peur. Ils allaient emmener Dane quelque part pour le tuer, comme ils avaient tué Roy Holliday et Larry Keplar. Il était trop tard pour qu'elle mette son plan à exécution. Le temps que la brigade arrive, Dane serait mort et son corps, balancé quelque part au sein du parc Gunnison.

Elle n'avait pas le choix. Elle sortit son revolver de son holster, l'arma et le pointa en direction du groupe. Le premier tir toucha le pneu arrière gauche du SUV. Surpris, les gardes se mirent à crier en même temps qu'ils lâchaient Dane, qui s'écroula mollement au sol. Faith tira de nouveau, cette fois dans une des fenêtres, juste derrière Terrell. La vitre vola en éclats tandis que Terrell plongeait à terre, les mains sur la tête pour se protéger, en hurlant à ses gardiens de faire quelque chose.

Ce que firent deux des hommes qui, tout en s'abritant derrière la portière restée ouverte, se mirent à tirer de manière anarchique. Incapable de localiser l'ennemi, ils enchaînaient les tirs sans pour autant avoir de cible véritable. Profitant de ce moment de panique générale, Faith rampa jusqu'à la haie de clôture. Il fallait agir vite et se rapprocher de la maison. Le ciel s'éclaircissait, signe qu'elle ne pourrait pas rester invisible bien longtemps. Une balle vint se ficher dans la haie, la manquant de peu. Elle tira de nouveau en direction de Terrell qui, paralysé de peur, restait recroquevillé au sol.

Elle lança un coup d'œil en direction du SUV. Malgré son état, Dane avait eu la présence d'esprit de se cacher dessous. Dane à l'abri, elle pouvait agir à découvert.

Elle bondit de sa cachette et visa un des hommes qu'elle toucha à l'épaule.

— Ne bougez plus ! cria-t-elle à l'adresse des deux autres. J'ai mon arme pointée sur Terrell et je n'hésiterai pas à tirer si vous approchez.

Pour leur prouver que ce n'étaient pas des paroles en l'air, elle logea une balle dans le plancher du porche, à quelques centimètres de la tête de Terrell. L'homme d'affaires hurla tandis que Faith insérait un autre chargeur dans son Glock.

— Dane, j'ai la situation en main ! cria-t-elle. Tu peux sortir de là-dessous. Détachez-le, ajouta-t-elle à l'intention des gardiens quand elle vit Dane se relever.

Personne ne bougea.

Une autre balle vint se loger de l'autre côté de la tête de Terrell.

— Détachez-le ! cria-t-elle de nouveau.

— Faites ce qu'elle vous dit, bon sang ! hurla Terrell.

Le plus grand des gardiens sortit un canif de sa poche et trancha les liens qui entravaient Dane.

— Vous deux, dans la maison, commanda Faith. Terrell reste où il est.

De nouveau, personne ne bougea. Cette fois, Faith tira à un centimètre à peine de la tête de leur patron qui, pétrifié de peur, ne tentait pas le moindre geste pour échapper aux balles.

Aussitôt, les hommes se pressèrent vers l'intérieur de la maison tandis que Dane se mettait à courir en direction de la rue. Pour lui laisser un peu plus de temps, elle tira encore dans une vitre. Puis elle piqua un sprint pour le rattraper.

Ignorant la douleur lancinante qui lui traversait le corps à chacun de ses pas, Dane courait à perdre haleine, porté par l'énergie du désespoir.

— Où est le cruiser ? s'enquit Faith qui était arrivée à sa hauteur.

— Par là, indiqua-t-il du menton.

Obligés de rester à couvert pour échapper aux gorilles de Terrell qui ne lanterneraient pas bien longtemps avant de se lancer à leur poursuite, il leur fallut une bonne heure pour effectuer le même trajet qu'un peu plus tôt. Ils plongèrent dans le cruiser en même temps, chacun de son côté. Faith démarra sur les chapeaux de roues et roula à vive allure sans chercher à éviter les nombreux nids-de-poule et ornières qui trouaient le chemin. Elle ne réduisit sa vitesse que lorsqu'elle comprit que Dane gémissait de douleur à chaque chaos qui les faisait basculer brutalement d'un côté à l'autre de l'habitacle.

— Pardon. Je suis désolée, dit-elle.

— Fonce, rétorqua-t-il. Il faut qu'on sorte de là le plus vite possible.

Comprenant l'urgence de la situation, elle ne chercha pas à discuter et appuya de nouveau sur la pédale d'accélérateur, ne ralentissant que lorsqu'ils furent en vue de l'emplacement où ils avaient caché le cruiser, la veille. Cette fois, ce fut elle qui le camoufla sous les branchages.

— Ça ira ? demanda-t-elle quand elle eut fini. Tu vas pouvoir marcher jusqu'à la grotte ?

— Il faudra bien, répondit-il. Je n'ai pas vraiment le choix.

Il serra les dents et se lança le premier sur le chemin qu'ils avaient emprunté quelques heures plus tôt. Arrivé à proximité de la grotte, il était épuisé et haletant. Il ne restait que quelques mètres mais il crut bien ne jamais pouvoir les faire. Chargée du sac à dos, Faith l'avait suivi de près mais sans jamais lui proposer son aide, même quand elle l'avait vu chanceler, au bord du malaise. Il savait que ce n'était pas de l'indifférence. Simplement, elle avait l'intelligence de ménager sa fierté de mâle.

Quand ils furent enfin dans l'abri rassurant de la grotte, il s'écroula sur son sac de couchage et ferma les yeux. Il vit à travers ses paupières closes la clarté de la lanterne que Faith venait d'allumer. Il l'entendit vider le sac à dos puis ôter son gilet pare-balles et enfin venir s'agenouiller près de lui.

— Comment te sens-tu ? demanda-t-elle d'une voix où pointait une note d'inquiétude.

— En pleine forme, trouva-t-il le courage de dire.

— Je vais nettoyer tes plaies et vérifier ensuite si tu n'as rien de cassé. D'accord ?

— J'ai juste besoin de me reposer.

Sourde à cet argument, elle se mit à tamponner doucement son visage à l'aide d'un chiffon imbibé d'antiseptique. Puis elle prit sa main dans la sienne et inspecta chacun de ses doigts avant de passer à l'autre main. Ce fut ensuite au tour de ses bras d'être examinés à la loupe.

— Je vais devoir te retirer ta chemise pour continuer, dit-elle.

Joignant le geste à la parole, elle l'aida à se redresser et à se déshabiller. Une fois qu'il fut torse nu, elle approcha la lanterne, fronçant les sourcils en découvrant l'ampleur des dégâts.

— Oh ! Dane, qu'est-ce qu'ils t'ont fait ? dit-elle dans un souffle.

— Ce n'est rien. Quelques coups de bottes bien sentis, voilà tout.

— Tu as peut-être des côtes cassées.

Sans doute pour couper court à toute objection, elle s'empressa de palper délicatement son buste puis fit glisser ses doigts sur ses flancs où elle poursuivit sa lente palpation. Il eut l'impression que la douleur s'estompait au contact de ses mains douces et chaudes sur lui. Elles agissaient sur son corps endolori comme le plus efficace des baumes lénifiants. Quand elle se mit à tâter son abdomen par petites touches, il laissa échapper un râle qui n'était pas de douleur.

— Tu as mal, là ? s'enquit Faith qui, de toute évidence, s'était méprise sur l'origine de cette plainte.

— Pas vraiment, non.

Elle lui lança un regard interrogateur auquel il se garda bien de répondre.

Une fois son examen médical achevé, elle s'assit à côté de lui.

— Tu ne ressens pas de douleur aiguë au niveau du thorax quand tu respires ? demanda-t-elle.

— Non, j'ai juste mal partout.

— Je ne peux jurer de rien, je ne suis pas médecin, mais je pense que tu n'as rien de cassé. Tu as de la chance, tu es solide. En revanche, tu es salement contusionné.

Sur ce, elle fit mine de se relever mais il la retint par le poignet.

— Pourquoi tu as fait ça ?

— Pourquoi j'ai fait quoi ?

— Pourquoi tu t'es mise en danger comme tu l'as fait ? Ils

étaient trois, quatre en comptant Terrell, contre toi. Ils auraient pu te tuer.

Cette pensée suscita en lui une peur rétroactive qui le fit frémir d'une rage contenue contre Terrell et ses hommes.

— Oui, mais il se trouve qu'ils ne l'ont pas fait parce que c'est moi qui avais le dessus. L'effet de surprise, il n'y a rien de mieux pour déstabiliser quelqu'un.

Elle dégagea doucement son poignet avant de poursuivre :

— Quant à Terrell, il n'a pas bougé une oreille et n'a su que beugler ses ordres à ses gorilles, c'est un lâche. Je ne risquais pas grand-chose de ce côté-là.

Elle avait beau se défendre, il n'en restait pas moins qu'elle avait agi de manière inconséquente et qu'elle aurait pu y laisser la vie.

— Tu étais censée retourner au cruiser, lui fit-il remarquer.

Elle secoua la tête.

— C'est ce qui était prévu, c'est vrai. Mais j'ai préféré t'attendre. Et quand j'ai vu que tu ne revenais pas, je me suis inquiétée. Je suis allée rôder du côté du hangar et j'ai vu ces types qui t'emmenaient je ne savais où, à demi-inconscient. Je ne pouvais tout de même pas te laisser entre leurs mains sans bouger !

Il la fixa d'un regard réprobateur qu'elle soutint sans ciller.

— À ma place, tu aurais fait la même chose pour moi, non ?

Bien sûr. Sans l'ombre d'une hésitation, même.

— Faith, je ne suis pas en train de dire que je ne te suis pas reconnaissant de ce que tu as fait pour moi. Loin de là. Je dis juste que tu as été imprudente et que cela ne te ressemble pas. Lequel de nous deux est celui qui agit de manière réfléchie, d'habitude ?

— Il faut croire que, toi aussi, tu as une certaine influence sur moi, rétorqua-t-elle en détournant la tête.

La réprobation qui l'habitait jusque-là se dissipa d'un coup. Il eut juste envie de la serrer contre lui.

— J'ai froid, dit-il sans mentir. Tu veux bien venir t'allonger à côté de moi ?

Il s'attendait à un refus. Malgré le baiser qu'ils avaient partagé, il ne savait pas bien ce qu'elle ressentait. Certes, elle avait risqué sa vie pour le sauver. Mais elle était flic avant tout. Elle aurait agi de même pour n'importe qui. Même pour ce crétin de Terrell s'il avait été en danger.

— D'accord, lâcha-t-elle à sa grande surprise.

Elle vint se caler contre lui en prenant garde à ne pas s'appuyer trop fort. Aussitôt, la chaleur de son corps se communiqua au sien. Toujours en douceur, elle posa sur son torse une main qu'il recouvrit de la sienne.

— Maintenant, raconte-moi tout, dit-elle. Qu'est-ce que tu as trouvé dans ce hangar ?

— Mon intention n'était que d'y jeter un coup d'œil. Mais quand j'ai vu qu'il y avait une semi-remorque, je me suis introduit à l'intérieur et j'ai pu voir ce qu'elle contenait. Des barils entiers de drogue. Il y en a pour des millions de dollars là-dedans.

— C'est à ce moment-là que les gardiens t'ont surpris ?

— Non. C'est au moment où j'allais ressortir. Je ne les ai pas entendus arriver.

— Moi, si. Je les ai même vus. Ils sont passés devant la palissade. Mais je n'avais aucun moyen de te prévenir.

— Pourquoi n'as-tu pas sifflé comme nous avions convenu ?

— Parce qu'il était trop tard. Dès qu'ils ont vu le trou dans la clôture, ils ont compris que quelqu'un avait pénétré par effraction dans l'enceinte de la propriété. En sifflant, je n'aurais fait que leur faire savoir que j'étais là. Ensuite, je les ai vus t'emmener vers la maison. Que s'est-il passé, entre-temps ?

— Ils ont attendu que Terrell les convoque et ils m'ont traîné jusque là-bas. Même si, je te l'ai déjà dit, ça n'était pas raisonnable, on peut dire que tu es arrivée au bon moment.

— Ils t'auraient éliminé, comme les autres.

Ce n'était pas une interrogation. C'était une évidence.

— C'est certain. Ils avaient d'ailleurs envisagé de me tuer puis de balancer mon cadavre quelque part, au fond d'un canyon, j'imagine.

— Il fallait que je les arrête.

— Tu aurais pu tuer Terrell. Je pense que ça les aurait arrêtés aussi sec.

Elle poussa un profond soupir.

— Mon métier consiste à faire respecter la loi pas à l'enfreindre. C'est à la justice de condamner Terrell, pas à moi.

— C'est ce que j'aime en toi.

Ce n'était sans doute pas ce qu'il aurait fait mais, justement, c'était pour cette raison que Faith lui inspirait le plus profond respect.

Il resserra son étreinte.

— Oublie les reproches que je t'ai faits. Tu t'es comportée en véritable héroïne.

— Je ne voyais pas d'autre solution, dit-elle. J'ai eu peur pour toi. Je crois que, à ce moment-là, j'ai compris ce que tu vis depuis des mois.

Touché par ces mots auxquels il ne s'attendait pas, il se tourna vers elle, indifférent à la douleur qui irradiait dans tout son corps. Elle lui offrit instantanément ses lèvres entrouvertes, qu'il prit dans un baiser à la fois tendre et fougueux.

Il l'embrassait inlassablement, ne délaissant sa bouche que pour piquer des baisers légers sur ses paupières closes et ses tempes, là où pulsaient les battements de son cœur.

— Jusqu'où es-tu prête à aller ? demanda-t-il dans un souffle.

Elle lui adressa un sourire porteur de promesses infinies.

— Jusqu'où tu seras capable de m'emporter, répondit-elle d'une voix voilée par le désir.

# 14

Faith avait donné à Dane la réponse qu'il attendait. Il la regarda se déshabiller sans fausse pudeur. D'abord la chemise kaki de l'uniforme des rangers, puis un caraco en coton si fin qu'il laissait voir les aréoles sombres de ses seins ronds et fermes. Enfin, le pantalon en toile et le slip échancré haut sur les hanches. Parfaitement à l'aise avec sa nudité, elle s'étendit sur le côté, se relevant sur un coude pour le fixer d'un air aguicheur.

— À ton tour, dit-elle en lui souriant.

Il retira ses vêtements sans ressentir la moindre douleur tant le regard de Faith, brûlant de désir, l'excitait.

Une fois nu, il s'allongea sur le dos pour lui offrir son sexe en érection. Elle riva son regard au sien et vint s'asseoir à califourchon sur lui ; puis elle se pencha en avant juste ce qu'il fallait pour lui permettre de prendre un téton dans sa bouche.

Tout chez Dane fascinait Faith. De son corps athlétique tout en muscles saillants à son caractère entier. Il était un mélange de facettes positives et négatives qui en faisaient un être à part comme elle n'en avait encore jamais rencontré.

Le chevaucher comme elle le faisait lui donnait le sentiment de le dominer, et elle aimait ça. Cela rééquilibrait un peu les choses. Elle avait à sa merci l'homme des cavernes qui, à deux reprises, l'avait trimballée sur son dos comme un vulgaire sac.

— Les préservatifs sont dans le sac à dos, indiqua-t-il d'un ton rauque. Juste à côté de toi.

— Qu'est-ce qu'un type en cavale, qui vit dans une grotte comme un sauvage peut-il bien faire avec des préservatifs ? le taquina-t-elle.

— Plein de choses, répondit-il. Tu n'as pas idée de tout ce qu'on peut faire avec ça.

Elle ne chercherait pas à en savoir davantage car, pour le moment, tout ce qui l'intéressait, c'était sa fonction première de contraceptif.

Elle en sortit un de son étui et, sans quitter Dane des yeux, le déroula d'un geste lent sur son sexe dur, imprimant à sa main un mouvement d'allées et venues qui tira à Dane des gémissements de plaisir. Les yeux toujours rivés aux siens, elle s'empala sur lui et l'entraîna dans une cadence de plus en plus rythmée qui les emporta ensemble dans un tourbillon de volupté dont ils eurent le plus grand mal à émerger.

La déflagration du plaisir qu'ils venaient de partager était si intense qu'ils restèrent un long moment enlacés et silencieux avant de pouvoir parler de nouveau.

— Je regrette la manière dont je t'ai amenée ici, dit-il le premier en glissant, dans un geste infiniment tendre, une mèche de cheveux derrière son oreille. Mais je suis tellement heureux que tu sois là avec moi.

— Moi, je ne regrette rien, assura-t-elle. Pas même ce que j'ai fait pour toi. Au fait, qu'allons-nous faire avec Terrell ?

— Nous en reparlerons plus tard, si tu veux bien. Pour l'instant, nous avons besoin de dormir.

Bien calée au creux de son épaule, elle ferma les yeux pendant qu'il remontait le sac de couchage sur eux puis éteignait la lanterne. Elle se sentit envahie d'une douce chaleur puis, très vite bercée par la respiration régulière de Dane, elle sombra dans un profond sommeil.

— Vous êtes certain que c'était Dane Trask ?

Carmen Redhorse regarda encore une fois les débris de vitre qui jonchaient le plancher du porche de la résidence de Charles

Terrell. Son regard alla ensuite des balles qui s'étaient logées dans le bois au pneu à plat du SUV.

— Certain. Il a débarqué ici au petit matin, et il m'a menacé, moi et mes employés, continua d'expliquer Terrell.

Il montra du doigt les employés en question qui, assis sur des sièges en toile, gardaient les yeux baissés. Deux malabars aux mains larges comme des battoirs sagement posées sur des cuisses de rugbymen. Le troisième lascar, blessé par balle à l'épaule, avait été transporté à l'hôpital en ambulance.

— Comment savez-vous que c'était lui ? demanda Hudson.

Redhorse et lui avaient été dépêchés sur place par Sanderlin pour répondre à l'appel de Charles Terrell. Normalement, l'affaire était du ressort du shérif du comté, mais celui-ci avait accepté que la brigade des rangers s'en occupe quand Terrell avait évoqué le nom de Dane Trask.

— Parce que c'est lui qui l'a dit. Et puis, il a travaillé six ans pour la TDC. Je l'ai reconnu. En revanche, je n'avais jamais vu la femme qui était avec lui.

Les deux officiers s'échangèrent un regard entendu.

— Quelle femme ? s'enquit Carmen. Comment était-elle ? Vous pouvez nous la décrire ?

Terrell secoua la tête.

— Je ne l'ai pas très bien vue. Mais c'est elle qui a tiré. Elle a dit qu'elle allait me tuer, cette folle !

Hudson alla examiner une des balles fichée dans le chambranle de la fenêtre et qui ressortait à moitié.

— Ça pourrait être un calibre 40 de Smith & Wesson, dit-il à l'adresse de Carmen.

L'arme et les balles qu'utilisaient les membres de la brigade des rangers. Cela ne voulait pas nécessairement dire que la femme en question était Faith mais la coïncidence était troublante.

— Monsieur Terrell, j'aimerais que vous nous répétiez comment les choses se sont déroulées, lui dit Carmen d'un ton pressant.

Terrell croisa les bras et répéta patiemment son récit.

— J'étais dans la cuisine où je buvais mon premier café

quand quelqu'un a sonné à la porte. J'ai regardé par la fenêtre et j'ai vu Trask sur le perron. Vous imaginez un peu ma surprise ! Sur le coup, je me suis dit qu'il voulait discuter avec moi. Voir comment je pourrais arrondir les angles et arranger les choses avec la justice. Mais non. Dès que j'ai ouvert la porte, il m'a menacé de son arme. J'ai juste eu le temps de crier pour alerter mes hommes.

— Où était la femme pendant ce temps ? s'enquit Hudson.

— Elle se tenait à l'écart. C'est pour ça que je ne l'ai pas vue tout de suite. Elle s'est manifestée quand elle a vu mes gardiens qui arrivaient en courant. Elle s'est mise à hurler et à tirer partout. Une folle, je vous dis !

— Je ne comprends pas, intervint Carmen. Ils ne vous ont rien dit, rien demandé ? Ils sont juste venus ici et se sont mis à tirer dans tous les sens avant de repartir tranquillement ?

— Ils étaient venus pour me tuer, c'est sûr.

— Pourtant, ils ne l'ont pas fait, fit remarquer Carmen. Et la femme a fait feu à plusieurs reprises. Et à chaque fois, les balles vous ont manqué de peu.

— Il faut croire qu'elle n'est pas très douée. Tant mieux pour moi !

Pour s'être entraînée plusieurs fois avec elle au centre de tir, Carmen pouvait assurer que Faith était une excellente tireuse. Elle n'aurait pas pu manquer une cible aussi proche.

— Où se trouvait-elle quand cela s'est produit ?

— Là-bas.

Terrell indiqua l'angle de la maison d'un geste vague de la main.

— Donc, si je récapitule, Trask était avec vous sous le porche et la femme là-bas, en train de tirer ?

— Absolument.

— Que faisait Trask pendant ce temps ? demanda Carmen, qui ne voyait dans ce récit que les incohérences qui le rendaient invraisemblable.

— Il est resté un moment et après, il… il a couru se réfugier derrière le SUV.

Il pointa du menton le véhicule au pneu crevé.

— Et ensuite ? Ils sont partis comme ils sont venus ? l'interrogea Hudson à son tour.

— Oui.

— À votre avis, pourquoi sont-ils partis, s'enquit Carmen ?

— Je… je ne sais pas.

Tandis que Terrell s'empêtrait dans un faisceau de contre-vérités, Hudson pointa du doigt les caméras de sécurité braquées sur le porche et l'allée.

— Heureusement, vous êtes bien équipé. Avec les enregistrements, nous allons pouvoir voir ce qui s'est passé exactement.

Terrell gigota un peu, visiblement mal à l'aise.

— C'est que… ces caméras ne sont pas branchées.

— Dommage, déplora Hudson avec une pointe d'ironie. Quelle heure était-il quand Trask est venu sonner à votre porte ?

— 6 heures environ.

— Il est près de midi. Pourquoi avez-vous attendu aussi longtemps pour alerter les forces de police ?

— J'avais envoyé mes hommes sur les traces de Trask et de sa complice. Je pensais qu'il était important qu'on les retrouve, avant toute chose.

— C'était à nous d'en décider, dit Carmen. Ou au shérif. C'est notre boulot de traquer les malfaiteurs. Pas le vôtre.

— Bien sûr, mais comme il s'agissait de Trask et que vous le cherchez depuis des lustres, je me suis dit que je vous rendrais service si on lui mettait la main dessus avant votre arrivée.

— Et vous ? Qu'avez-vous fait pendant ces six heures ? s'enquit Hudson.

— J'ai pris une boisson forte pour me remettre de mes émotions puis un autre café. Ensuite, j'ai essayé de persuader Mason d'aller à l'hôpital mais il a préféré attendre ici, avec moi.

Quand Carmen et Hudson étaient arrivés, le garde du corps avait le bras en écharpe, signe que quelqu'un – Terrell ? – lui avait prodigué les premiers soins.

— Six heures, c'est long, lâcha Carmen.

— J'étais sous le choc. J'avoue que j'avais un peu perdu la notion du temps.

— Si vous n'y voyez pas d'inconvénient, je vais aller jeter un coup d'œil autour de la maison, annonça Hudson. Trask et sa complice ont peut-être laissé derrière eux des indices qui pourraient nous être utiles.

— Je vous en prie. Si cela peut vous aider à leur mettre la main dessus.

Tandis que son collègue s'éloignait, Carmen repartit à la charge.

— Je voudrais que vous m'en disiez un peu plus sur cette femme qui accompagnait Trask. Était-elle grande, petite ? Blonde ou brune ?

— Il ne faisait pas grand jour et j'étais terrorisé. Je n'ai pas pensé à la détailler, voyez-vous.

— Cependant, vous pouvez affirmer que c'était une femme ?

— Oui. À sa voix. Elle avait l'air de beaucoup s'inquiéter pour Trask.

— Pourquoi aurait-elle eu des raisons de s'inquiéter pour lui ?

— Cela aussi, je l'ignore. C'était juste une impression. Et maintenant, si vous voulez bien m'excuser, j'ai à faire.

Sur ce, il tourna les talons et rentra chez lui en claquant la porte.

Interloquée, Carmen alla frapper.

— Monsieur Terrell, j'ai encore quelques questions à vous poser.

Rien. Terrell avait décidé à sa place que l'interrogatoire était terminé. Elle s'apprêtait à frapper de nouveau, de manière plus impérieuse cette fois, quand Hudson l'appela.

— Carmen, viens voir ça.

Accroupi devant une haie de clôture, il pointait du doigt le marquage qu'il avait fait au sol.

— Une douille de S & W, dit-il. Comme celle qu'il y a dans le chambranle de la fenêtre. Et là, ajouta-t-il en se relevant, les arbustes de la haie ont été piétinés, comme si quelqu'un s'était tenu planqué là un bon moment. Et j'ai trouvé ça, aussi.

Il montra à Carmen des mèches de cheveux accrochées aux branchages. De longues mèches de cheveux noirs, ondulés.

— On dirait bien les cheveux de Faith, dit-elle. Mais pourquoi aurait-elle tiré sur Terrell et ses sbires comme ça, sans raison apparente ? Ça n'a pas de sens.

— Tout comme ça n'a pas de sens que Terrell laisse ses caméras de sécurité débranchées ou que ses gardiens aient rappliqué en courant au premier de ses appels au secours à une heure aussi matinale.

— Il avait peut-être reçu des menaces et il tenait ses gardes à proximité, suggéra Carmen. Ou il est paranoïaque.

— Raison de plus pour veiller au bon fonctionnement de ses caméras de sécurité. À moins qu'il ne les ait juste débranchées pour ne laisser aucun témoignage.

— Il est possible qu'il mente au sujet de cette mystérieuse femme. Peut-être qu'il n'y avait que Trask et qu'il cherche à nous embrouiller.

— Je ne pense pas. Ces traces prouvent que quelqu'un était bien en embuscade ici. Quelqu'un avec de longs cheveux noirs bouclés. Comme ceux de Faith.

Carmen fronça les sourcils en examinant de plus près les cheveux fins comme de la soie.

— La police scientifique saura nous en dire plus. En attendant, voyons si nous trouvons autre chose.

Ils suivirent la haie qui courait sur plusieurs centaines de mètres pour s'arrêter sur une zone clôturée derrière laquelle se trouvaient une petite maison et, au-delà, un énorme hangar métallique.

Un des deux gardiens, le plus petit des deux, s'avançait vers eux.

— Vous ne pouvez pas rester ici, dit-il.

— Pourquoi ? demanda Hudson.

— Parce que c'est une propriété privée.

— Qu'y a-t-il dans ce hangar ?

— Les voitures de collection de M. Terrell.

— Il n'a pas de garage pour ça ?

— Si, mais il est déjà plein.

— Que s'est-il passé ici aujourd'hui ? demanda Carmen. Vous êtes certain de nous avoir tout dit ?

— Oui, M. Terrell vous a tout raconté.

L'homme affichait un air buté qui exprimait clairement la méfiance que lui inspiraient les flics.

— Vous avez peut-être remarqué quelque chose qui lui a échappé. Et puis, c'est très utile d'avoir les témoignages de personnes différentes.

— Je dois retourner travailler, répondit le gardien. Je n'ai pas le temps de vous parler.

Il tourna les talons, s'apprêtant à s'éloigner.

— Dans ce cas, il faudra venir avec nous jusqu'au quartier général de la brigade des rangers, le prévint Hudson.

Hudson avait fait mouche. L'homme s'immobilisa et se retourna vers eux.

— Je n'ai rien à ajouter. Ça s'est passé comme vous a dit M. Terrell. Quelqu'un a frappé à sa porte. Il s'est retrouvé nez à nez avec Trask, qui l'a menacé de son arme. Il a crié pour nous alerter et nous sommes arrivés en courant. On a alors vu Trask qui faisait face à M. Terrell. Il a crié quelque chose que nous n'avons pas compris et c'est là que cette femme a commencé à tirer partout. Tout s'est passé très vite.

— Et ensuite ?

— Trask et cette femme ont pris la tangente et je me suis occupé de Mason, qui était blessé à l'épaule. M. Terrell a insisté pour le conduire à l'hôpital mais il n'a rien voulu entendre. Après, on a pris la voiture et on est partis à la poursuite des fuyards. Malheureusement, on ne les a pas trouvés.

— Pourquoi n'est-ce pas l'un de vous qui a ouvert la porte ?

— Parce que c'est la maison de M. Terrell.

— Mais vous faites bien office de gardes du corps, n'est-ce pas ? On peut imaginer que, en tant que tels, vous trouver dans cette maison et aller répondre à sa place relevaient de vos fonctions.

— Je ne comprends pas ce que vous voulez, éluda le gardien. Je peux y aller, maintenant ?

Un silence pesant s'ensuivit que Carmen rompit la première.

— Oui, dit-elle. Restez à notre disposition au cas où nous aurions besoin de vous interroger de nouveau.

Il hocha la tête et s'éloigna sans un mot tandis que Carmen et Hudson regagnaient l'avant de la propriété.

— Si nous allions cuisiner son acolyte ? Il sera peut-être plus bavard.

— Je crois que nous n'en tirerons rien non plus. Plus j'y pense et plus je me dis que ça ne ressemble pas à Faith de tirer comme elle l'a fait, ajouta-t-il après avoir marqué une pause.

— Tu as raison.

— Ou alors, elle est victime du syndrome de Stockholm.

— Possible.

Faith était-elle tombée amoureuse de son ravisseur ? Avait-elle perdu la tête au point de basculer de son côté ?

— Il faut que nous la retrouvions, conclut Carmen. Et vite, avant qu'il ne soit trop tard.

# 15

Après un déjeuner tardif composé de poulet en conserve et de pâtes au fromage, Dane et Faith discutèrent de la prochaine étape.

— Je dois retrouver l'ami qui me fournit en victuailles et en journaux, cet après-midi, annonça-t-il. Je lui demanderai ce qui se dit en ville.

— Qui est cet ami ? s'enquit-elle.

— Un ancien ranger de l'armée. Comme moi. Nous avons servi ensemble en Afghanistan. Nous nous étions perdus de vue et nous nous sommes retrouvés au cours d'une réunion au Welcome Home Warrior. Quand il a appris ce qui m'était arrivé, il est venu rôder dans le parc en laissant à des endroits stratégiques des messages dans lesquels il disait qu'il souhaitait m'aider.

— Et tu l'as cru ? Tu n'as pas craint de tomber dans un piège ?

— Au début, si. Je n'osais pas me fier à lui. Puis, j'ai fini par aller à un rendez-vous qu'il m'avait fixé. J'y étais bien avant l'heure mais je n'ai rien vu de suspect. Quand il est arrivé, il était seul. Même si j'ai pris des précautions, au fond je savais que je pouvais lui faire confiance. Qu'il ne me trahirait pas.

— Comment pouvais-tu en être sûr ? Parce que vous avez combattu ensemble ?

— Oui. Et parce qu'il m'est redevable.

Comme il se taisait, elle attendit patiemment la suite sans chercher à l'asticoter pour qu'il parle. Il aimait ça chez elle, cette capacité qu'elle avait de n'être ni pressante ni envahissante.

— Quand il a quitté l'armée, il a plongé dans la drogue, reprit-il. C'est grâce à moi qu'il a pu décrocher et qu'il s'en est sorti. Il m'a dit à plusieurs reprises qu'il m'en était tellement reconnaissant qu'il ferait n'importe quoi pour moi. Et il le prouve chaque semaine.

— Il approuve ce que tu fais, alors.

— Non, ce n'est pas ce que je dis. Je dis qu'il me fait confiance et qu'il sait que j'ai de bonnes raisons d'agir comme je le fais.

— Quand ton ami a choisi la drogue, ce n'était pas une bonne décision, répliqua-t-elle. Tu es d'accord ?

— Oui. Mais quel est le rapport entre lui et moi ?

— Parfois, les gens qui prennent les mauvaises décisions ont besoin qu'un ami les fasse changer d'avis.

Qu'essayait-elle de lui dire ? Qu'elle se proposait d'être l'amie qui le ferait renoncer à sa quête de vérité ? Qui le ferait renouer avec la légalité ? S'il n'était pas totalement convaincu, il devait bien admettre que, depuis qu'elle était entrée dans sa vie, sous son influence, il se sentait devenir peu à peu plus posé. Plus réfléchi.

Dans un élan amoureux, il se pencha vers elle et effleura ses lèvres d'un baiser léger auquel elle répondit par un sourire attendri.

— Comment Terrell va-t-il expliquer cette attaque ? demanda-t-elle alors qu'elle s'essuyait les doigts à sa serviette en papier. Tu crois qu'il va appeler le shérif ?

— Sans doute. Surtout si le garde blessé va à l'hôpital. Il faudra bien qu'il rende des comptes.

— Je crois qu'il est temps d'admettre que nous sommes dépassés par les événements. Nous devrions aller demander de l'aide aux rangers, tu ne crois pas ?

— Comment pourraient-ils nous aider ?

— Tout a changé, Dane. Ce n'est plus seulement ta parole contre celle de Terrell. J'étais avec toi. Je peux témoigner en ta faveur. Mes collègues me croiront, moi.

— Une chose est sûre. Terrell va s'acharner contre nous deux, maintenant.

— Il ne sait pas qui je suis.

— Il ne tardera pas à le savoir, crois-moi.

Sur ce, il entreprit de rassembler ce qui restait de leur repas.

— Nous y verrons plus clair demain. Pour l'instant, il est temps de dormir.

— D'accord.

Cela leur laissait encore une nuit à passer ensemble. Une nuit dont elle espérait qu'elle ne serait pas la dernière.

— Nous n'avons pas encore reçu les résultats des tests ADN pratiqués sur les cheveux trouvés chez Terrell, déclara le commandant Sanderlin. Néanmoins, nous supposons que la femme qui accompagnait Trask est bien Faith Martin. Nous ignorons encore pourquoi elle était avec lui et ce qui les a poussés à agir comme ils l'ont fait mais nous partons du principe qu'ils sont armés et potentiellement dangereux.

— Nous ne savons pas encore ce qu'il s'est réellement passé chez Terrell, intervint Hudson. Trop d'éléments ne collent pas avec ce qu'il nous a raconté.

— Nous ne pouvons pas écarter la possibilité que Faith ait tiré sous le coup de la légitime défense, renchérit Carmen.

— C'est possible, en effet, lâcha Sanderlin. Mais nous ne pourrons rien affirmer tant que nous ne les aurons pas retrouvés.

— Terrell nous cache quelque chose, dit Hudson. Il nous a menti sur cette histoire de caméras. C'est sûr.

— Peut-être, mais nous ne pouvons agir que sur son seul témoignage et celui de ses gardes du corps. La résidence de Charles Terrell se trouve à dix kilomètres des limites du parc. Même si l'hypothèse que Trask et Martin aient fait le chemin à pied n'est pas à écarter, je pense plus probable qu'ils aient eu un véhicule. Volé, bien évidemment. Dance, vous avez quelque chose là-dessus ?

— Oui. Trois véhicules ont été déclarés volés, mais à Montrose, pas dans l'enceinte du parc.

— Je crois que je sais.

Toutes les têtes se tournèrent vers Jason Beck.

— Ce matin, poursuivit-il, quand je suis allé récupérer les

clés de ma voiture de patrouille, j'ai remarqué qu'il manquait celle du vieux cruiser. Celui dont on sert pour se dépanner. Sur le coup, je n'y ai pas prêté attention, mais maintenant…

— Évidemment, Faith savait ce qu'elle faisait en choisissant celui-là, commenta Reynolds. En plus, elle connaît le code d'entrée. Rien de plus facile pour elle que de pénétrer à l'intérieur du bâtiment et d'aller prendre les clés au tableau.

— Beck, allez voir si le cruiser se trouve à sa place, ordonna Sanderlin à son officier.

— Tout de suite, mon commandant.

— Nous allons lancer un avis de recherche sur Trask et Martin, continua Sanderlin. Je veux voir des affiches placardées partout en ville mais aussi dans le parc. Alertez aussi les médias.

Le cœur de Carmen se serra à l'idée que Faith soit traitée comme une criminelle. Était-elle amoureuse au point d'avoir perdu tout sens de l'honneur et du devoir ? De prendre fait et cause pour un homme que toutes les forces de police de l'État recherchaient depuis des semaines ? Trask était-il parvenu à faire d'elle sa complice ? Tout cela lui ressemblait si peu !

— Le cruiser a disparu, annonça Beck en revenant.

— Alors, nous allons pouvoir le localiser, affirma Sanderlin.

— Vous êtes certain qu'il y a un traceur GPS sur le cruiser ? C'est un vieux modèle.

— Oui. Tous nos véhicules, sans exception, en sont équipés. Au cas où l'un de nous serait en détresse sans pouvoir lancer l'alerte. Ou en cas de vol, comme dans le cas présent.

— Je m'en occupe, fit Hudson.

— Espérons que Martin sera avec Trask, dit Dance, qui semblait préoccupé.

— Espérons surtout qu'ils se tiendront à carreau d'ici là, murmura Carmen comme pour elle-même.

Dane regarda fixement l'affiche que Steve Betcher lui avait apportée avec les provisions de la semaine. Faith avait l'air particulièrement sévère dans son uniforme des rangers, les cheveux tirés en arrière en un chignon strict. À côté de la photo de Faith figurait un portrait de lui que sa fille, Audra, avait pris l'année précédente. Il y apparaissait rasé de près et souriant, bien loin de ce qu'il était devenu.

Sous les photos on pouvait lire en caractères gras :

**AVIS DE RECHERCHE**

CES DEUX INDIVIDUS SONT ARMÉS ET DANGEREUX. TOUTE PERSONNE SUSCEPTIBLE DE LES AVOIR VUS EST PRIÉE DE CONTACTER LE POSTE DE POLICE LE PLUS PROCHE. NE TENTEZ AUCUNE APPROCHE QUI POURRAIT METTRE VOTRE VIE EN DANGER.

Suivait une description détaillée d'eux deux.

— J'ai piqué cette affiche sur le tableau d'affichage du bureau du centre d'accueil des visiteurs du parc, expliqua Steve. Elle venait juste d'y être placardée.

Pour tout commentaire, Dane plia l'affiche et la mit dans sa poche.

— Libre à toi d'embarquer une jolie jeune femme dans cette aventure, ajouta Steve, mi-figue mi-raisin. Mais pourquoi êtes-vous catalogués comme « dangereux » ?

— C'est un malentendu, répondit évasivement Dane.

— Je vois.

Steve n'insista pas. Il tendit à son ami un sac en toile plein à craquer.

— Avec ça, vous devriez pouvoir tenir jusqu'à la semaine prochaine, dit-il. J'y ai ajouté le journal local mais je ne pense pas qu'on y parle déjà de toi et de ta nouvelle petite amie.

— Merci, dit Dane en prenant le sac. Steve… Je ne suis pas un assassin, je te le jure.

— Je te crois, mon vieux. Tu as fait ce que tu pensais devoir faire. Nous deux, c'est comme ça qu'on fonctionne.

Il lui donna une tape amicale dans le dos.

— Un jour, tu me raconteras tout en détail. En attendant, à la semaine prochaine, même jour, même heure.

Dane acquiesça en silence. Qui sait où il serait la semaine suivante ? S'il serait encore libre et surtout, en vie ?

Il retourna à la grotte par un chemin différent de celui qu'il avait emprunté pour venir. Une habitude qu'il avait adoptée dès les premiers jours de sa cavale. Une piste trop marquée pouvait conduire un randonneur à la suivre jusqu'au bout et à découvrir sa cachette. De plus, mieux valait ne pas installer de routine qui, là aussi, pouvait le trahir. En chemin, il fit un crochet pour aller vérifier que le cruiser se trouvait toujours à l'endroit où ils l'avaient garé.

Il n'était plus là. Les branchages étaient éparpillés au sol et l'herbe, tout autour, piétinée. L'étau se resserrait. Dane pressa le pas, quittant la piste pour s'en éloigner le plus vite possible.

Après plusieurs kilomètres où il avait coupé à travers bois pour éviter le canyon, il escalada une paroi rocheuse abrupte puis redescendit vers la rivière où il resta caché pendant plus d'une heure pour surveiller le chemin qui menait à son antre. Il effectua la centaine de mètres qui le séparait de la grotte, les sens en alerte.

— Faith ? appela-t-il à voix basse, une fois à l'intérieur.

Seul le silence lui répondit.

— Faith, c'est moi, appela-t-il plus fort.

Rien. Il n'entendit que les palpitations de son cœur inquiet. Enfin, au bout de secondes qui lui parurent une éternité, il vit Faith arriver du fond d'un boyau perpendiculaire.

— Tu m'as fait tellement peur, dit-il en allant la prendre dans ses bras.

— Moi aussi, j'ai eu peur quand j'ai vu que tu ne revenais pas. J'ai bien entendu un bruit de pas mais je n'étais pas sûre que ce soit toi. J'ai préféré aller me cacher.

— Tu as bien fait.

— Pourquoi as-tu mis autant de temps pour revenir ? demanda-t-elle.

— Parce qu'il y a un problème. Le cruiser a disparu.

— Comment ça ? Tu en es sûr ?

— Certain. Après avoir quitté Steve, j'ai fait un crochet exprès pour aller vérifier. Il n'est plus là.

— Ce sont les rangers, dit-elle. Ils ont dû remarquer qu'il n'était plus sur le parking. Avec le traceur, ça leur a été facile de le retrouver. Le principal, c'est qu'ils ne puissent pas remonter jusqu'à nous.

— Ce n'est peut-être qu'une question d'heures. Ils vont lancer leur chien sur nos traces. Faith, nous ne pouvons pas rester ici plus longtemps. C'est trop risqué.

— Dans ce cas, allons les trouver. Nous leur raconterons tout.

Il aimait la façon dont elle avait dit « nous » et qui lui signifiait clairement qu'elle était de son côté et qu'il n'était plus seul dans cette galère.

— C'est que… Il y a autre chose.

Il sortit l'affiche de sa poche et la déplia avant de la lui tendre.

Elle l'approcha de la lanterne pour mieux voir. Son visage afficha aussitôt une profonde consternation.

— Ils me considèrent comme un « individu dangereux » ?

— Terrell a dû nous charger à mort, tu penses bien. Pour peu que les rangers aient trouvé les balles de ton arme, ils ont dû vite faire le lien avec toi.

La voyant affligée, il lui pressa doucement l'épaule, dans un geste qui se voulait rassurant.

— Cela ne veut pas dire qu'ils te considèrent comme une criminelle. Ils peuvent penser que je t'ai kidnappée et forcée à faire le sale boulot pour moi.

— C'est pourtant ce qui est imprimé sur cette affiche. À leurs yeux, je suis un « individu dangereux ». Comment peuvent-ils penser ça de moi ?

L'affliction avait cédé la place à un profond désespoir.

— Oh ! Dane. Qu'allons-nous faire ?

Elle ferma les yeux et s'assit, les bras enroulés autour de ses genoux.

— Nous allons suivre ton idée. Nous allons aller trouver les rangers et tout leur raconter.

— Dane, j'ai peur. S'ils pensent que j'ai changé d'avis ?

S'ils croient Terrell plutôt que moi, quelle chance aurons-nous d'être entendus ?

Elle plongea son regard dans le sien.

— Dire que je te soupçonnais d'exagérer quand tu disais avoir peur qu'on ne te croie pas. Tout d'un coup, je sais exactement ce que tu ressens.

Il s'assit à côté d'elle et l'attira tout contre lui.

— Sauf que nous ne sommes plus seuls, maintenant, dit-il. Quoi qu'il arrive, nous ferons face ensemble.

C'était ce genre de soutien réciproque qu'il avait connu dans l'armée. Un soutien infaillible, qu'il avait perdu en retournant à la vie civile. Ou plutôt, auquel il avait renoncé, préférant faire cavalier seul. Mais Faith était la preuve qu'il n'avait pas fait le bon choix. Aujourd'hui, grâce à elle, il avait l'impression qu'à deux on pouvait déplacer des montagnes.

— C'est bien Faith qui conduisait le cruiser.

Jason et Carmen s'approchèrent de Hudson qui, le nez sur son écran d'ordinateur, lisait les derniers rapports de la police scientifique qui venaient de lui parvenir.

— Les empreintes relevées sur la portière et sur le volant sont bien les siennes.

— Et les empreintes du côté passager ? Elles donnent quoi ? demanda Carmen.

— Il semblerait qu'elles correspondent à celles de Trask. J'attends confirmation.

Hudson ferma le dossier et ouvrit une carte de la région, qu'il élargit jusqu'au domaine où se trouvait la propriété de Charles Terrell.

— Ils ont roulé jusque-là, dit-il en pointant du doigt la colline où se trouvait l'antenne relais. Ensuite, ils sont allés à pied jusqu'à la maison.

— Qu'est-ce qu'ils sont allés faire là-bas, bon sang ! s'exclama Carmen. Je ne peux pas croire qu'ils aient fait tout ça juste pour faire peur à Terrell.

— Terrell affirme que, depuis le début, Trask cherche à le tuer.

— Dans ce cas, pourquoi ne l'a-t-il pas fait puisque, soi-disant, il le menaçait de son arme. Terrell n'a même pas une égratignure, et le garde du corps ne souffre que d'une blessure superficielle. Nous n'avons relevé aucune trace de sang indiquant que Trask ou Faith ont été touchés.

— En plus, les sbires de Terrell ont dû passer les six heures de battement à tout nettoyer, glissa Beck.

— Et à répéter avec Terrell le scénario qu'ils allaient nous servir, histoire de ne pas se couper, conclut Carmen.

— Il nous faudrait un mandat de perquisition, lança Hudson. Je ne sais pas ce qu'il y a dans ce hangar mais je suis prêt à parier que ce ne sont pas des voitures.

— Et moi je suis prête à parier qu'avec le bataillon d'avocats qui travaillent pour Terrell ce n'est pas demain que le juge nous délivrera un mandat de perquisition. D'autant plus que nous n'avons rien de concret à lui présenter.

— Faith et Trask devaient avoir une bonne raison d'aller trouver Terrell, reprit Beck. Ce n'est pas possible autrement. Et si Faith lui a tiré dessus sans le toucher, c'était pour l'inciter à parler.

— Admettons, dit Carmen. Mais que cherchaient-ils à lui faire dire de si important ?

— C'est peut-être quelque chose qui a à voir avec la TDC. Depuis le début, Trask les accuse d'enfreindre la loi. Les clés USB qu'il a fait parvenir à son ex-assistante puis à son ex-petite amie contenaient bien la preuve que la TDC falsifiait les rapports qu'elle communiquait à l'agence de protection environnementale.

— C'est vrai que Terrell a toujours clamé haut et fort qu'il n'était au courant de rien. Il a tout mis sur le dos de Mitch Ruffino mais nous n'avons jamais eu la preuve du contraire.

— Moi, je n'ai jamais cru que Ruffino avait pu faire tout ça sans l'assentiment, tacite ou non, de ses associés, dit Hudson.

— Pourtant, quand le FBI a mis le nez dans les comptes de la TDC, tout convergeait vers Ruffino. Terrell, Davis et Compton ont été blanchis.

— Trask a peut-être la preuve que Terrell était le complice de Ruffino ou qu'il trempe dans une nouvelle histoire louche et c'est pour ça qu'ils seront allés là-bas.

— Ce n'est pas très malin, dit Carmen. De toute façon, tout ce qu'il fait depuis le début n'est pas très malin.

— Moi j'aimerais bien savoir comment Faith a pu se laisser embarquer dans une histoire pareille, ajouta Beck. C'est vrai que je n'ai pas pris le temps de mieux la connaître mais elle m'a paru être une fille sensée. Je la vois mal prendre fait et cause pour Trask au point d'aller avec lui menacer Terrell.

— Oui, c'est un mystère.

— En attendant, je pense qu'il est important de garder un œil sur Terrell, fit Hudson.

Beck acquiesça d'un hochement de tête.

— Je suis d'accord, dit-il avec un clin d'œil de connivence. Nous devons veiller à sa protection.

— Absolument. Rien ne nous dit que Trask et Faith ne vont pas retourner là-bas. Et il serait judicieux que nous soyons dans les parages à ce moment-là.

— OK, ajouta Carmen. D'autant plus que traîner par là-bas nous permettra aussi de voir si Terrell est aussi blanc qu'il le proclame. Il faut voir ça avec le commandant.

— Eh bien, ne traînons pas.

Hudson referma son ordinateur et se leva.

— Nous n'avons pas de mandat de perquisition mais notre rôle est aussi d'assurer la protection de nos concitoyens.

— Terrell adorerait nous savoir sur son dos.

— C'est pour ça qu'il ne faut pas qu'il le sache.

# 16

— Nous devons retourner chez Terrell, annonça Dane.

Lui et Faith étaient étendus côte à côte dans le sac de couchage, la tête de Faith reposant au creux de son épaule. Elle était à moitié assoupie et n'était pas sûre d'avoir bien entendu.

Elle se blottit plus étroitement contre lui.

— Je n'irai nulle part pour l'instant, dit-elle en ronronnant d'aise.

Il dégagea doucement son bras.

— Nous devons retourner là-bas le plus vite possible, répéta-t-il.

Donc, elle avait bien entendu. Elle se dressa sur un coude et le regarda droit dans les yeux.

— Tu es fou ? On a failli y rester. En plus, tu imagines bien que Terrell va redoubler de vigilance.

— Il sait que nous avons découvert ce qui est caché dans le hangar. Ses hommes ont détruit les preuves que j'avais mais, si nous les prenons sur le fait, nous pourrons en témoigner.

— C'est bien pour ça que c'est trop risqué. S'ils nous attrapent, cette fois, ils ne nous laisseront aucune chance de nous en sortir.

— Faith, tu ne comprends pas. Terrell sait que nous savons et il va vouloir planquer sa marchandise ailleurs. Il faut que nous soyons là quand il le fera.

— S'il a appelé les rangers pour leur raconter ce qui s'est passé, il a sûrement fait déplacer sa marchandise avant.

Comme Dane ne disait rien, elle crut que son argument avait fait mouche. Malheureusement, elle ne tarda pas à déchanter.

— La remorque était dans le hangar, reprit-il. Mais pas le

véhicule tracteur. Elle était pleine à craquer de barils remplis de milliers de sachets de cocaïne. Il leur aurait fallu des heures pour les sortir de là. Et en imaginant qu'ils les aient sortis, où les auraient-ils stockés ? Terrell savait que, sans mandat de perquisition, les rangers ne pourraient fouiner nulle part, mais il a dû prendre ses dispositions dès qu'ils sont repartis.

— Si c'est le cas, c'est trop tard.

— Je ne crois pas, non. Il ne peut pas agir en pleine journée. Il attendra cette nuit.

Elle ne répondit rien. Elle prit le temps de chercher sa lampe frontale à tâtons puis de la positionner sur son front et de l'allumer. Alors, seulement, elle demanda :

— Comment comptes-tu te rendre là-bas ? Je te rappelle que nous n'avons plus le cruiser et que la propriété de Terrell se trouve à des kilomètres.

— Nous volerons une voiture.

Il avait lâché cela avec une désinvolture qui la fit réagir violemment.

— Dane ! Non ! Tu parles de voler une voiture comme s'il s'agissait d'aller faire des courses au supermarché. Et puis, ce soir, nous avions prévu de changer de planque, non ?

— Faith… Je suis désolé. Je comprends que voler une voiture aille à l'encontre de tes valeurs. Je comprends aussi que tu ne veuilles pas commettre plus de délits que je ne t'ai déjà poussée à en commettre. Je crois que ce serait mieux pour toi que je continue seul.

Le cœur de Faith fit un bond dans sa poitrine.

— Tu veux que je parte ?

— Non. Mais je me rends compte que je t'ai déjà causé assez d'ennuis comme ça. Mieux vaut pour toi que tu t'arrêtes là et que tu ailles retrouver ta brigade. Avant qu'il ne soit trop tard.

— Tu comptes vraiment voler un véhicule et te rendre chez Terrell tout seul ?

En guise de réponse, il détourna la tête et se mura dans un profond silence.

— Dane, je t'en supplie, laisse tomber tout ça. Viens avec moi à la brigade.

— Où ils m'arrêteront pour avoir enlevé un officier de police et Dieu sait quoi encore ? Je préfère encore tenter ma chance avec Terrell et essayer de le coincer moi-même.

— Comme hier soir ? Tu aurais pu te faire tuer !

— Que proposes-tu alors, si je ne peux pas y aller seul et que je ne veux pas me rendre aux rangers ?

— Je ne sais pas mais je t'en supplie ne retourne pas là-bas !

Elle serra les poings pour ne pas céder à la tentation de le secouer pour tenter de lui faire entendre raison.

En réponse, il se glissa hors du duvet et commença à enfiler ses vêtements à la hâte.

— Habille-toi et rassemble tes affaires, finit-il par dire. Je vais t'accompagner jusqu'à mi-chemin.

Elle se leva d'un bond.

— Que suis-je censée dire aux rangers ?

— Ce que tu veux, mais j'apprécierais que tu gardes pour toi ce que je compte faire.

— Je pourrais leur montrer cette grotte puisque tu vas aller te cacher ailleurs.

— Si tu veux. De toute façon, je ne reviendrai pas ici.

Elle l'attrapa par le bras.

— Dane, je ne veux pas te laisser.

— C'est pourtant ce que tu as de mieux à faire. Crois-moi.

— Je crois surtout que tu as besoin de moi. Agir en loup solitaire ne t'a pas particulièrement réussi jusque-là.

Ils s'affrontèrent du regard, indifférents au froid qui glissait sur leur peau nue.

— Que cherches-tu à me faire dire ? gronda-t-il. Que je n'ai aucune raison de t'être reconnaissant ? Que je me fiche de toi ? Que je ne t'aime pas ? Eh bien, non, Faith. Je ne peux pas te dire ça. Parce que je ne suis pas doué pour le mensonge et que je me refuse à te mentir.

En guise de réponse, elle l'attira à elle et pressa ses lèvres sur les siennes, dans un baiser salé qui avait le goût de ses larmes.

— Si tu veux vraiment que nous allions trouver Terrell, dit-elle après s'être écartée de lui, il faut que nous établissions un plan pour mettre toutes les chances de notre côté.

— Tu sais bien que ce n'est pas mon fort.

— Tu vois ? Quand je te dis que tu as besoin de moi…

Vingt minutes plus tard, ils sortaient de la grotte, chacun portant un sac à dos rempli de leurs affaires et des provisions qui leur restait.

— Nous allons prendre un itinéraire différent, dit-il. Un chemin moins praticable mais où nous serons sûrs de ne rencontrer personne.

— Combien de temps nous faudra-t-il pour arriver à la TDC ?

— Environ quatre heures. À moins que tu n'aies changé d'avis et que mon idée d'emprunter un véhicule dans le parc…

— C'est non, lâcha-t-elle d'un ton catégorique.

— Dans ce cas, allons-y. Nous avons du chemin à faire.

Après tant d'heures passées sous terre, la lumière du jour l'éblouissait, même derrière les lunettes de soleil que Dane lui avait données. Il en avait trouvé une bonne dizaine dans le parc, égarées par des touristes étourdis.

Dane n'avait pas exagéré. Ce n'était rien de dire que le chemin qu'il avait choisi était casse-cou. Il leur fallut escalader des parois abruptes, descendre des pentes escarpées, sauter de rocher en rocher ou encore se faufiler entre d'épais buissons épineux. Au moment où ils arrivèrent sur un plateau, Faith était en nage, rouge et haletante, et son pantalon était déchiré aux genoux. L'idée qu'ils avaient encore deux heures de marche avec le poids du sac à dos sur les épaules lui donnait envie de pleurer.

— Tu peux encore faire marche arrière si tu veux, dit Dane en lui tendant une bouteille d'eau. Je ne t'en voudrai pas.

— Tout va bien, dit-elle alors qu'il n'en était rien.

Ils se remirent en route, coupant à travers des zones sauvages et accidentées qui alternaient avec d'autres, boisées. Dane faisait une halte toutes les quinze minutes pour vérifier à l'aide d'une boussole et d'une carte topographique qu'ils avançaient dans la bonne direction.

Et puis, enfin, au bout d'un temps qui lui parut une éternité, ils arrivèrent en vue du siège social de la TDC. Là où Dane l'avait convaincue qu'emprunter une voiture n'était pas du vol. Le bâtiment qui s'élevait sur huit étages se fondait dans la masse rocheuse au creux de laquelle il avait été construit.

— Nous sommes dimanche, fit-il remarquer. Il ne devrait pas y avoir beaucoup de monde.

— Tu es bien sûr que c'est la meilleure chose à faire ?

— Je ne vois pas d'autre solution pour nous rendre chez Terrell. Mais ne t'inquiète pas. Je ne cours aucun risque. Je connais la politique de la maison. La consigne est que les voitures ne doivent pas être verrouillées et les clés, placées dans la boîte à gants.

— Sérieusement ?

— Sérieusement. En plus, la flotte est surveillée par un seul gardien. Ça devrait me faciliter les choses.

D'un commun accord, ils avaient décidé que Faith ne participerait pas à l'opération. Ainsi, si jamais les choses tournaient mal, elle serait accusée de complicité mais pas de participation active. Il était convenu que, pendant que Dane opérerait, elle se rendrait en dehors de la ville, à un endroit qu'ils s'étaient fixé, où elle attendrait qu'il vienne la récupérer en voiture.

Elle le regarda s'éloigner à grandes enjambées. Quand il fut hors de vue, elle balança le sac de Dane sur son dos puis, un peu chancelante, plaça le sien en bandoulière, et se mit en route une fois de plus.

Dane se tenait en retrait à l'un des angles du bâtiment, à l'endroit où, à en juger par les nombreux mégots qui jonchaient le sol, se retrouvaient les fumeurs venus faire une pause. De là, il avait une vue d'ensemble sur le parking. Il attendit que le gardien se trouve du côté opposé au sien pour se lancer.

Il marchait d'un pas égal, la tête légèrement inclinée, une main plongée dans la poche de son pantalon dans une posture désinvolte. Si le gardien se retournait, il le prendrait pour un mécano envoyé faire une vérification technique ou un employé chargé de se rendre sur un site pour procéder à des tests. Rien de suspect. En tout cas, rien d'alarmant qui nécessiterait qu'il s'interroge.

Il se dirigea d'une démarche sûre vers la dernière voiture de la rangée qui se trouvait la plus proche de lui puis ouvrit la portière et se glissa derrière le volant. Il prit la clé, mit le contact. Le réservoir était plein. Encore une consigne qui voulait que le plein soit effectué avant que chaque voiture soit de retour sur le parking.

Il sortit de son aire de stationnement et arriva à la grille qui, comme il s'y attendait, était sécurisée par une chaîne cadenassée. Il sortit du véhicule en laissant le moteur tourner puis, toujours l'air de rien, coupa la chaîne d'un coup sec de la pince qu'il avait mise dans sa poche. Le reste fut un jeu d'enfant. Il sortit de la voiture, alla refermer la grille et remit la chaîne en place de manière qu'on ait l'illusion qu'elle n'avait pas été sectionnée, puis il repartit tranquillement.

Quelques minutes plus tard, il retrouvait Faith qui l'attendait sur le lieu du rendez-vous. Quand elle le vit arriver, elle leva son pouce en l'air avec un large sourire.

Dès qu'il s'arrêta, elle balança les deux sacs à dos sur la banquette arrière puis s'empressa de se glisser sur le siège passager.

— Tu n'as pas eu de problème ? s'enquit-elle alors qu'il redémarrait.

— Aucun, répondit-il. Tu verras, tout va bien se passer.

— Permets-moi d'en douter, répliqua-t-elle avec une pointe d'ironie.

Mais très vite, elle posa sa main sur son bras dans un geste plein de tendresse.

— J'aurais tellement voulu te connaître dans d'autres circonstances, ajouta-t-elle.

Il approuva d'un hochement de tête, pour la forme, mais au fond il n'était pas convaincu. Dans d'autres circonstances, aurait-il vu en elle la femme remarquable qu'elle était ? Et elle, se serait-elle battue à ses côtés comme elle le faisait depuis le début ? Dans d'autres circonstances, aurait-il eu la certitude qu'elle était celle avec laquelle il avait envie de partager sa vie ?

Arrivé près de chez Terrell, il choisit de se garer sur un chemin à l'écart qu'il avait repéré au cours de leur précédente incursion dans la propriété. Là, ils allaient attendre la nuit pour se rendre sur place à pied. Ensuite, plusieurs options s'offriraient à eux mais ils choisiraient la plus adaptée en fonction de ce qu'ils allaient découvrir.

— Il va falloir redoubler de prudence, dit Faith.

— Avec toi, je ne crains rien, rétorqua-t-il d'un ton qu'il voulait léger. Mais je te promets de l'être encore plus.

Elle défit sa ceinture de sécurité et actionna la poignée. Mais au lieu de sortir, elle se tourna vers lui et le regarda droit dans les yeux.

— J'ignore comment les choses vont tourner, mais je veux que tu saches que je crois bien que je suis en train de tomber amoureuse de toi.

Il lui sourit, incapable de prononcer un mot tant il était submergé par l'émotion. Il prit dans la sienne sa main qu'il serra tendrement.

— Je crois bien que moi aussi.

— Tu crois que ce que nous éprouvons l'un pour l'autre est intensifié par le danger et notre goût de l'aventure ? Deux personnes qui s'appuient l'une sur l'autre dans des circonstances extrêmes ?

Elle chercha à lire une réponse dans son regard.

— Je ne sais pas, dit-il. Mais je crois qu'il y a plus que cela. Et je compte bien creuser un peu plus pour le savoir.

Il accompagna ses mots d'un sourire qu'elle lui rendit aussitôt.

— Moi aussi.

Elle sortit de la voiture tandis qu'il restait assis au volant, sa question tournant en boucle dans sa tête. Quelle serait sa vie avec elle dans un monde où il ne se battrait pas chaque jour pour sauver sa peau ? Il espérait sincèrement avoir un jour la chance de le découvrir. Il brûlait vraiment de pouvoir approfondir les sentiments qu'elle suscitait en lui.

— Je ne le crois pas, râla Hudson en se grattant furieusement les chevilles.

— Quelle idée aussi de s'asseoir pile sur une fourmilière, se moqua gentiment Carmen.

Placés comme ils l'étaient, en haut d'une colline, ils avaient une vue plongeante sur la propriété de Charles Terrell. Carmen ajusta de nouveau les jumelles sur l'arête de son nez et observa Jason Beck qui, lui, s'était positionné dans la rue qui desservait les maisons. Tous trois avaient eu l'accord du commandant Sanderlin pour venir surveiller pendant six heures la maison et ses habitants. Au-delà, si rien de suspect ne s'était produit, ils avaient ordre de lever le camp.

— Alors ? Tu vois quelque chose ? s'enquit Hudson.

— Rien de rien. Il y a quelqu'un dans la petite maison mais il n'y a aucun mouvement suspect.

Hudson vérifia l'écran de son téléphone.

— Beck dit qu'il n'y a rien à signaler de son côté non plus. Tu ne m'enlèveras pas de l'idée que ce ne sont pas des voitures anciennes que Terrell cache dans ce hangar. J'ai jeté un coup d'œil sur Internet avant de venir ici. Il n'est mentionné nulle part qu'il collectionne les vieilles voitures.

— Il est à la tête d'une multinationale. Ça n'intéresse peut-être personne de savoir comment ce type occupe ses loisirs.

— Détrompe-toi. J'ai lu des articles où on évoque sa passion pour le ski et la voile. J'ai même trouvé une photo de lui dans sa cave à vin. Je ne vois pas pourquoi on ne parlerait pas de son amour pour les vieilles bagnoles. D'autant plus que, si c'est vraiment ce qui se trouve dans ce hangar, la collection doit être impressionnante.

— Peut-être que c'est une nouvelle manie.

— Et s'il cultivait de la marijuana ?

— C'est légal dans l'État du Colorado.

— Sans permis, et dans de telles proportions, cela devient illégal. Fais voir, dit-il en lui prenant soudain les jumelles des mains.

— Quoi ?

— J'ai vu quelque chose bouger. Oui, là-bas, regarde. Quelqu'un est en train d'ouvrir la grille qui se trouve à l'arrière de la maison.

Même sans les jumelles, Carmen vit en effet les grilles s'ouvrir. Un court instant plus tard, un camion tracteur les franchissait.

— Les gardiens viennent de sortir de la petite maison, dit Hudson juste au moment où son téléphone se mettait à vibrer dans sa poche. Ça doit être Jason. Tu veux bien vérifier ?

Elle récupéra l'appareil et lut à haute voix :

Un camion vient de rentrer par-derrière. Terrell est sorti parler au chauffeur puis il est retourné à l'intérieur.

— Les deux types sont en train d'ouvrir le hangar, poursuivit Hudson. Il y a une semi-remorque dedans. Elle est maousse. Le camion manœuvre pour pouvoir l'atteler.

— La remorque contient peut-être les fameuses voitures, suggéra Carmen sans grande conviction.

— Pourquoi attendre la nuit pour les charger ? lâcha Hudson, qui ne lâchait pas des yeux la scène qui se déroulait en contrebas.

Carmen, elle, ne distinguait que des silhouettes qui s'affairaient autour du camion. C'est alors qu'elle remarqua quelque chose qui lui parut anormal.

— Vérifie s'il y a quelqu'un le long de la clôture, dit-elle.

Hudson vérifia. En effet, deux silhouettes semblaient s'approcher en douce du hangar.

— Tiens, regarde toi-même et dis-moi ce que tu en penses, dit-il en passant les jumelles à Carmen.

— On dirait un homme et un enfant. Non, ce n'est pas un enfant. C'est une femme.

Un frisson lui parcourut l'échine. Sans trop délirer, on pouvait imaginer que c'était Faith, en compagnie de Trask.

— Qu'est-ce qu'ils font encore là ? demanda-t-elle.

— La même chose que nous, j'imagine, répondit Hudson qui, manifestement, en était arrivé à la même conclusion qu'elle. Ils espionnent Terrell. Trask a toujours clamé que le patron de la TDC trempait dans des histoires louches. Je ne suis pas loin de croire qu'il avait raison.

Faith, accroupie derrière Dane contre la clôture, jeta un coup d'œil par-dessus son épaule. Tout le monde s'agitait autour du camion venu atteler la semi-remorque remplie des barils de drogue.

— Tu vois, je te l'avais bien dit que ce serait pour ce soir, chuchota Dane.

— Super, tu avais raison. Maintenant que tu as dit ça, qu'est-ce qu'on fait ?

Pour toute réponse, il sortit de son sac à dos un appareil-photo jetable qu'il avait pris la précaution d'acheter en chemin, dans une supérette, puis se mit à mitrailler la scène.

— Sans flash, on ne va pas voir grand-chose, dit-elle.

— Les rangers doivent bien avoir des spécialistes capables de tirer quelque chose de ces photos.

Voilà qu'il comptait sur les rangers pour le tirer du pétrin dans lequel il les avait fourrés, à présent. Faith, elle, s'imaginait déjà en prison pour s'être acoquinée avec le hors-la-loi que toutes les forces de police de l'État recherchaient depuis des semaines. Et si, par miracle, elle ne finissait pas derrière les barreaux, quel avenir pouvait-elle espérer ? Elle préférait ne pas y penser.

— Viens, essayons de nous approcher un peu plus.

— Pour quoi faire ?

Soit il n'entendit pas, soit il feignit de ne pas avoir entendu, toujours est-il que sa question resta sans réponse.

— Il faut que nous empêchions ce camion de partir, dit-il. Tu crois que tu pourrais tirer dans les pneus ?

— Je le pourrais mais je ne le ferai pas.

— Pourquoi ?

— Parce que ce n'est pas une bonne idée. Ce serait le meilleur moyen de nous faire prendre.

Plus elle prenait de distance par rapport aux événements qui s'étaient déroulés la veille ici même, plus elle réalisait qu'elle avait commis une folie. Elle avait agi pour sauver Dane, mais maintenant, avec le recul, elle se disait qu'elle aurait peut-être pu trouver une solution moins radicale.

— Qu'est-ce que tu proposes alors ?

— Nous pourrions retourner à la voiture et suivre ce camion quand il partira d'ici, répondit-elle.

— Et s'il va jusqu'à Mexico ?

— Je ne crois pas que cette drogue soit destinée à l'étranger. Je crois plutôt qu'ils vont la planquer quelque part en attendant de pouvoir l'écouler ici.

— Tu as raison. Dépêchons-nous de retourner à la voiture. Il ne faudrait pas qu'on le rate.

Ils étaient presque arrivés quand une voix s'éleva dans l'obscurité, les figeant sur place.

— Police ! Arrêtez-vous !

Prise dans un puissant faisceau de lumière, Faith ferma les yeux. Mais elle n'avait pas besoin d'y voir pour savoir que la voix était celle de l'officier Hudson.

— Dane Trask, Faith Martin, vous êtes en état d'arrestation.

# 17

Voilà. L'aventure s'arrêtait là. Dane sentit Faith trembler de tous ses membres à côté de lui.

— Carmen… Hud…, balbutia-t-elle. Je peux tout vous expliquer.

— Elle n'a rien fait, s'empressa-t-il de préciser. Je suis seul responsable. Je l'ai enlevée et je lui ai demandé de m'aider.

S'il n'avait pas dit « forcée », c'est parce qu'il connaissait assez Faith maintenant pour savoir qu'elle ne supporterait pas qu'il la fasse passer pour une pauvre victime sans défense.

— Il avait besoin d'aide, plaida-t-elle d'une voix redevenue ferme. Nous pouvons tout vous expliquer depuis le début mais je pense que, pour l'instant, il y a plus urgent. Un camion rempli de barils de cocaïne s'apprête à quitter la propriété de Charles Terrell.

L'officier – que Dane reconnut comme étant le petit ami de sa fille – hésita à lui passer les menottes.

— Comment savez-vous qu'il y a de la drogue dans ce camion ? demanda-t-il à la place.

— Parce que je l'ai vue, répondit Dane. Je me suis introduit dans ce hangar hier soir et j'ai vu ce que contenait la remorque. Il y a pour des millions de dollars de briques de cocaïne, là-dedans. Avant d'être ici, la cargaison était stockée dans la mine Mary Lee.

— C'est seulement maintenant que vous en parlez ? lâcha Carmen.

— C'est une longue histoire et je promets de tout vous dire, dit Faith. Mais pour l'instant, vous devez saisir cette cargaison.

Hudson les regarda tour à tour, hésitant encore à les croire.

— Vous êtes sûrs de ce que vous avancez ?

— Certains, assura Faith.

Mais tandis qu'elle parlait, le doute l'assaillit. Elle n'avait pas vu la drogue. Elle avait juste cru Dane sur parole. S'il lui avait menti ?

— Nous allons avoir besoin de renforts, rétorqua Carmen. Et ça va prendre du temps.

— Le camion est vraiment sur le point de partir, insista Dane. Il faut que vous le suiviez pour voir où il va.

Hudson prit sa paire de menottes et fit signe à Carmen de faire comme lui.

— On vous embarque, dit-il.

Un profond sentiment de honte envahit Faith tandis que sa collègue lui passait les menottes. Mais plus encore le sentiment qu'elle avait basculé du mauvais côté.

— Par ici, indiqua Carmen en la prenant par le bras.

Tous les quatre marchèrent en silence jusqu'à la voiture de patrouille. Faith et Dane furent installés côte à côte sur la banquette arrière, leurs ceintures de sécurité bouclées.

— Je préviens Beck de nous rejoindre à l'entrée de l'autoroute, dit Carmen à Hudson. Puis, se tournant à demi, elle ajouta :

— Je ne vous apprends pas la procédure. Vous devrez faire une déposition au quartier général. Mais pour le moment, je veux savoir ce qu'il s'est passé chez Charles Terrell, hier matin.

— Nous soupçonnions que la cargaison ne se trouvait plus dans la mine, commença Faith. Dane savait que Terrell possédait une propriété assez vaste, isolée et sécurisée pour en faire une planque idéale. Alors, nous avons décidé d'aller vérifier.

— Et pour cela, vous avez volé le cruiser de la brigade, ajouta Hudson.

— Je suis toujours officier de police, objecta faiblement Faith. J'en avais besoin pour mener mon enquête.

Cette pauvre défense résonna faux à ses oreilles.

Le regard de Carmen vint se poser sur Dane.

— Vous dites que vous vous êtes introduit dans le hangar ?

— Oui. J'ai vu la remorque et, comme il y avait toujours la rampe de chargement, j'ai pu monter à bord. C'est comme ça que j'ai pu voir la drogue, cachée dans des barils de fertilisants.

— Vous pouvez m'expliquer pourquoi vous avez tiré sur Terrell et ses employés ?

— Dane s'était fait prendre par trois des gorilles de Terrell qui l'ont passé à tabac. Je savais que, si je n'intervenais pas, ils le tueraient. J'avais d'abord pensé venir au quartier général pour vous prévenir mais le temps pressait. Quand j'ai vu qu'ils emmenaient Dane chez Terrell, j'ai compris qu'il était temps d'agir. C'est là que je me suis mise à tirer. D'abord pour immobiliser le SUV dans lequel il comptait l'embarquer puis en direction de Terrell pour lui faire peur.

— Et cet homme que vous avez blessé ?

— Il fonçait sur moi. J'étais obligée de me défendre.

— Et ensuite ?

— Ensuite, nous avons pu nous enfuir sans qu'ils nous retrouvent, termina Dane.

— Nous avons retrouvé le cruiser à l'endroit où vous l'aviez caché.

— Je sais.

— Et vous, où étiez-vous terré durant tout ce temps ?

Dane ne répondit pas.

— Par quel moyen êtes-vous revenus ici ? s'enquit Carmen de son côté.

— J'ai emprunté une des voitures de la TDC.

— Vous voulez dire « volé », plutôt, fit Hudson d'un ton railleur.

Dane garda de nouveau le silence.

— Si vous tournez à gauche et faites une centaine de mètres, vous pourrez surveiller le camion sans être vus, indiqua Faith alors qu'ils avaient rejoint la route secondaire.

Hudson suivit ses instructions et gara son véhicule sous un

bouquet d'arbres, à l'abri des regards. Puis ce fut à son tour de se tourner vers Faith.

— Il t'a vraiment kidnappée ?

— Oui, répondit Dane à sa place. Je voulais absolument que quelqu'un m'écoute et j'ai pensé qu'elle pourrait m'aider.

— Les bureaux de la brigade sont ouverts toute la journée, sept jours sur sept, rétorqua Hudson. Sinon, il existe un appareil très pratique, appelé « téléphone » et dont on peut se servir pour appeler quelqu'un ou demander de l'aide.

— Terrell cherchait à le coincer par tous les moyens, dit Faith pour sa défense. Et il avait aussi menacé de tuer sa fille s'il parlait. Dane ne savait plus à qui se fier.

Le visage d'Hudson s'assombrit.

— Je suis tout à fait capable de protéger la femme que j'aime, et bien placé pour ça, déclara-t-il. S'il y a quelqu'un que vous auriez dû venir trouver en premier, c'est moi.

— Je ne remets pas en question vos capacités, ni l'amour que vous portez à Audra, mais vous ne pouvez pas veiller sur elle vingt-quatre heures sur vingt-quatre. Je crois que vous ne comprenez pas bien de quoi Terrell est capable. En plus, riche et puissant comme il l'est, il n'a qu'un mot à dire pour faire exécuter qui il veut. C'est ce qu'il a fait avec Roy Holliday et Larry Keplar. Parce qu'il est bien évident que celui-ci a été assassiné. Il n'a pas succombé tout seul à une overdose. Ce sont les hommes de Terrell qui lui ont forcé la main.

— Quand Larry Keplar est passé à la brigade, l'autre jour, poursuivit Faith, il a mentionné des dossiers qui, selon lui, incriminaient Dane. La TDC a dû en avoir vent et craindre que la police, en fouillant plus loin, ne découvre ses agissements. C'est pour cette raison qu'ils ont tué Keplar.

— Et depuis, ils ont probablement détruit les dossiers, ajouta Dane. C'est bien là le problème. Chaque fois que je réunissais des preuves, Ruffino et Terrell s'employaient à les détruire. Ensuite, j'ai essayé de vous mettre sur la voie en attirant votre attention sur la mine mais, là encore, ils ont été les plus forts.

— Regardez… Là… Le camion. Ça y est, il bouge ! Tiens-toi prêt à le suivre.

Hudson laissa le poids lourd franchir la grille puis rouler sur plusieurs dizaines de mètres avant de se mettre à le pister en veillant à rester à bonne distance de lui pour ne pas se faire repérer.

— Que vous a raconté Terrell à propos de ce qui s'est passé hier ? s'enquit Dane. Parce que nous avons vu les avis de recherche nous concernant.

— Il nous a dit que vous et une femme qu'il ne connaissait pas aviez débarqué et vous étiez mis à leur tirer dessus sans sommation, répondit Hudson.

— Et vous l'avez cru ? demanda Faith.

Hudson la fixa brièvement dans son rétroviseur.

— Toutes les apparences sont contre vous, non ?

Elle ne chercha pas à s'en défendre. Le moment n'était pas bien choisi pour tenter de plaider leur cause.

La radio grésilla avant qu'ils n'entendent Beck demander :

— Qu'est-ce qu'on fait ? On l'arrête ? On pourrait demander à vérifier ses papiers.

— Non. Pour le moment, on le file. Il faut savoir où il va.

Ils continuèrent ainsi jusqu'à ce que le chauffeur prenne la direction d'une station-service fermée. Hudson ralentit, suivi de près par Jason Beck.

— Qu'est-ce qu'ils viennent faire ici ? s'interrogea Hudson.

— Je me le demande, répondit Beck. Je suis presque certain que cette route est un cul-de-sac. Cela dit, elle donne sur le lac et il y a des hangars à bateaux, là-bas. Pratique pour planquer de la drogue.

— Les briques de cocaïne sont cachées dans des barils d'engrais, le Fertirain, destiné à être pulvérisé sur les champs de maïs, précisa Dane.

— C'est malin. Il suffit d'en embarquer dans un avion d'épandage et le tour est joué.

— En attendant, il nous faut conduire ces deux-là au QG, déclara Hudson.

— Allez-y, proposa Beck. Je monte la garde.

— OK. J'alerte le bureau du shérif pour qu'il t'envoie des renforts.

Pour Dane, le commandant Sanderlin ressemblait à tous les gradés qu'il avait connus au cours de sa carrière militaire. Même posture rigide, même visage sévère, même ton cassant. S'il ne cherchait pas à cacher son agacement, en revanche, il s'appliquait à parler sur le même ton lisse et courtois. Et sans effleurer Faith du regard.

Même si elle n'en montrait rien, Dane voyait bien qu'elle souffrait de cette mise à l'écart. L'air bravache qui la caractérisait avait cédé la place à une résignation doublée de culpabilité. Il la sentait tellement fragilisée qu'il aurait aimé pouvoir la prendre dans ses bras pour lui chuchoter à l'oreille des mots tendres et réconfortants. Mais déjà, elle s'éloignait de lui. La complicité qui les avait unis semblait s'étioler. Devait-il y voir le signe qu'elle n'était viable que dans les conditions extrêmes qu'ils avaient connues ?

Aussitôt après les avoir confiés à Sanderlin, l'officier Hudson était reparti coordonner une double opération simultanée visant à intercepter la cargaison de drogue et à arrêter Charles Terrell pour trafic de drogue.

Carmen, elle, était chargée de prendre leur déposition.

— Vous pouvez leur retirer les menottes, dit Sanderlin.

Faith frotta un long moment ses poignets rouges et douloureux. Elle semblait au bord des larmes.

Pour la première fois depuis qu'ils avaient franchi la porte de son bureau, Sanderlin posa les yeux sur elle.

— Officier Martin, dit-il, commençons par vous. Racontez-nous ce qui s'est passé depuis la dernière fois où vous avez été en service dans nos bureaux.

Elle redressa les épaules, sans doute dans un sursaut de dignité.

— C'était le soir, commença-t-elle. J'étais restée tard. Il faisait nuit quand j'ai quitté le bureau pour me rendre au parking.

J'étais arrivée à ma voiture quand Dane Trask s'est jeté sur moi et m'a désarmée. Ensuite, il m'a attaché les mains et les chevilles et m'a emportée dans sa cachette.

— Qu'avez-vous ressenti à ce moment-là ? s'enquit Carmen.

— J'étais furieuse, bien sûr, répondit-elle.

— Je confirme, intervint Dane. Elle s'est débattue comme une diablesse.

— Nous prendrons votre déposition plus tard, monsieur Trask, dit Sanderlin. Officier Martin, poursuivez, je vous prie.

— Une fois parvenus dans la grotte où il se cachait, il m'a détachée en m'expliquant que je n'aurais aucune chance de m'en tirer saine et sauve si je cherchais à m'échapper. Il m'a promis que, si j'écoutais ce qu'il avait à dire, je serais libre dès le lendemain matin.

— Qu'avait-il à vous dire ?

Elle se lança alors dans un récit détaillé de ce que Dane lui avait révélé, minimisant l'impact des choix les moins judicieux qu'ils avaient faits mais insistant un peu plus que nécessaire sur le danger qu'encourait sa fille, Audra. Il ressortait de sa déposition que Dane était un homme plus désespéré qu'héroïque.

— Quand vous avez appris tout cela, pourquoi n'êtes-vous pas revenue ici le lendemain, puisque M. Trask ne vous retenait plus prisonnière ?

Elle lui lança un regard qu'il ne sut interpréter.

— Parce que j'ai cru ce qu'il me disait. J'ai cru que Terrell continuerait à agir impunément si on ne l'arrêtait pas. Mais surtout, il nous fallait réunir suffisamment de preuves pour pouvoir confondre Terrell. Je suis bien placée pour savoir que nous n'aurions jamais obtenu de mandat de perquisition sur de simples présomptions.

Sanderlin parut ne pas apprécier ce commentaire.

— Si vous étiez venus nous trouver immédiatement, nous aurions pu mettre des agents infiltrés sur le coup ou confier l'enquête à la brigade des stupéfiants, dit-il sur un ton de reproche. Au lieu de cela, vous avez outrepassé vos droits et enquêté en solo, ce qui vous a conduite à voler deux véhicules, à blesser un civil et à commettre toute une série d'actes répréhensibles par la loi. Tout cela en laissant vos collègues et d'autres agents des forces de police consacrer à votre recherche un temps précieux, qu'ils auraient pu employer sur d'autres enquêtes non moins importantes, pour ne pas dire plus.

— Oui, monsieur, dit-elle, les joues en feu mais d'un ton égal.

— Nous allons reporter la décision de vous inculper, conclut Sanderlin. En attendant, vous êtes suspendue de vos fonctions.

— Bien, monsieur.

Encore une fois, Dane eut envie de lui prendre la main et de l'assurer de son soutien, mais ce n'était pas la chose à faire. Mieux valait pour tout le monde qu'il ravale sa colère et, surtout, qu'il fasse profil bas en encaissant ce qui résonnait pour lui comme une injustice.

— Monsieur Trask, dit Sanderlin en se tournant vers lui, votre comportement irresponsable a non seulement fait perdre un temps précieux aux forces de l'ordre mais il a également mis la vie d'autrui en danger. Roy Holliday, en particulier, serait encore en vie s'il n'avait pas voulu mener sa petite enquête personnelle sur vous, ce qui a déclenché les foudres de la TDC et les conséquences tragiques que l'on connaît.

— Croyez bien que je le regrette mais je n'avais pas le choix, se défendit-il.

Sanderlin posa sur lui un regard sceptique. Il n'arriverait jamais à le convaincre du bien-fondé de ses décisions, c'était évident. Tant pis. Il était prêt à en payer les conséquences pourvu que cette histoire se termine enfin et que sa fille soit en sécurité.

— Mais ce qui compte dès à présent, c'est d'arrêter Terrell et ses complices, reprit-il. Je ferai tout ce que vous me demanderez pour vous aider à les faire écrouer.

— Votre témoignage nous sera très utile en temps et en heure, monsieur Trask. Mais pour l'instant, ce qui me rendrait vraiment service, c'est que vous ne vous trouviez plus en travers de mon chemin. Je n'ai ni besoin ni envie que vous nous aidiez.

— Pouvez-vous me dire quelles charges vous allez retenir contre moi ?

— Pour l'instant, vols de véhicules et obstruction à une enquête de police. Mais les agents du parc peuvent aussi porter plainte contre vous pour avoir balancé votre pick-up au fond d'un canyon, ce qui peut être considéré comme un délit de décharge sauvage.

— Vous allez le mettre en détention ? s'enquit Faith d'un ton qui dissimulait mal son inquiétude.

Sanderlin les regarda tour à tour avant de lâcher :

— Non. Monsieur Trask, j'ai décidé de vous laisser en liberté provisoire. J'attends de vous que vous ne vous évaporiez pas de nouveau dans la nature, bien sûr.

— Vous avez ma parole, commandant, assura Dane sans savoir s'il pourrait tenir sa promesse.

Car, tant que Terrell et sa bande n'étaient pas reconnus coupables et écroués, sa vie et celle de sa fille étaient toujours en danger.

— Ce sera tout pour le moment, décréta Sanderlin, leur signifiant ainsi que l'entretien était terminé.

— Je peux te raccompagner chez toi, si tu veux, proposa Carmen quand ils se retrouvèrent tous les trois dans le couloir.

— D'accord, mais Dane vient avec moi.

— Ce serait mieux pour toi si tu gardais tes distances avec lui pendant quelque temps, rétorqua-t-elle en lançant un regard noir à Dane.

— Merci de ton conseil mais il vient avec moi, répéta Faith d'un ton buté.

— Comme tu voudras. Je vais te rendre ton sac à main et tes clés, que nous avons récupérés sur le parking. Tu as besoin de prendre autre chose dans ton bureau ou dans ton casier ?

— Non, merci.

— OK, je reviens dans une minute.

Dès qu'ils furent seuls, Dane se rapprocha d'elle.

— Tu devrais suivre son conseil, dit-il. Continuer à me fréquenter pourrait nuire à ta réputation.

— Je me fiche de ma réputation. De toute façon, elle est déjà faite. Mais toi, en revanche, je ne veux pas te perdre. Terrell ne va pas te lâcher comme ça. Nous le savons tous les deux. Tu courras moins de risques si je reste avec toi.

— Je suis très touché mais j'ai réussi à survivre sans toi pendant plus de deux mois.

— En fuyant. Je ne veux plus te voir fuir, Dane.

Il ouvrit la bouche pour protester mais se ravisa. Elle avait raison. Il devait se battre à découvert et avec elle à ses côtés.

Il plongea son regard dans le sien.

— Merci, dit-il dans un souffle.

Pour toute réponse, elle détourna la tête mais il avait eu le temps de capter la petite flamme qui dansait au fond de ses yeux et qui lui disait qu'elle n'avait pas renoncé à lui. Qu'elle n'avait pas renoncé à eux.

# 18

— D'abord, une bonne douche, décréta Faith quand ils furent chez elle. Ensuite, un bon repas.

Il la suivit dans sa chambre mais elle lui ferma la porte au nez. OK. De toute évidence, elle avait besoin de se retrouver seule pour digérer les événements des dernières heures.

Il se mit à déambuler dans le salon, à la recherche d'indices susceptibles de lui en dire un peu plus sur sa vie privée. Il s'attarda particulièrement sur la bibliothèque, qui renfermait beaucoup de livres, des romans pour la plupart, mais aussi de jolis ouvrages d'art.

— Tu trouveras des serviettes propres sur les étagères de la salle de bains, dit Faith qui venait de le rejoindre.

Il retrouva avec délice le bonheur de prendre une douche chaude. Après tant de bains froids pris dans la rivière, c'était un véritable luxe ! Il sortit de son sac à dos les derniers vêtements propres qui lui restaient et s'habilla rapidement.

Ses pensées dérivèrent vers Audra. Il avait tellement hâte de la revoir ! De la prendre dans ses bras ! Mais cela devrait attendre encore. Les rangers avaient été clairs sur ce point. Il avait interdiction formelle de parler à quiconque, y compris à sa fille, tant que l'enquête ne serait pas bouclée.

Il se rendit dans la cuisine, où Faith s'affairait aux fourneaux.

— Je prépare des œufs au bacon, annonça-t-elle. Si tu veux bien beurrer les toasts qui sont dans le grille-pain.

Ils préparèrent le déjeuner en silence puis s'assirent à la table en bois qui occupait presque tout l'espace. Arrosé d'un café fumant à l'arôme délicieux, ce repas était le meilleur qu'il ait pris depuis des lustres.

Quand il eut mangé jusqu'à la dernière bouchée de ses œufs et bu jusqu'à la dernière goutte de son café, il repoussa son assiette et attaqua d'emblée.

— Si tu as décidé de ne plus me parler, ça ne pourra pas marcher.

Un seul coin de sa bouche se releva, donnant l'impression à Dane qu'elle voulait s'empêcher de sourire.

— L'attaque est la meilleure des défenses, n'est-ce pas ? fit-elle.

— Je voudrais simplement connaître le fond de ta pensée. Quelle est la prochaine étape, Faith ?

— Me chercher un bon avocat, peut-être ? trouva-t-elle le courage de plaisanter.

— Pour le moment, aucun chef d'accusation n'a été retenu contre toi.

— Pour le moment, en effet.

— Je suis désolé de t'avoir entraînée là-dedans. Sache que, si tu as besoin d'un avocat, je prendrai les frais à ma charge.

— J'y compte bien, rétorqua-t-elle avec un franc sourire. Sinon, tu crois que Terrell va se lancer à notre poursuite ?

— Il ne sait pas ce que nous sommes devenus. Mais tout dépendra du temps qu'il mettra à le savoir avant d'être arrêté.

— Distiller l'information au compte-gouttes. Normalement, c'est la politique de la maison.

— À moins qu'un officier de la brigade ne roule pour Terrell.

— Impossible.

— En tout cas, il n'a pas pu agir à une si grande échelle sans l'appui d'une ou plusieurs personnes occupant des postes stratégiques.

— Personne chez nous n'est corruptible. Je peux te le garantir.

— Tant mieux. Parce que, une fois qu'ils auront mis la main sur la cargaison, ils pourront obtenir un mandat de perquisition pour fouiller la propriété de Terrell mais aussi les bureaux de la TDC.

— Tu crois qu'ils trouveront autre chose ?

— Il doit y avoir des enregistrements quelque part. Des communications avec la société de transport et leurs fournisseurs à Mexico. Des preuves de blanchiment d'argent. Ça peut prendre du temps mais la brigade des stups et le FBI sont rompus à ce genre de recherches.

— Oui, mais Terrell a pour lui ses avocats. Des as du barreau qui auront vite fait de le faire libérer.

Elle marqua une courte pause durant laquelle elle se leva pour aller remplir sa tasse vide.

— En tout cas, maintenant que j'ai été relevée de mes fonctions, je ne serai informée de l'avancée de l'enquête que par ce que je lirai dans les journaux, reprit-elle. Comme tout le monde.

— Je regrette vraiment, Faith. Tout ça, c'est à cause de moi. Je sais à quel point ta carrière était importante pour toi.

Pour toute réponse, elle but une gorgée de son café, les sourcils froncés.

— J'aime mon travail parce que je pense que ce que nous faisons est important. À mes yeux, c'est quelque chose qui compte. Et parce que j'aime l'esprit de cohésion. Les officiers de police sont unis par un lien spécial que personne d'autre ne peut comprendre. Ils veillent les uns sur les autres. Je n'avais jamais connu ça avant. Tout ça va me manquer.

— Je te comprends. C'est la même chose dans l'armée.

— Tu regrettes de l'avoir quittée ?

— Non. Parce que je n'avais pas l'intention d'y faire carrière. Faith, il faut que tu te battes pour récupérer ton poste. Je serai là pour toi. Je te soutiendrai. Je dirai que tu étais dans une position vulnérable et que j'en ai profité. Que je t'ai forcée à m'assister. Que j'ai fait de toi ma complice. D'ailleurs, c'est la vérité.

Elle enroula ses deux mains autour de sa tasse chaude et laissa son regard errer sur la pièce un instant.

— Je suis une grande fille, Dane, dit-elle finalement. Tu ne m'as forcée à rien. J'ai pris toute seule la décision de t'aider et je ne regrette rien. Si tu n'as pas compris ça, alors c'est que tu n'as rien compris.

Il se leva pour la prendre dans ses bras.

— Bien sûr que j'ai compris. Mais tout cela est arrivé par ma faute et je crains bien que tu me le reproches un jour.

— J'avais le choix, Dane.

— Prends un avocat, insista-t-il. Il doit bien y avoir des spécialistes de cas comme le tien. Il faut que tu réintègres la brigade, Faith. Tu as beau t'en défendre, c'est une part importante de ta vie.

Elle secoua la tête.

— Je n'ai que ce que je mérite.

— Qu'est-ce que tu veux dire ? Je suis seul responsable de tout ce gâchis, tu le sais bien. Si je ne t'avais pas enlevée, rien de tout ça ne serait arrivé.

— J'aurais pu repartir le lendemain comme tu me l'avais proposé. Au lieu de ça, j'ai pris la décision de rester. Je voulais réussir là où tout le monde avait échoué. Me comporter en héroïne. Et voilà le résultat. En fait, reprit-elle après avoir marqué une courte pause, je te parlais de cohésion mais j'ai préféré agir seule. En te parlant, je me rends compte que je ne me suis pas fait d'amis au sein du groupe. Je me suis toujours tenue à l'écart.

Il lui caressa tendrement l'épaule.

— Tu n'as pas tort pour autant, objecta-t-il.

— Je le sais maintenant, poursuivit-elle comme pour elle-même. Tu m'as aidée à le voir. J'ai compris qu'on pouvait ne pas s'intégrer à un groupe. Toi aussi tu es comme ça.

— C'est vrai.

S'il avait apprécié les années passées dans l'armée, il n'avait pas aimé suffisamment ça pour s'y projeter à long terme. Car ce qu'il chérissait par-dessus tout, c'était son indépendance. Et son goût prononcé pour la solitude.

Jusqu'à sa rencontre avec Faith. Depuis, il avait compris qu'il y avait de la place pour quelqu'un dans sa vie.

— Que comptes-tu faire si tu quittes la brigade ?

— Je ne sais pas mais je finirai bien par trouver quelque chose. En attendant, préparons-nous à affronter Charles Terrell. Parce que je ne crois pas une minute qu'il ait pris la tangente.

Carmen, Hudson et le commandant Sanderlin regardaient les agents de la brigade des stupéfiants décharger de la semi-remorque les barils remplis de drogue. Le chauffeur et trois dealers s'étaient rendus sans faire d'histoires. Un quatrième, le plus jeune d'entre eux, avait déjà négocié en échange de son témoignage.

— Joli coup de filet, commenta Sanderlin. Si Trask était venu nous trouver avant, qui sait combien de prises comme celle-là nous aurions faites…

— Il l'a dit, il cherchait des preuves. Sans preuves, est-ce que nous l'aurions cru sur parole ? interrogea Carmen.

— Trask jouissait d'une réputation solide. Bien sûr que nous l'aurions cru.

Carmen n'en était pas aussi certaine. Cela aurait été sa parole contre celle de la TDC qui, en plus de sa bonne réputation jouissait, elle, d'un pouvoir que n'avait pas Trask. Quel poids aurait fait ce dernier face à une entité pareille ?

— À vouloir jouer les justiciers comme il l'a fait, il aurait pu y laisser la vie, dit Hudson. Et celle de sa fille. Les barons de la drogue ne font pas de quartier, c'est bien connu. D'ailleurs, Terrell l'a prouvé en faisant assassiner Holliday et Keplar.

La sonnerie de son téléphone mit fin à la discussion. Il prit l'appel tout en s'éloignant de quelques pas.

— Comment ça s'est passé avec Faith ? s'enquit Hudson.

— Elle a été suspendue.

— Elle devait bien s'y attendre. Je n'ai pas fait le compte, mais elle a commis une bonne demi-douzaine de délits.

— C'est vrai mais, jusque-là, elle n'avait jamais fait aucun faux pas. Elle a toujours été très bien notée par sa hiérarchie.

— Il y a quelque chose entre elle et Trask, non ?

Carmen acquiesça avant d'ajouter :

— Ils sont tous les deux chez elle. Elle a l'air sacrément mordue.

— Ah, l'amour ! Ça peut vous faire faire de drôles de trucs.

Carmen qui, pourtant, avait des choses à dire, ne s'étendit pas sur le sujet car, déjà, Sanderlin les avait rejoints.

— Les hommes du shérif ont saisi des armes à feu et du matériel informatique chez Terrell, annonça-t-il. Ils ont arrêté trois hommes qui leur ont affirmé que Terrell était parti le matin même mais qu'ils ignoraient où il était allé.

— L'oiseau s'est envolé, on dirait, commenta Hudson. Il a dû avoir vent de qui se passait et il a quitté le pays.

— Ce n'est pas l'avis du shérif. Pour lui, Terrell n'a pas dû aller bien loin, ils ont retrouvé son passeport sur place.

— Il doit en avoir plusieurs à des noms différents, lâcha Carmen.

— C'est ce qu'ils cherchent à savoir. En attendant, Hudson vous restez ici pour superviser les opérations. Redhorse, vous venez avec moi. Nous rentrons au QG.

Il attendit d'être au volant de son cruiser pour demander :

— Qu'est-ce que vous pensez de la déclaration de Martin ?

Carmen hésita un court instant avant de répondre.

— Je pense qu'elle a agi sans réfléchir mais que ses intentions étaient bonnes, finit-elle par dire.

— Vous trouvez que j'ai été trop dur avec elle ?

— Non, monsieur. Vous n'aviez pas d'autre choix que de la suspendre. Mais Faith le sait bien, elle aussi.

— Pour en revenir à Trask, il a espionné Terrell et la TDC pendant des mois. Si quelqu'un a une idée de ce que Terrell manigance encore, c'est bien lui. Je voudrais l'interroger de nouveau. Vous et Beck irez le chercher.

— Bien, monsieur.

Faith alla chercher un carnet et un stylo puis revint s'asseoir à la table de la cuisine, sous l'œil amusé de Dane.

— À ce que je vois, c'est le moment d'établir un nouveau plan, dit-il pour la taquiner.

— Exactement. Nous devons être bien préparés pour le cas où Terrell, ou plutôt ses hommes, viendraient nous rendre une petite visite.

— Il se pourrait que la brigade lui mette la main dessus avant.

— Nous ne sommes sûrs de rien. Alors, autant rester prudents.

Forte de cette décision, elle traça une colonne dans laquelle elle inscrivit :

*Équipement*

— De quoi avons-nous besoin ?

Dane regarda autour de lui.

— Tu comptes tenir un siège ici ? demanda-t-il avec un brin d'ironie. Avec quoi ? Nous n'avons plus d'armes.

— Il me reste un 9 mm et un revolver.

— Avec ça, nous n'irons pas bien loin.

— Le but n'est pas non plus de nous entretuer. Et même, si Terrell pouvait avoir la bonne idée de nous oublier, j'en serais la première ravie.

— Sinon, il nous reste la fuite.

— Non, nous avons déjà donné. En revanche, nous pourrions alerter les médias.

— Sur ce terrain-là aussi, Terrell peut gagner. Que vaudra la parole d'un flic suspendu face à la sienne ? Ce que tu risques d'y gagner, c'est un procès en diffamation.

— Nous ne viserons pas Terrell directement. Nous lâcherons des informations évasives au sujet d'un camion transportant une cargaison de drogue qui aurait été vu à proximité de sa propriété puis intercepté.

— Ça, nous l'ignorons encore.

Elle se mit à mâchouiller le bout de son stylo d'un air pensif.

— Carmen pourrait nous renseigner. Ou Audra, qui pourrait demander à Hudson.

— Je n'ai pas le droit de lui parler.

— Nous verrons. De toute façon, je vais commencer par Carmen.

Elle reprit son carnet, barra « Équipement » et à la place inscrivit :

*1 – Appeler Carmen*

*2 – Appeler Audra*

— Ensuite ? demanda-t-elle.

— Ça nous rendrait service que tu récupères ta voiture personnelle. Au cas où nous devrions partir précipitamment.

— Je note.

*3 – Voiture*

*4 – Appeler journalistes*

— Je me demande si…

Dane l'empêcha d'aller au bout de sa pensée d'un doigt posé sur sa bouche.

— Chuuut…

Elle reposa son stylo et lança un coup d'œil par la fenêtre, l'oreille aux aguets. Une voiture passa devant la maison à faible allure mais poursuivit sa route sans s'arrêter.

Soulagée, elle reprit son stylo, prête à allonger sa liste.

— Quel journaliste serait le mieux placé pour relayer l'information ?

Mais il ne l'écoutait pas. Un nœud d'appréhension s'était formé au creux de son ventre. Avec précaution, sans faire de bruit, il se leva et alla jeter un coup d'œil discret par la fenêtre. La rue était vide et silencieuse.

— Dane, qu'est-ce qu'il y a ? murmura-t-elle. Tu me fais peur.

— Rien. Ne t'inquiète pas.

Juste à ce moment-là, il y eut un flash, une onde de choc

sonore et le bruit de la porte de derrière qui volait en éclats. Dane n'eut que le temps de bondir sur Faith et de la plaquer au sol avec lui.

Une fraction de seconde plus tard, Charles Terrell se tenait devant eux, un fusil semi-automatique à la main.

— Levez-vous ! ordonna-t-il. Je veux que vous soyez debout quand je vous tuerai.

# 19

Pour la deuxième fois de la journée, Carmen se rendait chez Faith.

— Et si Trask refuse de nous suivre ? demanda Beck.

— Ça m'étonnerait. Il sera trop heureux de savoir que c'est lui qui avait raison et que, grâce à lui, nous avons pu intercepter ce camion rempli de drogue. Il ne manquera pas une si belle occasion de nous enfoncer.

— Tu as raison. Ça me fait tout bizarre que Faith soit suspendue. Je l'aimais bien.

— Moi aussi. Je crois juste qu'elle a fait les mauvais choix.

— Hudson m'a parlé un peu de son parcours. Je comprends qu'après tant de temps passé derrière un bureau elle ait eu envie de retrouver le terrain. Elle avait sans doute à cœur de nous prouver qu'elle était capable de mener une enquête, au même titre que nous.

— Malheureusement, elle ne s'y est pas prise de la meilleure des façons.

— Non, mais je compatis.

— Nous reparlerons de tout ça plus tard. Pour l'instant espérons que Trask va pouvoir nous mettre sur la piste de Terrell.

— Un ancien fugitif devrait pouvoir nous donner des tuyaux.

Arrivés devant chez Faith, Beck se gara à cheval sur le trottoir. Aucune lumière ne filtrait de la maison qui semblait désertée.

Ils s'approchèrent de la porte. Carmen appuya sur le bouton de la sonnette. Rien. Aucune réponse.

— On dirait bien qu'il n'y a personne.

— Faith n'a pas de voiture. S'ils sont sortis ils n'ont pas dû aller bien loin.

Carmen lui fit signe de se taire et sortit son arme de son holster. Du menton, elle lui indiqua qu'elle allait faire le tour par l'arrière de la maison. Hudson approuva d'un hochement de tête et se positionna à gauche de la porte.

Carmen contourna la maison, courbée en deux. Elle n'aurait su dire pourquoi mais elle était certaine qu'il se passait quelque chose d'anormal à l'intérieur.

Comme pour lui donner raison, un raclement sourd, semblable à celui que ferait un tapis qu'on traînerait par terre, se fit entendre, suivi d'un silence assourdissant. Parvenue à l'angle de la maison, elle s'immobilisa, l'oreille aux aguets, tous les sens en alerte. Elle remarqua tout de suite les lames de bois qui jonchaient le sol autour de la porte éclatée.

Toujours courbée en deux, elle alla se poster dans le jardin voisin de celui de Faith et sortit son talkie-walkie de la poche de sa veste.

— Position 1435 South Willow, annonça-t-elle à voix basse. Homme à terre avec possibilité de prise d'otages.

Faith avait beau avoir été suspendue de ses fonctions, elle n'en restait pas moins l'une des leurs. Cet appel allait entraîner la venue de toutes les forces de police patrouillant dans les environs. Elle espérait seulement qu'ils n'arriveraient pas trop tard.

La voix glaciale de Terrell résonna de nouveau :

— Debout, j'ai dit !

Dane se leva, mains en l'air, imitée de près par Faith, qui se positionna légèrement en retrait, de manière à rendre les choses plus difficiles à Terrell s'il avait dans l'idée de les tuer tous les deux d'une seule balle.

— Les rangers vont arriver d'une minute à l'autre, dit-elle, en espérant que son mensonge fasse diversion. Ils ont prévu de ramener ma voiture qui est restée sur le parking. Vous devriez partir pendant qu'il est encore temps.

— Je n'irai nulle part tant que je ne vous aurai pas fait taire pour de bon.

Il pointa le canon de son arme en direction de Faith.

— Vous n'avez pas fait le bon choix quand vous avez décidé de faire équipe avec lui, ajouta-t-il d'un air mauvais.

Continuer à le faire parler. C'était leur seule chance de gagner un peu de temps. Faith faillit partir d'un rire nerveux tant la notion de temps ne comptait plus. Que pouvaient bien faire deux personnes désarmées face à un semi-automatique pointé à moins d'un mètre d'eux ?

— Avant de mourir, je voudrais vous poser une question, lâcha Dane.

Une lueur d'intérêt s'alluma dans le regard de Terrell.

— Allez-y.

— Je sais tout de vos agissements, dit-il. De la contamination des mines au trafic de drogue en passant par les assassinats de Holliday et de Keplar. Mais depuis le début, je me demande comment vous avez fait pour ne laisser aucune preuve derrière vous.

— C'est parce que j'ai tout géré comme je gère mon entreprise. En homme d'affaires averti. Une partie de ces activités sont traitées au grand jour et sont considérées comme régulières. Sur le papier, tout est fait dans la plus stricte légalité. Mais si la police avait pris la peine de creuser un peu, elle aurait découvert que telle école au Mexique ou tel immeuble de bureaux en Afghanistan n'avaient jamais été construits. Il suffisait de passer commande de matériaux mais les paiements couvraient d'autres frais, d'autres investissements.

— Nous savons que Ruffino trempait dans vos magouilles mais qu'en est-il de vos deux autres associés, Davis et Compton ?

— Disons qu'ils ne savent pas tout. Juste ce qu'il faut pour satisfaire leur curiosité et me laisser agir en toute liberté. Mais assez parlé. Il est temps de nous dire au revoir.

Il armait son fusil quand une voix ferme et puissante leur parvint de l'extérieur.

— Charles Terrell ! La maison est encerclée de policiers. Sortez les mains en l'air.

Faith, qui ne croyait pas aux miracles, devait bien admettre que l'arrivée providentielle des rangers alors qu'elle imaginait sa dernière heure arrivée y ressemblait fort. Mais alors qu'elle se pensait sauvée, Terrell écarta brutalement Dane et l'attrapa par le bras.

— Toi, tu vas me servir de bouclier.

Elle fit un bond d'un an en arrière. Elle se revit vivant une scène similaire, entre les mains d'un autre homme. Encore une fois, un psychopathe se servait d'elle pour tenter de sauver sa vie.

Terrell la plaqua devant lui et enfonça le canon du fusil dans ses côtes.

— Si vous approchez, je la tue ! cria-t-il en se dirigeant vers la porte d'entrée.

Mais il ne s'était pas rendu compte qu'il tournait le dos à Dane. Faith eut le temps de le voir faire un pas de côté et tendre la main vers le comptoir où elle avait laissé traîner le couteau qu'elle avait utilisé pour cuisiner.

— Laissez-moi sortir ou je tire ! cria de nouveau Terrell, qui avait ouvert la porte.

C'est alors qu'elle sentit son emprise se relâcher. Il s'affaissa doucement et tomba à genoux. De manière instinctive, elle se jeta à terre et rampa à quatre pattes sur le côté, en quête d'un abri. N'importe quel abri.

Un coup de feu retentit. Terrell bascula sur le côté, la bouche ouverte.

Dane se précipita sur Faith et l'enveloppa de ses bras.

— Tout va bien, mon amour, lui murmura-t-il à l'oreille en la berçant doucement. Je suis là. Tout va bien.

Un officier de police vint se placer devant eux et releva la visière de son casque. C'était le lieutenant Michael Dance.

— Ça va ? demanda-t-il sans quitter Faith des yeux.

— Ça va, répondit-elle, encore sous le choc.

— Ça va aussi, répondit Dane à son tour. J'ai l'impression d'avoir pris dix ans d'un coup, mais ça va.

— C'est vous qui lui avez planté ce couteau dans le dos ?

— Oui. J'ai tenté le tout pour le tout.

— C'est à l'armée qu'on t'a appris le lancer de couteau ? trouva-t-elle la force de plaisanter.

— Non, c'est chez les scouts. Les moniteurs ne le savaient pas mais, dès qu'on en avait l'occasion, on échappait à leur surveillance et on s'amusait à lancer nos canifs sur des troncs d'arbre. J'étais assez bon, alors j'ai continué à pratiquer.

— Allez, venez, dit Dance. Les secours sont arrivés. Ils vont vous examiner.

Ils obéirent docilement tandis que la police scientifique faisait son entrée en scène et que la brigade des rangers commençait son travail d'investigation.

— Tu aimerais être avec eux, n'est-ce pas ? demanda Dane en les voyant s'affairer.

— En fait, non, répondit-elle. Ce que je viens de vivre m'a rappelé la prise d'otage dont j'ai été victime l'année dernière.

— Quand tu as sauvé ce petit garçon.

— Oui, mais par ma faute ça aurait pu mal tourner. Comme avec toi.

Elle entrelaça ses doigts aux siens et poursuivit :

— Pour être un bon flic, il faut avoir l'esprit d'équipe, se plier au règlement. Des qualités que je n'ai pas, en fait.

Dans un geste d'une infinie tendresse, Dane porta sa main à sa bouche et l'effleura d'un baiser léger.

— Moi, je pensais pouvoir tout régler tout seul. Et puis, avec toi, j'ai découvert le bonheur d'être à deux. Je t'en suis infiniment reconnaissant.

Elle lui adressa un sourire ému, plus heureuse qu'elle ne l'avait jamais été.

— Cette nouvelle page qui s'offre à nous, nous allons l'écrire ensemble, dit-elle.

En guise de réponse, il resserra son étreinte. Elle ferma les yeux et esquissa un sourire heureux. L'amour ne lui ferait pas oublier les erreurs commises ni ce qu'elle avait perdu mais, avec Dane, elle se sentait à sa place. L'amour avait enfin frappé à sa porte et elle entendait bien ne pas le laisser lui échapper.

NICOLE HELM

# Un prisonnier très troublant

*Traduction française de*
DOMINIQUE TRUFFANDIER

BLACK ROSE

HARLEQUIN

*Titre original :*
SHOT THROUGH THE HEART

# 1

Holden Parker n'avait pas besoin d'être sur le terrain pour se sentir vivant. Mais bon sang ! Partir en mission l'emplissait toujours d'un regain d'énergie. Aussi, après avoir passé les six derniers mois rivé à un bureau, il piaffait d'impatience.

Il n'avait pas rejoint la mystérieuse organisation nommée « North Star Group » cinq ans plus tôt pour se tourner les pouces, mais pour faire un peu de bien en ce bas monde.

Durant quatre ans, il avait travaillé sans relâche au démantèlement des Sons of Badlands, un puissant gang qui en faisait voir de toutes les couleurs aux communautés défavorisées du Dakota du Sud. Mais à mesure que les Sons s'affaiblissaient, les missions s'étaient faites de plus en plus rares. Il avait craint – et il n'avait pas été le seul – que la chute du gang sonne le glas de la North Star.

Heureusement, la directrice de l'organisation avait décroché une nouvelle mission, un mois et demi plus tôt. Même s'il n'avait fait qu'assurer les renforts, il avait été ravi de retourner sur le terrain. Il ne demandait qu'à continuer.

Mais six longues semaines s'étaient encore écoulées avant que Shay convoque de nouveau ses chefs d'équipes. Enfin ! Leurs prochaines tâches allaient leur être assignées ce matin – de vraies tâches, sur le terrain. Ce fut d'un pas guilleret qu'il se dirigea vers la salle de réunion.

Il ne put retenir un sourire en arrivant à la hauteur de Sabrina Killian. En dehors d'une mission et d'une bonne bière bien fraîche, il n'aimait rien tant qu'agacer Sabrina.

— Tu sais que tu n'iras nulle part, lui dit-il. Shay ne t'enverra pas sur le terrain alors que tu viens de te faire amocher.

Sabrina avait passé les six dernières semaines avec un bras dans le plâtre. On le lui avait enlevé la veille, au grand soulagement de Holden. Il pouvait enfin cesser de s'en vouloir parce qu'il ne l'avait pas laissée neutraliser seule les hommes qui lui avaient tendu une embuscade pendant leur dernière mission. Il savait qu'elle en aurait été capable, mais elle était trop gravement blessée pour qu'il n'intervienne pas.

Elle ne l'avait jamais remercié, pas plus qu'elle ne lui avait pardonné. Ce n'était pas son genre. D'ailleurs, c'était sans doute pour ce trait de caractère qu'il avait pour elle autant d'affection que si elle avait été sa petite sœur.

C'était lui qui avait persuadé Granger McMillan, l'ancien directeur de la North Star, de lui proposer un poste des années plus tôt, après qu'elle avait voulu se bagarrer avec lui dans un bar miteux du Dakota du Sud. Cette femme qui semblait mue par la seule volonté de se détruire lui avait trop rappelé celui qu'il avait été à une époque.

— C'est ce qu'on va voir, marmonna-t-elle.

— Hé, tu te souviens que j'ai sauvé tes fesses il y a quelques semaines ?

Il passa un bras autour de ses épaules. Elle se dégagea, lui décocha un sourire mielleux et répliqua :

— Et toi, tu te souviens que j'ai botté les tiennes, il y a quelques années ? En plus, j'aurais pu neutraliser ces types sans ton aide. Même avec un bras cassé.

— Il faut croire que tu perds la main. Tu veux tester sur moi tout de suite ?

Il ouvrit grand les bras, comme pour l'inviter à le frapper. Elle rejeta sa longue queue-de-cheval noire par-dessus son épaule et rétorqua :

— Je me battrai avec toi le jour où tu auras oublié ce principe débile qui t'interdit de frapper une femme alors qu'elle est à deux doigts d'entrer dans les Navy Seal.

Il allait répliquer quand quelqu'un toussota derrière lui.

Il se retourna. Shay se tenait à la porte de la salle de réunion, les bras croisés, et posait sur eux un regard réprobateur. Elle appartenait à la North Star depuis plus longtemps que n'importe lequel d'entre eux et, quand une grave blessure avait contraint Granger McMillan à prendre sa retraite deux ans plus tôt, il l'avait persuadée de lui succéder.

Sans aller jusqu'à dire qu'il la préférait à Granger, parce qu'il n'aimait pas vraiment avoir un chef, ce qu'il appréciait chez elle était sa détermination à faire son travail et à mettre les criminels hors d'état de nuire.

— Les enfants, dit-elle, si vous entriez pour que nous puissions commencer ?

Sabrina décocha un regard hautain à Holden, entra dans la salle et s'installa à sa place habituelle. Il fit de même et regarda la chaise à côté de la sienne, qui était vide et le resterait. Reece Montgomery n'assisterait ni à cette réunion ni à aucune autre.

Reece avait démissionné. Il avait quitté la North Star pour la félicité conjugale. Holden s'efforça de ne pas y penser, parce que toute cette histoire lui fichait la trouille. Qu'un homme aussi dur et impassible que Reece Montgomery ait pu être vaincu par une aubergiste et son fils avait quelque chose de terrifiant.

Jamais il ne se laisserait vaincre de la sorte. Jamais.

Six semaines s'étaient écoulées depuis sa démission, et Shay ne l'avait toujours pas remplacé. Personne ne l'avait pressée de le faire – et certainement pas Holden, bien qu'il soit désormais le plus ancien des agents. Il ne s'était pas senti prêt à affronter un changement de plus.

Heureusement, certaines choses ne changeaient pas : dans un coin de la pièce, Elsie Rogers tapotait sur le clavier de son ordinateur. En sa qualité de chef du département informatique, elle ne quittait que rarement son écran, et Holden doutait qu'elle le quitte un jour.

— Suite à notre mission d'il y a quelques semaines, deux armes extrêmement dangereuses sont tombées entre les mains de deux individus extrêmement dangereux, commença Shay.

— En ce cas, allons-y, dit Holden.

— Ce n'est pas aussi simple. D'après ce qu'ont découvert nos amis du FBI, notre chemin a croisé celui d'une machine de mort très spécialisée et sophistiquée.

— Je pensais qu'il s'agissait d'une simple histoire de trafic d'armes, fit Sabrina en fronçant les sourcils.

Six semaines plus tôt, ils avaient affronté une bande qui vendait des armes sur le marché noir. Pour autant que Holden sache, la bande avait été entièrement démantelée.

— Il s'est révélé que cette bande n'était qu'un petit rouage de la machine. Il suffira au gang de trouver un autre fournisseur. Le FBI monte une équipe pour en apprendre plus sur ce groupe et démasquer son chef, mais notre travail est beaucoup plus urgent : nous devons arrêter deux tueurs à gages. Avant que nous démantelions la bande de trafiquants d'armes, deux pistolets intraçables, extrêmement puissants, ont été expédiés à l'intention de deux fantômes. Et quand je dis « fantômes », ce n'est pas un vain mot.

— Ça m'a tout l'air d'un vrai défi, lâcha Holden en se balançant sur sa chaise.

Et il ne demandait qu'à s'atteler à un défi après tout ce temps passé à ne rien faire, sinon réfléchir.

— Deux tueurs à gages, reprit Shay. Deux armes contre lesquelles même le Kevlar n'offre aucune protection. Nous ne savons ni qui sont ces hommes, ni quelles sont leurs cibles. Nous ne savons même pas dans combien de temps ils vont frapper. Nous ne savons rien, sinon ce que ces armes peuvent faire. Et, grâce au travail de notre infatigable Elsie, nous savons que des munitions ont été expédiées à deux boîtes postales louées à des personnes qui n'existent pas. Quant aux bandes de vidéosurveillance, elles ne nous apprennent presque rien.

— Il existe donc une vidéo du moment où les munitions ont été retirées ? demanda Sabrina.

— Je vais vous montrer les images qu'Elsie a pu pirater. Les premières viennent de Wilson, dans le Wyoming. Ce sont les seules que nous ayons du suspect, au moment où il retire le colis dans le bureau de poste.

Des images de mauvaise qualité apparurent sur le grand écran accroché au mur. Un homme se dirigea vers l'une des boîtes postales, sans jamais tourner la tête vers la caméra, et se positionna de façon à ce qu'on ne le voie pas l'ouvrir. Comme il était emmitouflé de la tête aux pieds, il était impossible de distinguer un quelconque signe particulier.

— Il est habillé un peu trop chaudement pour la saison, vous ne trouvez pas ? murmura Holden.

— Il fait encore froid en altitude, mais tu as raison. C'est bizarre. Et ce qui l'est encore plus...

Shay fit un signe de la tête à Elsie, et une autre vidéo apparut sur l'écran. Elle était en tout point similaire à la première. Seul le bureau de poste avait changé.

— Evening, dans le Nebraska.

Une autre personne, vêtue trop chaudement pour un après-midi d'été, entra dans le champ, de la même façon que l'homme de la vidéo précédente. Trop de vêtements pour distinguer un quelconque signe particulier, le visage détourné de la caméra, dissimulant la boîte tandis qu'elle l'ouvrait.

— Ce qui nous fait deux cibles, que vous devez identifier. Vous pouvez emmener une équipe, mais il serait préférable que vous soyez seuls pour mener l'enquête. Cependant, je veux qu'une équipe complète soit postée à proximité, prête à vous épauler quand vous passerez à l'action.

— Qu'est-ce que tu veux dire par « équipe complète » ? rétorqua Holden avec son plus beau sourire.

Il savait que la question agacerait Shay, ce qui était exactement son but. Parce que, quand elle était agacée, elle se départait du regard distant qui lui rappelait un peu trop Granger avant sa blessure et son départ de la North Star. Il ne voulait pas perdre un autre patron. Il ne voulait pas perdre la North Star. Les missions qu'elle lui confiait étaient plus qu'un gagne-pain : elles étaient sa raison de vivre.

— Deux personnes au moins sont sur le point d'être tuées, pour des raisons qui nous sont inconnues. Et il pourrait ne s'agir que de la partie émergée de l'iceberg. L'affaire est importante, mais vos vies le sont plus encore.

Shay était bien trop grave, ces jours-ci. Depuis qu'elle assumait la direction de la North Star, elle avait changé. Et Holden n'était pas certain que ce soit en mieux.

— Tu ne penses pas que cela dépend de ce que nous découvrirons ? demanda Sabrina.

Shay lui décocha un regard dur.

— Cette mission est dangereuse. En l'acceptant, vous risquez vos vies, mais vous n'avez pas à jouer les héros.

— Comment pourrions-nous nous regarder dans la glace si nous ne le faisions pas ? demanda Holden sans une trace de son humour coutumier.

Il avait rejoint la North Star pour démanteler le gang dans lequel il avait été enrôlé, alors qu'il était au plus bas, par des personnes qui avaient profité de sa vulnérabilité et de sa colère. Il avait voulu quitter le camp du mal pour celui du bien. S'il y était parvenu, c'était essentiellement grâce à Granger McMillan.

Il était fier d'avoir contribué à l'éradication des Sons of Badlands, mais jamais il ne cesserait de ressentir le besoin de se racheter pour tout le mal qu'il avait fait.

Shay arborait toujours cette expression fermée qu'il ne voulait surtout pas chercher à analyser. Trop de changements s'étaient produits ces deux dernières années, générant trop d'émotions. Ils devaient faire fi des sentiments. Ils devaient passer à l'action.

Il se tourna vers Sabrina au moment où elle se tournait vers lui.

— Tu prends le Nebraska, dirent-ils à l'unisson.

— Jamais de la vie, répliqua-t-il.

Sabrina prit une pièce dans sa poche.

— On joue à pile ou face ?

— Qui se promène encore avec de la monnaie ?

— Je l'ai trouvée hier à la salle de sport. J'ai pensé qu'elle me porterait chance. Je lance, et tu annonces. Si tu gagnes, c'est toi qui choisis ta destination.

Holden haussa les épaules et sourit.

— Comme tu veux. Tu sais que la chance est toujours de mon côté.

Elle lança la pièce, et Holden annonça « face ». Quand la pièce retomba côté pile, il lâcha un juron. Sabrina ouvrit de grands yeux et, d'une voix faussement navrée, dit :

— Oh mon Dieu. On dirait que c'est moi qui vais choisir.

Avant que Holden ait pu répliquer, Shay intervint.

— Très bien. Sabrina, tu pars pour les Tetons. Holden, à toi le Nebraska.

Sabrina le frappa dans le dos.

— Ne t'inquiète pas. Je t'enverrai des photos.

— Génial, marmonna Holden.

Il n'avait aucune envie d'aller dans le Nebraska, mais une mission était une mission. Et il avait hâte de retourner sur le terrain… même au beau milieu de prairies qui s'étendaient à perte de vue.

Le Nebraska n'avait rien de l'enfer que Holden avait imaginé, mais il était loin d'être un paradis. Au moins la région n'était-elle pas uniformément plate. Il avait remarqué des formations rocheuses qui lui rappelaient le Dakota du Sud, où il avait grandi – ce qui avait fait naître en lui un mélange de nostalgie et de regrets et une féroce envie de mener à bien sa mission au plus vite. S'il y parvenait avant Sabrina, il pourrait la rejoindre dans le Wyoming, où il en profiterait pour l'agacer un peu.

Les textos qu'elle lui envoyait sans cesse, accompagnés de photos de la pittoresque chaîne des Tetons, lui rappelaient constamment que le monde regorgeait d'endroits bien plus jolis qu'Evening, Nebraska. Ce coin était l'archétype de la commune rurale : des fermes, encore et toujours, et un paysage plat comme le dos de la main.

La ville elle-même était minuscule. Elle se composait essentiellement d'une rue principale sur laquelle s'alignait une poignée de commerces. S'ils ne périclitaient pas, c'était probablement parce que les agriculteurs du coin avaient besoin d'une poste, d'une banque et de produits de première nécessité.

Sur la façade du cube de pierre qui faisait office de bureau de poste, une plaque proclamait que le bâtiment avait été construit en 1875 et figurait au registre des monuments historiques. Il était tellement exigu qu'il ne devait pas pouvoir accueillir plus de cinq clients à la fois.

Cela faisait maintenant quelques jours qu'il surveillait ce bureau de poste et les boîtes postales alignées contre l'un des murs. La guichetière était assez avenante, mais elle semblait se méfier des étrangers. Holden avait eu beau déployer tout son charme, elle ne lui avait rien appris de très utile : elle ne se souvenait pas qu'un étranger ait loué ou utilisé la boîte postale 10 dernièrement – d'ailleurs, à l'entendre, plus personne ne l'utilisait depuis des années.

À moins qu'elle lui ait menti, ce qu'il ne pensait pas, quelqu'un s'était donc renseigné sur les boîtes postales inutilisées et la façon d'en fracturer une rapidement. L'homme qui apparaissait sur la bande de vidéosurveillance passait à peine trois minutes dans le bureau de poste.

Un véritable fantôme, pour reprendre le terme de Shay… ce qui avait au moins un avantage : l'homme devait penser qu'il avait tout le temps d'abattre sa cible – ce qui laissait à un délai à Holden pour le trouver avant qu'il passe à l'acte.

Du moins était-ce ce qu'il espérait. Sinon, la bataille était perdue d'avance.

Cela faisait maintenant trois jours qu'il était arrivé à Evening. Il s'était posté de l'autre côté de la rue et faisait mine de fumer une cigarette tout en surveillant le bureau de poste. Il effaça un énième texto dans lequel Sabrina vantait le pittoresque de la région où on l'avait envoyée et lui demanda si elle s'était rapprochée de sa cible.

Comme elle ne répondait pas, il sourit. Elle n'avait pas plus progressé que lui. Il aurait préféré qu'ils aient tous deux plus de chance, mais il n'allait pas refuser de se réjouir de pouvoir encore mener sa mission à bien avant elle.

Il inspecta Main Street de nouveau. Les chances que sa cible revienne au bureau de poste étaient minces, mais il n'était pas impossible qu'il la voie se promener dans le coin, faire ses courses à la supérette ou descendre la rue en voiture.

Même en pleine journée, la petite ville était plutôt calme. Seules quelques voitures passaient dans la rue. Certaines s'arrêtaient, et ses occupants entraient dans l'un ou l'autre des commerces. Holden les observait à la dérobée, un talent qu'il avait développé des années plus tôt, quand il était voleur à la tire.

Quand un vieux pick-up rouillé s'arrêta en grondant devant le bureau de poste, il jeta sa cigarette dans la poubelle et traversa la rue sans se presser. Il monta sur le trottoir au moment où la conductrice descendait du pick-up et se dirigeait vers la porte du bureau de poste. Elle portait un manteau trop grand pour elle, un jean maculé de boue et un bonnet miteux sur des tresses ébouriffées.

Pendant une demi-seconde, il pensa qu'il s'agissait d'une enfant. Mais c'était impossible, puisqu'elle conduisait. D'ailleurs, elle était trop grande, et son visage n'avait rien d'enfantin. Cependant, elle était jeune. À peine plus de vingt ans, sans doute. Elle entra dans le bureau de poste, et Holden se positionna de façon à la voir par la porte vitrée. Elle ne s'arrêta pas pour bavarder avec la guichetière comme le faisaient tous les clients qu'il avait vus entrer.

Il se rapprocha, mais s'arrêta net en la voyant sortir quelques enveloppes de la boîte postale même qu'il surveillait. Numéro 10. Il compta et recompta pour s'assurer qu'il s'agissait réellement de la boîte que personne n'était censé utiliser, celle où avaient été adressées des munitions de contrebande extrêmement dangereuses.

Il observa la femme. Pouvait-elle être la personne trop chaudement vêtue qui avait récupéré les munitions quelques jours plus tôt ? Il avait pensé qu'il s'agissait d'un homme, mais…

Soudain, elle regarda par-dessus son épaule et planta son regard dans le sien, comme si elle avait senti qu'il l'observait.

Zut.

Plutôt que de détourner vivement les yeux, il se fendit d'un sourire paresseux. En faisant mine de la draguer, il éveillerait peut-être moins ses soupçons.

Elle reposa les yeux sur la boîte postale, et il décida d'attendre qu'elle ressorte et de l'accoster. Oui, c'était sans doute la meilleure marche à suivre. Même si elle se rappelait son visage et qu'il lui laissait une sensation bizarre, il espérait qu'elle n'attacherait aucune importance à cette rencontre.

Surtout si elle était la personne qu'il recherchait.

La femme ressortit du bureau de poste et marcha droit vers son pick-up, sans lui accorder un seul regard.

— Salut, dit-il.

Elle poursuivit son chemin sans lui prêter la moindre attention.

— Je croyais que les habitants des petites villes étaient amicaux, lança-t-il derrière elle.

Elle lui décocha un regard glacial, s'installa au volant de son pick-up et démarra aussitôt. Holden nota son immatriculation, la direction qu'elle empruntait et la taille de ses pneus, avant de revenir sur ses pas pour prendre sa voiture.

# 2

Même si la vieille route de campagne était déserte, Willa Zimmerman avait la désagréable sensation d'être suivie. Et on lui avait appris à toujours, toujours se fier à son instinct.

L'homme la suivait.

Elle jeta un regard sur les enveloppes qu'elle avait posées sur le siège, à côté d'elle. Les messages de ses parents étaient rarement porteurs de bonnes nouvelles, mais elle devait attendre d'être chez elle, en sécurité, pour évaluer la gravité de la situation.

— Ils auraient pu éviter de me mêler à tout ça. Tu ne crois pas, Stanley ? maugréa-t-elle à l'adresse du chien de berger qui somnolait sur la banquette arrière.

Il ne leva même pas la tête.

— Les chèvres font au moins semblant de m'écouter, marmonna-t-elle en s'engageant sur le long chemin sinueux qui menait à sa ferme.

Elle regarda une fois de plus dans le rétroviseur. Toujours aucune trace de l'homme, mais elle savait qu'il était là.

Elle savait aussi qu'il ne dépasserait pas un certain point – pas en restant indemne, du moins. C'était un bien piètre réconfort. Tout ce qu'elle voulait, c'était qu'on la laisse s'occuper de sa ferme tranquille.

Elle regarda de nouveau les lettres. Elle savait qu'elle allait y trouver une mise en garde, mais ignorait encore le niveau de l'alerte. Elle fut traversée par l'envie de tout oublier de ces lettres, de cet homme, de ses parents et de leur métier, pour ne plus s'occuper que de la petite vie parfaite qu'elle s'était construite.

Malgré la menace qui planait autour d'elle, elle sourit en arrivant en vue de sa maison, de ses granges et de toute sa ménagerie. Peut-être qu'elle ne pouvait pas mener une vie normale, mais la vie anormale qu'elle s'était construite se rapprochait de l'idée qu'elle se faisait du paradis.

Elle gara le pick-up et en descendit d'un bond. Puisqu'elle n'avait pas vu l'homme qui la suivait, il devait lui rester quelques minutes pour lui préparer une petite surprise.

Elle ouvrit la portière arrière et pressa Stanley de descendre. Le chien poussa un profond soupir, sauta de la banquette sans se presser et souffla, comme offensé qu'elle l'ait dérangé.

— C'est toi qui as voulu venir, lui rappela-t-elle.

Il se dirigea nonchalamment vers la maison, sans doute pour aller reprendre sa sieste sur le porche, tandis que Willa fourrait les lettres dans la grande poche de son vieux manteau. Le message de ses parents serait sans doute crypté, parce qu'il fallait toujours qu'ils en fassent des tonnes. Et elle n'avait pas la moindre envie de le décoder.

Tandis que trois autres chiens accouraient pour lui faire la fête, elle envisagea d'ignorer ses parents, purement et simplement. Et ce n'était pas la première fois. Si elle coupait les ponts avec eux, leur vie cesserait-elle de perturber la sienne ?

Comme toujours, un accès de culpabilité succéda à cette pensée, suivi d'une pointe de nostalgie. Ses parents n'étaient pas du genre à vivre dans une ferme mais, quand ils n'étaient pas « en vacances » quelque part, elle dînait avec eux une fois par semaine. Ces dîners étaient sa seule véritable interaction humaine. Elle adorait sa ferme et ses animaux, mais elle était lasse de monologuer avec une chèvre pour toute auditrice. La compagnie de ses semblables lui manquait.

Mais telle était sa vie, et il était inutile de souhaiter qu'elle puisse être différente. Elle s'assit sur les marches du porche, et deux chats vinrent aussitôt s'enrouler autour de ses jambes.

Elle ouvrit l'enveloppe en grattant distraitement la tête soyeuse d'Angela.

*Très chère Willa,*

*Notre voyage se déroule à merveille et nous espérons que tout va bien à la maison. Embrasse Jaune bien fort de notre part.*

*Affectueusement,*

*Maman et Papa.*

Jaune. C'était toujours mieux que Rouge. Qu'aurait-elle fait de tous ses animaux si ses parents lui avaient envoyé un code rouge ? Elle doutait même de parvenir à suivre leurs consignes, ce qui leur aurait fortement déplu.

L'alarme se déclencha sur ces entrefaites, lui arrachant un soupir. Il fallait qu'elle s'occupe de l'intrus sans attendre.

Que n'aurait-elle pas donné pour pouvoir mener une vie normale…

Holden étudiait le paysage qui s'étendait de part et d'autre de la route. Des fermes, encore des fermes et toujours des fermes. Des champs de céréales ondulant sous la brise, ou des prairies d'un vert tendre, parsemées de bétail. Dans le ciel d'un bleu pur, de gros nuages blancs voyageaient lentement. C'était agréable, il ne pouvait pas le nier. Une jolie balade relaxante, par une belle journée.

Il ralentissait à l'approche de chaque intersection. Les voies qui débouchaient sur la route étaient essentiellement des chemins gravillonnés, au bout desquels était plantée une boîte aux lettres. Certaines barrières étaient fermées et d'autres, grand ouvertes. Il distinguait parfois un tracteur ou une maison au loin, mais certains champs semblaient vides de toute présence humaine.

Il ne parvenait pas à déterminer si cette impression de solitude absolue était apaisante ou effrayante. Il avait grandi à Sioux Falls, dans le Dakota du Sud. Une ville de taille moyenne, assez tranquille, mais une ville quand même. Bien sûr, ses voyages occasionnels vers les Badlands et leur paysage désolé, irréel, lui avaient donné le goût des grands espaces. Mais là-bas, l'impression de contempler une terre qu'aucun pied humain n'avait jamais foulée semblait normale. Ici, elle semblait… il avait beau chercher, aucun qualificatif ne lui venait à l'esprit.

Il continua à rouler lentement sur la route déserte. Si un véhicule s'était engagé récemment dans l'un des chemins, il verrait soit un petit nuage de poussière, soit des traces fraîches dans la bande de boue qui séparait la route du gravier.

Quand il vit les deux, il tourna sans la moindre hésitation.

Le chemin suivit les méandres d'une rivière avant de contourner un gros affleurement rocheux. Holden roulait lentement, un sourire de façade plaqué sur le visage, comme un homme qui profite d'une belle journée pour faire une balade à la campagne. Mais il était à l'affût du moindre son, du moindre détail qui lui permettrait d'évaluer la situation.

Un petit frisson parcourut sa nuque et il s'arrêta, gagné par une sensation désagréable.

Il coupa le moteur et observa les environs en tendant l'oreille. Pas un son ne venait troubler le silence. La brise lui amenait les odeurs conjuguées du trèfle et de la bouse de vache. Il aurait pu plisser le nez, mais il y avait là quelque chose de tellement bucolique qu'il se surprit à sourire.

Soudain, un coq chanta et un mouton bêla, comme pour lui répondre. Ensuite, il y eut un meuglement.

Dans quel cauchemar éveillé était-il tombé ?

Il chassa cette étrange humeur rêveuse, cette sensation de sérénité à laquelle il n'était pas habitué, et redémarra. Il allait suivre le chemin jusqu'au bout. Son instinct lui soufflait toujours qu'il y avait quelque chose de louche, mais ce n'était peut-être qu'à cause du malaise diffus qu'il éprouvait ici, au cœur de la pittoresque campagne américaine.

Passé un nouveau bosquet, il entrevit un bâtiment entre les arbres. Il ralentit jusqu'à rouler au pas, sans le quitter des yeux. Cette femme n'avait peut-être rien à voir avec sa mission…

mais son instinct lui soufflait qu'elle pouvait tout aussi bien lui avoir tendu un piège.

Soudain, sa voiture se mit à vibrer bruyamment avant de bondir vers l'avant. Comme il n'avait pas remis sa ceinture de sécurité, il s'agrippa machinalement au volant, et la voiture obliqua brusquement vers la pente douce qui se trouvait sur sa gauche, en basculant légèrement.

Si elle basculait un peu plus, elle allait se retourner, et…

Il eut le temps de jurer *in petto* avant que les ténèbres l'engloutissent.

Quand il ouvrit péniblement les yeux, il n'aurait su dire combien de temps s'était écoulé. En tout cas, il était dans le noir. Mais il n'était ni dans sa voiture, ni sur le sol. Il était allongé sur quelque chose qui, sans pouvoir être qualifié de moelleux, n'était pas dur.

Il cligna des yeux et voulut se redresser, mais découvrit qu'il ne pouvait bouger le bras que de quelques centimètres – et que son geste avait produit un bruit métallique, semblable à celui d'une chaîne raclant le métal. Il tourna la tête malgré la douleur qui lui vrillait la tempe et vit que son poignet était prisonnier d'une menotte reliée à une longue chaîne, elle-même attachée au cadre d'un lit rouillé.

Un éclair de terreur le traversa, mais il se contraignit à respirer posément. À réfléchir. Il s'était déjà trouvé dans des situations épineuses, et il s'en était toujours tiré. Il se tirerait de celle-ci aussi. Après tout, il n'était pas mort.

Mais il fallait d'abord qu'il comprenne ce qui s'était passé.

Il regarda tout autour de lui. Apparemment, il était dans une espèce de grange. Une très vieille grange, au toit fait de planches disjointes. Si le bas des murs semblait être en pierre, le haut était lui aussi en planches vieillissantes.

Une faible lueur provenait de l'extérieur, ce qui l'amena à penser qu'il était resté inconscient quelques heures tout au plus… pendant lesquelles on l'avait transporté jusqu'à une grange digne d'un film d'horreur et enchaîné à un vieux lit au matelas inconfortable. Il regarda ses pieds, et constata qu'ils étaient eux aussi enchaînés au cadre. Entre ses jambes, deux yeux étincelaient dans la pénombre.

Il voulut s'écarter… mais sans pouvoir bouger d'un pouce.

Une porte s'ouvrit soudain, avec un raclement métallique qui le fit grimacer. L'animal couché entre ses jambes entreprit de lui pétrir le genou.

— Oh ! vous êtes réveillé, dit une femme. C'est sans doute bon signe.

C'était la femme du bureau de poste. Elle s'approcha de lui et l'étudia gravement de ses yeux verts. Elle semblait parfaitement calme, comme si la situation n'avait rien d'anormal. Au cas où elle serait entrée ici par hasard, il répondit :

— Je suis enchaîné à un lit.

— Hum.

Elle inclina la tête de côté, considéra le lit sur lequel il était allongé et convint :

— Il n'est pas très confortable, mais je n'avais pas mieux.

— Vous m'avez enchaîné à un lit.

— Oui, admit-elle sans se départir de son calme. C'est la solution qui m'a semblé être la plus sûre. Oh ! Kelly… Ne sois pas casse-pieds.

Elle attrapa la créature nichée entre ses jambes et il vit qu'il s'agissait d'un gros chat, qu'elle posa doucement par terre avant de se tourner vers lui.

— Bien. Qui êtes-vous ?

Il regarda la femme, puis le chat, qui s'était assis à côté d'elle et posait sur lui son regard effrayant de chat.

— Qui je suis ? Vous m'avez enchaîné à un lit dans une grange décrépite au milieu de nulle part.

Elle balaya la grange du regard, comme si elle la voyait pour la première fois.

— J'avoue qu'elle est un peu rustique, mais « décrépite » est exagéré, vous ne trouvez pas ?

— Je…

Il en resta sans voix, peut-être pour la première fois de sa vie, et dévisagea la femme. Avec sa salopette de fermière et son visage à la beauté fraîche, elle n'avait rien d'un assassin fantôme. Les apparences étaient parfois trompeuses mais son regard, pour direct et méfiant qu'il soit, était vide de cruauté.

Néanmoins, il avait forcément affaire à une déséquilibrée. Après tout, elle l'avait attaché.

Il ferma les yeux pendant un instant dans l'espoir de reprendre ses esprits. Cette sensation de fouillis, cette incapacité à parler, c'étaient les effets secondaires de sa perte de connaissance. Il fallait qu'il remette son cerveau en marche. Ensuite, il trouverait un moyen de s'échapper.

Il ouvrit les yeux et la regarda en fronçant les sourcils. Elle ne l'avait pas tué et, pour autant qu'il sache, elle ne l'avait même pas blessé. Elle l'avait seulement… quoi, au juste ? Traîné jusqu'à une vieille grange et fait prisonnier ?

— Vous devriez sans doute boire, dit-elle.

Elle ouvrit un petit placard et y prit un gobelet en métal. Ensuite, elle s'éloigna vers le fond de la grange, hors de son champ de vision. Il entendit le glissement soyeux de l'eau qui courait dans un tuyau.

Quand elle réapparut, elle tenait le gobelet à la main. Elle regarda les chaînes qui lui immobilisaient les bras, émit un petit bruit pensif et se baissa. Il sentit la chaîne se détendre, suffisamment pour lui permettre de lever le bras.

— Vous devriez sans doute tout boire, dit-elle en lui tendant le gobelet. Cela ne soignera pas votre blessure à la tête, mais vous devez vous hydrater.

Il ne put que la regarder fixement, abasourdi.

— Vous m'avez traîné dans cette grange qui ressemble à un décor de film d'horreur et vous m'avez enchaîné à un lit.

— Vous semblez avoir du mal à vous y faire, mais c'est effectivement ce qui s'est passé. Est-ce que vous souffrez d'une espèce d'amnésie à court terme ?

— Et vous, est-ce que vous êtes folle ?

Elle cligna des yeux et parvint à sembler offensée.

— Non. Mais quand un homme me suit depuis la ville et s'introduit chez moi, je pense avoir le droit de me défendre.

— Je ne vous ai rien fait.

— Vous m'avez suivie, rétorqua-t-elle.

— En ce cas, appelez la police.

Son visage se ferma.

— Pas la peine. Et maintenant, buvez cette eau.

Elle lui fourra la tasse dans les mains. Il aurait pu en profiter pour lui saisir le bras. Maintenant que la chaîne avait un peu de mou, il aurait même pu la neutraliser.

Mais il ne put que refermer les doigts sur le gobelet.

# 3

L'homme prit le gobelet, mais on aurait dit qu'il ne savait pas quoi en faire. Willa avait pansé sa blessure à la tête et soigné les plaies et coupures qu'il avait récoltées dans l'accident pendant qu'il était inconscient, mais il ne semblait pas encore au mieux de sa forme.

— Vous feriez mieux de vous asseoir, dit-elle.

— Comment ?

C'était sans doute stupide mais, même si cet homme l'avait probablement suivie dans le seul but de lui nuire, elle ne put s'empêcher d'avoir pitié de lui. Elle s'assit sur le lit, derrière lui, et appuya son dos contre le sien pour l'aider à se redresser.

Il lui suffit de sentir ses muscles jouer quand il porta la tasse à ses lèvres pour se voir cruellement rappeler la solitude dans laquelle elle vivait. Quand ses parents étaient absents, elle n'avait aucun contact avec ses semblables. Le seul fait de toucher un autre être humain l'emplissait d'un étrange soulagement.

*Reprends-toi, Willa.*

— Est-ce que vous avez des vertiges ? demanda-t-elle.

Il y eut un silence.

— Non, répondit-il enfin.

Mais elle n'en crut rien. Grand et fort comme il semblait l'être, il aurait cherché à se libérer de ses chaînes s'il avait été dans son assiette. À moins qu'il soit assez intelligent pour étudier sa situation avant d'agir.

Pour sa part, elle n'avait pas encore eu le temps d'étudier la sienne. Après avoir déployé les mesures de sécurité nécessaires pour arrêter l'intrus, elle s'était rendue sur les lieux. La herse n'avait pas seulement crevé les pneus de la petite voiture qu'il conduisait : sous la force de l'impact, le véhicule s'était retourné.

Elle avait dû sortir l'homme de la voiture et le traîner jusqu'à la grange, après avoir fouillé le sac posé sur la banquette arrière. Elle y avait trouvé des pièces d'équipement tactique et un pistolet, d'un modèle assez banal. Pas du genre qu'aurait utilisé un tueur à gages.

Cet homme était sans doute venu pour l'enlever. Au lieu de lui donner de l'eau et de s'inquiéter de sa blessure à la tête, elle aurait dû se soucier de sa propre sécurité.

Ses parents lui auraient reproché d'être trop sensible et se seraient encore plus inquiétés pour elle. C'était l'une des raisons pour lesquelles elle ne leur avait pas envoyé de message. Elle voulait régler ce problème seule afin de leur prouver qu'elle pouvait mener la vie qu'elle avait choisie.

Même si elle était adulte, sa vie demeurait inextricablement liée à celle de ses parents. Leur métier faisait d'elle une cible facile à atteindre, et il lui avait fallu des années pour parvenir à les convaincre qu'elle n'avait pas à les suivre partout où ils allaient, qu'elle pouvait vivre seule, chez elle, sans courir le moindre danger.

Pour gagner cette liberté et cette indépendance, elle avait dû renoncer à tous ses amis, sacrifier toute relation humaine. Elle refusait de tout gâcher uniquement parce que cet homme ne ressemblait pas au tueur implacable qu'il était peut-être.

— Vous n'allez sans doute pas me dire ce qui se passe, dit-il après un moment.

Sa voix était calme, posée. Il semblait encore un peu sonné, mais pas trop désorienté. Pourtant, il était demeuré inconscient pendant quelques heures.

— Vous non plus, je suppose, rétorqua-t-elle.

Très franchement, elle mourait d'envie de tout lui dire. Elle aimait la vérité et les réponses sans détour. Elle ne voulait pas recourir aux mêmes stratagèmes que ses parents.

Mais si cette histoire avait un lien avec eux, elle devait le faire.

Il soupira et but une autre gorgée d'eau, sans répondre.

— Comment vous appelez-vous ? demanda-t-elle.

Il partit d'un petit rire empli de dérision.

— Vous pouvez m'appeler Willa, poursuivit-elle.

— Willa comment ?

Cette fois, ce fut elle qui laissa échapper un rire narquois.

— Je pourrais vous le dire, mais je devrais vous tuer ensuite.

— Ce n'est pas votre intention ?

— Vous êtes en vie, n'est-ce pas ? riposta-t-elle.

— Je suis en vie, répéta-t-il, et je suis enchaîné à un lit dans un décor digne d'un film d'horreur.

— Vous exagérez, répliqua-t-elle. Cette grange est seulement un peu rustique. L'autre est beaucoup mieux aménagée, parce que c'est là que vivent mes animaux, du moins ceux qui ne vivent pas dans la maison avec moi ou à l'extérieur. Par exemple, Kelly préfère la grange.

Elle tendit le doigt vers la chatte, même s'il ne pouvait sans doute pas voir son geste.

Comme il demeurait silencieux, elle demanda après quelques minutes :

— Est-ce que c'est douloureux ?

— Quoi ? La bosse que j'ai sur la tête, qui doit être de la taille d'une seconde tête ?

Elle n'aurait pas dû sourire ni prendre autant de plaisir à discuter avec un homme qui n'était sans doute ici que pour l'enlever, voire la tuer. Mais il était tellement agréable d'obtenir autre chose que des cris d'animaux en guise de réponse…

Soudain, un bêlement insistant retentit, et un bouc apparut à la porte de la grange.

— Dwight, pourquoi es-tu toujours aussi ronchon ?

Le bouc bêla de nouveau, et Willa soupira. Elle se leva lentement et retint l'homme par les épaules pour l'aider à s'allonger de nouveau sur le matelas inconfortable.

Une fois à la porte, elle se tourna vers lui.

— Je reviendrai bientôt pour vous donner à manger et changer votre pansement.

Il la dévisagea calmement de ses yeux bleus. Son expression était impénétrable. Elle savait qu'elle aurait dû avoir peur, mais elle se sentait étrangement sereine.

— Vous allez donc me laisser attaché ici ? demanda-t-il en posant sur le bouc un regard dénué d'aménité. Avec toutes les bestioles qui rôdent dans le coin ?

Que pouvait-elle faire d'autre ?

— Je pense que oui. Et cette bestiole est un bouc. Il s'appelle Dwight.

— Je rêve, marmonna-t-il. Je suis à l'hôpital, plongé dans le coma. Ce sont les médicaments qui causent ce cauchemar.

— Au risque de vous décevoir, vous êtes parfaitement réveillé. Ne vous en faites pas. Je reviens dans un moment. D'ici là, Kelly va vous tenir compagnie.

Comme si elle avait compris, la chatte sauta sur le lit – et, cette fois, s'installa sur son ventre. Il en eut le souffle coupé, parce que Kelly n'avait rien d'un poids plume.

— Vous vous fichez de moi, marmonna-t-il.

Willa passa deux doigts sous le collier de Dwight et l'entraîna vers son enclos, un sourire parfaitement déplacé aux lèvres.

Holden n'avait pas encore abandonné l'espoir d'être en train de vivre un rêve extrêmement réaliste, mais il avait retrouvé suffisamment de lucidité pour tester les chaînes qui le retenaient prisonnier et comprendre qu'il n'aurait aucun mal à s'en libérer… du moins si cette chatte renonçait à se coucher sur son visage, comme quelque démon félin qui se serait donné pour mission de l'étouffer.

Il tourna vivement la tête sur la droite dans l'espoir de la chasser, mais en vain. Par contre, le gémissement que lui arracha la douleur fulgurante qui lui traversa la tempe la délogea. La chatte bondit gracieusement sur le matelas et le regarda froidement, comme s'il l'avait offensée.

— Pas de ça avec moi, princesse. Je pourrais t'écorcher, si je le voulais.

Sans prêter la moindre attention à la menace, la chatte entreprit de se lécher méthodiquement une patte.

Holden souffla. Il avait quelques idées sur la façon de se libérer mais, puisque la femme devait revenir avec son dîner, il allait prendre son mal en patience et attendre qu'elle reparte en fermant la porte pour la nuit. Comme il ne pensait pas qu'elle envisage de le tuer, il pouvait attendre son heure.

Willa – si tel était réellement son nom – avait laissé la porte de la grange ouverte, ce qui lui permettait de voir les oiseaux filer dans le ciel du crépuscule et d'entendre des poules caqueter et des moutons bêler. Par contre, il ne vit ni n'entendit rien qui puisse lui indiquer que d'autres êtres humains vivaient dans les alentours immédiats.

— Je suis dans un asile de fous. Ou en enfer. À moins que ce soit au purgatoire, dit-il tout haut.

Peut-être que le son de sa voix parviendrait à le convaincre qu'il ne rêvait pas.

Comme pour le lui confirmer, Willa apparut au même instant. Elle portait un petit plateau et une lampe, et elle était bien trop jolie pour qu'il soit au purgatoire. Ce qui n'avait rien, vraiment rien, d'une pensée productive.

— Je vous ai apporté le dîner, annonça-t-elle sur un ton chaleureux, comme si la situation n'avait rien d'anormal.

Holden ne prit pas la peine de bouger.

— Est-ce que vous allez me détacher pour que je mange ?

— Je ne pense pas, non.

— Vous comptez me donner la becquée ?

Son ricanement se transforma en petit cri étouffé.

— Hum… non plus.

Elle se rapprocha du lit et baissa les yeux vers lui comme si elle se demandait comment il allait pouvoir manger.

— Alors, qu'allez-vous faire ? demanda-t-il en essayant de ne pas laisser paraître sa mauvaise humeur.

Peut-être que la gaieté de cette femme était feinte mais, si elle ne l'était pas, elle pouvait l'aider à parvenir à ses fins – à condition qu'il parvienne à déployer tout son charme ce qui, vu les circonstances, ne serait pas une mince affaire.

— Nous sommes dans une impasse, dit-elle en soupirant. Si seulement vous me disiez qui vous êtes et ce que vous faites ici, nous pourrions peut-être en sortir.

— Si je vous le disais, est-ce que vous me croiriez ?

Elle réfléchit quelques instants avant de répondre.

— Ça dépend, je suppose. Comment vous appelez-vous ?

Qu'il soit déstabilisé par ses façons cordiales et l'aisance avec laquelle elle lui faisait la conversation ou amoindri par sa blessure à la tête, il laissa échapper son vrai nom.

— Holden.

— Holden, répéta-t-elle. Vous n'auriez pas inventé un nom pareil.

— Eh bien… Merci.

Elle esquissa un sourire, ce qui était parfaitement insensé… mais pas autant que son envie de lui sourire en retour. Après tout, cette femme l'avait enchaîné à un lit alors qu'il souffrait d'une blessure à la tête récoltée dans ce qui ressemblait à une sorte de guet-apens. Parce que si sa voiture s'était retournée, elle y était forcément pour quelque chose.

Elle se pencha et posa le plateau par terre. Il vit un sandwich, une pomme, un sachet de crackers et une bouteille d'eau.

— Qui êtes-vous ? demanda-t-il.

Elle lui sourit. Des mèches s'étaient échappées de ses tresses et formaient un voile rougeâtre devant son visage.

— Je vous l'ai dit : je m'appelle Willa.

— Cela ne m'explique pas pourquoi une jeune femme aussi charmante que vous semblez l'être m'a tendu un piège avant de me traîner jusqu'à une grange paumée et de m'enchaîner à un lit qui date du XIXe siècle.

— Des années 1950, plutôt, rectifia-t-elle. Mais la grange date effectivement des environs de 1875. C'est assez fantastique, vous ne trouvez pas ? Imaginez tout ce qui a pu s'y passer… Je regrette que le précédent propriétaire ne l'ait pas mieux entretenue. Je voulais faire des recherches pour savoir à qui a appartenu cette ferme, mais je n'ai jamais trouvé le temps de le faire.

— Est-ce que vous m'avez drogué ?

C'était la seule explication. Cette jolie femme ne pouvait pas être réellement en train de lui retracer l'historique du bâtiment dans lequel elle le retenait prisonnier. C'était impossible.

— Vous avez sans doute faim, répondit-elle.

Il entendit un cliquetis et sentit sa chaîne se détendre légèrement. Elle lui tendit un sandwich et dit :

— Si vous vous appuyez sur un coude, vous pourrez manger de l'autre main. Droite, ou gauche ?

Il tendit la main droite et fit porter le poids de son corps sur son coude gauche, de façon à pouvoir redresser suffisamment la tête pour mâcher et avaler. Ensuite, il la regarda de travers et ordonna :

— Expliquez-moi ce qui se passe.

Elle le regarda droit dans les yeux.

— Vous d'abord.

Il aurait pu inventer une histoire, prétendre qu'il se trouvait dans les environs par hasard. Sur sa dernière mission, Reece s'était fait passer pour un photographe animalier. Mais sans appareil-photo pour appuyer ses dires, Holden ne pouvait pas avoir recours à la même couverture.

Il mangea en silence le sandwich, puis la pomme. Quand il lui tendit le trognon, il demanda enfin :

— Qu'en pensez-vous ?

Elle prit le trognon et lui donna le sachet de crackers.

— Et vous ?

Il ne tirerait rien d'elle, et il n'avait pas encore les idées assez claires pour inventer un mensonge suffisamment plausible pour qu'elle le gobe sans se poser de question. Son esprit, d'ordinaire si vif, ne lui était d'aucun secours.

Cette nuit, il allait s'évader, partir d'ici et ensuite…

Ensuite quoi ? Échouer dans sa mission ? Non. C'était hors de question. Il doutait que cette femme soit le tueur qu'il recherchait, mais elle savait peut-être de qui il s'agissait. Même s'il n'avait vu personne d'autre qu'elle, elle pouvait travailler pour quelqu'un, ou avoir un assassin pour père.

Deux possibilités parmi beaucoup d'autres.

Quand il eut vidé le sachet de crackers, elle le prit sans mot dire et lui tendit la bouteille d'eau. Pendant qu'il buvait, elle caressait le chien qui l'avait suivie dans la grange. Parfois, elle se tournait vers la porte et son regard se perdait dans la nuit.

Elle semblait pleine d'une sérénité empreinte de nostalgie. *Triste*, souffla une petite voix en lui, comme si c'était une raison pour ressentir de l'empathie pour cette inconnue, qui n'était peut-être triste que parce qu'on lui avait donné l'ordre de le tuer.

Il lui tendit la bouteille vide et dit :

— Tôt ou tard, vous devrez me laisser aller aux toilettes.

— Vous avez sans doute raison, fit-elle en le considérant pensivement. Pourquoi pas tout de suite ?

Elle s'accroupit et quelque chose cliqueta sous le lit.

— Vous pouvez y aller.

Il s'assit sur le matelas, étonné qu'elle se soit laissé convaincre aussi facilement. Ensuite, il se rendit compte que, même si ses pieds n'étaient plus enchaînés au lit, ils étaient toujours entravés. La chaîne était assez longue pour lui permettre de marcher, mais trop courte pour qu'il puisse courir. Par contre, la chaînette de ses menottes était suffisamment longue pour qu'il puisse se saisir de la femme. Oui, même menotté, il pouvait faire beaucoup de choses.

Il la suivit à l'extérieur d'un pas lent et mal assuré, et elle agita la main vers les ténèbres.

— Les animaux vont tous dehors. Rien ne vous empêche d'en faire autant.

— Est-ce que je peux avoir un peu d'intimité ?

Elle souffla avec exaspération.

— Très bien. Mais je serai dans la grange, tout près de vous. Si vous cherchez à fuir, vous le regretterez.

— D'accord, marmonna-t-il.

Quand elle se fut éloignée, il fit ce qu'il avait à faire avant de reculer vers la porte. La nuit était de ce noir d'encre qu'on ne trouve qu'à la campagne, et seuls le bourdonnement des insectes et les bruits produits par les animaux qui s'agitaient troublaient le silence. Il décrivit un cercle, tant pour tester la résistance de la chaîne qui lui entravait les pieds que pour se faire une idée de la configuration des lieux.

Il distinguait la silhouette d'un autre bâtiment, dont l'une des fenêtres était illuminée. Ce n'était pas une grange mais une maison, qui lui sembla merveilleusement accueillante et confortable.

*Et toi, tu es prisonnier de ce non moins accueillant et confortable asile de fous, les mains et les pieds enchaînés.*

Elle sortit de la grange, la lanterne à la main, et lança :

— Très bien. Vous avez eu assez de temps. Maintenant, rentrez. Le jour se lève tôt.

Comme il n'esquissait pas le moindre geste, elle leva les yeux au ciel et s'approcha de lui. Elle s'apprêtait sans doute à saisir sa chaîne pour le ramener dans la grange, mais il n'allait pas se laisser faire. Il la prit par le poignet et ordonna :

— Dites-moi qui vous êtes et ce qui se passe.

Si elle avait été un homme, il n'aurait pas hésité à lui casser le poignet. Mais elle était une femme, et il s'était juré il y avait longtemps de ne jamais faire de mal à une femme. Quoi qu'il lui en coûte.

— Ne me testez pas, Holden. Cela finira mal pour vous.

Elle chercha à se dégager. Il aurait pu la retenir, mais la froideur qu'il lut dans son regard, celle qu'il y avait déjà vue plus tôt, devant le bureau de poste, l'amena à la relâcher.

Il ne devait pas se laisser berner. Sous son apparence aimable, cette femme cachait quelque chose.

Elle le poussa brusquement. Entravé comme il l'était, il perdit l'équilibre et tomba rudement sur le sol. Le choc réveilla la douleur de sa tête, lui arrachant un gémissement.

Il entendit les chaînes cliqueter de nouveau et comprit qu'elle l'avait attaché à la poignée de la porte de la grange. Dehors, dans le noir. Il ne put que la regarder s'éloigner vers la fenêtre illuminée. Le chien la suivait, semblable à une ombre ondulante dans la lumière dansante de la lanterne.

Il évalua sa situation : ses mains enchaînées à la poignée de la porte de la grange le forçaient à adopter une position inconfortable, mais peut-être parviendrait-il à se libérer plus facilement que s'il avait encore été enchaîné au lit.

Elle lui avait dit de ne pas la tester, mais c'était exactement ce qu'il allait faire. Et maintenant, il savait qu'il ne devait surtout pas la sous-estimer.

# 4

Écumante de rage, Willa faisait les cent pas dans sa chambre. Cet homme avait cru pouvoir l'intimider. Alors qu'il était prisonnier de chaînes qu'elle avait posées elle-même ! Il s'était joué d'elle avant d'essayer de…

De quoi ? De se libérer ?

Elle souffla, exaspérée. Jim, qui était pelotonné sur son tapis, lui coula un regard en coin.

En plus d'être en colère, elle se sentait coupable. Pas seulement parce qu'elle avait enchaîné l'intrus et s'était occupée de lui de la seule façon qu'elle connaisse, mais parce qu'elle avait laissé son tempérament prendre le dessus – et ses parents lui avaient toujours dit que c'était en laissant ses émotions s'exprimer qu'on faisait des erreurs.

Voilà pourquoi elle n'avait pas suivi leurs traces. Elle préférait pouvoir laisser libre cours à ce qu'elle ressentait, sans devoir réfléchir à toutes les conséquences possibles de chacun de ses actes.

Elle voulait pouvoir se mettre en colère sans craindre que cette colère la pousse à faire une erreur. Et bon sang ! Elle voulait se sentir coupable. Il n'était pas plus normal de traiter quelqu'un comme elle avait traité cet homme que d'être contrainte de mener une existence aussi solitaire que la sienne. Non, ce n'était pas normal, et elle n'y était pour rien. C'était le sort auquel ses parents l'avaient condamnée en la mettant au monde.

Elle se laissa tomber sur son lit. Pam lança un miaulement offusqué et s'éloigna. Non, elle ne pouvait pas blâmer ses parents.

Ç'aurait été injuste de sa part. Ils avaient essayé de quitter le métier pour vivre une vie normale. Pour elle.

Mais ils avaient échoué.

Et maintenant, un homme était enchaîné à la porte de sa grange. Elle ne savait pas ce qu'il cherchait, mais elle se doutait que cela avait un lien avec ses parents. Elle n'avait jamais rien fait de suffisamment remarquable pour qu'un harceleur s'en prenne à elle.

Puisqu'on était en été, elle pouvait le laisser dehors sans craindre qu'il meure de froid. Malgré sa blessure à la tête, il survivrait à cette nuit.

D'ailleurs, ces considérations étaient parfaitement incongrues, puisqu'il n'était ici que pour lui nuire. Quoi qu'elle ressente, elle ne devait pas l'oublier.

Holden… Était-ce son vrai nom ? Cet homme était sans doute un menteur accompli, comme le sont généralement les assassins et les ravisseurs. Mais d'habitude, ils choisissaient de se faire appeler Bob ou Pete. Pas Holden.

Elle secoua la tête et se releva pour se préparer pour la nuit. Elle s'occuperait de lui le lendemain. D'ici là, ses parents auraient sans doute répondu au courriel qu'elle venait de leur envoyer pour lui indiquer la marche à suivre. Les messages cryptés leur parvenaient souvent avec un peu de retard.

Mais pour le moment, elle allait dormir, et bien dormir. Sa conscience était en paix ; son prisonnier, enchaîné ; ses portes, fermées à double tour. Elle ne devait avoir peur de rien.

Elle n'irait même pas chercher le pistolet qu'elle rangeait dans le placard de la cuisine. Ses parents lui répétaient qu'elle devait toujours avoir une arme à portée de main, mais elle ne voulait pas la garder dans sa chambre. C'était trop sinistre.

Elle se mit au lit, souffla, et ferma les yeux. Elle allait s'endormir. Et elle allait vivre sa vie comme elle l'entendait. Que ses parents se débrouillent avec leurs problèmes. Point final.

Mais elle eut beau se répéter ces mots, son corps refusait de basculer dans le sommeil. Parce que, quoi qu'elle se dise, la réalité ne suivait pas toujours la voie de la raison, pas plus qu'elle ne se pliait à la volonté.

Elle resta allongée pendant un long moment, les nerfs tendus à l'extrême. Le sommeil la fuyait toujours, mais elle refusait de renoncer. La fatigue finirait bien par l'emporter.

Soudain, Jim émit un grondement sourd, se leva de son tapis et se dirigea vers la porte sans cesser de grogner.

Une peur sourde la gagna. Jim ne se comportait pas comme il le faisait d'habitude quand un animal sauvage rôdait autour de la maison. Cette fois il n'aboyait pas en dévalant l'escalier pour se ruer vers la porte. Il se bornait à émettre ce grognement circonspect, menaçant.

Compte tenu des derniers événements, elle devait se rendre à l'évidence : il ne s'agissait sans doute pas d'une bête sauvage.

Sans perdre son temps à maudire ses parents et son sort, elle sortit du lit et ordonna au chien :

— Pas bouger.

Elle empoigna le tisonnier accroché à côté de la cheminée de sa chambre – dont le rôle était purement décoratif – et se dirigea vers la porte. Comme Jim geignait, elle répéta :

— Pas bouger.

Il était hors de question que l'un de ses animaux coure un quelconque danger. Elle allait régler ce problème seule. Puisqu'elle tenait à son indépendance, c'était à elle, et à elle seule, de se débrouiller quand le danger qui planait en permanence sur la vie de ses parents se propageait jusqu'à la sienne. Elle n'avait pas le choix. Tout ce qu'elle pouvait choisir, c'était la façon dont elle allait répondre au danger.

Elle longea le couloir sur la pointe des pieds et, une fois en haut de l'escalier, s'arrêta et tendit l'oreille. Elle entendit le grondement sourd de Jim, les craquements et grincements habituels de la vieille maison… puis un autre bruit, qui ressemblait beaucoup à celui que l'on fait en marchant sur une planche disjointe.

Elle prit une grande inspiration. Soit elle allait s'enfermer et croisait les doigts, soit elle appelait la police – ce qui ne plairait pas du tout à ses parents –, soit elle s'occupait de l'intrus elle-même.

Avec un tisonnier pour seule arme ?

Elle pouvait toujours essayer d'atteindre son pistolet. Puisque l'escalier débouchait dans le séjour, elle devrait traverser le salon et le couloir pour gagner la cuisine. Sans trahir sa présence, ni se heurter accidentellement à l'intrus.

Oui, c'était la meilleure option. Elle descendit donc l'escalier sur la pointe des pieds. Bien que ses yeux se soient faits à l'obscurité, elle n'aurait su dire si les ombres qu'elle voyait étaient des êtres humains, des animaux, ou seulement le produit de son imagination.

Elle s'arrêta en bas de l'escalier et tendit de nouveau l'oreille. Rien. Pas le moindre son.

Elle traversa lentement le séjour, s'arrêta pour écouter, et reprit sa progression. Elle fit de même quand elle eut traversé le salon. Par contre, quand elle atteignit enfin la cuisine, elle n'eut pas besoin de tendre l'oreille pour savoir que c'était là que se trouvait l'intrus. Il ne faisait aucun bruit, mais son instinct lui soufflait qu'elle n'était pas seule.

Jamais elle ne parviendrait à se glisser dans la pièce pour attraper son pistolet sans qu'il s'en aperçoive. Elle carra les épaules et chercha l'interrupteur à tâtons. Elle allait l'affronter face à face, en pleine lumière, en espérant que l'effet de surprise jouerait en sa faveur.

Elle compta mentalement jusqu'à trois et actionna l'interrupteur, brandissant son tisonnier de l'autre main.

Holden était effectivement dans sa cuisine, et bien plus près d'elle qu'elle s'y était attendue. Comment pouvait-elle ne pas l'avoir entendu ?

Il ne tressaillit même pas. Par contre, il grimaça.

— Mon Dieu ! Qu'est-ce que c'est que ça ?

Il pointa un pistolet vers le cale-porte en forme de lapin posé par terre, à côté de la porte qui donnait sur l'extérieur.

Sans prendre la peine de lui répondre, elle le frappa avec le tisonnier. Elle aurait dû viser son visage ou son entrejambe, mais elle ne put s'y résoudre. Elle abattit donc le tisonnier sur son bras, en espérant qu'il lâcherait son arme.

Comme il tressaillait à peine, elle brandit de nouveau son tisonnier pour l'abattre sur son épaule, de toutes ses forces.

— Hé ! Vous voulez bien arrêter ça ?

— Non ! Vous avez un pistolet, répondit-elle en s'apprêtant à le frapper de nouveau.

— C'est vrai, mais je ne vais pas vous tirer dessus.

Il baissa son arme et leva sa main libre vers elle, comme pour l'empêcher de frapper à nouveau.

— À moins que vous continuiez à me frapper avec ce... qu'est-ce que c'est, d'ailleurs ? Un tisonnier ?

— Oui.

— Laissez-moi deviner... rétorqua-t-il, pince-sans-rire. Il date de 1875.

— Pour tout dire, je n'en sais rien, répondit-elle en contemplant le tisonnier. Il était là quand j'ai acheté la maison. Je ne... Mais pourquoi parlons-nous de tisonniers ?

Elle pointa l'objet vers lui comme s'il s'agissait d'une épée, mais Holden se borna à secouer la tête en regardant tout autour de lui. Il fronça les sourcils quand son regard se posa sur les ours en céramique alignés sur l'appui de la fenêtre.

— Pourquoi ai-je l'impression d'être dans un musée des horreurs, version animale ?

— Pourquoi avez-vous un pistolet ? répliqua-t-elle.

Il posa les yeux sur elle et sur le tisonnier qu'elle agitait toujours dans sa direction.

— Et vous, pourquoi n'en avez-vous pas ?

— Pourquoi posez-vous autant de questions ?

— Et vous ?

Elle souffla, exaspérée.

— Comment vous êtes-vous libéré ?

Il lui décocha un sourire radieux. Elle savait que ses parents auraient émis un million de critiques sur la façon dont elle gérait la situation, mais le plus grave était que, pendant un instant, elle fut fascinée par ce sourire.

— Par magie, répondit-il.

Elle était sous le charme, ce qui était très malencontreux.

Cet homme rôdait dans sa maison en pleine nuit. Il avait un pistolet. Il s'était libéré de ses chaînes, et ce n'était certainement pas par magie.

— Que faites-vous chez moi avec un pistolet si vous ne comptez pas me tirer dessus ?

— J'essaie de comprendre qui vous êtes.

Elle fronça les sourcils. S'il ne le savait pas, que faisait-il ici ? Cherchait-il la confirmation de ce qu'il soupçonnait déjà ? À moins que ce soit après ses parents qu'il en ait, et que leur absence l'ait déstabilisé.

Quoi qu'il cherche, cet homme était une menace. Elle ne devait ni lâcher le tisonnier, ni croire qu'il n'avait effectivement aucune intention de lui tirer dessus.

Elle poussa un profond soupir et posa son arme de fortune.

— Que diriez-vous d'une tasse de thé ?

*Du thé ?* Elle avait lâché son tisonnier et lui proposait du thé ?

— Non. Non, merci.

Il secoua la tête, incrédule. Pourquoi s'embarrassait-il de politesse ?

— Je vais m'en faire une, dit-elle en se dirigeant vers un placard.

Elle portait un sweat-shirt, un pantalon de sport informe et d'épaisses chaussettes. Pas étonnant : il faisait encore plus froid ici que dehors. Elle n'avait pas défait ses nattes, et son visage était toujours aussi frais.

Quand elle ouvrit le placard, il vit aussitôt le pistolet posé sur une étagère. Il s'apprêta à devoir riposter, mais elle poussa l'arme de côté et attrapa un sachet de thé.

Cette femme n'était pas une tueuse. C'était tout bonnement impossible. Il était conscient qu'on pouvait le berner – tout homme se croyant infaillible finissait immanquablement par se faire tuer –, mais il écoutait toujours son instinct. Il ne savait pas qui était cette femme, mais il était sûr et certain que ce n'était pas une tueuse.

Elle prit une tasse en forme d'éléphant, dont la trompe faisait office d'anse. La tasse était assortie à la théière, qui s'ornait d'une scène qui semblait provenir du *Livre de la Jungle*. Dans quel univers parallèle avait-il atterri ?

— D'où vient ce pistolet ? demanda-t-elle calmement.

— Je suis retourné à ma voiture.

Une fois libre, il n'avait eu aucun mal à trouver l'allée qui rejoignait la route. Quelques chiens lui avaient emboîté le pas, mais sans aboyer. Il avait retrouvé la voiture et récupéré son pistolet et son téléphone. On avait fouillé ses affaires – Willa, très probablement –, mais sans rien prendre.

Il secoua la tête. Il aurait dû s'enfuir et appeler la North Star au lieu d'envoyer un message laconique indiquant qu'il allait bien et promettant un compte rendu détaillé pour le lendemain. Cette femme n'était pas la personne qu'il recherchait. Il aurait dû partir, retourner à sa mission, mais il y avait quelque chose, chez elle…

— Pourquoi avez-vous ouvert cette boîte postale, cet après-midi ?

Il était certain qu'elle allait répondre à cette question par une autre, mais il ne pouvait s'empêcher de l'interroger – et, ce faisant, de dévoiler des fragments de la mission qui l'avait conduit ici.

Elle se tourna vers lui le temps de lui répondre.

— C'est la mienne.

— C'est faux, riposta-t-il. Je me suis renseigné. La postière m'a affirmé que personne ne louait la boîte numéro 10.

— Elle n'est pas autorisée à divulguer les noms des clients, répondit-elle.

Elle versa de l'eau chaude sur son sachet de thé. Ses gestes étaient précis mais, parce qu'il l'observait attentivement, il remarqua que sa main tremblait légèrement.

— Non, mais elle a le droit de me dire quelles boîtes sont louées, et la 10 ne l'est pas. Pourtant, j'ai la drôle d'impression que ce n'est pas vous qui êtes venue chercher la boîte de munitions de contrebande.

Elle se retourna. Pour la première fois depuis qu'elle était entrée dans la cuisine, elle semblait perplexe.

— Des munitions de contrebande, répéta-t-elle. Qu'est-ce que je ferais de munitions de contrebande ?

— C'est toute la question.

— Je…

Elle se mordilla la lèvre.

— Je n'ai jamais trouvé de munitions dans cette boîte. Jamais. Je ne la loue pas, mais il m'arrive de l'utiliser. Par contre, je ne peux pas vous dire pourquoi, ni ce que j'y reçois. Ou plutôt, je ne veux pas vous le dire.

— Si vous le faisiez, je pourrais vous aider.

Elle le dévisagea pendant un long moment. Son regard était franc, ses yeux verts, fascinants. Comme s'il avait le temps d'être fasciné.

— La seule façon dont vous pourriez m'aider serait en me fichant la paix, dit-elle enfin.

— C'est vous qui m'avez enchaîné à un lit dans votre grange.

— C'est vous qui m'avez suivie jusque chez moi.

Elle était horripilante. Holden se passa une main sur le visage. Si elle était inoffensive, il pouvait sans doute se permettre de lui fournir quelques explications. Mais ce qui l'exaspérait, c'était qu'il n'arrivait à rien tirer d'elle. D'habitude, il obtenait toujours ce qu'il voulait de n'importe qui, que ce soit par le charme ou par la menace.

Et cette femme se préparait un thé le plus tranquillement du monde en éludant toutes ses questions.

Pourtant… elle aurait eu l'occasion de le tuer. Mais, même si elle avait essayé de le frapper avec un tisonnier après l'avoir enchaîné à un lit, puis à une porte, elle avait pansé ses blessures, l'avait nourri… et lui avait offert du thé.

— Très bien, dit-il en essayant de contenir son irritation. Je ne suis pas ici par hasard, mais à cause de cette boîte postale. Elle est reliée à quelque chose de dangereux. Peut-être que vous n'avez rien à voir avec toute l'affaire, mais vous l'utilisez. La coïncidence est trop grosse pour que je l'ignore.

Elle le regardait, mais il voyait bien qu'elle était ailleurs. Elle réfléchissait à ce qu'elle allait lui dire. Comme il n'aurait servi à rien d'insister, il attendit qu'elle veuille bien lui répondre – si elle lui répondait.

— Dites-moi qui vous êtes, ce que vous savez et ce que vous cherchez, et je pourrai envisager de vous fournir quelques renseignements, dit-elle enfin.

Comme si elle pouvait se permettre de poser ses conditions alors qu'il était dans sa cuisine, un pistolet à la main.

— Je ne peux pas.

Elle haussa un sourcil. Malgré ses façons chaleureuses, elle ne se laissait pas marcher sur les pieds.

— Vous ne pouvez pas, ou vous ne voulez pas ?

— Un peu des deux, concéda-t-il.

Ils étaient dans une impasse. Elle le dévisagea longuement, tenant sa drôle de tasse en forme d'éléphant entre ses petites mains. Avec son nez semé de taches de rousseur, ses nattes et son pyjama informe, elle ressemblait à une petite fille. Mais elle n'en était pas une. Ses yeux verts, au regard franc, pétillaient d'intelligence.

Il ne savait ni qui elle était ni quel était son rôle dans cette affaire, mais sa mission promettait d'être plus compliquée qu'il ne l'avait cru.

Quelque chose remua en lui. Comme la pièce d'un puzzle qui trouve sa place. C'était une émotion qu'il n'aurait pu comprendre, même s'il avait essayé... et il ne voulait certainement pas essayer.

— Écoutez...

Il s'interrompit en voyant qu'elle observait fixement son front, les sourcils froncés.

— Vous avez...

Elle s'arrêta net et se jeta sur lui. Le geste était tellement inattendu et incongru qu'il fut complètement pris au dépourvu. Il fut projeté au sol, et elle lui tomba dessus.

Mais il oublia sa surprise en entendant une détonation et un bruit de verre brisé. Il les fit tous deux rouler sur le sol de façon à s'allonger sur elle pour la protéger de son corps.

Elle le regarda, les yeux écarquillés.

— Qui vous traque ? demanda-t-elle.

Ce fut alors que le reste des pièces s'assemblèrent et qu'il comprit. Il ne savait toujours pas qui elle était, ignorait pourquoi quelqu'un pouvait en vouloir à une jolie jeune femme qui vivait sur une ferme isolée, mais une chose était limpide.

— Ce n'est pas moi qu'ils veulent, Willa. C'est vous.

# 5

Willa voulut repousser Holden, mais il ne bougea pas d'un pouce – pas même quand Jim déboula dans la cuisine en jappant plaintivement et se mit à lui lécher frénétiquement le visage. Elle chassa le chien avant d'essayer une nouvelle fois de repousser Holden.

— C'est ridicule, dit-elle. Personne n'a aucune raison de s'en prendre à moi.

Ce n'était pas nécessairement vrai, mais elle avait toujours pensé qu'elle risquait moins d'être assassinée qu'enlevée, pour servir de moyen de pression sur ses parents. Bien sûr, il était possible que quelqu'un veuille se venger d'eux en la tuant mais, quoi qu'il en soit, il aurait fallu qu'on puisse remonter jusqu'à elle.

Cependant, elle ne devait pas oublier ce message par lequel ses parents l'incitaient à redoubler de prudence – même si ce n'était pas elle qui avait été visée, mais Holden.

— Le point rouge de la visée était sur votre front.

— Vous n'avez peut-être pas tout vu, répliqua-t-il.

Il observait tour à tour les portes et les fenêtres de la cuisine. Ce ne fut qu'en remarquant que Jim était lui aussi aux aguets qu'elle s'aperçut que le chien n'avait même pas grogné contre Holden en déboulant dans la cuisine. Étrange.

— Nous devons sortir d'ici, dit Holden en se relevant et en la prenant par le bras. Restez baissée.

Comme il l'entraînait vers le salon, elle essaya de se libérer et dit :

— Vous allez du mauvais côté.

— Nous n'allons pas sortir par l'avant de la maison, dit-il en jetant un regard vers le cale-porte en forme de lapin.

— Bien sûr que non. Cette porte donne sur l'arrière.

— Ce qui ne change rien à ma réponse.

— Très bien. Restez ici, dans cette vieille maison pleine de courants d'air. Moi, je vais dans ma cave, qui se verrouille de l'intérieur.

Il marmonna quelques mots inaudibles avant de demander :

— Avec quel genre de verrou ?

— Un verrou que personne ne peut forcer, pas même vous. Suivez-moi.

Elle se dirigea vers la porte. Comme Jim geignait, elle lui dit, d'un ton rassurant :

— Tout va bien.

Ce fut Holden qui ouvrit la porte. Soudain, quelque chose en lui avait changé. Il semblait plus décidé. Dangereux. Prêt à abattre tout ce qui se dresserait en travers de son chemin. Cette pensée la fit frissonner mais, quand il lui tendit la main, elle la prit. Elle ne pouvait pas se défaire de l'impression que cet homme était dans le bon camp.

Ils descendirent du porche et traversèrent la cour plongée dans les ténèbres. Jim les suivait sans faire le moindre bruit. Comme ses autres chiens, il ne portait pas de plaque d'identification, parce qu'elle avait appris à ses dépens qu'une plaque d'identification tintait au moindre mouvement.

Elle entra dans la grange où vivaient la plupart de ses animaux, Holden et Jim sur les talons. Il ne fallait pas qu'elle pense au rôdeur qui leur avait tiré dessus. Pour le moment, sa seule préoccupation devait être leur sécurité.

Elle poussa la porte de la dernière stalle de la rangée. Le bouc qui l'occupait vint vers elle, d'un pas lourd.

— Salut, Creed, murmura-t-elle.

Elle lui tapota la tête, prit le balai posé contre le mur et entreprit de balayer, aussi silencieusement qu'elle le put, la paille qui masquait la trappe ménagée au fond de la stalle. Malgré l'obscurité, il ne lui fallut que quelques instants pour trouver le loquet et soulever le lourd panneau de bois.

— Vite, chuchota-t-elle.

Elle engagea ses jambes dans l'ouverture et, du bout du pied, chercha le premier barreau de l'échelle de corde qui leur permettrait de gagner les profondeurs. Une fois qu'ils auraient refermé la trappe derrière eux, Creed disperserait la paille, effaçant toute trace de leur passage.

— Qu'est-ce que…, marmonna Holden, au-dessus d'elle.

Mais il l'imita et descendit derrière elle.

Willa eut un pincement au cœur à la pensée qu'ils ne pouvaient pas emmener Jim, mais il finirait par aller dormir avec ses congénères, dans l'une des niches qu'elle avait installées un peu partout. Jim était essentiellement un chien d'intérieur, mais il passait volontiers du temps dehors.

Quand elle atteignit le bas de l'échelle, elle sauta sur le sol. Holden la rejoignit quelques secondes plus tard.

— J'ai refermé la trappe derrière moi, mais je n'ai pas trouvé de verrou.

Elle secoua la tête.

— Elle se verrouille d'ici.

Elle appelait cet endroit une cave, mais il s'agissait d'un véritable abri souterrain, garni de provisions et relié à la surface par plusieurs tunnels. C'était ses parents qui avaient tenu à ce qu'elle fasse aménager cet abri – et installe toutes sortes de systèmes de sécurité – quand elle leur avait annoncé qu'elle voulait sa maison. Pour leur faire plaisir, elle s'était pliée à leurs volontés, mais elle avait pensé que ces mesures étaient inutiles.

Apparemment, elle s'était trompée.

Elle démarra le générateur et alluma les lumières, puis l'ordinateur depuis lequel elle pouvait verrouiller la trappe, ainsi que n'importe laquelle des portes de sa propriété.

— Qu'est-ce que c'est que ça ? demanda Holden.

Il semblait à la fois pantois et admiratif.

La vaste pièce avait tout le confort d'une vraie maison. Le caisson en métal était même habillé de murs véritables. Il y avait un petit coin cuisine, des couchettes relativement confortables et une salle d'eau. Elle aurait pu vivre ici pendant un an sans jamais avoir à remonter à la surface.

Quelle pensée déprimante…

— Où mènent ces portes ?

— Vers plusieurs endroits, dit-elle.

Soudain, elle se sentait épuisée. Pas parce qu'on lui avait tiré dessus. Elle avait vécu trop longtemps avec ses parents pour que cela la bouleverse, ou même la surprenne. Non : elle était fatiguée de devoir suivre le même mode de vie qu'eux, et de devoir le faire seule.

Sauf que… Elle posa un regard pensif sur Holden. Cet étranger ne lui apportait pas beaucoup de réconfort, mais il était là. Elle n'était pas seule.

Dès que l'ordinateur eut démarré, elle verrouilla la trappe et lança la vidéosurveillance. Quand ses parents auraient reçu son message, ils pourraient accéder au flux vidéo et déterminer s'ils devaient venir ou lui envoyer de l'aide.

Pourvu qu'ils le fassent…

— Qui êtes-vous ? demanda Holden.

Il semblait aussi ébahi que devant ses ours en céramique.

— Combien de fois allez-vous me poser cette question ? demanda-t-elle en armant d'autres systèmes de sécurité.

— Combien de fois allez-vous l'éluder ? rétorqua-t-il.

Elle haussa les épaules avec désinvolture et se tourna vers lui. L'expression de Holden avait changé. Son visage était dur, empreint d'une fureur qu'elle n'y avait jamais vue auparavant, même quand elle lui avait offert un dîner alors qu'il était enchaîné, ni quand il avait essayé de l'intimider.

Sur ses traits, elle ne lisait plus aucune perplexité, aucune gentillesse. Un frisson lui parcourut le dos, mais elle se fit violence pour masquer sa peur et conserver un visage neutre.

« Ne montre jamais tes faiblesses à un ennemi, ma chérie. Reste toujours sur tes gardes. »

Le souvenir de la voix de son père apaisa en partie sa peur. Parce que celle-ci la rendait triste. Elle la faisait penser à toutes ces choses qu'elle aurait dû hurler à son père, sans jamais le faire : « Je ne veux pas avoir d'ennemis ! Je ne veux pas devoir rester sur mes gardes ! Je veux vivre normalement ! »

— Il faut que vous répondiez, dit-il d'une voix glaciale en serrant la crosse de son arme. Je dois savoir ce qu'il se passe.

Toute peur la quitta. Elle était trop fatiguée pour avoir peur.

— Sinon, quoi ? demanda-t-elle avec un signe de la tête vers le pistolet. Vous allez me tuer ?

Holden baissa les yeux vers son arme. Pas étonnant que Willa ait posé cette question : même s'il la pointait vers le sol, il était tellement tendu que ses doigts étaient crispés sur la crosse.

Il les força à se détendre, fit jouer ses épaules et essaya de refréner sa colère. Ce n'était pas de la faute de Willa s'il avait perdu tout contrôle sur la situation, mais de la sienne. Il avait commis au moins deux faux pas : en tombant dans le piège qu'elle lui avait tendu, et en laissant passer l'occasion de s'échapper.

Ce n'était pas en passant ses nerfs sur elle qu'il allait avancer. Seulement, il ne savait pas quoi faire parce que c'était la première fois qu'il s'efforçait de protéger une personne qui avait autant de secrets.

Le pire, c'était qu'elle n'avait rien d'une femme qui a des secrets. Il s'égarait sans cesse parce qu'elle semblait…

Elle l'avait frappé avec un tisonnier. Elle vivait dans une vieille ferme, entourée d'animaux, et portait des pantalons de survêtement informes. Elle était jolie comme un cœur.

Et ils s'étaient réfugiés dans une espèce de cave équipée d'une technologie de pointe pour échapper au tireur.

— Comment une fille qui vit seule dans une ferme et se défend avec un tisonnier peut-elle avoir une telle installation sous sa maison ?

— Je ne suis pas une fille, marmonna-t-elle. Je suis une femme adulte. Et cela n'a aucune importance.

— Pourtant, quelqu'un vient d'essayer de vous tuer.

— C'était vous qui étiez visé, répliqua-t-elle.

— Non, ce n'est pas moi. C'est impossible.

Elle le gratifia d'un regard hautain et croisa les bras.

— Le point rouge de la visée était sur votre front.

Il ouvrit la bouche pour répliquer, mais la referma aussitôt. Elle avait raison. Il n'avait pas vu le point rouge mais elle, si… et elle l'avait projeté au sol.

La réalité lui apparut soudain dans toute son horreur : elle lui avait sauvé la vie. Il avait été tellement focalisé sur elle qu'il n'avait pas pensé qu'un intrus pouvait rôder aux alentours en attendant le moment de frapper. Cette drôle de petite fermière, qui possédait un abri souterrain entièrement équipé, lui avait sauvé la vie.

Il se sentit étrangement… léger. Comme s'il avait perdu tout contact avec le sol.

— Vous m'avez sauvé la vie.

Elle sembla étonnée, comme si elle ne s'en était pas encore rendu compte, elle non plus.

— Je… je suppose que oui.

Il doutait d'être la vraie cible du tireur. Par contre, puisqu'il était ici pour arrêter un tueur à gages, il en était probablement devenu une. Mais pourquoi s'en prendre à elle ?

Elle l'avait enchaîné à un lit, puis à une porte, mais elle l'avait aussi nourri et soigné. Quand elle l'avait surpris dans sa cuisine, elle l'avait frappé avec un tisonnier – avant de lui éviter de prendre une balle en pleine tête. Son comportement était parfaitement illogique. Mais, puisqu'elle lui avait bel et bien sauvé la vie, c'était peut-être à lui de faire le premier pas.

Il se passa une main dans les cheveux. Il détestait s'avouer vaincu mais, sans elle, sa cervelle aurait éclaboussé les murs. Oui, il lui devait bien quelques explications.

Il souffla en balayant une nouvelle fois la pièce du regard. Même la North Star n'avait pas d'installation similaire dans ses planques, disséminées dans le Wyoming, le Dakota du Sud et le Montana. Si l'ordinateur de Willa n'était pas aussi sophistiqué que celui d'Elsie, il était connecté à Internet et relié à des caméras de sécurité – entre autres.

Il examina l'écran, où s'affichaient deux vidéos : une de l'intérieur de la grange, l'autre de l'extérieur. Si ce dernier écran n'affichait que du noir, elle devait avoir une caméra à infrarouges dans la grange parce que, quand un homme s'y introduisit, il le vit clairement.

— Est-ce que vous le connaissez ? demanda-t-il.

La résolution n'était pas assez bonne pour qu'on voie le visage de l'intrus, mais son allure générale lui serait peut-être familière.

— Difficile à dire, répondit-elle. Je ne pense pas.

Elle répondait à ses questions, de temps en temps. Elle lui en disait sans doute plus qu'il ne le faisait. Et… elle lui avait sauvé la vie.

— Je travaille pour une organisation.

Elle quitta l'ordinateur des yeux pour le regarder.

— Une organisation ?

— Une organisation secrète. Je ne peux pas tout vous dire, mais j'ai été envoyé à Evening pour traquer un tueur à gages.

— C'est donc vous qui étiez visé.

— Non, répondit-il en s'exhortant à la patience.

Pourquoi refusait-elle de croire qu'elle était la vraie cible alors qu'elle avait toute cette installation ?

— Il ne sait pas que je suis là. Il est chargé de tuer quelqu'un.

Son expression changea, et elle détourna vivement les yeux.

— Pourquoi ? demanda-t-elle.

Mais sa voix était plus circonspecte.

— Je ne sais ni pourquoi, ni qui, ni comment. Tout ce que je sais, c'est qu'il est en possession d'une arme bien particulière, pour laquelle des munitions ont été envoyées ici. Mon travail était de récolter des indices, et ils m'ont mené jusqu'à vous. Vous utilisez la même boîte postale.

— C'était une coïncidence.

— Je le croirais peut-être si je n'avais pas vu tout ça, dit-il en englobant la pièce d'un geste du bras. Ce n'est pas le genre d'installation qu'on trouve chez une personne qui se pense à l'abri de toute menace.

— Est-ce que je ressemble vraiment à une personne qui a reçu des menaces ? demanda-t-elle en relevant le menton.

— Non. Mais vous n'êtes pas celle que vous semblez être, Willa. Je le sais.

Sans répondre, elle continua à scruter l'écran. Un pli vertical rapprochait ses sourcils. Sa perplexité ne semblait pas feinte : elle ne reconnaissait pas l'intrus.

Pourtant, il y avait cette pièce. Quelle était sa fonction ? Peut-être qu'elle ne vivait pas seule dans cette ferme. Il arrivait que seules Betty et Elsie soient présentes au quartier général de la North Star, parce qu'elles n'avaient pas été formées pour le travail de terrain. Pouvait-il avoir découvert par hasard une organisation similaire ?

À moins que cette femme ait un lien avec une personne exerçant le même genre d'activité que lui, ce qui faisait d'elle une cible potentielle.

— Ce n'est pas vous qui êtes visée, lâcha-t-il. C'est quelqu'un de votre entourage.

Elle tourna vivement la tête vers lui. Il était donc tombé juste.

— Qui ? Un mari ? Un petit ami ?

Il eut un pincement au cœur à la pensée qu'un homme ait pu la laisser seule ici, sans protection, mais il en fit abstraction.

Elle partit d'un petit rire méprisant.

— Franchement !

— Un membre de votre famille, alors, que l'on pourrait atteindre à travers vous. À moins qu'il ait contrarié quelqu'un qui cherche à se venger. Mais pourquoi vous a-t-il laissée seule ici ?

Elle fixait toujours l'écran, mais Holden doutait qu'elle le voie vraiment. Elle cherchait seulement à éviter son regard, à ne rien dévoiler de ses émotions… parce qu'il avait touché un point sensible, et il le savait. Sinon, elle ne serait pas restée muette comme une carpe. Pas elle.

— Je l'aurais sans doute mauvaise moi aussi si on m'avait abandonné, seul et sans défense, insista-t-il.

— Je ne suis pas sans défense, et on ne m'a pas abandonnée,

loin de là. Au contraire, j'ai dû lutter pour avoir mon indépendance. Pour les convaincre que je pouvais…

Elle s'arrêta net et ferma les yeux, écœurée, en se rendant compte qu'elle lui en avait trop dit.

— « Les », répéta-t-il. Vos parents. Qui sont vos parents, Willa ?

— Pour quelle organisation travaillez-vous, Holden ?

Il aurait dû être agacé qu'elle recommence à éluder ses questions, mais elle semblait soudain tellement furieuse qu'il en resta sans voix. Elle avança vers lui, les yeux étincelants de colère, et seul l'entraînement poussé qu'il avait suivi l'empêcha de battre en retraite.

— Moi aussi, je peux deviner certaines choses. Moi aussi, je peux utiliser ce que vous avez dit, ou n'avez pas dit, contre vous.

Elle lui enfonça un doigt dans le torse. Il haussa un sourcil pour la mettre en garde, mais elle était tellement furieuse que tout bon sens l'avait quittée.

— Parlons de l'organisation à laquelle vous appartenez, par exemple, reprit-elle d'une voix empreinte de dégoût. Vos missions sont peut-être honorables, mais vous n'hésitez pas à enfreindre la loi pour les mener à bien.

Elle le poussa de nouveau du doigt. Cette fois, il saisit son poignet.

— Attention…

Elle se dégagea d'en geste brusque et leva les bras en l'air.

— Oh ! je vais faire attention, oui ! Vous les accusez de m'avoir laissée seule, mais je parie que vous n'avez personne dans votre vie. C'est ça, n'est-ce pas ? Et vous avez pensé vous épanouir en rejoignant une espèce de milice autoproclamée. Vous faites fi des lois et des règles, vous vous prenez pour Superman et vous risquez votre vie parce que vous n'y tenez pas vraiment. Vous n'aimez personne. Vos parents et vos grands-parents sont sans doute morts et vous n'avez ni frère ni sœur. Vous n'aimez personne. Ou, pire encore, personne ne vous aime.

Il n'aurait pas dû être blessé par ces paroles. Après tout, elle ne faisait que dire la vérité. Mais il se surprit à avoir envie de frotter son torse – pas à l'endroit où elle avait planté son doigt mais plus profondément, là où son cœur continuait à battre malgré la douleur qui l'emplissait.

— Eh bien, Willa, vous avez mis dans le mille.

# 6

Bien que le visage de Holden demeure parfaitement neutre, Willa sentait presque l'air qui l'entourait vibrer d'un élancement douloureux, lancinant.

Elle en était l'unique responsable. Mais elle était folle de rage parce qu'il l'avait amenée à trahir ses parents. Personne n'aurait jamais dû savoir, et pourtant…

Il fallait que Holden sache, parce qu'on leur avait tiré dessus. Elle le croyait quand il disait qu'un tueur à gages rôdait dans les environs. Par contre, elle ne comprenait toujours pas pourquoi c'était lui qui avait été visé le premier.

Si l'homme avait reçu l'ordre de la tuer, c'était pour atteindre ses parents. Un moyen de leur dire : « Nous savons qui est votre fille et nous tuerons tous ceux que vous avez jamais aimés. »

Elle réprima un frisson de terreur. Elle était à l'abri, hors de portée du tireur. Quant à l'homme qui se trouvait ici avec elle… il était étrange, mais elle ne pensait pas qu'il lui veuille du mal.

— Vous vous trompez sur quelques points, lâcha-t-il.

Elle sentit que sa désinvolture était feinte. Même s'il était assez bon acteur pour n'en rien laisser paraître, ses mots l'avaient blessé.

— Mes parents sont effectivement morts. À seize ans, j'étais orphelin. Par contre, j'ai des frères et sœurs. Nous avons été séparés, comme cela arrive la plupart du temps, sans que j'aie mon mot à dire.

Il n'avait sans doute pas cherché à l'émouvoir, mais elle ne put s'empêcher d'avoir le cœur brisé.

— Je suis désolée.

Il planta un regard furieux dans le sien.

— Je ne vois pas pourquoi vous le seriez.

— Parce que, même si je n'ai ni frère ni sœur, je peux imaginer combien il est difficile de les perdre en même temps que ses parents. De se retrouver seul.

— Seul ? Je n'étais pas seul. Le gang du quartier m'a volontiers pris sous son aile. La « milice » dont vous parlez m'a sauvé la vie. Et vous ne pouvez pas savoir tout le bien que nous avons fait dans ce monde.

Il se détourna vivement en se passant une main dans les cheveux, comme s'il ne comprenait pas pourquoi il s'était ainsi confié à elle ; comme s'il s'en voulait de l'avoir fait.

Quant à elle, il fallait qu'elle cesse de plaindre le « pauvre garçon » qu'il avait été. Il était un homme maintenant, un homme armé qui avait pour devoir de la protéger – si elle était effectivement la cible d'un tueur à gages.

« Vous m'avez sauvé la vie », avait-il dit. Il lui avait paru tout à la fois impressionné… et assez gêné.

Elle partageait sa gêne. Elle n'avait pas voulu lui sauver la vie. Elle avait seulement… agi.

— Cette conversation est hors de propos, dit-il en se tournant de nouveau vers elle.

Son expression, froide et neutre, lui fit clairement comprendre que cette discussion était terminée et qu'il prenait la situation en main. Parfait : elle n'avait aucune envie de le faire. Elle allait se contenter d'attendre que ses parents reçoivent son message et débrouillent cette situation, dont ils étaient seuls responsables.

Mais Holden ne devait rien en savoir. Il avait déjà deviné beaucoup plus de choses que ses parents n'auraient souhaité.

Il regarda la vidéo, les sourcils froncés. L'intrus fouinait toujours dans la grange.

— Est-ce que vous pouvez prendre une photo de lui ?

— Oui, mais cela ne nous servira pas à grand-chose.

— Nous en déciderons plus tard. Prenez cette photo.

Il sortit son téléphone de sa poche et composa un numéro.

— Ne vous attendez pas à avoir du réseau…

Il haussa un sourcil, et elle s'arrêta net. Apparemment, elle n'était pas familière d'une technologie plus sophistiquée.

— Els ? dit-il en se détournant. Je t'envoie la photo d'un homme que je veux que tu essayes d'identifier.

Willa le regarda discuter avec « Els », sur un téléphone qui n'aurait jamais dû fonctionner. Il était toujours aussi tendu, mais il avait des gens à appeler, avec qui collaborer.

Pour sa part, elle n'avait rien ni personne.

Gagnée par une tristesse ridicule, elle reposa les yeux sur l'écran et consulta rapidement ses courriels. L'isolement total dans lequel elle vivait était bien moins important que la présence de ce rôdeur qui voulait sa mort.

Toujours aucune réponse de ses parents… Et s'ils étaient trop pris par leurs propres problèmes pour lire son SOS ?

Holden s'approcha de l'ordinateur. Sans un mot pour elle, il attira le clavier vers lui, sélectionna la capture d'écran qu'elle venait de faire et l'envoya à une adresse courriel qu'elle ne connaissait pas. Il écouta son interlocutrice pendant encore quelques instants avant de dire :

— D'accord. Tiens-moi au courant.

Il remit son téléphone dans sa poche et dévisagea Willa pendant un moment.

Elle fronça les sourcils et le dévisagea en retour. Il se tenait assez près d'elle pour qu'elle voie que son pansement était taché de sang. Cependant, malgré sa blessure et sa perte de connaissance, il semblait… fort et efficace.

Son regard était vif, ses yeux bleus emplis de méfiance. Il tenait toujours son pistolet, comme s'il était un prolongement de son bras. Pourtant, étrangement, elle n'avait pas peur de lui. Il pouvait être n'importe qui, lui faire n'importe quoi… mais il ne lui avait rien fait. Au contraire, il lui avait sauvé la vie, parce qu'il ne s'était pas enfui quand on leur avait tiré dessus.

Quand il parla enfin, ce fut d'une voix parfaitement détachée, vide de toute émotion, de toute tension.

— Une équipe vient passer la zone au peigne fin.

— Le tireur ne sera peut-être plus là.

Il acquiesça.

— S'il ne nous trouve pas, je pense qu'il va disparaître le temps de réfléchir à un nouveau plan ou de contacter son patron. Au moins, nous avons une photo de lui. Si mon équipe ne le débusque pas, nous essaierons de l'identifier. Ce sera déjà un point de départ.

Il inclina la tête vers les couchettes et ajouta :

— Vous devriez dormir un peu.

— Et vous ? Qu'allez-vous faire ?

— Attendre.

— En ce cas, je vais attendre moi aussi.

Il secoua la tête et s'éloigna de quelques pas, mais sans la quitter des yeux.

— Vous n'êtes qu'un témoin innocent dans cette affaire, Willa. Laissez les professionnels s'en charger.

Elle avait entendu ces mots toute sa vie durant. Oui, elle avait refusé de mener la même vie que ses parents, mais ce n'était pas une raison pour que tout le monde la traite comme si elle était incapable de se défendre, comme si elle n'était qu'un pion qu'on déplaçait à sa guise et qu'on protégeait, sans jamais lui accorder la moindre confiance.

Elle avait sauvé la vie de cet homme, et il la mettait sur la touche. Ça ne lui plaisait pas. Pas du tout. Peut-être que sa vie n'avait rien de normal, mais elle ne cesserait jamais de se battre pour son droit à la vivre.

— Non, je crois que cette période de ma vie est révolue.

Holden posa sur Willa un regard légèrement préoccupé. Elle paraissait plutôt solide, mais des cernes commençaient à apparaître sous ses yeux. Elle n'était qu'une femme piégée dans une situation délicate, dont elle n'était nullement responsable.

Alors, pourquoi ne voulait-elle pas le laisser prendre les choses en main ?

— Écoutez…

— Non, coupa-t-elle. C'est vous qui allez écouter. Je me

fiche de qui sont mes parents. Je me fiche de qui est ce tueur à gages. Je me fiche de qui vous êtes.

À chaque « je me fiche », sa voix montait d'une octave.

— C'est ma maison. Ce sont mes animaux, qui sont sous ma responsabilité. C'est ma vie. Je refuse d'aller dormir et de laisser les autres s'occuper de tout. C'est fini, maintenant.

Holden eut envie de soupirer et de se masser les tempes, mais il ne pouvait se permettre aucune marque de faiblesse. Il fallait qu'elle comprenne que c'était lui qui était aux commandes.

— Écoutez : je ne sais pas quel problème vous avez avec vos parents et, puisque vous ne voulez pas me le dire, je dois prendre cette affaire en main. J'ai une mission à accomplir : empêcher le tueur à gages d'abattre sa cible et le neutraliser.

— Je ne suis pas morte, riposta-t-elle. Peut-être que je l'ai échappé belle, mais il avait décidé de vous abattre en premier. Puisque je tournais le dos à la fenêtre, il aurait pu me tuer sans que vous vous aperceviez de rien. Alors, expliquez-moi ce qui vous fait penser que je suis sa cible.

Elle soulevait quelques arguments trop pertinents.

— Parce que ça ne peut pas être moi, répondit-il.

Elle haussa les épaules.

— Au risque de me répéter… c'est vous qui étiez visé.

C'était agaçant, mais elle avait raison. Son instinct lui soufflait toujours qu'il n'était pas la cible première du tueur à gages, mais quand elle disait que ce n'était pas elle non plus… Eh bien, ce n'était pas totalement à côté de la plaque.

— Parlez-moi de vos parents, Willa, dit-il carrément.

— Je ne peux pas, Holden, répondit-elle sur le même ton.

Il crut lire des regrets dans ses yeux, mais il se berçait sans doute d'illusions.

— Vous ne m'êtes donc d'aucune aide. Allez dormir.

Une expression rebelle, rageuse, gagna son visage. Il devait y avoir en lui quelque chose de tordu, parce qu'il trouva cette expression très attirante, malgré la folie de la situation dans laquelle ils avaient plongé.

— Vous voulez parier ?

Elle était plantée devant lui, le menton relevé, les yeux lançant des éclairs.

— Hein ?

Cette femme le déboussolait complètement, et c'était… un peu trop fascinant.

— Parier, répéta-t-elle. Faisons un pari.

— Quel genre de pari ?

— Si je vous mets par terre la première, vous me laissez vous aider. Sinon, je vais au coin, comme une gamine.

Un souvenir glacial le traversa.

— Je ne me bats jamais contre une femme, dit-il.

Elle serra les poings et inclina la tête sur le côté.

— En ce cas, je vais sans doute gagner.

Et elle lui décocha un direct honorable, qu'il esquiva.

Elle n'avait pas seulement un bon instinct : elle avait été entraînée à se battre. Chacun de ses coups de poing ou de coude était précis, puissant, et de plus en plus proche d'atteindre sa cible. Il esquivait la plupart d'entre eux, mais certains l'atteignaient – sans lui faire mal, toutefois.

Sans se fatiguer, elle continua d'avancer vers lui tandis qu'il se bornait à esquiver. Quand il saisit son poing pour l'empêcher de le frapper, elle pivota sur elle-même et lui décocha un coup de pied suffisamment puissant pour lui arracher un petit sifflement de douleur.

— Arrêtez, intima-t-il.

— Non.

Même si elle commençait à s'essouffler, elle avançait toujours. Un nouveau coup au menton le força à reculer – comme elle l'avait voulu, sans doute, parce qu'il trébucha sur quelque chose, et seul un mouvement brusque lui permit de ne pas perdre l'équilibre. Elle en profita pour lui décocher un coup de pied dans le genou, tellement bien ajusté que sa jambe céda et qu'il mit le genou à terre.

S'il s'était agi d'un vrai combat, il aurait pu se relever d'un bond. Mais, pour Willa, ce genou à terre était clairement synonyme de défaite.

Elle transpirait un peu, elle était légèrement essoufflée, mais une étincelle de malice dansait dans ses yeux verts.

— J'ai gagné, lança-t-elle avec un sourire narquois.

Il la regarda de travers.

— Je ne me suis pas défendu.

— C'est votre problème.

Elle lui tendit une main pour l'aider à se relever, et quelques scénarios traversèrent son esprit. Il pouvait prendre cette main, plaquer Willa au sol et lui dire : « Non, je pense que c'est moi qui ai gagné. » Mais la réaction étrange avec laquelle son corps accueillit ce petit fantasme l'en dissuada.

Il prit quand même la main qu'elle lui tendait, même s'il n'avait pas besoin de son aide. C'était une petite main fine, mais calleuse et durcie par le travail. Cette femme était forte, d'une force pleine de souplesse. Son style de combat n'était pas gracieux. Il était méticuleux, déterminé et efficace.

Elle voulut dégager sa main, mais il la retint. Elle le regarda, un sourcil relevé. Non, cette femme n'était pas ce qu'elle prétendait être… à moins que toutes les facettes qu'elle lui avait dévoilées soient authentiques, qu'elle soit à la fois une gentille fille qui vivait dans une ferme, un agent à la détermination froide et une combattante acharnée. Jamais il n'aurait pensé que ces trois facettes puissent coexister chez quelqu'un mais, chez Willa, elles semblaient naturelles.

— Je ne suis pas une enfant, commença-t-elle.

Elle essaya de dégager sa main mais, comme il ne la relâchait pas, elle laissa ses doigts se détendre entre les siens.

— Je ne suis même pas un fardeau. Je n'appartiens pas à ce monde, mais on m'a appris à me défendre. Mes parents ne m'ont pas abandonnée. Ils m'ont enfin laissée vivre ma vie parce que je leur ai prouvé que je pouvais écarter n'importe quelle menace. Ce que j'ai fait cette fois encore. Ce n'est pas sur moi que cet homme a tiré. C'est sur vous. Et je dois vous rappeler que je vous ai sauvé la vie.

Elle semblait s'être faite à cette idée, mais Holden, pour sa part, en était de plus en plus gêné. Il ne dit rien, mais il garda sa main dans la sienne. Pourquoi ? Il n'en avait aucune idée.

— Si nous travaillons ensemble, nous parviendrons peut-être à comprendre ce qui se passe, dit-elle gravement.

Elle fit un pas vers lui. Ils n'étaient plus séparés que par une trentaine de centimètres.

— Mais nous devons échanger toutes les informations dont nous disposons, et nous pensons tous deux que nous n'en avons pas le droit.

Dans cette cave, le vert de ses yeux semblait plus sombre. À moins qu'elle soit seulement plus grave. Plus… quelque chose. Tellement de personnes différentes coexistaient en elle.

*Et est-ce que tu ne reconnais pas ça, au fond de ton âme ?*

Mieux valait qu'il oublie l'existence de son âme, pour le moment. Il devait se concentrer sur sa mission, faire appel à toute sa logique. Willa avait raison, sur bien des points. Il persistait à croire qu'elle était la vraie cible du tireur, mais ignorait qui l'avait chargé de l'abattre.

Puisqu'il devrait rencontrer ses collègues pour faire le point avec eux, autant lui révéler certaines choses. S'il parvenait à suffisamment gagner sa confiance, elle lui dirait peut-être à quoi étaient mêlés ses parents et il pourrait vraiment s'occuper de cette affaire.

— Très bien, dit-il enfin. Essayons.

Elle lui sourit, et il fut traversé par une petite secousse qui le fit une nouvelle fois penser à Reece, cet homme qui avait renié tout ce qu'il était parce qu'une jolie femme l'avait ensorcelé.

Il ne suivrait pas son exemple. Il refusait de le suivre.

Mais il comprenait enfin combien il lui aurait été facile de capituler.

# 7

Bien que son cœur batte la chamade, Willa résista à l'envie de retirer sa main de celle de Holden. Par ce geste, il se livrait à une sorte de jeu de pouvoir. Si elle lui montrait à quel point elle était troublée, il aurait le dessus.

Elle avait envie de se racler la gorge mais se retint, de peur de se trahir. Sans cesser de sourire, elle avala sa salive, aussi discrètement qu'elle le put, et dit :

— Puisque je vous ai sauvé la vie, c'est sans doute à vous de commencer.

Il la dévisagea pendant très, très longtemps. Elle parvint à garder une expression neutre, une attitude décontractée. Mais en elle, la nervosité le disputait à un sentiment incertain auquel elle ne voulait pas donner de nom.

Ses yeux étaient vraiment très bleus.

— Vous savez déjà l'essentiel, répondit-il enfin. Mon organisation est chargée d'arrêter un tueur à gages. Je ne peux pas être la cible parce que le tueur ne me connaît pas. Il ne sait même pas que je le traque.

— Comment le savez-vous ?

— Je le sais, c'est tout.

Elle secoua la tête et objecta :

— Il aurait pu le découvrir.

— D'accord, admettons qu'il l'ait découvert. Cela ne change rien au fait qu'il a été chargé d'éliminer quelqu'un qui n'est pas moi, que je sois là où non.

L'idée n'avait rien de plaisant, mais il avait raison. La coïncidence était indéniable : des munitions avaient été expédiées à sa boîte postale et récupérées par un homme dont elle ne connaissait ni l'identité, ni les motivations. Et si, à cause de cet homme, elle se retrouvait mêlée à une affaire qui ne la concernait en rien ?

Mais elle ne pouvait pas oublier que ses parents lui avaient recommandé de se tenir sur ses gardes.

— Si nous savions qui sont vos parents, nous comprendrions mieux la situation, dit-il.

Il évitait d'insister trop lourdement ou d'exiger une réponse. Elle lui en sut gré.

— Et si nous savions qui ils fréquentent, acheva-t-il.

Elle cligna des yeux en comprenant soudain qu'il soupçonnait ses parents d'être dans le mauvais camp.

— Vous pensez qu'ils…

Elle ne termina pas sa phrase. Elle ne devait dévoiler ni l'identité de ses parents ni leur activité. En aucun cas. Elle avait souvent eu envie de partager ce secret avec ses connaissances, dans l'espoir qu'ils la comprennent, mais elle s'était toujours tue. Tant pour leur sécurité que pour la sienne, elle devait garder le silence.

— Je comprends que vous vouliez les protéger, dit doucement Holden. C'est naturel. Mais eux, est-ce qu'ils vous ont protégée ?

— Oui. Toujours. Vous ne comprenez pas. Vous ne pouvez pas. Ils ont essayé…

Elle s'éloigna de quelques pas, et Holden relâcha enfin sa main. Il fallait qu'elle bouge. Il fallait qu'elle réfléchisse. Il fallait qu'elle… Oh ! elle aurait tout donné pour pouvoir câliner l'un de ses animaux pendant une ou deux minutes.

Mais puisque seul Holden était là, elle devait se maîtriser, analyser la situation et décider de ce qu'elle pouvait dire et ce qu'elle devait taire. Elle devait se servir de son cerveau. Même si elle n'avait pas suivi les traces de ses parents, elle savait comment se sortir d'une situation épineuse.

Les faits étaient telles les pièces d'un puzzle qu'elle devait assembler froidement, sans émotion. Ensuite, elle pourrait passer à l'étape suivante.

— Il est possible que ce soit mes parents que ce tueur à gages a été chargé d'éliminer.

— Ont-ils fait des choses qui pourraient leur valoir d'être tués ? demanda-t-il.

La question raviva sa colère. Elle lui décocha un regard hautain par-dessus son épaule.

— Pas vous ? rétorqua-t-elle.

Son expression ne varia pour ainsi dire pas, mais l'air de la pièce sembla se refroidir de plusieurs degrés.

— Ce n'est pas de moi que nous parlons.

— Non, mais vous êtes comme eux.

— Vraiment ?

À bout de patience, elle se remit à faire les cent pas.

— Ma parole, vous êtes plus têtu qu'une mule !

— Peut-être, mais vous n'êtes pas précisément un modèle de bonne volonté, vous non plus.

Elle souffla, exaspérée. Bien sûr que non. Elle ne lui devait rien.

Mais comment pourrait-elle aider ses parents sans lui donner au moins un aperçu de leurs activités ? Ils n'avaient toujours pas répondu à son SOS. Peut-être qu'ils étaient trop pris par leur propre combat, à moins qu'ils n'aient pas consulté leurs courriels et soient totalement ignorants de la situation dans laquelle elle se trouvait.

Holden lui avait dit… Il ne lui avait pas dit grand-chose, mais c'était toujours mieux que rien, d'autant qu'il avait semblé résolu à ne rien lui révéler du tout. Il lui avait confié son secret, avait évoqué l'organisation à laquelle il appartenait et parlé au téléphone avec une femme nommée Els. Ses collègues arrivaient sur les lieux.

— Quel est votre nom de famille ? demanda-t-elle.

Il réfléchit longuement avant de répondre. Est-ce qu'il se demandait s'il allait le lui dire ou non ? Est-ce qu'il cherchait un faux nom ?

— Holden Parker, dit-il enfin. Je ne peux pas vous donner le nom de mon organisation, mais je peux vous dire qu'il s'agit d'une agence indépendante qui n'accepte que des missions visant à aider les gens. Oui, j'ai fait des choses qui pourraient amener certaines personnes à souhaiter ma mort, mais j'aime à croire que toutes mes actions au sein de cette organisation, même si elles étaient parfois condamnables, ont été menées au nom du bien et avaient pour seul but de protéger des innocents.

Il avait parlé d'un ton solennel, vibrant d'intensité, en la regardant droit dans les yeux. Peut-être qu'il mentait, mais sa voix et son regard témoignaient d'une conviction sans faille.

— Et avant d'appartenir à cette organisation ? demanda-t-elle d'une voix plus basse qu'elle ne l'avait voulu.

— Ce que j'ai fait avant n'a pas d'importance, Willa.

Malheureusement, il avait raison. Elle avait posé cette question par simple curiosité, et elle n'avait pas le droit d'être curieuse.

— Mes parents ne sont pas tellement différents de vous, dit-elle. Je ne sais pas pour qui ils travaillent en ce moment, mais ils ont fait partie de la CIA. Quand je suis née, ils ont démissionné et voulu mener une vie normale mais, après des années passées à fuir les curieux et leurs questions, ils ont renoncé à leur rêve et recommencé à accepter des missions.

Elle avala sa salive.

— Je ne voulais pas de cette vie-là. Dès que j'ai été adulte, je les ai convaincus de me laisser vivre seule. Je n'ai rien à voir avec leurs activités. Je ne suis qu'un fardeau pour eux. Parce qu'ils m'aiment.

Holden balaya du regard la pièce où ils se trouvaient.

— C'est pour cela que vous avez tout ça ?

Elle acquiesça.

— C'est aussi pour cela que je n'ai pas d'amis et que je ne bavarde jamais avec la postière. Je dois vivre dans l'isolement le plus complet pour que personne ne puisse se servir de moi pour les atteindre.

Elle avait toujours pensé qu'elle se sentirait libérée après avoir avoué la vérité à quelqu'un et, pourtant, elle avait seulement envie de pleurer. Si elle l'avait pu, elle aurait effacé chacune de ses paroles. Mais parce que c'était impossible, il ne lui restait plus qu'à espérer que Holden ne se servirait pas de ces renseignements pour lui nuire.

Mais cela ne dépendait pas d'elle. Une fois encore, elle n'avait pas son mot à dire.

*Des agents secrets.*

Mais si Holden en resta sans voix, ce fut moins à cause de cette révélation que des larmes qui faisaient étinceler les yeux de Willa. Il comprit qu'elle s'était fait violence pour tout lui avouer. Elle avait sans doute promis à ses parents de toujours garder le secret, surtout s'ils travaillaient pour le compte du gouvernement.

Et pourtant, elle lui avait confié son secret.

Il n'aurait dû éprouver aucune admiration pour elle. Il n'aurait rien dû éprouver du tout. Elle n'avait pas eu le choix. Si elle voulait échapper au tueur à gages qui rôdait dans les parages, elle devait faire confiance à quelqu'un.

*Parce que tu penses qu'elle te fait vraiment confiance ?*

— Si votre vie est à ce point distincte de la leur, comment quelqu'un peut-il savoir que vous êtes leur fille ?

L'air était lourd d'une émotion qu'il devait ignorer. Quand des vies étaient en jeu, les émotions n'avaient aucune importance. On ne pouvait leur en accorder aucune.

— Même le mieux gardé des secrets peut être découvert, dit-elle simplement.

— Et donc, vous avez conclu ce marché avec eux ? Vous avez accepté que leurs activités puissent causer votre mort ?

Il bouillait de rage, sans savoir pourquoi. Comment deux personnes qu'il ne connaissait pas pouvaient-elles lui inspirer un tel dédain, une telle répulsion ? D'autant qu'elles lui ressemblaient sans doute bien plus qu'il ne voulait l'admettre.

— C'est facile de leur faire des reproches, Holden. Je le sais, parce que j'ai longtemps eu la même réaction. Mais que pouvaient-ils faire d'autre ? Ils ne pouvaient pas savoir qu'ils ne parviendraient jamais à échapper à la vie qu'ils avaient choisie.

Holden ne sut quoi répondre. D'ailleurs, il avait d'autres priorités. Il devait décider de ce qu'ils allaient faire si l'équipe de la North Star ne retrouvait pas l'intrus et qu'Elsie ne parvenait pas à l'identifier. Aussi longtemps que cet homme serait en liberté, Willa serait en danger.

— Il y a quelque chose qui ne colle pas, marmonna-t-elle.

— Oh ! vous croyez ?

— Oui. Autre chose, je veux dire. Je leur ai envoyé un message.

Elle plissa le front de plus belle et se tordit les mains.

— Un appel à l'aide. Ils n'ont toujours pas répondu. Et quand je pense à cet homme… Il aurait pu me tuer, mais il ne l'a pas fait. Il me veut vivante. Pourquoi ?

— Il était chargé de vous enlever.

— Exactement. J'ai toujours été consciente que cela pouvait se produire. Il vous aurait tué, m'aurait emmenée, et après ? Ce que vous m'avez vue prendre dans la boîte postale était un message de mes parents. Ils devaient savoir que quelque chose se tramait, parce qu'ils m'ont conseillé de redoubler de prudence – mais sans aller jusqu'à me cacher.

— Parce qu'ils pensaient pouvoir régler le problème ?

— Peut-être. À moins qu'ils n'aient agi que sur une intuition. Parfois, même en l'absence de faits, leur instinct leur dit que quelque chose se trame. Vous comprenez, n'est-ce pas ?

Elle leva vers lui un regard qui lui brisa le cœur. Il dut prendre sur lui pour rester de marbre.

— Je comprends, oui.

— Sans être agent secret, j'ai l'impression que quelque chose se prépare, moi aussi. Il y a un détail qui me chiffonne. Cette situation n'est pas logique, alors qu'elle devrait l'être.

Il essaya d'envisager le problème de son point de vue. Simple question de bon sens : puisqu'elle s'était sans doute toujours attendue à être un jour en danger, il devait se fier à son jugement.

— La North Star possède des moyens technologiques plus sophistiqués que les vôtres. Nous pourrions essayer de contacter vos parents.

— Non, dit-elle. C'est trop dangereux. Pour eux.

Elle prit une vive inspiration et reprit :

— Ils ont toujours tout fait pour me protéger. Je sais qu'ils ont consenti énormément de sacrifices pour que je sois en sécurité. Je dois tout faire pour eux, moi aussi.

*Mais pas moi,* pensa Holden, ce qu'il se garda bien de dire.

— J'ai fait la seule chose qu'ils m'aient autorisée à faire en cas d'urgence.

— « Autorisée », répéta-t-il. Est-ce que vous vous entendez parler ?

Il s'efforça d'apaiser sa colère. Ses parents l'avaient vraiment mise dans une position impossible, et il était bien placé pour savoir qu'une personne naïve, que nul ne protégeait, pouvait être la victime de toutes sortes de dangers.

— Vous êtes une adulte. Comportez-vous comme telle. Faites vos propres choix.

Son visage se durcit.

— C'est ce que je fais, croyez-moi.

Il réprima l'envie de continuer à argumenter. S'il se bornait dorénavant à lui donner des ordres, il pourrait poursuivre sa mission sereinement, libre des émotions contradictoires qui appartenaient à la personne qu'il était avant de joindre la North Star, et même les Sons. Une personne qui n'existait plus depuis des années, mais qu'elle était parvenue à ressusciter.

*Assez !*

Son téléphone tinta, annonçant l'arrivée d'un message.

La voie est libre. Je t'attends.

Shay avait donc choisi Gabriel pour diriger les recherches. Il était encore un peu jeune pour être nommé chef d'équipe mais, quand il aurait acquis un peu d'expérience, il ferait un remplaçant parfait pour Reece. Shay avait fait le bon choix.

— Je monte, dit-il à Willa. Restez ici.

— Non, je viens avec vous.

— Vous allez rester ici, répéta-t-il.

— Je dois m'occuper de mes animaux. Ils peuvent rester seuls pendant quelques jours si besoin, mais il faut que je m'organise.

Il n'aurait pas dû céder, mais il comprenait que, si elle vivait entourée d'animaux – qu'ils soient vivants ou sous forme de bibelots –, c'était parce qu'elle devait se priver de la compagnie d'êtres humains. Ses animaux comblaient un vide, et nul ne pouvait les utiliser pour lui nuire ou nuire à ses parents.

— Nous ne pouvons pas prendre de risques. Animaux ou non, vous devez m'obéir jusqu'à ce que nous ayons un meilleur aperçu de la situation.

— Vous n'êtes pas mon patron, Holden. Je ne vous ai pas demandé de venir, ni d'appeler vos collègues. C'est vous qui avez débarqué dans ma vie. Je ne vous dois rien du tout.

Étrangement, il fut blessé par ces paroles. Pourtant, elle avait raison : elle n'avait rien demandé. D'ailleurs, s'il était ici, ce n'était pas pour lui servir de garde du corps, mais pour neutraliser la personne qui cherchait à s'en prendre à elle. Même s'il ne savait pas bien, au fond, comment remplir sa mission, il devait garder à l'esprit qu'il n'était pas là seulement pour protéger Willa.

— Cela ne change rien aux faits, rétorqua-t-il. On m'a donné pour mission d'empêcher que vous soyez tuée. Vous allez donc me faire confiance et m'obéir. Je vous protégerai jusqu'à ce que nous tenions l'homme qui vous cherche, quelles que soient ses intentions.

Elle le dévisagea pensivement. Quelle que soit l'issue de cette mission, il avait la certitude que ses yeux verts le hanteraient pendant longtemps. Enfin, elle éteignit l'ordinateur et actionna un interrupteur. Le générateur se tut et l'intensité des lumières baissa.

— Si vous voulez que je vous fasse confiance, Holden, vous allez devoir me rendre la pareille.

Elle composa une combinaison sur le verrou de l'une des portes, qui s'entrouvrit.

— En passant par ici, nous arriverons directement dans la cave, poursuivit-elle. Dites à votre homme de nous rejoindre à la porte d'entrée.

Sans attendre sa réponse, elle s'engagea dans le tunnel. Holden souffla, agacé, et envoya un texto à Gabriel. Ensuite, il s'enfonça dans l'obscurité, derrière elle.

# 8

Willa aurait presque préféré rester dans ce tunnel. Ici, dans le noir, sa vie n'était pas en danger. Il n'y avait pas d'« équipe ». Ses parents étaient en sécurité. Et elle n'avait pas accordé sa confiance à un homme qui ne lui avait pas accordé la sienne. Un homme qu'elle connaissait à peine et dont elle aurait dû se méfier, parce que tout ce qu'il lui avait dit pouvait n'être qu'un tissu de mensonges.

Et pourtant, elle ne parvenait pas à le soupçonner. Elle allait donc lui faire confiance et espérer que tout irait bien et qu'elle aurait bientôt des nouvelles de ses parents.

Elle ouvrit la porte, qu'elle avait déverrouillée avant d'éteindre l'ordinateur. Derrière elle, Holden commenta :

— J'ai l'impression d'être dans un film.

Elle ne prit pas la peine de lui répondre. Telle était sa vie, la seule qu'elle ait jamais connue. Elle savait que ses parents avaient parfois essayé de revenir à une vie normale, mais elle était trop petite à l'époque pour s'en souvenir. Elle avait donc grandi entourée de systèmes de sécurité et d'outils technologiques sophistiqués, qui visaient tous à la protéger.

Tout le monde essayait toujours de la protéger.

Elle chassa son amertume, qui ne lui était d'aucune aide, et attendit que Holden ait passé la porte à son tour pour la verrouiller et remettre en place le faux mur qui la masquait. Il dirigea la lampe torche de son téléphone vers le mur, où la porte était maintenant indétectable, et dit :

— C'est vraiment comme dans un film. Allons-y. Gabriel attend sur le porche.

*Gabriel.*

— Est-ce que vous utilisez vos vrais noms ?

Ses parents, pour leur part, se servaient généralement de noms de code, même avec les personnes avec lesquelles ils collaboraient pendant leurs missions. Et pour elle, ils étaient maman et papa, tout simplement.

Elle repensa aux confidences de Holden, laissé orphelin alors qu'il était encore adolescent. Jusqu'à cette tragédie, il avait au moins eu une vie normale…

Mais ces considérations n'avaient aucune importance. Leur priorité était de découvrir qui leur avait tiré dessus, et elle comptait bien participer à l'enquête. Elle refusait qu'on la force à se cacher comme ses parents l'avaient toujours fait. Elle ne battrait pas en retraite parce que cette histoire n'avait ni queue ni tête. Ses parents lui avaient appris à se défendre. À être autonome.

S'ils étaient en danger et qu'elle pouvait les aider… personne ne pourrait l'en empêcher.

Holden répondit enfin à sa question, d'un ton sec. Détaché.

— Oui, nous utilisons nos vrais noms. Presque tout ce que nous sommes ou avons été disparaît quand nous rejoignons l'organisation. Nous ne mettons personne en danger en utilisant nos vrais noms, parce que nous ne sommes vraiment proches de personne.

Elle réfléchit à ces paroles et en conclut que cette fameuse organisation ne recrutait que des gens qui étaient seuls dans la vie, comme lui.

Quand ils eurent gravi l'escalier de la cave, Holden l'écarta et poussa lentement la porte du canon de son pistolet. D'un geste, il lui intima de ne pas bouger.

Elle fronça légèrement les sourcils mais obéit. Même si elle ne l'accompagnait que pour s'assurer que ses parents allaient bien, elle ne devait pas prendre de risques inutiles. Il faudrait parfois qu'elle se repose sur son expérience… comme il devrait parfois se reposer sur la sienne. Qu'il le comprenne ou non.

Enfin, il lui fit signe de le rejoindre. Sans mot dire, elle le suivit jusqu'à la porte d'entrée. Quand il pointa sa lampe torche sur le cale-porte en forme de lapin, elle remarqua qu'il avait changé de place.

— Est-ce que c'est vous qui l'avez déplacé en vous introduisant chez moi ? chuchota-t-elle.

— Oui, répondit-il. Qu'est-ce que c'est que ces trucs ?

— Des cale-portes. La maison est vieille. Si je veux que les portes restent ouvertes à la belle saison, je dois les caler.

Il secoua la tête.

— Pourquoi des lapins ?

— Qu'est-ce que vous avez contre les lapins ?

— Ce sont des rongeurs, Willa.

— Qu'est-ce que vous avez contre les rongeurs ?

Il marmonna quelques mots inintelligibles et ouvrit la lourde porte. Un homme se glissa à l'intérieur.

— Parker, dit-il.

— Gabe. Qu'est-ce que tu as ?

— Aucune trace du tireur. Il semble avoir agi seul. Mais il y a un problème.

— Lequel ?

— Les cartouches que nous avons trouvées ne correspondent pas à l'arme que nous cherchons.

C'était étrange. Physiquement, Holden et ce Gabriel étaient aussi différents que le jour et la nuit. Et pourtant, ils se ressemblaient, par leur attitude, l'impression de puissance qui se dégageait d'eux. Il suffisait de les regarder pour comprendre qu'ils avaient été entraînés à affronter n'importe quelle situation.

*Tu l'as été, toi aussi.*

Mais son expérience lui avait appris qu'elle n'était jamais aussi efficace que quand on la sous-estimait. Elle se garda donc bien de partager sa théorie avec les deux hommes. Et quand ils sortirent pour « inspecter le périmètre » – ce qui signifiait, elle le savait, « discuter sans que la femme nous entende » –, elle s'attela de son côté à un petit travail.

— D'où est-ce qu'elle sort ? demanda Gabriel quand ils eurent inspecté les abords immédiats de la maison.

Même si Holden lui faisait entièrement confiance, ainsi qu'aux autres membres de son équipe, il voulait voir par lui-même l'endroit où les cartouches avaient été retrouvées.

— Qu'est-ce que tu veux dire ? demanda-t-il

Il fouillait l'obscurité des yeux, sans trop savoir ce qu'il cherchait. Après leur avoir tiré dessus – et les avoir ratés –, l'intrus s'était évaporé. Comme Willa le lui avait très finement fait remarquer, c'était parfaitement illogique.

— C'est une jolie fille.

Il se redressa brusquement, gagné par une fureur meurtrière, et Gabriel écarquilla les yeux. Il s'efforça d'adoucir son expression, de façon qu'elle reflète l'austère désapprobation d'un professeur et non une envie irrépressible de lui sauter dessus pour l'étrangler.

— Elle est mêlée à une situation que nous devons maîtriser, Saunders.

— Je n'ai pas dit le contraire, répondit Gabriel d'un ton lénifiant. Ce n'était qu'une remarque en passant.

— Dorénavant, je te demanderai de garder tes remarques pour toi, à moins qu'elles aient un rapport avec la mission.

— Oui, monsieur, répondit Gabriel sur un ton légèrement sarcastique.

Holden ne s'en formalisa pas, bien que ce « monsieur » lui donne l'impression d'être un peu vieux, alors qu'il ne l'était pas – sauf peut-être selon les critères de la North Star. Maintenant que Reece était parti, tous ses collègues étaient plus jeunes que lui, sauf Shay et Betty.

Il grimaça. Il ne voulait pas être vieux, même si ce n'était qu'au sein de ce microcosme. Mais il était le chef d'équipe, et il avait une mission à diriger.

— Je veux que les cartouches soient rapportées au quartier général et analysées, ordonna-t-il. Envoie quelqu'un d'autre. Je veux que tu restes à proximité, en renfort.

Gabriel hocha la tête et s'arrêta près d'un rocher, à quelques mètres de la maison.

— C'est là que j'ai trouvé les cartouches.

Holden examina la zone à la lumière de la lampe torche de son téléphone. Il faudrait qu'il revienne l'inspecter en plein jour. Ce rocher constituait un excellent poste d'observation. Mais… comment avait-il pu ne rien pressentir ? Et les chiens de Willa, pourquoi n'avaient-ils pas repéré l'intrus ?

Mais après tout, ils n'avaient pas non plus aboyé ni grogné contre lui. Pourquoi avoir tous ces animaux s'ils ne donnaient même pas l'alarme en cas d'intrusion ?

Rien dans cette histoire n'était logique. Il se tourna vers la maison, où la lumière de la cuisine était allumée, et devina que Willa était en train de ramasser les éclats de verre.

— Il nous faut aussi la balle, dit-il en suivant sa silhouette des yeux.

Elle lui avait confié certaines choses, mais il savait qu'elle lui en taisait d'autres, et qu'elle les lui tairait toujours. Il avait pour mission de la protéger, mais elle protégerait ses parents. Et comment aurait-il pu l'en blâmer ? Si ses parents avaient été en vie, il aurait tout fait pour les protéger, lui aussi.

— Il y a quelque chose qui ne colle pas, chuchota Gabriel.

— Oui, en effet.

Holden s'accroupit à côté du rocher pour analyser l'angle de tir, en essayant d'oublier la négligence dont il s'était rendu coupable. Quand il se releva, il ordonna :

— Procède à une nouvelle inspection, plus minutieuse cette fois. Je vais chercher la balle et je te rejoins.

— Pourquoi est-ce que ce n'est pas moi qui m'en chargerais ? Parce que j'ai des yeux ? railla Gabriel.

Il ne lui accorda même pas un regard. À une époque, il aurait pu dire la même chose. Bon sang, si Sabrina avait été chargée de cette mission et qu'il avait été son second, il ne se serait pas privé de ce genre de commentaire. Mais, venant de Gabriel, la remarque l'agaça. Comme c'était sans importance, il s'éloigna sans un mot pour regagner la maison.

Quand il s'y était introduit à la dérobée, quelques heures plus tôt, il avait cherché des indices susceptibles de lui apprendre qui était vraiment Willa. Cette fois, en entrant dans la maison, il la regarda avec des yeux neufs, en quête d'un quelconque signe de faiblesse.

Tout un réseau de souterrains s'étendait sous cette vieille ferme, où elle s'efforçait de mener une vie aussi normale que possible, avec des animaux pour toute compagnie.

Il ne pouvait pas se laisser émouvoir. Sans être à proprement parler des ennemies, la sympathie et l'empathie rendaient toute mission plus difficile. Même si son nouvel objectif semblait être de la protéger, il ne pouvait pas lui faire pleinement confiance. Elle avait encore des secrets.

Il gagna la porte de la cuisine sur la pointe des pieds et la regarda balayer les morceaux de verre tout en parlant à un chien et un chat qui l'écoutaient docilement, assis à l'autre bout de la pièce.

— On peut remplacer une fenêtre, disait-elle. On peut tout remplacer. Mais je ne sais pas comment vous protéger.

— Nous trouverons un moyen, dit Holden.

Elle sursauta, mais sans crier ni tomber à la renverse. Elle se borna à le regarder d'un air méfiant.

— Parce que c'est « nous », maintenant ?

— Ils ne sont que des témoins innocents, tout comme vous.

Elle soupira, se releva et vida la pelle dans un sac en papier avant de lever les yeux vers la fenêtre qui avait volé en éclats. Elle avait scotché du carton sur le trou béant.

— Un témoin innocent... J'ai plutôt l'impression d'être un pion.

Comme c'était effectivement le cas, il préféra changer de sujet.

— Auriez-vous un outil dont je puisse me servir pour extraire la balle ?

Elle se tourna vers le mur où le projectile s'était logé. Holden était conscient qu'il aurait tout aussi bien pu atteindre sa tête, mais cela ne le perturbait pas. Ce n'était pas la première fois qu'on lui tirait dessus. Il avait conscience de son statut de mortel, et il était en paix avec cette idée.

Mais en voyant Willa pâlir légèrement, il se demanda si elle avait souvent envisagé sa propre mort. Plus que la plupart des femmes, sans doute ; mais certaines personnes ne parvenaient jamais à accueillir cette pensée avec sérénité.

Elle se détourna et ouvrit un tiroir rempli de bric-à-brac. Elle fouilla quelques instants parmi les élastiques, les vis dépareillées et les bouts de ficelle avant de lui tendre une pince à bec. Il s'efforça d'extraire la balle sans trop endommager le mur, mais le plâtre s'effrita quand même.

Cette balle ne correspondait pas plus que les cartouches au pistolet ultra-puissant qu'ils cherchaient. Pourquoi un tueur à gages auquel on avait fait parvenir une arme spécifique en aurait-il utilisé une autre ?

Il ne pouvait penser qu'à une réponse : parce que Willa n'était pas sa cible. Il ne voulait pas l'inquiéter, mais elle était apparentée à deux personnes qui accomplissaient des missions pour le compte du gouvernement. Il soupira.

— Willa… Est-ce que vous savez où sont vos parents ?

Son expression ne varia pas. Elle ne sembla ni choquée, ni inquiète, ni surprise. Parce qu'elle était parvenue à la même conclusion que lui.

— Non. Ils ne répondent pas à mes messages.

Elle se tourna vers la fenêtre et serra les bras autour de son corps.

— Vous pensez que ce sont eux, que ce tueur à gages recherche.

Il ne pouvait plus tourner autour du pot.

— Oui.

Quand elle se tourna de nouveau vers lui, son regard était franc, ses yeux, secs. Elle semblait grave, mais pas effrayée.

— Moi aussi. Vous allez donc devoir m'aider à les trouver.

# 9

En voyant Holden esquisser une moue réprobatrice, Willa comprit qu'elle aurait du mal à le convaincre de collaborer avec elle. Mais elle ne pouvait pas se tourner les pouces en espérant que ses parents reviendraient sains et saufs, comme elle l'avait toujours fait, parce qu'elle se trouvait dans une situation inédite : elle avait été la cible de bien plus que de simples menaces, et ils n'avaient toujours pas répondu à son message. S'ils avaient besoin d'aide, elle devait agir.

En plus, elle avait un… D'accord, Holden ne les verrait jamais comme des équipiers, mais ils pouvaient travailler ensemble. Il fallait qu'elle prenne part à cette mission.

Elle regrettait de ne pas plus douter de lui. Elle savait qu'elle lui en avait déjà trop dit, qu'elle lui avait accordé trop de confiance. Mais elle n'avait pas pu se retenir de parler.

Et il n'avait pas essayé de lui faire du mal, n'est-ce pas ?

— Ma mission est de neutraliser le tueur à gages, Willa. Si vos parents sont ses cibles, je ferai tout pour les protéger.

— Vous avez besoin de mon aide.

Il laissa tomber la balle dans un sachet. Elle devina que son organisation allait l'analyser, en espérant qu'elle leur fournirait des indices.

— Vous serez sous protection. Même si c'est sur moi que cet homme a tiré, vous êtes visée vous aussi, c'est évident.

— Ce n'est pas pour moi que je m'inquiète, mais pour mes parents, riposta-t-elle. Vous devez me laisser vous aider.

— À quoi faire ?

— À accomplir votre mission. Vous ne les connaissez pas.

— Je ne connais pas le tueur non plus. Je les trouverai tous les trois. C'est mon boulot. Croyez-le ou non, mais je suis très bon dans mon travail.

Elle voulait le croire mais, cette fois, elle ne resterait pas sur la touche avant d'avoir eu des nouvelles de ses parents.

— Ce serait plus simple avec mon aide.

— Je ne vois pas comment.

— Est-ce que je dois vous prouver que je sais me servir d'un pistolet ? Que je peux me glisser n'importe où sans être repérée ? Est-ce que vous voulez que je vous montre tout ce qu'ils m'ont enseigné ? Je peux le faire, et je le ferai.

— Ce n'est pas que je doute de vos… capacités…

Mais il en doutait. Bien sûr, qu'il en doutait. Il la voyait comme une femme sans défense, qui vivait entourée d'animaux. Elle aurait beau lui expliquer comment elle avait été entraînée à se défendre seule, voire lui en apporter les preuves, qu'il ne la croirait toujours pas.

Parce qu'il ne voulait pas la croire. Parce que rien ne l'y obligeait.

— Très bien.

Oui, très bien. Après tout, elle n'avait pas besoin de cet homme. Elle avait deux jambes et un cerveau. Elle était capable de prendre des décisions et d'agir par elle-même.

— Je les chercherai seule.

— Pas question, dit-il d'une voix froide, autoritaire.

Sa colère, sous laquelle était tapie une peur paralysante, monta d'un cran.

— Comme c'est bizarre. Je ne me souviens pas de vous avoir autorisé à me donner des ordres.

— Willa…, gémit-il. Arrêtez un peu, vous voulez bien ? Nous sommes en pleine nuit. Vous êtes fatiguée. On vous a tiré dessus. Allons dormir. Nous en reparlerons demain.

— Oh ! parce que *nous* allons dormir ?

— Bien sûr.

Son expression était indéchiffrable.

— Pour une espèce d'espion, vous mentez très mal.

— Je ne suis pas un espion, et je ne mens pas. J'essaie de faire mon travail et vous me compliquez la tâche. Comment pourriez-vous m'aider ? Je sais ce que je fais. J'ai été formé pour ce travail. Vous, vous n'êtes qu'une fermière.

— Je connais leurs habitudes, répliqua-t-elle. Leur façon de travailler. Je ne sais pas où ils sont, mais je peux vous donner des détails sur leurs missions passées qui pourraient vous fournir un début de piste. Vous êtes peut-être un as dans votre boulot mais, moi, je les connais. Si nous travaillons ensemble, nous les retrouverons plus rapidement.

La porte de derrière s'ouvrit à la volée. Elle sursauta, mais réprima un cri. Holden, qui avait vivement porté la main à son arme, la relâcha en voyant la femme qui venait d'apparaître. Cependant, il paraissait surpris.

— Shay, dit-il.

Décontenancée, Willa dévisagea la femme. Elle était grande, avait des cheveux blonds et des yeux bleus, et elle était vraiment très jolie. On aurait même pu la qualifier d'élégante, si elle n'avait pas porté de tenue de camouflage.

Mais elle en portait une, et il émanait d'elle la même aura de contrôle et d'efficacité que de Holden et de son collègue.

— Il faut que nous parlions, dit-elle en posant les yeux sur Willa. Seuls.

Un autre jour, Willa aurait peut-être plié devant ce regard autoritaire. Mais aujourd'hui…

— Vous êtes chez moi, riposta-t-elle. Si vous voulez être seuls, vous pouvez sortir.

Shay haussa vivement les sourcils.

— On dirait que tu as omis de mentionner certains détails dans ton rapport, Parker.

Après cette remarque, Willa put assister à un spectacle fascinant : le visage de Holden se décomposa. Sans aller jusqu'à prendre un air coupable, il ne maîtrisait plus son expression.

— Qu'est-ce que tu fais ici ? J'ai la situation en main.

Shay dévisagea de nouveau Willa, qui lui rendit son regard.

Elle refusait de se laisser gagner par la peur ou la nervosité. Si Holden refusait de l'aider, cette femme accepterait peut-être.

— Est-ce que c'est elle qui t'a fait cette bosse sur la tête ?

Holden coula un regard vers elle.

— Pas exactement, marmonna-t-il. Willa… accordez-nous cinq minutes, s'il vous plaît.

Elle ne prit même pas la peine de répondre. Elle se contenta de croiser les bras, sans bouger. Elle ne se laisserait pas manipuler. Elle ne se laisserait pas… mettre à l'écart. Elle aurait trop eu l'impression d'être redevenue l'enfant que maman et papa mettaient de côté pour mener à bien la dernière mission qui leur avait été assignée.

« Assignée. » Elle avait toujours cru qu'il leur était impossible de tourner la page, d'entamer une nouvelle vie. Mais soudain, une pensée atroce la traversa : peut-être qu'ils n'avaient pas voulu quitter cette vie. Pas vraiment.

Il fallait qu'elle chasse cette pensée de son esprit.

Shay désigna la porte de la tête. Holden sortit, et elle le suivit. Willa se retrouva seule, reléguée sur la touche, pendant qu'une poignée de personnes qu'elle ne connaissait pas décidaient de son sort et de celui de ses parents.

Elle ne pouvait rien y faire. Vivre auprès de ses parents lui avait appris qu'elle ne pouvait pas contrôler autrui.

Par contre, elle était maîtresse de ses propres décisions.

Et elle avait décidé d'agir.

Holden se sentait inexplicablement… coincé. Pourquoi ? Il n'en avait pas la moindre idée. Il avait suivi le protocole à la lettre.

Peut-être qu'il avait négligé de mentionner certains détails dans son rapport, surtout en ce qui concernait Willa. Mais la présence de Shay n'était pas indispensable pour autant. Et ce n'était pas parce qu'elle était là qu'il devait douter de ses compétences ou de sa capacité à poursuivre sa mission.

Pourquoi avait-il cette impression que le monde était sens dessus dessous ? Il ne savait pas, mais il devait se reprendre.

— J'ai la situation en main, répéta-t-il. Pourquoi es-tu ici ?

— Tu ne m'as pas dit que tu avais été blessé, répondit gravement Shay.

— Ce n'est pas pour cela que tu es venue. Même si Gabe m'avait dénoncé, tu n'aurais pas pu arriver aussi rapidement.

— Informer ta supérieure que tu as subi une grave blessure n'est pas de la dénonciation. Il te faut un pansement propre. Et tu dois suivre un protocole commotion.

— Hé, maman ? Je vais bien.

Elle ne rit pas. Elle ne soupira même pas.

— Je ne plaisante pas, Parker. Tu connais les règles.

— Oui, je les connais. Je sais aussi que je vais très bien et que je sais ce que je fais.

— Sur ta dernière mission, tu es intervenu pour aider Sabrina parce que tu savais qu'elle était blessée.

— Ce n'est qu'une bosse, et je ne suis pas en train de me battre. La situation est différente, et tu le sais. De toute façon, nous n'avons pas le temps de nous attarder sur ce genre de détails. J'ai la balle, et Gabe a les cartouches. Nous devons les analyser. Il faut que nous progressions avant que le tueur à gages se rapproche de la cible.

— Tu ne penses pas que ce soit elle ? demanda Shay en inclinant la tête vers la vieille ferme.

Il regarda la maison, où les lumières étaient encore allumées. Il avait espéré que Willa irait dormir et le laisserait s'occuper de tout, mais sans trop y croire.

— Je n'en suis pas certain. En tout cas, elle n'est pas la seule. Elle pense que ce sont ses parents qui sont visés. Ils travaillent avec des groupes de renseignements, dont la CIA. Ce qui aurait figuré dans mon prochain rapport, si tu m'avais laissé le temps de rassembler des preuves.

— Pourquoi as-tu l'air aussi peu sûr de toi ?

— Quelque chose ne colle pas. Je n'arrive pas à définir quoi. Peut-être elle.

Il repensa à l'espèce de bunker aménagé sous terre.

— Est-ce que nous pouvons faire venir Elsie ?

— Si nécessaire.

— Si cette affaire est en lien avec la CIA, je veux que personne d'autre qu'elle ne fouine dans l'ordinateur de Willa.

— Willa, répéta Shay. Est-ce que c'est son vrai nom ?

Holden haussa les épaules d'un geste qui se voulait détaché. Parce qu'il était détaché. Même si Willa lui avait sauvé la vie.

— Pas sûr. Peut-être qu'elle ne le sait pas elle-même. Elle dit que ses parents sont agents secrets et, pour avoir vu son installation, je la crois. D'après elle, ils sont dans le bon camp. Mais s'ils ne l'étaient pas, ils le lui auraient sans doute caché. C'est leur fille, après tout.

— À moins qu'elle joue un rôle dans toute cette histoire, objecta Shay.

Holden s'efforça d'envisager cette possibilité aussi froidement, aussi objectivement que possible.

— Ça ne serait pas logique. Je ne vois pas pourquoi elle aurait voulu me duper.

— Les femmes ont l'art de faire croire aux hommes qu'elles sont plus faibles qu'elles ne le sont vraiment.

— Tu crois que je ne le sais pas ? Je travaille avec toi et Sabrina.

Shay réfléchit pendant un moment avant de demander :

— Comment as-tu récolté cette bosse ?

Il lui exposa plus en détail les circonstances de l'accident, mais omit de mentionner que Willa l'avait enchaîné à un lit. Puisqu'il s'était libéré, l'information était inutile.

— Cette histoire d'agents secrets…

— Elle refuse de me donner leurs noms. La North Star pourrait sans doute se renseigner sur elle, mais cela risquerait d'attirer l'attention de notre tueur à gages. Par contre, elle a un ordinateur sophistiqué dans son bunker. Si Elsie peut le pirater, peut-être qu'elle découvrira des informations que Willa elle-même ignore, ou qu'elle ne veut pas nous confier.

— Est-ce que Willa la laissera faire ?

Une idée lui vint, qui ne lui plaisait pas particulièrement, mais qui leur permettrait de parvenir à leurs fins.

— Si je lui permets de m'accompagner pour rechercher ses parents, elle n'en saura rien.

— Tu ne peux pas emmener une civile sur une mission dangereuse.

— Elle veut venir. Elle prétend que ses parents lui ont appris à se défendre.

Il repensa à la façon dont elle s'était battue contre lui. Même s'il n'avait pas riposté, elle n'avait pas démérité.

— Et elle m'en a fourni quelques preuves, lâcha-t-il.

— C'est répugnant.

— Franchement, Shay, tu as les idées mal placées. Je la connais depuis moins de vingt-quatre heures.

— Allons, Holden ! Je t'ai vu à l'œuvre.

Partagé entre indignation et amusement, il secoua la tête et précisa :

— Elle a voulu se battre contre moi. Elle sait se battre.

Shay émit un petit son pensif et se tourna vers la maison. Holden comprit qu'elle allait réfléchir à son idée, en peser le pour et le contre, même si elle finissait par la rejeter.

Quand elle secoua la tête, il comprit qu'il allait devoir soit lui désobéir, soit trouver de meilleurs arguments en faveur de son idée. Qu'est-ce qui était le plus probable : que Willa les autorise à fouiller son ordinateur, ou qu'il persuade Shay de l'autoriser à l'emmener ?

Il n'en savait vraiment rien.

— Tu sais qu'elle est en train de s'enfuir, n'est-ce pas ? demanda Shay sur le ton de la conversation.

— De s'enfuir ?

— Je parierais mes économies qu'elle est en train de passer par une fenêtre, de l'autre côté de la maison.

Holden contempla la maison. Non. Willa ne ferait jamais ça. Il ne s'attendait pas vraiment à ce qu'elle aille dormir, mais elle ne s'enfuirait pas. Elle ne pouvait pas.

— Elle n'abandonnerait jamais ses animaux.

— Tu en es vraiment sûr ?

Oui, il l'était. Mais il se dirigea quand même vers la maison et la contourna sur la pointe des pieds. S'il ne vit pas Willa, l'une des fenêtres était ouverte et la moustiquaire qui la protégeait soigneusement posée par terre, contre le mur.

Il lâcha un juron. Shay gloussa et le frappa dans le dos.

— Elle t'a bien eu, Parker. Reconnais-le.

— Sans blague, marmonna-t-il, dégoûté. Fais venir Elsie et dis-lui de pirater cet ordinateur. Moi, je vais occuper Willa en essayant de retrouver ses parents. Reste en contact. Dès que vous trouvez quelque chose, je veux être prévenu.

— Ce sera tout ? demanda Shay d'un ton neutre.

Par cette simple question, elle lui rappelait subtilement que c'était elle qui dirigeait la North Star, et non lui. Cependant, cette mission était sous sa responsabilité.

— Pour le moment, oui.

# 10

Willa se déplaçait avec aisance dans la pénombre. Le clair de lune éclairait son chemin, mais elle avait tellement l'habitude de l'emprunter qu'elle aurait progressé avec la même facilité dans l'obscurité totale.

Holden doutait peut-être de ses compétences, mais pas elle. Par contre, elle s'en voulait un peu d'abandonner ses animaux. Parce qu'elle était préparée à toute éventualité, cela faisait longtemps qu'elle avait demandé à l'un de ses voisins de venir les nourrir si elle devait s'absenter. Mais il ne leur dispenserait pas l'amour dont elle les entourait.

Cependant, elle n'avait pas eu d'autre choix que d'ouvrir le coffre-fort de ses parents et de disparaître dans la nuit, loin de Holden, de son organisation et de leurs priorités.

Elle avait une priorité, elle aussi : ses parents.

Elle ne leur avait pas accordé le délai de trente-six heures auquel ils tenaient tant avant de déclencher les mesures d'urgence, mais ils lui pardonneraient sans doute. Un tueur à gages rôdait dans le coin, on lui avait tiré dessus, et une autre organisation secrète avait fait son apparition.

Il allait lui falloir un moment pour atteindre la ville. D'ici là, le soleil serait levé. Ce n'était pas bien grave, du moment qu'elle était prudente. Le parking où ses parents laissaient leur voiture était assez isolé. Même en plein jour, elle n'aurait aucun mal à s'y introduire et à repartir au volant du véhicule sans être vue. Par contre, il fallait qu'elle ralentisse l'allure sous peine de se fatiguer avant d'avoir atteint son but. Mais si Holden la rattrapait…

Elle voulut se convaincre qu'il allait discuter avec cette femme pendant un moment en supposant qu'elle était allée se coucher, mais en vain.

— Ne te berce pas d'illusions, Willa, marmonna-t-elle.

Il allait forcément se douter de quelque chose. Elle ne disposait que de quelques minutes pour être hors d'atteinte. Heureusement, elle connaissait la région et…

Quand elle entendit le bruit de pas, il était déjà trop tard. Quelqu'un la projeta au sol et lui tomba dessus. Elle ne cria pas : elle se battit, comme toujours. Jamais elle ne renoncerait à se battre.

Comme des mains se refermaient autour de ses poignets, elle décocha quelques furieux coups de pied.

— Bon sang, Willa. C'est moi ! lança Holden.

Elle souffla, comme si cela changeait quelque chose.

— Je le sais très bien, répondit-elle.

Elle lui voulut lui décocher un coup de genou dans l'entrejambe, mais il l'esquiva de justesse.

Elle continua à se débattre sans qu'il cherche à riposter ni même à l'immobiliser. Il se bornait à esquiver les coups, comme s'il attendait qu'elle se fatigue ou se résigne.

— Est-ce que vous allez arrêter ? lâcha-t-il en évitant de peu un coup de poing dans le nez.

Il la plaqua au sol et immobilisa ses jambes entre les siennes. Elle eut beau se tortiller, elle ne put se dégager. Par contre, ses bras étaient libres – et elle était dans la position idéale pour lui décocher un coup extrêmement douloureux. Elle serra le poing et s'apprêta à frapper, mais il se releva d'un bond et alluma une lampe torche.

Grimaçant dans la vive lueur, elle resta allongée par terre le temps de reprendre son souffle. Ils s'étaient battus, et elle n'avait pas eu le dessus. Mais contrairement à lui, elle avait essayé de s'imposer.

— Comment peut-on faire ce métier si l'on refuse de se battre contre une femme ?

Comme il ne répondait pas, elle devina qu'elle avait une fois encore « mis dans le mille », pour reprendre ses termes.

— Comment avez-vous pu abandonner vos animaux ? rétorqua-t-il.

Elle ouvrit la bouche pour l'informer des dispositions qu'elle avait prises mais se ravisa, de peur de trop se dévoiler devant lui. Elle se releva, tapota ses vêtements et dit :

— Si vous voulez me ramener là-bas, vous allez devoir vous battre contre moi. Vous battre pour de bon. Je ne rentrerai pas avant d'avoir fait ce que je dois faire.

Elle serra les poings, se mit en position et attendit.

Il poussa un soupir.

— Je ne vais pas me battre avec vous, Willa.

— En ce cas, vous allez devoir me laisser partir. Oh ! Et, de toute façon, je me passe de votre permission. Je pars.

Elle voulut s'éloigner, mais il lui barrait la route.

— Vous n'irez nulle part. Pas seule, en tout cas. Le tireur pourrait être tout près d'ici.

— Il pourrait, oui. Et lui, il se battrait.

— Il vous tuerait.

— Vous n'en savez rien.

Holden gémit.

— Vous êtes la femme la plus agaçante que j'aie jamais rencontrée. Si vous étiez restée à la ferme et que vous aviez vraiment coopéré, vous auriez…

— Coopéré ? coupa-t-elle. Vous m'avez dit d'aller me coucher ! Je refuse d'être tenue à l'écart alors que mes parents sont en danger.

Sans se laisser démonter, il acheva :

— Vous auriez pu être invitée à m'accompagner.

Elle ouvrit la bouche pour répliquer, mais la referma aussitôt. Aurait-elle dû attendre, au lieu d'agir sur un coup de tête ? Elle plissa les yeux et le dévisagea. Non. Il avait beau dire, elle savait que rien ne se serait passé comme elle le voulait.

— Vous allez venir avec moi ? demanda-t-elle.

— C'est vous, qui allez venir avec moi.

Elle leva les yeux au ciel.

— Est-ce que vous savez par où commencer ?

— Et vous ?

Elle pensa aux papiers qui étaient dans sa poche. Des documents protégés par un code qu'il lui faudrait un certain temps à décrypter… si elle y parvenait. Elle se mordilla la lèvre et vit ses yeux s'étrécir.

— Willa, dit-il d'un ton sévère. Qu'est-ce que vous savez ?

Elle faillit bien le lui dire. Comme s'il était naturel qu'elle ait envie de tout lui dire, d'être impatiente de faire équipe avec lui. Mais elle devait êtrc prudente.

— Est-ce que cela vous regarde ? La réponse est non.

— Je ne suis pas d'accord, répondit-il.

Sa voix était dure, mais elle ne céda pas. Pourquoi aurait-elle eu peur de lui ? Elle savait qu'il ne lui ferait aucun mal. Elle se demanda de quoi était fait son passé.

— Vous pourriez me menacer ou me torturer que vous n'obtiendriez rien de moi. Pourquoi vous dirais-je quoi que ce soit ?

— Pour que je vous aide, Willa.

Il semblait à bout de patience.

— Qu'est-ce qui vous fait croire que j'ai besoin de votre aide ?

— Très bien.

Il tourna les talons et repartit vers la ferme. Parfait. Elle n'avait pas besoin de son aide. Elle savait où elle allait. Peut-être qu'elle ne savait pas ce qu'elle faisait ni comment elle allait précisément s'y prendre, mais elle avait un but. Elle…

Elle marmonna un juron et se lança à sa poursuite.

— D'accord, d'accord ! Attendez !

Sans être indispensable, son aide pourrait s'avérer précieuse. Même séparé de son équipe, il avait sans doute plus de ressources qu'elle.

— J'aimerais que vous m'aidiez.

Comme il demeurait de marbre, elle soupira.

— S'il vous plaît.

— Vous devez me dire ce que vous savez.

— Ne pouvez-vous pas me faire confiance et me suivre ? Je sais ce que je fais. Je vous dirai tout en temps utile.

Elle savait qu'il allait refuser mais il fallait qu'elle pose cette question pour se défaire de l'impression qu'elle trahissait ses parents.

— Si nous commencions par ce que vous me cachez ?

C'était horripilant. Comment pouvait-il savoir qu'elle lui cachait des choses alors qu'il ne la connaissait pas ? Et d'ailleurs, comment avait-il pu la rattraper aussi rapidement ?

Cet incident lui rappelait au moins une chose : si elle était capable d'affronter les menaces, il lui était beaucoup plus difficile de réduire à néant.

— Je ne vous cache rien, ou presque. Je ne sais pas pour qui ils travaillent, et je ne sais pas où ils sont. Mais… je peux avoir quelques informations.

— Comment ? Où ? demanda-t-il.

Rien ne la forçait à lui parler des documents codés, ni d'ailleurs de quoi que ce soit d'autre. Elle pouvait lui mentir. Intellectuellement, elle s'en savait capable. Mais émotionnellement… cela lui paraissait impossible.

— Ils ont toujours su que leur travail était dangereux et que, s'il leur arrivait quelque chose, je n'en serais peut-être jamais informée. Ils m'ont donc toujours laissé un document codé qui me donne le nom de la personne à contacter si je pense qu'ils sont en danger.

Elle omit de préciser qu'elle était censée attendre trente-six heures avant de recourir à cette extrémité – tant pour sa sécurité que pour la leur.

Mais jamais elle ne s'était autant inquiétée pour eux. D'ailleurs, elle ne s'était pas encore faite à l'idée qu'ils étaient vraiment en danger. C'était peut-être pour cela qu'elle s'était enfuie avec les documents sans même les regarder.

En d'autres termes, elle avait laissé ses émotions l'emporter. Elle avait tellement peur pour ses parents, elle était tellement agacée par l'autoritarisme de Holden que ses émotions avaient pris le dessus, l'amenant à faire des erreurs.

Elle souffla.

— Comment faites-vous ?

— Comment je fais quoi ?

— Comment prenez-vous des décisions sans vous laisser influencer par vos émotions ? Maman et papa me reprochent sans cesse de me laisser guider par ce que je ressens. Cette fois encore, j'ai suivi mon instinct sans prendre le temps de réfléchir. Je ne sais pas comment refréner mes sentiments. Ma peur.

— Vous ne devriez pas avoir à le faire. Vous êtes une civile.

— Si seulement les choses étaient aussi simples… Je suis coincée entre deux mondes, sans appartenir à aucun des deux, sans me sentir à ma place dans aucun des deux. Je ne peux pas me contenter d'espérer que mes parents vont bien, parce que j'en sais trop sur leur métier. J'ai peur pour eux, parce que je les aime. Si seulement je pouvais mettre toutes ces émotions en veilleuse, au moins pour un temps…

Elle espérait qu'il allait lui fournir la recette qui lui permettrait, comme par magie, d'agir avec le même détachement que ses parents.

— Je ne connais pas vos parents, Willa, mais le réseau souterrain qu'ils ont fait aménager sous votre maison ne me semble pas être l'œuvre de personnes qui refoulent leurs émotions. D'ailleurs, s'ils les avaient vraiment refoulées, ils auraient trouvé un moyen de vous éloigner d'eux, en vous faisant adopter, par exemple.

Elle ne sut quoi répondre. Ces paroles lui donnaient un peu envie de pleurer. Elle savait que ses parents l'aimaient, mais ils s'absentaient tellement souvent ! Ce n'était pas la première fois que leurs activités la mettaient en danger, et ce ne serait sans doute pas la dernière. Parfois, elle se demandait s'ils n'aimaient pas leur métier un peu plus qu'ils ne l'aimaient elle, tout simplement.

Mais cet homme qu'elle connaissait à peine avait raison. Elle fut gagnée par un surcroît d'émotions, un regain de tendresse pour ses parents… et peut-être même un peu pour lui.

Il allait l'aider, et tant pis s'il se servait d'elle. L'essentiel était qu'elle rejoigne ses parents.

— Ils ont laissé leur voiture dans un parking d'hivernage pour camping-cars et bateaux, juste en dehors de la ville. C'est assez loin, mais je pense que le tireur ne peut pas établir de lien entre ce véhicule et moi. Pas tout de suite, du moins.

— Et après ?

— Après, je me baserai sur le document codé. Je ne sais pas s'il me mènera jusqu'à eux, jusqu'à leurs supérieurs ou à tout autre chose. Je ne peux que me laisser guider et espérer que je me trompe – parce que, si je vois juste, je peux mener les criminels jusqu'à eux.

Il inclina la tête.

— C'est un bon plan. Passez devant.

Elle en resta sans voix. Il acceptait de suivre son plan ? Et il la laissait diriger les opérations ? Elle ouvrit la bouche pour lui demander s'il était sûr de lui, mais la referma. Elle n'avait pas besoin qu'il soit sûr de lui. Elle était sûre d'elle-même.

Ils se mirent donc en marche. Elle savait où elle allait mais elle envisagea de faire un détour, au cas où il lui aurait tendu un piège. Parce que cela ressemblait à un piège. Pour un homme qui refusait catégoriquement de collaborer avec elle quelques minutes plus tôt, il avait accepté de la suivre un peu trop facilement.

— Cette femme…

— Shay ?

— Oui. Est-ce qu'elle est d'accord pour que vous travailliez avec moi ?

— « D'accord » n'est pas le mot que je choisirais. Disons qu'elle a accepté, à contrecœur.

— Pourquoi ?

— Parce que vous détenez des informations dont j'ai besoin.

Il avait parlé d'un ton tellement détaché qu'elle ne put que le croire. Pour lui, elle n'était ni une partenaire ni un chef, mais un moyen d'obtenir des informations. Cela ne la dérangeait pas. Elle ne lui avait pas encore prouvé qu'elle pouvait être une partenaire de choix… mais elle le ferait.

Ils continuèrent à marcher dans le noir. Elle essayait parfois d'engager la conversation, mais il finissait presque toujours par l'interroger sur ses parents et leurs activités.

Ils marchaient toujours quand les ténèbres commencèrent à reculer devant les premières lueurs de l'aube. Willa inhala profondément l'air du petit matin. D'habitude, à cette heure-là, elle était déjà en train de s'occuper de ses animaux. Elle aimait l'atmosphère mystique de l'aube. Le silence qui régnait. Cette lumière si particulière, qu'on ne retrouvait à aucun autre moment de la journée.

— Est-ce que vous êtes obligée de chantonner ? ronchonna Holden.

— Cette matinée est si jolie !

— Elle le serait encore plus si j'étais dans mon lit.

— Quand nous aurons récupéré la voiture, vous pourrez faire une petite sieste.

Elle inspecta les environs, satisfaite de leur progression.

— Nous y sommes presque. Je vais aller chercher la voiture. Ne vous montrez pas. Je pense pouvoir ressortir du parking sans qu'Earl me voie, mais s'il me surprend je le convaincrai beaucoup plus facilement en étant seule.

Il lui jeta un regard réprobateur.

— Pour que vous vous enfuyiez ? Certainement pas.

— Ne soyez pas bête.

— Vous l'avez déjà fait. Vous ne recommencerez pas.

Il semblait tellement sérieux qu'un frisson la parcourut. Un frisson étrange, qui n'avait rien à voir avec la peur ou l'inquiétude. Non, c'était un frisson d'impatience.

C'était insensé. Elle n'y prêta donc aucune attention.

— Je ne serai jamais hors de votre vue. De toute façon, si je m'enfuis, je sais très bien que vous me rattraperez. Vous prendrez vos airs de grand méchant loup et vous menacerez de me punir si je n'arrête pas d'essayer de vous frapper.

Pleine d'entrain malgré sa nuit blanche, elle se remit à

fredonner. Mais elle n'avait pas fait un pas que Holden la prit par le bras, d'un geste rude mais dénué de toute violence.

— Que les choses soient claires entre nous, Willa, dit-il sèchement. Je ne fais jamais de mal à une femme. Mais s'il le faut, je vous neutraliserai.

Sa voix était glaciale, mais sa grande main tellement chaude et douce qu'elle ne put réprimer un sourire.

— Je n'en doute pas, répondit-elle avec indulgence.

Elle alla jusqu'à lui tapoter la main. Il était convaincu de ce qu'il disait. Il était l'un de ces hommes qui se croient plus forts que tout le monde. Bien sûr, il était plus fort qu'elle. Mais s'il se bornait à se rouler par terre en lui immobilisant les bras et les jambes sans jamais lui rendre le moindre coup, il ne la neutraliserait jamais vraiment – pas plus qu'aucune autre femme, d'ailleurs.

Soudain, le monde bascula et elle se retrouva par terre, allongée sur le dos. Mais sa chute avait été douce, sans la moindre secousse. Si Holden l'avait mise à terre, il avait trouvé un moyen d'amortir le choc. Et maintenant, il était allongé sur elle, emprisonnant ses poignets dans l'une de ses grandes mains. Une étincelle triomphale brillait dans ses yeux d'un bleu profond.

Et pourtant, elle ne se sentait pas neutralisée, bien au contraire. Elle se sentait... vivante. Emplie d'un regain d'énergie. L'étincelle disparut du regard de Holden, cédant la place à une autre lueur.

Il posa les yeux sur sa bouche.

Holden se demanda si l'esprit d'une personne qui avait été blessée à la tête pouvait se détacher de son corps. Si elle pouvait subir une sorte de transplantation de personnalité qui provoquait en elle un changement radical.

Il appréciait la compagnie des femmes, mais pas de n'importe quel type de femmes. Cette petite fermière candide dont la vie regorgeait de secrets et d'espions, qui le regardait comme s'il lui tenait la main bien qu'il vienne de la projeter au sol, n'était vraiment pas son genre.

Et pourtant, il était étrangement attiré par ses taches de rousseur et son nez un peu trop pointu. Dans la lumière pâle de l'aube, ses cheveux avaient des reflets d'or, et le vert de ses yeux était encore plus profond, encore plus envoûtant. Et sa bouche…

Il se releva si vivement qu'il manqua de tomber. Mais il était hors de question qu'il…

Oui, hors de question. La lumière nacrée de l'aube et sa blessure à la tête lui jouaient des tours. Rien de plus. Rien à voir avec… avec elle.

Elle s'appuya sur les coudes mais resta allongée là où il l'avait fait tomber dans l'espoir de prouver ses dires… et sans y parvenir.

Pourquoi semblait-il incapable de prouver quoi que ce soit à cette femme ? Il travaillait sur le terrain depuis des années. S'il avait commis sa part d'erreurs en entrant dans l'âge adulte, il était maintenant irréprochable. Il s'était entraîné jusqu'à devenir une sorte de machine, et une machine ne faisait pas d'erreur à cause d'une femme, quelle qu'elle soit.

Il avait, contre toute logique, accepté de la suivre et d'aller chercher ce véhicule, au risque d'attirer l'attention de leurs ennemis. Mais c'était le seul moyen qu'il avait trouvé pour contrôler cette partenaire imprévue et déstabilisante : lui laisser croire que c'était elle qui était aux commandes.

— Pourquoi me regardez-vous comme si j'étais un serpent ?

Un serpent ? Elle était bien plus dangereuse qu'un serpent.

— Est-ce que nous sommes encore loin ?

Elle se releva. Il envisagea vaguement de l'aider, mais préféra s'abstenir.

— Je ne suis pas un ermite, vous savez, dit-elle en époussetant son pantalon.

— Hein ?

— Je suis allée à l'école. De temps en temps. J'ai même eu un petit ami quand j'étais en première. Il embrassait très mal mais, au moins, il m'embrassait.

Elle fit la grimace.

— Il s'y prenait vraiment mal.

— Pourquoi êtes-vous…

— Et c'était il y a sept ans. Ma première fois, je veux dire. Je ne suis pas aussi jeune que j'en ai l'air.

— Je n'ai pas…

— Donc, coupa-t-elle, ne me traitez pas comme si j'étais un monstre. Ma vie sort de l'ordinaire, mais je ne suis pas une enfant sauvage. Ce n'est pas parce que j'aime les animaux que je suis complètement…

Elle s'interrompit. Elle semblait frustrée de ne pas trouver le mot qui exprimerait précisément sa pensée.

— Je ne vois pas de quoi vous parlez, répondit-il.

Et il ne voyait pas. Pas vraiment, du moins. Il ne lui aurait pas donné vingt-quatre ans, mais il ne la prenait pas non plus pour une gamine, et il n'avait jamais pensé qu'elle ait toujours vécu dans un isolement total. Elle savait très bien comment se comporter avec lui.

— Je sais ce que je semble être, mais vous ne devez pas vous fier aux apparences. Je ne suis ni naïve ni incapable, et je ne suis pas idiote. Il vaudrait mieux que vous le compreniez.

Elle se tourna vers l'est et reprit :

— Il doit nous rester un peu moins de deux kilomètres. Ne perdons pas de temps.

Elle se remit en marche, et Holden lui emboîta le pas. Que pouvait-il faire d'autre ? Rien ne le forçait à s'expliquer. En outre, il ne voulait pas lui dévoiler ses pensées. Il ne devait penser qu'à une chose : la mission dont il était chargé.

Mais les mots étaient là, prêts à sortir. Les explications, les excuses… Et ce besoin étrange de les exprimer, alors qu'il était tellement plus sécurisant de garder ses émotions pour soi.

Ils parcoururent les deux derniers kilomètres en silence. Quand le parking apparut – un grand champ ceint d'une clôture en grillage, dont le portail était flanqué d'un petit bureau –, Willa s'arrêta.

— Ne vous montrez pas. Vous voyez cette route ? Suivez-la, comme si vous faisiez du stop.

Elle le regarda de la tête aux pieds et esquissa un sourire.

— D'ailleurs, vous ressemblez un peu à un auto-stoppeur.

Il lui adressa un regard lugubre. Elle partit d'un petit rire et il dut réprimer le sourire qui lui venait aux lèvres.

— Je ne vous quitterai pas des yeux, Willa.

— Juste le temps que je prenne la voiture. Il vaut mieux qu'on ne vous voie pas, surtout si quelqu'un me cherche. Partez en avant. Quand vous m'entendrez arriver, levez le pouce.

Holden la dévisagea. Il pensait pouvoir lui faire confiance sur ce point. D'ailleurs, son plan était intelligent. Si quelqu'un la suivait, mieux valait qu'il la pense seule. Vulnérable.

Mais elle ne le serait pas, il y veillerait. D'ailleurs, il n'avait aucune intention de la quitter des yeux. Si elle s'enfuyait une fois de plus, il perdrait un temps précieux à essayer de la retrouver, et toute heure perdue pouvait se solder par la mort de ses parents – ou de quelqu'un d'autre. Elle en serait l'unique responsable, mais il aurait l'impression d'avoir du sang sur les mains.

Des mains qu'elle prit dans les siennes, d'un geste étonnamment ferme, mais dans lequel il crut sentir du désespoir.

— Vous devez me faire confiance, dit-elle, autant que je dois vous faire confiance. Nous ne pouvons pas travailler ensemble si nous ne nous disons pas tout.

Cette femme était une menteuse. Même si elle l'implorait du regard, même si le contact de ses mains sur les siennes était étrangement réconfortant, elle lui mentait. Il aurait dû s'en moquer, mais cela lui faisait mal. Tellement mal que, quand il répondit, ce fut d'une voix chargée d'amertume.

— Mais vous ne me dites pas tout, Willa. Je le sais.

# 11

— Holden.

Que pouvait-elle dire d'autre ? Elle s'était mal exprimée. Oui, elle lui taisait certaines choses, mais elle voulait qu'il ait confiance en elle. Qu'il coopère avec elle. Comme si tout son bon sens avait disparu, chassé par la solitude accablante qu'elle ressentait. Et dire qu'on attendait d'elle qu'elle réfrène toutes ses émotions…

Soudain, elle se sentit vaguement obséquieuse, comme si elle cherchait à se faire pardonner une faute qu'elle n'avait pas commise. Elle relâcha les mains de Holden, plissa les yeux dans le soleil levant et dit :

— En ce cas, c'est moi qui vais faire le premier pas.

Elle n'avait aucun moyen de prédire sa réaction, parce qu'elle ne pouvait contrôler personne, sinon elle-même… et encore. Mais peut-être était-il temps qu'elle accueille ses émotions, qu'elle les écoute, au lieu d'essayer de les refouler.

— J'ai confiance en vous, Holden. Je vais donc penser que vous allez partir à pied et attendre que je vous rejoigne, parce que c'est la meilleure solution. Si vous ne le comprenez pas… tant pis. Je me serai trompée à votre sujet.

Elle s'éloigna, sans un regard en arrière. Le seul fait de se retourner aurait ôté toute crédibilité à ses paroles.

Si Holden avait failli l'embrasser – et elle avait désespérément envie de croire que c'était le cas –, il avait voulu embrasser la demoiselle en détresse. La jeune femme naïve aux allures d'adolescente, qui préférait les animaux aux êtres humains et aspirait à mener une vie simple, vide de peur et de danger – une vie aux antipodes de celle de ses parents.

Elle aurait aimé être cette femme, mais elle ne l'était pas. Loin de là.

Elle s'approcha du portail du parking et coula un regard dans la guérite. Personne. Elle leva les yeux vers la petite caméra de surveillance pointée vers le portail. Il y en avait sans doute d'autres à l'intérieur, mais cela ne la préoccupait guère. Elle connaissait les propriétaires du parking et pourrait sans doute les dissuader de porter plainte. Après tout, la voiture qu'elle allait prendre appartenait à ses parents.

Elle se mordilla la lèvre. Si elle ne s'inquiétait pas que les propriétaires portent plainte contre elle, elle craignait qu'ils alertent la police. Comment pourraient-ils se déplacer discrètement avec la police aux trousses ?

— C'est fait, dit soudain Holden derrière elle.

Elle fit volte-face. Il remit son téléphone dans sa poche, la rejoignit et expliqua :

— Les caméras de surveillance ont été mises en pause. On dira aux propriétaires que le système de sécurité était en maintenance. Nous amènerons une autre voiture dans l'heure pour que personne ne remarque que celle de vos parents a disparu.

Il lui fallut moins de dix secondes pour ouvrir le cadenas.

— Comment…

— Oh ! et deux agents vont rester à la ferme et s'occuper de vos animaux. Pas la peine d'appeler un voisin.

Il entra dans le parking, mais elle demeura clouée sur place.

— Comment avez-vous…

— Venez. Nous n'avons que cinq minutes avant que les caméras se remettent en marche.

Elle leva les yeux vers la caméra de surveillance. Elle lui demanderait plus tard comment il s'y était pris.

Il fallait qu'elle se rappelle que cet homme était de la même trempe que ses parents. Grâce à ses contacts, il avait accès à toutes sortes d'outils auxquels elle ne comprendrait jamais rien. Elle pouvait peut-être se défendre, mais il pouvait renverser une situation. Jamais elle ne pourrait le surpasser mais, si elle restait prête à affronter tout événement imprévu, elle pouvait suivre son rythme.

Elle le mena jusqu'à la voiture de ses parents et se dirigea vers la portière de gauche, mais il la devança. Elle le regarda de travers.

— C'est moi qui conduis. Vous ne savez pas où vous allez.

— Parce que vous le savez, vous ? rétorqua-t-il.

Il tendit la main et attendit qu'elle y dépose les clés. Mais elle voulait conduire. Elle voulait garder le contrôle, diriger les opérations. Elle voulait qu'il reste en retrait et n'intervienne qu'en cas de nécessité.

Mais elle se berçait de vains espoirs. Dans cette association, c'était elle qui resterait en retrait et n'interviendrait que si nécessaire. C'était vexant mais, pour le moment, elle allait devoir ravaler sa fierté.

Elle était prête à tout pour s'assurer que ses parents étaient sains et saufs. Même à lui remettre les clés de la voiture.

Il démarra dès qu'elle fut installée et roula lentement entre les rangées de camping-cars et de bateaux. Quand il s'arrêta après avoir passé le portail, elle descendit pour le refermer sans qu'il ait à le lui demander. Avec un peu de chance, personne ne saurait jamais qu'ils étaient venus.

— Est-ce que vous êtes certain de pouvoir faire entrer une autre voiture ? Si celle-ci est déclarée volée…

— J'en suis certain, oui, répondit-il simplement. Maintenant, où allons-nous ?

— Vers l'est, pour le moment. Restez sur cette route.

— Nous allons devoir prendre de l'essence, remarqua-t-il.

— Il y a une station-service à une quinzaine de kilomètres. Continuez.

Il continua donc, et Willa se retrouva confrontée à un dilemme : allait-elle sortir les documents ici, dans la voiture, ou dans les toilettes de la station-service ?

Elle lui avait demandé d'avoir autant confiance en elle qu'elle avait confiance en lui. Mais elle n'avait cessé de garder des secrets… qu'il avait tous percés à jour.

Elle étudia son profil. Il était d'une beauté classique, avec sa mâchoire volontaire et ses pommettes bien dessinées. L'ombre de barbe qui avait poussé dans la nuit lui donnait un air rude, malgré la petite fossette qui creusait son menton, mais le bleu de ses yeux lui conférait une allure presque… royale. Elle pouvait tout aussi bien l'imaginer en costume que vêtu d'un jean et d'un T-shirt, sirotant un verre, accoudé au comptoir d'un bar sans prétention.

Cet homme pouvait se fondre dans n'importe quel environnement et amener n'importe qui à lui manger dans la main.

*Y compris toi.*

C'était une sensation déplaisante, parce qu'elle n'était pas n'importe qui. Elle était fille d'agents secrets.

Des agents secrets qui avaient besoin de son aide.

Elle était déchirée entre ce qu'ils attendaient d'elle et ce qu'elle voulait faire. Mais elle savait depuis longtemps qu'elle n'était pas comme eux. Elle ne pouvait pas l'être. Elle devait donc être elle-même. Se faire confiance. Et, malgré elle, elle faisait aussi confiance à ce dénommé Holden Parker, qui appartenait à une organisation secrète.

Elle lui avait sauvé la vie, et il avait essayé de la protéger. Ils devaient agir main dans la main. Mais elle ne devait pas s'attendre à ce qu'il lui tende la main le premier. Elle devait y glisser la sienne.

Elle sortit donc les papiers de sa poche et les étala sur ses genoux.

— C'est du code, lâcha-t-il.

Elle n'avait même pas remarqué qu'il la regardait, mais elle était trop habituée à voir ses parents fixer leur attention sur deux choses différentes pour s'en étonner.

— Bien sûr, que c'est du code.

— Est-ce que vous savez comment le décrypter ?

Cette fois, elle lui décocha un regard assassin. Elle pouvait supporter qu'il la sous-estime, mais quand même !

— Très bien, très bien, vous pouvez, marmonna-t-il. Combien de temps faudra-t-il ?

— Une quinzaine de minutes, tout au plus. Roulez jusqu'à la station-service. Ensuite, nous aviserons.

Holden conduisait en gardant un œil sur la route et l'autre sur Willa, qui regardait fixement le papier posé sur ses genoux. Son épuisement commençait à se lire sur son visage.

Il fallait qu'elle dorme, mais pas avant de lui avoir indiqué la direction qu'ils devaient prendre. Il ouvrit la bouche pour lui demander si elle aurait bientôt fini de décoder le document, mais se ravisa. S'il posait cette question, elle reprendrait cette expression dure et offensée…

Une expression qui le touchait étrangement, à son grand déplaisir. Agacé de se rendre compte qu'il changeait sa façon de procéder, qu'il n'exigeait rien d'elle pour ne pas la blesser, il reporta son attention sur la route. L'enseigne de la station-service lui apparut au loin.

L'asphalte et les champs scintillaient sous le soleil. C'était une belle région, il devait le reconnaître. Surtout si l'on recherchait une forme de paix. Et il pouvait comprendre que Willa aspire à la sérénité.

Alors qu'il aurait dû la laisser travailler, il demanda :

— Pourquoi vous êtes-vous installée dans le Nebraska ?

Elle releva la tête et plissa les yeux dans le soleil du matin.

— Mes choix étaient assez limités. Il fallait un endroit isolé, difficile à trouver.

— On trouve ce genre d'endroits ailleurs qu'ici.

Elle lui coula un regard de côté, comme si elle envisageait de lui confier quelque chose d'important.

— Vous m'avez dit que vos parents étaient décédés, mais vous les avez connus. Est-ce que vous savez qui vous êtes, d'où vous venez ?

Il envisagea d'éluder la question, mais ç'aurait été injuste. Après tout, c'était lui qui avait abordé le terrain de la vie privée.

— Mes parents avaient plus ou moins coupé les ponts avec leurs familles.

— Mais vous savez si vos ancêtres étaient des immigrants, des héros de la guerre d'Indépendance…

Non, il ne le savait pas, parce que c'était un sujet que sa famille n'avait jamais abordé. Une seule chose lui tenait à cœur : que sa mère vive.

Et un jour, elle avait cessé de vivre.

— Je n'ai jamais eu le droit de savoir d'où je venais, reprit-elle. Mes parents n'utilisent pas leurs noms de naissance.

Holden haussa les sourcils.

— Comment le savez-vous ?

— Je l'ai deviné, à l'époque où je pensais encore que je deviendrais espionne moi aussi. J'avais une douzaine d'années et nous vivions en Indiana. Notre professeur nous avait demandé de travailler sur un projet sur nos grands-parents. Comme je n'avais rien, j'ai décidé de chercher des renseignements.

— À l'insu de vos parents ?

Elle acquiesça.

— Je pense parfois qu'ils étaient au courant et qu'ils m'ont laissée faire, précisément parce qu'ils sont agents secrets. Quoi qu'il en soit, j'ai remonté mon arbre généalogique jusqu'à trouver des héros de la guerre civile et des révolutionnaires. Ils étaient originaires du Maine, mais sont venus s'installer dans le Nebraska vers 1870 pour devenir fermiers. Mon grand-père n'a même pas participé à la Seconde Guerre mondiale. Je n'ai jamais su pourquoi leur vie avait changé d'une façon aussi radicale. Si mon père n'avait pas coupé les ponts avec sa famille, je le saurais peut-être… et peut-être pas. Mais ma ferme se trouve tout près de l'endroit où ils s'étaient installés.

Il devait retenir ces confidences comme autant d'informations sur elle et ses parents. Ne garder que les faits. Faire abstraction des émotions.

Mais le tableau qu'elle lui peignait, celui d'une jeune femme qui voulait trouver ses racines, ressemblait tellement au sien…

Il avait perdu tout contact avec ses frères et sœurs, à cause de l'administration d'abord, puis de ses liens avec les Sons. À cause de la destinée, puis de ses choix de vie stupides.

Il pensa aux quelques autres personnes – dont Sabrina – qu'il avait convaincues de rejoindre les rangs de la North Star. En les rencontrant, il s'était reconnu en elles. Et elles lui avaient fourni une occasion de se racheter de ses erreurs.

Willa suivait un chemin différent, mais elle était mue par la même force. Tout comme lui, elle cherchait à établir des liens avec ses semblables, des liens dont elle était privée.

— Ce code est particulièrement compliqué, dit-elle en se frottant les yeux. C'est sans doute normal. Je suis censée ne le décrypter qu'en cas d'extrême urgence.

Elle bâilla et regarda la station-service.

— Il me faut vraiment un café. Mais nous continuerons à rouler vers l'est jusqu'à ce que j'aie déchiffré ce papier.

— Vous êtes fatiguée.

— Je tiendrai le coup, répondit-elle.

Il entra dans la station-service et s'arrêta devant une pompe à essence. Elle le dévisagea et fronça les sourcils.

— Il vous faut un chapeau pour cacher ce pansement. C'est le genre de détail qui marque. Certaines personnes pourraient même vous poser des questions.

Elle se retourna et prit sur la banquette arrière une casquette aux couleurs d'une coopérative agricole nommée « Haines Feed Store ». Elle la lui posa sur la tête, l'enfonça jusqu'à recouvrir le pansement et le dévisagea gravement.

— Voilà.

Sa bouche s'incurva.

— Vous avez presque l'air d'être né ici.

— Presque ?

— Vous ne ressemblerez jamais à un fermier, Holden. Mais avec cette casquette, vous avez l'air un peu moins… dangereux.

Elle lui tapota l'épaule et ouvrit sa portière, le document codé dans sa main libre, mais il la saisit par le bras avant qu'elle ait pu descendre. Quand elle se tourna vers lui, les sourcils froncés, il fit taire sa culpabilité. Après tout, il était en droit d'avoir des soupçons.

— Ne vous échappez pas, dit-il sévèrement.

Elle planta dans ses yeux un regard qui n'était qu'innocence.

— Ce n'est pas dans mes intentions.

Elle laissa tomber la feuille de papier sur la console qui séparait leurs deux sièges, comme si elle n'avait jamais envisagé de l'emporter. Ensuite, elle descendit de voiture et entra dans la supérette.

Il la croyait, même s'il n'aurait sans doute pas dû.

Mais ce n'était pas pour autant qu'il lui faisait confiance.

# 12

Comme un écriteau accroché à la porte de la supérette indiquait que l'usage des toilettes était exclusivement réservé aux clients, Willa était allée se planter devant le réfrigérateur. Elle aurait préféré un café, mais la station-service pratiquait des tarifs tellement exorbitants qu'elle allait se contenter d'un soda… si elle parvenait à mettre son cerveau en marche assez longtemps pour en choisir un.

Elle ne put retenir un nouveau bâillement. Pas question de dormir avant d'avoir déchiffré le code. D'habitude, elle décryptait rapidement les messages de ses parents, mais celui-ci lui résistait – soit parce qu'il était particulièrement complexe, soit parce qu'elle était épuisée.

À moins que ce soit la peur qui la freine, parce qu'elle redoutait que ses parents aient délibérément choisi un code complexe pour l'empêcher de partir à leur recherche sur un coup de tête. Peut-être même que ce document était impossible à déchiffrer, ou ne contenait que des absurdités.

Comme elle aurait aimé pleurer un bon coup, dormir douze heures d'affilée et découvrir à son réveil que tout cela n'avait été qu'un rêve…

La porte du réfrigérateur, contre laquelle elle s'appuyait, s'ouvrit soudain. Holden attrapa plusieurs cannettes de soda.

— Venez, enjoignit-il. Vous dormez debout.

Elle avait envie de répliquer, mais il avait raison.

— Mais pas vous. Comment ça se fait ?

— L'entraînement, répondit-il simplement.

Elle réprima une moue boudeuse et s'efforça de sourire poliment à la caissière quand ils arrivèrent devant elle.

— Il faut que j'utilise les toilettes.

La femme la dévisagea avant d'attraper sous le comptoir un gros tuyau auquel était accrochée une clé minuscule.

— À l'arrière, dit-elle d'une voix rauque de fumeuse.

Willa prit le porte-clés et sortit de la supérette. Il n'y avait personne aux alentours sinon un vieil homme, torse nu sous sa salopette, qui promenait son chien le long de la route.

Elle souffla et fit jouer ses épaules pour les détendre. Personne ne les suivait. Elle allait déchiffrer ce document, qui les mènerait droit à ses parents. S'ils roulaient sans s'arrêter, ils les retrouveraient avant que leurs ravisseurs aient eu le temps de leur faire du mal. Parce qu'ils ne les tueraient pas, elle le savait. Si le tireur ne l'avait pas abattue, c'était parce qu'il la voulait en vie, pour faire pression sur eux jusqu'à obtenir ce qu'il voulait d'eux.

Derrière la supérette étaient garées deux voitures banales, des modèles assez anciens. Elle n'avait vu personne en dehors de la caissière, mais peut-être qu'un autre employé travaillait dans l'arrière-boutique.

Elle avança vers les deux portes rouillées qui s'ouvraient à l'arrière du bâtiment. Les inscriptions étaient presque effacées, mais encore suffisamment lisibles pour qu'on distingue quelles toilettes étaient réservées aux femmes. Willa avait passé assez de temps sur la route pour savoir qu'il était préférable de les utiliser. Elles étaient toujours plus propres.

Plus propres… mais pas immaculées. Elle plissa le nez en entrant dans la pièce sombre et humide, dénuée de fenêtre.

Le sol était poisseux, le robinet, rouillé et le distributeur de savon, vide. Avec un soupir, elle fit ce qu'elle avait à faire et se lava les mains de son mieux. Elle espérait pouvoir bientôt prendre une douche. Peut-être se récurer à la Javel.

Avec un nouveau bâillement, elle empoigna le morceau de tuyau et ouvrit la porte, en plissant les yeux dans la lumière éclatante du matin.

L'éclair de douleur qui explosa dans sa tête fut tellement subit, tellement violent, qu'elle recula en titubant, ce qui lui donna une seconde pour reprendre ses esprits. Quand un homme apparut à la porte des toilettes, elle brandit le tuyau, qu'elle n'avait pas lâché.

Elle ne savait pas s'il l'avait frappée du poing ou avec un objet quelconque, mais il ne fallait surtout pas qu'il parvienne à la repousser dans la pièce exiguë et referme la porte derrière lui. Elle avança donc en fendant l'air de la seule arme qu'elle ait en sa possession : le bout de tuyau.

Elle ne se laisserait pas repousser dans ces toilettes. Elle ne rendrait pas les armes aussi facilement. Elle allait se battre, sans céder à la panique. Sa situation n'était pas des plus confortables, mais l'autodéfense l'était rarement. Si elle pouvait forcer cet homme à reculer, ses yeux s'habitueraient à l'éclat du soleil et elle ne se battrait plus à l'aveuglette.

Elle avança donc sans cesser de frapper l'homme. Il poussa un grognement, emprisonna son bras dans une main épaisse et moite et voulut l'entraîner dans les toilettes. Elle dérapa légèrement sur le sol, mais repassa aussitôt à l'attaque. Non, elle ne mourrait pas dans ce cagibi répugnant.

Elle continua à pousser l'homme en le frappant. Elle alla même jusqu'à le mordre, ce qui lui arracha un glapissement où se mêlaient douleur et surprise. Elle en profita pour sortir complètement des toilettes. Il était juste derrière elle mais au moins, elle était sortie de ce réduit puant.

Maintenant, elle pouvait vraiment se battre.

— Tu vas le regretter, gronda l'homme.

Elle sentit un liquide chaud et gluant couler dans son œil. Elle l'écarta d'un battement de paupières et serra les poings. Ce ne fut qu'alors qu'elle remarqua le pistolet que l'homme portait à la hanche, et qu'il n'avait toujours pas dégainé. Il la voulait donc vivante. Elle en fut à la fois soulagée et irritée.

Elle avança et décocha un coup de pied dans son holster, dans le seul but d'en déloger le pistolet. L'homme sembla soudain se souvenir qu'il avait une arme et s'en saisit, mais elle lui décocha un violent coup de poing en pleine figure. Il lâcha son arme pour porter les deux mains à son visage. Apparemment, il ne s'était pas attendu à ce qu'elle lui oppose une telle résistance. Les hommes ne s'y attendaient jamais.

Elle fit pleuvoir sur lui un déluge de coups de pied et de poing jusqu'à l'avoir repoussé dans les toilettes, puis elle claqua la porte sur la main qu'il tendait vers elle. Un hurlement de douleur résonna dans le silence du matin. Elle referma le battant et passa le tuyau dans la poignée pour la bloquer.

— Tu t'es attaqué à la mauvaise fille d'espions, marmonna-t-elle.

Il fallait qu'elle s'éloigne, mais son corps semblait vidé de toute énergie. Elle s'appuya à la porte pour reprendre son souffle et combattre le vertige qui la gagnait.

Holden surgit au coin du bâtiment. Il courait, son arme à la main, et une lueur meurtrière étincelait dans ses yeux. Si sa tête lui avait fait moins mal, elle aurait pu avoir peur.

— Pas trop tôt, marmonna-t-elle.

Une étincelle indéfinissable traversa son regard.

— Vous saignez, dit-il.

— Attendez d'avoir vu l'autre type.

Elle se retint de porter la main à sa tête. Si elle la touchait, elle s'évanouirait, et elle refusait de s'évanouir devant lui.

— Il est dans les toilettes, ajouta-t-elle d'une voix pâteuse.

Elle respira profondément dans l'espoir de dissiper l'étrange brume qui obscurcissait sa vision.

— Poussez-vous.

Elle s'écarta sans même penser à lui demander pourquoi. Elle était trop occupée à essayer de rester debout.

Rage et culpabilité s'amoncelaient dans la poitrine de Holden. C'était là des sentiments familiers, mais celui qui prédominait lui était inconnu, et il était pire : de la peur.

Un filet de sang coulait sur le visage de Willa, qui était d'une pâleur de linge. Elle était au bord de l'évanouissement.

Elle s'était battue contre un homme et l'avait enfermé dans les toilettes, mais il n'avait aucune envie de réduire cet homme en bouillie. Il voulait la prendre dans ses bras, la ramener à sa ferme, et veiller sur elle. Il voulait la réconforter, la soigner, se prosterner devant elle et lui demander pardon de n'avoir pas su la protéger.

Mais ce n'était pas son travail.

Il débloqua la poignée de la porte et l'ouvrit du canon de son pistolet.

L'homme était assis par terre, au milieu de la pièce. Son visage était ensanglanté et sa main formait un angle étrange avec son bras. Il leva vers Holden un regard empli de haine.

— Je me fiche de mourir.

Mais c'était du bluff. La terreur se lisait dans ses yeux. Cependant, il ne semblait pas craindre d'être abattu parce qu'il avait échoué dans sa mission. C'était étrange… mais Holden décida d'entrer dans son jeu.

— Ça tombe bien, parce que je ne vais pas te tuer, répondit-il.

Il tenait toujours l'homme en respect, mais son arme n'était pointée ni sur sa tête, ni sur son torse.

— Seulement faire sauter une partie importante de ton anatomie.

L'homme écarquilla les yeux et s'empressa de plaquer les mains sur son entrejambe.

— Hé !

— Tu as trois secondes pour me dire ce que tu sais.

Il avait dompté l'océan de sentiments qui s'agitait en lui. Si sa voix trahissait une quelconque émotion, c'était la violence.

— Les flics vont arriver. La caissière sait que vous êtes les seuls qui…

— Trois.

— … qui êtes venus ici. Tu seras recherché pour meurtre.

— Deux.

— Tu ne sais pas dans quoi tu t'embarques, fiston. Laisse-moi seulement partir, et…

— Un, dit Holden en ôtant la sécurité de son pistolet.

— Très bien ! Ne…

L'homme se blottit dans le coin de la pièce crasseuse et malodorante et leva les mains.

— Tu peux la prendre. Je sais qu'ils ont lancé un avis de recherche contre elle, mais tu ne vas pas me tuer pour deux mille dollars. Allez, vieux… Je suis comme toi, j'essaie seulement de gagner un peu d'argent.

Le cerveau de Holden s'efforçait d'analyser l'information. Un avis de recherche… Cet homme n'était donc pas le seul à être aux trousses de Willa. Il lui jeta un rapide coup d'œil. Elle était toujours debout, mais elle avait une mine affreuse.

*Et c'est de ta faute, Parker.*

Il reposa les yeux sur l'homme.

— J'ai rencontré un autre type qui m'a dit exactement la même chose. Il n'aurait pas dû se mettre en travers de mon chemin.

— Je ne le ferai pas. Promis. Prends la fille.

Il leva sa main blessée – cassée, plus probablement.

— J'ai d'autres boulots en vue, qui me causeront moins d'ennuis. Prends-la, et je me contenterai d'un pourcentage…

Le doigt de Holden se posa sur la détente de son pistolet, et l'homme s'arrêta net.

— D'accord, d'accord ! Pas de pourcentage. Tu la prends, tu leur amènes et tu gardes l'argent. Laisse-moi partir et tu n'entendras plus jamais parler de moi.

— Où est-ce qu'ils t'ont dit de l'amener ? Parce que ce n'est pas du tout l'histoire que m'a racontée l'autre type. Mais peut-être qu'il me mentait.

Il haussa les épaules et conclut :

— Et je n'aime pas qu'on me mente.

L'homme demanda, sincèrement perplexe :

— Tu veux dire qu'ils nous ont donné des directives différentes ?

— Apparemment. Qu'est-ce qu'ils t'ont dit ?

L'expression de l'homme se fit méfiante.

— Et à toi, qu'est-ce qu'ils t'ont dit ?

— Qui a le pistolet, petit malin ? J'ai déjà descendu un

homme parce qu'il refusait de me répondre, je peux te descendre toi aussi. Ça ne me fait ni chaud ni froid.

— Pour deux mille dollars ? Tu ne peux pas avoir besoin d'argent à ce point, répliqua l'homme.

— Réfléchis bien, mon pote.

— Bien. Comme tu veux. J'abandonne. Le Killdare Wildlife Refuge. Au lac numéro trois.

Holden acquiesça.

— On dirait que l'autre type m'a menti. Tu vivras.

Il claqua la porte et bloqua la poignée avec le tuyau. L'homme se mit aussitôt à cogner furieusement sur le panneau de métal.

— Hé ! Hé, laisse-moi sortir d'ici !

Sans prêter attention à ses cris, il prit Willa par la taille et l'entraîna vers la voiture.

— Nous devons filer, et en vitesse. Est-ce que vous pouvez trottiner, ou est-ce que je dois vous porter ?

— Je peux…

Mais elle était trop chancelante. Il la souleva dans ses bras.

— Hé, protesta-t-elle faiblement.

Il fallait qu'ils partent avant que la caissière se demande où était passée la clé des toilettes – ou, pire encore, que la police arrive sur les lieux. Il porta Willa jusqu'à la voiture, la déposa sur le siège passager et boucla sa ceinture.

Il venait de s'asseoir au volant quand la caissière jaillit de la supérette en leur hurlant de s'arrêter. Il s'empressa de démarrer et sortit de la station-service en trombe. Pour le moment, ils devaient s'éloigner avant que la police intervienne. Ensuite, il déciderait de la direction à prendre.

Comme Willa baissait les paupières, il dit d'un ton sec :

— Ouvrez les yeux. Où est ce parc naturel ?

— Je ne sais pas, marmonna-t-elle.

— Si, vous le savez. Vous devez me dire comment y aller.

Elle cligna des yeux et se redressa sur son siège.

— Je ne le connais pas. Il ne doit pas être dans la région.

Il jura à mi-voix.

— Prenez mon téléphone et cherchez-le, Willa.

Elle s'affaissa de nouveau.

— Ma tête me fait mal.

— Je sais. Je sais qu'elle vous fait mal.

Il ravala un petit surnom tendre et se retint à grand-peine d'arrêter la voiture pour panser ses blessures. Il devait continuer à rouler jusqu'à ce qu'ils soient en lieu sûr.

— Mais vous ne voulez pas vous évanouir, n'est-ce pas ?

— Non.

Elle battit des paupières, plissa les yeux et leva une main vers son front.

— Ne faites pas ça, dit-il sèchement.

Elle laissa docilement retomber sa main.

— Prenez mon téléphone et cherchez le Killdare Wildlife Refuge, répéta-t-il.

Elle souffla mais obtempéra. Elle tapota maladroitement sur l'écran pendant quelques instants avant de dire :

— C'est en haut, dans le coin.

— Quel coin ? demanda-t-il patiemment.

Toute son énergie devait tendre vers un seul but : continuer à avancer.

— Vous savez bien, dit-elle en agitant la main. Le coin. Dakota du Sud. Wyoming. Ce coin-là.

Il fronça les sourcils. Elle parlait de la région où le Nebraska touchait les deux autres États, à plusieurs heures de route de là. La North Star avait installé un lieu sécurisé dans cette zone. Ils pouvaient s'y réfugier pour se cacher de la police et reprendre des forces. Et pour la soigner.

Il coula un regard vers elle. Son visage ensanglanté se couvrait déjà d'ecchymoses. Soudain, il eut envie de faire demi-tour pour aller descendre l'idiot qu'ils avaient enfermé dans les toilettes.

Mais il ne pouvait pas le faire, surtout si l'employée avait déjà appelé la police.

— Si vous avez envie de vomir, dites-le-moi, ordonna-t-il en accélérant. Prévenez-moi aussi si votre vision se dédouble ou que vous ne vous sentez pas bien. Et n'essayez pas de toucher cette plaie.

— Arrêtez d'être aussi autoritaire, ronchonna-t-elle. Est-ce que vous pensez que mes parents sont là-bas ? Dans ce parc ?

— Je ne pense pas, non. L'homme était seulement censé vous y amener.

— Ce n'était pas le tueur, n'est-ce pas ? Seulement un sale type qui voulait gagner de l'argent.

— Il vous a quand même pas mal amochée.

Elle secoua la tête et grimaça.

— Pourtant, j'ai fait attention. J'ai regardé les voitures. Il n'aurait pas dû être là.

— Mais il y était, et vous auriez pu être tuée.

Elle partit d'un petit rire méprisant.

— Certainement pas. Je n'ai pas eu besoin de vous pour lui botter les fesses.

Holden ne savait pas comment il vivrait avec le souvenir des quelques minutes qu'il avait passées dans la supérette. Il savait qu'ils étaient en danger mais il avait pris tout son temps, convaincu qu'ils avaient été trop discrets pour qu'on les repère. D'ailleurs, ils l'avaient été. Personne ne pouvait les avoir suivis. C'était louche, très louche.

Mais peut-être que quelqu'un avait su que Willa irait au parking d'hivernage pour prendre cette voiture. Il coula un regard vers elle. Son visage était livide, et sa plaie saignait toujours. Ce n'était pas le moment de suggérer que ses parents pouvaient avoir vendu la mèche. Elle venait d'être passée à tabac.

À cause de lui.

Et ce n'était pas tout : l'idiot qu'il avait enfermé dans les toilettes n'avait pas utilisé les munitions qui avaient été livrées à Evening. D'ailleurs, il ne les avait même pas sur lui.

Y avait-il un autre homme, plus habile que celui-ci, un homme qui en savait plus et qui les filait peut-être en ce moment même ?

Il regarda dans le rétroviseur. La route était déserte, mais ils n'étaient pas tirés d'affaire pour autant.

— Cherchez une ville, au nord, du nom de Vollmer, et guidez-moi jusque-là. Par des routes secondaires, si possible.

— Je veux seulement dormir.

Sa voix était si triste qu'il crut que son cœur allait se briser en deux. Mais il n'avait pas le temps d'avoir un cœur.

— Vous ne dormirez pas, Willa. Je vous le garantis. Et maintenant, dites-moi : quelle direction dois-je prendre ?

# 13

Bien que sa tête lui fasse souffrir le martyre, Willa gardait les yeux rivés sur le téléphone de Holden et la carte qui s'y affichait. Sans lui avouer qu'elle avait envie de vomir ou lui dire qu'elle aurait tout donné pour une gorgée d'eau ou un flacon d'antalgiques, elle continua à le guider parce qu'il était essentiel qu'ils échappent à la police. Elle était certaine que la caissière l'avait appelée et lui avait fourni une excellente description de Holden et d'elle-même.

Ils roulaient maintenant depuis des heures et personne n'avait cherché à les arrêter. Holden conduisait comme s'il avait le diable à ses trousses, et chaque cahot se répercutait dans ses muscles endoloris.

Mais ils progressaient. Ils pénétraient dans une région plus boisée, plus accidentée aussi, que celle d'Evening.

— Passez-moi le téléphone, ordonna-t-il.

Depuis qu'ils avaient quitté la station-service, ses façons étaient encore plus autoritaires. Elle ne s'en formalisa pas : ils affrontaient une menace d'une nature inconnue, un danger qu'ils ne pouvaient pas anticiper. Mais ils avaient une piste, qu'ils devaient suivre.

Bizarrement, le fait qu'elle ait été blessée semblait le rendre encore plus brusque, sans qu'elle comprenne pourquoi. Il ne s'était encore jamais comporté ainsi, même quand elle l'avait frappé avec son tisonnier.

Comme elle était trop épuisée et souffrait trop pour avoir envie de se disputer avec lui, elle lui tendit le téléphone. Elle ne lui reprocha même pas de continuer à rouler comme un fou tout en le regardant d'un œil.

Soudain, il tourna brusquement dans un sentier, sans ralentir l'allure pour autant.

— Qu'est-ce que vous…

Elle s'interrompit en voyant apparaître un petit chalet, niché au milieu des arbres. Quand la voiture s'arrêta, à quelques centimètres à peine de la porte, elle demanda :

— Où sommes-nous ?

Il descendit de voiture sans répondre. Elle ouvrit sa portière pour faire de même, mais il contourna la voiture et la prit dans ses bras avant qu'elle ait pu poser un pied sur le sol.

Elle ouvrit la bouche pour lui faire savoir qu'elle pouvait marcher, mais elle avait trop envie de poser la tête sur son épaule et de s'endormir, blottie dans ses bras, en sécurité. La pensée était tellement attirante, son corps la faisait tellement souffrir, qu'elle s'autorisa à laisser aller sa tête sur son épaule et à fermer les yeux. Elle ne les rouvrit qu'en sentant qu'il la déposait sur un matelas étonnamment moelleux.

— Ne vous endormez pas, dit-il sèchement.

Mais ses paupières se baissaient déjà. Comme elle aurait préféré dormir plutôt qu'affronter la réalité…

Elle ne s'endormit pas vraiment, parce qu'elle l'entendit vaguement faire du bruit dans une autre pièce. Elle se contenta de flotter dans un monde étrange, grisâtre, un monde de fatigue et de douleur.

Soudain, il la prit par les épaules et la força à s'asseoir sur le lit. Quand elle ouvrit les yeux, il la regardait avec sévérité. Mais son visage était tout proche, et son regard, plongé dans le sien.

Il avait des yeux d'un bleu incroyable. Elle avait vu tous les bleus que le monde avait à offrir, mais celui de ses yeux évoquait pour elle le ciel du Nebraska, par une de ces journées hivernales que balaye un vent aussi tranchant qu'un couteau, l'une de ces journées où le monde tout entier semblait lui appartenir.

Quand il pressa quelque chose sur sa tempe, que vrillait toujours une douleur lancinante, elle poussa un cri de surprise

– puis un gémissement en sentant une brûlure. Il devait s'agir d'un antiseptique.

Elle voulut repousser ses mains et s'éloigner de lui.

— Arrêtez !

— C'est vous qui allez arrêter, répliqua-t-il en la retenant. Il faut que je nettoie cette plaie.

— Prenez de l'eau.

Elle voulut le repousser, mais elle n'avait plus de forces.

— Ne bougez pas, ordonna-t-il. Vous vous êtes battue dans les toilettes d'une station-service. Je devrais vous plonger dans une baignoire d'eau de Javel.

Soudain, elle se sentit dix fois plus sale qu'auparavant. Elle grimaça.

— Il faut que je prenne une douche.

— Non, il faut que vous restiez assise sagement et que vous me laissiez examiner votre blessure.

Comme elle cherchait de nouveau à s'éloigner de lui, il souffla.

— Est-ce que j'ai fait le bébé quand vous m'avez soigné ?

— Vous étiez inconscient.

— Je peux arranger ça.

— Cause toujours, marmonna-t-elle.

Elle laissa échapper un soupir et ajouta :

— On dirait que nous allons avoir des blessures assorties.

Il lâcha un grognement et tamponna la plaie pendant encore quelques instants avant d'écarter ses cheveux.

— Vous n'aurez sans doute pas besoin de points.

Ensuite, il la dévisagea longuement avant de poser une main sur sa joue.

— Est-ce que vous avez mal ailleurs ?

Sa grande main était douce, son regard, chargé d'intensité, et son visage, tellement proche du sien que leurs nez se touchaient presque.

Oui, elle avait mal partout. Que ferait-il si elle le lui disait ? Est-ce qu'il la toucherait partout ?

*Franchement, Willa, est-ce que c'est le moment de fantasmer ?*

En temps normal, elle s'autorisait volontiers à rêvasser, même quand elle était en danger, mais aujourd'hui… Son cœur battait la chamade, elle était comme pétrifiée, incapable de rompre la magie de ce moment. S'il ne s'écartait pas, elle allait faire quelque chose d'incroyablement stupide. Peut-être le toucher comme il la touchait.

— Je me suis battue, Holden. Et j'ai gagné.

Il marmonna quelques mots orduriers mais, quand il posa son front contre le sien, ce fut avec une douceur infinie. Sa grande main rugueuse était toujours posée sur sa joue.

Elle n'osait plus bouger, elle n'osait plus respirer. Il la touchait avec autant de douceur et de respect que si elle était importante à ses yeux, et elle avait envie de…

Soudain, sa bouche se posa sur la sienne, aussi légère qu'une plume, pour la caresse la plus douce qui soit.

Elle baissa les paupières et se laissa engloutir. C'était lui qui avait pris l'initiative, après tout. Pourquoi n'aurait-elle pas pressé sa bouche contre la sienne, levé les bras lentement, pour ne pas briser le charme, posé les mains sur ses épaules…

Ses muscles étaient tendus à l'extrême, mais la caresse de sa bouche était toujours aussi douce.

— Je suis… désolé, dit-il soudain.

Elle ne s'était pas attendue à ces paroles. Si elles ne la blessèrent pas, ce fut parce que ses lèvres touchaient toujours les siennes, comme s'il ne pouvait se résoudre à se séparer d'elle. En prenant garde de ne pas rompre le contact elle non plus elle demanda, d'une voix un peu haletante :

— Pourquoi ?

Il s'écarta d'elle et se leva.

— Pour tout.

Il s'éloigna de quelques pas et se passa les mains dans les cheveux, puis sur le visage.

— Cette affaire est une catastrophe, depuis le début. Et maintenant, je profite de vous. Je n'aurais pas dû.

Elle aurait pu être touchée par sa prévenance… s'il n'y avait pas eu cette dernière phrase. Si elle avait ressemblé aux femmes avec lesquelles il travaillait, il ne se serait pas senti coupable de l'avoir embrassée. Mais il persistait à voir en elle quelqu'un de fragile.

— Ne sois pas stupide, rétorqua-t-elle.

— Je ne suis pas stupide.

— Si. Ce n'est pas avec un baiser comme celui-là qu'on profite de quelqu'un.

— Je suis désolé… Quoi ?

— Ce baiser n'était rien, Holden. Il m'a plu, beaucoup plu même, mais tu n'as pas profité de moi. J'aurais très bien pu te repousser.

— Tu as été blessée. Tu pourrais avoir une commotion cérébrale. Et moi, je ne t'ai même pas mis de pansement, j'ai seulement…

— Bravo ! lança-t-elle. Tu as tout gâché. Dis-moi plutôt où est la douche… Oh ! je trouverai bien toute seule.

Elle se leva et partit à la recherche de la salle de bains, portée par sa colère.

Holden n'avait aucune idée de ce qui lui était passé par la tête. Willa était belle, elle était en vie, mais elle avait été blessée. Et pourtant, il avait été incapable de se retenir.

Il avait dépassé les bornes, et il avait eu raison de s'excuser, même si ce baiser n'avait rien voulu dire pour elle.

Parce que, pour lui, il avait voulu dire beaucoup. Il l'avait complètement chamboulé, lui avait donné l'impression qu'il était pardonné pour toutes ses erreurs passées, alors que c'était impossible. Rien ne pourrait jamais l'en absoudre.

Il entendit les tuyaux gémir et conclut qu'elle avait trouvé la douche. Mais il ne fallait pas qu'il y pense. Il ne devait penser qu'à cette mission et aux rares renseignements dont il disposait qui, pour couronner le tout, semblaient n'avoir ni queue ni tête.

Toutefois, une chose était claire : ces hommes voulaient Willa. S'ils détenaient ses parents, sa présence pourrait leur permettre de leur extorquer les informations qu'ils voulaient obtenir d'eux. Mais si ses parents étaient vraiment des espions aguerris, ils savaient que parler équivaudrait à signer leur arrêt de mort – et celui de leur fille.

Quand l'eau cessa de couler, il se prépara à être de nouveau face à elle. Il fallait qu'il se concentre, qu'il fasse appel à toute son intelligence, toutes ses facultés d'analyse. Il allait panser sa plaie sans que ses mains s'égarent, et ensuite ils iraient dormir. Le temps pressait, mais deux heures de sommeil suffiraient à les remettre d'aplomb.

Elle réapparut quelques minutes plus tard, drapée dans une serviette.

— Mais qu'est-ce que tu fais ? demanda-t-il, horrifié.

Malgré lui, son regard s'attarda sur ses longues jambes toniques d'un blanc crémeux et ses bras bronzés et dotés d'une musculature impressionnante. L'eau avait teinté l'or de ses cheveux d'une nuance pourpre encore plus prononcée, et des gouttelettes en tombaient sur ses épaules parsemées de taches de rousseur. Il…

Sa langue était comme soudée à son palais.

— Je ne vais pas remettre mes vêtements, dit-elle avec dédain. Ils sont dégoûtants.

Elle lui décocha un sourire narquois.

— Est-ce que tu as quelque chose à me prêter ?

Il alla jusqu'au placard d'un pas raide, mécanique, fouilla à l'intérieur et lui lança un T-shirt et un pantalon de jogging. En la voyant s'apprêter à dénouer la serviette qui ceignait son corps, il fit volte-face. Oh non. Pas question qu'il entre dans son jeu.

— Est-ce que tu crois que c'est le moment de jouer à ça ? lâcha-t-il.

— Non. Mais j'aime assez te voir aussi ronchon et mal à l'aise. Si l'on ne sait pas profiter des bons moments, même dans les pires circonstances, la vie devient vite ennuyeuse.

C'était une philosophie qu'il avait toujours partagée, mais cette femme semblait lui ôter tout sens de l'humour. Devant elle, il se sentait complètement coincé. Il avait l'impression de ressembler à Reece, alors qu'en temps normal il était tout son contraire : il était désinvolte, amusant, *charmeur.* Quel sort lui avait-elle jeté ?

Il continua à contempler le plafond, avec une seule idée en tête : il se trouvait devant la mise à l'épreuve la plus dure de toute son existence, et il devait tenir bon.

— Est-ce que tu as un plan ? demanda-t-elle.

Comme il ne répondait pas, elle souffla et ajouta :

— Je suis habillée, espèce de grand prude.

Il se retourna lentement. Elle s'était effectivement habillée, et assise sur le lit. Il s'approcha en sortant à contrecœur un pansement de la trousse à pharmacie.

Il avait un plan, oui, mais qui ne lui plaisait pas du tout. Par contre, il savait qu'elle allait l'adorer. S'il le lui exposait, peut-être qu'une autre idée lui viendrait à l'esprit. Un plan de rechange qui ne lui ferait pas courir un aussi grand danger.

— Est-ce que tu as entendu ce qu'a dit le type ?

— Pas vraiment, sinon qu'il n'y avait pas assez d'argent à la clé pour tuer un homme.

— Il a dit qu'il avait répondu à un avis de recherche.

Il appliqua le pansement sur sa tempe en restant aussi loin d'elle que possible.

— En d'autres termes, le commanditaire a fait appel au genre de voyous qui feraient n'importe quoi pour de l'argent, en promettant de payer celui qui accomplirait la mission.

Il alla chercher une poche de glace dans la cuisine et la lui tendit. Elle l'appliqua contre sa tempe.

— Il avait un pistolet, mais il ne s'en est pas servi, dit-elle pensivement. Est-ce qu'il avait pour mission de m'enlever ?

— On dirait.

Mais l'incident semblait n'avoir aucun lien avec les munitions qui avaient été expédiées à Evening. Holden doutait fort que ce soit l'homme qu'ils avaient enfermé dans les toilettes qui les ait récupérées. Ce type n'était qu'un sous-fifre, un crétin payé pour malmener les gens.

— Qu'est-ce que tu en penses ? demanda Willa.

— Pour le moment, pas grand-chose. Il y a un détail qui me chiffonne.

Il n'avait pas besoin de lui dire lequel. Si les commanditaires tenaient à ce point à s'emparer d'elle, pourquoi n'offraient-ils que quelques milliers de dollars pour son enlèvement, alors qu'il s'agissait d'un crime sévèrement puni par la loi ?

— Tu sais ce que nous devons faire, Holden. Ne me dis pas le contraire.

# 14

Il suffisait à Willa de regarder le visage de Holden pour comprendre qu'il avait effectivement une idée, et une idée qui lui déplaisait. Elle ne la trouvait pas particulièrement attrayante elle non plus, mais que pouvaient-ils faire d'autre ? Elle avait consulté ses mails sur le téléphone de Holden, et ses parents ne lui avaient toujours pas répondu.

Jamais ils n'auraient ignoré son SOS. Soit ils étaient trop occupés pour lui répondre, soit ils avaient des ennuis… et il n'y avait qu'un seul moyen de les rejoindre.

Holden se mit à arpenter la pièce en réfléchissant. Elle lui accorda quelques minutes pour trouver une autre solution, un scénario dans lequel ses chances de survie seraient plus grandes. Tout en attendant, elle regarda autour d'elle. Est-ce que ce joli petit chalet lui appartenait ? Sans doute que non. Il était trop fonctionnel. Il devait appartenir à son organisation secrète.

Elle soupira. Elle s'était douchée, sa blessure était pansée et, même si elle n'avait pas de sous-vêtements et que les habits que Holden lui avait prêtés étaient un peu grands pour elle, ils étaient propres. Et il l'avait embrassée, avant de se comporter comme si la voir nue aurait été un crime. Leur situation était grave, certes, mais elle refusait de ne pas sourire à ce souvenir.

— Tu dois m'emmener au point de rendez-vous, Holden.

Il la regarda de travers.

— Ce n'est pas la seule solution.

— Si. Tu dois te faire passer pour l'un des voyous qui ont

accepté ce travail. Tu peux le faire, n'est-ce pas ? Ces gens ignorent pour qui tu travailles ?

— Oui, répondit-il amèrement. On pourrait le faire, mais…

— Pas de « mais ». Tu vas m'emmener au point de livraison.

— Et après, Willa ? Que va-t-il se passer, d'après toi ?

— On me conduira sans doute jusqu'à mes parents et on me torturera devant eux jusqu'à ce qu'ils parlent.

Elle haussa les épaules. Elle ne voulait pas trop y réfléchir, même si elle savait que cette issue était inévitable.

— Mais tu seras là, reprit-elle.

Il sembla comme sonné par ces mots.

— Je sais que c'est dangereux, Holden. J'en sais assez sur les activités de mes parents pour être consciente des risques. Mais si nous travaillons ensemble, tu découvriras à qui tu as affaire. Et tu nous sauveras tous les trois, avec l'aide de ton équipe.

— Tu pourrais te faire tuer, lâcha-t-il d'une voix sourde.

— Oui. Tout comme toi, mes parents et n'importe qui d'autre.

Elle savait qu'il aurait aimé qu'elle prenne la situation plus au sérieux, mais elle s'était toujours attendue à ce que le métier de ses parents la précipite un jour dans une situation de ce type. Si elle avait à ce point tenu à avoir son indépendance, c'était aussi parce qu'elle savait que son espérance de vie pouvait être très courte.

Par contre, elle n'aurait jamais cru avoir un jour quelqu'un à ses côtés. Elle savait que ses parents auraient donné leur vie pour elle, mais Holden pouvait réellement l'aider à accomplir quelque chose. Il était son partenaire, maintenant, et cette pensée l'emplissait d'un optimisme bienvenu.

— Tu vas m'emmener au point de livraison, dit-elle fermement. Je ne pense pas que mes parents y seront. Et toi ?

— Moi non plus, dit-il sombrement.

— Bien sûr, nous devrons improviser. Peut-être que tu les laisseras m'emmener, et peut-être que non. Peut-être que tu les suivras, ou que tu feras intervenir ton équipe. Je sais que tu prendras la bonne décision quand nous aurons compris qui ils sont et ce qu'ils mijotent.

Il se remit à marcher de long en large en marmonnant à mi-voix. Elle se sentit gagnée par un torrent d'émotions, de celles contre lesquelles ses parents l'avaient toujours mise en garde, mais qu'elle n'avait jamais pu refréner.

Oui, elle lui faisait confiance : il ferait ce qu'il faudrait. Peut-être qu'il avait commis quelques faux pas, mais jamais elle n'aurait pensé à manipuler l'homme qui l'avait agressée pour lui soutirer des informations comme il l'avait fait. Ils étaient plus près du but que si elle avait été seule.

— C'est bien ce que tu envisages de faire, n'est-ce pas ? demanda-t-elle doucement.

Il s'arrêta net et, fascinée, elle le regarda contenir toute son énergie, toute sa colère et – peut-être – un peu de peur. Quand il se tourna vers elle, son regard était dur, froid.

— Oui, dit-il, les dents serrées. Mais ce n'est pas forcément la meilleure façon de procéder.

Elle lui sourit.

— Tu sais bien que si.

Si son regard était vide, sa mâchoire était crispée, comme si une furieuse bataille faisait rage en lui.

— Il faut que nous dormions un peu, dit-il.

Agacée qu'il ne reconnaisse pas qu'elle avait raison, elle voulut se lever.

— Mes parents…

Il la repoussa doucement sur le lit.

— Willa, cela fait plus de vingt-quatre heures que tu n'as pas dormi. Ce plan ne me plaît pas du tout, mais si nous voulons le mettre à exécution il faut que nous dormions un peu. Le cerveau a besoin de sommeil pour fonctionner.

Il avait raison. D'ailleurs, elle était épuisée. Mais comment pourrait-elle dormir en sachant que ses parents avaient peut-être un besoin urgent de son aide ? Dormir ne résoudrait rien.

Elle souffla.

— Combien de temps allons-nous dormir ?

Il sortit son téléphone et tapota l'écran.

— Quatre heures. Je vais envoyer un message à mes hommes

pour leur demander d'inspecter la zone. Ils trouveront peut-être des indices supplémentaires.

Elle dut réprimer un sourire. Même s'il espérait toujours trouver une autre tactique, il semblait avoir compris qu'ils n'avaient pas le choix : ils devaient suivre le plan initial.

— Dors, dit-il en se dirigeant vers la porte.

— Hé, minute. Où est-ce que tu vas ?

— Dormir sur le canapé.

— C'est ça, oui. Tu vas aller travailler. Mais tu n'y échapperas pas, mon vieux. Allonge-toi ici.

Elle tapota le lit. Il fronça les sourcils mais s'approcha.

— Peut-être que j'ai peur que tu profites de moi, dit-il en s'allongeant aussi loin d'elle que possible.

— Comme si j'allais te croire.

Il lâcha un petit rire moqueur mais posa les mains sur son torse et ferma les yeux. Alors qu'elle contemplait ses cils châtains et cette mâchoire volontaire qu'elle avait presque envie de caresser, il lui tourna le dos et ordonna :

— Dors, Willa.

En soupirant, elle décida de lui obéir.

Pour le moment.

Holden ne dormit que deux heures, mais c'était amplement suffisant. Son inquiétude et l'adrénaline qui courait dans ses veines suffiraient à le porter. Il se leva sans réveiller Willa pour étudier les cartes qu'Elsie lui avait envoyées par courriel et échanger quelques textos avec son équipe, qui avait déjà procédé à une fouille préliminaire de la zone.

Par contre, quand son portable sonna et que le nom de Shay s'afficha sur l'écran, il envisagea d'ignorer son appel.

Il savait qu'elle allait lui dire des choses qu'il ne voulait pas entendre. Pire, il savait qu'il ne se contrôlait pas aussi bien qu'il l'aurait dû, et qu'elle allait le sentir… et l'interpréter.

Mais sa mission passait avant tout le reste.

— Salut, dit-il en décrochant.

— Nous avons identifié le type de la station-service. Ce n'est qu'un petit voleur de bas étage.

Holden lui rapporta les aveux de l'homme, mais passa sous silence l'inquiétude que lui inspirait l'absence de logique de la situation. Shay en viendrait seule à la même conclusion, et il ne voulait pas que Willa surprenne cette conversation si elle venait à se réveiller.

— Qu'a trouvé Elsie ?

— Pas grand-chose, pour le moment, répondit Shay. Ce n'est pas facile d'entrer dans cet ordinateur, mais elle pense y arriver bientôt.

— Il faut que quelqu'un veille sur elle. S'il y a plusieurs hommes sur le coup, elle n'est pas en sécurité seule à la ferme, même si elle est dans le bunker.

— Elle n'est pas seule.

— Je croyais que tu avais envoyé toute mon équipe au parc naturel.

— C'est ce que j'ai fait, mais j'ai demandé à quelqu'un de me rendre un service. Ne t'en fais pas pour Elsie. Occupe-toi seulement de retrouver ces espions supposés.

— Je vais devoir les laisser la prendre, Shay.

Il devait l'énoncer à voix haute et espérer que Shay aurait une bonne raison de le contredire. Mais ce ne fut pas le cas.

— Sans doute, répondit-elle.

Il ravala un juron.

— Comment est-ce que je peux faire ça ?

— Est-ce que tu le ferais s'il s'agissait de moi, de Sabrina, ou de n'importe lequel d'entre nous ?

— Elle n'est pas de la North Star.

— Non, mais ce n'est pas non plus une civile comme une autre. Cette fille a du cran. Empêche-la seulement de se faire tuer.

Elle marqua une pause lourde de sens.

— Je peux envoyer quelqu'un d'autre, si tu ne penses pas être suffisamment détaché émotionnellement pour…

— J'y arriverai. Terminé, marmonna-t-il.

Il pressa l'icône de fin d'appel avec bien trop de force. Si quelqu'un devait avoir du sang sur les mains, ce serait lui.

Il se leva pour aller choisir des armes parmi toute la panoplie que renfermait le chalet. Il en prit quelques-unes pour Willa. Si elle pouvait se battre comme une tigresse, ses parents lui avaient sans doute aussi appris à manier une arme.

Ensuite, il fit taire sa culpabilité pour fouiller dans ses affaires et y prendre le document qu'elle avait essayé de déchiffrer avant qu'ils s'arrêtent à la station-service.

Le code était complexe, et il se cassa la tête dessus jusqu'à ce que l'alarme de son téléphone se déclenche. Il alla réveiller Willa et lui tendit le sandwich qu'il venait de préparer.

— Réveille-toi. Mange. On part dans un quart d'heure.

Elle posa sur lui des yeux encore embués par le sommeil et marmonna :

— Dans mon rêve, tu étais beaucoup plus gentil.

Sans relever sa remarque, il posa le sandwich sur la table de chevet et retourna se préparer. Elle sortit de la chambre quelques minutes plus tard en tirant sur le bas de son T-shirt.

— Je ne peux pas porter ça.

Le T-shirt était blanc, et presque transparent. Il détourna les yeux à grand-peine et passa dans la buanderie, où il sortit ses habits du sèche-linge avant de revenir dans la pièce principale.

— Tiens, dit-il en les lui tendant. Propres et secs.

— Eh bien, tu es vraiment un homme à tout faire. Mais je croyais que tu devais dormir.

— J'ai dormi, mais moins longtemps que toi. Je devais mettre notre plan en place. Maintenant, habille-toi et mange ce sandwich. Nous devons partir avant la nuit.

Elle obéit en maugréant. Il sentit son estomac se nouer à la vue des ecchymoses qui marquaient son visage. Mais elle était lucide, alerte, et…

Bon sang, comment allait-il pouvoir faire ça ? Pourtant, il devait le faire.

Dès qu'elle fut prête, ils montèrent en voiture sans échanger un seul mot. Comme elle s'absorbait de nouveau dans l'étude du document crypté, il demanda :

— Tu as trouvé quelque chose ?

— Pas vraiment. J'en suis presque à me demander s'ils n'ont pas délibérément choisi un code particulièrement difficile à décrypter pour m'empêcher de les rejoindre.

— J'ai mis mes collègues sur le coup.

Elle lui jeta un regard perplexe.

— Quoi ?

— J'ai envoyé une photo. Nous n'avons pas d'experts en ce moment, mais certains de nos hommes ont l'esprit suffisamment analytique pour déchiffrer un code.

— Je ne t'ai pas autorisé à le faire.

— Faisons-nous partie de la même équipe ou non, Willa ?

— Oui, mais ce sont des codes que mes parents ont créés. Ces papiers m'étaient destinés, et à moi seule.

Elle semblait moins en colère que déçue qu'il l'ait trahie. Mais il ne pouvait pas se laisser toucher.

— J'ai une mission à accomplir, Willa.

— Oui. Je sais. Je n'aurais pas dû…

Elle secoua la tête, souffla, et il comprit qu'elle lui cachait encore quelque chose.

La méfiance qu'elle lui témoignait était tout aussi agaçante que les réactions ridicules qu'elle éveillait en lui. Il lui coula un regard en coin. Tournée vers sa vitre, elle semblait perdue dans ses pensées.

— Je me demande seulement si je fais ce qu'il faut, dit-elle très doucement.

Elle semblait tellement triste que son agacement disparut.

— Personne n'est jamais sûr du bien-fondé de ses actes, Willa. Nous faisons seulement de notre mieux.

Elle secoua la tête.

— Je ne sais pas s'ils auraient voulu que j'emporte ce message. Ils ne m'ont pas appelée à l'aide, et ils ne l'auraient sans doute jamais fait. J'aurais peut-être dû laisser ce papier là où il était. Et si je ne faisais qu'aggraver la situation ?

Elle était nerveuse, et il l'était tout autant qu'elle. Et c'était très bien ainsi. On ne pouvait pas vaincre la nervosité, on ne pouvait que la canaliser. D'ailleurs, il en était sans doute de même pour toutes les autres émotions qui le harcelaient en ce moment. Il fallait qu'il les accepte. Qu'il les canalise.

— Nous ne pouvons plus nous permettre de douter, Willa. Nous devons aller de l'avant. Mes hommes sont sur les lieux, mais ils doivent rester en retrait pour ne pas être repérés. Ils n'interviendront que si je leur en donne l'ordre. Si j'ai tenu à ce qu'ils soient sur place, c'est essentiellement pour qu'ils m'aident à filer ces types si je dois les laisser t'emmener.

— Mais s'ils soupçonnent quelque chose ?

— Je vois deux issues possibles. Ils peuvent laisser tomber et regagner leur quartier général. L'option est intéressante, parce qu'elle nous permettrait de les suivre.

— Et quelle est la seconde issue ? Une fusillade meurtrière ?

Il lui jeta un rapide regard.

— Ils pourraient passer à l'offensive, mais j'ai cinq hommes sur la zone. D'après mes éclaireurs, ils ne sont que trois.

— Pas plus ?

— Ce n'est qu'un point de livraison, lui rappela-t-il.

— Quelques milliers de dollars… trois hommes… Je n'ai pas l'impression d'être très importante à leurs yeux.

C'était précisément le détail qui l'agaçait, parce qu'il ne cadrait pas avec le reste. Il haussa les épaules avec désinvolture.

— À moins qu'ils s'attendent à ce que tu n'opposes aucune résistance. Mais tu as peut-être raison.

Il aurait aimé pouvoir le croire.

— Peut-être que tu n'es qu'une sorte de police d'assurance, reprit-il, qu'ils n'utiliseront que si leur plan initial échoue.

Elle fronça les sourcils.

— Pourquoi est-ce que j'ai la désagréable impression que tu as une tout autre hypothèse, bien plus effrayante que celle-là ?

# 15

Holden n'avait pas quitté la route des yeux, mais Willa était certaine d'avoir vu ses doigts se crisper sur le volant.

Elle se força à respirer lentement pour maîtriser la peur qui lui nouait la gorge. Ils fonçaient droit vers une situation terrifiante, mais céder à la panique ne lui serait d'aucune aide.

— Holden ?

— Je n'ai pas d'hypothèse plus effrayante. D'ailleurs, je n'ai aucune hypothèse. Mais je n'aime pas tomber sur un détail qui ne colle pas avec le reste. Et ce qui ne colle pas, c'est qu'ils ne semblent pas t'accorder grande importance.

Il ralentit avant de conclure :

— Mais nous n'avons pas le temps d'y réfléchir, parce que nous sommes arrivés.

Le martèlement de son cœur sembla se répercuter jusque dans ses oreilles.

*Nous sommes arrivés.*

Holden s'engagea dans le parc et s'arrêta à côté d'un grand panneau sur lequel était fixée une carte. Il tendit le bras par sa vitre et la tapota.

— Voilà le lac numéro trois, dit-il. Je veux que tu graves cette carte dans ton esprit. Si tu dois fuir, cours vers le nord ou le sud. J'y ai posté des hommes. Si l'un d'eux t'intercepte, il s'identifiera par ce mot de passe : « North Star ». J'ai aussi des hommes à l'ouest et à l'est, mais ils sont plus loin du lac. Donc, si je te dis de courir…

— Je cours vers le nord ou le sud. J'ai compris. Mais, Holden…

si ce message codé nous apprend quelque chose d'important ? Ou nous dit de ne pas approcher ? Ou…

— Est-ce que tu veux faire demi-tour ? Nous pouvons retourner au chalet et attendre que le message soit décodé.

Il aurait aimé qu'elle accepte, elle le voyait. Mais elle ne pouvait pas accepter. Si Holden ne l'amenait pas aujourd'hui, les personnes qui détenaient ses parents soupçonneraient sans doute qu'on leur tendait un piège.

— Non. Aussi longtemps qu'ils peuvent être en danger…

Il hocha sèchement la tête et redémarra.

— Quand les hommes nous donneront le signal, je descendrai lentement de voiture. J'ai des armes dans mon sac à dos. Ils me fouilleront sans doute, mais ce n'est pas grave. J'en ai d'autres dans la voiture. Il faut que nous gardions notre calme et que nous les laissions parler le plus possible.

Willa hocha la tête en essayant de masquer la terreur qui l'emplissait. Il fallait que Holden la sente capable de suivre leur plan. Qu'il la considère comme sa partenaire.

— Je vais devoir te malmener un peu. Mets-toi à pleurer. Fais comme si tu étais terrifiée. D'accord ? Nous devons leur faire croire que tu es parfaitement inoffensive. Plus ils te sous-estimeront, plus nos chances seront grandes.

Willa acquiesça de nouveau. Étrangement, ces paroles la calmaient. Elle n'aurait pas à dissimuler sa peur, au contraire.

— Je ne les laisserai t'emmener qu'en dernier ressort. Si nous devons en arriver là, six de nos meilleurs agents de terrain te suivront. Je ne laisserai rien t'arriver.

Il était sans doute ridicule de penser que le fait qu'il ait dit « je », et pas « nous », voulait dire quelque chose, mais elle pouvait se permettre d'entretenir des pensées ridicules. Surtout en ce moment.

Holden redémarra. Quelques minutes plus tard, ils arrivaient en vue du lac numéro trois. Un homme se tenait sur la berge, une canne à pêche dans une main, une cigarette dans l'autre. Malgré son épais blouson, Willa devina qu'il était armé jusqu'aux dents.

— Je vais descendre. Ne bouge pas jusqu'à ce que je vienne

te chercher. Et souviens-toi : si tu dois fuir, cours vers le nord ou le sud. La North Star est ton filet de sécurité.

Willa hocha la tête sans mot dire. Le pêcheur les regardait, maintenant, et elle craignait que sa voix ne la trahisse.

— Ne bouge pas, répéta Holden.

Il descendit de voiture et elle le suivit des yeux. Il fit un grand signe du bras en disant quelques mots, et l'homme jeta sa cigarette dans le lac. Son regard était dur, il avait une cicatrice sous un œil, son nez était tordu et il lui manquait une dent. En somme, tout le portrait du mauvais garçon.

Elle n'en tira aucun réconfort. Ils se trouvaient face à un puzzle dans lequel trop de pièces ne s'imbriquaient pas, et elle ne savait comment patienter jusqu'à ce que l'image leur apparaisse dans son entièreté.

Elle baissa les yeux vers le message codé, qui était toujours posé sur ses genoux. La partie qu'elle était parvenue à déchiffrer ne leur apprenait rien : « industries ». Suivi d'un nom, apparemment. Les industries Quelque Chose. Et précédé d'un mot qui pouvait être « entrepôt ».

L'entrepôt d'une société qui s'appelait les industries… Ross, peut-être ? Elle aurait aimé pouvoir chercher ce nom sur son téléphone mais, si quelqu'un l'observait, il trouverait peut-être étrange qu'elle soit aussi libre de ses mouvements.

Holden avait-il pensé à ce détail ? Sans doute. Il était trop intelligent pour… Au même moment, il se retourna et revint vers la voiture. Il ouvrit sa portière et, sans mot dire, l'empoigna par le bras. Comme elle faisait mine de se débattre, il la poussa vers l'avant avec une rudesse feinte.

— Tu as de la chance qu'ils te veuillent en un seul morceau, poupée, dit-il.

Il la conduisit jusqu'au pêcheur, qui avait laissé tomber sa canne.

— Comment tu t'appelles ? demanda l'homme.

— Ça ne vous regarde pas, rétorqua-t-elle d'une voix tremblante.

Elle ne regardait pas l'homme, mais le soleil, ce qui aida ses yeux à s'emplir de larmes.

— Je ne sais ni qui vous êtes ni ce que vous voulez, mais vous vous êtes trompés. Vous devez me laisser partir.

— Sinon quoi ? demanda Holden avec un rire mauvais.

Elle savait qu'il jouait un rôle, mais elle fut un peu mal à l'aise de de le voir se glisser dans la peau d'un voyou grossier avec une telle aisance.

— Il nous faut une preuve que tu nous amènes le bon paquet, dit le pêcheur.

Il leva une main, et un autre homme apparut à l'orée des bois qui cernaient le lac. Cette fois, Willa n'eut pas à feindre la peur. Le nouveau venu était littéralement bardé d'armes.

— Tu n'as pas besoin de moi pour ça, dit Holden.

Il se passa la langue sur les lèvres, jeta un regard nerveux autour de lui et alla même jusqu'à relâcher légèrement sa prise sur son bras.

— Donne-moi le fric et je file.

— On ne peut pas te payer avant d'avoir la confirmation, répondit l'homme.

Son regard glacial ne la quittait pas. Le nouveau venu les rejoignit et tendit quelque chose à son complice : un objet enveloppé dans un morceau de tissu, qui ressemblait aux mouchoirs dont son père avait coutume de se servir. Son appréhension se mua en une boule de peur intolérable quand l'homme en sortit une paire de lunettes.

Elle laissa échapper un petit cri, qui n'avait rien de feint. Les intentions de ces hommes étaient claires : ils voulaient lui faire comprendre qu'ils détenaient son père – ou le lui faire croire, du moins. Ils en savaient peut-être assez sur lui pour s'être procuré les objets dont il ne se séparait jamais.

— Ce sont les lunettes de mon père. Où les avez-vous trouvées ?

Le pêcheur fit un signe de la tête à son complice.

— Excusez-nous.

Les deux hommes se retournèrent. Willa mourait d'envie de s'élancer, sans savoir si elle aurait fui ou se serait jetée sur eux pour leur reprendre les affaires de son père. Mais elle ne pouvait qu'attendre, en luttant farouchement pour retenir les larmes qui menaçaient de lui échapper.

Ceux qui détenaient ses parents la voulaient elle aussi.

Soudain, Holden fut près d'elle. Tellement près que sa bouche effleurait presque son oreille.

— Dès que le troisième type sortira des bois, dit-il, d'une voix si basse qu'elle l'entendit à peine, bats-toi pour ta vie.

Et il lui glissa le manche d'un couteau dans la main.

Holden ne savait pas encore exactement dans quoi ils s'étaient embarqués mais l'attitude des hommes, leurs armes et l'absence de véhicule à proximité suffisaient à lui faire comprendre qu'ils comptaient les abattre tous les deux.

Dès qu'il était descendu de voiture, il avait repéré les deux hommes qui attendaient dans les bois, sans vraiment chercher à se cacher. Après tout, il était censé n'être qu'un petit voyou de bas étage qui ne s'attendait à aucune complication.

Mais leur présence lui faisait soupçonner que cet endroit n'était pas seulement un point de livraison. Peut-être que ces hommes avaient reçu l'ordre de l'éliminer afin de s'assurer de son silence, mais n'importe lequel des voyous qui avait répondu à l'« avis de recherche » pouvait vendre la mèche.

L'hypothèse la plus plausible était que la situation des parents de Willa avait changé. Soit ils avaient déjà divulgué les informations qu'ils étaient censés garder secrètes, soit ils avaient été éliminés – ce qui faisait de Willa un témoin dont il fallait se débarrasser. À moins qu'ils ne se soient évadés et que la mort de leur fille soit leur punition. Mais si ces types étaient en possession des affaires du père de Willa, c'était sans doute parce qu'ils étaient morts, malheureusement.

Cependant, il ne pouvait pas écarter les autres hypothèses, et il était de toute façon hors de question qu'il laisse ces hommes les abattre sans broncher. Peut-être que Willa ne lui pardonnerait pas de faire passer sa survie avant celle de ses parents, mais c'était sa vie qu'il tenait entre ses mains, qu'il devait préserver à tout prix.

Il aurait préféré lui donner un pistolet, mais il n'avait pas le temps de le prendre dans son sac. Elle devrait donc se débrouiller avec le couteau qu'il avait caché dans sa ceinture.

Son équipe accourrait au premier coup de feu qu'il tirerait, mais il devait attendre le bon moment. Pour l'instant, Willa et lui étaient bien trop près de ces hommes, qui étaient munis d'armes beaucoup plus puissantes que les siennes.

Les deux hommes revinrent vers eux.

— Venez, dit le pêcheur.

Holden fit une dernière tentative.

— Vous n'avez plus besoin de moi. Donnez-moi l'argent et je file.

L'acolyte du pêcheur secoua la tête et prit Willa par le bras pour l'entraîner vers les bois. Le pêcheur fit de même avec Holden, qui protesta faiblement sans chercher à résister. Il ne fallait surtout pas que leurs adversaires devinent qu'il s'apprêtait à livrer un farouche combat.

Le troisième individu sortit des bois. Holden observa, attendit, calcula. Quand l'homme les eut rejoints, il planta ses talons dans le sol et dit, d'une voix ferme :

— Maintenant.

Il décocha un coup de coude dans le nez du type qui le tenait, avant de se défaire de son sac à dos et de le lancer sur le nouveau venu, en espérant qu'il lâcherait son arme sous le coup de la surprise. Il aurait ainsi quelques secondes pour le projeter au sol.

Le sac heurta le pistolet comme il l'avait escompté, et le bandit eut un brusque mouvement de recul. Holden pria pour que Willa parvienne à neutraliser seule son opposant parce que, aussi longtemps qu'il n'aurait pas pu s'emparer d'un pistolet pour tirer un coup de feu, son équipe n'interviendrait pas.

Il bondit sur le troisième homme, lui décocha quelques coups de poing puissants et parvint à lui arracher son arme.

Il vit alors que le pêcheur, au lieu de s'en prendre à lui, était allé aider son comparse à maîtriser Willa. Elle tenait tête aux deux gangsters, qui étaient trop occupés à esquiver ses coups pour avoir le temps de faire usage de leurs armes. D'ailleurs, Holden n'était pas encore tout à fait convaincu qu'ils avaient reçu l'ordre de la tuer.

Comme il ne pouvait pas tirer sur l'homme avec lequel elle se battait sans risquer de la toucher, il se jeta dans la mêlée.

Il décocha un coup de poing au premier, qui riposta par un coup de coude qui lui coupa le souffle. Willa lui donna un méchant coup de pied dans le tibia, mais le malfrat l'empoigna par les cheveux et la jeta par terre avant de lever son arme pour la pointer sur Holden. Holden se rua sur lui, empoigna le devant de sa chemise et s'apprêtait à lui donner un coup de tête quand il vit du coin de l'œil l'homme qu'il avait projeté au sol pointer une arme vers Willa. En faisant fi du pistolet que l'homme avec lequel il luttait braquait sur son cœur, il l'abattit sans la moindre hésitation.

Qu'est-ce qui avait changé depuis la veille pour que ce type veuille la tuer ?

Il s'apprêta à recevoir la balle que son adversaire lui réservait. Un coup de feu claqua, mais il ne sentit rien. Au contraire : son ennemi s'effondra au sol. Quand il leva les yeux, il vit Gabriel qui se tenait à l'orée du bois, l'arme à la main.

— Sauvé par le sniper, marmonna-t-il.

Il se tourna vers Willa, dont le visage et les vêtements étaient couverts de sang. Dieu merci, ce n'était pas le sien.

L'équipe de la North Star investit les lieux, et Gabriel rejoignit Holden. Son expression était grave. Sombre.

— Shay nous a donné l'ordre d'intervenir avant ton signal.

— Pourquoi ?

Gabriel haussa les épaules.

— Elle n'a donné aucun détail. Elle nous a juste ordonné de vous récupérer.

Holden fronça les sourcils. Cela ne lui ressemblait pas. D'habitude, Shay tenait à ce que ses agents n'agissent pas sans connaître une situation dans sa globalité et soient pleinement conscients de toutes les issues possibles.

Comme il avait laissé son portable dans la voiture afin qu'il ne tombe pas aux mains des bandits, il lui demanda :

— Tu as ton téléphone ?

Gabriel le lui tendit, et il suivit le protocole complexe qui permettait d'entrer en contact avec Shay.

— Saunders ?

— Qu'est-ce qu'il se passe ? demanda Holden.

Shay soupira. Mais quand elle répondit, ce fut sur un ton parfaitement autoritaire.

— Ton rapport sur la situation actuelle, Holden.

— Nous nous sommes battus contre eux, et mon équipe m'a sorti du pétrin. Pourquoi leur as-tu ordonné d'intervenir sans attendre mon signal ?

Il était ravi qu'elle l'ait fait, mais il avait quand même la sensation très désagréable qu'il y avait un gros problème.

— À cause du message codé que les parents de Willa lui ont laissé. Il ne donne pas seulement un lieu, ni des renseignements sur ce qu'ils font, et pour le compte de qui. Si notre homme l'a correctement décrypté, ce document contient des preuves contre une branche entière du gang que les fédéraux essaient de démanteler. Et ce gang fera tout pour que ces renseignements ne leur parviennent pas.

# 16

Willa observait le visage de Holden, et ce qu'elle y vit la terrifia, plus encore que d'avoir dû se battre contre des hommes armés. Il semblait abasourdi. Qu'est-ce qui pouvait le surprendre à ce point ?

Il s'approcha d'elle, la prit par le bras et, sans même un mot de réconfort, dit :

— Nous devons partir d'ici.

— Mais…

Il secoua la tête, lança quelques ordres aux membres de son équipe et l'entraîna vers la voiture. Pourquoi devaient-ils partir, alors que rien ne s'était déroulé comme prévu ?

— Hold…

— Je t'expliquerai tout quand nous serons de retour au chalet, coupa-t-il. Je te le promets.

Mais il semblait dégoûté, et un peu horrifié.

— Tu as des nouvelles de mes parents ? demanda-t-elle.

Elle se sentait légèrement prise de vertige, tant parce que sa réserve d'adrénaline s'épuisait que parce qu'elle était saisie d'une terreur atroce : et s'il avait appris que ses parents étaient morts et que tous leurs efforts aient été vains ?

— Non. Aucune nouvelle d'eux, répondit-il.

Il ouvrit la portière de la voiture et elle s'effondra sur le siège en laissant échapper un soupir de soulagement. Mais Holden était toujours habité par une tension tellement palpable qu'elle se propagea à elle.

S'il n'avait rien appris sur ses parents, qu'est-ce qui était tellement grave ? Que ces hommes aient voulu la tuer ?

Jusqu'à l'instant où Holden avait dit « maintenant », elle avait été pratiquement certaine qu'ils la voulaient vivante. Mais à une lueur dans le regard du troisième homme, à la façon dont il braquait son arme sur elle, elle avait compris qu'il s'apprêtait à l'abattre sur-le-champ.

Pourquoi, alors que, la veille encore, ils la voulaient en vie ?

Holden roula bien plus posément qu'à l'aller, bien en deçà des limitations de vitesse, sans quitter la route des yeux un seul instant, sans prononcer un seul mot. Elle ne savait pas comment rompre ce silence oppressant. Elle aurait dû exiger des explications, mais elle était terrifiée par ce qu'il pourrait lui dire.

De toute façon, qu'elle les demande ou non, elle finirait par les avoir.

Quand Holden arrêta enfin la voiture devant le chalet, il faisait nuit noire. Elle descendit de voiture et le suivit jusqu'à la porte en le regardant à la dérobée. Il s'était forcément produit un événement imprévu dont il ne savait pas quoi penser. Et elle pressentait qu'il ne lui en parlerait que quand il l'aurait analysé.

Mais le temps pressait. Si ces hommes voulaient maintenant sa mort, les chances de survie de ses parents se faisaient plus minces à chaque minute.

Quand ils furent à l'intérieur, Holden verrouilla la porte et brancha l'alarme. Il n'alla pas jusqu'à inspecter le chalet, mais il balaya la pièce du regard pour s'assurer que personne n'était venu en leur absence. Rien ne dut lui sembler suspect, parce qu'il dit :

— Nous devrions changer nos pansements, appliquer de la glace sur nos blessures, manger quelque chose et dormir. Nous avons tous deux besoin de sommeil.

Sans protester, sans même chercher à discuter, elle le regarda passer dans la cuisine, où il sortit une poche de glace du freezer. Quand il se tourna vers elle, elle dit :

— Maintenant, tu vas me parler de ce coup de fil.

Comment pouvait-elle parler aussi posément, alors qu'elle

se sentait sur le point de s'effondrer par terre et de fondre en larmes ?

Parce qu'elle n'avait pas le temps de s'effondrer, voilà pourquoi.

Holden soupira, laissa tomber la poche de glace sur le comptoir et se passa les mains sur le visage.

— C'était Shay. Au sujet du message codé que tes parents t'ont laissé. Il ne mentionne pas seulement des lieux, ni même le nom de ceux pour qui ils travaillent.

Willa secoua la tête.

— Je sais que ce message contient beaucoup d'informations, mais certaines ne sont que des leurres, pour…

— Mon équipe l'a déchiffré, Willa, coupa-t-il. Il contient des preuves contre un gang très dangereux, et ses membres savent que tu le détiens. Voilà pourquoi ils ont voulu t'enlever.

— Mais ils ont changé d'avis.

— Oui. Je ne sais pas ce qui s'est passé, mais ces hommes avaient pour ordre de te tuer.

Entendre ces mots à voix haute fut un choc, qu'elle encaissa rapidement. Si un événement imprévu était survenu, ni elle ni Holden n'étaient en cause. Par contre, elle ignorait tout de son organisation.

Au début, le gang qui détenait ses parents avait seulement voulu l'enlever. Voilà pourquoi seul Holden avait été visé par le tireur. Le gang avait fait appel à des petits criminels pour l'amener au point de livraison. L'amener vivante.

Qu'est-ce qui avait changé entre-temps ? L'organisation de Holden avait pris connaissance des informations que ses parents lui avaient laissées.

— Ces types ne savaient pas que je détenais ces preuves. D'ailleurs, nous ne le savions pas nous-mêmes.

Les sourcils de Holden se rejoignirent.

— Qu'est-ce que tu veux dire ?

— Qu'ils ne savaient pas que j'étais en possession d'un message codé qui contient des informations capitales. Ils ont décidé de me tuer après que tu as envoyé des photos de ce message à tes collègues.

S'il n'avait pas déjà tiré cette déduction, il ne sembla pas étonné. Mais quelque chose en lui changea, quelque chose qu'elle ne put identifier mais qui la mit mal à l'aise – en plus de l'effrayer et d'éveiller ses soupçons.

— Mon équipe est réglo, dit-il sèchement.

— Comment est-ce que je pourrais en être certaine ? Je ne sais rien sur eux, Holden. Pourquoi est-ce que je devrais leur faire confiance ? Pourquoi est-ce que je devrais…

Elle laissa sa phrase en suspens, parce qu'elle ne pouvait pas remettre en question la confiance qu'il lui inspirait maintenant, qu'elle le veuille ou non. Ils s'étaient déjà mutuellement sauvé la vie, et plus d'une fois.

— Vas-y, finis ta phrase, dit-il posément.

Sa peur se teinta de colère. Elle allait se comporter de façon complètement irrationnelle, elle le savait, mais elle en avait déjà tellement supporté que personne ne pouvait lui reprocher d'exploser.

— J'aimerais pouvoir le dire ! J'aimerais pouvoir le penser ! Mais je te fais confiance. Je mettrais ma vie entre tes mains. Alors, ne me parle pas sur ce ton. C'est forcément à cause d'un membre de ton équipe que cette bande de criminels a pu…

Elle s'arrêta net. Si le message mentionnait un nom, ou un lieu, ils avaient une piste qui pouvait les mener jusqu'à ses parents.

— Ce gang… Est-ce que le message donne son nom ?

— Tu sautes vraiment du coq à l'âne, marmonna-t-il.

— La vie de mes parents est en jeu. Je n'ai pas le temps de me disputer avec toi pour savoir si ton équipe est réglo ou pas. Je dois les retrouver avant qu'ils soient tués. Il le faut.

Holden souffla.

— Appelons Shay.

Holden était rongé par l'hypothèse qu'avait soulevée Willa. Il écouta distraitement Shay leur expliquer que les parents de Willa étaient vraisemblablement détenus par un gang qui se dissimulait derrière une société nommée Ross Industries. Elsie cherchait à se renseigner à son sujet, mais elle était extrêmement prudente. Il était impossible que ses recherches aient pu faire comprendre au gang que quelqu'un détenait des preuves contre eux.

— Je sais que vous voulez partir à la recherche de vos parents, Willa, dit Shay d'une voix calme et autoritaire. Mais si nous voulons que tout le monde revienne sain et sauf, il faut que vous me laissiez le temps d'organiser mon équipe.

— Pouvez-vous me garantir que mes parents sont toujours en vie ? demanda Willa.

Shay hésita avant de répondre. Bien trop longtemps.

— Pour le moment, non, lâcha-t-elle enfin. Mais je ferai de mon mieux pour vous donner une réponse dans les prochaines heures. D'accord ?

Holden n'en avait pas espéré autant de sa part mais, depuis deux ans qu'elle dirigeait la North Star, il avait oublié qu'elle ne suivait pas toujours la procédure à la lettre.

— Merci. Merci. Je…

Sans terminer sa phrase, Willa leva les yeux vers lui. Il y lut la bataille qui faisait rage en elle.

— Si vous pouvez m'utiliser comme une sorte d'appât ou de monnaie d'échange, je veux que vous le fassiez.

— Willa…

— Non, ne discutez pas avec moi, coupa-t-elle. Vous devez me promettre que vous le ferez si cela peut être utile. Il le faut. Ce sont mes parents. Je dois tout faire pour les sauver. J'aimerais que vous m'y aidiez mais, si vous ne me faites pas cette promesse, je m'en irai.

— Ce ne sera pas facile, objecta Shay. L'un de mes agents est avec vous.

— Je m'en irai, répéta obstinément Willa.

Et il ne lèverait pas le petit doigt pour la retenir. Il n'avait rien pu faire contre l'accident de voiture qui avait coûté la vie à son père avant sa naissance, ni contre le cancer qui avait emporté sa mère. S'il pouvait donner à Willa la chance de sauver ses parents, il le ferait. Il se devait de le faire.

Étrangement, elle semblait le savoir – ou du moins le deviner.

Bien sûr, peut-être qu'il se fourvoyait et qu'elle le sous-estimait au point de se croire capable de lui échapper. Mais il avait la sensation diffuse que… qu'elle le savait.

Elle le comprenait trop bien. C'était dangereux.

— Restez dans le chalet pour le moment, reprit Shay. Je vais envoyer une équipe passer cet entrepôt au peigne fin. Je vous recontacte demain matin. Willa, dès que j'aurai la confirmation que vos parents sont en vie, j'en informerai Holden. Mais cette nuit, je veux que vous ne quittiez pas le chalet. Notre mission n'est pas seulement d'assurer la sécurité de vos parents, mais aussi la vôtre.

— Je sais que c'est idiot, mais…

— Vos animaux ne manquent de rien, coupa Shay. Nous sommes trois à la ferme et, grâce à quelques recherches sur Internet, nous nous occupons d'eux.

— Merci beaucoup, dit Willa.

Mais Holden ne la sentit pas parfaitement sincère.

Il prit le téléphone et éteignit le haut-parleur.

— Nous ne bougerons pas d'ici. Est-ce que quelqu'un protège Elsie ? S'ils cherchent des informations, ils pourraient revenir à la ferme.

— Je suis là. Et Granger aussi.

De saisissement, il manqua de laissa tomber son téléphone. Shay avait fait appel à l'ancien patron de la North Star ?

— Granger ? répéta-t-il.

— Il a protesté, mais je lui ai dit que nous n'étions pas assez nombreux pour pouvoir garantir la sécurité d'Elsie.

— C'était un coup bas.

— Quand on ne peut pas faire autrement… Surveille ta cible. Si j'apprends que ses parents sont morts, je ne transmettrai pas l'information avant que tout soit fini.

C'était une phrase qu'il aurait préféré ne pas entendre. Il ferma les yeux, marmonna un vague acquiescement et raccrocha.

Willa était toujours assise sur le canapé, les mains jointes, plongée dans ses pensées. De temps à autre, elle se penchait en avant et écrivait quelque chose sur un bout de papier.

Holden savait qu'il aurait mieux fait de manger, de dormir, ou d'essayer de comprendre qui étaient ces mystérieuses Ross Industries. Mais il ne pouvait la quitter des yeux.

— Qu'est-ce que tu écris ?

— Une liste de ce que ce que je dois faire. Je sais que ton organisation s'occupe de tout, mais je ne peux pas rester les bras croisés. Pardonne-moi, mais je ne fais pas assez confiance à tes coéquipiers.

— Willa…

— Non. Je ne sais pas ce que t'a dit Shay après que tu as coupé le haut-parleur. Si tu ne veux pas me le répéter, tant pis. Mais dans ce cas, je ne peux pas avoir confiance.

Elle se leva, son bout de papier à la main.

— D'abord, je veux que tu trouves l'adresse de cet entrepôt.

— Willa… S'ils ne me l'ont pas donnée, c'est pour une bonne raison. Peut-être que tes parents n'y sont même pas.

Elle balaya la réponse d'un geste de la main.

— Je veux seulement que tu l'aies, au cas où nous en aurions besoin. Est-ce que tu peux la trouver ?

— Est-ce que je peux ? Oui. Est-ce que je vais le faire ?

Elle continua à parler comme si la réponse à cette question était un « oui » sans équivoque.

— Je suis d'accord pour passer la nuit ici. Nous aurons besoin des renseignements que ton organisation aura pu trouver pour agir. Si l'un de tes collègues n'est pas réglo…

— Tout le monde est réglo à la North Star, coupa-t-il.

Mais elle avait semé le doute en lui. Il était arrivé, quand ils s'efforçaient de démanteler les Sons, que l'un d'entre eux soit contraint de franchir la ligne. Zut, si Granger n'avait pas fait confiance à un agent double, il n'aurait pas été blessé dans cette explosion, deux ans plus tôt.

Elle leva vers lui un regard aussi sévère que celui d'une maîtresse d'école.

— Tu laisses tes émotions te masquer la réalité, Holden.

— Non, rétorqua-t-il. Je laisse les faits, l'expérience et mon instinct me guider dans mes décisions. Tout d'abord, nous ne savons pas pourquoi les dirigeants de Ross Industries ont soudain décidé de te tuer.

Parce que ses parents étaient morts, peut-être. Mais il ne pouvait pas le lui dire.

— Shay ne peut pas nous avoir trahis. Je le sais. Elsie non plus. Quand tu la rencontreras, quand tu connaîtras sa gentillesse, tu en seras certaine, toi aussi. Quant aux cinq hommes que tu as vus cet après-midi, cela fait des années que je mets ma vie entre leurs mains. S'ils étaient en cause, pourquoi seraient-ils intervenus pour nous sauver au lieu de laisser ces types nous emmener ? Maintenant, il est toujours possible qu'un ordinateur ait été piraté, ou qu'il y ait eu une fuite. Mais s'il y en a eu une, je te garantis qu'elle n'est pas intentionnelle. Je connais mes coéquipiers. Je leur fais confiance.

L'expression de Willa s'adoucit. Aussitôt, la méfiance le gagna.

— Ils sont comme ta famille, dit-elle doucement.

Il recula, comme si elle l'avait frappé. Quelque chose remuait en lui, une émotion qui lui était étrangère. Il voulut se convaincre que c'était de l'indignation.

— Je peux demeurer parfaitement impartial dans mon travail.

— Non, dit-elle. Non, ce n'est pas ce que je veux dire.

Elle s'approcha de lui et posa une main sur sa joue.

— Ta vie ne se résume pas à ton travail, Holden. Quand des personnes que tu aimes sont impliquées, tu ne peux pas échapper à tes sentiments. Mais ce n'est pas parce que tu perds de ton impartialité que je t'accuse d'être moins efficace.

Il saisit son poignet et écarta sa main de son visage.

— Je ne pense pas que tu comprennes.

— Si. J'ai grandi auprès de parents qui font le même genre de métier que toi. Je ne comprenais peut-être pas très bien ce qu'ils faisaient, mais il me suffisait de les regarder pour comprendre qu'ils s'aimaient. Tu tiens autant à ton équipe que moi à mes parents, ce qui complique doublement la situation.

Elle souffla et voulut s'éloigner de lui. Il s'aperçut alors qu'il n'avait pas lâché son poignet. Elle sembla s'en rendre compte au même moment. Pensivement, elle regarda d'abord sa main, puis son visage. Elle ne chercha pas à se dégager, au contraire : elle se rapprocha de lui.

Quelque chose se libéra soudain en lui, à cause de sa tirade sur les sentiments et les complications qu'ils engendraient, à cause de la vérité profonde de cet instant, de sa main dans la sienne, de ses yeux verts qui scrutaient les siens.

— Oui, j'éprouve ces sentiments, avoua-t-il. Et ça complique tout.

Il ne les éprouvait pas seulement pour son équipe, qui était effectivement devenue sa famille, mais aussi pour elle, qui était devenue… il ne savait pas quoi au juste.

Il aurait dû en rester là, s'éloigner d'elle et se mettre au travail, parce qu'il avait beaucoup à faire. Mais il ne relâcha pas sa main et, quand elle se mit sur la pointe des pieds, il la laissa l'embrasser et lui rendit son baiser.

# 17

Ce baiser était différent de celui que Holden lui avait donné quelques heures plus tôt. Quelques heures seulement ? Ne le connaissait-elle vraiment que depuis deux jours ? Willa avait pourtant l'impression de tout comprendre de lui. Comme si leurs vies étaient inextricablement liées.

Elle changerait sans doute d'avis quand cette histoire serait derrière elle, et peut-être même qu'elle regretterait ce qu'elle était en train de faire. Mais, pour le moment, elle ne voulait plus se sentir perdue. Elle ne voulait plus se sentir seule.

Parce qu'elle n'était pas seule. Même si Holden n'était que de passage dans sa vie, il était là en cet instant, et le baiser qu'ils échangeaient l'illuminait de l'intérieur. Contrairement au premier, il n'avait rien de doux ni d'hésitant. Si Holden avait des remords, il les faisait taire.

Elle noua les bras autour de son cou et mit tout son être dans ce baiser. Si elle devait attendre que quelqu'un d'autre décide de son sort et de celui de ses parents, pourquoi ne pas s'accorder ce petit plaisir ? Peut-être que ce baiser était une erreur, mais elle était bien insignifiante dans cette situation où tant de vies étaient en jeu.

Les bras puissants de Holden la maintenaient contre son corps, ferme et solide. Sa bouche était telle une ancre, qui l'arrimait à une sensation nouvelle, une sensation claire, merveilleuse, celle d'avoir établi un lien. Soudain, elle se sentit plus vivante que jamais, profondément liée à cet homme – mais ce n'était pas parce qu'il l'avait aidée et s'était battu à ses côtés.

Non, c'était parce qu'il lui avait parlé de sa famille, qu'il avait pansé ses blessures, qu'il avait souffert de la voir blessée. Parce qu'il était profondément gentil.

Elle comprenait qu'il se croie mauvais parce qu'il avait appartenu à un gang alors qu'il n'était encore qu'un adolescent accablé de chagrin, mais il se trompait. Son âme était noble, et son désir d'équité redoublait l'attirance qu'il lui inspirait.

Comme elle ne serait jamais capable de le lui expliquer par des mots, elle essaya de le lui faire sentir.

Un changement presque imperceptible se produisit. Le baiser se teinta de tendresse, et Holden encadra son visage de ses mains. Elle sentit ses genoux faiblir, gagnée par un désir enivrant qui réduisait toute pensée, tout raisonnement au silence. La tendresse de ce baiser était telle une promesse et l'emplissait d'un espoir qui la mettait légèrement mal à l'aise.

Mais elle n'avait jamais cherché le confort.

Holden détacha sa bouche de la sienne.

— Je ne peux pas faire ça, dit-il gravement.

Mais il ne la relâcha pas pour autant.

— Pourquoi ?

— Ce n'est pas bien.

— Pourquoi ?

Il lui décocha un regard désapprobateur et voulu s'éloigner d'elle, mais elle l'en empêcha.

— Alors, Holden, pourquoi ?

— Arrête de toujours demander pourquoi, lâcha-t-il.

Il chercha à se dégager, mais elle ne le laissa pas faire.

— Alors, donne-moi une réponse digne de ce nom.

— Nous sommes dans une position dangereuse. Tu t'inquiètes pour tes parents. Tu as réussi à semer des doutes dans mon esprit au sujet de ma propre équipe.

Ce n'était pas des raisons, mais des prétextes, qui semblaient insignifiants au regard de la réalité.

— Mais tu tiens à moi. Et je tiens à toi.

— Willa…

La façon exaspérée dont il prononçait son nom allait lui

manquer. Jamais elle ne supporterait de le perdre, se rendit-elle compte, tout en prenant conscience qu'elle aurait peut-être également la mort de ses parents à affronter, si ce n'était pas sa propre mort. Parce qu'elle était prête à mourir en essayant de les sauver.

Mais elle ne voulait pas mourir sans avoir vécu ce moment. Ç'aurait été du gâchis.

— Je sais que dans quelques heures tout aura changé. Mais mon expérience m'a appris qu'il faut accepter tous les cadeaux que la vie nous offre, même s'ils ne sont pas parfaits. Rien ne peut être parfait, de toute façon.

— Si je ne veux rien prendre, c'est peut-être parce que je ne veux rien risquer de perdre.

— Oh ! Holden.

Elle sentit son cœur se briser. Peut-être qu'elle devait adopter sa façon de voir les choses. Après tout, il avait subi des pertes beaucoup plus douloureuses qu'elle. Mais elle se sentait incapable de réprimer toutes ses émotions à cause de ce qui pouvait se produire. D'ailleurs, elle n'avait aucune envie de le faire. Elle voulait les laisser s'exprimer librement.

— Quand il est question de sentiments, il n'y a ni victoire ni défaite.

Comme elle savait que les paroles ne suffiraient pas à l'en convaincre, elle l'embrassa de nouveau, dans l'espoir de créer une brèche dans la muraille dont il s'était entouré. Il méritait mieux que la prison exiguë qu'il s'était construite. Il avait laissé cette organisation devenir sa famille, même s'il ne se l'était pas encore avoué, mais il se tenait encore à l'écart.

Elle le comprenait aussi, même si elle s'était elle-même imposé de vivre dans la solitude. Mais pendant quelques heures, elle avait toute liberté d'être avec quelqu'un. De s'abandonner à la douceur de sa compagnie.

Il la souleva du sol, et elle éclata de rire contre sa bouche. C'était bon de rire. De mettre la réalité lugubre en pause. Puisqu'ils n'avaient rien d'autre à faire, pourquoi ne pas trouver le réconfort dans un moment de joie ?

Il la porta dans la chambre sans que leurs bouches se séparent. Elle avait tout à la fois envie de faire durer ce moment et d'en accélérer l'allure. Elle voulait tout, absolument tout de lui. Elle commença à tirer sur sa chemise. Il la déposa sur le lit avant de l'ôter lui-même, dévoilant un torse puissamment musclé, et elle sentit son cœur et son estomac bondir à l'unisson – de désir, mais aussi d'un sentiment qui semblait un peu plus profond que la simple tendresse.

Elle passa la main sur son flanc, couturé de cicatrices.

— Qu'est-ce qui t'est arrivé ?

Il s'agenouilla sur le lit et tira sur son T-shirt jusqu'à ce qu'elle lève les bras et le laisse le lui retirer.

— Des explosions.

— Plusieurs ?

Il se borna à hausser les épaules, mais elle devina que sa désinvolture était feinte. Il avait été marqué dans sa chair par le métier qu'il avait choisi d'exercer. Par sa volonté de rétablir la justice.

Elle embrassa la ligne blanche qui courait sur son épaule.

— Et celle-là ?

— Un coup de couteau, reçu quand j'ai essayé d'échapper au gang dans lequel je m'étais embarqué.

Dans lequel il s'était embarqué ? Elle n'en croyait pas un mot. Elle pensait plutôt que la personne qui l'avait recruté s'était servie de son chagrin pour le manipuler. Mais comme il n'aurait pas apprécié sa théorie, elle garda ses réflexions pour elle.

Elle tendit le doigt vers une autre cicatrice, qui semblait plus récente.

— Et celle-là ?

Il baissa les yeux, comme s'il avait oublié son existence, et haussa de nouveau les épaules.

— Une balle.

Il la repoussa sur le lit et fit courir ses mains le long de son corps, jusqu'à sa taille. Il déboutonna son pantalon et le lui ôta. Maintenant, elle ne portait plus que ses sous-vêtements, mais elle ne se sentait pas gênée. Elle se sentait… Eh bien, la façon dont il la regardait la rendait belle. Elle pouvait presque entendre sa peau chanter sous ce regard.

— Est-ce que tu veux continuer à parler de mes cicatrices ? demanda-t-il avec un sourire suffisant.

— Peut-être.

Elle s'assit et, d'un geste, lui fit signe d'enlever son pantalon. Il obtempéra en souriant. Quand elle découvrit la cicatrice qui zigzaguait sur sa cuisse, elle se borna à hausser un sourcil.

Il baissa les yeux, comme s'il avait aussi oublié l'existence de cette marque.

— Oh ! celle-là. Sabrina et une bouteille cassée.

— Qui est Sabrina ?

— Un autre agent.

— Elle t'a blessé avec une bouteille cassée ? demanda-t-elle sans pouvoir masquer son indignation.

— C'était avant qu'elle soit agent. Nous nous sommes bagarrés dans un bar.

Willa ne savait pas quoi penser de cette information, mais elle fut prise d'une aversion soudaine pour le prénom de Sabrina. Et, pour l'amour du ciel, Holden semblait presque fier qu'elle l'ait blessé avec une bouteille cassée !

— Est-ce qu'elle est jolie ?

Il éclata de rire.

— Je suppose.

— Qu'est-ce que tu entends par là ?

— Pour moi, elle est plus une petite sœur qu'autre chose.

Il déposa un baiser dans son cou, un baiser qui souleva en elle une tornade de désir.

— D'autres questions ?

— Eh bien…

Elle passa les doigts dans ses cheveux, goûtant leur texture légèrement rugueuse.

— Qui te remet sur pied quand tu es blessé ?

— Betty. C'est notre médecin.

Il mordilla son épaule, et elle s'aperçut que cela lui plaisait autant que de l'entendre répondre à ses questions sans se crisper.

— Vous formez vraiment une petite famille, n'est-ce pas ? chuchota-t-elle en embrassant sa mâchoire.

Il la fit rouler sur le dos et la cloua au matelas. Même si le geste était joueur, elle devina qu'il cherchait surtout à éluder sa question. Soudain, son sourire pâlit. Elle se demanda s'il était en proie au doute… ou à la peur.

— J'ai envie de toi, Holden, dit-elle.

Elle voulut lui sourire, mais il était tellement grave, à présent.

— C'est tout ce qui importe pour le moment, reprit-elle. J'ai envie de toi.

Holden ne se souvenait pas d'avoir jamais été aussi détendu. Même s'il s'efforçait de toujours sembler désinvolte, il n'avait jamais vraiment pu se libérer de cette espèce de tension qui l'avait poussé à rejoindre un gang – qu'il avait quitté pour une organisation secrète qui avait travaillé pendant des années à son démantèlement.

Jamais il n'aurait dû s'autoriser à laisser Willa se blottir contre lui, la tête posée sur son épaule, une main sur son cœur. C'était mal.

— Tu aurais dû me dire que j'étais le premier, chuchota-t-il.

Il aurait aimé pouvoir s'indigner, mais il avait du mal à garder les yeux ouverts. Pour tout dire, il n'avait qu'une envie : nicher le nez dans ses cheveux et s'endormir.

Elle bâilla.

— Pourquoi ?

— Je…

Il n'était pas certain de pouvoir le lui expliquer. Elle était tellement douce, tellement réactive, qu'il avait voulu savourer chaque instant. Et le moment avait été d'une intensité qu'il n'aurait jamais crue possible.

Il aurait dû en être effrayé, mais il n'en était pas encore là.

Elle était belle, et il avait envie d'elle… mais ce n'était pas tout : il voulait qu'elle fasse partie de sa vie. Il aimait la façon dont elle lui tenait tête, la façon dont elle semblait comprendre en lui ce qu'il ne comprenait pas lui-même – à moins qu'elle mette seulement des mots sur les émotions qu'il avait toujours refusé de nommer.

Non. Ce n'était pas la fin de son engagement au sein de la North Star. C'était impossible. Il ne suivrait pas l'exemple de Reece. Il n'était pas Reece.

D'ailleurs, il voyait bien – à moins qu'il cherche seulement à s'en convaincre – que Willa savait qu'elle se dirigeait droit vers une situation périlleuse dont elle n'était pas certaine de ressortir vivante. Pour elle, ce qu'il avait partagé n'avait été qu'une sorte de… de moment d'adieu.

Il n'y trouvait rien à redire, mais il fallait qu'elle comprenne bien une chose.

— Tu ne vas pas mourir. Ça n'arrivera pas.

Elle s'appuya sur un coude et le regarda, perplexe. Ses cheveux s'étaient échappés de leur élastique et formaient une masse bouclée sur ses épaules. Son visage était frais, radieux et tellement beau qu'il en avait mal.

Sa perplexité se mua lentement en compréhension. Pourquoi semblait-elle toujours le comprendre ?

— Si j'ai fait l'amour avec toi, ce n'était pas le chant d'adieu d'une vierge qui fonce vers la mort, Holden.

Parce qu'il avait l'impression qu'elle le grondait, il haussa les épaules avec une nonchalance étudiée.

— Je n'ai pas dit que c'était ce que tu avais fait.

— Mais tu l'as pensé.

Elle lui plaqua un rapide baiser sur les lèvres avant de se lever.

— Je meurs de faim, dit-elle en enfilant son T-shirt. Est-ce qu'il y a à manger dans la cuisine ?

— Oui.

Il se leva, lui aussi, et passa son jean avant de la rejoindre dans la cuisine, torse nu. Elle fouillait déjà dans les placards et les tiroirs en fredonnant doucement, avec autant de paisible assurance que si elle avait vécu ici.

— Tu as l'air bien contente de toi, grommela-t-il.

— Je le suis, en effet.

Elle lui sourit. Remarquant que son pansement était taché de sang, il dit :

— Il faut changer ce pansement.

Elle le regarda.

— Le tien aussi.

Il alla chercher la trousse de premiers secours en pestant à mi-voix, mais sa mauvaise humeur était feinte. La compagnie de Willa était tellement agréable, tellement naturelle, qu'il ne parvenait pas à se haïr ni à se sentir suffisamment irrité par la situation.

Une faiblesse qu'il mit sur le compte du manque de sommeil et de nourriture. Il retrouverait toute sa lucidité après avoir mangé et dormi.

Quand il revint dans la cuisine, elle finissait de préparer un sandwich au beurre de cacahuètes. Il lui fit signe d'approcher, et elle obéit en lui tendant son en-cas. Comme il avait les mains prises, il se pencha et en prit une bouchée. Ensuite, il changea son pansement pendant qu'elle mangeait.

Quand il eut terminé, ils échangèrent leurs places : il finit le sandwich pendant qu'elle appliquait un pansement propre sur sa plaie à la tête.

— Nous avons des blessures assorties, dit-elle en souriant.

— Oui. La seule différence, c'est que c'est à toi que je dois la mienne. Et après, tu m'as enchaîné à un lit.

Elle éclata de rire et laissa glisser sa main jusque sur sa joue. Dans ses yeux, il lut un sentiment pour lequel son cerveau n'était pas prêt, mais vers lequel son cœur semblait se ruer sans tenir compte de la réalité.

— Willa…

Il ne pouvait pas prononcer ces mots. Pas même en esprit. Dieu merci, son téléphone sonna. Il s'y agrippa comme il se serait agrippé à une bouée de sauvetage, s'arracha à la douceur de sa main et de son regard. Il regarda l'écran : Shay.

— Parker, dit-il.

Des sons reconnaissables entre mille s'élevèrent de son

téléphone : des coups de feu, du verre qui volait en éclats. Sans même demander ce qui se passait, il lança :

— J'arrive.

— Amène-la, dit Shay. Nous pourrions avoir besoin d'elle. Sois très prudent.

Elle raccrocha aussitôt. Choqué, Holden demeura figé pendant une seconde avant de se ressaisir.

— Habille-toi, ordonna-t-il. Nous devons aller chez toi.

— Qu'est-ce qu'il y a ? demanda-t-elle.

Mais elle se dirigeait déjà vers la chambre.

— Je ne sais pas au juste.

Mais la situation était grave. Très grave.

# 18

Le cœur de Willa semblait s'être logé dans sa gorge et refuser d'en redescendre. Il battait avec une telle violence qu'elle avait du mal à respirer. Assise à côté de Holden, qui fonçait vers Evening, elle s'exhorta au calme.

Est-ce que ses animaux allaient bien ? Non, elle ne devait pas penser à eux. Il fallait qu'elle les chasse de son esprit.

Elle s'inquiétait depuis que Holden lui avait rapporté son court dialogue avec Shay. Pourquoi des membres de ce gang se seraient-ils rendus chez elle ? Même s'ils savaient qu'elle possédait des preuves contre eux, les événements de l'après-midi devaient leur avoir appris qu'elle n'y était pas.

— Il faudrait que j'appelle Shay pour lui donner les codes qui lui permettront d'accéder au bunker.

Sans même lui accorder un regard, il dit :

— Elsie y est déjà.

Elle cligna des yeux, abasourdie.

— Comment a-t-elle fait ?

— Nous avons nos méthodes, Willa. Il fallait qu'elle s'introduise dans ton ordinateur pour voir si elle pouvait trouver des informations sur tes parents.

— Elle… Mais pourquoi pirater mon ordinateur ? Je coopère avec vous !

Le moment était mal choisi pour s'indigner, mais il aurait pu la prévenir. À la seule pensée que cette Elsie avait fouillé dans ses fichiers et ceux de ses parents…

— Et l'idée ne t'est pas venue que c'est comme ça qu'ils ont eu accès à toutes les informations qu'ils ont sur moi ?

— Elsie est l'une des meilleures dans son domaine, répondit Holden. Elle sait ce qu'elle fait. Si elle avait soupçonné que quelqu'un interceptait les renseignements qu'elle nous communiquait, elle nous aurait aussitôt mis au courant et aurait arrêté ses recherches.

— Mais j'aurais pu vous donner tous les mots de passe, protesta-t-elle. Il te suffisait de me les demander.

— Tu aurais pu, oui, mais elle aurait quand même piraté ton ordinateur pour s'assurer que tu ne nous cachais rien.

— Nous sommes dans le même camp !

— Nous avons affaire à une organisation criminelle extrêmement dangereuse. Rajoutons au tableau deux agents secrets et leur fille, qui se bat comme une tigresse et dont la maison recèle tout un réseau de cachettes. Depuis le début, tu as essayé de me dissimuler des informations importantes. Alors, épargne-moi tes beaux discours sur la confiance.

Ces paroles la blessèrent, mais sa douleur puérile reflua devant une idée bien plus importante.

— J'ai un moyen d'entrer sans que personne nous voie.

— Nous ne savons pas où ils sont, Willa. Nous devons…

— Fais-moi confiance, Holden. J'ai un moyen.

Elle lui ordonna de tourner à gauche avant de le guider sur plusieurs petites routes et chemins de terre jusqu'au champ qui s'étendait derrière sa propriété. C'était là que se trouvait l'une des deux issues de secours que ses parents avaient ménagées. Quand ils arrivèrent à proximité d'un petit talus, elle dit :

— Ici. Arrête-toi.

Elle descendit de voiture la première. Holden la suivit en scrutant les alentours, les mains posées sur la crosse des pistolets qu'il portait à chaque hanche.

— Il me faut aussi un pistolet, dit-elle.

Il hésita, et elle en fut blessée. Mais elle devait faire abstraction de sa douleur. Ne penser qu'à ce qu'ils devaient faire.

— Il faut que tu me fasses confiance. Nous devons travailler ensemble.

Il enserra sa nuque d'une main ferme et s'approcha d'elle jusqu'à ce qu'ils soient pratiquement nez à nez.

— Je ne voulais pas te laisser te battre seule contre ce type, au lac, mais je l'ai fait parce que je savais que tu étais capable de te défendre. C'est la plus grande preuve de confiance que je puisse donner.

Elle eut tout à la fois envie de pleurer et de l'embrasser, mais elle se borna à prendre le pistolet qu'il lui tendait. Elle gravit le talus, s'agenouilla et tâtonna la terre jusqu'à ce que ses doigts effleurent le loquet de la trappe.

— Ce tunnel mène à la salle où nous étions l'autre jour, expliqua-t-elle en soulevant le panneau de métal. De là, nous pourrons gagner soit la grange, soit la maison.

— Comment… Willa, es-tu certaine que tes parents n'utilisent pas ces souterrains comme une sorte de base ?

— Bien sûr que oui, répondit-elle sans réfléchir.

Ils lui avaient toujours dit que ces souterrains n'étaient destinés qu'à assurer sa sécurité. Elle ne les utilisait pas souvent mais, s'ils s'y étaient réfugiés, elle s'en serait forcément aperçue. Et d'ailleurs, ne l'auraient-ils pas prévenue ?

Non, sans doute pas. Surtout s'ils étaient sur une mission. Gagnée par l'amertume, elle secoua la tête.

— Nous nous occuperons de ça plus tard. Viens.

Elle s'engagea dans le trou, qui était assez étroit, et dit :

— Même si tu manques de place, il faut que tu refermes cette trappe derrière toi.

C'était la première fois qu'elle s'aventurait dans ce tunnel, qui était plus étroit que les autres. Sans être à proprement parler claustrophobe, elle avait toujours redouté de devoir l'emprunter.

Elle respira lentement, profondément. La lumière faiblit graduellement, jusqu'à ce que le tunnel soit plongé dans l'obscurité.

— Est-ce cette trappe se verrouille ? demanda Holden, derrière elle.

— Depuis le bunker, répondit-elle d'une voix tendue.

— Ça va ?

— Oui. Je n'aime pas trop ce tunnel, c'est tout. Continue à avancer. Nous déboucherons bientôt sur des passages moins exigus.

Elle continua à ramper, pleinement consciente qu'il lui était impossible de faire demi-tour. Elle était coincée. Sans aucun moyen de sortir de là.

« Inspire. Un, deux, trois. Expire. »

Non, les parois du tunnel ne se refermaient pas sur elle, menaçant de la broyer. Ce n'était qu'une impression, née d'une peur irrationnelle.

— Willa, mon cœur, tu es hors d'haleine.

« Mon cœur » ? Ça lui fit tout drôle. Mais la sensation était agréable. C'était idiot mais, si elle pensait à des détails aussi ridicules que des petits noms tendres, cette sensation d'être enterrée vivante s'estomperait peut-être.

Si elle survivait à cette aventure, comme elle en avait l'intention, elle l'appellerait… « chéri » ? Non. Trop vieux jeu. « Bébé » ? Non, ça n'allait pas du tout. Peut-être qu'elle l'appellerait « mon cœur », elle aussi. Cela lui plaisait, et si elle…

S'ils survivaient tous deux. Il fallait qu'il survive, lui aussi.

Elle déglutit alors qu'un nouvel assaut de peur la gagnait.

— Où allons-nous ? Au bunker ?

Il fallait qu'elle oublie l'exiguïté du tunnel pour se concentrer sur leur situation. Qu'elle chasse toute considération sur la vie et la mort pour ne penser qu'au moyen d'aller du point À au point B.

— Non, à la maison, répondit-il. C'est sans doute là que se trouve Shay. On n'entendrait pas de coups de feu depuis le bunker, n'est-ce pas ?

— Non.

— En ce cas, la maison.

Elle rampa pendant quelques minutes interminables jusqu'à ce que le tunnel débouche enfin sur une « salle » où convergeaient tous les autres souterrains. Dieu merci, ils étaient plus vastes. Ils n'auraient plus à ramper.

Elle s'engagea dans le tunnel qui débouchait dans son salon.

Comme elle n'avait pas eu l'occasion d'aller allumer les lumières depuis la salle principale, elle devait tâtonner dans l'obscurité, ce qui l'empêchait d'aller aussi vite que Holden l'aurait souhaité.

Enfin, ils atteignirent le bout du tunnel.

— Nous y sommes, dit-elle. Comment veux-tu faire ?

— Je vais sortir en premier. Attends que je te dise de me rejoindre. Je ne sais pas ce que nous allons trouver de l'autre côté.

Sa gorge était trop nouée pour qu'elle réponde. Dans l'obscurité, elle ne voyait pas Holden, mais elle sentait sa présence. Et elle ne voulait pas en être privée.

— Willa ?

Elle toussota, défit la targette et ouvrit lentement la porte. La lumière qui filtrait par les interstices du panneau qui masquait l'ouverture lui permit de distinguer le visage de Holden.

— Ne pleure pas, mon cœur, dit-il en lui touchant la joue.

Elle était tellement tétanisée par la peur qu'elle ne s'était pas rendu compte qu'elle pleurait. Elle s'essuya les joues de la manche.

— Ça va aller. Je te le promets.

Elle renifla et répéta :

— Ça va aller. Fais glisser le panneau vers la gauche et appelle-moi dès que je pourrai te rejoindre.

Il fronça les sourcils, comme s'il se demandait pourquoi elle pleurait. Pourquoi se poser cette question ? Elle avait peur. Une femme pouvait à la fois être courageuse et avoir peur. C'était d'ailleurs le lot de la plupart d'entre elles.

Elle carra les épaules et inclina la tête vers la sortie.

— Vas-y.

— Très bien.

Quand il tendit le bras vers le panneau, elle découvrit qu'elle était incapable de refouler ses émotions. Elle n'était pas comme ses parents, qui savaient reléguer leur amour au second plan quand ils devaient se battre.

— Je t'aime, lâcha-t-elle. Alors, s'il te plaît, ne meurs pas.

Il l'embrassa si brusquement, avec une telle fougue, qu'elle serait tombée à la renverse s'il ne l'avait pas tenue aussi fermement. Quand il la relâcha, elle comprit que, pour le moment, elle ne devait rien espérer de plus que ce baiser, qui ressemblait bien trop à un baiser d'adieu.

— Pareil pour moi, Willa. Pareil pour moi, marmonna-t-il.

Et il fit glisser le panneau.

*Tu es vraiment le dernier des idiots.* Holden inspectait le salon, mais ce « pareil pour moi » résonnait dans son esprit, menaçant de nuire à sa concentration.

Un silence inquiétant régnait dans la maison. De temps à autre, un craquement ou un grincement s'élevait, et il s'immobilisait le temps de déterminer s'il s'agissait d'un bruit normal dans une vieille maison ou de celui que produit une personne qui se déplace. Mais il n'entendait plus aucun coup de feu. Pourvu qu'il n'arrive pas trop tard…

Quand il fut certain qu'il n'y avait aucun danger dans la pièce, il fit signe à Willa de sortir du tunnel. Ensemble, ils refermèrent silencieusement la porte et remirent le pan de mur en place. Quand ce fut fait, il la prit par la main.

Il n'eut pas à lui dire de le suivre sans faire le moindre bruit. Elle savait. Elle comprenait.

La main de Willa se crispa sur la sienne, aiguisant sa vigilance. Il devait être fort pour elle.

Il se glissa dans le couloir qui menait dans le séjour, d'où il pourrait voir la cuisine, l'escalier et la moitié du palier de l'étage. Quand il passa la tête par la porte du séjour, il vit que la porte d'entrée avait été barricadée avec le canapé et que Shay et Granger étaient assis par terre, près de la baie vitrée.

Bien que les rideaux soient tirés, il vit que le sol était jonché d'éclats de verre. Quelqu'un avait tiré dans les vitres.

La présence de Granger McMillan avait quelque chose d'étrange. C'était lui qui avait proposé à Holden de rejoindre la North Star et, comme beaucoup de ses collègues, Holden le considérait comme un héros, sinon comme un saint.

Il avait été blessé dans l'explosion à laquelle Holden devait certaines de ses cicatrices. Il s'était remis, mais jamais il n'avait repris son poste.

Il avait changé, en deux ans. Une épaisse barbe lui mangeait le visage et, contrairement à ce que Holden avait imaginé, il semblait encore plus musclé qu'avant. Comme s'il avait consacré son temps à devenir un autre homme.

— Qu'est-ce qui s'est passé ? demanda-t-il à voix basse.

— Une espèce d'embuscade. Nous ne savons pas combien d'hommes sont dehors ni de qui il s'agit, mais ils ont ouvert le feu sur la maison. Nous les avons repoussés, mais…

Shay s'interrompit et les regarda plus attentivement.

— Comment êtes-vous entrés ?

— Par un souterrain qui débouche à l'intérieur de la maison. Est-ce qu'ils sont encore là ?

— Je pense. Nous n'avons pas assez d'hommes pour faire une reconnaissance. J'ai demandé à une équipe de venir en renfort, mais je leur ai recommandé d'être extrêmement prudents.

Holden remarqua alors que Shay se plaquait la main sur le bras.

— Qu'est-ce qui ne va pas ? demanda-t-il.

— Rien. Tout va bien.

— Elle ment, intervint Granger.

— Non, riposta Shay.

— Elle a pris une balle.

— Ce n'est qu'une éraflure. D'ailleurs, ce n'était peut-être qu'un éclat de verre. Tout va bien.

— Elle refuse que je lui mette un pansement.

Holden lâcha une imprécation.

— Ne sois pas bête, Shay. Laisse Granger te soigner. Où est Elsie ?

Elle regarda Granger de travers avant de répondre :

— Dans le bunker, et je veux qu'elle y reste.

— Elle essaie de pirater les systèmes de sécurité, mais ça prend du temps, ajouta Granger en tirant sur le bras de Shay.

— Elle dit que le système de cryptage est très sophistiqué. Elle peut s'introduire dans l'ordinateur, mais il y a une multitude d'obstacles à passer.

— Je vais aller l'aider, dit Willa, qui tenait toujours la main de Holden. Je peux armer les systèmes de sécurité et allumer les caméras de surveillance en cinq minutes. Il sera toujours possible à un intrus de s'introduire sur la propriété, mais il aura la tâche moins facile.

— Je ne suis pas certain que cela nous soit d'une grande aide, puisqu'ils sont déjà entrés, fit Holden.

Il savait que c'étaient ses sentiments qui s'exprimaient, plus que son bon sens. Pourtant, il devait le dire. Il devait…

Willa agrippa son bras et leva vers lui un regard déterminé.

— Laisse-moi y aller. Tu sais que c'est la meilleure solution. Je connais ces tunnels, je sais comment entrer et sortir rapidement. Je te demande seulement d'envoyer un message à Elsie pour la prévenir de mon arrivée.

— Nous ne devrions pas nous séparer, dit-il.

Mais elle s'éloignait déjà. Il jura à mi-voix.

— D'accord. Vas-y. Mais quand tu auras tout mis en route, je veux qu'Elsie et toi remontiez ici.

Il ne pourrait veiller sur elle que s'ils étaient tous ensemble.

— D'accord.

Elle s'éloigna d'un pas vif, et il dut prendre sur lui pour ne pas s'élancer derrière elle.

— Rends-moi service, grommela Granger. Assomme Shay pour que je puisse mettre ça sur sa blessure.

Il avait déchiré un morceau de sa chemise. Si Willa n'avait pas été seule dans ces tunnels, Holden aurait pu goûter l'humour de la situation.

— Mieux vaut ne pas l'assommer, répliqua-t-il. Nous pourrions avoir besoin d'elle.

Il regarda Shay.

— Pourquoi es-tu aussi pénible ?

— Parce que cet idiot a désobéi à un ordre.

Granger prit le bras qu'elle tendait à contrecœur et marmonna :

— Je suis ton supérieur.

La plaie était profonde, mais elle ressemblait effectivement plus à une coupure qu'à un impact de balle. Un bandage suffirait pour le moment, en attendant une suture. Granger la pansa rapidement.

— Non, répliqua Shay. Je te rappelle que tu as démissionné. Tu es officiellement mon subordonné.

— Je n'avais pas envie de revenir dans ce…

Un coup de feu claqua et toucha la maison, mais assez loin d'eux. Shay et Granger cessèrent aussitôt de se quereller et se levèrent d'un bond en dégainant leur arme.

— Shay, ordonna Holden, préviens Elsie que Willa arrive pour qu'elle ne lui tire pas dessus. Ensuite, descends dans le bunker. J'ai un mauvais pressentiment. Granger, inspecte le côté est de la maison. Je me charge de l'ouest.

— Tu n'es pas aux comman…

Mais rien ne l'obligeait à écouter les ordres de Shay. Cette mission était la sienne… Et il commençait à croire que le réseau de tunnels et le bunker n'avaient pas pour seul but d'assurer la sécurité de Willa.

À quoi servaient-ils d'autre ? Il n'en avait aucune idée. Mais il voulait que Willa en remonte aussi vite que possible.

Un autre coup de feu claqua, qui ne semblait pas dirigé vers la maison.

Ce qui soulevait une question supplémentaire : quelle avait été la cible du tireur ?

# 19

Willa n'avait jamais eu peur du noir. Elle était encore toute petite quand ses parents lui avaient appris à se déplacer et à se défendre dans l'obscurité, sans paniquer. Mais soudain, au moment où elle devait retourner dans ces tunnels, elle semblait avoir tout oublié de leurs leçons. Même si elle n'aurait heureusement pas à ramper, l'obscurité l'oppressait, l'emplissait d'un mauvais pressentiment.

Mais Holden avait besoin de son aide. Elle devait atteindre le bunker et mettre en route les caméras, afin que ses collègues comprennent mieux à qui ils avaient affaire. Quant aux systèmes de sécurité, s'ils ne pouvaient pas éradiquer la menace, ils l'amoindriraient.

Elle souffla et continua à progresser à tâtons dans le tunnel. Elle n'avait même pas eu l'occasion de s'enquérir de ses animaux. Elle ne put que formuler une prière silencieuse pour que tous, animaux comme humains, soient en vie et indemnes quand le soleil se lèverait.

Enfin, elle fut sous la grange. Il lui restait quelques obstacles à surmonter. D'abord, il fallait qu'Elsie ait reçu le message l'informant qu'elle n'était pas une ennemie. Ensuite, si elle s'était enfermée dans le bunker, il faudrait qu'elle entende Willa crier ou cogner sur la porte, et qu'elle accepte de lui ouvrir.

Mieux valait sans doute qu'elle s'abstienne de crier. On ne l'aurait sans doute pas entendue de la surface, mais elle ne voulait prendre aucun risque.

« Est-ce que tu es certaine que tes parents n'utilisent pas cette installation comme une sorte de… de base ? »

Sans qu'elle sache pourquoi, la question que lui avait posée Holden la tarabustait. Elle aurait été vexée d'apprendre qu'ils utilisaient les tunnels sans l'en informer mais, après tout, ils en avaient le droit. C'était eux qui les avaient fait percer. Pour la protéger. Et si leurs motivations étaient autres, s'ils utilisaient effectivement les tunnels, cela n'avait aucune importance puisqu'ils étaient dans le bon camp.

Elle s'arrêta net en voyant une lueur apparaître au bout du tunnel. La porte du bunker s'ouvrait. Une silhouette se découpa dans l'embrasure.

Elle laissa échapper un petit hoquet de surprise avant de s'élancer vers la silhouette, sans pouvoir retenir les larmes qui lui montaient aux yeux.

— Papa. Papa ! Oh mon Dieu…

Elle lui tomba pratiquement dans les bras et le serra contre elle en battant frénétiquement des paupières pour contenir ses larmes. Il était en vie. Sain et sauf. Et il était ici. Elle ne put retenir un rire qui frisait l'hystérie.

— Dieu merci, tu vas bien. Tu es ici. Oh ! merci, mon Dieu.

— Wills, dit-il.

Il semblait un peu surpris. Mais quand il lui rendit son étreinte, ses bras étaient fermes.

— Où est maman ? Elle va bien, n'est-ce pas ?

Il le fallait. Elle se recula pour dévisager son père.

— Elle n'est pas loin, dit-il avec un sourire étrange, empreint de tristesse.

Il encadra son visage de ses mains, le scruta et soupira.

— Qu'est-ce qui t'est arrivé ?

Elle effleura son pansement du bout des doigts.

— Ces derniers jours ont été assez… étranges.

Elle voulait tout lui raconter, mais ce n'était pas le moment.

— Où étais-tu ?

Son père jeta un regard par-dessus son épaule. Elle ne voyait ni sa mère ni Elsie, mais elles se trouvaient forcément dans le bunker.

— C'est une très longue histoire, dit-il en soupirant. Mais tu es ici, juste comme il le fallait. Tout va bien se passer, maintenant.

Il lui caressa les cheveux, et elle s'accorda le luxe de le serrer contre elle, aussi fort qu'elle le put.

Il poussa un nouveau soupir, dans lequel elle crut entendre un mélange de tristesse et de soulagement.

— Je suis tellement désolé, Willa, lui dit-il à l'oreille.

— Désolé ? répéta-t-elle en réprimant un rire. Mais tu es ici !

Quelque chose dans son regard, dans le pli étrange de sa bouche, l'amena à reculer. Il fronça légèrement les sourcils.

— Qu'est-ce que tu fais ? Ta mère est juste là.

Elle fit encore quelques pas en arrière, s'éloignant de son père, de cet homme auquel elle avait toujours porté un amour inconditionnel, dont elle n'avait jamais douté… jusqu'à aujourd'hui. Quelque chose de grave se tramait, elle le sentait.

— Entre, insista-t-il. Nous avons beaucoup de choses à nous dire.

Son pressentiment se mua en une peur glaciale. Il était hors de question qu'elle entre dans cette pièce.

Elle se morigéna : elle était ridicule. Bien sûr, qu'il fallait qu'elle entre. Ses parents s'occuperaient de tout, comme ils l'avaient toujours fait.

Toujours… sauf ces derniers jours.

Mais rien de ce qui s'était passé récemment n'avait été logique. Elle ne devait pas douter de son père. C'était ridicule.

Sauf que ses parents lui avaient dit qu'il fallait toujours écouter sa peur. Un espion devait se fier à son instinct, et le sien lui hurlait de ne pas entrer dans ce bunker. Son père se comportait de façon trop étrange. Il semblait triste, comme résigné, un peu perdu.

Toutes choses qu'il n'avait jamais été.

— Dis-moi ce qui se passe, papa.

— Ce qui se passe ?

Sa frayeur redoubla.

— Il y a des hommes qui tirent sur ma maison, dit-elle. Comme vous ne répondiez pas à mes SOS, j'ai cru que vous aviez été pris, ou même tués. Et voilà que tu réapparais et que tu t'excuses, comme s'il ne s'était rien passé.

— Entre, Wills. Ta mère a toujours été plus douée que moi pour les explications.

— Dis-lui de sortir.

— Willa !

Elle se laissa berner par son expression peinée… jusqu'à l'instant où un pistolet apparut dans sa main. Un pistolet qu'il pointait sur elle. Non. Son père ne pouvait pas faire ça. Elle ne voulait pas le croire. Mais quand on se retrouvait sous la menace d'une arme, il n'y avait pas beaucoup de solutions.

Elle choisit la fuite. Elle fit volte-face et s'élança dans le noir, vers Holden. Dans ce monde qui s'effondrait autour d'elle, il était son seul espoir. Lui seul pouvait la sauver.

*Non, Willa. Il est temps que tu te sauves toi-même.*

Elle zigzaguait dans le tunnel étroit. Heureusement, son père n'essayait pas de lui tirer dessus à l'aveuglette. D'ailleurs, peut-être qu'il n'en avait jamais eu l'intention, qu'elle était sujette à un accès de paranoïa qui lui faisait tout interpréter de travers.

Elle y réfléchirait plus tard. Pour le moment, elle refusait de courir le moindre risque. Même avec son propre père.

Elle courait trop vite et respirait trop fort pour entendre quoi que ce soit. Est-ce qu'il la pourchassait, ou avait-il renoncé ?

Est-ce que tout ceci était réel ?

Soudain, quelqu'un la heurta si violemment qu'elle tomba par terre. C'était son père, qui tenait toujours son arme à la main. Cependant, il n'en fit pas usage. Elle se jeta à corps perdu dans la lutte, mais en vain. Il était plus fort qu'elle et plus efficace dans l'obscurité.

— Nous devons en finir, lâcha-t-il, haletant.

Sa voix était tendue. Comme il s'efforçait de lui immobiliser les bras pour la clouer au sol, elle se tortilla frénétiquement en le frappant des poings et des pieds.

— Ils peuvent me torturer, je m'en fiche, poursuivit-il. Mais ils ne t'auront pas. Je ne les laisserai pas te faire ça.

Elle n'avait pas la moindre idée de ce qu'il voulait dire, mais elle savait qu'elle ne devait pas céder.

— Alors, lâche-moi, dit-elle en essayant de le repousser.

— Tu ne seras jamais libre, poursuivit-il. Nous ne serons jamais libres. Il faut que cela cesse.

Elle ne savait pas ce qu'il voulait dire par là, mais elle avait la désagréable impression de savoir exactement ce qu'il comptait faire.

Il comptait mourir, en l'emmenant.

Quelques tirs sporadiques résonnaient toujours au loin, mais l'obscurité empêchait Holden de voir ce qui se passait à l'extérieur. Les hommes qui cernaient la maison semblaient avoir reçu l'ordre de faire voler quelques vitres en éclats afin de retenir leur attention, mais sans donner l'assaut. Quoi qu'il en soit, l'absence d'attaque frontale éprouvait durement ses nerfs. Il envisagea de gagner l'étage, d'où il aurait un meilleur point de vue, mais la nuit noire qui s'étendait sur la campagne l'empêcherait de voir quoi que ce soit.

En plus, il ne voulait pas s'éloigner des tunnels avant que Willa en soit ressortie.

Il finit d'inspecter sa moitié de la maison et rejoignit Granger.

— Est-ce que Shay t'a contacté ? demanda-t-il.

— Non.

Il fronça les sourcils.

— Bizarre. Autant que le comportement de ces hommes. Pourquoi tirent-ils au hasard ? Ils doivent bien se douter que nous ne sommes pas toute une armée. Ils attendent forcément quelque chose.

— Elsie ne nous a plus donné aucune nouvelle depuis le début des tirs, dit Granger. Est-ce que tu penses qu'ils ont compris qu'elle avait trouvé les renseignements qu'ils recherchent ?

— Comment ?

C'était la question qui taraudait Holden. Comment ?

— Rien n'est logique dans cette affaire, Granger. Si seulement nous savions ce qu'ils cherchent…

— Nous allons donc le découvrir.

— Ces hommes semblent avoir reçu l'ordre de détourner notre attention ou de nous empêcher de fuir.

— À moins qu'ils attendent des renforts ou des munitions, objecta Granger. Ils pourraient s'apprêter à tout faire sauter.

C'était possible, en effet, mais peu probable. Il pensa à Willa et à Shay, qui ne l'avait toujours pas contacté.

— À moins qu'il y ait quelqu'un d'autre dans ces tunnels.

— Tu penses que c'est possible ? demanda Granger. D'après Elsie, il est impossible d'y descendre sans être vu.

— Parce qu'elle ne sait pas où chercher, marmonna Holden. Descendons.

— En laissant la maison sans protection ?

— Tant pis pour la maison, répondit-il.

Il entra dans le salon. Si Shay avait refermé la porte derrière elle, elle n'avait pas remis le pan de mur en place. Holden tendit la main vers le battant, qui s'ouvrit au même moment. Shay sortit du tunnel en trébuchant et plissa les yeux pour les protéger de la lumière. Elle était haletante.

— Quelqu'un se bat en bas. Il me faut de la lumière et un homme pour garder l'autre entrée. Je ne sais pas si nos assaillants ont pénétré dans les tunnels, mais nous devons agir.

L'une des deux personnes qui se battaient dans le tunnel ne pouvait être que Willa, à moins que deux autres personnes y soient descendues depuis… Dieu seul savait où.

— Prenez les deux entrées, celle de la grange et l'autre, dit fermement Holden. Je descends.

— Holden.

Elle n'en dit pas plus, et Holden se garda bien d'analyser son expression. Il avait une lampe torche sur lui, et il allait rejoindre Willa.

Il écarta doucement Shay pour s'engager dans le tunnel.

Quand il referma la porte derrière lui, il se retrouva plongé dans les ténèbres.

Il inspira profondément, attendit quelques instants que ses yeux se fassent à l'obscurité et se mit en marche, son pistolet dans une main, sa lampe éteinte dans l'autre. Il eut beau tendre l'oreille, il n'entendit nul bruit de lutte.

Il devait se faire violence pour avancer prudemment, silencieusement, alors que tout son être voulait courir en hurlant le nom de Willa. Mais ce n'était pas ainsi qu'elle aurait la vie sauve.

C'était forcément elle que Shay avait entendu se battre. Peut-être qu'elle avait eu le dessus et rejoint Elsie dans le bunker. Elle en était capable. Il croyait en elle.

Mais la boule de peur qui pesait au creux de son ventre ne disparut pas. Quand une situation échappait à toute logique, les convictions, la foi d'un homme pouvaient s'évanouir.

Enfin, au bout d'une éternité, il crut percevoir une lueur. Il continua à avancer jusqu'à distinguer un minuscule rai de lumière, qui filtrait par la porte entrebâillée du bunker.

Sans bruit, il s'approcha le plus possible de la porte.

Soudain, une voix s'éleva. Son sang se glaça dans ses veines. C'était une voix d'homme, et seules des femmes étaient censées se trouver dans ces souterrains.

# 20

Si Willa n'avait pas perdu connaissance, elle avait été suffisamment prise de vertige en recevant un nouveau coup sur sa tempe déjà meurtrie pour oublier qu'elle devait se battre, et pourquoi. Hébétée, elle sentit qu'on la traînait jusque dans le bunker. Elle regarda même son père la ligoter.

Elle fixa la corde de nylon qui lui immobilisait les bras. Ses jambes étaient libres, mais elle ne savait pas quoi en faire. Le sol était froid, mais elle sentait quelque chose de doux et de chaud contre son épaule. Un parfum léger flottait, tel un souvenir.

— Willa, mon bébé.

Était-ce la voix de sa mère ? Willa voulut tourner la tête vers cette voix, mais elle en fut incapable. Comme si son corps refusait de lui obéir.

Était-elle déjà morte ? Non, puisqu'elle entendait la voix de sa mère et… on aurait dit un sanglot. Non, ce n'était pas possible. Sa mère ne pleurait jamais. Elle devait rêver.

*En ce cas, il faut que tu te réveilles.*

Mais elle reculait devant le moment de reprendre pleinement conscience et d'affronter la douleur et la confusion. Elle se sentait plus en sécurité dans cette espèce de brouillard, où elle pouvait trouver une logique aux événements. Parce que, en dehors, ils n'en avaient aucune.

— Willa. Parle-moi, ma chérie.

S'agissait-il réellement de la voix de sa mère ? Peut-être qu'elle avait des hallucinations. Pourtant, elle sentait ce corps contre le sien…

Elle parvint enfin à rassembler suffisamment de forces pour tourner la tête vers la voix et cligna des yeux dans l'espoir d'arriver à se concentrer sur le visage qui semblait onduler dans son champ de vision, si près du sien.

Elle distingua les yeux verts de sa mère et ce nez qui ressemblait tellement au sien. Non, ce visage n'était pas le produit de son imagination. Sa mère était bien là.

— Maman, parvint-elle à dire d'une voix éraillée.

— Ne t'inquiète pas, répondit sa mère. Tout va bien.

Mais comment aurait-elle pu ne pas s'inquiéter alors que les yeux de sa mère étincelaient de larmes ? Sa mère était une espionne, une femme entraînée à supporter la torture, à neutraliser les menaces qui se dressaient devant elle.

Et de grosses larmes dévalaient maintenant ses joues.

Willa savait qu'elle devait rassembler ses forces, arriver à se concentrer malgré le flou, l'étrangeté de la situation. Elle avait affreusement mal à la tête, mais elle devait faire quelque chose. Le plus bizarre de tout était de voir sa mère pleurer. C'était à elle de trouver la force de tout arranger.

— Nous n'aurions jamais dû en arriver là, marmonna son père, qui faisait les cent pas devant elles.

Son père. Il s'était battu avec elle, lui avait fait mal et l'avait traînée dans le bunker. Le bunker... Elle s'efforça de se concentrer pour mieux jauger la situation.

Elle était assise par terre, contre sa mère, dont l'autre épaule touchait celle d'une autre femme – Elsie, sans doute. Elle était inerte, mais Willa vit sa poitrine se soulever et s'abaisser à un rythme régulier.

— En vie, mais droguée, chuchota sa mère, qui ne quittait pas son père des yeux.

Il faisait toujours les cent pas devant elles. Maintenant, il frappait la paume de sa main du canon de son pistolet. Dans la lumière du bunker, son regard semblait encore plus fou.

Le brouillard menaçait de l'engloutir de nouveau. Elle envisagea de s'y abandonner, de se réfugier dans sa sécurité. Mais l'éperon glacial de la peur l'en empêcha.

— Il faut que ça cesse. Il faut que ça cesse. Nous devons mettre un terme à tout ça, répétait son père.

Willa savait qu'elle n'avait pas encore retrouvé toute sa lucidité, mais elle comprenait quand même que son père n'était pas… sain d'esprit. Une pointe de panique déchira le brouillard, l'ancrant fermement dans l'instant présent. Elle sentit la douleur atroce, lancinante qui vrillait sa tempe, et la chaleur du sang qui coulait sur son visage.

Et son père faisait toujours les cent pas. Mon Dieu, comme elle espérait qu'il n'ait pas toujours été ainsi, que l'homme qu'elle avait connu et aimé n'ait pas été une façade…

Non, c'était impossible. Cet homme n'était pas le père qu'elle aimait, qui l'avait protégée et lui avait appris à se battre. Il s'agissait de quelqu'un d'autre.

Il l'avait ligotée, ainsi que sa mère et cette pauvre Elsie, qui n'avait rien à voir avec les problèmes que traversait sa famille – sinon qu'elle appartenait à une organisation qui s'efforçait d'arrêter un tueur à gages.

Quel était le lien entre tous ces éléments ? Entre Holden et Shay, son père et sa mère, et les hommes qui avaient tiré sur sa maison ?

— Je ne comprends rien de ce qui se passe, dit-elle.

Elle eut un peu l'impression que c'était quelqu'un d'autre qui avait parlé. Comme si elle était scindée en deux, le corps d'un côté, l'esprit de l'autre.

— Il n'y a rien à comprendre, Wills. Rien, dit fermement son père. Trop d'erreurs ont été faites, et elles doivent être corrigées. Je dois les corriger.

Sa mère inspira profondément et dit, d'une voix calme, empreinte de détermination :

— William, regarde-moi.

Mais son père secoua la tête.

— Elles doivent être corrigées, marmonna-t-il sans cesser de tapoter la paume de sa main avec le canon de son pistolet. Ils veulent nous tuer. Il n'y a aucune issue.

— Nous nous en sommes toujours tirés, dit sa mère.

Mais sa voix se brisa sur le dernier mot.

— William. Je t'en prie.

Son père secoua la tête de plus belle.

— Non, non, non. Trop tard. C'est fini. Il le faut. Je dois mettre un terme à tout ça.

Il s'arrêta net et regarda droit vers Willa.

— Elle doit être la première.

Willa s'efforça de ne pas réagir, de ne pas pleurer. Elle voulut retenir le brouillard, mais il se dissipait graduellement, lui exposant la vérité de plus en plus nettement : ses chances de s'en sortir vivante s'amenuisaient à chaque seconde.

— William ! s'exclama sa mère. C'est ta fille !

Elle se remit à sangloter. Non, sa mère ne pouvait pas pleurer ainsi. Elle était trop forte, trop courageuse.

— Il y a longtemps que nous aurions dû le faire, reprit son père. Tous les trois. Quand nous serons morts, ils ne pourront plus nous faire aucun mal.

Il allait la tuer. Willa ne pouvait pas accepter cette pensée, même si le pistolet était pointé sur elle et qu'elle savait que son père allait presser la détente. Délibérément. Pour lui ôter la vie.

Sa mère se mit à crier et à se débattre contre la corde qui l'immobilisait. Willa comprit qu'elle cherchait à la protéger de son corps, mais elle savait que cela ne changerait rien.

Son père voulait les tuer toutes les deux. Pour mettre un terme à tout ça.

Il tenait l'arme d'une main ferme. Son regard était froid, détaché.

— Nous avons été démasqués. Notre couverture a été grillée. Nous sommes cernés. Cette fois, nous ne pouvons pas nous échapper. Qu'ils me torturent pour obtenir ce qu'ils veulent de moi. Je m'en moque. Mais ils ne vous toucheront pas. Je ne les laisserai pas faire du mal à mes chéries.

Sa voix se brisa. Sa mère continuait à sangloter, mais Willa n'avait même plus la force de pleurer ou de supplier. Et comment aurait-elle pu le contredire alors qu'elle ne savait pas contre quoi ils se battaient, ni pourquoi il avait soudain perdu tout contact avec la réalité ?

De toute façon, il était parti bien trop loin. Son esprit s'était brisé, morcelé en quelque chose d'insane.

Elle ne put que fermer les yeux et espérer un miracle.

Les pleurs redoublèrent tandis que Holden avançait lentement. Mais s'il entendait les bruits qui provenaient du bunker, sa position ne lui permettait pas de voir qui s'y trouvait.

Il se força à ne se concentrer que sur la porte et le rai de lumière qui filtrait par l'entrebâillement. Il ne fallait surtout pas qu'il se demande si c'était Willa qui pleurait, si elle était blessée. Sinon, sa main risquait de trembler alors qu'il devait être froid et précis s'il voulait la sortir d'ici saine et sauve.

Il s'arrêta tout près de la porte et tendit l'oreille.

— Non, non, non. Trop tard, disait une voix d'homme. Il faut que cela cesse. Je dois mettre un terme à tout ça. Elle doit être la première.

Une voix de femme s'éleva. Au début, elle était ferme et autoritaire mais la panique s'y immisça peu à peu.

— William ! C'est ta fille !

« Ta fille ». Elle devait parler de Willa. Étaient-ce les parents de Willa qui se trouvaient dans le bunker ? Cela expliquerait comment ils avaient pu s'introduire dans les tunnels, mais à quoi le père voulait-il mettre un terme ? Qu'est-ce que Willa devait faire la première ?

Il envisagea d'entrer, tout simplement. Si Willa était avec ses parents, ils devaient s'être occupés de la personne avec laquelle elle se battait. Tout allait bien, c'était logique.

Mais quelque chose – un instinct viscéral, une intuition profonde qu'il ne comprit pas tout à fait – le retint. Il écouta. Il attendit.

— Il y a longtemps que nous aurions dû le faire, reprit l'homme. Tous les trois. Quand nous serons morts, ils ne pourront plus nous faire aucun mal.

Holden se rapprocha aussitôt de l'entrebâillement, ce qui lui permit de voir ce qui se passait dans la pièce. Willa, la femme qui devait être sa mère et une Elsie inanimée étaient ligotées ensemble dans un coin. Un homme à la silhouette élancée faisait les cent pas devant elles, un pistolet à la main.

Holden leva son arme. Il se savait capable de l'abattre d'une seule balle. Dans une autre situation, il n'y aurait pas réfléchi à deux fois. Mais cet homme était le père de Willa. Il ne pouvait pas… faire ça. Pas devant elle.

Mais il ne pouvait pas la laisser mourir non plus. Si cet homme était réellement déterminé à tuer sa femme et sa fille et que Holden ne cherchait qu'à le blesser, il y avait un risque qu'il puisse quand même tirer sur Willa, sa mère ou Elsie.

Il envisagea de faire du bruit pour attirer l'attention du père de Willa mais se ravisa, de peur que cela le pousse à faire feu. D'ailleurs, tant que l'homme arpentait la pièce en marmonnant des paroles décousues, il y avait encore une chance pour qu'il change d'avis et décide de ne pas les tuer.

Aussi longtemps que Holden ne lui forçait pas la main en passant à l'action.

Il était dans une impasse. Il ne pouvait rien faire sans mettre Willa en danger. Alors, il se borna à garder son arme pointée sur l'homme qui faisait toujours les cent pas, en se triturant les méninges dans l'espoir de trouver une solution.

Soudain, un bruit attira son attention. Un tapotement doux contre un arbre, mais parfaitement audible. Le code qu'ils utilisaient au sein de la North Star. Il regarda par-dessus son épaule et vit Shay et Granger dans le tunnel.

Il n'avait aucun moyen d'exprimer son soulagement ni de leur demander pourquoi ils n'avaient pas emprunté l'entrée extérieure, ni même de leur expliquer tout ce qu'il avait à leur expliquer.

Il leva la main pour leur intimer le silence, en espérant qu'il parviendrait à communiquer avec eux par quelques signaux rudimentaires. Comme ils hochaient la tête, il leur fit signe d'approcher.

Quand Granger et Shay l'eurent rejoint près de la porte du

bunker, il s'accorda un moment pour respirer, pour se reconcentrer. Pour ne penser à rien, sinon à l'issue finale.

Ils devaient sauver Willa et Elsie. Rien d'autre n'avait réellement d'importance.

— À mon signal, chuchota-t-il.

Il savait que sa voix serait couverte par les pleurs qui venaient de l'intérieur de la pièce.

— Pas de mort, ajouta-t-il.

Parce qu'il ne voulait surtout pas que Willa voie son père mourir, même si elle savait que c'était de lui que venait le danger. Pour lui épargner cette épreuve, il irait jusqu'à risquer sa vie. Pas question qu'elle ait à vivre avec cette image. Ce qu'elle endurait en ce moment était déjà bien assez atroce.

Il ne la laisserait pas mourir, et il refusait qu'elle connaisse un surcroît de souffrance.

Il respira, regarda, écouta. L'homme se remit à parler.

— Nous avons été démasqués. Notre couverture a été grillée. Nous sommes cernés. Cette fois, nous ne pouvons pas nous échapper. Qu'ils me torturent pour obtenir ce qu'ils veulent de moi. Je m'en moque. Mais ils ne vous toucheront pas. Je ne les laisserai pas faire du mal à mes chéries.

Il leva son arme et la pointa sur Willa. Droit sur Willa.

— On y va !

Comme Holden l'avait espéré, son cri détourna l'attention du père de Willa. Shay, Granger et lui se ruèrent dans le bunker comme un seul homme.

Le père de Willa braqua son pistolet vers eux. Comme le canon était pointé sur Shay, Holden lui logea une balle dans le bras. L'homme hurla de douleur et lâcha son arme, mais il resta debout. Un autre coup de feu claqua.

Holden n'eut pas le temps de déplorer l'initiative de Granger : une fleur de sang s'épanouit sur la chemise du père de Willa, qui se plaqua les deux mains sur le flanc et tituba avant de s'effondrer.

Shay détachait déjà les trois femmes. Dès qu'elle fut libre, celle qui devait être la mère de Willa se précipita vers son mari, que Granger s'efforçait de maîtriser. La femme ne chercha pas à l'en empêcher. Sans cesser de pleurer, elle chuchota quelque chose à son mari, qui se débattait toujours. Comme Granger semblait contrôler la situation, Holden se tourna vers les deux autres femmes. Shay était agenouillée auprès d'Elsie, qui était toujours inerte, et s'assurait qu'elle était en vie.

— D'après maman, elle a été droguée, dit Willa, mais je ne sais pas comment ni avec quoi. Mais elle respire.

Elle repoussa les cordes que Shay avait dénouées, mais ne se leva pas. Holden remarqua qu'elle était pâle comme un linge et que sa blessure à la tempe s'était remise à saigner.

— Est-ce qu'il t'a fait mal ? demanda-t-il.

— Il…

Elle regarda son père, qui gisait sur le sol, avant de reposer les yeux sur Holden. Il y lut une telle vulnérabilité que son cœur se brisa.

— Est-ce qu'il va mourir ?

— Je… je ne sais pas.

Il n'avait pas voulu lui mentir. Mais son visage refléta une telle douleur, une telle sensation de perte – et il devina qu'elle ne s'apprêtait pas seulement à perdre son père – qu'il regretta de ne pas l'avoir fait.

Il lui tendit la main et l'aida à se relever. Comme elle chancelait, il la retint pour ne pas qu'elle tombe. Mais il ne la relâcha pas. Tandis qu'elle sanglotait contre son épaule et s'agrippait à lui de toutes ses forces, il la serra contre lui en lui chuchotant qu'elle était saine et sauve, et que le cauchemar était terminé. Un méli-mélo sans queue ni tête, même à ses propres oreilles.

Il entendit vaguement Shay appeler Betty pour lui demander d'envoyer des secours, mais en lui recommandant la plus grande prudence parce qu'il y avait encore des hommes à l'extérieur.

— Il a dit qu'ils étaient cernés. Qu'est-ce que ça veut dire ?

Willa leva la tête en reniflant. Mais il ne la lâcha pas, et elle non plus.

— Je ne sais pas, répondit-elle. Je ne comprends rien à ce qu'il se passe. Maman…

La mère de Willa se retourna. Son mari était inanimé, mais

Granger effectuait un point de compression sur sa blessure à l'abdomen, sans doute en suivant les instructions de Betty, que Shay lui relayait.

Ils étaient plongés dans le chaos, et le danger n'avait toujours pas été écarté.

— Nous avions infiltré Ross Industries dans le cadre de notre mission, qui était d'obtenir les noms de deux cibles possibles de tueurs à gages. Nous les avons découverts, mais nous avons été démasqués avant d'avoir pu transmettre l'information. Nous avons donc pris la fuite en pensant nous réfugier dans le bunker, mais…

Elle reposa les yeux sur son mari.

— Il… il a craqué. Il leur a dit où nous étions. Il a dit que nous devions en finir avec tout ça.

Quand Willa leva les yeux vers Holden, il y lut un anéantissement qui lui brisa le cœur.

— Il n'est pas comme ça. Je ne sais pas ce qui s'est passé. Il a juste… craqué.

Holden regarda Shay et Granger, qui s'affairaient toujours autour de l'homme comme s'il avait des chances de survivre.

Mais d'abord, ils devaient sortir d'ici.

# 21

« Il a juste craqué. »

Willa se sentait étrangement soulagée par ces mots. Son père n'était pas l'incarnation du mal. Il était dans le camp du bien, comme elle l'avait toujours pensé. Il avait seulement craqué. Mais leur situation demeurait inchangée.

Elle rechignait à relâcher Holden, mais son père ne pourrait être transporté à l'hôpital qu'une fois tout danger écarté.

— Et le tueur à gages qui a reçu des munitions ici, à Evening ? demanda Holden.

Sa mère reposa les yeux sur son père avant de se relever. Elle prit une profonde inspiration et carra les épaules.

— Il n'est pas seulement venu chercher les munitions, mais aussi l'un des noms. Je l'ai rencontré en personne.

— Et vous lui avez donné ce nom ? demanda Holden, incrédule.

Elle haussa les épaules.

— Je n'avais aucun autre moyen de revenir vivante de ma mission. À l'heure qu'il est, William et moi aurions dû avoir quitté la bande et transmis le nom à nos supérieurs.

— Vous ne l'avez pas encore fait ? demanda Willa dans un souffle.

Prise d'une véritable panique, elle regarda tour à tour Shay, l'homme qui était entré avec elle et Holden. Une personne poursuivait donc le cours de sa vie, sans se douter que sa mort était programmée. Cette pensée lui était intolérable.

— Nous devons leur transmettre ces noms pour sauver ces

deux personnes, lança-t-elle avec fougue. Il ne faut pas qu'elles meurent.

— Des gens meurent tous les jours, Willa, dit sa mère en reposant les yeux sur le corps inerte de son père.

Willa regarda Holden en espérant qu'il serait d'accord avec elle. Qu'il la comprendrait. Mais sa bouche avait adopté un pli amer et ses yeux étaient indéchiffrables.

Et il la tenait toujours dans ses bras.

— Nous devons réfléchir à une stratégie, dit-il. Nous avons deux personnes qui ont besoin de soins médicaux. Combien y a-t-il d'hommes autour de la maison ?

Sa mère contourna le corps inerte de son père et s'approcha de l'ordinateur.

— Je vais allumer le groupe électrogène, l'ordinateur et les caméras. Willa ?

Elle savait qu'elle devait aider sa mère. À elles deux, elles armeraient les systèmes de sécurité plus rapidement. Cependant, elle ne voulait pas s'éloigner de Holden. Il était telle une ancre. Un havre dans la tempête.

Mais son père était sans doute en train de mourir après avoir été victime d'un épisode psychotique, et elle ne voulait pas qu'il y ait d'autre victime.

Elle s'arracha aux bras de Holden et rejoignit sa mère.

— Pourquoi ne sortons-nous pas par le champ sud ?

— Il a condamné la sortie, répondit sa mère.

Willa jugula sa panique et démarra le groupe électrogène.

— Et ces noms ? demanda Holden.

Sa voix était neutre, son expression, toujours indéchiffrable, mais il s'enquérait des noms. Willa sentit quelque chose se détendre en elle.

Ils pouvaient réussir. Le bien pouvait triompher du mal.

— Je peux vous en donner un, mais seul William connaît l'autre.

Tous se tournèrent vers son père. Il était très pâle et sa blessure saignait abondamment, malgré le point de compression effectué par Granger.

— Nous avons pensé que ce serait plus sûr, que si l'un d'entre nous se faisait prendre...

Sa mère secoua la tête et se concentra sur l'ordinateur.

— C'est aussi pour cela que nous avons laissé des preuves pour Willa. Nous voulions qu'elle ait un moyen de pression. Mais William... le leur a dit.

Sa mère déglutit avant de reprendre.

— Quand ils nous ont démasqués, il leur a tout dit. C'est pour cela qu'ils voulaient l'enlever.

Gagnée par un regain de peur et de douleur, Willa ferma les yeux pendant un instant. Il ne fallait surtout pas qu'elle regarde son père, sous peine de craquer elle aussi. Elle devait démarrer le générateur, ne penser qu'au danger qui les guettait.

Elle voulut se convaincre que les cibles de ces tueurs à gages n'avaient peut-être rien de citoyens honorables, mais un assaut de culpabilité se conjugua à sa peur pour la ronger comme l'aurait fait un acide. Qui que soient les victimes potentielles, elles ne pouvaient pas être abattues uniquement parce qu'ils étaient coincés ici ou que son père pouvait mourir.

« Pouvait mourir. »

« Il a craqué. »

Après quelques minutes interminables, sa mère alluma les caméras et se mit aussitôt à scruter les images. Même si ses joues portaient encore la trace de ses larmes, même si ses yeux étaient rouges et gonflés, elle semblait parfaitement maîtresse d'elle-même. Une espionne chevronnée.

« Il a craqué, c'est tout. »

Shay reposa son téléphone et annonça :

— Nous avons dix hommes sur la zone. Nous ne pourrons pas en avoir plus avant le matin.

— Combien d'hommes peuvent-ils neutraliser, selon vous ? demanda sa mère.

Elle pianota sur le clavier pour mettre en marche les détecteurs à infrarouges qui permettraient d'enregistrer des images dans l'obscurité – une fonctionnalité dont Willa ne connaissait même pas l'existence.

Holden avait sans doute vu juste : ses parents utilisaient cette installation sans qu'elle le sache. Mais c'était sans importance. Elle ne devait penser qu'à leur survie.

Sa mère observa les différents flux vidéo. Elle ne semblait pas encore totalement remise des derniers événements mais, en cet instant, elle avait tout d'une espionne. Malgré les erreurs commises par son mari, elle faisait son devoir.

— Vingt à trente, ça dépend, répondit Shay.

— Ils semblent être une quinzaine. S'ils ont prévu des renforts, ils ne sont sans doute pas sur place. Après tout, ils doivent penser que William et moi sommes seuls ici.

Elle regarda Holden, puis Elsie, qui n'avait toujours pas repris connaissance.

— Je ne sais pas s'ils sont au courant de votre présence.

— Bien, dit Shay. Nous allons tenter notre chance. Une équipe médicale attend à proximité, prête à foncer vers l'hôpital le plus proche.

— Avec les deux blessés, ou seulement la vôtre ? demanda sa mère.

Il n'y avait aucune amertume dans sa voix. Seulement une sorte de lassitude résignée.

— Les deux, répondit fermement Holden.

Ni Granger ni Shay ne le contredirent.

— Je vais dire à mon équipe de passer à l'action, reprit Shay.

Elle était toujours assise par terre, la tête d'Elsie posée sur les genoux, mais une autorité tranquille émanait d'elle.

— Je suis en contact avec mon chef d'équipe, qui transmettra les ordres à ses hommes.

— Attends, dit Holden. Laisse-moi cinq minutes pour les rejoindre.

— Non, lâcha Willa sans y réfléchir.

— Nous serons onze hommes sur le terrain, dit Holden d'un ton ferme.

Mais ce n'était pas elle qu'il regardait, mais Shay.

— Reste ici avec Granger, reprit-il. Betty vous a expliqué

comment vous occuper d'Elsie et de… de lui. Je serai plus utile dehors, avec l'équipe.

— Non, répéta Willa, avec plus de force. Tu ne peux pas sortir.

— Si, je le peux.

Shay lui lança un objet, qu'il attrapa au vol et accrocha aussitôt à son oreille. Elle vit qu'il s'agissait d'une espèce d'oreillette.

— L'oreillette est connectée à mon téléphone, lui dit Shay. Votre mère et vous pourrez lui rapporter tout ce que vous verrez. Il transmettra les informations au reste de l'équipe.

Shay posa doucement la tête d'Elsie sur le sol, se leva et entreprit d'ôter son gilet pare-balles.

— Je ne veux pas de ton gilet, lança Holden sur un ton irrité. Tu pourrais en avoir besoin.

— Pas si tu neutralises ces hommes et, avec ce gilet, tu as plus de chances d'y arriver. Prends-le.

— S'il te plaît, ajouta Willa. Prends-le, s'il te plaît.

Holden la regarda de travers, mais il prit le gilet que Shay lui tendait, détendit les sangles et le passa.

— Voilà. Contente ?

Non. Elle n'était pas contente. Pas du tout, même. Elle fit un pas vers lui malgré la peur paralysante qui la gagnait. Il y avait trop d'épilogues possibles à cette histoire, et elle avait déjà traversé tellement d'épreuves atroces qu'elle n'était pas certaine d'avoir la force d'en supporter une autre. Elle le regarda longuement, sans le toucher, gagnée par la sensation qu'une main géante se refermait sur ses entrailles. Elle fit appel à toute sa volonté pour retenir les larmes qui lui montaient aux yeux et dit :

— Fais attention.

Il se pencha et lui donna un baiser, rapide et fougueux.

— Ne sors pas d'ici avant que la zone soit sécurisée.

Elle le suivit des yeux jusqu'à ce qu'il disparaisse dans l'obscurité du tunnel.

— Qui est-ce ? demanda sa mère à voix basse.

Elle ne savait comment répondre, comment lui expliquer. Elle ne pouvait exprimer que cette vérité toute simple :

— Je l'aime.

— Ça, je le vois bien. Mais qui est-il ?

Elle se tourna vers sa mère. Elle était prête à accomplir sa part de travail afin que Holden et son équipe reviennent sains et saufs.

— Un homme bon. Très bon.

Holden avait l'habitude de se déplacer dans la nuit. Pour lui, c'était la routine. Pourtant, cette mission n'était pas vraiment comme toutes les autres. Pour la première fois, il ressentait le besoin étrange et un peu effrayant de revenir en un seul morceau, parce que c'était la première fois que quelqu'un attendait son retour. La North Star était peut-être devenue sa famille, mais jamais il ne s'était vraiment demandé ce que ses collègues éprouveraient s'il était blessé ou tué. Il n'avait donc jamais eu à s'inquiéter de revenir sain et sauf comme c'était le cas maintenant.

L'oreillette crépita et une voix de femme se fit entendre.

— Un groupe de trois hommes droit devant. Déviez un peu vers l'est pour les contourner et vous pourrez rejoindre vos coéquipiers.

Puisque ce n'était pas la voix de Shay, c'était forcément la mère de Willa qui lui donnait ces directives. Il les suivit malgré l'étrangeté de la situation. La femme lui avait paru fiable, à l'inverse de son mari.

Quand il eut contourné l'ennemi par l'arrière, il tapota doucement sur un tronc d'arbre pour informer ses coéquipiers de sa présence et attendit qu'ils lui répondent pour les rejoindre.

Ils étaient deux à surveiller le groupe de trois hommes : Gabe et un agent du nom de Mallory. Par signes, Gabe lui expliqua qu'ils allaient s'approcher des ennemis. S'ils n'étaient pas repérés, ils les neutraliseraient. Dans le cas contraire, ils ouvriraient le feu.

Holden hocha la tête. Il se glissait entre les arbres pour se rapprocher de l'ennemi quand la voix retentit de nouveau dans son oreillette.

— Deux hommes derrière vous. Maintenant.

Il fit volte-face au moment où un coup de feu claquait et riposta sans attendre de voir si quelqu'un avait été touché. L'un des hommes trébucha, mais sans tomber.

— Partez en avant, ordonna-t-il. Je m'occupe de ces deux-là.

De nouveaux coups de feu déchirèrent le silence. Riposter dans le noir n'était pas chose facile, mais son oreillette crépita de nouveau et la voix de femme annonça :

— 10 heures et 3 heures.

Ce qui lui fournit une idée assez précise de la position de ses attaquants pour ouvrir le feu. Il fut à peu près sûr qu'il en avait touché un, mais quelque chose lui heurta violemment le torse avant qu'il ait eu le temps de tirer de nouveau.

La violence de l'impact lui coupa le souffle et lui fit perdre l'équilibre. Il tomba sur les fesses, sans lâcher son pistolet, mais dans une position telle qu'il allait lui falloir quelques secondes pour se remettre en position de tir. Quelques secondes qu'il n'avait pas.

Il s'apprêtait à rouler sur lui-même en espérant s'éloigner de la ligne de tir quand il entendit comme un bruit de course, mais trop léger pour être produit par des pieds. Il entendit ensuite un grognement, le bruit sec de mâchoires qui se refermaient et un cri aigu.

— Faites-le partir ! Faites-le partir ! hurla quelqu'un.

Gabe alluma sa lampe torche et la pointa sur les corps des trois hommes que Mal et lui avaient neutralisés. À quelques mètres de là, un autre corps gisait sur le sol. Le dernier de leurs assaillants hurlait en cherchant à se libérer de la gueule du chien, refermée sur celle de ses mains qui tenait son arme.

— Jim !

Le chien lâcha aussitôt prise et s'approcha de Holden en trottinant, comme si de rien n'était. Mallory ramassa les armes tandis que Gabe ligotait l'homme, qui continuait à hurler qu'il avait été attaqué par un loup.

— C'était un chien, mec, dit Gabe. Et le chien le plus gentil qui soit.

Holden, qui était toujours assis par terre, gratta Jim derrière les oreilles.

— Tu m'as peut-être sauvé la vie, mon pote.

Le chien se coucha à côté de lui et se laissa béatement caresser pendant qu'il écoutait les instructions qui lui parvenaient par l'oreillette.

— Vous les avez tous eus. Shay envoie les secours. Vos ordres sont de les escorter au cas où le reste de la bande se montrerait.

— Compris, marmonna Holden.

Il relâcha les sangles de ce satané gilet pare-balles. Son torse lui faisait tellement mal qu'il ne pouvait pas respirer à fond, mais il était en vie. Dieu soit loué.

Il répéta les ordres à Gabriel, qui les transmit au reste de l'équipe. Quand les secours arrivèrent, ils se dispersèrent afin de former une ligne de protection. Jim suivait Holden à la trace.

Enfin, ils entrèrent dans la maison, où régnait une intense activité. Des agents recueillaient faits et renseignements auprès de leurs collègues. Holden fut interrogé par un agent du FBI, bien trop longtemps à son goût. Quand il eut enfin terminé, il scruta la foule, mais sans voir la personne qu'il cherchait.

Il tapota le bras de Shay, qui était plongée dans une discussion enflammée avec Granger.

— Où est Willa ?

Shay regarda autour d'elle et fronça les sourcils.

— Je ne sais pas. Si tu demandais à Vera, sa mère ? Elle est là-bas, avec un gars du FBI.

Mais il ne voulait pas déranger la mère de Willa ni l'inquiéter, à moins que ce soit indispensable. Il baissa les yeux vers Jim, qui le suivait toujours comme son ombre, et devina aussitôt où elle se trouvait.

Il ressortit, le chien sur les talons, et se dirigea vers la grange. L'aube commençait à poindre, mais le monde était encore plongé dans la pénombre. Il entra dans la grange et y trouva Willa, comme il s'en était douté – mais il ne s'était pas attendu à ce qu'elle soit à ce point elle-même.

Elle était assise par terre, au milieu de ses animaux. Il y

avait un chat sur ses genoux, des chèvres derrière elle, et des chiens partout.

La douleur dans son torse redoubla d'intensité, mais l'impact de la balle dans le gilet pare-balles n'y était pour rien. Elle en était la seule responsable.

Trop d'émotions bouillonnaient en lui pour qu'il sache quoi dire. Son rôle dans cette affaire était terminé, elle était saine et sauve, et maintenant…

Maintenant, quoi ?

— Salut, dit-elle. Tout le monde et là et en pleine forme, mais je ne sais pas où est passé…

Elle s'arrêta net en voyant Jim entrer derrière lui.

— Je crois bien que ton chien m'a sauvé la vie, dit-il.

Ainsi assise dans le foin, parmi les animaux, elle semblait très fragile. Quelqu'un avait changé son pansement, et le blanc de la gaze encadrant son visage couleur de cendres offrait un vif contraste ses cheveux roux.

Jim trottina vers elle. Elle l'étreignit en enfouissant son visage dans sa fourrure.

— Tu es courageux et intelligent, lui chuchota-t-elle.

— C'est ce que j'aime à croire, répondit Holden dans l'espoir de lui arracher un sourire.

Elle leva les yeux vers lui et ses lèvres s'arquèrent, mais trop faiblement pour qu'on puisse parler de sourire. Elle le regarda tellement longtemps qu'il fut gagné par le malaise.

— Est-ce que ta mère t'a mise au courant ?

Elle secoua la tête. Elle serrait toujours le chien dans ses bras, telle une bouée de sauvetage.

— Non. Quand je suis partie, elle parlait encore avec… avec je ne sais pas qui.

— Est-ce que tu veux savoir ?

Sans répondre, elle baissa les yeux vers le chat couché sur ses genoux. Mais il pensa que la vérité l'aiderait peut-être à surmonter l'état de choc dans lequel elle se trouvait.

— Ton père est au bloc opératoire, reprit-il. On ne sait pas encore s'il va s'en sortir, mais il se bat.

Elle souffla et dit :

— Même s'il vit, il ira en prison.

— Je pense qu'il aura d'abord une aide psychiatrique.

Elle garda le silence pendant une bonne minute avant de lever enfin les yeux vers lui.

— Et Elsie ?

— Elle va rester en observation pendant quelques heures, mais elle se remet bien. Tous les hommes que nous avons neutralisés ont été arrêtés, et le FBI fait une descente dans l'entrepôt de Ross Industries en ce moment même.

Willa caressait le chat d'une main, Jim, de l'autre. Trois chiens encore étaient allongés les uns contre les autres dans la paille, auprès d'elle. Derrière elle, une chèvre mâchonnait quelque chose. Il vit un deuxième chat, assis sur un seau retourné, dans un coin. Voilà où était sa place : dans cette vie aussi normale qu'elle pouvait l'être, une vie dans laquelle elle n'avait pas à pourchasser des criminels.

Pourquoi était-ce la vie qu'il avait envie de mener, tout à coup ?

— Il y a autre chose, n'est-ce pas ? demanda-t-elle dans un soupir.

Holden ne voyait pas comment le lui cacher.

— Les deux tueurs à gages sont toujours dans la nature, mais nous faisons tout notre possible pour sauver leurs cibles. Sabrina a déjà bien avancé grâce au nom que nous a donné ta mère et aux informations qu'elle a pu nous fournir sur la deuxième victime potentielle.

— Pourquoi ces hommes passeraient-ils à l'action s'il ne reste plus personne pour les payer ?

— Nous pensons que Ross Industries n'est qu'une branche du gang auquel nous avons affaire. Mais nous l'avons sectionnée. C'est déjà ça.

— Ah, dit-elle sans cesser de caresser ses animaux. Ton travail n'est donc pas terminé.

Probablement pas. Et pour la première fois de sa vie…

— Jamais il ne m'était arrivé de ne pas vouloir retourner

au QG pour entreprendre une nouvelle mission. Je ne m'étais jamais dit que je pouvais mener une autre vie.

Cette fois, son sourire fut plus marqué. Il était empreint de douceur, mais aussi de tristesse.

— Parce que tu te moquais d'être en vie ou non.

Elle avait raison. Il ne s'en était jamais rendu compte, mais il se moquait de vivre ou de mourir depuis que l'État lui avait arraché ses frères et sœurs. Privé de ses parents, tenu à l'écart du reste de sa famille, il n'avait plus attaché le moindre prix à sa survie. Il avait décidé de faire bon usage de cette sorte d'indifférence, et c'était ce qu'il avait fait : il avait accompli des missions honorables sans se soucier de savoir s'il en reviendrait ou non.

Mais cette mission-là avait été différente. Willa l'avait rendue différente. Il avança vers elle, sans savoir que faire ou que dire, sans savoir comment être la personne qu'il était devenu grâce à elle.

Mais il la connaissait suffisamment pour comprendre que, quoi qu'il ait à lui offrir, elle ferait en sorte que cela semble parfaitement logique. Il se fraya donc un chemin parmi sa ménagerie et s'assit à côté d'elle. Jim posa aussitôt la tête sur ses genoux, et Willa, sur son épaule. Il passa un bras autour de sa taille et répondit :

— Maintenant, je ne m'en moque plus.

Elle le serra fougueusement dans ses bras, et le chat qui se retrouva coincé entre eux poussa un miaulement indigné. La situation était étrange… mais en même temps, parfaitement naturelle.

# 22

Ensuite, ils avaient cessé de parler du père de Willa, de la bande qui était à ses trousses ou de l'avenir. Rattrapés par la fatigue, ils étaient allés se coucher d'un pas lourd.

Holden avait passé la nuit – ou plutôt le matin – avec elle. Elle s'était réveillée une fois et aussitôt blottie contre lui. Il l'avait serrée dans ses bras, s'agrippant à elle comme elle s'agrippait à lui. Elle n'avait pas pleuré. Elle s'était détendue, jusqu'à se rendormir.

Là non plus, ils n'avaient pas évoqué l'avenir. Dans la grange, Holden lui avait dit qu'il tenait à la vie, mais elle ne devait pas en déduire qu'il allait rester auprès d'elle. Même si le danger était temporairement écarté, sa mission n'était pas terminée, et elle ne le serait pas avant que le gang ait été entièrement démantelé.

Quand elle se réveilla pour la seconde fois, elle était seule dans le lit. Jim, qui avait dormi par terre, à côté de Holden, était parti lui aussi. Depuis la nuit précédente, il suivait Holden comme son ombre.

Elle se tourna vers le réveil en plissant les yeux. 7 h 30 – ou plutôt 19 h 30, à en juger par la lumière déclinante qui entrait par la fenêtre. Ses pauvres animaux… Après tout ce qu'ils avaient enduré ces derniers jours, elle ne s'occupait même pas d'eux.

Elle sortit du lit sans prêter plus d'attention à la douleur lancinante qui lui vrillait la tête qu'au miaulement excédé de Pam. Elle enfila un sweat-shirt et des chaussettes épaisses et descendit au rez-de-chaussée. Elle allait s'occuper de ses animaux en essayant de mettre de l'ordre dans ses pensées. Il fallait qu'elle décide de ce qu'elle allait faire avec Holden et qu'elle ait une conversation à cœur ouvert avec sa mère, au sujet de… de tout.

Son cœur se serra à cette pensée. À vrai dire, elle n'avait pas envie d'avoir cette conversation. Mais elle ne pouvait pas y échapper.

Elle comprit en entrant dans la cuisine qu'elle allait même avoir lieu plus tôt qu'elle ne l'aurait voulu. Sa mère et Shay étaient assises à la table. Holden se tenait debout derrière elles, Jim à ses pieds.

— Salut, dit-elle en regrettant de ne pas être restée au lit.

Sa mère sourit.

— Assieds-toi, ma chérie. Nous devons discuter de certaines choses.

*Super.* Mais elle n'avait pas le choix. Elle s'assit donc face à Shay et leva les yeux vers Holden, mais son expression était indéchiffrable. Oh ! comme elle lui enviait ce super-pouvoir… Mais elle avait toujours refusé d'apprendre à refréner à ce point ses émotions.

— Pour commencer, dit Holden, ta mère a appelé l'hôpital. Ton père est sorti du bloc et les médecins sont optimistes.

Il y avait dans sa voix une étincelle de chaleur. Quelque chose de lui. Mais ce fut Shay qui poursuivit.

— Nous avons discuté de votre avenir, tous les trois.

— Sans moi ?

— Tu dormais, dit Holden.

Elle le regarda de travers.

— Vous auriez pu attendre.

— Nous aurions pu, convint Shay sur un ton conciliant, mais la North Star devait régler certains détails urgents, et la discussion a bifurqué sur les moyens que nous pouvons mettre en œuvre pour protéger votre famille.

Sa mère tendit le bras et lui prit la main.

— Nous avons eu quelques idées, mais nous ne t'obligerons à rien, Willa. Nous allons seulement…

Elle s'interrompit et regarda Shay.

— La North Star a trouvé une solution, dit calmement Shay.

Les fédéraux l'ont approuvée, et Holden et votre mère l'ont acceptée. Cependant, vous avez parfaitement le droit de vous y opposer. Mais avant de vous fâcher parce que nous avons élaboré ce plan sans vous, laissez-nous vous dire en quoi il consiste.

Elle ne savait pas ce qu'elle devait penser ou ressentir, mais le calme de Shay la rasséréna un peu.

— D'accord.

— La North Star peut faire en sorte qu'on annonce demain que William, Vera et Willa Zimmerman ont trouvé la mort dans un accident de voiture. Les personnes qui connaissent votre nom cesseront donc de vous traquer. Nous pensons que la plupart d'entre elles sont actuellement entre les mains des fédéraux, mais nous préférons prendre toutes les précautions nécessaires.

Willa regarda sa mère.

— Nous cesserions donc d'exister ?

— Vous seriez morts, dit Shay.

Elle était tellement calme, tellement directe, que l'idée ne semblait pas aussi folle qu'elle l'aurait dû.

— Votre ferme serait donc mise aux enchères. Un gentil jeune couple, Holden et Harley Parker, l'achèterait et s'y installerait avec Reeva Parker, la mère de Holden.

Shay désigna la mère de Willa d'un signe de la tête.

— Plus rien ne vous relierait à vos identités passées. Nous pouvons aussi créer n'importe quelle couverture pour Holden afin que personne ne s'étonne s'il s'absente fréquemment.

S'il s'absentait fréquemment… ce serait qu'il était toujours un agent et pas… son homme.

— Et pour…

Willa ne savait pas comment aborder le sujet de son père, mais comment aurait-elle pu ne pas le faire ?

— Les parents de Holden sont séparés. Son père, Josh, sera placé en hôpital psychiatrique, répondit Shay du même ton neutre. S'il guérit, il pourra vous rejoindre ici.

Willa avait l'impression que ses pensées étaient prises dans un tourbillon. On allait la faire passer pour morte, comme dans un feuilleton télévisé. Mais sa nouvelle identité ne serait pas forgée de toutes pièces. Pas exactement.

— Mais c'est ton nom ! dit-elle en dévisageant Holden.

Il allait donner son nom à sa famille ?

— Holden Parker a cessé d'exister le jour où j'ai rejoint la North Star, dit-il en haussant les épaules. C'est un nom qui en vaut un autre.

Willa souffla.

— Je ne sais pas quoi dire.

Sa mère toussota. Shay se leva, fit un signe de la tête à Holden, et tous deux quittèrent la pièce de sorte que sa mère et elle soient seules.

— Maman…

— Je sais que c'est beaucoup. Mais j'avais espéré… Tu pourrais garder cet endroit et continuer à être toi-même. Et ton père et moi pourrions enfin quitter cette vie.

Les yeux de sa mère étincelaient de larmes contenues. Elle pressa fougueusement la main de Willa et ajouta :

— Je veux que tu sois en sécurité et que tu aies ce que nous n'avons jamais pu te donner. Avec ce plan, c'est possible. Mais si tu n'es pas d'accord…

— Je le suis. Je le suis vraiment.

Elle avait enfin une chance de mener la vie qu'elle avait toujours voulue, une vie libre de l'influence de celle de ses parents.

— Est-ce que tu arrêterais ?

Sa mère acquiesça.

— J'ai dit à Shay que je pourrais devenir consultante pour la North Star si besoin, mais je ne veux plus être sur le terrain. Pas après…

Elle déglutit.

— Cela faisait un moment que je voyais que la santé mentale de ton père se dégradait, mais je ne savais pas comment l'aider. Alors, j'ai continué à aller de l'avant en espérant que les choses s'arrangeraient d'elles-mêmes. Je suis désolée que nous en soyons arrivés là. Mais si c'est le seul moyen pour qu'il change de vie…

— Il a failli nous tuer.

Cette fois, une larme roula sur la joue de sa mère.

— Je sais. Je sais qu'il l'aurait fait. Nous avons été soumis à un tel stress qu'il a craqué. Mais je ne peux pas… Oh ! Willa, je sais que c'est affreux, mais je n'arrive pas à être en colère. Je ne peux qu'être triste.

La gorge nouée, Willa hocha la tête.

— Moi aussi. Il n'était pas lui-même. Même quand nous nous battions, j'avais l'impression de me battre contre quelqu'un d'autre.

Sa mère acquiesça.

— Grâce à ce plan, il recevra l'aide dont il a besoin. Peut-être qu'il rentrera à la maison, et peut-être que non. Je ne peux pas me projeter aussi loin dans l'avenir. Tout ce que je sais, c'est que, quand on aime quelqu'un, on trouve toujours une solution. J'aime ton père. Je… je sais qu'il nous aurait tuées, mais je ne peux pas accepter cette idée. Son cerveau l'a trahi. Je l'ai vu venir, mais je continuais à espérer…

Vera secoua la tête avant d'ajouter :

— Nous ferons en sorte qu'il soit aidé. Une chose après l'autre.

« Une chose après l'autre. » Willa inspira profondément.

— Très bien. J'accepte ce plan.

— Je ne veux pas que tu l'acceptes uniquement pour nous, pour lui. Je veux…

— Maman, je t'aime, j'aime papa et j'aime cet endroit. Avec ce plan, je peux avoir tout ce que j'aime, tout ce que je veux.

Et Holden ? Elle allait porter son nom, mais l'aurait-elle, lui ?

*Une chose après l'autre.*

— Nous allons accepter. Changer d'identité et de vie.

Elle sourit et pressa la main de sa mère.

— Et nous serons ensemble. C'est ce que je désire le plus au monde.

Pris par un soudain besoin de respirer l'air frais et de voir les étoiles, Holden était sorti sur le porche, Jim sur les talons. Shay, pour sa part, était montée dans sa chambre pour s'informer des progrès de Sabrina. Quant à Willa, cela faisait une éternité qu'elle était dans la cuisine, seule avec sa mère.

Il attendit en faisant les cent pas. Quand elle sortit enfin, ses nerfs étaient tellement tendus qu'ils semblaient sur le point de se rompre. Mais il avait fait son choix.

Elle baissa les yeux vers Jim, qui ne le quittait pas des yeux.

— Tu as un fan, dit-elle.

— Comment ne pas l'être ?

Elle sourit à ces mots.

Depuis que Shay lui avait expliqué comment elle comptait donner de nouvelles identités à Willa et à ses parents, il avait un plan. Willa pouvait avoir tout ce lui-même avait perdu. Une famille, portant son nom, qu'il lui offrirait bien volontiers. Même s'il ne lui donnait que son nom, il la protégerait de tout son être.

Mais il voulait lui donner bien plus, et il ne savait pas comment le lui dire. Aussi, quand il voulut le lui expliquer, s'exprima-t-il comme le dernier des empotés.

— Nous, euh… nous allons devoir nous marier légalement. Enfin… notre équipe va produire un faux acte de mariage, mais il sera parfaitement légal, même si nous n'avons pas…

Elle inclina la tête de côté et l'observa.

— Je ne t'ai jamais vu aussi nerveux.

Il se redressa.

— Je ne suis pas nerveux.

— Oh ! si. La perspective de m'épouser légalement grâce à un faux document semble te rendre très nerveux.

— Eh bien, dit-il en soupirant, je vois que tu es redevenue toi-même.

*Dieu merci.*

Elle lui sourit.

— Je n'en suis pas loin.

Les lumières allumées dans la maison formaient un halo autour d'elle. Sa maison. Leur maison. Cette femme était différente de toutes les personnes qu'il avait connues auparavant. Elle l'avait enchaîné à un lit. Elle s'était battue avec lui. Elle avait survécu à cette aventure et elle parvenait encore à sourire, même après avoir pleuré.

Leur avenir était hérissé d'obstacles, il le savait, mais cela ne changeait rien à ce qu'il ressentait. Ce qu'il voulait.

— Je t'aime.

— Tu sembles déjà moins nerveux.

— Bon sang, Willa !

— Je crois que je m'appelle Harley, maintenant.

Il méritait sans doute qu'elle le taquine. Il la prit dans ses bras.

— Pour moi, tu es Willa et tu seras toujours Willa. Et maintenant, tu es en sécurité.

Il souffla longuement et encadra son visage de ses mains.

— Je veux vivre avec toi, mais je dois partir. Sabrina essaie d'empêcher un tueur à gages d'abattre la cible dont ta mère nous a donné le nom. Elle est comme une sœur pour moi. Si je peux l'aider, je dois le faire.

Elle acquiesça et posa ses bras autour de son cou.

— Mais tu reviendras.

— Si tu veux que je revienne.

— Puisque nous allons être mariés, il le faudra bien.

— Ce n'est pas réel. Enfin… c'est réel, mais… Tu peux avoir la vie que tu désires, maintenant. Bavarder avec la dame du bureau de poste, te faire des amis et… peut-être trouver un homme qui conviendra mieux à…

Elle l'interrompit.

— Je ne le trouverai pas, parce que c'est toi que je veux. Peut-être que nous allons un peu vite et que nous buterons un jour sur un obstacle infranchissable, mais j'en doute. Parce que je t'aime et que, quand on aime quelqu'un, on a toujours le choix. Le choix de trouver une solution.

« On a le choix. » Ces mots le frappèrent de plein fouet.

— Quand j'étais enfant, je n'ai pas eu le choix. J'ai perdu mes parents, puis mes frères et sœurs. Jusqu'ici, je pense que j'ai vécu sans jamais faire le genre de choix sur lesquels on bâtit sa vie. Parce que je me moquais de vivre, comme tu l'as dit.

Je voulais tout faire pour que le monde soit un peu meilleur, mais c'était tout.

— Et c'était déjà énorme, Holden Parker.

Il ne s'était pas rendu compte qu'il avait besoin que quelqu'un lui dise à voix haute qu'il n'avait pas raté sa vie.

— Allez, reprit-elle. Va aider ta sœur. Et reviens-nous, à Jim et à moi. En un seul morceau.

Il lui prit la main, l'approcha de ses lèvres et déposa un baiser sur sa paume.

— Je te le promets.

Et il ne trahit pas sa promesse.

RITA HERRON

# Je sais que tu m'attends

*Traduction française de*
B. DUFY

BLACK ROSE

HARLEQUIN

*Titre original :*
UNBREAKABLE BOND

*Ce roman a déjà été publié en 2011.*

# Prologue

Un bruit assourdissant secoua les murs de l'hôpital, réveillant Nina Nash en sursaut.

Que s'était-il passé ? Avait-elle rêvé, ou bien y avait-il eu une explosion ?

Des cris s'élevèrent soudain dans les couloirs, puis elle entendit les pas précipités de gens qui passaient en courant devant sa chambre.

Une odeur de fumée lui parvint ensuite, et une onde de panique la submergea. Elle n'avait pas rêvé : il y avait bien eu une explosion. Un incendie avait éclaté dans l'hôpital.

Nina repoussa les couvertures, se leva et, sans prendre la peine d'enfiler son peignoir, se dirigea vers la porte aussi vite que le lui permirent les points de suture consécutifs à sa césarienne.

L'épaisse fumée qui emplissait le couloir la fit aussitôt tousser et larmoyer, mais elle n'y prêta pas attention. Elle devait aller chercher son bébé… Née avant terme, la petite Peyton pesait moins de deux kilos, et elle avait été transférée en réanimation néonatale juste après l'accouchement.

Priant pour que le sinistre ne se soit pas déclaré à proximité du service des prématurés, Nina accéléra l'allure, au risque de faire sauter ses fils.

Des pleurs se mêlaient maintenant aux cris, et le mugissement de l'avertisseur d'incendie, qui s'était finalement déclenché, rendait l'atmosphère plus angoissante encore.

À travers la fumée, Nina aperçut des patientes de la maternité qui, surprises comme elle dans leur sommeil, sortaient de leur chambre, le visage hagard. Certaines tenaient à peine sur leurs jambes, mais l'instinct de survie leur donnait la force nécessaire pour fuir le danger.

— L'aile sud est en feu !

— Il faut prendre l'escalier !

— Au secours !

Des voix affolées résonnaient de toutes parts, dans une ambiance de fin du monde. La chaleur devenait suffocante, et Nina, qui marchait à contre-courant du mouvement général, se faisait sans cesse bousculer. Un aide-soignant la saisit par le bras et l'entraîna vers l'escalier.

— Par ici, madame !

— Non, il faut que j'aille chercher ma fille ! Elle est dans le service des prématurés.

— Les infirmières et les pompiers s'occupent d'évacuer les bébés. Et le couloir qui mène à ce service est en flammes.

— Peu m'importe ! dit Nina en dégageant son bras d'un coup sec.

Une femme surgit devant eux, les épaules secouées par une violente quinte de toux, puis elle tomba comme une masse, et l'aide-soignant se précipita à son secours.

Ne se fiant qu'à elle-même pour sauver Peyton, Nina repartit dans l'autre sens, mais juste avant qu'elle n'atteigne l'extrémité du couloir, une partie du plafond s'écroula, et les flammes qui jaillirent des décombres lui barrèrent la route.

Elle pivota sur ses talons et, tâtonnant le long du mur, finit par arriver au coin d'un autre couloir, qui partait dans la bonne direction, mais une lueur rougeoyante perçait l'épais nuage de fumée qui le remplissait… Impossible de passer par là. Il fallait trouver un autre accès.

Le visage ruisselant de larmes et de sueur mêlées, elle s'apprêtait à faire de nouveau demi-tour quand une deuxième explosion retentit. Le bâtiment tout entier trembla, comme sous l'effet d'un violent séisme, et le plafond, au-dessus de Nina, s'effondra. Elle se couvrit la tête de ses deux mains, mais au milieu des débris de toutes sortes qui tombaient sur elle, un morceau de métal lui heurta malgré tout la tempe, un second ricocha sur son tibia, et une plaque de plâtre l'atteignit au ventre. Elle sentit la plaie de son abdomen se rouvrir, et elle s'affaissa en hurlant de douleur. Des flammes commençaient à ramper vers elle et, à demi inconsciente, incapable de se remettre debout, sans doute serait-elle morte là si un pompier n'était soudain apparu et ne l'avait soulevée dans ses bras.

— Ma petite fille ! cria-t-elle dans un brusque regain de lucidité. Je dois aller la chercher !

— Ne vous inquiétez pas : nous la trouverons, déclara l'homme. Le plus urgent, dans l'immédiat, c'est de vous transporter à l'extérieur avant que toute cette aile s'embrase.

Nina aurait voulu protester, mais la chaleur, la fumée et la douleur se conjuguaient pour la mettre au bord de la syncope. Peut-être même perdit-elle un instant connaissance, car elle se retrouva sur la pelouse de l'établissement sans trop savoir comment elle y était arrivée.

L'air frais de la nuit la ramena à la réalité. Elle battit des paupières pour refouler les larmes qui lui remplissaient les yeux, et obtenir une vision claire de la situation.

La plus grande confusion régnait autour d'elle. Tandis que des dizaines de pompiers s'employaient à éteindre les flammes qui dévoraient tout un côté de l'édifice, secouristes, employés de l'hôpital et patients valides couraient dans tous les sens, qui pour donner les premiers soins aux victimes, qui pour aider à l'évacuation des personnes encore présentes dans le bâtiment.

Au milieu de ce chaos, Nina finit par apercevoir l'une des infirmières du service des prématurés, allongée sur une civière. Deux autres infirmières se tenaient à proximité, avec chacune un bébé dans les bras…

Un élan d'espoir la souleva, mais son sauveur se dirigeait vers une ambulance, et il n'était pas question de se laisser emmener loin des lieux du drame…

— Posez-moi ! lui ordonna-t-elle.

— Non, madame, vous avez des blessures qu'il faut soigner.

Mais peu importait à Nina que sa tempe saigne, que les fils de sa césarienne aient sauté, que sa jambe l'élance affreusement… Elle devait s'assurer que Peyton était saine et sauve.

— Je ne me ferai soigner qu'après avoir retrouvé ma fille ! décréta-t-elle.

Elle réussit à descendre des bras du pompier, s'approcha en boitillant des deux infirmières… Aucun des bébés n'était le sien, et un spasme d'angoisse lui étreignit le cœur.

— Où est ma fille ? s'écria-t-elle. Elle était en réanimation néonatale…

L'une des infirmières fronça les sourcils, et l'autre répondit en secouant la tête, l'air inquiet :

— On ne sait pas. Une de nos collègues l'a peut-être évacuée.

Des pleurs se firent entendre, derrière Nina. Elle se retourna et courut tant bien que mal vers l'origine du bruit, un nouveau-né blotti dans les bras d'une aide-soignante, mais elle ne les avait pas encore rejoints que le bracelet bleu attaché au minuscule poignet de l'enfant lui apparut ; c'était un garçon.

Une peur panique s'empara d'elle, amplifiée par les cris et les pleurs dont la nuit résonnait, de plus en plus déchirants à mesure que parents et amis du personnel soignant et des patients arrivaient et reconnaissaient un proche parmi les victimes. Le nombre de cadavres alignés sur la pelouse ne cessait d'augmenter, et chaque minute qui passait réduisait les chances de survie des gens restés à l'intérieur.

À force d'aller d'infirmière en médecin, de médecin en aide-soignant, d'aide-soignant en secouriste, Nina finit par trouver, étendue sur une civière, l'une des femmes qui s'étaient occupées de Peyton.

— Où est ma fille ? lui demanda-t-elle. Vous l'avez sortie de sa couveuse et emmenée dehors ?

— Non, je croyais que quelqu'un d'autre l'avait fait.

Une puissante déflagration déchira soudain l'air. L'aile qui abritait le service des prématurés venait d'exploser.

Un frisson d'épouvante secoua Nina, et ses genoux se dérobèrent sous elle.

Son bébé… Qu'était devenu son bébé ?

# 1

*Huit ans plus tard*

La recherche d'enfants disparus était la seule chose qui permettait à Slade Blackburn de tenir. La seule chose qui l'empêchait de noyer dans l'alcool le douloureux souvenir de ses échecs passés.

Du moins quand il retrouvait ces enfants indemnes.

Les autres fois… Celles-là, il les enfermait dans un recoin de sa mémoire et ne les en ressortait que plus tard. Beaucoup plus tard, les nuits où un sentiment d'insondable solitude lui rappelait que personne au monde ne se souciait de savoir s'il était mort ou vivant.

Des voix se firent entendre au rez-de-chaussée de la vieille maison de Sanctuary que Gage McDermont avait achetée et rénovée pour abriter son entreprise, les Guardian Angel Investigations. Les gens avec qui Slade allait travailler montaient maintenant l'escalier, et il se prépara mentalement à les rencontrer. Arrivé tôt, il s'était installé dans la salle de réunion face à la porte, afin de pouvoir les étudier au fur et à mesure qu'ils entreraient.

Il ne leur avait pas encore été présenté, mais son enquête préliminaire lui avait appris que Gage, au moment de la création de son agence de détectives privés, avait recruté une équipe de brillants spécialistes.

C'était juste après avoir lu dans le journal un article sur sa société que Slade l'avait appelé pour lui proposer ses services.

Son départ de l'armée avait laissé inexploité son goût de l'action, et l'expérience qu'il avait acquise au combat lui avait ensuite ouvert les portes du F.B.I., mais il ne s'y était pas plu : il avait pensé y bénéficier d'une plus grande liberté que sous les drapeaux, et s'y était en fait retrouvé là aussi prisonnier d'une hiérarchie rigide et pesante.

Alors il avait démissionné, pour ne plus avoir à recevoir d'ordres, ni à suivre des procédures contraignantes, mais il avait besoin de se rendre utile, parce que, à son retour d'Irak, il était allé se retirer dans un chalet isolé, et qu'il avait cru devenir fou : au lieu de lui apporter la paix, le silence assourdissant des montagnes avait favorisé la rumination de toutes les atrocités dont il avait été témoin.

Et il ne voulait pas être un de ces soldats qui revenaient de la guerre détruits à jamais par ce qu'ils avaient vu et fait. Il ne voulait tomber ni dans la dépression ni dans aucune forme de dépendance. Ses cauchemars et ses démons, il les vaincrait ! Il avait survécu à son enfance, à l'Irak… Il n'allait pas craquer maintenant.

Le fait de retourner dans la petite ville de Sanctuary, en Caroline du Nord, avait pourtant réveillé d'autres fantômes, et quand il était passé devant Magnolia Manor, l'orphelinat où sa mère l'avait déposé un jour comme un paquet encombrant, il s'était demandé si sa décision de venir s'installer là ne risquait pas de lui faire plus de mal que de bien.

L'entrée de Gage McDermont dans la pièce le ramena au présent. Le directeur de l'agence s'assit dans le fauteuil d'où il présiderait la réunion, et ses employés prirent place un à un autour de la grande table.

— Je vous présente Slade Blackburn, leur dit-il. Je l'avais engagé à l'essai, et mis sur l'affaire de la fille de Carmel Foster. Elle avait fugué, et il l'a retrouvée. Il est à présent l'un des nôtres.

Les hommes saluèrent leur nouveau collègue de la tête, puis Gage les présenta à Slade l'un après l'autre.

Benjamin Camp, petit blond aux yeux verts, était informaticien. Slade s'était renseigné sur lui, et il le soupçonnait fort d'être un ancien hacker, que Gage avait recruté pour cette raison même : la possibilité d'accéder à des bases de données confidentielles facilitait beaucoup certaines enquêtes.

Levi Stallings, ex-profileur du F.B.I., avait des cheveux noirs coupés court et des yeux marron foncé brillants d'intelligence. Ce spécialiste du comportement fixa Slade avec la même intensité qu'un entomologiste examinant au microscope un spécimen d'insecte, et Slade se força à demeurer impassible.

Première règle face à l'ennemi : ne jamais donner aucun signe d'émotion.

Slade ne considérait évidemment pas Stallings comme un ennemi, et il n'était ni effrayé ni intimidé par son regard perçant, mais il n'autorisait *personne* à pénétrer dans son jardin secret.

— Brock Deer est un pisteur hors pair, déclara ensuite Gage en désignant l'homme assis à la gauche de Slade.

L'attention de ce dernier se porta sur son voisin, dont les compétences devaient se révéler particulièrement utiles pour les recherches en zone montagneuse.

Grand et athlétique, avec des cheveux noirs coiffés en catogan et des yeux noisette, Deer avait visiblement du sang indien. Il lança à Slade un coup d'œil peu amène — que Slade ignora : il n'était pas venu là pour se faire des amis.

— Et voici Derrick McKinney, mon bras droit..., poursuivit Gage.

Slade adressa un petit signe de tête à l'intéressé. Gage lui présenta ensuite Caleb Walker, mais sans préciser son domaine d'expertise. Cette omission aiguisa d'autant plus la curiosité de Slade que ses investigations ne lui avaient fourni aucune information sur cet autre métis, aux cheveux noirs, aux yeux de jais et au visage fermé.

— Colt Mason, notre spécialiste en armement, indiqua ensuite Gage en se tournant vers le dernier des hommes réunis autour de la table.

Slade reconnut aussitôt en Mason un ancien militaire. Trapu, le cheveu ras, il avait des yeux bleus dont l'impassibilité disait qu'il avait vu la mort d'assez près pour ne plus avoir peur de rien. Il avait sans doute servi dans les forces spéciales.

La porte s'ouvrit soudain, et une petite brune aux grands yeux marron et aux cheveux bouclés qui lui descendaient jusqu'à la taille entra dans la pièce.

— Ah ! voilà Amanda Peterson, notre experte en science médico-légale ! s'écria Gage avec un large sourire. Elle n'est pas avec nous depuis longtemps, mais ses compétences nous ont déjà rendu de précieux services.

Il laissa à la nouvelle venue le temps de s'asseoir, puis il enchaîna :

— Bien, maintenant que les présentations sont terminées, je vais vous parler des derniers développements de notre affaire la plus récente… Brianna Honeycutt, qui est maintenant l'épouse de Derrick, a adopté un bébé dont la mère, Natalie Cummings, venait d'être assassinée. Notre enquête nous a appris que cette femme avait découvert l'existence à Sanctuary d'un laboratoire de fabrication de méthamphétamine. Elle avait également pu établir un lien entre ce laboratoire et un autre, créé il y a huit ans… C'est ce dernier qui a causé l'incendie et l'explosion de l'hôpital, avec des dizaines de morts à la clé…

Gage s'interrompit et poussa un soupir attristé avant de reprendre :

— La police a procédé à plusieurs arrestations, mais les gens d'ici sont très en colère, maintenant qu'ils connaissent l'origine de cette tragédie. Une rumeur court aussi, selon laquelle tous les coupables n'auraient pas été appréhendés. Les personnes qui ont perdu des membres de leur famille dans la catastrophe crient vengeance, mais le chaos qu'avait provoqué le sinistre jette le doute sur le nombre réel de victimes et leur identité.

— Comment cela ? demanda Slade.

— Certains corps n'ont jamais été retrouvés, d'autres étaient trop calcinés pour être reconnaissables. Il y avait parmi eux des femmes et des enfants… La résurgence de cette vieille affaire a ravivé chez leurs proches la volonté de savoir la vérité, et je pense qu'une partie d'entre eux s'adresseront à nous pour la découvrir.

L'idée que les fabricants d'une drogue hautement addictive avaient en plus causé la mort de femmes et d'enfants fit bouillir Slade de colère. Et certaines victimes n'avaient même pas pu être identifiées, ce qui laissait leur famille dans une terrible incertitude… Comme sa mère et lui quand Molly, sa sœur aînée, avait disparu — du moins jusqu'à ce qu'il la retrouve à la morgue.

Il avait donc eu raison, finalement, de revenir à Sanctuary. S'il arrivait à lever les doutes ne serait-ce que d'une des familles concernées, il aurait fait œuvre utile.

Les pleurs de son bébé hantaient Nina jour et nuit.

Si Peyton avait survécu, elle avait maintenant l'âge des enfants auxquels Nina faisait la classe à l'école primaire de Sanctuary.

À quoi pouvait bien ressembler sa fille à huit ans ?

La jeune femme essaya de l'imaginer en regardant ses petits élèves courir vers le bus scolaire. Excités par le début des vacances d'été, ils riaient, se bousculaient, poussaient des cris joyeux…

Et la plupart des enseignants n'étaient pas moins contents de voir l'année scolaire se terminer, à en juger par leurs sourires et leurs commentaires :

— Je vais enfin pouvoir me reposer ! déclara l'une des institutrices de CM2.

— Oui, à nous les grasses matinées et le farniente ! renchérit son assistante.

Les yeux de Nina se remplirent de larmes. Les vacances, pour elle, n'étaient pas synonymes de détente, mais de semaines entières où elle n'entendrait plus des voix fraîches l'appeler, ne verrait plus des petits bras se tendre vers elle pour solliciter un câlin… Le rire des enfants, leurs visages innocents, le bruit de leurs pas dans les couloirs, et même leurs cris, dans la cour de récréation… tout cela allait cruellement lui manquer. Elle n'aurait à la place que le silence d'une maison vide, et la pensée obsédante de ce qu'aurait été sa vie si sa fille n'avait pas disparu.

L'image de vacances au bord de la mer avec Peyton se forma dans son esprit. Elles construisaient un château de sable, ramassaient des coquillages, se promenaient en bicyclette... Il lui semblait même entendre le rire de sa fille s'envoler vers le ciel, porté par la brise venant de l'océan...

Le chauffeur du bus donna un coup de klaxon, et le bruit tira la jeune femme de son rêve éveillé. Le véhicule démarra, et les enfants, derrière les vitres, firent de grands signes d'adieu à leurs professeurs. Ces derniers leur rendirent leurs saluts, puis ils regagnèrent leurs salles de classe respectives, pour finir de les ranger.

Nina attendit un peu pour les imiter. Elle avait le cœur serré, et un immense sentiment de vide l'envahit quand l'arrière du bus disparut au coin de la rue.

Tout le monde estimait qu'elle aurait maintenant dû surmonter son chagrin. « Tourne la page », lui avait dit et répété son père. « Lâchez prise », lui avaient conseillé les médecins.

Mais c'était impossible, parce qu'il lui arrivait souvent, la nuit, d'entendre sa fille pleurer. Et d'avoir alors l'intime conviction que Peyton n'était pas morte, bébé, dans l'incendie de l'hôpital. Qu'elle avait grandi quelque part — peut-être même dans les environs de Sanctuary —, et qu'elle avait besoin de sa mère.

Marchant comme une somnambule, Nina rentra dans sa classe. Elle essuya le tableau, remit de l'ordre dans les étagères de livres, enleva les dessins d'élèves et les documents pédagogiques accrochés aux murs, débarrassa son bureau...

Cela fait, il ne lui restait plus qu'à partir, et cette salle déserte était de toute façon presque aussi triste que sa maison... Alors elle prit son sac à main, le suspendit à son épaule et ressortit dans le soleil de ce chaud après-midi de juillet.

Le ronronnement de moteurs qui démarraient lui parvint tandis qu'elle se dirigeait vers le parking de l'école et, une fois arrivée là, elle vit un groupe d'enseignants réunis près du monospace de sa collègue et amie Celia. Ils allaient fêter la fin de l'année scolaire dans un bar, elle le savait parce que Celia lui avait proposé de se joindre à eux. Mais elle avait refusé : depuis huit ans, elle ne se sentait plus d'humeur à fêter quoi que ce soit, et surtout pas le début des longues vacances d'été.

Nina monta dans sa voiture et fit le court trajet jusqu'au petit pavillon qu'elle avait acheté en ville. Le journal local l'attendait sur son perron, comme tous les jours ; elle le ramassa, entra dans la maison et alla se servir un verre de thé glacé dans la cuisine.

De retour dans le séjour, son regard fut attiré par la une du journal, qu'elle avait posé en passant sur la table basse.

« LE MEURTRE DE NATALIE CUMMINGS ET L'ENLÈVEMENT DE SON FILS RYAN CLARIFIENT L'AFFAIRE DE L'INCENDIE ET DE L'EXPLOSION DE L'HÔPITAL, IL Y A HUIT ANS. »

Le cœur battant, la jeune femme s'assit et commença à lire l'article qui suivait.

*« La police vient d'apprendre qu'un laboratoire clandestin de fabrication de méthamphétamine créé à l'époque par des adolescents de la région était à l'origine du sinistre. Natalie Cummings a entendu des élèves du lycée de Sanctuary parler de la création dans les environs d'un autre laboratoire de ce type, et elle a apparemment été assassinée après avoir découvert un lien entre les deux.*

*Derrick McKinney, employé de l'agence de détectives privés Guardian Angel Investigations, a joué un rôle clé dans l'enquête qui a permis de découvrir la vérité sur l'explosion, le kidnapping, et le meurtre de Natalie Cummings. »*

Le souvenir de cette nuit tragique assaillit Nina avec une telle force qu'il lui sembla être physiquement transportée huit années en arrière.

La fumée, les flammes, les cris de détresse, l'odeur de chair brûlée…

Ses efforts désespérés pour savoir ce que Peyton était devenue…

Sa gorge se noua. Elle s'était toujours demandé si son bébé n'avait pas été confondu avec un autre, cette nuit-là, ou si quelqu'un n'avait pas profité de la confusion générale pour l'enlever.

L'enquête consécutive au sinistre n'avait cependant mené à rien, et le shérif avait affirmé à Nina que ses suppositions ne reposaient sur aucun fait concret. Pire encore, le détective privé qu'elle avait ensuite engagé s'était révélé dès le départ convaincu d'avoir affaire à une hystérique. Il n'avait visiblement accepté ce travail que pour l'argent, si bien que Nina ne pouvait pas être sûre qu'il l'avait accompli avec toute la conscience professionnelle voulue.

Et à ce doute s'ajoutait un fait troublant : le corps de sa fille n'avait jamais été retrouvé.

Elle finit de lire l'article, et il lui apporta une autre information intéressante : l'agence Guardian Angel Investigations était spécialisée dans la recherche d'enfants disparus.

Ses jambes vacillaient un peu lorsqu'elle se leva et s'approcha de la photographie encadrée de Peyton posée sur la cheminée, et prise le jour même de sa naissance, dans sa couveuse.

C'était une petite fille si menue, si fragile... Si quelqu'un l'avait kidnappée, aurait-elle pu survivre ?

Et pourtant, presque toutes les nuits, Nina l'entendait pleurer. Et à d'autres moments, quand elle fermait les yeux, une petite voix chantait doucement à son oreille.

Un regain d'espoir et de détermination lui fit prendre son sac et se diriger vers la porte.

Si cette agence de détectives privés avait réussi à découvrir la cause de l'incendie et de l'explosion de l'hôpital, peut-être, en creusant plus profondément, parviendrait-elle à savoir ce qui était arrivé à Peyton.

Le timbre de l'entrée retentit juste au moment où la réunion se terminait, et Gage annonça qu'il allait voir qui c'était.

Une minute plus tard, il revenait accompagné d'une jeune femme.

Une ravissante jeune femme, aux longs cheveux blonds et aux grands yeux bleus, d'une gracilité qui lui aurait donné l'apparence d'une adolescente si une gorge épanouie n'avait tendu le tissu de son chemisier de satin blanc.

Elle ne semblait cependant pas être consciente de sa beauté. Une expression craintive se lisait sur son visage, et de son regard émanait une tristesse si profonde qu'un élan de compassion souleva Slade. Cette femme avait de toute évidence connu une épreuve douloureuse au point d'avoir définitivement éteint l'étincelle qui devait briller, avant, dans ses prunelles couleur d'azur.

— Je vous présente Nina Nash, dit Gage. Elle veut recourir à nos services.

Il l'invita ensuite à s'asseoir, et Slade nota le léger tremblement de son corps délicat quand elle s'installa dans le siège placé en face de lui.

De quoi avait-elle peur ? Que lui était-il arrivé ?

— Nous vous écoutons, mademoiselle Nash, reprit Gage.

La jeune femme resta muette. Elle se mordait nerveusement la lèvre inférieure, l'air de se demander si elle avait eu raison de venir.

— Détendez-vous, lui conseilla Gage d'une voix apaisante, et expliquez-nous en quoi nous pouvons vous aider.

Après avoir inspiré à fond, comme pour se donner du courage, elle releva le menton et déclara :

— J'ai lu dans le journal que votre agence avait identifié les responsables de la catastrophe qui a détruit une partie de l'hôpital, il y a huit ans.

— C'est exact, indiqua Gage, et la police a procédé à plusieurs arrestations.

— Je… J'ai perdu mon bébé, cette nuit-là… Ou, du moins, il a disparu.

Un lourd silence suivit, et ce fut de nouveau Gage qui le rompit :

— Si vous nous racontiez votre histoire depuis le début, mademoiselle Nash ?

— Oui, vous avez raison… Ma fille est née dans cet établissement dans la journée qui a précédé l'incendie. Elle était prématurée, et on l'a aussitôt emmenée en réanimation néonatale. Je dormais quand la première explosion s'est produite. Le bruit m'a réveillée, et ensuite, j'ai entendu des cris, j'ai senti une odeur de fumée… Alors je me suis levée pour aller chercher Peyton dans le service des prématurés…

La voix de Nina se brisa. Sa douleur créait dans la pièce

une tension palpable. Personne n'osait parler, et Gage lui-même attendit, cette fois, qu'elle ait recouvré assez de sang-froid pour continuer.

— Un chaos indescriptible régnait dans l'hôpital. Tout le monde se ruait vers les escaliers, et un aide-soignant a voulu m'entraîner dans cette direction, mais je ne pouvais pas abandonner mon bébé... J'ai fait demi-tour, mais le plafond du couloir s'est effondré devant moi et j'ai dû rebrousser chemin. J'ai trouvé un autre couloir qui menait au service des prématurés... Il était malheureusement en flammes, et j'allais essayer de le contourner quand la deuxième explosion a retenti. Le plafond, au-dessus de moi, s'est écroulé, et ses débris m'ont blessée à plusieurs endroits.

Des larmes oscillaient au bord des paupières de Nina, et elle les essuya du revers de la main. Slade se força à respirer lentement pour tenter de maîtriser son émotion, tandis que ses compagnons s'agitaient nerveusement sur leurs chaises.

— Je suis tombée, poursuivit la jeune femme, et un pompier m'a transportée à l'extérieur. Il voulait que je me fasse soigner, mais je lui ai échappé et je suis partie à la recherche de ma fille. Des bébés avaient été évacués par le personnel hospitalier, et j'ai couru de l'un à l'autre... Aucun d'eux n'était le mien et, tout à coup, il y a une troisième explosion, encore plus violente que les précédentes, qui a soufflé l'aile où se situait le service des prématurés.

— On a retrouvé le corps de votre fille ? demanda Slade, bien qu'il connaisse déjà la réponse.

— Non. Il a fallu des heures aux pompiers pour éteindre l'incendie, et la police m'a dit ensuite que mon bébé était forcément mort, soit asphyxié par la fumée, soit dans la dernière explosion, mais que l'examen médico-légal des corps retirés des décombres prendrait sûrement des mois. Il s'est avéré que celui de Peyton n'en faisait pas partie, et je sais, moi, qu'elle n'est pas morte cette nuit-là.

Une farouche détermination avait maintenant remplacé la douleur dans les yeux de Nina.

— Je le sais, insista-t-elle, et je veux que vous la recherchiez.

— Je comprends votre chagrin, mademoiselle Nash, déclara Gage, mais si votre fille avait survécu, l'hôpital vous l'aurait dit, non ?

— Sans doute, mais dans la confusion que le sinistre a engendrée, elle a pu être kidnappée, ou confondue avec un autre bébé.

Caleb Walker s'éclaircit la voix avant d'observer :

— Votre démarche d'aujourd'hui n'est pas la première pour tenter de retrouver votre fille, j'imagine ?

— Non. J'ai fait une dépression, après l'incendie, et une fois rétablie, j'ai engagé un détective privé, mais j'ai tout de suite vu qu'il ne me croyait pas, et son enquête s'en est ressentie : seul mon argent l'intéressait. Je suis allée jusqu'à consulter une radiesthésiste, dans l'espoir qu'elle détecterait l'endroit où Peyton avait été emmenée, mais ça n'a rien donné… J'entends pourtant ma fille pleurer, la nuit, et je ne suis pas folle, contrairement à l'avis général : je suis sa mère, et un lien puissant nous unit. Si elle était morte, mon instinct me le dirait. Et ce qu'il me dit, c'est qu'elle est vivante, et qu'elle a besoin de moi.

Les regards dubitatifs qui s'échangèrent autour de la table n'échappèrent pas à la jeune femme, car elle s'écria d'une voix vibrante de colère :

— Vous me prenez pour une folle, vous aussi ! Jusqu'ici, pourtant, tout le monde pensait que l'incendie de l'hôpital était d'origine accidentelle, et vous avez prouvé le contraire, alors pourquoi refusez-vous de croire qu'il reste encore des choses à découvrir sur les événements de cette nuit-là — comme l'enlèvement possible de ma fille ? Pourquoi avez-vous l'air de juger inutile toute tentative pour la retrouver ?

Parce qu'ils savaient qu'elle avait très probablement péri dans la catastrophe, songea Slade.

Mais il garda le silence, et ses collègues aussi.

— Maintenant que la cause du sinistre a été révélée au grand jour, poursuivit Nina, les langues vont peut-être se délier : des gens qui détiennent certaines informations mais les ont cachées à l'époque, par lâcheté ou pour protéger quelqu'un, n'ont plus de raison de se taire… Et peut-être y en a-t-il parmi eux qui savent quelque chose sur ma fille.

Slade réfléchit à l'hypothèse d'un enlèvement du bébé, et trouva finalement qu'elle valait la peine d'être étudiée. Gage lui-même avait souligné que toute la vérité sur ce qui s'était passé cette nuit-là n'était pas encore connue et, au nombre des secrets qu'avaient gardés certains habitants de Sanctuary, pouvait figurer celui de la disparition de la fille de Nina Nash…

Cela ne voulait pas forcément dire qu'elle était toujours vivante, mais, aux yeux de Slade, c'était suffisant pour entreprendre des recherches.

# 2

Le scepticisme évident de ses interlocuteurs faisait trembler Nina de colère et de frustration. Elle avait eu tort de venir là, tort de se dire que quelqu'un l'écouterait enfin et accepterait de s'occuper d'une affaire vieille de près de dix ans, même si cette affaire n'avait jamais fait l'objet d'une enquête sérieuse.

Comment avait-elle pu s'imaginer que de parfaits inconnus la croiraient, quand son propre père la prenait pour une hystérique ? Il l'exhortait à oublier sa fille, et c'était pour cela qu'elle ne lui parlait plus depuis des mois.

Nina jeta un coup d'œil à la seule autre femme présente dans la pièce, espérant trouver une alliée en elle, mais ses yeux bruns n'exprimaient que de la compassion, et elle demeura silencieuse.

Furieuse de s'être autorisée à penser que la solidarité féminine n'était pas un vain mot, Nina repoussa son siège.

— Très bien ! s'exclama-t-elle. Puisque vous refusez de m'aider, j'irai interroger les gens moi-même.

Elle se dirigea ensuite vers la porte, et s'apprêtait à l'ouvrir quand une voix grave annonça :

— Cette affaire m'intéresse.

Craignant d'avoir mal entendu, la jeune femme se retourna lentement. L'homme assis à la gauche de Gage McDermont se leva alors et déclara :

— Je m'appelle Slade Blackburn, mademoiselle Nash, et je vais enquêter sur la disparition de votre fille.

Nina le fixa, interloquée. De tous les hommes présents, c'était lui qui s'était montré le plus froid, le plus insensible à son histoire… Il avait une stature imposante, et ses vêtements — une chemise noire et un jean délavé — moulaient de larges épaules et des cuisses musclées.

Le regard de Nina s'arrêta sur la balafre qu'il avait à la joue gauche, et qui semblait due à une blessure relativement récente. Son épaisse chevelure châtain foncé retombait en désordre sur son front, et il en releva une mèche d'une main elle aussi marquée d'une cicatrice aux bords irréguliers.

— Slade…, commença McDermont.

Mais l'interpellé l'interrompit d'un geste autoritaire qui parut le surprendre.

— Vous n'avez pas d'autre affaire à me confier dans l'immédiat, n'est-ce pas ? observa-t-il.

— Non, mais comme vous venez juste de terminer une enquête longue et difficile, je pensais que vous voudriez prendre quelques jours de congé.

— C'est inutile. Je n'aime pas rester inactif.

— Nous vous apporterons toute l'aide dont vous aurez besoin, Slade, dit sa collègue.

Il y eut des hochements de tête affirmatifs, autour de la table, et Nina poussa un soupir de soulagement.

— Merci, déclara-t-elle.

— J'aimerais à présent m'entretenir avec vous en privé, lui annonça Slade Blackburn. J'ai un certain nombre de questions à vous poser.

— Entendu.

Cette enquête sur la disparition de Peyton allait l'obliger à évoquer des souvenirs humiliants pour elle, Nina le savait, mais elle devait ravaler sa fierté.

Maintenant que la recherche de sa fille était relancée, plus rien ne l'arrêterait.

Slade emmena Nina dans son bureau et lui désigna un siège.

— Vous voulez boire quelque chose ? lui demanda-t-il. Un café ? un thé ?

Elle se laissa tomber dans le fauteuil qu'il lui avait indiqué, comme si la fatigue ne lui permettait plus de se tenir debout une seconde de plus. Elle avait l'air si fragile, si vulnérable, qu'il fut tenté de la réconforter.

Mais ç'aurait été une erreur.

— Juste de l'eau, répondit-elle d'une voix à peine audible.

Slade se rendit dans la cuisine aménagée par Gage pour l'ensemble du personnel de l'agence, et en revint deux minutes plus tard avec un mug de café pour lui et un verre d'eau pour Nina.

Elle avait changé d'attitude, pendant sa courte absence : le dos droit, les mains posées bien à plat sur les accoudoirs de son siège, elle semblait s'être préparée à affronter un long et douloureux interrogatoire. Slade lui tendit le verre, alla s'asseoir derrière son bureau et but quelques gorgées de café en silence, pour laisser à la jeune femme le temps de se détendre.

Peine perdue : elle avait les mâchoires crispées, et la main qui tenait le verre le serrait avec une telle force que les jointures de ses doigts étaient blanches.

— Que voulez-vous savoir ? finit-elle par demander.

— J'ai d'abord besoin d'informations factuelles, expliqua Slade en prenant un carnet et un stylo, comme la date de naissance de votre fille.

Nina la lui donna, ainsi que l'heure exacte où son bébé était venu au monde. Elle n'avait même pas eu à réfléchir une seconde avant de les fournir, et cette preuve que ce moment était resté gravé dans sa mémoire pendant toutes ces années menaça d'ouvrir une brèche dans la carapace de froideur sous laquelle Slade dissimulait sa compassion.

— Votre fille est née avant terme, avez-vous dit ? déclara-t-il ensuite.

— Oui, avec presque deux mois d'avance. Elle pesait à peine plus d'un kilo huit cents, et elle souffrait de difficultés respiratoires, parce que ses poumons étaient insuffisamment développés.

— Elle avait d'autres problèmes de santé ?

— Il était question de la soumettre à toutes sortes d'examens dans les jours suivants — des tests de vision, notamment.

Slade fronça les sourcils. Si quelqu'un avait kidnappé cette petite fille sans savoir qu'elle avait besoin de soins spécialisés, il l'avait peut-être abandonnée après s'en être aperçu, ou alors elle n'avait pas survécu plus de quelques jours... Il faudrait consulter les rapports de police de l'époque, pour voir si un nouveau-né avait été retrouvé dans quelque endroit de la ville.

Vivante.

Ou morte.

Cette dernière pensée fit frémir Slade. Il ne pouvait imaginer les tourments que Nina avait endurés pendant des semaines, après l'incendie : l'incertitude quant au sort de son bébé, l'espoir qui renaissait à chaque annonce par les médias d'un enfant retrouvé abandonné, la déception en apprenant que ce n'était pas le sien...

— Qui est le père de Peyton, et fait-il toujours partie de votre vie ? demanda Slade, s'obligeant à adopter de nouveau un état d'esprit strictement professionnel.

— Il s'appelle William Hood. Il avait alors dix-huit ans, et moi, dix-sept. Et non, il ne fait plus partie de ma vie.

— Expliquez-moi ce qui s'est passé entre vous.

— Est-ce vraiment nécessaire ?

— Écoutez, je comprends qu'il vous soit pénible de revenir là-dessus, mais pour mener cette enquête avec le maximum d'efficacité, j'ai besoin de tout savoir sur cette période de votre existence. Et je dis bien *tout*. Si je sens que vous me cachez quelque chose, ou que vous me mentez, je laisse tomber l'affaire.

Une lueur de colère brilla dans les yeux de Nina, mais elle acquiesça malgré tout de la tête.

— D'accord.

— Bien... Comment William a-t-il réagi quand vous l'avez informé de votre grossesse ?

— Mal. Il venait d'obtenir une bourse d'une grande université de la côte Est et ne voulait pas voir sa vie bouleversée par l'arrivée d'un enfant.

— Votre vie à vous l'a été...

L'ombre d'un sourire joua sur les lèvres de Nina.

— C'est vrai, déclara-t-elle. J'étais très jeune, et cette grossesse était un accident, mais je désirais vraiment ce bébé. J'ai tout de suite éprouvé un lien très fort envers lui.

Sa main se posa sur son ventre dans un geste apparemment inconscient, et l'image de l'adolescente naïve qu'elle avait dû être se forma dans l'esprit de Slade.

Une adolescente qui aurait sûrement été une excellente mère.

Slade s'efforça d'ignorer la peine dont le remplissait cette pensée.

— Qu'a fait William, alors ? Il a refusé d'assumer ses responsabilités ?

Le sourire de Nina s'effaça.

— Oui. Sa mère et lui ont tenté de me convaincre d'avorter. Elle est allée jusqu'à me proposer une grosse somme d'argent si j'allais « me débarrasser » du bébé — je la cite — dans une autre ville.

— L'un d'eux a-t-il proféré des menaces contre vous ?

— Rien de précis, mais Mme Hood m'a tout de même avertie que, si je m'obstinais à vouloir garder ce bébé et à contrarier ainsi les projets d'avenir de son fils, je le regretterais. Son mari était mort l'année précédente ; il était avocat, et elle souhaitait que William reprenne le cabinet paternel.

— Que lui avez-vous répondu ? questionna Slade, contenant à grand-peine son indignation.

— Je l'ai envoyée au diable. Je lui ai dit que je n'étais pas à vendre, et que j'élèverais seule mon enfant, parce que je n'avais ni besoin ni envie de faire de son fils chéri un élément permanent de mon existence.

À la fois amusé et admiratif, mais toujours décidé à conserver une attitude d'une parfaite neutralité, Slade demanda :

— Vous n'avez plus aucun contact avec William ?

— Non. Je sais seulement qu'il a épousé une de ses anciennes petites amies, une fille de bonne famille prénommée Mitzi. Ce mariage a dû ravir sa mère !

— Et vos parents à vous, comment ont-ils pris la nouvelle de votre grossesse ?

Une expression de douleur passa dans les yeux de Nina, mais de façon fugitive, et ce fut d'une voix calme qu'elle répondit :

— J'ai perdu ma mère quand j'étais petite. Mon père s'est mis en colère en apprenant que j'étais enceinte, et il a lui aussi tenté de me convaincre d'avorter, puis, comme je m'y refusais catégoriquement, il m'a dit que je devrais faire adopter le bébé.

— Il vous a donné la raison de son hostilité à l'idée de vous laisser élever cet enfant ?

— Il me trouvait trop jeune et immature pour m'en occuper correctement. Et après que la police et les médecins eurent affirmé que Peyton était morte dans l'incendie de l'hôpital, il m'a déclaré que c'était mieux ainsi, que cela me redonnait une chance de mener une vie normale.

Slade serra les dents. Cet homme n'avait donc aucun cœur ?

— Votre père était donc sûr que votre fille n'avait pas survécu à la catastrophe ?

— Oui, et il en avait l'air soulagé. Il pensait que le chagrin m'avait fait perdre l'esprit, et il a insisté pour que j'aille suivre une thérapie dans une clinique psychiatrique.

— Il voulait vous aider, parce qu'il vous aime…

— C'est ce qu'il a dit, mais je ne le crois pas. S'il m'aimait vraiment, il n'aurait pas pu considérer que la mort de ma fille était une chance pour moi… Non, le fait d'être le grand-père d'un enfant illégitime le gênait, à cause du tort que cela portait à sa précieuse réputation. Il se moquait éperdument de mes sentiments, et de Peyton elle-même !

Nina but quelques gorgées d'eau, puis elle posa le verre sur le bureau et croisa les mains sur ses genoux, comme pour les empêcher de trembler.

— Vous avez mentionné une dépression…, lui rappela Slade.

— Oui, mais elle n'a pas duré longtemps.

— Et ensuite, vous vous êtes sentie suffisamment remise de la disparition de votre fille pour entreprendre des études supérieures ?

— Ma volonté de devenir institutrice m'en a donné la force, et j'enseigne maintenant à l'école primaire de Sanctuary.

Un sourire se dessina de nouveau sur les lèvres de Nina, comme si la seule pensée de ses petits élèves adoucissait sa peine.

Cela n'empêcha pas Slade de s'interroger sur son état mental, et il ne put se défendre de nourrir quelques doutes : il trouvait légitime son désir de savoir ce qui était arrivé à sa fille, mais une quête qui tournait à l'obsession s'apparentait à de la névrose.

— Vous êtes restée à Sanctuary dans l'espoir que Peyton y était toujours, j'imagine ? déclara-t-il. Vous l'avez cherchée, et vous la cherchez encore, dans chacun des enfants qui fréquentent votre école ?

— Je le reconnais, mais j'ai aussi choisi ce métier pour me sentir plus proche de ma fille. Même si je ne devais jamais la revoir, l'affection que je porte à mes élèves et celle qu'ils me témoignent donnent un sens à ma vie.

Slade songea alors à sa mère qui, de façon comparable, avait refusé de quitter leur maison après la disparition de sa sœur pour être sûre d'être là quand Molly reviendrait. Et cette attente toujours déçue s'était mal terminée…

Nina dut mal interpréter son silence, car elle observa avec une moue désabusée :

— Je vous fais pitié, n'est-ce pas ?

— Non, je vous comprends.

— Vraiment ?

— Oui. Ma sœur aînée a disparu quand j'avais quinze ans, et ensuite, pendant des mois, je l'ai cherchée dans chaque adolescente que j'apercevais dans la rue, derrière la vitrine d'un magasin ou dans un café.

— Vous l'avez retrouvée ?

C'était une question à laquelle le désir d'épargner Nina faillit persuader Slade ne pas répondre, mais il jugea finalement préférable de lui dire la vérité :

— Oui, à la morgue.

— Je suis désolée… Que s'était-il passé ?

Il y avait tant de compassion dans la voix et le regard de son interlocutrice que Slade se sentit envahi par des émotions qu'il pensait depuis longtemps maîtrisées. Il avait eu tort de parler de sa sœur, et mieux valait en rester là.

— Peu importe, mais réfléchissez bien, Nina : qu'éprouverez-vous si j'apprends que votre bébé a bel et bien péri dans l'incendie de l'hôpital ? Etes-vous prête à affronter cette réalité ?

La question de Slade manqua d'avoir raison du sang-froid que Nina avait jusque-là réussi à conserver.

Après avoir cru pendant toutes ces années que Peyton avait survécu, comment réagirait-elle s'il s'avérait que son instinct l'avait trompée ?

— J'ai toujours voulu savoir ce qui était arrivé à ma fille, se borna-t-elle à dire, alors comment pourrais-je laisser passer cette nouvelle chance de le découvrir, monsieur Blackburn ?

— Appelez-moi Slade… Mais vous ne m'avez pas vraiment répondu… Est-ce parce que vous refusez d'envisager la mort de votre enfant ?

L'évocation de cette possibilité fit déferler en elle une vague de douleur, mais la cuirasse qu'elle s'était forgée des années plus tôt se remit très vite en place.

— Non, j'ai besoin de connaître la vérité, quelle qu'elle soit. Je la supporterai mieux que la torture d'une perpétuelle incertitude.

Slade la fixa alors avec une telle intensité qu'elle eut du mal à soutenir son regard. Elle en trouva cependant la force dans son refus de trahir devant lui le moindre signe de faiblesse, et de risquer ainsi de lui apparaître comme la déséquilibrée que même son père voyait en elle.

— D'accord, finit-il par déclarer, mais imaginons que votre fille ait été kidnappée bébé et qu'elle coule depuis des jours heureux dans une famille d'adoption ? Que ferez-vous, alors ?

— La question ne se pose même pas : je sens que Peyton est malheureuse. Ne vous ai-je pas dit que je l'entendais pleurer, la nuit ?

— Si, mais sans vouloir vous offenser, c'est loin de constituer pour moi la preuve de quoi que ce soit, et vous devez, dans votre propre intérêt, n'exclure aucune hypothèse.

— Vous me demandez donc ce que je déciderai si jamais il s'avère que Peyton a des parents aimants et ignore tout de son histoire ? Eh bien, je ne peux pas vous répondre maintenant. Si c'est le cas, j'aviserai le moment venu, mais en attendant, je suis sa mère et j'ai le droit de savoir où elle est et comment elle va.

— Je vous l'accorde.

Un sourire détendit le visage grave de Slade et, l'espace d'un instant, Nina eut le sentiment d'avoir enfin trouvé quelqu'un en qui elle pouvait avoir confiance.

Et pourtant, après la trahison de son père et de William, elle s'était juré de ne plus jamais faire confiance à personne.

Nina avait beau affirmer le contraire, Slade doutait qu'elle soit prête à affronter la vérité, quelle qu'elle soit. Il était également bien placé pour savoir à quel point la recherche active d'un enfant disparu était éprouvante sur le plan émotionnel. La succession d'espoirs et de déceptions qu'elle entraînait presque immanquablement pouvait à la longue se révéler dangereuse — la façon dont elle avait détruit sa mère était là pour le prouver si nécessaire.

Et Slade craignait que la même chose n'arrive à Nina. Il la sentait pourtant pugnace et déterminée, sous ses dehors fragiles, et il ne comprenait que trop bien la torture de l'incertitude dont elle avait parlé.

Dans le silence qui s'était maintenant installé dans le bureau, il la vit s'humecter les lèvres, et un élan de désir aussi puissant qu'inattendu le souleva. Son corps réagit en conséquence, lui indiquant que sa libido n'était pas morte, comme il l'avait cru ; elle était juste restée longtemps en sommeil, mais elle avait vraiment mal choisi son moment pour se réveiller !

Heureusement, Nina eut l'air de ne rien remarquer.

— Par où comptez-vous commencer ? demanda-t-elle.

Slade se força à ignorer l'embrasement de ses sens et à se concentrer de nouveau sur l'enquête qu'il allait mener.

— Je vais consulter le site internet du Centre national des enfants disparus, me renseigner sur les adoptions qui ont eu lieu peu de temps après l'incendie, interroger les membres du personnel soignant, les pompiers et autres personnes présentes sur les lieux que je parviendrai à retrouver… Je devrai également questionner votre père, William Hood et sa mère.

— Le fait que je remue de nouveau le passé ne va pas leur plaire.

Le père de Nina et les Hood lui étant déjà antipathiques, Slade haussa les épaules.

— La seule chose qui m'importe, déclara-t-il, c'est de découvrir ce qui est arrivé à votre fille, et tant pis pour ceux que mes recherches mécontenteront !

Restait à espérer que le résultat de ces recherches justifierait la foi dans la survie de sa fille que Nina avait gardée envers et contre tous.

# 3

Le récit de sa douloureuse histoire avait éprouvé Nina, mais elle sentait maintenant ses espoirs renaître. Les investigations de Slade allaient ranimer les vieilles querelles qui l'avaient opposée à son père et aux Hood, mais peu lui importait : elle leur avait déjà tenu tête, et continuerait de le faire. Rien ne l'arrêterait dans sa quête de la vérité.

— Votre père habite à Sanctuary ? demanda Slade.

— Non, à Raleigh. C'est là que se trouve la banque où il travaille.

— Vous pouvez me donner ses coordonnées, y compris son numéro de téléphone professionnel ?

Après s'être exécutée, la jeune femme indiqua :

— Les vacances d'été ont commencé aujourd'hui. Je suis donc entièrement disponible, et je veux vous accompagner quand vous irez interroger mon père.

— Ça ne risque pas d'être dur pour vous ?

— Si, mais je tiens à voir sa réaction.

— Entendu. Et William, où vit-il ?

— À Winston-Salem, ainsi que sa mère. Il a repris le cabinet paternel, comme prévu.

Slade nota les coordonnées des Hood, puis il se passa une main dans les cheveux et déclara :

— Comment s'appelle l'obstétricien qui vous a accouchée ?

— Don Emery, répondit Nina.

La seule mention de ce nom lui causa un violent pincement au cœur, et pas seulement parce qu'il lui rappelait les douleurs d'un accouchement difficile : le Dr Emery avait lui aussi cherché à la convaincre de faire adopter son bébé.

— Ce médecin exerce toujours à l'hôpital de Sanctuary ? reprit Slade.

— Oui, je crois, bien que je ne l'aie pas vu depuis des mois. J'ai essayé plusieurs fois de lui parler de la possible survie de Peyton, mais il m'a conseillé, comme tout le monde, de tourner la page.

— Écoutez, j'ai conscience de vous demander là quelque chose de pénible, mais reportez-vous à votre séjour dans cet hôpital… Y avez-vous remarqué un fait ou une personne qui vous ont paru bizarres ?

— J'étais si angoissée, quand j'y suis arrivée, que je n'ai pas prêté attention à grand-chose. Je savais que mon bébé venait au monde bien trop tôt, et je m'inquiétais pour lui.

— Le travail avait commencé ?

— Oui. Je présentais des signes de complications, et on m'a tout de suite emmenée au bloc pour y subir une césarienne. Peyton ne respirait pas, au début, et il a fallu la mettre sous oxygène. Elle était si petite, si fragile, que j'ai eu peur de la voir mourir là, sous mes yeux…

Terrassée par l'émotion, Nina s'interrompit, et Slade eut la délicatesse de lui laisser un moment pour se ressaisir avant de poursuivre son interrogatoire :

— Et ensuite ? Vous n'auriez pas noté la présence d'un homme ou d'une femme qui portait un intérêt suspect aux nouveau-nés ?

— Non.

— Quelqu'un vous a-t-il reproché, alors, de vouloir élever votre enfant seule ?

— Le Dr Emery avait toujours pensé, comme mon père, que je devais faire adopter mon bébé, et il m'y a de nouveau exhortée. Deux infirmières de réanimation néonatale m'ont aussi parlé dans ce sens.

— Comment s'appelaient-elles ?

— Je n'ai jamais su que leurs prénoms : Jane et Carrie. Je les ai vues toutes les deux sur la pelouse de l'hôpital, après y avoir été transportée. Elles avaient chacune un bébé dans les bras, et je leur ai demandé où était le mien, mais elles m'ont dit l'ignorer.

Quelqu'un avait-il enlevé Peyton Nash avant l'explosion de l'aile où se situait le service des prématurés ?

C'était possible, Slade en convenait, mais il se tut afin de ne pas donner de faux espoirs à Nina.

— On commence par quoi ? déclara-t-elle.

Slade regarda sa montre.

— Il est déjà tard, mais je vais dès aujourd'hui entamer des recherches sur internet, et prendre contact avec des personnes susceptibles de m'aider pour la partie de mon enquête qui concerne les adoptions. Les interrogatoires de votre père et des Hood attendront demain, mais je compte passer à l'hôpital d'ici ce soir, pour m'entretenir avec le directeur et le Dr Emery.

— Allons-y tout de suite ! s'écria Nina en se levant.

— Je crois que vous feriez mieux de rentrer chez vous et de vous reposer.

— Non. Je me doute que c'est difficile à comprendre pour vous, mais je me sens… perdue, en ce moment, quand je suis seule dans cette maison.

Slade ne le comprenait en fait que trop bien. Il connaissait le poids de la solitude et du silence, la façon dont ils exacerbaient la douleur de la perte et des regrets…

— D'accord, grommela-t-il, nous irons ensemble.

— Merci !

— Mais ne vous emballez pas : il se peut que ces entrevues ne nous apprennent rien.

— Je le sais.

— Avant de partir, il faut que je parle à un de mes collègues.

C'était à Derrick McKinney que Slade faisait allusion. Il se rendit dans son bureau et lui dit de but en blanc :

— J'ai un service à vous demander.

— En rapport avec la disparition de la fille de Nina Nash,

j'imagine ? Il y a pourtant peu de chances pour qu'elle ait survécu, vous en avez conscience ?

— Oui, mais maintenant que Nina m'a raconté toute l'histoire, je suis de son avis : il est possible que quelqu'un ait profité de la confusion générale pour kidnapper son bébé.

— Admettons… Et en quoi puis-je vous être utile ?

— Je voudrais que vous parliez de cette affaire à votre femme… après lui avoir transmis mon bon souvenir.

Derrick haussa les sourcils.

— Vous connaissez Brianna ?

— J'ai vécu un certain temps à Magnolia Manor, quand j'étais adolescent. C'est là que nous nous sommes rencontrés, et j'ai appris qu'elle travaillait aujourd'hui comme assistante sociale dans une agence d'adoption.

— Pas en ce moment : elle a pris un congé de longue durée pour pouvoir s'occuper de notre bébé.

— Elle a cependant gardé des contacts dans ce milieu, non ?

— Bien sûr, et je vois où vous voulez en venir, mais permettez-moi de vous rappeler que les dossiers d'adoption sont confidentiels.

— Je le sais, mais il y a sûrement parmi les collègues de Brianna quelqu'un à qui elle peut demander de les consulter discrètement. La fille de Nina est née prématurément, elle était sous assistance respiratoire… Le placement en famille d'adoption d'un enfant souffrant de graves problèmes de santé n'est pas chose aisée, et ne doit pas être fréquent. Cela facilitera les recherches.

— C'est vrai, convint Derrick. Je vais en parler à Brianna, et je pense qu'elle acceptera de vous aider. Je vous tiens au courant.

— Merci.

Slade alla chercher Nina dans son bureau, et ils partirent pour l'hôpital. Il s'attendait à ce qu'elle montre des signes d'impatience ou d'excitation pendant le trajet, mais elle resta calme, silencieuse, et cela témoignait d'une maîtrise de soi qui força son admiration.

Malheureusement, le parfum que portait la jeune femme

— une senteur douce et fruitée — parvenait jusqu'à lui, et réveilla son désir. Il devait pourtant refréner ses ardeurs, s'obliger à considérer Nina Nash comme une simple cliente. Il ne voulait plus s'attacher à personne : l'expérience lui avait appris ce que la perte d'un être cher coûtait de souffrance.

Sa mère, sa sœur, et ensuite ses hommes… Tous ses échecs passés le hantaient déjà suffisamment sans qu'il prenne en plus le risque d'en allonger la liste.

Une fois à destination, il se gara sur le parking et, accompagné d'une Nina toujours muette, entra dans l'établissement.

— Le directeur est-il là ? demanda-t-il à la réceptionniste après s'être présenté.

— Non, M. Lake est déjà parti.

— Et le Dr Emery ?

— Une seconde…

La réceptionniste pressa une touche de son téléphone, dit quelques mots, puis elle annonça à Slade :

— Le Dr Emery est en ce moment avec une patiente, mais vous pouvez aller l'attendre dans son bureau. C'est au premier étage, et son nom est sur la porte.

— Merci.

L'étage en question était celui de la maternité, constata Slade deux minutes plus tard en sortant de l'ascenseur. Nina était tendue, il le sentait bien qu'elle n'en montre rien.

Quand ils passèrent devant la nursery, une expression d'infinie tristesse assombrit cependant son beau visage : dans la pièce s'alignaient des berceaux, la couleur bleue ou rose de leur couverture indiquant le sexe des nouveau-nés qui les occupaient, et un jeune couple, posté devant la vitre, faisait des signes et adressait des mots d'amour à leur fils comme s'il pouvait les voir et les entendre.

La nouvelle salle de réanimation néonatale se trouvait un peu loin dans le couloir. Un tout petit bébé, branché à une multitude d'appareils, gigotait dans sa couveuse, et Nina s'arrêta un instant pour le regarder.

— C'est un battant, comme Peyton, observa-t-elle.

Slade lui posa une main sur l'épaule dans un geste de réconfort. Il la sentit se raidir, puis elle inspira profondément et se remit en marche.

La porte du bureau du Dr Emery était fermée. Slade frappa. Personne ne répondit, et il entra, Nina sur ses talons.

Tandis qu'elle allait tout de suite s'asseoir, il resta debout et parcourut la pièce des yeux. Des revues et des ouvrages médicaux remplissaient les étagères d'une immense bibliothèque. La belle table en acajou placée devant était bien rangée et, entre les deux fenêtres, le médecin avait accroché les attestations encadrées de ses diplômes. Un grand panneau, sur le mur voisin, était couvert de clichés de nouveau-nés — une sélection de ceux qu'il avait mis au monde, de toute évidence.

— La photo de votre bébé est là ? demanda Slade.

Nina fit non de la tête, l'air abattu, et il se reprocha son manque de tact. Il aurait dû se douter que le Dr Emery préférait faire comme si Peyton n'avait jamais existé.

Une minute plus tard, la porte s'ouvrit sur un homme d'une soixantaine d'années à l'épaisse chevelure grisonnante et au visage parsemé de taches de rousseur.

Dès qu'il aperçut Nina, ses traits se durcirent, et il s'exclama :

— Vous !

— Eh oui, docteur, me revoilà ! Et l'homme qui m'accompagne est Slade Blackburn, de l'agence de détectives privés Guardian Angel Investigations.

Les sourcils broussailleux de l'obstétricien se froncèrent, creusant les rides qu'il avait autour des yeux.

— Je suis venu vous poser quelques questions au sujet de l'incendie de l'hôpital, lui déclara Slade sans préambule. Je veux savoir ce qui est arrivé à Peyton Nash cette nuit-là.

Nina tenta d'ignorer ses préjugés contre le médecin, mais sans y parvenir : à force de lui dire de tirer un trait sur le passé, il avait éveillé ses soupçons.

— Vous avez engagé un autre détective privé ? lui lança-t-il sans chercher à cacher son exaspération.

— Comme vous pouvez le constater..., susurra Slade. Maintenant, j'aimerais avoir votre version des événements qui ont conduit à la disparition de Peyton Nash.

Le Dr Emery tripota le stéthoscope suspendu autour de son cou, puis il se dirigea vers son bureau et se laissa tomber dans son fauteuil, comme si la conversation qui allait suivre le fatiguait à l'avance.

— Nina sait très bien ce qui s'est passé, monsieur Blackburn, mais elle refuse d'admettre que sa fille a péri dans cet incendie. Il n'y a rien de pire pour une mère que de perdre un enfant, mais c'est malheureusement son cas.

— Elle m'a dit que des infirmières de réanimation néonatale avaient évacué deux bébés... Pourquoi pas le sien ?

— J'ai interrogé ces femmes, plus tard, et elles m'ont toutes les deux répondu que Peyton n'était pas dans sa couveuse au moment où le feu s'est déclaré. Elles ont pensé qu'elle avait été transférée dans une autre partie de l'hôpital pour y subir des examens.

— C'est faux ! protesta Nina. À moi, elles ont affirmé ignorer où était ma fille.

Une lueur de colère apparut dans les yeux bleus du médecin, vite remplacée par une expression compatissante d'une sincérité plus que douteuse.

— Je ne vous l'ai pas dit à l'époque, Nina, pour ne pas accroître vos inquiétudes, mais j'avais décidé de faire passer des examens complémentaires à votre bébé dans les plus brefs délais. Je craignais en particulier que son cœur, comme ses poumons, ne soit pas suffisamment développé, ce qui mettait en jeu son pronostic vital.

— Alors elle était peut-être dans un autre service quand celui des prématurés a pris feu !

— Nous en avons déjà discuté, Nina..., déclara le Dr Emery sur un ton mi-bienveillant, mi-agacé, comme s'il parlait à un enfant buté. Votre fille est morte, et vous devez l'accepter.

— Comment pouvez-vous en être sûr, docteur, puisque le corps de Peyton n'a pas été retrouvé ? intervint Slade.

— C'est vrai, mais la violence de l'incendie n'a pas permis, après coup, d'identifier toutes les victimes… Écoutez, monsieur Blackburn, je sais que vous vous contentez de faire votre travail, mais permettez-moi de vous dire que vous rendez un mauvais service à Mlle Nash en remuant ainsi le passé. Pour se remettre de la mort de sa fille, elle a au contraire besoin de se tourner vers l'avenir.

La jeune femme vit Slade serrer les mâchoires. Le discours moralisateur du médecin semblait l'irriter profondément, et elle eut de nouveau le sentiment réconfortant de s'être trouvé un allié.

— Vous avez tenté de convaincre Nina de faire adopter son bébé, n'est-ce pas, docteur ? demanda-t-il.

— Oui. Elle était très jeune, célibataire et sans emploi.

— Elle voulait pourtant le garder…

— C'était de l'inconscience ! Son père n'avait pas l'intention de subvenir à leurs besoins, et même si Peyton avait survécu, sa prématurité lui aurait laissé des séquelles nécessitant des soins spécialisés coûteux… Mlle Nash n'avait pas les moyens financiers d'élever une handicapée.

— C'était mon problème ! s'écria Nina.

— Et aussi le mien : mon devoir, en tant qu'obstétricien, est d'agir au mieux des intérêts des enfants que je mets au monde.

— Les intérêts de Peyton n'ont guère été défendus, cette nuit-là ! souligna Slade en tapant du poing sur le bureau.

Le Dr Emery eut un mouvement de recul, puis il déclara, sur la défensive :

— Vous n'avez pas idée du chaos dans lequel ce genre de catastrophe plonge un hôpital. Mais je peux vous garantir que le personnel soignant a fait tout son possible pour sauver les patients. Le bébé de Mlle Nash est d'ailleurs le seul qui soit mort dans la catastrophe.

— Et si vous aviez vu dans ce chaos l'occasion de sortir Peyton de sa couveuse et de la donner à quelqu'un que vous jugiez plus « apte » à l'élever ? observa Slade. Vous l'avez même peut-être vendue, qui sait ?

— Comment osez-vous dire ça ? Depuis plus de trente ans que j'exerce à Sanctuary, rien n'est jamais venu ternir ma réputation !

Le médecin était maintenant rouge de colère, mais ses protestations n'ébranlèrent visiblement pas la détermination de Slade.

— Si vous n'avez vraiment rien à vous reprocher, docteur, pourquoi n'avez-vous jamais apporté de réponse satisfaisante aux questions de ma cliente ?

— J'y ai répondu, mais elle souffre de troubles obsessionnels qui l'amènent à prendre ses désirs pour des réalités.

— Je ne suis pas de cet avis, répliqua froidement Slade, et je n'ai l'intention ni de vous croire sur parole, ni de mettre un terme à mes investigations tant que je ne serai pas convaincu d'avoir fait toute la lumière sur cette affaire ! Et si je découvre que vous m'avez menti, ou caché quelque chose, je reviendrai vous demander des comptes, docteur !

Pour la première fois depuis qu'elle le connaissait, Nina vit une expression de peur se peindre sur les traits de l'obstétricien. Était-ce parce que Slade avait raison de se méfier de lui ? Parce qu'il en savait plus qu'il ne le disait ?

— Allons voir si les deux infirmières dont vous m'avez parlé sont là, proposa Slade à Nina quand ils eurent quitté le bureau du Dr Emery.

— Bonne idée.

Ils se dirigèrent vers le bureau des infirmières, et Slade déclara à la blonde plantureuse qui s'y trouvait :

— Y a-t-il parmi vos collègues une femme prénommée Carrie, et une autre, Jane ?

— Oui. Carrie Poole et Jane Simpson.

— Elles sont ici en ce moment ?

— Non. Carrie ne reprendra son service que demain matin, et Jane est en congé jusqu'à la semaine prochaine.

— Très bien. Nous reviendrons demain.

Une fois dehors, Nina demanda :

— Vous pensez que le Dr Emery nous a dissimulé tout ou partie de la vérité ?

— Il est encore trop tôt pour le dire. Je ne l'aime pas, mais de là à voir en lui un menteur, ou pire…

Le visage de la jeune femme s'assombrit. Ils étaient maintenant arrivés à la voiture, et Slade enchaîna en ouvrant la portière du passager :

— Ne vous inquiétez pas : j'ai accepté de m'occuper de cette affaire, et j'irai jusqu'au bout. J'espère que le résultat de mon enquête ne décevra pas vos espérances, mais dans l'intervalle, je ne vous cacherai rien de ce que j'apprendrai.

— C'est ce que j'attends de vous. J'en ai assez d'être traitée comme une névrosée, ou comme une petite chose fragile qu'il faut ménager sous peine de la voir s'écrouler : j'ai besoin de savoir la vérité et, qu'elle me plaise ou non, je la regarderai en face.

Les doutes de Slade sur la capacité de Nina à supporter la découverte que sa fille était bel et bien morte dans l'incendie de l'hôpital commencèrent alors à s'estomper. Elle lui donnait le sentiment d'être en effet beaucoup plus forte que ne le pensaient la plupart des gens.

Quand elle inclina le buste pour monter dans la voiture, les rayons du soleil couchant caressèrent sa peau diaphane et firent étinceler ses cheveux blonds. Sentant le feu du désir se rallumer en lui, Slade se dépêcha d'aller se mettre au volant, et il n'osa même pas jeter un coup d'œil à la jeune femme pendant le trajet du retour.

Une fois garé devant le siège de l'agence, il remit sa carte à Nina, lui demanda ses coordonnées téléphoniques et lui promit de l'appeler le lendemain. Elle le remercia et descendit de voiture. Il faillit lui souhaiter une bonne nuit avant qu'elle ne s'éloigne, mais il se ravisa : elle ne dormait sûrement pas mieux que lui, même si les cauchemars qui hantaient son sommeil étaient différents des siens.

Il aurait tout donné pour lui apporter la paix de l'esprit, mais il n'avait rien d'un héros. La mort des hommes dont il avait la responsabilité était là pour le prouver.

Cela ne l'empêcherait pas de tout mettre en œuvre pour faire aboutir ses recherches.

Le lendemain, il essaierait de se procurer une copie des documents relatifs à l'incendie de l'hôpital : dossiers médicaux des patients présents sur les lieux, constatations de la police, rapports d'autopsie…

Peut-être leur examen permettrait-il à Amanda Peterson d'établir avec certitude si Peyton faisait ou non partie des victimes du sinistre.

Quand Nina ouvrit la porte de sa maison, le téléphone sonnait. Pensant qu'il pouvait s'agir de Slade, elle courut décrocher.

La voix qui retentit dans l'écouteur était cependant celle de William Hood et, de surprise, la jeune femme faillit laisser tomber le combiné.

— Qu'est-ce qui te prend, Nina ? Pourquoi as-tu engagé un détective privé ?

— Comment le sais-tu ?

— Le Dr Emery m'a appelé. Il craint que tu ne fasses une nouvelle dépression.

— Ce n'est pas le cas, et tu as perdu tout droit de me demander des comptes le jour où tu nous as abandonnées, moi et notre enfant.

— Désolé, mais je ne veux pas qu'un détective privé aille fourrer son nez dans mes affaires et poser des questions sur un truc qui s'est passé il y a des années !

— « Un truc » ? C'est comme ça que tu appelles la disparition de notre fille ?

— Elle n'a pas disparu, Nina ! Elle est morte !

— Rien ne le prouve.

— Tu as vraiment besoin de te faire soigner ! Contrairement à ma mère, je pensais que tu finirais par revenir à la raison, mais c'est elle qui avait vu juste !

— Pourquoi ma décision de rechercher la vérité te perturbe-t-elle autant ? Aurais-tu quelque chose à cacher ?

William poussa un grognement de colère, puis il déclara sur un ton agressif :

— Je te préviens, Nina ! Si tu me causes des ennuis, je veillerai à ce que tout le monde, dans ton école, sache que tu as l'esprit dérangé… Et je doute que les parents d'élèves soient ravis d'apprendre que leurs enfants ont une déséquilibrée pour enseignante !

— Tu me fais du chantage, maintenant ?

— Appelle ça comme tu veux, mais je te conseille vivement de me laisser tranquille, et de dire à ton détective que je le jetterai dehors si jamais il s'avise de venir m'importuner !

— Si tu crois pouvoir m'intimider, tu…, commença Nina.

Sa phrase resta en suspens : William avait coupé la communication.

Elle raccrocha d'un geste brusque et alla prendre la photographie de Peyton sur la cheminée.

— William aura beau me menacer, jamais je ne renoncerai à te retrouver, murmura-t-elle.

Après avoir reposé le cadre, elle se rendit dans sa chambre, se mit en chemise de nuit et ouvrit le tiroir de la commode où était rangée la petite robe rose ornée d'un motif de papillon achetée huit ans plus tôt.

La robe que Peyton aurait dû porter à sa sortie de l'hôpital… Elle n'aurait pas dû la garder ; il y avait dans cet attachement à un simple morceau de tissu quelque chose de pitoyable et de dérisoire à la fois.

Mais c'était plus fort qu'elle et, comme souvent, elle alla se coucher avec, la pressa sur son cœur et respira le doux parfum d'assouplissant qui s'en dégageait.

Puis elle ferma les yeux et imagina le moment tant attendu où elle ramènerait Peyton dans la maison qui serait désormais la sienne.

La petite Rebecca Davis chercha ses lunettes à tâtons sur le bureau de la chambre qu'elle occupait dans sa famille d'accueil.

Même avec des verres correcteurs, sa vision n'était pas parfaite, mais l'assistante sociale lui avait procuré un ordinateur qui affichait les lettres en très gros caractères. Et Rebecca savait utiliser un traitement de texte aussi bien que les autres enfants de son âge.

Cela n'empêchait pas certains de ses camarades de classe de se moquer d'elle et de l'appeler « la Chouette », à cause de ses grosses lunettes.

Les autres la considéraient avec pitié, parce qu'elle était handicapée et n'avait pas de maman.

Rebecca ne voulait pas de leur pitié. Elle aurait voulu avoir une maman, en revanche.

La fillette ouvrit le fichier de son journal intime et commença à taper.

Je sais que tu m'a pas abandonné, maman, et que tu pense à moi. J'espérais que tu me retrouverais le jour de la fête des Mères, mais il est passé, alors ce sera peut-être pour le jour de mon anniversaire...

Je me plais pas ici. La maison est sombre et poussiéreuse. Tatie Reese dit qu'elle a trop mal aux genoux pour jouer dehors avec moi, et les cigarettes de tonton Reese me piquent les yeux. Elles me font tousser, aussi, et il me dit alors d'arrêter de lui casser les oreilles. Ils veulent pas non plus que je chante, mais ça, personne pourra m'en empêcher, parce que je suis sûre que tu m'entend, et qu'un jour, ma voix te guidera jusqu'à moi.

Rebecca essuya d'un geste impatient une larme qui roulait sur sa joue. C'étaient les bébés qui pleuraient, et elle avait huit ans !

Reniflant et battant des paupières pour refouler les nouvelles larmes qu'elle sentait monter, la fillette se remit à taper.

Je sais que je suis maladroite et que je suis petite pour mon âge. Je peux pas courir comme les autres enfants, et j'ai un œil qui a l'air bizarre, parce qu'il y voit presque pas. Mais j'oublie pas de prendre mes médicaments, si bien que j'ai plus de crises.

Je fais des progrès à l'école, aussi. J'ai qu'un an de retard, et j'écris de mieux en mieux. J'arrive maintenant à verser les céréales dans mon bol, le matin, sans en faire tomber à côté, et à préparer moi-même les sandwichs de mon déjeuner. Et si tu n'a pas beaucoup d'argent, ne t'inquiète pas : ça m'est égal de porter des vêtements donnés.

Je t'en prie, maman, viens me chercher ! Je serai pas une charge, je te le promet.

La fillette enregistra le texte, éteignit l'ordinateur, puis elle se mit en pyjama, se coucha et, après avoir fermé les yeux, entonna à mi-voix une de ses chansons préférées.

# 4

Slade poussa la porte de la maison de bois qu'il avait achetée dans les contreforts des Appalaches, un peu à l'extérieur de la ville. Elle ne lui avait pas coûté cher, et pour cause : la véranda qui en faisait tout le tour était délabrée, la peinture des murs extérieurs s'écaillait, et la toiture ainsi que tous les planchers intérieurs étaient à refaire.

Pensant que cela aurait un effet cathartique, il avait décidé d'effectuer les travaux de rénovation lui-même, mais il ne les avait pas encore commencés. Cette habitation ne manquait cependant pas de charme, et elle avait dû, à une époque, constituer un cadre de vie agréable.

Le genre de cadre dont Slade rêvait, enfant, mais ses priorités avaient changé depuis.

Ce qu'il appréciait le plus, dans cette maison, c'était sa situation : il avait désespérément besoin d'air pur et d'espace, après avoir été retenu prisonnier pendant des jours et des jours en Irak, dans un endroit où régnaient une chaleur suffocante, une obscurité presque totale, une saleté et des odeurs répugnantes…

Auxquelles s'ajoutait le terrible souvenir des hommes morts en essayant de le sauver.

Pour chasser les démons du passé, Slade respira à pleins poumons l'air de la nuit, chargé d'un parfum de chèvrefeuille et de fleurs sauvages. Il avait une tâche à accomplir, maintenant, et s'il avait chaque soir en se couchant le sentiment d'avoir donné le meilleur de lui-même pour faire la lumière sur la disparition de Peyton Nash, peut-être dormirait-il mieux…

Quand il entra dans la cuisine, la bouteille de whisky posée sur le plan de travail attira son regard, et la tentation le saisit de s'en verser un verre — juste un, pour s'engourdir l'esprit et être délivré pendant une heure ou deux des pensées et des images qui le torturaient.

Non ! Cela ne résoudrait rien : s'il n'apprenait pas à vivre avec une conscience claire de ses fautes, tout espoir de les racheter s'évanouirait.

Mieux valait chercher dans l'exercice physique un exutoire à ses tourments, et il se rendit donc dans le garage, qu'il avait converti en salle de sport.

Là, il enfila ses gants de boxe et se mit à frapper dans le punching-ball. Les visages des hommes morts pour lui l'obsédaient, et il imprima de plus en plus de force à ses coups.

Une rage aveugle l'emplissait, mais cette rage, il devait la transformer en force positive, sinon elle finirait par le détruire.

Si quelque génie sorti d'une bouteille lui avait offert d'oublier ce qui s'était passé, aurait-il accepté ? se demanda-t-il.

Non, car cela ne lui aurait plus permis d'honorer la mémoire de ceux qui avaient sacrifié leur vie pour sauver la sienne. Laissant derrière eux une famille…

À cause de lui, trois femmes pleuraient aujourd'hui leur mari et le père de leurs enfants.

Il avait manqué à ses devoirs envers ses hommes comme il avait manqué à ses devoirs de fils et de frère.

Mais il ne décevrait pas les espoirs que Nina Nash plaçait en lui.

« Comment le sais-tu ? lui souffla une petite voix. Elle veut que tu retrouves sa fille vivante, et tu vas peut-être découvrir qu'elle est morte depuis des années… »

Une telle détresse l'envahit à cette idée qu'il frappa à coups redoublés dans le punching-ball, et continua ainsi jusqu'à l'épuisement.

Il alla ensuite se doucher et fit réchauffer au micro-ondes un reste de pizza, qu'il mangea tout en cherchant sur internet des articles de journaux parlant de nouveau-nés ou d'enfants retrouvés morts au cours des huit années précédentes.

Trois affaires retinrent particulièrement son attention, dont celle de la découverte du cadavre d'un bébé dans une benne à ordures deux semaines exactement après l'incendie de l'hôpital.

Nina se réveilla en sursaut. Une voix chantait, dans sa tête, et c'était celle de Peyton, elle en était sûre.

À moins que cette voix ne soit le fruit de son imagination, une hallucination née de son refus d'admettre que sa fille était morte, comme le lui avait affirmé le psychiatre ?

Elle se blottit sous la couette et retint sa respiration pour qu'aucun bruit parasite ne l'empêche d'entendre de nouveau retentir cette jolie mélodie — celle d'une chanson de *Mary Poppins*.

Il lui arrivait d'espérer qu'un jour, le visage de Peyton lui apparaîtrait également, ou bien que la fillette lui dirait où elle était, lui permettant ainsi d'aller la chercher.

Mais au lieu d'une douce voix d'enfant, ce fut celle, menaçante, de William, qui résonna dans son esprit. Le Dr Emery n'avait pas perdu de temps pour l'appeler ! Et il avait certainement prévenu aussi son père…

Ils avaient dû soupirer, échanger des propos désabusés sur son état mental… Peut-être même avaient-ils parlé de la convaincre de retourner effectuer un séjour en clinique psychiatrique. Mais il n'en était pas question : elle souhaitait juste savoir ce qui était arrivé à sa fille.

Un bruit insolite, venant de dehors, tira brusquement Nina de ses pensées. Le cœur battant, elle tendit l'oreille, mais sans percevoir autre chose que le sifflement du vent et de lointains coups de tonnerre.

Elle s'exhorta au calme. Les crises d'angoisse dont elle avait souffert après la disparition de Peyton appartenaient à un passé révolu. Elle ne voulait pas revivre cet enfer.

Mais alors qu'elle fermait les yeux pour tenter de se rendormir, le craquement d'une marche de l'escalier extérieur la fit se redresser d'un bond et sauter à bas du lit. Elle enfila son peignoir et se rendit dans le séjour sur la pointe des pieds.

Les lampadaires de la rue étaient trop loin pour que leur lumière parvienne jusqu'au devant de la maison, mais un éclair déchira soudain l'obscurité, et le sang de Nina se figea dans ses veines.

Il y avait quelqu'un sur le perron.

Son premier réflexe fut d'appeler le shérif, et puis elle se souvint de lui avoir déjà téléphoné, dans des circonstances similaires, pour s'entendre dire qu'elle était victime d'hallucinations et devait se faire soigner.

Alors elle alla dans le vestibule, écarta légèrement le voilage qui recouvrait la partie vitrée de la porte d'entrée et scruta la nuit.

Une grosse pluie s'était mise à tomber, diminuant encore la visibilité, et le perron semblait vide. Les phares d'une voiture percèrent le rideau d'eau, au bout de la rue, puis leur faisceau s'éloigna et disparut.

Nina resta un moment à guetter le moindre bruit suspect. Seuls lui parvinrent, entre deux coups de tonnerre, les miaulements tout proches d'un chat. Prête à le recueillir le temps que l'orage soit passé, elle ouvrit la porte… et poussa un cri d'horreur qui fit détaler le chat, mais elle ne songeait plus, maintenant, à protéger qui que ce soit des intempéries…

Une petite poupée de chiffon était posée sous la marquise, un couteau planté à l'emplacement du cœur.

Une poupée semblable à celle que Nina avait trouvée au même endroit juste avant sa dépression.

Une poupée dont son père et le psychiatre avaient dit qu'elle l'avait mise là elle-même, dans un état second causé par la douleur et les remords.

Des cauchemars peuplant son sommeil, Slade écourtait ses nuits au maximum, en se couchant tard et en se levant tôt.

Le lendemain à 7 heures, il était donc debout depuis un bon moment et avait déjà bu deux tasses de café.

L'article sur le bébé retrouvé dans une benne à ordures mentionnait le nom du policier qui s'était occupé de l'affaire, et Slade, impatient de commencer sa journée de travail, appela le commissariat.

Le standardiste à qui il demanda de le mettre en communication avec le lieutenant Swarnson lui répondit que ce n'était pas possible.

— S'il est en vacances, vous pouvez me donner son numéro de portable ? insista Slade. C'est très important !

— Aussi important que ce soit, monsieur, le lieutenant Swarnson ne peut malheureusement plus vous être d'aucune utilité : il a été tué l'an dernier dans une fusillade… Pourquoi vouliez-vous lui parler ?

Quand Slade l'eut expliqué, son correspondant proposa de lui passer l'ancienne coéquipière de Swarnson, et, une minute plus tard, une voix de femme retentit dans l'écouteur :

— Lieutenant Little à l'appareil…

— Bonjour, lieutenant. Je m'appelle Slade Blackburn, et je travaille dans l'agence de détectives privés Guardian Angel Investigations. J'enquête en ce moment sur la disparition, il y a huit ans, d'un nouveau-né qui se trouvait à l'hôpital de Sanctuary la nuit où un incendie l'a partiellement détruit, faisant de nombreuses victimes.

— Oui, je me rappelle ce terrible drame.

— À l'époque, on a affirmé à la mère de ce bébé qu'il était mort dans la catastrophe, mais son corps n'a jamais été retrouvé, et j'étudie l'hypothèse selon laquelle il aurait été kidnappé cette nuit-là.

— Je ne suis pas sûre d'être en mesure de vous aider…

— Peut-être que non, mais je ne veux négliger aucune piste… J'ai appris par un vieil article de journal qu'un nouveau-né avait été découvert mort dans une benne à ordures deux semaines après l'incendie de l'hôpital, et que le dossier avait été confié au lieutenant Swarnson.

— En effet. Je faisais déjà équipe avec lui, alors, et je me souviens très bien de cette affaire.

— Que pouvez-vous m'en dire ?

Le lieutenant Little poussa un long soupir, et ce fut d'une voix attristée qu'elle répondit :

— Nous avons identifié l'enfant. Sa mère était une droguée, qui avait accouché seule. Comme le bébé ne respirait pas, elle a paniqué et décidé de s'en débarrasser plutôt que de l'emmener à l'hôpital et de risquer ainsi d'attirer sur elle l'attention de la police.

— Vous l'avez arrêtée ?

— Oui, et elle est toujours en prison… Je suis désolée, je ne vous aurai pas été d'un grand secours.

— Si. Grâce à vous, je peux continuer à espérer que la fille de ma cliente est encore en vie.

— Même si elle l'est, les huit années qui se sont écoulées depuis sa disparition vous laissent malheureusement peu de chances de la retrouver.

— Je le sais, mais comme rien ne prouve qu'elle soit morte dans l'incendie, je ferai tout pour découvrir ce qui lui est arrivé.

— Je vous souhaite de réussir, monsieur Blackburn. Cette enquête vous tient visiblement à cœur, et je le comprends, parce que j'aime les enfants, moi aussi — c'est pour ça que je travaille dans la brigade des mineurs. Alors si je peux vous être utile en quoi que ce soit, n'hésitez pas à me rappeler.

Slade remercia sa correspondante et entreprit ensuite de se renseigner sur les deux autres affaires qu'il avait relevées. À son grand soulagement, il apprit que les bébés concernés avaient été identifiés. Peyton Nash était donc peut-être toujours vivante.

Les rayons du soleil commençaient à percer la couche de nuages, et Slade s'apprêtait à se servir une troisième tasse de café quand le téléphone sonna. Il reposa la verseuse et prit la communication sur le poste de la cuisine.

— Slade ?

C'était Nina : il reconnut sa voix malgré l'angoisse qui l'altérait.

— Oui… Que se passe-t-il ?

— Quelqu'un a laissé devant ma porte une poupée de chiffon avec un couteau planté dans le cœur.

— Où habitez-vous ?

— 30 Chestnut Street.

— J'arrive !

Jurant entre ses dents, Slade prit son pistolet, le glissa dans la ceinture de son jean, enfila une veste et courut à sa voiture.

Nina raccrocha d'une main dont elle ne parvenait pas à maîtriser le tremblement. La vue de la poupée, maintenant posée sur la table basse du séjour, lui donnait la nausée, et elle éprouvait dans la poitrine une douleur physique, comme si c'était elle qui avait reçu ce coup de couteau.

Qui pouvait être assez cruel pour lui faire revivre les tourments du passé ?

S'arrachant à ses sombres pensées, la jeune femme monta s'habiller, puis elle se rendit dans la cuisine, prépara du café et attendit Slade assise à la table, la tête dans les mains.

Cinq minutes plus tard, elle entendit une voiture s'arrêter devant la maison, et elle fit un effort pour se ressaisir. Elle avait maintenant un allié... Il ne fallait pas risquer de le perdre en lui présentant le visage hagard d'une femme au bord de la crise de nerfs.

— Ça va ? demanda Slade quand elle lui eut ouvert la porte.

— Oui. Je suis juste un peu secouée.

— Expliquez-moi ce qui s'est passé.

— Cette nuit, alors que j'étais réveillée, un bruit venant de dehors a attiré mon attention. Je suis sortie sur le perron, et j'y ai trouvé la poupée dont je vous ai parlé.

— Montrez-la-moi !

Nina conduisit Slade dans le séjour, et il poussa une exclamation de colère en voyant la poupée.

— Vous savez qui l'a déposée devant votre porte ?

— Non. J'ai juste aperçu une silhouette et, ensuite, les phares d'une voiture qui s'éloignait dans la rue.

— Vous auriez un sachet plastique dans lequel je pourrais mettre cette... chose ? Je vais la confier à une spécialiste pour une recherche d'empreintes digitales et de traces d'ADN.

— Je vous apporte ça tout de suite.

Lorsqu'elle revint avec le sachet, Nina fut tentée de parler à Slade du premier incident de ce genre et de ses conséquences, mais elle décida finalement de se taire.

Peut-être l'examen de cette deuxième poupée fournirait-il la preuve que quelqu'un d'autre l'avait manipulée, et ainsi, elle n'aurait pas à raconter à Slade une histoire susceptible de le faire douter de son équilibre mental.

# 5

Slade serra les dents. Quoi qu'elle en dise, Nina était visiblement plus qu'« un peu » secouée : elle ressemblait à une fleur mise à mal par un vent furieux.

Mais elle résistait, et elle était si belle, dans une tenue aujourd'hui composée d'un chemisier bleu clair et d'une jupe blanche en tissu léger, que l'envie démangeait Slade de la prendre dans ses bras — et pas seulement dans le but de la réconforter.

Pour s'en empêcher, il enfonça ses mains dans les poches de son jean et fixa la poupée, maintenant enfermée dans le sachet en plastique transparent que Nina lui avait apporté.

Celui ou celle qui l'avait laissée sur son perron voulait de toute évidence lui faire peur, mais était-ce par pur sadisme, ou pour lui transmettre un message, la prévenir que la même chose lui arriverait si elle n'arrêtait pas de poser des questions ?

Avec un peu de chance, Amanda Peterson trouverait des empreintes sur la poupée et le couteau. Sinon, il faudrait essayer de découvrir où et par qui ils avaient été achetés.

Le fait que Nina ait reçu ce « cadeau » le lendemain même du jour où elle avait engagé un détective privé ne pouvait pas être une simple coïncidence, et Slade y voyait une raison supplémentaire de croire à un kidnapping comme cause de la disparition de Peyton.

Mais pour avoir déposé la poupée devant la porte de Nina à ce moment précis, il fallait être au courant de sa décision d'entreprendre de nouvelles recherches… Le Dr Emery l'était, mais Slade le jugeait trop intelligent pour commettre un acte qui attirerait automatiquement les soupçons sur lui.

— À part le Dr Emery, qui sait que vous vous êtes attaché mes services ? demanda-t-il.

— William.

— Le père de Peyton ?

— Oui. Il m'a téléphoné hier soir.

— Qui l'a informé ?

— Emery.

Slade poussa un juron.

— Que vous a dit William ?

— Il était furieux. Il ne veut pas que quelqu'un — et surtout pas moi — perturbe sa petite vie tranquille en remuant le passé. Et il m'a chargée de vous avertir qu'il vous jetterait dehors si jamais vous veniez l'importuner.

— Ses menaces ne me font pas peur ! On va même aller le voir tout de suite, et non seulement il écoutera mes questions, mais il y répondra, je peux vous le garantir !

La combativité de Slade réchauffa le cœur de Nina. Après que son père et William eurent considéré la disparition de Peyton comme une bénédiction, jamais elle n'aurait osé espérer que le sort de sa fille importerait autant à un homme qui ne lui était rien.

— J'appelle William pour lui annoncer notre visite ? déclara-t-elle.

— Non, je veux bénéficier de l'effet de surprise.

Le soleil brillait désormais dans un ciel sans nuages lorsqu'ils s'engagèrent sur la route nationale qui menait à Winston-Salem.

— Vous avez grandi à Sanctuary ? demanda Slade tout en manœuvrant habilement son 4x4 au milieu d'une circulation dense, à cette heure de la journée.

— Non, à Raleigh. J'ai fait mes études dans une école privée, et c'est là que j'ai rencontré William. Son père habitait cette ville avant d'ouvrir un cabinet à Winston-Salem.

— Alors comment vous êtes-vous retrouvée à Sanctuary ?

— Quand je suis tombée enceinte, mon père y a loué pour moi une petite maison — celle que j'ai achetée depuis. Il voulait cacher mon état à ses relations, et en particulier à ses collègues de travail. J'ai passé dans cette maison tout le temps de ma grossesse et, après la naissance de Peyton, mon père a voulu que je revienne vivre avec lui, mais… c'était au-dessus de mes forces.

— Si je comprends bien, il a éloigné et laissé seule sa fille adolescente et enceinte ?

— Oui, et pour des raisons qui ne lui font pas honneur, mais comme je ne m'entendais déjà pas très bien avec lui, à l'époque, cette solution me convenait à moi aussi… Et vous ? D'où êtes-vous originaire ?

— De partout et de nulle part. Mon père était militaire de carrière. Il est mort au combat.

Le ton neutre de Slade ne trompa pas Nina : elle sentait sous son calme apparent une douleur qui lui serrait le cœur, mais ce n'était visiblement pas le genre d'homme à aimer se faire plaindre, aussi se garda-t-elle de lui offrir ne serait-ce qu'un mot ou un geste de compassion.

— Quel âge aviez-vous à la mort de votre père ?

— Treize ans.

— Ça a dû être dur pour vous et votre famille.

— Oui. Et puis, deux ans plus tard, ma sœur a disparu, et ma mère a complètement perdu le goût de vivre.

La même chose lui était arrivée au moment où tout le monde lui avait affirmé que Peyton était morte dans l'incendie de l'hôpital, pensa Nina.

Sa réaction aurait cependant été différente si elle avait eu un autre enfant : pour lui, elle aurait trouvé la force de se reprendre tout de suite.

— Vous êtes donc resté seul avec votre chagrin, observa-t-elle.

— C'était ma faute ! J'étais l'homme de la maison, et j'avais pour devoir de protéger ma mère et ma sœur… Je n'ai pas été à la hauteur.

— Vous n'aviez que quinze ans…

— Laissez tomber, Nina ! Dites-moi plutôt où habite William.

— Au centre-ville. Il s'est acheté un immense appartement situé juste en face de son cabinet.

— Ses affaires marchent bien, alors !

— Oui. Le fait de refuser d'assumer sa paternité, il y a huit ans, lui a permis d'accomplir toutes ses ambitions.

La fin du trajet fut silencieuse. Quand ils furent arrivés à Winston-Salem, Nina guida Slade jusqu'à la rue de William, et il eut la chance d'y trouver une place de stationnement. Les trottoirs grouillaient de monde, les bars étaient remplis de clients venus boire un café ou prendre leur petit déjeuner avant de se rendre au travail, et l'air résonnait des coups de klaxon que donnaient les automobilistes pour tenter de se frayer un chemin dans les embouteillages.

Un portier en livrée surveillait l'entrée de l'immeuble de William. Il jugea Slade et Nina assez inoffensifs pour les laisser passer sans rien leur demander, mais une fois à l'intérieur, ils furent arrêtés par un agent de sécurité assis derrière un bureau.

— Nous venons voir M. Hood, lui expliqua Slade.

— Il vous attend ?

— Non, mais c'est important.

— Qui dois-je annoncer ?

— Mlle Nash et M. Blackburn, répondit Nina.

L'homme décrocha son téléphone et, après une brève conversation, il leur déclara, les sourcils froncés :

— Je suis désolé, mais M. Hood refuse de vous recevoir.

— Rappelez-le, et dites-lui que nous ne quitterons pas la ville sans lui avoir parlé ! tonna Slade. Nous camperons dans la salle d'attente de son cabinet toute la journée si nécessaire !

L'agent se remit en communication avec William et, cette fois, quand il raccrocha, ce fut pour indiquer :

— Vous pouvez monter. M. Hood occupe l'appartement du dernier étage.

— Le plus agréable, comme de juste…, grommela Slade avant d'entraîner Nina vers l'ascenseur.

Il ne leur fallut pas plus d'une minute pour atteindre le vingt-huitième étage, si bien qu'en sortant de la cabine, Nina n'était pas très stable sur ses jambes. Slade dut s'en apercevoir, car il la prit par le bras et ne la lâcha qu'après avoir sonné chez les Hood.

La porte s'ouvrit trente secondes plus tard sur un William au visage crispé par la colère. Vêtu d'un costume trois-pièces, ses cheveux blond-roux impeccablement coupés et coiffés, il respirait le conformisme du fils de bonne famille qui n'avait jamais songé à remettre en cause le système de valeurs de son milieu. Nina se surprit à le comparer à Slade, et elle se demanda comment elle avait pu être assez stupide pour offrir sa virginité à un homme qui manquait à ce point de personnalité.

— Qu'est-ce que tu fais là ? lui lança-t-il. Mon avertissement d'hier n'était donc pas suffisamment clair ?

— Quel avertissement ? déclara Slade.

— William a menacé d'aller dire à mes collègues de travail que j'étais folle, expliqua la jeune femme.

— Vraiment ? Eh bien, monsieur Hood, sachez que je défends maintenant les intérêts de Mlle Nash, et que je n'aime pas les maîtres chanteurs !

— Et moi, je n'aime pas qu'un détective privé arrogant se croie autorisé à venir fourrer son nez dans mes affaires ! répliqua William.

— Il va pourtant falloir vous habituer à cette idée, car c'est exactement mon intention.

Sur ces mots, Slade écarta William sans douceur, entra dans l'appartement et ajouta en se retournant :

— Il paraît que vous comptiez me jeter dehors ? Vous pouvez toujours essayer, mais franchement, je vous le déconseille : non seulement vous n'y arriveriez pas, mais vous risqueriez de prendre un mauvais coup au passage !

Slade ne se souvenait pas d'avoir jamais éprouvé une telle colère, mais il trouvait révoltant qu'un homme abandonne son enfant, et celui-ci avait rejeté sa fille avant même qu'elle ne vienne au monde…

Et maintenant, il menaçait Nina de la discréditer auprès de ses collègues ! C'était intolérable !

— Allez-vous-en, gronda William, ou j'appelle la sécurité !

— Non, il faut qu'on parle ! intervint Nina. C'est important, et ça ne prendra pas plus de quelques minutes.

— Je n'ai rien à te dire, et je suis attendu à mon cabinet.

— Désolé, mais vous ne bougerez pas d'ici avant d'avoir répondu à mes questions ! décréta Slade en attrapant l'avocat par le bras.

William se dégagea, le fusilla du regard, mais finit par déclarer avec un soupir :

— Je vous donne cinq minutes, pas une de plus.

— Qu'est-ce qui vous rend si sûr que Peyton est morte dans l'incendie de l'hôpital ?

— Si vous aviez vu les dégâts causés par l'explosion qui a suivi, vous seriez certain, vous aussi, qu'aucune des personnes restées à l'intérieur n'a survécu. Et Nina et le shérif ont interrogé tous les médecins, infirmières et aides-soignants susceptibles d'avoir évacué le bébé.

— Étant avocat, Hood, vous devez savoir que des enlèvements d'enfants se produisent fréquemment dans les hôpitaux, alors pourquoi refusez-vous totalement d'admettre que quelqu'un ait pu profiter de la panique générale pour prendre Peyton dans sa couveuse et disparaître ensuite avec elle ?

L'espace d'un instant, William eut l'air d'envisager cette hypothèse. Il fronça les sourcils, une lueur d'hésitation apparut dans ses yeux, mais un masque de froide indifférence figea soudain ses traits, et il déclara sur un ton tranchant :

— Je vous répète qu'aucune des personnes encore à l'intérieur du bâtiment au moment de l'explosion n'a pu survivre, et la fille de Nina en faisait partie.

— C'était votre fille aussi ! s'écria Slade.

Nina, à côté de lui, demeura impassible. L'absence complète d'émotion dans la voix de William quand il se disait convaincu de la mort de Peyton devait pourtant la révolter, et Slade admira une nouvelle fois son sang-froid.

— Nous avions passé un accord, Nina et moi, avant la naissance du bébé, indiqua sèchement l'avocat. Elle était censée me laisser tranquille avec cette histoire d'enfant.

— De façon à ce que vos intérêts de fils de famille égoïste et gâté soient préservés, c'est ça ?

— Je n'avais que dix-huit ans ! Et j'avais des projets d'avenir !

— Moi aussi, souligna Nina, mais contrairement à toi, je n'étais pas prête pour autant à abandonner notre fille.

— Je n'ai pas de leçons à recevoir d'une névrosée qui s'obstine à rechercher une enfant de toute évidence morte il y a huit ans !

Une jeune femme brune, aux cheveux courts et aux yeux verts, surgit alors dans le vestibule.

— Que se passe-t-il, chéri ? demanda-t-elle à William.

— Nous avons de la visite, Mitzi : Nina et son nouveau détective privé, M. Blackburn.

— Ne me dis pas que tu vas recommencer à harceler William, Nina !

— Hé si ! répondit l'avocat en soupirant. Elle a toujours l'esprit aussi dérangé !

— J'ai quelque chose à vous montrer, intervint Slade en sortant de la poche intérieure de sa veste le sachet contenant la poupée de chiffon.

Mitzi poussa un cri de frayeur et se serra contre son mari, comme si elle soupçonnait Slade d'avoir poignardé lui-même la poupée.

— Quelqu'un a déposé ça cette nuit sur le perron de Mlle Nash, reprit-il, c'est-à-dire le lendemain du jour où elle m'a engagé pour enquêter sur la disparition de Peyton et où nous sommes allés interroger le Dr Emery. Il vous en a tout de suite informé, Hood, alors j'aimerais savoir où vous étiez la nuit dernière.

— Ici, avec moi, répondit Mitzi à la place de son mari.

— Il y a visiblement des choses dont Nina a « oublié » de vous parler, Blackburn ! s'écria l'avocat avec un petit rire sarcastique.

— Non, William, je t'en prie…, murmura Nina.

— Désolé, mais ton détective me soupçonne d'être pour

quelque chose dans la présence de cet objet sur ton perron, et il faut bien que je me défende !

— Expliquez-vous ! s'exclama Slade, impatienté.

— Votre cliente vous a caché qu'il y avait un précédent, n'est-ce pas ?

Slade n'avait pas envie de le croire, mais l'expression coupable de Nina lui disait qu'elle lui avait en effet menti par omission.

Et pour effectuer une enquête rigoureuse, il devait avoir tous les éléments en main.

— Je vous écoute, Hood !

— Nina a le don d'embobiner les gens avec son doux sourire et ses grands yeux tristes, mais il ne faut pas s'y fier : elle est instable, et cela ne date pas d'hier.

— Si c'est de sa dépression que vous parlez, inutile de vous fatiguer : je suis au courant.

— Et elle vous aurait exposé toutes les manifestations de sa psychose ? Franchement, j'en doute, et je vais le faire, moi !

— Non, William, je t'en prie, répéta Nina en lançant à l'avocat un regard désespéré qui alarma Slade — et que William ignora.

— Après la mort du bébé, enchaîna-t-il, elle a acheté une poupée comme celle-ci, puis prétendu que quelqu'un l'avait mise devant sa porte avec un couteau planté dans le cœur. Elle a aussi affirmé avoir rangé toutes les affaires du bébé dans un placard, et les avoir retrouvées un soir en rentrant chez elle éparpillées dans sa chambre.

— C'était vrai, et ce n'est pas moi qui l'avais fait ! protesta la jeune femme.

— Le psychiatre n'a pas été de cet avis, permets-moi de te le rappeler !

William se tourna de nouveau vers Slade et poursuivit :

— Elle a également soutenu que quelqu'un avait déposé un CD de berceuses dans sa voiture, et qu'il se mettait parfois à jouer au milieu de la nuit alors qu'il n'était pas dans le lecteur au moment où elle était allée se coucher.

Nina commença à protester de nouveau, mais William lui coupa la parole :

— Ah ! et elle vous a parlé de ses voix ? Elle entend sa fille chanter, la nuit... Des chansons de *Mary Poppins,* c'est ça, Nina ?

— Arrête !

La jeune femme pivota sur ses talons et sortit en courant de l'appartement, laissant Slade interloqué.

À en juger par sa réaction, il y avait au moins une part de vérité dans ce que William venait de relater... Restait à savoir laquelle, mais avant de suivre Nina, Slade déclara à l'avocat en pointant vers lui un index menaçant :

— Si je découvre que vous avez quelque chose à voir dans la disparition de Peyton ou dans les faits étranges que vous m'avez racontés, je veillerai personnellement à ce que la police en soit informée ! Et ni votre argent ni votre position sociale ne pourront vous protéger des conséquences judiciaires de vos actes !

Nina referma la portière du 4x4 et se cacha le visage dans les mains.

Elle n'était pour rien dans les événements terrifiants qui s'étaient produits après l'incendie de l'hôpital, mais tout le monde l'en avait crue responsable, et elle avait fini par douter de sa propre santé mentale. La découverte devant sa porte de la poupée poignardée avait été la goutte qui avait fait déborder le vase, et elle avait sombré dans une grave dépression.

Le bruit de la portière du conducteur qui s'ouvrait la ramena au présent. Elle posa les mains à plat sur ses genoux et se risqua à jeter un coup d'œil à Slade. Il semblait très en colère, et elle venait donc sans doute de perdre l'allié, voire l'ami, qu'elle avait pensé s'être enfin trouvé.

— Je vous ai dit hier que j'attendais de vous une parfaite franchise, déclara-t-il d'une voix dure en s'asseyant au volant.

— Laissez-moi vous...

— Non ! Je vais aller parler à votre père, et si, au terme de notre entretien, j'ai acquis la certitude que vous avez déposé vous-même cette poupée sur votre perron, je suspends définitivement mon enquête.

# 6

Les paroles de Slade atteignirent Nina en plein cœur.

Depuis le temps, elle aurait dû être habituée à la réaction des gens quand ils apprenaient la cause de sa dépression... Elle ne l'était pas, et la défiance que Slade lui témoignait maintenant la blessait même particulièrement.

Une défiance que leur démarche suivante ne risquait pas de dissiper, car son père dirait certainement la même chose que William : il la décrirait comme une névrosée, l'auteur et non la victime des faits dont l'accumulation avait fini par lui valoir un séjour en clinique psychiatrique...

À l'époque, les médecins et autres thérapeutes avaient presque réussi à la persuader que la douleur et le stress l'avaient plongée dans un état où elle n'était plus consciente de ses actes. Avec le recul, cependant, la conviction absolue lui était revenue qu'une ou plusieurs personnes avaient cherché à la faire passer pour folle — ou à la *rendre* folle — par des mises en scène d'un caractère de plus en plus morbide.

Et voilà que le cauchemar recommençait...

Parce qu'elle avait engagé un détective privé.

Slade ne comprenait-il pas ce que cela signifiait ? Pour elle, il était clair qu'aujourd'hui comme autrefois, quelqu'un voulait l'empêcher de découvrir la vérité sur la disparition de sa fille...

Elle ouvrit la bouche pour le souligner, mais elle la referma aussitôt après. L'expérience lui avait appris que toute protestation, toute tentative de se justifier ne faisaient qu'aggraver les choses.

« Qui s'excuse s'accuse », disait le proverbe, mais ce n'était pas toujours vrai : il n'y avait rien au monde de plus difficile à prouver que la bonne foi.

Sans compter qu'elle n'avait aucune explication rationnelle à fournir au sujet de ses « voix »... Elle entendait pourtant vraiment Peyton chanter, elle sentait que c'était une façon pour la fillette de maintenir un lien entre elles, et de l'appeler à son secours.

Le silence tendu qui régnait dans la voiture dut finir par peser à Slade autant qu'à elle, car, à mi-chemin de Raleigh, il le rompit en déclarant :

— Parlez-moi de Mitzi.

Nina sentit ses joues s'empourprer. Les médisances que Mitzi avait colportées sur elle lui laissaient un souvenir cuisant, mais si elle voulait regagner la confiance de Slade, elle devait lui dire toute la vérité, alors tant pis pour son amour-propre !

— Mitzi était la star du lycée. Elle y était arrivée en terminale, après avoir fait des séjours dans le monde entier : son père avait occupé des postes importants à l'étranger avant de revenir s'installer à Raleigh.

— Elle m'a semblé jalouse de vous.

— De moi ? Pourquoi le serait-elle ?

— Parce que vous avez couché avec William et porté son enfant.

— Non, cela ne l'a pas rendue jalouse de moi. J'ai toujours été trop insignifiante à ses yeux pour lui inspirer autre chose que du dédain. Comme je vous l'ai dit, c'était la star du lycée : elle avait tout pour elle — la beauté, le prestige que lui conféraient ses voyages, l'assurance et l'aisance dans les rapports humains qu'elle y avait acquises... Tous les garçons lui couraient après.

— Mais c'est William qu'elle voulait...

— Oui.

Pour cacher son malaise, Nina se tourna vers sa vitre et feignit de contempler le paysage. Pourquoi se reprochait-t-elle encore d'avoir été aussi naïve ? Elle était si jeune, à l'époque...

— Mitzi et vous étiez donc rivales ? observa Slade.

— Non, pas vraiment. William ne m'avait pas témoigné le moindre intérêt jusqu'à ce que Mitzi rompe avec lui.

— C'est elle qui a rompu ?

— Oui. Comme ils sortaient ensemble, elle devait être la cavalière de William au bal de fin d'année, mais ils se sont disputés juste avant, et c'est moi qu'il a choisie pour la remplacer. Il m'a fallu du temps pour comprendre que j'étais pour lui un simple pion dans une tactique visant à faire regretter à Mitzi de l'avoir quitté.

Nina sentait les yeux de Slade rivés sur elle, mais elle ne put se résoudre à croiser son regard.

— La suite de l'histoire est d'une banalité affligeante, continua-t-elle. Le don Juan du lycée invite la fille la plus timide de sa classe au bal de fin d'année, il la séduit, elle tombe enceinte, et il renoue ensuite avec celle qu'il n'a jamais cessé d'aimer.

— La nouvelle de votre grossesse n'a pourtant pas dû ravir Mitzi…

— C'est le moins qu'on puisse dire, mais elle a réussi à tourner la situation à son avantage, en racontant partout que j'étais une traînée, que j'avais toujours eu des vues sur William, et que je lui avais promis de coucher avec lui s'il m'emmenait au bal du lycée.

Slade jura entre ses dents, et Nina se risqua alors à lui jeter un coup d'œil. Il avait le visage encore plus sombre que d'habitude. Elle avait déjà remarqué qu'une sourde colère couvait en permanence dans ses yeux noirs, et maintenant, cette colère était dirigée contre elle…

Et alors ? songea-t-elle, refusant soudain de se laisser déstabiliser par ce que cet homme pensait d'elle.

Elle l'avait engagé pour percer le mystère de la disparition de sa fille, et peu lui importait de lui inspirer de la colère, de la pitié, ou même du mépris, pourvu qu'il la croie et poursuive son enquête.

Retrouver Peyton était la seule chose qui comptait.

Pendant qu'il remontait la grande allée menant à la résidence du père de Nina, Slade réfléchit à ce que cette matinée lui avait appris sur William Hood et son épouse.

Ils s'étaient montrés aussi abjects l'un que l'autre envers Nina, autrefois. Leur comportement témoignait d'une insensibilité et d'un égoïsme monstrueux, mais cela ne voulait pas forcément dire qu'ils mentaient.

Slade essaya de se mettre à leur place… En vain : il lui était impossible de s'identifier à des gosses de riches dont les valeurs étaient aussi éloignées des siennes.

William, en particulier, lui répugnait : comment un père pouvait-il être aussi indifférent au sort de son enfant ?

Arrivé au bout de l'allée, Slade se gara devant le perron d'une belle demeure de style colonial construite au milieu d'un parc avec pelouses impeccables, massifs bien taillés, élégantes statues de pierre, et même un bassin où nageaient des canards.

— Votre père doit bien gagner sa vie ! observa-t-il.

— Oui, sans doute…

— Vous n'en êtes pas sûre ?

— C'était le cas, aux dernières nouvelles, mais elles ne sont pas récentes.

— Vous ne vous voyez pas régulièrement ?

— Non. Cela fait même des mois que nous ne nous sommes pas parlé.

Un voile de tristesse assombrit le regard bleu de Nina, et la mauvaise opinion que Slade avait déjà de cet homme monta encore d'un cran.

— Alors notre visite va le surprendre, déclara-t-il.

La jeune femme ouvrit sa portière et descendit de voiture avant lui, mais ce n'était pas parce qu'elle avait hâte de voir son père : le léger tremblement de son corps disait au contraire qu'elle le redoutait.

Et, après cette conversation éprouvante avec William Hood, Slade le comprenait.

Il avait ensuite été dur avec elle, lui aussi, mais il n'aimait ni être mené en bateau, ni perdre son temps.

Son instinct le poussait cependant à poursuivre ses recherches, à apporter enfin à Nina une certitude sur ce qui était arrivé à sa fille.

Une fois la vérité découverte, il pourrait passer à autre chose la conscience tranquille.

Nina s'adjura d'être forte tandis qu'elle gravissait l'escalier extérieur d'une demeure où elle ne s'était jamais sentie chez elle.

Chez elle, c'était le petit pavillon de Sanctuary où elle avait espéré voir Peyton grandir.

Slade appuya sur la sonnette. Se rappelant les exercices de relaxation pratiqués pendant sa thérapie, la jeune femme respira lentement, profondément, mais elle avait les mains moites, et les douloureux souvenirs qui l'assaillaient lui transperçaient le cœur.

La porte s'ouvrit, et madame Mosey, qui tenait la maison de son père depuis douze ans, écarquilla les yeux en voyant Nina.

— Mademoiselle Nash ! Nous… nous ne savions pas que vous alliez venir !

— Moi non plus, jusqu'à hier… Mon père est là ?

La gouvernante fronça les sourcils. Nina lui vouait de l'affection, autrefois, et elle avait cru pouvoir compter sur son soutien quand elle était tombée enceinte, mais madame Mosey s'était rangée dans le camp de son employeur : la peur de se l'aliéner l'avait emporté sur les sentiments qu'elle éprouvait pour Nina.

— Non, répondit-elle. M. Nash vient juste de partir. Il a un déjeuner d'affaires à 13 heures, mais si vous passez maintenant à la banque, vous le trouverez sûrement dans son bureau.

— Merci.

Soulagée de ne pas avoir à entrer dans une maison où elle n'avait jamais été heureuse, Nina s'apprêtait à regagner la voiture sans rien ajouter quand une brusque impulsion lui fit dire :

— Je suis contente de vous avoir revue, madame Mosey. J'espère que tout va bien pour vous.

Des larmes apparurent dans les yeux de la gouvernante et, à la grande surprise de Nina, elle l'attira dans ses bras.

— Je pense souvent à vous, mademoiselle Nash…, murmura-t-elle. Et vous allez peut-être me reprocher de me mêler de ce qui ne me regarde pas, mais vous devriez vous réconcilier avec votre père. Vous lui manquez tellement !

Trop émue pour parler, Nina l'embrassa sur la joue, puis elle se détourna, redescendit l'escalier et, une fois installée avec Slade dans le 4x4, elle se contenta en guise de conversation de le guider jusqu'à leur nouvelle destination.

Fallait-il croire la gouvernante ? se demanda-t-elle pendant tout le trajet. Manquait-elle réellement à son père ? Et, dans l'affirmative, pourquoi n'avait-il effectué aucune tentative de rapprochement avec elle ?

La banque privée dont il était le sous-directeur se trouvait dans le centre-ville de Raleigh. Slade se gara sur le parking adjacent, et ils se dirigèrent en silence vers l'entrée de l'établissement.

La réception était tenue par une jolie rousse, qui leur déclara aimablement :

— Bonjour ! Vous désirez ?

— Je viens voir M. Nash. Je suis sa fille, Nina.

— Vraiment ? Enchantée, mademoiselle Nash ! Moi, je m'appelle Rachel… Le bureau de votre père est au premier étage, mais vous connaissez le chemin, j'imagine ?

— Oui.

Suivie de Slade, Nina s'engagea dans l'escalier. Les battements de son cœur s'accéléraient à chacun de ses pas, mais elle était résolue à garder son sang-froid quelle que soit la réaction de son père à sa visite.

La porte du bureau de Nash était entrouverte et, comme Nina n'entra pas tout de suite — sans doute attendait-elle d'en avoir trouvé le courage —, Slade eut le temps de jeter un coup d'œil à l'intérieur.

La pièce était vaste et richement meublée, mais dans un style strictement fonctionnel, comme si son occupant refusait que la moindre touche personnelle vienne le distraire de son travail.

Cette impression fut confirmée par l'apparence et l'attitude de l'intéressé lui-même. Il portait la tenue austère de sa profession — costume sombre, chemise blanche et cravate unie — et il était absorbé par l'étude des documents posés devant lui au point d'avoir perdu toute conscience du monde extérieur : il n'avait manifestement pas entendu leurs pas résonner dans le couloir, puis s'arrêter devant son bureau.

Pour l'arracher à sa lecture, il fallut que Nina ouvre tout grand la porte et l'interpelle :

— Papa ?

Nash leva alors la tête, et Slade vit une lueur d'émotion s'allumer dans ses yeux, mais son visage anguleux reprit aussitôt après l'expression sévère qui devait lui être habituelle.

— Nina ? Quelle surprise !

— On peut entrer ?

— Bien sûr, dit le banquier en leur indiquant de la main les deux fauteuils de cuir noir placés devant son bureau.

— Permettez-moi de me présenter…, commença Slade.

— Inutile ! Je sais qui vous êtes ! coupa sèchement Nash.

Puis il se tourna vers sa fille et lui déclara d'une voix radoucie :

— Le Dr Emery m'a informé que tu avais engagé un autre détective privé.

— Oui. Slade Blackburn travaille pour l'agence Guardian Angel Investigations. C'est elle qui a identifié la cause de l'incendie de l'hôpital, tu l'as sûrement lu dans les journaux…

— En effet, mais je ne vois pas en quoi cela te concerne.

— Les nouveaux éléments mis au jour sur cette catastrophe prouvent que le feu n'a pas éclaté de manière accidentelle, contrairement à ce que tout le monde pensait jusqu'ici.

— Et alors ?

— Alors j'ai sollicité les services de cette agence, parce qu'elle me semble particulièrement compétente et à même de découvrir ce qui est arrivé à Peyton cette nuit-là.

— Je ne te comprends pas, Nina ! Tu as ton diplôme d'enseignante, maintenant, un travail… Je croyais que tu avais enfin tiré un trait sur le passé !

— J'ai essayé, mais il apparaît aujourd'hui clairement que la police de l'époque n'est pas allée au fond des choses, et les doutes que j'ai toujours nourris sur la mort de Peyton sont donc plus que jamais justifiés.

Nash soupira, puis il s'adressa à Slade :

— Je ne sais pas ce que ma fille vous a raconté, monsieur Blackburn, mais je peux vous dire, moi, que son bébé est mort il y a huit ans. Et en enquêtant sur cette affaire, non seulement vous perdez votre temps, mais vous entretenez Nina dans de faux espoirs, au risque de lui faire, au bout du compte, beaucoup de mal.

— Elle m'en a assez appris pour m'inciter à entamer des recherches : le corps de Peyton n'ayant jamais été retrouvé, il est possible que quelqu'un ait profité du chaos provoqué par l'incendie pour la kidnapper.

Slade s'interrompit le temps de prendre dans la poche intérieure de sa veste le sachet contenant la poupée.

— Et voilà que, la nuit dernière, quelqu'un a déposé ceci devant la porte de Nina, enchaîna-t-il. Vous ne trouvez pas pour le moins intrigant que cet événement se soit produit le lendemain même du jour où elle a décidé de relancer l'enquête ?

— Mon Dieu ! s'écria Nash.

Puis il ouvrit un tiroir de son bureau, en sortit une chemise cartonnée et la tendit à Slade.

— Ceci est le rapport du psychiatre qui a traité Nina après le décès tragique de son bébé. Lisez-le, monsieur Blackburn, et vous comprendrez qu'elle poursuit une chimère faute d'être capable d'accepter la vérité.

— Il s'agit d'un document confidentiel, papa ! protesta vivement la jeune femme. Tu n'as le droit de le montrer à personne !

— Si je le fais, c'est pour ton bien, pour t'épargner l'épreuve d'une nouvelle déception, avec le risque que cela comporte d'une deuxième dépression. Je veux te voir reprendre contact avec la réalité. Je veux te voir heureuse, tout simplement.

Il y avait dans la voix du banquier un accent de sincérité qui troubla Slade.

L'aurait-il jugé trop vite ? Sous ses dehors de père intransigeant, Nash aimait-il vraiment sa fille et n'avait-il jamais cherché — bien qu'en ignorant ses aspirations à elle — qu'à assurer son bonheur ?

Quoi qu'il en soit, Nina avait raison : ce rapport psychiatrique était couvert par le secret médical, et Slade hésita un moment à en prendre connaissance.

Mais il s'était juré de découvrir la vérité et, malgré ses avertissements, Nina n'avait pas été totalement franche avec lui…

Alors il ouvrit la chemise et lut le rapport. Son contenu corroborait les dires de William Hood. Les incidents que l'avocat avait relatés y étaient mentionnés, et mis sur le compte de troubles à caractère psychotique. Le médecin avait trouvé particulièrement significatif l'épisode de la poupée poignardée en plein cœur : il symbolisait pour lui la douleur et les remords que causait à Nina le fait de ne pas avoir pu sauver son enfant.

Un doute affreux s'empara alors de Slade : avait-il eu tort de la croire ? S'était-il laissé abuser par ses grands yeux tristes, comme l'avait suggéré Hood ? S'était-il rallié à sa cause sans se donner la peine de bien réfléchir, parce qu'il voulait jouer les héros ?

Et compenser, en s'attribuant le rôle de redresseur de torts, les échecs dont sa vie était jalonnée ?

— Je n'ai jamais perdu le contact avec la réalité ! déclara Nina sur un ton véhément.

— Tu es de nouveau sous antidépresseurs ? lui demanda son père.

— Non. Je n'en ai pris que *pendant* ma dépression, et ils m'ont trop abrutie pour que j'aie envie d'en reprendre ! Je suis parfaitement lucide, et ce n'est pas moi qui ai déposé cette poupée sur mon perron ! J'ai entendu un bruit, la nuit dernière, je me suis levée et j'ai aperçu une ombre, dehors… Pourquoi refuses-tu d'admettre que je dis la vérité, papa ? Que quelqu'un tente de nouveau de me faire passer pour folle ?

— Je t’en prie, Nina, retourne voir le psychiatre !

Espérant que Slade allait la soutenir, la jeune femme lui jeta un coup d’œil, mais il fixait sur elle le regard scrutateur d’un homme s’interrogeant sur les mystères insondables de la psyché humaine.

Furieuse, elle reporta son attention sur son père.

— J’étais sûre, en fait, que tu ne me croirais pas ! Tu ne supportes pas la moindre atteinte à l’image parfaite que tu t’es fabriquée… Tu ne voulais pas qu’un enfant sans père vienne ternir la respectabilité de ta famille, et tu aurais encore moins voulu d’une petite-fille à qui sa prématurité risquait de laisser des séquelles !

— Ça suffit, Nina ! dit sèchement son père. Je me suis toujours efforcé d’agir au mieux de tes intérêts, mais si tu refuses de le comprendre, je ne peux rien faire pour toi !

— Si tu avais réellement mes intérêts à cœur, répliqua la jeune femme en se levant, tu n’aurais essayé de me convaincre ni d’avorter, ni de faire adopter ma fille ! Et après sa disparition, tu m’aurais aidée à la chercher, au lieu de joindre ta voix à celles des gens qui m’affirmaient, sans pouvoir en apporter la moindre preuve, qu’elle était morte !

Une onde de douleur envahit Nina à la pensée que le fossé entre son père et elle ne se comblerait jamais.

Elle l’avait déçu, mais c’était réciproque… Il l’avait abandonnée au moment où elle avait le plus besoin de lui, et quand elle quitta la pièce, ce fut avec la ferme intention de ne plus jamais le revoir.

Assise sur la balançoire, Rebecca ramena ses pieds le plus loin possible en arrière, puis les projeta en avant. Elle était trop petite pour qu’ils touchent le sol, et elle n’avait pas beaucoup de force dans les jambes, si bien qu’il lui fallut s’y prendre à plusieurs fois, mais la balançoire finit par se mettre en mouvement.

La fillette était sûre que des élèves la regardaient en riant depuis les fenêtres de l’école. Ils se moquaient d’elle, mais peu lui importait. Elle voulait progresser dans tous les domaines, pour que sa maman soit fière d'elle le jour où elles se retrouveraient.

Une voiture noire s'arrêta devant la grille qui séparait la rue de la cour de récréation, et la vitre du conducteur s'abaissa. Rebecca avait le soleil dans les yeux, ce qui diminuait encore sa vision, mais elle reconnut à sa forme l'objet qui apparut soudain dans l'encadrement de la vitre : c'était un appareil photo.

Elle savait que des hommes rôdaient parfois aux alentours des écoles, qu'ils enlevaient des enfants, leur faisaient des choses affreuses et les tuaient ensuite.

Épouvantée, Rebecca sauta de la balançoire pour aller prévenir sa maîtresse, mais elle trébucha et tomba à genoux. Un grand coiffé d'une casquette de base-ball passa près d'elle et éclata de rire en la voyant tenter de se relever. Il s'éloigna sans lui offrir une aide qu'elle aurait de toute façon refusée, et elle resta seule dans la cour de récréation.

Après s'être péniblement remise debout, la fillette tourna la tête vers la rue. La voiture noire n'avait pas bougé.

Son occupant était-il un dangereux malfaiteur ? Était-ce elle qu'il photographiait ? Elle qu'il avait l'intention d'enlever, et ensuite, personne n'entendrait plus jamais parler d'elle ?

# 7

Les pensées se bousculaient dans l'esprit de Slade tandis qu'il quittait Raleigh et prenait la direction de Sanctuary.

L'inquiétude de Nash pour sa fille lui avait paru sincère, mais son attitude condescendante l'avait profondément irrité. Et Nina, bien qu'elle ait tenu tête à son père, souffrait visiblement de leur brouille.

Son père était la personne dont elle était le plus en droit d'attendre du soutien, alors pourquoi avait-il toujours refusé de la croire ?

Il y avait certes un côté légèrement obsessionnel dans sa volonté de découvrir la vérité sur la disparition de Peyton, mais quelle mère convaincue de la survie de son enfant n'aurait pas eu pour idée fixe de le retrouver ?

Et Slade se rappelait son besoin irrépressible de savoir ce qui était arrivé à sa sœur, autrefois. Ses recherches avaient fini par confirmer ses pires craintes, mais elles lui avaient apporté une certitude, et Molly avait eu une sépulture décente.

Il souhaitait de tout cœur que Nina ait raison de se fier à son instinct maternel, mais s'il s'avérait qu'il l'avait trompée, elle pourrait au moins entamer un travail de deuil qui lui permettrait, à terme, de prendre un nouveau départ.

En attendant, tous les gens qui auraient voulu la voir avorter ou abandonner son bébé étaient des suspects potentiels dans la disparition de sa fille.

Nash, William Hood et sa mère… N'importe lequel d'entre eux aurait pu payer quelqu'un pour kidnapper Peyton.

Personne ne pouvait évidemment prévoir la survenue d'un incendie dans la nuit qui avait suivi l'accouchement, mais si Hood ou Nash étaient dans l'hôpital à ce moment-là, l'un d'eux avait peut-être sauté sur cette occasion d'enlever la petite fille en toute discrétion.

C'était cependant Mitzi qui figurait en tête de la liste des suspects, car elle avait un puissant mobile : la peur que William ne change d'avis après la naissance du bébé et ne la quitte pour élever Peyton avec Nina.

La mère de William Hood venait juste après. À son offre d'argent pour que Nina aille avorter dans une autre ville avait succédé la menace de représailles si elle s'obstinait à vouloir garder son bébé…

Cette femme avait même plusieurs raisons d'enlever Peyton à Nina : le désir de protéger les projets d'avenir de son fils, le refus de vivre avec la honte d'avoir un enfant illégitime dans sa famille, et la crainte que Nina ne réclame pour lui la part de la fortune des Hood à laquelle il avait droit.

Nina fixait la route en s'efforçant de maîtriser les émotions qui l'agitaient. Si elle les laissait transparaître, Slade risquait d'y voir la confirmation de la névrose dont son père et William l'avaient accusée de souffrir.

— Nina ?

Certaine que Slade allait lui annoncer qu'il arrêtait l'enquête, elle eut du mal à déclarer d'une voix posée :

— Oui ?

— Votre père est venu à l'hôpital au moment de la naissance de Peyton ?

— Le Dr Emery lui a téléphoné, et il était en route pour Sanctuary quand j'ai été emmenée au bloc pour y subir une césarienne.

Le souvenir de l'épreuve physique et morale qu'elle avait alors connue faillit avoir raison des efforts de Nina pour rester calme.

— Votre père a vu le bébé ? demanda Slade.

— Non. Peyton avait été déjà transférée en réanimation néonatale quand il est arrivé, et l'incendie a éclaté peu de temps après.

— Et William, il est venu à l'hôpital — lui ou l'un des membres de sa famille ?

— Ça va peut-être vous sembler étrange, compte tenu de la façon dont il m'avait traitée, mais je l'ai appelé quand le travail a commencé. Je trouvais qu'il avait le droit de savoir que sa fille était sur le point de naître. Je pensais aussi qu'il changerait d'avis en la voyant.

— Mais ça n'a pas été le cas ?

— Non. Il m'a au contraire enjointe de signer les papiers de consentement à l'adoption, et il a ajouté qu'il ne voulait ensuite plus jamais entendre parler de moi.

— Quelle ordure !

Ce commentaire allégea un peu la tension qui raidissait douloureusement les épaules de Nina.

— N'est-ce pas ? déclara-t-elle. Je ne comprends pas qu'un père puisse être aussi indifférent au sort de son enfant.

— Moi non plus, mais, dans l'hypothèse d'un enlèvement, cette absence de sentiment fait de William un suspect potentiel.

— Vous allez poursuivre l'enquête, alors ?

— Oui. Elle n'aboutira peut-être pas au résultat que vous espérez, mais je suis un homme de parole, et je la mènerai jusqu'au bout.

Quelques heures de sommeil suffisaient à Slade pour tenir toute une journée… à condition de ne pas sauter de repas.

Une fois arrivé à Sanctuary, il se gara donc sur le parking d'un petit restaurant du centre-ville avant de se rendre à l'hôpital pour interroger Carrie Poole.

L'heure du déjeuner étant largement passée, l'établissement était presque vide, et il guida Nina vers un box situé au fond de la salle. Il commanda un hamburger et des frites, Nina, une salade composée — à laquelle elle toucha à peine avant de repousser son assiette.

— Que savez-vous de la vie de William depuis huit ans ? lui demanda Slade entre deux bouchées de hamburger.

— Uniquement ce que m'en ont appris la rumeur publique et les journaux. Il a fait ses études de droit, repris le cabinet de son père, et épousé Mitzi en grande pompe.

— Vous étiez amoureuse de lui, à l'époque du lycée ?

— Non. J'étais timide, mal dans ma peau, et mon plus grand souci était d'impressionner mon père.

— Vous êtes sortie avec William pour impressionner votre père ?

— C'est très bête, n'est-ce pas ? Mais je n'avais que dix-sept ans, pas de mère, et je voulais que mon père soit fier de moi. Les Hood font partie de ces familles riches et influentes dont les origines remontent aux débuts de la colonisation de l'Amérique — le genre de famille dans laquelle mon père rêvait de me voir entrer... Quand William m'a proposé d'être sa cavalière au bal de fin d'année, j'ai donc été flattée. Mais ensuite...

— Ensuite ?

— Son égoïsme et sa suffisance me sont apparus et me l'ont rendu franchement antipathique. Je m'en veux encore de m'être laissé prendre au jeu stupide des apparences !

Slade lutta pour résister à la tentation de poser la main sur celle de Nina dans un geste de réconfort.

Mais il perdit la bataille et fit ce que lui dictait son cœur. La main de Nina était si petite et délicate qu'il éprouva une envie impérieuse de protéger cette femme abandonnée de tous. De lui promettre qu'elle pourrait toujours s'appuyer sur lui.

Il n'avait cependant pas le droit de le faire. La vie l'avait trop abîmé pour lui permettre d'honorer ce genre d'engagement à long terme : tôt ou tard, ses déficiences le rattraperaient, et c'était d'un soutien sûr et durable que Nina avait besoin.

Alors il retira sa main et termina son repas en silence, résolu à accélérer le rythme de son enquête, pour que cessent le plus vite possible de le tourmenter les grands yeux tristes de Nina et la pensée de ce qu'il ne pourrait jamais ni avoir ni lui offrir.

Son portable sonna au moment où il réglait l'addition.

— Slade ? Amanda Peterson à l'appareil.

— Oui ?

— Gage a réussi à se procurer une copie de tous les documents officiels concernant l'incendie de l'hôpital, dont les rapports d'autopsie des cadavres retrouvés après l'explosion.

— Et ? déclara Slade, le cœur battant.

— Je comprends les problèmes que cette affaire a posés à la police : non seulement les victimes avaient été littéralement pulvérisées, mais les produits chimiques avaient rongé les os et les tissus, rendant impossible toute identification entièrement fiable. À l'époque, une petite ville comme Sanctuary ne possédait pas les ressources nécessaires pour conduire une enquête de cette importance, et les fédéraux appelés en renfort ont conclu à l'accident sans se donner la peine de pousser très loin les investigations.

Voyant que Nina l'observait, Slade s'interdit de laisser son visage trahir la moindre émotion.

— Autre chose ? demanda-t-il.

— Oui : les restes humains ont été photographiés et conservés. Malheureusement, les dossiers des patients du service des prématurés ont brûlé cette nuit-là, si bien que tous les éléments qui auraient permis d'identifier Peyton Nash — empreintes de pieds et de mains, bilans sanguins, etc. — ont sans doute été perdus. Un os de nouveau-né a cependant été retrouvé dans les décombres, et comme Peyton était une grande prématurée, je vais essayer d'établir s'il peut lui appartenir, mais cela risque de prendre du temps.

— Et les dossiers médicaux des bébés qui avaient été transférés dans d'autres services pour y passer des examens ?

— Gage a déjà chargé Benjamin Camp de s'en occuper, et de voir aussi s'il n'existe pas une version informatique des dossiers détruits.

— Parfait ! Moi, de mon côté, je vais tenter de glaner des informations à l'hôpital… Vous me tenez au courant ?

— Bien sûr !

Slade raccrocha, et Nina lui demanda aussitôt :

— Alors ?

— Je vous avais avertie que je ne vous cacherais rien de ce que j'apprendrais, vous vous souvenez ?

— Oui. Je vous écoute.

— Amanda Peterson, ma collègue spécialiste en science médico-légale, a étudié les rapports d'expertise rédigés après l'incendie, et ils mentionnent la présence d'un os de nouveau-né parmi les restes humains qui ont été retirés des décombres.

— Le nouveau-né en question a été identifié ?

— Non.

— Alors comment le Dr Emery peut-il affirmer que Peyton est le seul bébé qui soit mort dans la catastrophe ?

— Il faudra lui poser la question, en effet… En attendant, Amanda va procéder à de nouvelles recherches, et celles-ci nous apporteront peut-être une certitude dans un sens ou dans l'autre.

— Je l'espère ! dit Nina, les larmes aux yeux mais d'une voix dont la fermeté surprit Slade.

— Allons parler à Carrie Poole, maintenant ! déclara-t-il. Avec un peu de chance, elle aura des informations utiles à nous fournir sur ce qui s'est passé cette nuit-là.

Un nouveau-né avait péri dans l'incendie de l'hôpital… Et si c'était Peyton ?

L'angoisse qui tordait l'estomac de Nina lui donnait la nausée. Pourtant, elle avait peu mangé.

Slade avait décidé de poursuivre l'enquête, c'était déjà ça… Et elle lui était aussi reconnaissante de ne pas chercher à la ménager, de la juger assez forte pour entendre même ce qui n'allait pas dans le sens de ses convictions.

À cette heure de la journée, l'étage de la maternité grouillait d'activité. Des infirmières et des aides-soignants slalomaient dans les couloirs entre les chariots de repas, des femmes en peignoir se dirigeaient vers la nursery ou en revenaient, et un couple de gens âgés — des grands-parents, sans doute, dont l'un portait un bouquet de fleurs, et l'autre, un énorme ours en peluche — faillit percuter Slade avant d'entrer dans une chambre avec des exclamations de joie.

Bien que son propre séjour dans ce service ne lui ait laissé que de mauvais souvenirs, Nina ne put s'empêcher de sourire en pensant au bonheur de cette famille qui venait d'accueillir un nouveau membre en son sein.

Le bureau des infirmières était aujourd'hui tenu par une quinquagénaire au visage poupin.

— Vous êtes la surveillante ? lui demanda Slade.

— Oui.

— Carrie Poole est là ?

— Oui, dans la salle de réanimation néonatale.

— Vous pouvez aller lui demander si elle a un moment à nous consacrer ?

— Pourquoi souhaitez-vous la voir ? s'enquit la surveillante en lançant un regard inquisiteur à Nina.

— J'ai juste quelques questions à lui poser, répondit la jeune femme. Elle s'est occupée de mon bébé, il y a plusieurs années.

— Vous êtes Nina Nash, n'est-ce pas ?

— Oui, mais comment le savez-vous ?

— Le Dr Emery nous a dit que vous aviez engagé un détective privé pour enquêter sur la mort de votre fille… Je ne travaillais pas encore ici, à l'époque, mais j'ai entendu parler de cette horrible tragédie, et je ne peux même pas imaginer ce que vous…

— Je ne suis venue ni pour causer des ennuis ni pour faire des reproches à qui que ce soit, la coupa Nina. Carrie a été très gentille avec moi, et je veux surtout la remercier des attentions qu'elle m'a témoignées.

— C'est un geste qui la touchera sûrement… Je vais la chercher.

La surveillante se leva, sortit du bureau et s'éloigna dans le couloir.

Des voix, sur sa gauche, attirèrent soudain l'attention de Nina. Elle tourna la tête et vit une jeune mère, assise dans un fauteuil roulant poussé par une infirmière, son bébé dans les bras. Le père fermait la marche, avec un bouquet de ballons dans une main et une gerbe de roses dans l'autre et, quand ils eurent atteint l'ascenseur, il se pencha pour embrasser tendrement sa femme et leur enfant.

La gorge de Nina se noua, et Slade lui passa un bras autour des épaules, comme s'il comprenait combien cette scène l'affectait.

Quand la surveillante revint, elle leur demanda d'aller patienter dans la salle d'attente le temps que Carrie puisse se libérer.

L'infirmière aux cheveux roux et à l'œil pétillant dont Nina se souvenait les rejoignit en fait à peine une minute plus tard, et Nina lui présenta Slade.

— J'ai beaucoup pensé à vous, ces dernières années, dit Carrie en s'asseyant près d'elle. Je suis vraiment contente de vous revoir.

— C'est réciproque. Vous avez été tellement gentille avec moi, autrefois ! J'étais folle d'angoisse, et vous faisiez tout pour me rassurer… Je vous en suis toujours restée reconnaissante.

— Alors vous ne m'en voulez pas de vous avoir parlé de faire adopter votre fille ?

— Non, mentit Nina.

— Peyton était une battante, et elle s'en serait sortie si… s'il n'y avait pas eu cette terrible catastrophe.

— Vous pouvez nous dire ce que vous vous rappelez des événements de cette nuit-là ? intervint Slade.

Carrie se tourna vers lui et demeura un instant silencieuse, l'air d'hésiter à répondre, avant de déclarer :

— Je n'étais pas dans le service des prématurés quand l'incendie a éclaté. Dès que je l'ai appris, je m'y suis précipitée pour aider à l'évacuation des bébés. Plusieurs membres du personnel soignant s'en occupaient déjà, et d'autres arrivaient en renfort, si bien que je suis allée directement dans la salle de réanimation néonatale. Deux nouveau-nés seulement y étaient alors soignés, un garçon et une fille… Jane était en train de sortir le petit garçon de sa couveuse, et j'ai couru à celle de Peyton, mais elle n'était pas dedans.

— Personne n'a vu quelqu'un la prendre ?

— Non. Le Dr Emery avait l'intention de lui faire passer des examens, et j'ai pensé qu'elle avait été transférée dans un autre service pour les subir.

— Ce n'est pas ce que vous m'avez dit sur le moment, souligna Nina. Quand je vous ai demandé où était ma fille, vous m'avez répondu que vous l'ignoriez.

Les joues de l'infirmière s'empourprèrent, et ce fut d'une voix mal assurée qu'elle expliqua :

— J'étais sous le choc, et sans doute incapable de me lancer dans de longues explications.

— Je sais que ça remonte à loin, observa Slade, mais essayez de vous souvenir… Avant l'incendie, aviez-vous noté la présence dans le service de quelqu'un qui avait l'air bizarre, ou qui n'avait rien à y faire ?

— Non, et si ça avait été le cas, je l'aurais certainement signalé.

— Des patientes de la maternité avaient-elles perdu leur bébé la veille ou dans les jours précédents ?

— Ce genre de renseignement est couvert par le secret médical !

— Je vous en prie, Carrie ! s'écria Nina. Si le nom d'une personne susceptible d'avoir kidnappé ma fille vous vient à l'esprit, donnez-le-nous !

L'infirmière s'agita nerveusement sur son siège.

— Il y a bien cette femme qui avait accouché d'un enfant mort-né dans l'après-midi… Un garçon…

— Comment s'appelait-elle ? demanda Nina.

— C'est une information strictement confidentielle ! La dévoiler pourrait me valoir d'être licenciée, sans compter que la malheureuse a elle aussi subi une terrible épreuve !

— Je comprends, mais vous pouvez au moins nous dire ce qu'est devenu son bébé ?

— Le corps a sûrement été transporté à la morgue, pour y être autopsié.

— Comment s'appelait cette patiente ? insista Slade.

— Gwen Waldorp, finit par indiquer Carrie, et je crois qu'elle vit aujourd'hui à Kings Mountain… Maintenant, excusez-moi, mais il faut que je retourne travailler.

— Une dernière question, insista Slade. Vous connaissez William Hood et sa famille ?

— J'ai vu des photos d'eux dans les journaux.

— Sa mère ou la femme qu'il a épousée depuis, une certaine Mitzi, étaient-elles là au moment où le feu a éclaté ?

— Je ne me souviens pas de les avoir croisées, mais l'incendie avait semé une telle panique dans l'établissement…

Sur ces mots, l'infirmière se leva et sortit de la pièce presque en courant.

— Qu'en pensez-vous ? demanda Nina à Slade.

— Que Carrie en sait plus qu'elle ne le dit.

— Elle nous a malgré tout fourni une information importante : l'os de nouveau-né retrouvé dans les décombres peut appartenir au bébé de cette Gwen Waldorp.

— Oui, et je compte bien aller la voir, ainsi que Mme Hood mère.

Ils quittèrent ensuite l'hôpital, et Slade prit la direction de la maison de Nina. Celle-ci avait le cerveau en ébullition. La femme qui avait accouché d'un enfant mort-né lui inspirait une profonde compassion, mais éveillait également ses soupçons : la douleur d'avoir perdu son fils l'aurait-elle égarée au point de l'amener à kidnapper Peyton ?

Et la mère de William, qui avait tellement insisté pour que Nina « se débarrasse » de son bébé… Avait-elle décidé de lui forcer la main en enlevant Peyton, ou en payant quelqu'un pour le faire, et en la confiant ensuite à une famille adoptive ?

— Mme Hood habite elle aussi à Winston-Salem, si j'ai bonne mémoire, observa Slade pendant le trajet.

— Oui.

— J'irai lui rendre visite demain. Je veux d'abord effectuer quelques recherches. Il faut aussi que j'apporte la poupée à

Amanda Peterson, et que je trouve l'adresse de Gwen Waldorp. Si je découvre quelque chose d'intéressant, je vous appellerai.

Le jour commençait à décliner, et la petite pluie qui s'était mise à tomber réduisait encore la visibilité. Lorsque Slade s'arrêta devant sa maison, Nina fut tentée de l'inviter à entrer boire quelque chose, mais elle n'osa pas, et il aurait de toute façon certainement refusé : il avait du travail, et même s'il avait finalement décidé de poursuivre l'enquête, elle restait pour lui une cliente comme les autres.

Elle se borna donc à lui dire au revoir avant de sortir de la voiture et de courir jusqu'à sa porte. Une fois à l'intérieur, elle alluma les lumières, monta se doucher, puis enfila un survêtement.

Bien qu'elle n'ait pas vraiment faim, il lui parut plus raisonnable de se préparer quelque chose à manger, et elle redescendit au rez-de-chaussée.

Une terreur indicible la cloua cependant sur place avant qu'elle n'ait atteint la cuisine.

L'un de ses CD de berceuses passait en sourdine sur le lecteur du séjour.

Et la couverture au crochet qu'elle avait faite pour Peyton et rangée dans un placard avec les autres affaires de bébé était maintenant étalée sur le rocking-chair, avec, posée au milieu, une autre poupée de chiffon poignardée en plein cœur.

# 8

Slade s'arrêta à l'agence et y trouva Amanda Peterson. Benjamin Camp vint les rejoindre, et Slade les informa de ce qu'il avait appris jusque-là.

— Vous dites qu'une femme a accouché d'un garçon mort-né le même jour ? observa Amanda. Je vais essayer d'établir si l'os de bébé dont je vous ai parlé tout à l'heure au téléphone a plus de chances de lui appartenir à lui qu'à Peyton Nash.

— Merci. Je sais que ce ne sera pas facile.

— Non, mais je me suis engagée à vous prêter main-forte, et le fait qu'il s'agisse d'un garçon réduit les risques d'erreur. J'appellerai demain le légiste pour lui demander le nom des experts à qui l'examen des restes humains avait été confié. Si un spécialiste d'anthropologie médico-légale était du nombre, je prendrai contact avec lui, et il devrait m'apporter des informations utiles. L'endroit exact où cet os a été découvert peut aussi m'aider. Les rapports que j'ai lus jusqu'ici ne le précisent pas, mais il m'en reste plusieurs à étudier.

— Moi, je vais m'intéresser aux dossiers des gens qui travaillaient dans l'établissement à l'époque, annonça Benjamin. Si quelqu'un — William Hood, sa mère ou M. Nash — avait décidé de se passer du consentement de Nina pour faire adopter sa fille, il avait peut-être payé un des membres du personnel pour la kidnapper.

Slade hocha la tête.

— Oui, c'est possible, et il faut savoir s'il y avait parmi eux des gens qu'un passé louche, des antécédents judiciaires ou des problèmes d'argent rendent susceptibles d'avoir commis ce genre de crime. Tâchez également de trouver le maximum de renseignements sur une infirmière du nom de Carrie Poole ; elle était de service en réanimation néonatale la nuit de l'incendie. Je viens de l'interroger et je suis certain qu'elle cache quelque chose.

— Qu'allez-vous faire, maintenant ? questionna Amanda.

— Enquêter sur les Hood et Mitzi, la femme de William. C'était sa petite amie avant qu'il ne mette Nina enceinte, et cette grossesse constituait une menace pour son avenir : elle avait renoué avec William et comptait bien l'épouser.

— Elle avait donc intérêt à ce que le bébé disparaisse sans laisser de traces, remarqua Benjamin.

— C'est bien mon avis.

— Et vous êtes absolument sûr que cette poupée n'a pas été achetée et poignardée par Nina elle-même ? déclara Amanda.

— Oui. Je pense comme elle que, aujourd'hui comme autrefois, quelqu'un tente de la faire passer pour folle et de l'envoyer de nouveau en clinique psychiatrique pour l'empêcher d'enquêter sur la disparition de sa fille.

— Qui peut être assez cruel pour lui infliger de tels tourments ?

— Je ne le sais pas encore, mais je le découvrirai ! s'écria Slade d'une voix vibrante de colère.

Nina fixait, en état de choc, la couverture et la poupée posées sur le rocking-chair.

Une vitre trembla soudain, à l'étage… Une lame de parquet craqua…

Le sang de la jeune femme se figea dans ses veines. Et si l'auteur de cette sinistre mise en scène était encore dans la maison ?

La pluie s'était intensifiée ; elle martelait le toit, accompagnée de grondements de tonnerre et de violentes rafales de vent.

Et puis, subitement, toutes les lumières s'éteignirent.

Était-ce dû à l'orage, ou bien quelqu'un avait-il coupé l'électricité ?

Dans le doute, Nina gagna la cuisine à tâtons et prit sur la table le sac à main qu'elle y avait laissé, avec son portable dedans.

Au moment où elle ouvrait la porte de communication avec le garage, un éclair éblouissant illumina les ténèbres, et elle aperçut une ombre, dehors.

Un cri silencieux lui monta aux lèvres. Elle courut à sa voiture et s'enferma dedans. Il fallait appeler Slade — dont elle avait heureusement pensé à entrer le numéro de portable dans son répertoire.

Nina sortit son téléphone de son sac, mais ses mains tremblaient tellement qu'il lui échappa et tomba sur le plancher. Avant de se pencher pour le ramasser, elle jeta un coup d'œil en direction de la fenêtre et vit une main, de l'autre côté de la vitre... Quelqu'un était en train d'essuyer la buée afin de pouvoir regarder à l'intérieur.

Malgré sa frayeur, Nina parvint à retrouver son téléphone, et plusieurs lentes inspirations lui permirent de recouvrer un semblant de calme. Toutes ses portières étaient verrouillées. Elle ne risquait rien.

Après avoir composé le numéro de Slade, elle crut voir un visage se coller contre la vitre, et une nouvelle vague de terreur la submergea.

Une sonnerie, deux sonneries, puis la voix grave de Slade retentit dans l'écouteur :

— Blackburn...

— Une personne s'est introduite chez moi, murmura Nina. Elle est dehors, maintenant.

— Où êtes-vous ?

— Dans le garage. Je me suis enfermée à l'intérieur de ma voiture.

— J'arrive !

Nina raccrocha et prit ensuite dans son sac la bombe lacrymogène qu'elle y gardait en permanence.

Si l'intrus passait à l'attaque, il aurait en face de lui une femme prête à se défendre.

Slade donnait de grands coups de klaxon pour tenter de s'ouvrir un passage dans la circulation, mais c'était d'une sirène de police qu'il aurait eu besoin : les autres automobilistes se contentaient de lui lancer des regards courroucés.

Nina était pourtant en danger… Il devait lui porter secours…

Quand il atteignit enfin Chestnut Street, son anxiété augmenta encore, car il s'aperçut qu'il y avait de la lumière dans toutes les maisons de la rue sauf une : celle de Nina.

Il se gara contre le trottoir, dégaina son arme et remonta l'allée qui menait au perron en scrutant la pénombre. Le vent soufflait toujours, mais l'orage commençait à s'éloigner et il ne pleuvait presque plus.

Un éclair permit à Slade de voir qu'aucune des fenêtres de la façade du pavillon n'avait été brisée, mais l'intrus avait pu entrer et ressortir par l'arrière…

Tous ses sens en alerte, Slade contourna le bâtiment et se retrouva dans un jardin au fond duquel se profilait la silhouette d'une rangée d'arbres.

Une ombre en surgit soudain, et il leva son arme, prêt à tirer… pour se rendre compte à la dernière seconde que c'était un chien. L'animal disparut ensuite dans la nuit et Slade, après avoir vérifié qu'il n'y avait personne dans le jardin, regagna l'avant de la maison.

En regardant par la fenêtre du garage attenant, il distingua la forme d'une voiture, mais sans pouvoir déterminer s'il y avait quelqu'un à l'intérieur. Alors, au lieu de tambouriner contre la porte, ce qui aurait effrayé Nina, il sortit son portable de sa poche et l'appela. Elle décrocha à la première sonnerie.

— Slade ?

— Oui, c'est moi.

— Où êtes-vous ?

— Devant votre garage. Vous y êtes toujours ?

— Oui.

— J'ai inspecté les alentours, et la voie est libre. Ouvrez-moi la porte !

— Impossible ! Le courant a été coupé, et elle marche à l'électricité.

— Il doit y avoir quelque part un bouton permettant de passer en commande manuelle.

— Vous avez raison. Je vais essayer de le trouver.

Deux minutes plus tard, la porte du garage se leva, et Nina apparut dans l'ouverture, le visage pâle mais tenant une bombe lacrymogène dans une main qui ne tremblait pas. La peur ne l'aurait manifestement pas empêchée de se défendre en cas d'agression, et le courage de ce petit bout de femme d'apparence si fragile impressionna Slade.

— Vous n'avez vu personne ? demanda-t-elle.

— Juste un chien.

— Moi, c'est d'un homme que je parle ! Il était derrière la fenêtre du garage et essuyait la buée pour regarder à l'intérieur.

— Il a dû partir avant mon arrivée, mais comment avez-vous su qu'il s'était introduit chez vous ?

— Il y a déposé un autre « cadeau » pour moi.

Slade poussa un juron étouffé.

— Je vais aller m'assurer qu'il n'est pas rentré dans la maison. Refermez la porte du garage, retournez dans la voiture et restez-y jusqu'à ce que je revienne.

Nina acquiesça, mais Slade attendit pour la laisser seule d'avoir entendu s'abaisser le taquet de verrouillage de sa portière.

Il se glissa ensuite dans la maison, pistolet au poing, et entreprit de l'explorer pièce par pièce.

Bien que rassurée par la présence de Slade, Nina avait encore les nerfs à vif pendant qu'elle attendait son retour.

Elle se sentait cependant plus forte que huit ans plus tôt : si celui qui s'était introduit dans la maison et y avait laissé cette poupée voulait l'effrayer au point de lui faire abandonner ses recherches, il se trompait ! Cela renforçait même sa détermination ; si quelqu'un craignait tellement qu'elle ne découvre la vérité, il y avait de grandes chances pour que cette personne sache ce que Peyton était devenue.

Quand, au bout d'un long moment, la porte du garage commença à s'ouvrir, le cœur de Nina s'arrêta de battre. Il faisait si noir qu'elle ne distingua d'abord qu'une haute silhouette, et puis la lampe s'alluma…

C'était Slade, mais il avait les mâchoires crispées, le regard dur d'un homme habité par une froide colère. Un homme qu'il valait mieux avoir comme ami que comme ennemi, se dit-elle, et s'il la soupçonnait d'avoir inventé cette histoire d'intrus pour achever de le persuader que quelqu'un lui voulait du mal, c'était contre elle que sa colère était dirigée…

Ce fut donc avec une certaine appréhension qu'elle sortit de la voiture et s'approcha de lui.

— Personne, annonça-t-il en mettant son pistolet dans la poche de sa veste, mais j'ai trouvé la manette du disjoncteur central abaissée. C'est pour ça qu'il n'y avait plus de courant nulle part dans la maison.

Nina hocha la tête, puis laissa Slade la prendre par le bras et l'emmener dans le séjour. Là, ses yeux se posèrent immédiatement sur le rocking-chair, et la vue de la poupée poignardée, associée à la musique qui continuait de jouer, lui arracha un frisson. Slade dut s'en apercevoir, car il se dirigea vers le lecteur et appuya sur le bouton d'arrêt.

— Je vais remettre ce CD à Amanda Peterson pour un relevé d'empreintes, déclara-t-il ensuite, mais sans grand espoir : celui ou celle qui l'a manipulé en dernier portait sans doute des gants.

— Vous me croyez, alors ? s'écria Nina, infiniment soulagée. Vous n'allez pas m'accuser d'avoir monté toute cette comédie dans un accès de folie, ou pour me rendre intéressante ?

— Non. Vous êtes de nouveau victime d'une machination visant à vous empêcher de savoir ce qui est arrivé à votre fille, j'en suis plus que jamais convaincu.

À sa grande consternation, la jeune femme sentit alors ses yeux se remplir de larmes. Elle s'était battue seule pendant des années sans inspirer à personne autre chose que de la pitié, du mépris ou une franche hostilité... Ces réactions, elle avait appris à en faire abstraction, mais la certitude que quelqu'un allait la soutenir sans réserve dans sa quête de la vérité abattait d'un coup toutes ses défenses.

— Ne pleurez pas, Nina, murmura Slade.

Puis il l'enlaça, lui appuya doucement la tête contre sa poitrine, et elle s'abandonna à l'étreinte de ses bras musclés. Ils lui apportaient un sentiment de sécurité et un réconfort dont elle se contenta d'abord, mais qui cédèrent bientôt la place à un émoi grandissant. Sa respiration s'accéléra, une onde de volupté courut le long de ses veines, et une envie dévorante d'embrasser Slade s'empara soudain d'elle.

Mais il ne fallait pas y céder, sous peine de se ridiculiser. Elle ne devait pas confondre la gentillesse qu'il lui témoignait avec de l'attirance physique : ses larmes l'avaient touché, et cela prouvait qu'un cœur sensible se cachait sous ses dehors rugueux, mais c'était tout.

De plus, elle ne pouvait pas se permettre de devenir affectivement dépendante de lui. L'expérience lui avait appris à se méfier des hommes : elle n'en avait encore jamais connu aucun qui n'ait fini par la décevoir, ou la trahir carrément.

Slade sentit son pouls s'emballer. Il n'aurait pas dû enlacer Nina. Cela faisait trop longtemps qu'il n'avait pas tenu une femme dans ses bras.

Trop longtemps que l'idée même de le faire ne lui était pas venue.

Mais devant l'émotion de Nina quand il avait déclaré ne nourrir aucun doute sur son statut de victime, il avait mesuré toute l'étendue de sa solitude, et un élan de compassion l'avait soulevé, si puissant qu'il s'était accompagné d'un geste de sollicitude incontrôlable.

Non, songea Slade, il se mentait à lui-même... Nina lui inspirait, plus encore que de la compassion, une profonde estime : il y avait quelque chose d'admirable dans le combat qu'elle menait contre vents et marées pour retrouver sa fille.

Et maintenant… Maintenant qu'il la tenait dans ses bras, cela ne lui suffisait plus. Le contact de ce corps délicat pressé contre le sien avait allumé en lui le feu d'un désir qui allait croissant.

Il s'efforça de le maîtriser, mais ne put finalement résister à la tentation de caresser la joue de Nina. Elle avait la peau si douce qu'il eut tout de suite envie de recommencer, mais il la sentit se raidir et, pour la rassurer autant que pour s'empêcher de perdre tout empire sur lui-même, il s'écarta légèrement d'elle.

C'était une erreur, car elle lui faisait face, à présent, et il vit luire dans ses yeux bleus la flamme d'un désir égal au sien.

Alors ce fut plus fort que lui : il leva la main et suivit du doigt le contour de ses lèvres.

— Slade…, chuchota-t-elle.

Puis, sans qu'aucun autre mot ne soit prononcé, leurs bouches se joignirent comme sous l'effet d'une force indépendante de leurs volontés.

# 9

Un soupir de plaisir et d'excitation mêlés échappa à Slade quand il sentit les lèvres de Nina s'ouvrir sous les siennes. Elle lui passa ensuite les bras autour du cou, et plongea les doigts dans ses cheveux.

Pressée contre lui, elle rythmait leur baiser de mouvements de hanches infiniment érotiques et, quand ses mains descendirent le long du dos de Slade, il comprit d'instinct qu'elles allaient écarter les pans de sa veste afin de pouvoir se livrer à des caresses plus intimes.

Cette femme si frêle qu'elle ressemblait à une adolescente n'en avait visiblement ni la timidité ni les inhibitions...

Mais ses lèvres quittèrent soudain celles de Slade pour se poser sur la balafre de sa joue, et un tressaillement le parcourut.

— Cette cicatrice est encore douloureuse ? demanda Nina en levant les yeux vers lui.

— Non, mais elle me rappelle de mauvais souvenirs.

— D'où vous vient-elle ?

— D'Irak, répondit-il à contrecœur.

Les images des hommes morts pour lui sauver la vie qui s'imposèrent alors à son esprit achevèrent de le ramener à la réalité, et il recula d'un pas.

— Je suis désolée, murmura la jeune femme. Je ne voulais pas être indiscrète.

Seul le bruit de leur respiration haletante troubla ensuite le silence, mais cela suffit pour rendre Slade conscient d'avoir été sur le point de faire quelque chose qu'il aurait plus tard regretté.

Et même maintenant, s'il ne s'obligeait pas à détourner les yeux du visage de Nina, encore enfiévré par la passion, rien ne pourrait plus l'empêcher d'assouvir pleinement son désir : il la soulèverait dans ses bras, la porterait à l'étage et lui ferait l'amour jusqu'à ce qu'ils ne sachent plus ni l'un ni l'autre comment ils s'appelaient.

— Nous ne devons pas aller plus loin, déclara-t-il fermement, comme pour mieux s'en persuader.

— Pourquoi ? demanda Nina d'une voix si sensuelle qu'il faillit renoncer à lutter davantage contre ses pulsions.

— Ce serait de la folie.

— Pourquoi ? répéta-t-elle — mais cette fois sur un ton empreint d'amertume.

Croyant comprendre la raison de ce brusque changement d'humeur, Slade se reprocha d'avoir parlé de folie. C'était pourtant justement parce qu'il considérait Nina comme parfaitement saine d'esprit qu'il n'avait pas songé à s'interdire de prononcer ce mot.

— Vous doutez de ma santé mentale ? reprit-elle, confirmant ainsi qu'il ne s'était pas trompé.

— Bien sûr que non, mais je travaille pour vous, et la déontologie ne me permet pas de nouer des rapports personnels avec une cliente.

Slade eut un pincement au cœur en voyant reparaître dans le regard de Nina la tristesse que la flamme du désir en avait chassée l'espace de quelques instants magiques.

Il devait cependant tenir bon, se garder de toute forme d'attachement et ne pas donner à Nina l'impression d'être le genre d'homme avec qui il était possible de construire un avenir.

Il y avait dans son passé trop de gens dont il avait trahi la confiance, et le meilleur service qu'il pouvait rendre à Nina, c'était de reprendre ses distances avec elle, quoi qu'il lui en coûte.

Nina tenta de surmonter sa déception en se disant que Slade avait raison : leur relation devait conserver un caractère strictement professionnel. Elle avait même du mal à comprendre ce qui l'avait poussée à l'embrasser — et avec une absence de retenue qui ne lui ressemblait pas du tout.

La peur qu'elle avait eue l'avait sans doute fragilisée au point de lui causer un moment d'égarement, mais cela ne se reproduirait plus.

Ce baiser ne lui en avait pas moins donné le sentiment de renaître. Dans les bras de Slade, elle avait éprouvé pour la première fois depuis des années autre chose qu'un mélange d'angoisse, de douleur et d'immense solitude. Au-delà du plaisir physique, elle avait même entrevu la possibilité de se sentir aimée.

C'était une illusion, bien sûr, et il n'y avait de toute façon de place dans sa vie que pour Peyton. Quand elle l'aurait retrouvée, sa fille monopoliserait toute son attention et tout son temps.

Mais si son instinct la trompait ? Si Peyton grandissait dans une famille d'adoption où elle était parfaitement heureuse ? Que faudrait-il faire, alors ? L'arracher de force à des parents qu'elle aimait et qui l'aimaient ?

Quand Slade avait soulevé ce problème, Nina lui avait dit qu'elle aviserait le moment venu et, après mûre réflexion, cette réponse lui parut de nouveau la plus sensée.

Ce dilemme ne se présenterait d'ailleurs pas, elle en était toujours convaincue. Car si sa fille n'avait pas besoin d'elle, l'entendrait-elle l'appeler la nuit ?

— D'où vient cette couverture d'enfant ? demanda soudain Slade, ramenant Nina au présent.

— C'est moi qui l'ai confectionnée. Pour Peyton, avant sa naissance. Mais je l'avais ensuite rangée dans le placard de la chambre d'amis, avec les autres affaires de bébé.

— L'intrus est donc allé dans cette chambre, a ouvert ce placard et fouillé à l'intérieur… Il faudra voir s'il n'y a pas laissé ses empreintes. Vous attachiez une importance particulière à cette couverture ?

— Oui. Je comptais envelopper Peyton dedans le jour où je la ramènerais à la maison.

— Qui le savait ?

— Personne, à ma connaissance. Je l'ai faite à l'époque où je vivais seule ici, à Sanctuary.

— Et le CD de berceuses ?

— J'en ai plusieurs, mais celui-ci me vient de la sage-femme responsable des cours de préparation à l'accouchement que j'ai suivis. Elle en a donné un exemplaire à chacune des participantes.

— Comment s'appelait-elle ?

— Charlène. Pourquoi ?

— J'essaie de trouver un lien entre les objets choisis pour réaliser cette mise en scène macabre et la personne qui s'est introduite chez vous.

— Selon le psychiatre qui m'a soignée pendant ma dépression, je m'étais passé des berceuses pour apaiser ma douleur, et j'avais sorti les affaires de bébé du placard pour me créer un monde où ma fille était encore vivante, et refouler ainsi le remords de ne pas avoir pu la sauver.

— Il aurait dû commencer par se demander si vous ne disiez pas la vérité, tout simplement — à savoir que vous étiez victime d'une machination ! Mais certains médecins ont des œillères : ils ne voient les choses et les gens qu'à travers le prisme de leur spécialité.

— C'est ce que je pense moi aussi, mais vous êtes la première personne que j'entends exprimer cette opinion. Tout le monde semble prendre pour argent comptant la parole des psychiatres, et comme le mien n'a jamais cru en mon histoire, j'avais abandonné tout espoir que quelqu'un d'autre y croie… jusqu'à aujourd'hui.

Le bonheur de se sentir comprise donna à Nina envie de se jeter au cou de Slade, mais la crainte de succomber ensuite à la tentation d'unir de nouveau leurs lèvres la retint au dernier moment.

La joie qui illuminait le visage de Nina la rendait si belle que Slade recula encore d'un pas pour s'empêcher de la reprendre dans ses bras.

— Il faut signaler cette violation de domicile au shérif, déclara-t-il aussi posément que l'incendie de ses sens le lui permit.

— Non ! Je l'ai fait, autrefois, et tout ce que ça m'a rapporté, c'est d'être traitée de névrosée.

— Bon, d'accord…, dit Slade après un instant d'hésitation. Je vais donc rechercher moi-même les éléments susceptibles de nous fournir une piste. J'ai le matériel nécessaire dans ma voiture, et je veux aussi savoir comment cette crapule est entrée dans la maison. Allez inspecter le placard de la chambre d'amis, pendant ce temps, pour voir si rien ne manque.

Le regard de la jeune femme s'assombrit. Cette tâche lui rendrait plus intolérable que jamais la douleur de l'absence…

Et c'était exactement ce que souhaitait son tortionnaire.

Elle acquiesça cependant d'un signe de tête, se dirigea vers l'escalier, et Slade sortit chercher dans son 4x4 le kit de scène de crime fourni par Gage McDermont à chacun de ses employés. Il allait faire un relevé d'empreintes et, s'il trouvait d'autres indices, il confierait le tout à Amanda Peterson pour analyse.

Muni d'une torche électrique, il commença par examiner de près les ouvertures du pavillon. Le loquet de la fenêtre à guillotine de la buanderie avait été forcé, constata-t-il. Le châssis était abaissé, rendant l'effraction invisible depuis le jardin, mais c'était de toute évidence par là que l'homme était entré, et il avait refermé la fenêtre après être ressorti de la maison.

Slade dirigea ensuite le faisceau de sa lampe vers le sol, espérant découvrir des traces de pas, mais la pluie avait labouré la terre. Si traces il y avait jamais eu, elles avaient maintenant disparu, et à supposer que l'intrus ait laissé derrière lui des cheveux ou des fibres textiles, le vent les avait emportés.

La recherche d'empreintes digitales sur la fenêtre de la buanderie que Slade effectua côté extérieur, puis intérieur, ne donna aucun résultat.

Le même travail, réalisé sur la manette du disjoncteur central, révéla bien la présence d'une empreinte de pouce, mais trop petite pour provenir d'une main d'homme — sans doute appartenait-elle à Nina. Slade la releva malgré tout, à des fins de comparaison.

Il était d'ailleurs possible que le coupable soit une femme, se dit-il, songeant à la mère et à l'épouse de William Hood.

L'orage n'avait fait baisser la température que de quelques degrés, et Slade épongea la sueur qui perlait à son front avant de monter à l'étage. Il y trouva Nina en train de fixer, l'air absent, une paire de chaussons roses.

— Ça va ? demanda-t-il.

— Oui. J'ai inventorié les affaires de bébé, et rien ne manque... à part la couverture, bien sûr. Je vous laisse opérer, maintenant.

L'inspection du placard et de la porte de la chambre fournit à Slade un seul jeu d'empreintes — celles de Nina, c'était cette fois une certitude. Homme ou femme, la personne qui s'acharnait à la terroriser était méticuleuse : elle avait pris soin de ne laisser aucune trace de son passage, soit en portant des gants, soit en essuyant avant de partir toutes les surfaces qu'elle avait touchées.

— Vous avez découvert par où l'intrus s'était introduit dans la maison ? déclara Nina quand Slade eut terminé.

— Oui, par la fenêtre de la buanderie. Le loquet a été forcé.

— Je vais descendre le réparer.

— Non, laissez-moi m'en occuper ! Vous êtes visiblement épuisée, et la meilleure chose que vous puissiez faire, c'est d'aller vous coucher.

— À quoi bon ? Il faudra que je me relève pour verrouiller la porte d'entrée derrière vous...

— Ce sera inutile : je compte dormir ici cette nuit, sur votre canapé.

— Il n'est pas très confortable...

— J'ai connu pire.

— Sans doute, mais rien ne vous oblige à rester.

— Si. Cette crapule pourrait revenir.

Un frisson secoua les épaules de Nina, et Slade s'en serait voulu de l'avoir effrayée s'il ne s'était engagé à toujours être d'une entière franchise avec elle.

— Merci, murmura-t-elle.

— Vous n'avez pas à me remercier : je ne fais que mon travail.

Nina parut sur le point d'ajouter quelque chose, mais elle se tut finalement et quitta la pièce à grands pas. Trente secondes plus tard, Slade entendit s'ouvrir puis se refermer la porte de sa chambre. Il demeura ensuite un moment immobile, en proie à la tentation d'aller y frapper.

Quelle serait alors la réaction de Nina ? Lui dirait-elle d'entrer ? Le laisserait-elle la prendre dans ses bras ? L'embrasser ? Lui faire l'amour ?

Mais ces questions resteraient sans réponse, car il n'aurait même pas dû se les poser.

Tout ce qui lui était demandé, dans cette affaire, c'était de retrouver Peyton et, en attendant, de veiller sur la sécurité de Nina. Il ne pouvait se permettre de se rapprocher d'elle ni physiquement ni affectivement. Même si la déontologie ne le lui avait pas interdit, même si le sentiment de sa propre indignité n'avait pas suffi à l'en dissuader, cela l'aurait distrait de son enquête, et il avait besoin de toute sa concentration pour la mener à bien.

Chassant résolument de son esprit toute idée d'aller rejoindre la jeune femme, Slade se rendit dans le garage, y trouva une boîte à outils et répara le loquet cassé. Il récupéra ensuite son ordinateur dans sa voiture, l'emporta dans la cuisine et l'alluma.

Contrairement à ce qu'il avait dit à Nina, il n'avait pas l'intention de dormir cette nuit, mais de monter la garde, pour être prêt à agir dans la seconde si jamais l'intrus revenait.

Et dans ce cas, il lui ferait regretter de s'être attaqué à une femme qu'il avait pour mission de protéger.

Nina cherchait en vain le sommeil. L'image de la poupée posée sur la couverture confectionnée autrefois pour Peyton l'obsédait.

Heureusement que Slade était là, sinon elle aurait en plus passé la nuit dans la hantise d'une nouvelle intrusion. Grâce à lui, elle se sentait au moins en sécurité.

C'était un sentiment agréable, mais auquel il ne fallait pas s'habituer, songea-t-elle. Une fois sa tâche terminée, Slade sortirait de sa vie, et elle se retrouverait de nouveau seule.

Non, pas seule… Sa fille serait alors avec elle, et cela suffirait à son bonheur.

En concentrant toute son attention sur cette heureuse pensée, Nina finit par s'endormir, et elle rêva de Peyton.

Elles étaient au zoo, et la fillette riait aux éclats devant les grimaces des chimpanzés, ses boucles blondes brillant au soleil et dansant autour de son petit visage.

Les rugissements des lions qu'elles allèrent ensuite regarder lui firent peur, en revanche. Nina lui caressa doucement les cheveux pour la rassurer avant de l'emmener devant l'enclos des girafes, et là, Slade apparut soudain, un tendre sourire sur les lèvres. Il souleva Peyton de terre et la jucha sur ses épaules pour qu'elle puisse voir par-dessus la tête des gens.

— Je suis presque aussi grande que les girafes ! s'écria la fillette en battant des mains. Monte-moi encore plus haut, papa ! Jusqu'au ciel !

Slade se mit à rire, prit Nina par la taille et la serra contre lui. Elle sentit alors une joie immense lui gonfler le cœur. Avec ce mari et cette enfant adorés, elle avait enfin la famille dont elle avait toujours rêvé.

Et puis, subitement, un nuage noir masqua le soleil. Nina regarda autour d'elle… Slade et Peyton n'étaient plus là. Folle d'angoisse, elle les appela, parcourut les allées du zoo à leur recherche, mais ils avaient disparu. Elle les avait perdus à jamais.

Au bout d'un moment, cependant, la voix de sa fille lui parvint, lointaine mais bien reconnaissable. Peyton lui envoyait un message ; elle l'attendait quelque part, pleine d'espoir et de confiance dans un avenir où elles seraient enfin réunies.

Nina se réveilla en sursaut, baignée de sueur et le cœur battant. Elle se leva, s'approcha de la fenêtre et murmura, les yeux fixés sur le disque argenté de la lune :

— Je te retrouverai, mon ange, je te le promets… Je te ramènerai à la maison, et nous irons un jour au zoo, comme dans mon rêve.

Dans la réalité, Slade ne serait pas avec elles. L'une n'aurait pas plus de mari que l'autre de père de substitution, mais Nina se jura d'empêcher au moins Peyton de souffrir de cette absence en l'aimant pour deux.

Internet fournit à Slade de nombreuses informations sur la famille Hood.

Le père de William, avocat de renom, était mort d'un cancer neuf ans plus tôt, et William avait pris sa suite après des études de droit dans l'une des universités les plus prestigieuses de la côte Est. Il s'était spécialisé en droit fiscal, et son cabinet lui rapportait des fortunes. Son mariage avec Mitzi Raynor, fille d'un membre éminent de la magistrature, avait donné lieu à de grandes festivités, et des photographies de la cérémonie figuraient dans la rubrique mondaine de tous les journaux régionaux.

Un autre cliché montrait Mme Hood mère lors de la réception organisée quelques mois plus tôt à l'occasion de son cinquantième anniversaire. Elle faisait plus jeune que son âge, avec ses cheveux blond platine, son élégante minceur et un visage qui ne laissait pas apparaître la moindre ride.

Elle devait dépenser beaucoup de temps et d'argent en séances chez le coiffeur, dans les instituts de beauté, et sans doute même avait-elle déjà eu recours à la chirurgie esthétique…, pensa Slade avec un sourire narquois.

Et sous ce vernis de perfection se cachait un cœur de pierre…

Cette femme avait proposé de l'argent à Nina pour qu'elle avorte, puis l'avait menacée de représailles si elle s'obstinait à garder son enfant. Comprenant qu'aucune menace ne persuaderait Nina de l'abandonner, Mme Hood avait-elle décidé de prendre les choses en main, en lui enlevant sa fille et en la confiant à une famille d'adoption ?

Slade l'en croyait capable, mais elle n'était pas la seule personne à trouver ce bébé encombrant… Il poursuivit donc ses recherches, et finit par tomber sur une photographie qui réunissait William, sa sœur Diane, le Dr Dennis Lucas, époux de cette dernière, et leur fille Tiffany.

Une tension grandissante lui noua les épaules tandis qu'il étudiait la fillette debout entre Diane et son mari.

Une fillette blonde de huit ans environ.

L'âge de Peyton.

Rebecca courait à perdre haleine. Elle devait échapper au méchant homme qui la poursuivait… Celui qui l'avait photographiée dans la cour de récréation.

Mais ses forces la trahirent, et elle vacilla sur ses jambes. L'homme l'attrapa alors par le bras, et elle se mit à crier, à se débattre.

— Lâchez-moi ! Lâchez-moi !

— Arrête de hurler ! ordonna-t-il en la secouant brutalement.

— Non, lâchez-moi !

— Réveille-toi, Rebecca !

L'homme la secoua encore plus fort et gronda :

— Tiens-toi tranquille ! Tu m'as griffé, sale gamine !

La fillette ouvrit les yeux. Il faisait sombre et elle n'avait pas ses lunettes, mais cette voix, elle la reconnaissait : c'était celle de tonton Reese.

— Ça y est, tu es réveillée ? reprit-il. Je vais enfin pouvoir retourner me coucher ?

— Le méchant homme… Il me poursuivait…

— C'était juste un rêve !

— Oui, mais il existe vraiment… Je l'ai vu m'observer, derrière la grille de l'école…

— C'est quoi, ces bêtises ? Tu vas me faire le plaisir de te taire, sinon je te flanque une paire de gifles, compris ?

— Oui…, murmura Rebecca, terrorisée.

Le grincement du sommier l'avertit que tonton Reese se levait, puis le craquement du plancher, qu'il s'éloignait. Elle allait pousser un soupir de soulagement quand il s'arrêta et lui lança un dernier avertissement :

— Je ne veux plus t'entendre, c'est bien clair ? Si tu m'obliges à revenir, gare à toi !

La fillette se blottit sous les couvertures et ne bougea plus jusqu'à ce que la porte de la chambre se referme. Sentant des larmes lui monter aux yeux, elle battit furieusement des paupières pour les refouler. Il ne fallait pas pleurer. Elle était grande, maintenant.

Un raclement rompit soudain le silence de la pièce. Il venait de la fenêtre, comme si quelque chose ou quelqu'un grattait au carreau.

Rebecca retint son souffle. Peut-être avait-elle juste imaginé ce bruit ?

Non, car il recommença.

Crr… Crr… Crr…

Était-ce un animal sauvage, ou bien le méchant homme, qui l'avait suivie depuis l'école et allait maintenant l'enlever ?

# 10

Nina se redressa d'un bond dans son lit. Sa fille pleurait ; elle avait peur de quelque chose ou de quelqu'un.

Un spasme de douleur lui étreignit le cœur, puis un cri de rage impuissante jaillit de sa poitrine, mais un regain d'énergie leur succéda : Peyton avait plus que jamais besoin d'elle ; il fallait la retrouver le plus vite possible.

Un bruit de pas, au rez-de-chaussée, lui rappela que Slade était là. Ils allaient ainsi pouvoir reprendre leurs investigations sans perdre un instant et, après s'être rapidement douchée et habillée, la jeune femme descendit l'escalier quatre à quatre.

La bonne odeur de café qui l'accueillit en bas des marches la conduisit directement dans la cuisine. Slade l'y attendait, adossé au plan de travail, un mug fumant à la main. Il la considéra de la tête aux pieds, ce regard scrutateur éveillant d'étranges sensations au creux de son estomac, avant de lui demander :

— Vous avez dormi ?

— Un peu, mais mal. J'ai fait des cauchemars.

Il hocha la tête en silence et s'écarta ensuite pour lui permettre d'accéder à la cafetière. Elle alla se servir en veillant à ne pas le toucher. La veille au soir, un trop-plein d'émotions l'avait poussée à chercher du réconfort dans ses bras, et le baiser qui avait suivi expliquait le rêve où ils étaient mari et femme, mais à partir d'aujourd'hui, elle garderait ses distances avec lui : à quoi bon fantasmer sur ce qu'elle ne pourrait jamais avoir ?

— J'ai trouvé l'adresse de Gwen Waldorp, annonça-t-il. On ira lui rendre visite ce matin.

Nina avait scrupule à interroger cette femme sur un moment de sa vie aussi dramatique, mais il le fallait : même si Gwen n'avait pas kidnappé Peyton, elle avait pu voir ou entendre quelque chose d'important pendant son séjour à l'hôpital de Sanctuary.

— Ensuite, ce sera au tour de la mère et de la sœur de William, enchaîna Slade.

— Sa sœur ?

— Oui. Elle a une fille du même âge que Peyton. Regardez !

Slade montra du doigt l'ordinateur posé sur la table, et Nina s'en approcha. Une photographie de groupe s'affichait sur l'écran, et elle jeta un coup d'œil à la petite fille blonde qui y figurait avant d'observer :

— Je comprends, maintenant, le peu d'intérêt de Mme Hood pour le bébé que je portais : elle allait déjà devenir grand-mère, et d'un enfant légitime, celui-là !

— Cela reste à prouver, dit Slade avec un haussement d'épaules.

Intriguée par cette remarque, Nina examina plus attentivement la fillette de la photo. Des yeux bleus, des taches de rousseur…

Son cœur bondit dans sa poitrine. Pouvait-il s'agir de Peyton ?

— Vous connaissez Diane ? demanda Slade.

— Non. Elle a quatre ans de plus que moi, et j'étais encore au lycée quand elle s'est mariée.

— Vous saviez qu'elle était enceinte en même temps que vous ?

— Pas du tout. William ne m'en a jamais parlé… Slade, vous pensez que…

— Que Diane et son mari ont élevé Peyton en la faisant passer pour leur fille biologique ? Je l'ignore, mais c'est une hypothèse qui mérite d'être étudiée.

L'esprit en ébullition, Nina finit son café et alla chercher son sac dans le séjour. Après avoir fermé à double tour la porte du pavillon, elle monta dans le 4x4 de Slade, et ils se rendirent à Kings Mountain.

Gwen Waldorp habitait une grande maison, et elle avait plusieurs enfants, à en juger par le ballon de football, le tricycle et la trottinette qui traînaient dans le jardin.

Une trottinette rose… Gwen avait donc une fille, elle aussi…

Ce fut donc l'estomac noué que Nina gravit les marches du perron. Slade sonna et, un instant plus tard, la porte s'ouvrit sur un petit garçon d'environ trois ans, aux cheveux très blonds et aux yeux verts.

— Vous êtes qui ? demanda-t-il.

— Nous voudrions voir ta maman, indiqua Slade. Elle est là ?

— Maman ! cria le garçonnet à pleins poumons. Un monsieur et une dame pour toi !

— Combien de fois devrai-je te répéter qu'il ne faut pas ouvrir à des inconnus, Bobby ?

Une femme d'une trentaine d'années surgit dans le vestibule, suivie d'une petite fille brune au visage barbouillé de chocolat.

— Bonjour, ma puce ! lui dit Nina avec un sourire chaleureux. Comment tu t'appelles ?

— Judy.

— Quel âge as-tu ?

— Huit ans. Je les ai eus la semaine dernière, et la trottinette, là-bas, c'est mon cadeau d'anniversaire !

Gwen interrompit la conversation en poussant l'enfant derrière elle, comme une lionne protégeant son petit, avant de demander d'un air méfiant :

— Qui êtes-vous, et que voulez-vous ?

Nina avait cependant eu le temps de bien observer Judy. Avec ses cheveux noirs, ses yeux noisette et sa figure en forme de cœur, elle ne lui ressemblait pas, mais elle ne ressemblait pas plus à Gwen, une rousse aux yeux bleus et au visage allongé… Ce n'était donc pas l'apparence physique de Judy qui pouvait déterminer de qui elle était la fille.

— Je vous présente Nina Nash, madame Waldorp, déclara Slade, et moi, je suis Slade Blackburn, de l'agence de détectives privés Guardian Angel Investigations.

— Nous sommes venus vous parler de l'incendie et de l'explosion qui se sont produits à l'hôpital de Sanctuary il y a huit ans, expliqua Nina. Vous avez sans doute appris par les journaux que la police avait arrêté les personnes responsables de cette catastrophe.

— Oui, répondit Gwen d'une voix mal assurée, mais je ne vois pas en quoi cela me concerne : je ne les connaissais pas.

— Nous ne vous accusons de rien, souligna Slade. Nous avons juste quelques questions à vous poser.

— Désolée, mais je n'ai aucune envie d'évoquer le séjour que j'ai fait dans cet hôpital : j'ai vécu là les pires heures de toute mon existence !

— Je comprends vos réticences, mais accordez-nous un moment, je vous en prie ! insista Nina. C'est très important !

Pâle et le regard douloureux, Gwen parut hésiter, mais elle se tourna finalement vers Judy.

— Va regarder des dessins animés dans le séjour avec Bobby, ma chérie. Je vous rejoins dans une minute.

— D'accord ! s'écria la fillette en attrapant son frère par la main.

— Entrez ! dit Gwen à ses visiteurs quand les deux enfants eurent disparu. Nous allons nous installer dans la cuisine : je ne veux pas que les petits nous entendent.

Nina et Slade la suivirent, et ils s'assirent tous les trois à une grande table de chêne.

— Vous avez accouché d'un enfant mort-né dans l'après-midi qui a précédé l'incendie, n'est-ce pas, madame Waldorp ? déclara Nina.

— Oui, mais comment le savez-vous ?

— J'ai accouché le même jour, dans le même hôpital, et j'ai moi aussi perdu mon bébé.

Nina raconta alors ce qui lui était arrivé cette nuit-là, et Gwen s'écria ensuite d'une voix émue :

— C'est affreux ! Mais je ne vois toujours pas en quoi cela me concerne…

— Le corps de Peyton n'a jamais été retrouvé, et je crois qu'elle est toujours vivante.

— Comment serait-ce possible ?

— Je pense que quelqu'un a profité de la panique causée par le sinistre pour la kidnapper.

La surprise qui avait chassé la compassion du visage de Gwen céda à son tour la place à une expression de colère.

— Vous me soupçonnez de vous avoir volé votre fille ? s'exclama-t-elle en se levant d'un bond. C'est pour ça que vous avez demandé son âge à Judy ?

— Ne vous fâchez pas, madame Waldorp ! intervint Slade. Comme je vous l'ai dit tout à l'heure, nous ne vous accusons de rien. Nous essayons seulement d'éclaircir le mystère de la disparition de Peyton, et nous devons pour cela étudier toutes les hypothèses, aussi improbables soient-elles.

Son ton bienveillant ramena Gwen à de meilleurs sentiments. Elle se rassit, et Slade reprit :

— Les rapports d'expertise remis aux autorités après la catastrophe signalent la découverte d'un os de nouveau-né dans les décombres de l'hôpital, mais le bébé en question n'a pas été identifié... Qu'est devenu le vôtre ? Son corps a été retrouvé ?

— Non, je... je n'ai même pas pu l'enterrer...

— Mais comme Judy a huit ans, il est impossible que vous soyez sa mère... Vous l'avez adoptée, n'est-ce pas ?

Le visage de Gwen se ferma.

— Ça ne vous regarde pas !

— Répondez-nous, madame Waldorp, je vous en prie ! supplia Nina.

— Eh bien, oui, Judy a été adoptée, mais de façon parfaitement légale, par l'intermédiaire d'un avocat de Sanctuary.

— Vous savez qui sont ses parents biologiques ? demanda Slade.

— Elle est née de père inconnu, et sa mère est morte dans l'incendie de l'hôpital. Quand nous l'avons appris, mon mari et moi, nous avons tout fait pour obtenir sa garde : elle avait besoin de nous, et nous avions besoin d'elle.

— Judy est petite pour son âge... Elle a des problèmes de santé ?

— Elle est asthmatique. Pourquoi ?

— Mon bébé était prématuré, expliqua Nina. Il se peut que cela lui ait laissé des séquelles.

— Judy n'est pas votre fille, mademoiselle Nash ! déclara Gwen sur un ton catégorique. Et j'ai accepté de répondre à vos questions parce que j'avais pitié de vous, mais je vous demande de vous en aller, à présent !

— Dites-nous d'abord si vous êtes sûre de l'exactitude des informations qui vous ont été données sur la mère biologique de Judy. Elle a péri dans la catastrophe, d'après l'avocat, mais ce n'est pas forcément vrai…

— Pourquoi nous aurait-il menti ?

Quand Nina lui eut raconté la façon dont les Hood avaient réagi à sa grossesse, Gwen s'écria, les yeux écarquillés :

— Vous pensez que l'un d'eux a kidnappé votre bébé et s'est ensuite arrangé pour le faire adopter ?

— C'est une possibilité…

— Non, la mère de Judy est morte ! C'est pour moi une certitude, et il n'y a pas à revenir là-dessus !

— D'accord, mais vous avez peut-être été témoin, la nuit de l'incendie, d'un fait qui pourrait nous aider dans nos recherches… Vous n'auriez pas vu quelqu'un dont le comportement vous aurait semblé étrange ?

— Je n'ai rien vu du tout ! La perte de mon bébé m'avait tellement traumatisée que le médecin m'avait prescrit un puissant sédatif. J'étais à peine consciente quand les pompiers m'ont évacuée… Partez, maintenant ! Il faut que j'aille m'occuper de mes enfants.

Nina se leva, cette fois, et Slade l'imita. En passant devant la porte ouverte du séjour, elle jeta un coup d'œil à Judy, mais sans éprouver plus que tout à l'heure l'élan viscéral qu'elle s'attendait à ressentir en retrouvant Peyton.

Fallait-il en déduire que Judy n'était pas sa fille, comme Gwen l'affirmait ?

Le silence que garda Nina pendant tout le début du trajet de Kings Mountain à Winston-Salem inquiéta Slade. Leur conversation avec Gwen Waldorp avait certes été tendue, mais c'était inévitable, à cause de la charge émotionnelle des questions qu'ils lui avaient posées.

Slade ne regrettait pas de l'avoir poussée dans ses retranchements : il était prêt à traiter les gens aussi durement que nécessaire pour faire progresser son enquête. Mais Nina, elle, était trop sensible pour ne pas avoir éprouvé de l'empathie envers une femme qui avait perdu un enfant, et cela risquait de troubler son jugement.

— Vous pensez que Gwen dit la vérité ? finit-il par demander.

— Elle avait l'air sincère.

— Oui, mais elle ne connaît peut-être pas toute l'histoire. Quelqu'un a pu payer cet avocat pour lui raconter que la mère du bébé était morte, et permettre ainsi à l'adoption de se dérouler sans heurts.

— J'ai du mal à concevoir que quelqu'un puisse être aussi retors… Ceci dit, Judy semble heureuse : Gwen l'aime visiblement comme si c'était la chair de sa chair.

Slade avait eu la même impression, mais la question de savoir si Judy était la fille disparue de Nina restait entière. Un test ADN était le moyen le plus sûr d'y répondre, mais Gwen Waldorp s'y opposerait certainement, et aucun juge ne délivrerait d'ordonnance l'obligeant à y consentir sans que cette requête s'appuie sur des faits concrets.

Nina n'en devait pas moins se demander ce qu'elle ferait si sa filiation avec Judy était établie… Aurait-elle le cœur d'imposer à Peyton une séparation aussi douloureuse pour la fillette que pour ses parents adoptifs ? D'un autre côté, comment pourrait-elle accepter de perdre une nouvelle fois l'enfant qu'elle avait recherchée pendant si longtemps ?

Quel dilemme !

Et maintenant, elle allait devoir affronter Mme Hood, une femme assez cynique pour avoir tenté de la persuader d'avorter en échange d'une grosse somme d'argent…

La sonnerie de son portable tira Slade de ses sombres réflexions. Il évitait d'habitude de téléphoner au volant, mais cet appel concernait sans doute son enquête, aussi prit-il la communication.

— Blackburn…

— Amanda Perterson à l'appareil. Je viens d'avoir au bout du fil le spécialiste d'anthropologie médico-légale qui a expertisé l'os de nouveau-né dont je vous ai parlé hier.

— Et ?

— Il est formel : cet os appartenait à un bébé de sexe masculin. Le fils mort-né de Gwen Waldorp, selon toute vraisemblance…

— Merci, déclara Slade avant de raccrocher.

Il transmit l'information à Nina, et vit une expression de soulagement se peindre sur son visage.

— Cela prouve que Peyton est vivante, comme je l'ai toujours dit ! s'exclama-t-elle.

— Non, cela prouve seulement l'absence d'éléments permettant de savoir si elle a ou non péri dans la catastrophe, rectifia Slade.

— Peyton est vivante ! répéta la jeune femme. Je l'ai encore entendue cette nuit.

Et il y avait dans sa voix une telle conviction que Slade fut tenté d'admettre l'existence d'un lien télépathique entre elle et sa fille.

Mais il repoussa vite cette idée. Cela faisait longtemps qu'il ne croyait plus en rien, et certainement pas en la possibilité d'un amour assez fort pour permettre, même à une mère et son enfant, de communiquer à distance.

Un quart d'heure plus tard, ils arrivaient à destination — une zone résidentielle sécurisée où Slade ne fut autorisé à pénétrer qu'après avoir présenté une pièce d'identité au vigile posté devant la grille qui en constituait le seul accès.

La demeure familiale des Hood, massive et prétentieuse, ressemblait plus à un hôtel qu'à une habitation privée. Son seul attrait résidait dans le superbe jardin qui l'entourait. Un homme était occupé à en tondre la pelouse, deux autres à désherber les parterres de fleurs. Ils levèrent la tête quand Slade se gara devant la maison, mais le laissèrent sans rien dire monter avec Nina les marches du perron.

Il appuya sur la sonnette et, au bout d'un moment qui lui parut très long, une femme en robe noire et tablier blanc ouvrit la porte.

— Mme Hood est-elle là ? lui demanda-t-il.

— Non, monsieur. Puis-je savoir qui vous êtes et le but de votre visite, pour l'en informer à son retour ?

— Où est-elle ?

— Excusez-moi, monsieur, mais c'est une information que je ne peux pas communiquer à n'importe qui.

— Je vous en prie ! intervint Nina. Il faut absolument que nous lui parlions !

Puis elle fit les présentations, et la domestique, après quelques secondes d'hésitation, indiqua :

— Mme Hood est allée déjeuner au restaurant du club sportif.

— Où se trouve-t-il ?

— À environ un kilomètre d'ici. Vous n'avez qu'à suivre les panneaux.

— Merci beaucoup ! déclara Slade. Vous venez, Nina ?

Ils regagnèrent la voiture, et la jeune femme observa pendant le trajet :

— Mme Hood ne va pas être ravie de nous voir interrompre son déjeuner.

— Je m'en moque ! s'écria Slade. Ce que j'ai appris sur elle ne me porte pas à l'indulgence. J'éprouverai même un plaisir certain à lui rabattre le caquet !

Le grand sourire que cette remarque amena sur le visage de Nina le bouleversa. Elle en était transfigurée, et ce sourire, il aurait voulu pouvoir le lui faire garder en permanence.

Le vestibule du restaurant où ils entrèrent quelques minutes plus tard était aussi luxueux que le hall d'un palace : sol dallé de marbre, glaces biseautées, vases remplis d'énormes bouquets de fleurs fraîches, rideaux de velours rouge aux fenêtres…

Par une arcade, sur sa droite, Slade aperçut une salle à manger d'apparence tout aussi somptueuse. Il la franchit, suivi de Nina, et ils se retrouvèrent dans une immense pièce où des groupes de femmes, des couples et des hommes d'affaires — tous sur leur trente-et-un — déjeunaient sur des nappes damassées.

Une terrasse réunissait autour de tables en fer forgé des joueurs de tennis et de golf, raquettes et sacs à leurs pieds, mais leurs tenues de sport devaient avoir coûté à peine moins cher que les tailleurs et les costumes des clients installés à l'intérieur.

L'atmosphère élitiste et guindée qui se dégageait de l'ensemble était à l'opposé de l'idée que Slade se faisait d'un club sportif. Il aurait préféré mourir plutôt que d'appartenir à celui-ci…

Le problème ne risquait heureusement pas de se poser, pensa-t-il avec un petit rire intérieur, car il ne remplirait jamais aucun des critères requis pour y être admis.

Ayant vu la veille une photo récente d'Eileen Wood, il lui suffit de balayer la salle du regard pour la repérer. Elle était attablée avec trois autres femmes d'âge mûr, et il se dirigea vers elle, Nina à son côté.

Quand Mme Hood remarqua leur présence, elle sauta sur ses pieds, jeta sa serviette sur la table et vint à leur rencontre, ses yeux lançant des éclairs.

— Qu'est-ce que vous faites là, tous les deux ? gronda-t-elle une fois arrivée à leur hauteur.

— J'essaie de retrouver ma fille, répondit Nina, et M. Blackburn me prête son concours.

— C'est donc vrai ! William m'a téléphoné pour me prévenir que vous aviez engagé un autre détective privé, mais j'hésitais à le croire…

— J'ai repris mes recherches, en effet, et je les poursuivrai jusqu'au bout, cette fois.

— Je n'ai rien à vous dire !

— Désolée, mais nous ne partirons pas avant de vous avoir posé un certain nombre de questions — et obtenu une réponse à chacune. Maintenant, vous préférez que cet entretien ait lieu ici, devant vos amis, ou dans un endroit plus discret ?

Mme Hood poussa un grognement de colère, puis elle se dirigea d'une démarche hautaine vers le vestibule. Visiblement déterminée à éviter une scène, elle conduisit Slade et Nina dans le vestiaire du restaurant, referma la porte derrière eux et croisa les bras.

— Je vous donne cinq minutes ! Après, j'appelle la sécurité et je vous fais jeter dehors !

Slade n'avait jamais frappé une femme, mais l'envie le démangeait de gifler celle-là.

— Où étiez-vous hier soir ? lui demanda-t-il.

— Ici. Pourquoi ?

— Parce que, depuis que j'enquête sur cette affaire, Nina est victime d'actes de malveillance répétés.

— Ne la laissez pas vous manipuler, monsieur ! Son bébé est mort il y a huit ans, mais elle refuse de l'admettre. C'est une névrosée !

— Je ne suis pas de cet avis. Je pense, moi, qu'elle a d'excellentes raisons de croire à la survie de sa fille.

— Qu'est-ce que vous me chantez là ? La police de l'époque a émis une conclusion contraire.

— Oui, mais le corps n'a pas été retrouvé...

— Et alors ? Il suffit de voir les photos de la catastrophe pour comprendre que ce bébé n'a pas pu en réchapper !

— Sauf s'il a été kidnappé avant que l'incendie n'ait pris des proportions trop importantes. Et je vous soupçonne de l'avoir enlevé, madame Hood, ou d'avoir payé quelqu'un pour le faire.

# 11

À une certaine époque, le courroux qui déformait les traits de la mère de William aurait impressionné Nina, mais aujourd'hui, il la laissait de marbre.

Et si cette femme était responsable de la disparition de Peyton, jamais elle ne le lui pardonnerait.

— Comment pouvez-vous porter une accusation aussi absurde contre moi, monsieur Blackburn ?

— Elle n'a rien d'absurde, répliqua froidement Slade. Elle se fonde au contraire sur des faits extrêmement précis.

— Lesquels ?

— Vos tentatives pour convaincre Nina de « se débarrasser » de son bébé, en lui offrant d'abord de l'argent si elle acceptait d'avorter, puis en la menaçant de représailles si elle le gardait après la naissance.

— Nina n'était alors encore elle-même qu'une enfant, une petite traînée qui n'avait ni la maturité ni les moyens financiers nécessaires pour s'occuper correctement d'un bébé !

— Ne me racontez pas d'histoires ! Si c'étaient les intérêts de ce bébé que vous aviez eu à cœur, vous auriez proposé à Nina de l'aider à l'élever. La vérité, c'est que vous ne vouliez pas d'un enfant illégitime dans votre famille, et que cela vous donnait un mobile pour enlever Peyton à sa mère.

— C'est ridicule !

— Où étiez-vous la nuit de l'incendie ?

— Je n'ai pas à vous répondre !

Nina posa une main sur le bras de Mme Hood et lui dit doucement mais fermement :

— Vous étiez à l'hôpital cette nuit-là, Eileen ?

— Non, à une réception, et je peux le prouver !

— Vous avez donc engagé quelqu'un pour kidnapper Peyton ! déclara Slade sur un ton affirmatif, comme si cela allait de soi. Que s'est-il passé après ? Vous vous êtes arrangée pour la faire adopter, ou bien vous l'avez directement confiée à votre fille ?

Mme Hood blêmit sous son maquillage, mais était-ce de frayeur, parce que Slade avait vu juste, ou de rage, parce qu'elle ne supportait pas d'être accusée à tort ?

— Laissez ma fille et ma petite-fille en dehors de tout ça ! s'écria-t-elle. Et partez, maintenant, sinon j'appelle la sécurité, et j'engage ensuite des poursuites contre vous pour harcèlement !

— Vos menaces ne me font pas peur, madame Hood !

— Vous auriez tort de les prendre à la légère, monsieur Blackburn ! J'ai suffisamment d'influence dans cette ville pour vous causer de très gros ennuis !

— Je suis prêt à courir ce risque, et je vous préviens : si vous êtes pour quelque chose dans la disparition de la fille de Nina, je le découvrirai, et ni votre nom ni votre argent ne vous épargneront d'aller moisir en prison ! Vous ne mangerez pas sur une nappe blanche, là-bas, et je doute même que vos amis haut placés viennent vous y rendre visite !

— Merci de m'avoir soutenue, dit Nina à Slade lorsqu'ils eurent regagné la voiture.

— Cette femme n'est qu'une garce snob et arrogante ! grommela-t-il en démarrant.

Nina se mit à rire, et il se tourna vers elle. Avec ses yeux pétillants de gaieté et le soleil qui jouait dans les mèches soyeuses de ses cheveux blonds, elle était d'une beauté radieuse.

La libido de Slade réagit instantanément, en faisant courir le long de ses veines une onde brûlante, et il se hâta de reporter son attention sur la route.

Cette précaution ne suffit malheureusement pas à calmer la fièvre de ses sens, et les émotions qui l'agitaient non plus. Car Nina ne lui inspirait pas seulement un puissant désir : il aurait aussi voulu résoudre tous ses problèmes.

Cela signifiait qu'il commençait à s'attacher à elle, et c'était dangereux. Il devait absolument se reprendre. Se dépêcher de boucler son enquête, et rompre ensuite tout lien avec cette trop belle cliente.

La faim le conduisit dans une brasserie du centre-ville de Winston-Salem, où il dévora un steak-frites tandis que Nina mangeait du bout des dents un sandwich au poulet.

— Eileen Hood a beau m'être profondément antipathique, observa-t-elle, je l'imagine mal en ravisseuse d'enfant.

— Je la crois, moi, capable des pires turpitudes pour sauver les apparences. Et elle avait un autre mobile pour vous enlever votre bébé : la peur, si vous le gardiez, que vous ne réclamiez de l'argent en son nom.

— L'idée ne m'en serait jamais venue !

— Sans doute, mais elle y aura songé, elle, et de fait, vous auriez pu en toute légitimité demander à William de participer financièrement à l'éducation de Peyton jusqu'à sa majorité. Sans compter que votre fille aurait un jour eu droit à une part de la fortune des Hood…

— Et maintenant qu'Eileen me voit décidée à remuer ciel et terre pour retrouver Peyton, ses craintes se réveillent…

— Oui, et l'histoire se répète : vous êtes victime d'une machination visant à vous faire passer pour folle, comme autrefois.

— Vous pensez qu'Eileen Hood en est l'auteur ?

— C'est très possible, mais dans ce cas, elle aura pris soin de se protéger, en payant quelqu'un pour effectuer le sale travail à sa place, et à des moments où elle peut produire un alibi.

— Qu'elle soit ou non l'instigatrice de ce plan machiavélique, il est d'une efficacité redoutable : personne ne m'a crue, il y a huit ans, même pas mon propre père, et aujourd'hui encore, tout le monde me prend pour une névrosée — sauf vous.

Ils finirent leur repas en silence, puis Slade régla l'addition, et ils retournèrent à la voiture pour se rendre chez Diane Lucas.

— Si Eileen Hood est coupable, déclara Nina en chemin, je me demande si William le sait.

— Il serait alors complice des agissements de sa mère et irait la rejoindre en prison… J'avoue que cette idée n'est pas pour me déplaire !

Les Lucas habitaient l'un des quartiers les plus agréables de Winston-Salem. Ils y occupaient une maison de style moderne, aux lignes d'une apparente simplicité, mais Slade ne s'y trompa pas. Elles portaient la marque d'un grand architecte, et il n'en fut pas autrement surpris : ses recherches sur internet lui avaient appris que Dennis Lucas, praticien hospitalier, arrondissait des revenus déjà élevés en soignant une riche clientèle privée.

Ce fut une jeune femme blonde, en short et débardeur, qui répondit au coup de sonnette de Slade.

— Madame Lucas ? demanda-t-il.

— Oui, et je sais qui vous êtes, tous les deux : ma mère m'a appelée. Entrez ! Tiffany est dans la piscine, et il faut que je retourne la surveiller.

Elle invita de la main ses visiteurs à la suivre, et ils longèrent un couloir aux murs ornés de peintures abstraites, traversèrent un séjour rempli de meubles design, puis franchirent une porte-fenêtre qui donnait sur une terrasse et, au-delà, sur une grande piscine. Tiffany jouait dans l'eau, équipée d'une bouée en forme de dinosaure, et Slade vit une expression de nostalgie assombrir le regard de Nina.

— Maman prétend que vous l'avez accusée d'avoir kidnappé le bébé de Mlle Nash il y a huit ans, monsieur Blackburn, déclara Diane. C'est vrai ?

— Nous voulions juste lui poser quelques questions, éluda Slade.

Puis il entreprit d'exposer une nouvelle fois les raisons qu'ils avaient de croire Peyton toujours vivante.

— Je comprends, dit Diane quand il eut terminé, et je compatis à votre douleur, mademoiselle Nash… Si j'avais été dans la même situation, j'aurais sûrement réagi comme vous : je n'aurais eu de cesse de retrouver ma fille.

Sa calme sollicitude surprit agréablement Slade. Elle ne ressemblait en rien à sa mère !

— J'ai su par William que maman vous avait offert une grosse somme d'argent si vous acceptiez d'avorter, poursuivit Diane, et je dois reconnaître que ça ne m'a pas étonnée : elle a toujours été obsédée par son image.

— Elle aurait pu aller jusqu'à engager quelqu'un pour enlever Peyton, à votre avis ? demanda Slade.

— Je l'ignore, mais j'espère que non, parce que l'idée d'avoir pour mère une femme capable d'un acte aussi odieux me fait horreur.

Le claquement de la porte d'entrée leur parvint alors, puis un bruit de pas précipités résonna à l'intérieur de la maison. Un instant plus tard, un homme aux cheveux bruns surgit sur la terrasse et s'écria d'une voix vibrante de colère :

— Pourquoi as-tu laissé ces gens entrer, Diane ?

— Calme-toi, chéri ! Je n'avais aucune raison de refuser de leur parler.

— Bien sûr que si ! Ta mère m'a téléphoné, et elle a dû te dire comme à moi qu'ils l'avaient accusée d'avoir kidnappé un bébé et de nous l'avoir ensuite donné… C'est intolérable !

— J'essaie seulement de savoir ce qui est arrivé à ma fille, déclara Nina.

— Elle est morte, mademoiselle Nash ! C'est très triste, mais vous devez l'accepter, au lieu d'inventer une histoire d'enlèvement à dormir debout !

— Vous pouvez prouver que Tiffany est votre fille biologique, docteur ? intervint Slade.

— Oui. Elle est née dans l'hôpital où je travaille, et c'est même moi qui l'ai mise au monde. Ces informations figurent sur son acte de naissance.

— Il est possible de trafiquer un document d'état civil, et un médecin a suffisamment de pouvoir et de relations pour obtenir ce genre de « petit » service…

— Vous m'accusez de prévarication ? hurla Dennis.

— Calme-toi, chéri ! répéta Diane. Tu fais peur à Tiffany.

La fillette s'était en effet arrêtée de jouer, et elle considérait le groupe d'adultes d'un air inquiet. Dennis lui jeta un coup d'œil, puis il inspira profondément et grommela entre ses dents :

— Je me calmerai quand ces gens auront vidé les lieux.

— Le seul moyen de nous convaincre que Tiffany est votre fille biologique, c'est de nous donner un échantillon d'ADN, indiqua Slade.

— Il n'en est pas question ! Allez-vous-en, à présent, avant que j'appelle la police et que je porte plainte contre vous pour harcèlement !

— Permettez-moi de vous signaler que votre refus de coopérer ne plaide pas en votre faveur…

— Je n'ai rien à me reprocher ! Je me contente de protéger ma famille des fouineurs de votre espèce ! Partez, maintenant, ou je vous jette dehors !

La fureur qui se lisait sur le visage de Dennis Lucas fit frémir Nina.

— Je vais les raccompagner, annonça Diane en posant une main apaisante sur l'épaule de son mari. Reste là, et surveille Tiffany.

Mais il l'ignora et observa sans cesser de fixer Slade :

— Ce n'est pas d'un détective privé que vous avez besoin, mademoiselle Nash, mais d'un psychiatre. Alors allez en consulter un, et laissez-nous tranquilles !

— Pour un médecin, vous manquez vraiment de…, commença Slade.

Nina le réduisit au silence en le tirant par le bras, mais il résista, et les deux hommes continuèrent à se défier du regard pendant encore un long moment.

— Si je découvre le moindre mensonge dans ce que vous m'avez dit, docteur, je reviendrai vous demander des comptes, finit par déclarer Slade.

Puis il pivota sur ses talons et quitta la terrasse, suivi des deux jeunes femmes. Une fois dans la maison, cependant, Diane s'arrêta, prit une brosse à cheveux et la tendit à Slade.

— C'est celle de Tiffany. Prélevez quelques cheveux, faites un test ADN, et vous verrez qu'elle n'est pas la fille de Mlle Nash.

— Pourquoi acceptez-vous de nous aider ? s'écria Nina, interloquée.

— Parce que je vous comprends. Cette analyse mettra fin à vos incertitudes au moins en ce qui concerne Tiffany, et j'ai toujours désapprouvé la manière dont ma mère et mon frère vous ont traitée.

— M… merci…, bredouilla Nina, les larmes aux yeux.

Le geste spontané de Diane lui semblait rendre un test ADN inutile, mais Slade, lui, prit plusieurs cheveux sur la brosse, sortit une petite enveloppe de la poche intérieure de sa veste et les plaça dedans. Diane les accompagna ensuite jusqu'à la porte et, avant de la refermer derrière eux, elle souffla à Nina :

— Je vous souhaite de tout cœur de trouver ce que vous cherchez, mademoiselle Nash.

Touchée par sa gentillesse, la jeune femme la remercia une nouvelle fois, puis se dirigea avec Slade vers la voiture.

— Je suis sûre que Diane n'a rien à voir dans la disparition de Peyton, remarqua-t-elle quand ils s'y furent installés.

— Vous êtes trop confiante !

— Pas vraiment, répliqua-t-elle avec un petit rire d'autodérision, mais Diane avait l'air sincère, et elle ne nous aurait pas fourni un échantillon d'ADN s'il pouvait prouver que Tiffany n'est pas sa fille biologique.

— Peut-être, dit Slade en démarrant, mais la réaction de son mari m'intrigue.

— Pourquoi ?

— Sa violence m'incite à penser que, même si les Lucas sont les vrais parents de Tiffany, cet homme sait quelque chose. Mme Hood peut avoir sollicité son aide pour falsifier des papiers, par exemple, ou bien pour planifier une adoption.

— Si Peyton a été adoptée, le nom et les coordonnées de la

famille qui l'a recueillie figurent dans son dossier, mais comme ce genre de document est classé confidentiel, nous n'y aurons jamais accès.

— Ne vous inquiétez pas : si Lucas est impliqué d'une manière ou d'une autre dans cette affaire, je me charge de le faire parler ! Le nom de l'agence d'adoption et celui de l'avocat qui s'est occupé des formalités juridiques nous fourniraient déjà une piste intéressante.

— À condition qu'Eileen Hood n'ait pas payé quelqu'un pour enlever ma fille et l'emmener ensuite à l'autre bout du pays, voire à l'étranger…

Ce n'était pas la première fois que Nina envisageait cette hypothèse. Elle évitait généralement de s'attarder dessus, mais maintenant que ses recherches avaient repris, il lui fallait regarder les choses en face…

Et le silence de Slade lui indiqua qu'il partageait ses inquiétudes : il pensait comme elle que leur enquête pouvait leur apporter un certain nombre d'informations nouvelles, mais déboucher ensuite sur une impasse.

Pour ne pas se laisser aller au découragement, elle ferma les yeux et tenta de faire le vide dans son esprit. Elle sentit peu à peu le sommeil la gagner, mais une embardée du 4x4 la tira soudain de sa torpeur. Elle ouvrit les paupières et vit dans le rétroviseur de sa portière qu'un véhicule roulait dangereusement près du leur.

— Que se passe-t-il ? demanda-t-elle.

— Cette voiture a failli nous percuter par l'arrière, à l'instant.

Alors qu'ils s'engageaient sur la partie descendante d'un pont qui enjambait une route secondaire, l'automobile qui les suivait déboîta brusquement, les doubla, et son conducteur leur fit une queue de poisson. Slade freina pour éviter la collision, mais au lieu de ralentir, le 4x4 accéléra.

Le chauffard s'éloigna à vive allure tandis que Slade appuyait désespérément sur la pédale de frein… sans résultat, et Nina s'aperçut qu'il avait perdu le contrôle du véhicule. Il s'efforçait de le maintenir sur une trajectoire rectiligne, mais il franchit la ligne blanche au moment où un camion venait dans l'autre sens, et le grand coup de volant à droite qu'il donna envoya le 4x4 contre la glissière de sécurité.

Celle-ci céda sous le choc et la voiture bascula dans le vide, retomba sur la route en contrebas et partit en tonneaux.

# 12

Le 4x4 finit par s'immobiliser — sur ses quatre roues — et Slade poussa un soupir de soulagement en constatant que la route était déserte.

Les airbags s'étaient déployés, leur épargnant, à lui et à sa passagère, d'aller se fracasser le crâne contre le pare-brise, mais l'avant du véhicule était tellement enfoncé qu'il ne pouvait pas remuer les jambes. Son genou droit lui faisait mal, mais c'était bon signe : le pire aurait été de ne plus avoir de sensations dans le bas du corps.

— Ça va, Nina ? demanda-t-il.

Pas de réponse. Les airbags l'empêchaient de voir la tête de la jeune femme, mais pas de se rendre compte qu'elle ne bougeait pas… Il chercha sa main, la serra dans la sienne et répéta anxieusement :

— Ça va, Nina ?

Toujours pas de réponse… Slade sortit son couteau suisse de sa poche et le planta dans un airbag après l'autre.

Le visage de la jeune femme lui apparut alors et, à la vue de ses paupières closes et de son extrême pâleur, une folle terreur le saisit. Elle avait pour seules blessures apparentes une éraflure sur la joue et une seconde sur le front — sans doute dues à des projections de verre, car toutes les vitres du 4x4 avaient volé en éclats —, mais elle pouvait souffrir de lésions internes…

Slade plongea de nouveau la main dans sa poche, cette fois pour prendre son portable et appeler les secours. Il n'eut cependant pas à le faire : un bruit de sirènes retentit au loin avant qu'il n'ait composé le numéro. Quelqu'un avait déjà signalé l'accident.

Mais s'agissait-il vraiment d'un accident ? Pourquoi les freins avaient-ils lâché ? Son 4x4 était neuf !

Nina poussa un petit gémissement, et Slade se pencha vers elle.

— Réveillez-vous ! dit-il en lui caressant la joue.

Ses paupières s'ouvrirent lentement, mais sur un regard vitreux, désorienté.

— On a eu un accident, expliqua Slade, mais les pompiers arrivent… Vous êtes blessée ?

— Quoi ?

— Vous avez mal quelque part ?

La jeune femme fronça les sourcils, essaya de changer de position, et une expression de panique se peignit alors sur ses traits.

— Mes jambes…, murmura-t-elle d'une voix étranglée. Je ne les sens plus.

La crainte d'être paralysée sortit Nina de l'état de semi-conscience qui avait succédé à sa perte de connaissance.

— Je ne peux pas bouger ! s'écria-t-elle d'une voix désespérée.

— Ne vous affolez pas ! Le choc a enfoncé l'avant de la voiture, et nous sommes bloqués à l'intérieur. Il faut attendre qu'on vienne nous délivrer avec du matériel de désincarcération.

Nina entendait maintenant des sirènes mugir, et le bruit se rapprochait rapidement. Une minute plus tard, des pneus crissèrent, des portières claquèrent et, en se tournant vers la vitre brisée du conducteur, elle vit le visage d'un pompier et celui d'un policier surgir dans l'ouverture.

— Vous êtes blessés ? demanda le premier.

— Moi, non, répondit Slade, mais ma passagère l'est peut-être, et nous ne pouvons pas sortir.

— On a les outils nécessaires pour vous dégager, mais vous allez devoir être patients !

— D'accord.

Slade prit la main de Nina, et il ne la lâcha pas de toute l'heure que dura le travail des pompiers. Elle avait mal à la tête, et le vrombissement des scies à métaux, le bruit crispant de leurs lames découpant la tôle lui mettaient les nerfs à vif.

Grâce à Slade, qui ne cessait de lui parler sur un ton apaisant, elle réussit cependant à garder son sang-froid jusqu'à ce qu'une voix, dehors, déclare l'opération terminée. Elle sentit en effet disparaître d'un coup la pression qui s'exerçait sur le bas de son corps, et des fourmillements ne tardèrent pas à courir le long de ses jambes. Ils étaient douloureux, mais elle les accueillit avec un profond soulagement : ils signifiaient que l'accident ne la laisserait pas infirme.

— J'ai des picotements dans les mollets et mal à une cheville, annonça-t-elle à Slade.

— Excellente nouvelle ! observa-t-il avec un grand sourire.

Une ambulance était arrivée entre-temps, et deux brancardiers vinrent sortir Nina de l'habitacle. Ils l'allongèrent sur une civière, l'y attachèrent et lui immobilisèrent la nuque avec un collier cervical. Elle aperçut un véhicule portant le logo d'un journal de la région, et un flash l'aveugla juste après. Une fois l'éblouissement passé, elle chercha Slade du regard, mais son champ de vision était très limité, et il n'y apparut pas.

Avant d'être montée dans l'ambulance, cependant, elle entendit un homme demander :

— Vous pouvez me dire ce qui s'est passé ? Je suis le shérif Driscill.

— Mes freins ont lâché, répondit la voix de Slade. Il faut examiner mon 4x4, pour voir s'ils n'ont pas été trafiqués.

Les mains de Nina se crispèrent sur les bords de la civière. Était-il possible que quelqu'un ait essayé de les tuer ?

Slade tremblait de colère. Il voulait savoir pourquoi ses freins avaient lâché et, dans l'hypothèse d'un acte criminel, qui en était l'auteur.

Nina et lui auraient pu mourir !

Et si c'était le but recherché ?

— Pourquoi soupçonnez-vous un sabotage ? questionna le shérif.

— Je suis détective privé, et j'enquête en ce moment sur une affaire délicate.

— Quel genre d'affaire ?

Slade expliqua la situation au policier, qui prit des notes et indiqua ensuite :

— Je vais faire expertiser votre véhicule. Je vous tiendrai au courant.

— Merci. Maintenant, excusez-moi, mais il faut que j'accompagne Mlle Nash à l'hôpital.

Après avoir remis sa carte professionnelle au shérif, Slade se dirigea à grands pas vers l'ambulance. Son genou l'élançait, et un éclat de verre lui avait entaillé le bras, mais il ne voulait pas perdre de temps en se faisant soigner sur place : l'état de santé de Nina figurait au premier rang de ses priorités.

Elle ouvrit les yeux quand il monta à l'arrière de l'ambulance et s'assit près d'elle.

— Vous souffrez ? demanda-t-il en lui prenant la main.

— J'ai mal à la tête et à la cheville, mais autrement, ça va… Et vous ?

— J'ai connu pire.

— Je vous ai entendu dire au shérif que les freins avaient lâché.

— C'est vrai.

— Vous pensez qu'ils ont été trafiqués ?

— J'en donnerais ma tête à couper. Mais que le responsable ait espéré nous effrayer au point de nous faire abandonner nos recherches, ou tenté carrément de nous tuer, il n'a réussi qu'à me mettre en rogne !

Ces mots amenèrent un sourire sur les lèvres de Nina — aussitôt suivi d'une petite grimace de douleur —, et Slade serra plus fort sa main dans la sienne. La vue de son visage meurtri lui fendait le cœur. Il avait envie de la prendre dans ses bras, et de l'y garder jusqu'à la fin des temps, pour qu'il ne puisse plus rien lui arriver.

La sirène de l'ambulance se mit en marche, le véhicule s'ébranla, et Slade se jura de venger Nina de tout le mal qui lui avait été fait.

Les heures suivantes passèrent pour Nina dans une sorte de brouillard. Les médecins des urgences soignèrent ses coupures, bandèrent sa cheville — heureusement juste foulée — puis, après de nombreuses radios, une IRM et un scanner, ils lui déclarèrent qu'elle avait eu beaucoup de chance.

Elle n'en était pas moins percluse de douleurs et, quand la nuit vint, des cauchemars hantèrent son sommeil. Certains lui faisaient revivre les instants terrifiants où le 4x4 avait basculé dans le vide ; dans d'autres, Peyton se tenait à moins d'un mètre d'elle, mais chaque fois qu'elle tendait le bras pour la toucher, la fillette s'éloignait.

Le lendemain matin, Nina se réveilla d'un de ces derniers rêves en pleurs et avec sur la poitrine un poids qui l'empêchait de respirer.

Slade était assis près d'elle, l'air farouche. Il n'avait pas quitté son chevet depuis la veille et, même visiblement épuisé, même toujours vêtu des habits que l'accident avait mis en lambeaux, c'était le plus bel homme qu'elle ait jamais vu.

— Comment vous sentez-vous ? lui demanda-t-il dès qu'elle ouvrit les yeux.

— Pas trop mal.

Après avoir écarté les cheveux qui lui retombaient sur le visage, la jeune femme se redressa, mais ce mouvement la fit grimacer, et Slade alla chercher dans le placard de la chambre un oreiller supplémentaire, qu'il lui cala dans le dos. Elle s'aperçut alors que le haut de sa chemise d'hôpital avait glissé sur son épaule, et elle se hâta de le relever.

— Merci d'être resté, dit-elle, mais vous auriez dû rentrer dormir chez vous.

— Je n'ai plus de voiture, et même si j'en avais eu une, je ne vous aurais pas laissée seule. Quant à dormir, je n'y serais pas plus arrivé chez moi qu'ici : je m'inquiétais trop pour vous… Le shérif m'a appelé, et j'avais raison : les câbles de frein de mon 4x4 ont été trafiqués de façon à provoquer leur rupture au premier coup de frein un tant soit peu violent.

— Quelqu'un a donc volontairement causé cet accident !

— Oui, et ça signifie que nous sommes suffisamment près du but pour pousser cette personne aux pires extrémités.

— N'est-ce pas pour vous la preuve irréfutable que Peyton est toujours vivante ?

Slade demeura si longtemps silencieux que Nina pensa qu'il n'allait pas répondre.

— Je ne sais pas, finit-il cependant par déclarer. Mais ce qui est sûr, c'est que quelqu'un connaît la vérité sur cette affaire, et veut nous empêcher de la découvrir.

Le portable de Slade sonna et il décrocha.

— Blackburn…

— Roan Waldorp à l'appareil.

— Oui ?

— J'exige que vous laissiez ma famille tranquille !

— J'enquête sur la disparition d'une enfant, monsieur Waldorp, et je dois pour cela interroger toutes les personnes susceptibles de me fournir des informations sur l'incendie qui a ravagé l'hôpital de Sanctuary il y a huit ans.

— Peut-être, mais ma femme a subi ce jour-là un terrible traumatisme, et je vous interdis de revenir la voir — sans parler de l'accuser d'être impliquée dans une histoire d'adoption illégale !

— Alors c'est à vous que je vais demander de m'aider : dites-moi qui vous a servi d'intermédiaire pour adopter Judy.

— Ça ne vous regarde pas ! Ma femme et moi avons eu la chance, dans notre malheur, de pouvoir remplacer très vite le bébé que nous avions perdu, et Judy est parfaitement heureuse avec nous, alors fichez-nous la paix !

Le signal de fin de communication retentit dans l'écouteur. Waldorp avait raccroché.

— Que voulait-il ? déclara Nina.

— Me convaincre de ne plus fourrer mon nez dans ses affaires… Il faut que j'appelle Gage McDermont, à présent. Je l'ai déjà informé du sabotage de mes freins, mais je voudrais qu'un de mes collègues de l'agence se renseigne sur la façon dont l'adoption de Judy Waldorp s'est opérée.

Une minute plus tard, Slade avait son patron au bout du fil.

— C'est encore moi, indiqua-t-il.

— Comment va Nina ?

— Mieux. Écoutez, je viens d'avoir un coup de téléphone de M. Waldorp, et il est furieux que j'aie interrogé sa femme au sujet de leur fille. Vous pouvez demander à Benjamin ou à Derrick d'essayer d'en savoir plus sur cette adoption ?

— D'accord. Et à ce propos, Derrick m'a dit tout à l'heure que Brianna vous avait arrangé un rendez-vous avec une employée de l'Aide sociale à l'enfance.

— Quand ?

— Aujourd'hui à midi.

— Parfait, j'y serai ! Autre chose ?

— Oui. J'ai vérifié les alibis des Hood pour la nuit de l'incendie. William était dans un bar avec deux de ses amis, et ils n'en sont partis qu'à minuit.

— Les amis en question ont peut-être menti pour le couvrir.

— Peut-être… S'agissant de Mme Hood, j'ai trouvé un article sur la réception mondaine où elle était invitée. J'ai appelé trois des participants, et ils m'ont tous confirmé l'y avoir vue.

— Reste la possibilité qu'elle ait engagé quelqu'un pour enlever Peyton Nash, puis distribué des pots-de-vin pour la faire adopter sous un autre nom…

— Oui, mais nous n'en avons aucune preuve.

— Et Mitzi, la femme de William ?

— D'après son père, elle n'a pas bougé de chez eux cette nuit-là.

Comme si un père n'était pas prêt à fournir un faux alibi à sa fille pour lui épargner de gros ennuis avec la justice ! songea Slade.

Il entendit ensuite quelqu'un parler à Gage, qui se tut un instant avant d'annoncer :

— Benjamin a quelque chose à vous dire, Slade… Je vais vous le passer, mais je vous signale d'abord que je vous ai commandé une voiture de location. Elle devrait vous être livrée sur le parking de l'hôpital dans une petite demi-heure.

— Merci beaucoup.

La voix de Benjamin Camp retentit deux secondes plus tard dans l'écouteur.

— J'ai pu accéder aux relevés téléphoniques des Hood et de M. Nash. Ce dernier a appelé plusieurs fois un avocat de Sanctuary dans les semaines qui ont précédé la naissance de Peyton, et dans celles qui ont suivi.

— Voilà qui est intéressant ! Vous avez le nom de cet avocat ?

— Oui : Stanford Mansfield. Et il y a encore plus intéressant : non seulement le père de ce Mansfield et celui de Nina sont d'anciens camarades d'université, mais ils sont aujourd'hui membres du même Rotary Club.

Simple coïncidence, ou bien Nash avait-il demandé à son ami de lui rendre service ? songea Slade.

— J'irai parler à cet avocat, déclara-t-il. En attendant, vous pourriez examiner les relevés de compte bancaire de Nash, pour voir s'il a fait de gros retraits d'argent à cette époque ?

— Ça marche !

— Merci.

Quand Slade eut raccroché, il surprit Nina en train de le fixer, les sourcils froncés.

— Il y a du nouveau ? demanda-t-elle.

Un rude combat se livra alors dans l'esprit de Slade. Il avait promis à la jeune femme de ne rien lui cacher de ce qu'il apprendrait, mais comment lui annoncer que son père était peut-être le responsable de la disparition de sa fille ?

Les mâchoires contractées de Slade ne lui disaient rien qui vaille, songea Nina.

— Il y a du nouveau ? répéta-t-elle.

— Oui. Il faut que j'aille interroger un avocat de Sanctuary, un certain Stanford Mansfield.

— Pourquoi ?

Slade se balança nerveusement d'un pied sur l'autre avant de répondre :

— Votre père lui a téléphoné plusieurs fois avant et après la naissance de Peyton.

— Vous pensez qu'il l'a payé pour la faire adopter derrière mon dos ?

— Je n'en sais rien, mais c'est une piste, et je dois la suivre.

— Je vous accompagne !

— Certainement pas ! Vous avez besoin de vous reposer.

Nina ignora cette remarque. Elle repoussa les couvertures, s'assit au bord du lit, mais lorsqu'elle voulut se mettre debout, sa cheville blessée se rappela à son bon souvenir, et elle serait tombée si Slade ne l'avait rattrapée par le bras.

— Vous voyez bien que vous n'êtes en état d'aller nulle part ! s'écria-t-il.

— Si ! J'ai simplement eu le tort d'oublier ma foulure, mais si je fais attention à ne pas trop m'appuyer sur cette jambe, je suis parfaitement capable de marcher. Et je ne peux pas rester à me prélasser dans un lit alors que nous sommes si près du but !

— Je vous en prie, Nina, soyez raisonnable ! Je reviendrai vous raconter mon entretien avec Mansfield dès que j'en aurai terminé avec lui, je vous le promets !

— Inutile de vous fatiguer : je ne changerai pas d'avis.

— Même si je vous dis que vous avez une tête…

— À faire peur ? Oui, je m'en doute, mais vous aussi !

— Moi, j'y suis habitué.

— Peut-être, mais la question n'est pas là, déclara Nina en riant. Et si Mansfield est pour quelque chose dans cette affaire, je veux justement qu'il me voie dans cet état. Il comprendra ainsi jusqu'où son ou ses complices sont prêts à aller pour nous empêcher de découvrir la vérité, et, avec un peu de chance, cela le décidera à parler.

Sur ces mots, elle commença à tirer sur l'un des nœuds qui fermaient sa chemise, mais elle interrompit son geste en s'apercevant que Slade la regardait. Il la dévorait même des yeux et, s'efforçant de cacher son trouble, elle lui lança :

— Allez demander au médecin de signer mon autorisation de sortie pendant que je m'habille, et nous irons ensuite tirer les vers du nez à cet avocat !

Rebecca voulait faire quelque chose pour que les Reese soient contents d'elle. Ils la grondaient tout le temps, et si ça continuait, ils la renverraient à l'orphelinat… Elle n'était pas heureuse chez eux, mais elle y avait au moins une chambre à elle, un minimum d'intimité pour écrire dans son journal à l'abri des regards indiscrets.

Tatie Reese se plaignait toujours de ne pas arriver à bien nettoyer le carrelage de la cuisine, à cause de ses rhumatismes…

Rebecca décida de s'en occuper. La vieille femme s'était endormie dans le canapé, et elle aurait ainsi une bonne surprise en se réveillant.

La fillette alla prendre un seau en plastique et une serpillière dans le cagibi sous l'escalier, et les emporta dans la cuisine. Elle tira ensuite un tabouret jusqu'à l'évier, mit du liquide vaisselle dans le seau, y ajouta la serpillière et ouvrit le robinet.

Une fois le seau rempli, elle coupa l'eau et le souleva, mais il était très lourd, maintenant, et quand elle voulut descendre du tabouret, il lui échappa des mains.

Un cri d'épouvante lui monta aux lèvres, mais elle le réprima : il ne fallait pas réveiller tatie Reese avant d'avoir tout nettoyé.

L'eau savonneuse s'était répandue sur le sol, et Rebecca pataugea dedans à la recherche de la serpillière.

— Qu'est-ce que tu fabriques ?

Terrifiée, la fillette se tourna vers la porte. Tatie Reese s'y encadrait, le visage déformé par la colère.

— Je lave par terre, lui répondit-elle en se forçant à sourire.

Mais loin de lui rendre son sourire, la vieille femme s'approcha d'elle d'un air menaçant.

— Sale petite morveuse ! hurla-t-elle en la secouant rudement par les épaules. Il va falloir que j'éponge tout ça, maintenant, parce que tu n'es évidemment pas capable de le faire toi-même ! J'en ai vraiment marre de toi ! Tu ne vaux pas la misérable somme d'argent qu'on nous donne tous les mois pour te garder !

Puis, sans cesser de pester, elle attrapa Rebecca par le poignet et la tira jusqu'à sa chambre. Là, elle ouvrit le placard et la poussa à l'intérieur.

— Cette fois, c'est décidé ; on va se débarrasser de toi !

La porte se referma, et la fillette se retrouva dans le noir. Elle s'assit, posa la tête sur ses genoux et se mit à pleurer.

Qu'allait-elle devenir, à présent ? Personne ne voulait d'elle…

# 13

Quand ils furent montés dans la Ford de location commandée par Gage McDermont, Slade proposa à Nina de faire une halte à leurs domiciles respectifs pour qu'ils puissent se doucher et se changer avant d'aller voir Stanford Mansfield.

La jeune femme ne protesta pas : non seulement l'accident avait endommagé ses habits, mais elle était soulagée d'avoir un peu de temps pour se préparer à cette visite.

Si c'était son père qui lui avait enlevé Peyton… Non, elle refusait de le croire capable de se montrer aussi cruel à son égard !

Slade habitant plus loin qu'elle du cabinet de l'avocat, c'est chez lui qu'ils se rendirent en premier.

— Cette maison vous appartient ? demanda-t-elle pendant qu'il ouvrait la porte.

— Oui. Elle est en mauvais état, mais j'ai été séduit par le cadre.

— La vue sur les montagnes est en effet spectaculaire ! Et quelle paix… Vous êtes tranquille, ici : aucun voisin pour vous déranger !

— Non, et c'est même l'une des raisons qui m'ont décidé à m'y installer.

Nina imagina cette maison rénovée, avec des murs extérieurs repeints en blanc, des bacs à fleurs aux fenêtres, une cour plantée d'arbres devant et un grand jardin derrière…

L'endroit rêvé pour élever une famille.

Mais Slade était de toute évidence un solitaire. Il devait tenir à son indépendance, et Nina se dit qu'elle avait tout intérêt à s'en souvenir.

Le séjour où il l'introduisit contenait pour seul ameublement un canapé en cuir, un fauteuil club, une table basse et un petit bureau. Il y avait une chaîne hi-fi, mais ni tapis sur le sol ni tableaux aux murs.

Et puis Nina aperçut, sur le bureau, la photographie encadrée d'une fillette d'une douzaine d'années et d'une femme brune. La sœur et la mère de Slade, sans aucun doute.

— Je vous sers quelque chose à boire, avant de monter me doucher ? suggéra-t-il.

— Non, merci. Allez-y ! Je vous attends ici.

La jeune femme s'assit dans le canapé, et Slade se dirigea vers l'escalier. Deux minutes plus tard, elle entendit un bruit d'eau, et l'image de Slade nu sous la douche s'imposa alors à son esprit. Elle pouvait presque voir le corps athlétique qui se devinait sous ses vêtements, puis l'eau couler sur ses larges épaules, le long de son ventre plat, descendre jusqu'à...

Se rendant compte, soudain, du tour inattendu qu'avaient pris ses pensées, Nina s'arrêta là. Que lui arrivait-il donc ? Elle n'avait rien d'une obsédée sexuelle ! Cela faisait même des années que ni l'idée ni l'envie de coucher avec un homme ne lui étaient venues : elle avait eu pour seul objectif de survivre à la perte de son bébé, puis de réaliser ses projets professionnels et de garder en dépit de tout l'espoir de retrouver sa fille.

Pour s'empêcher de retomber dans ses fantasmes, elle se leva et alla regarder de plus près la photographie posée sur le bureau. La petite fille avait l'air heureux, et sa mère souriait, un bras protecteur passé autour de ses épaules...

Mais sa disparition, quelques années plus tard, avait bouleversé la vie de cette femme et celle de Slade.

C'était pour cela qu'il la comprenait, songea Nina. Il avait connu une épreuve comparable à la sienne.

Son attention fut ensuite attirée par un carton abandonné près de la cheminée, et dont il avait sorti quelques objets. Des écussons de l'armée, une médaille militaire…, constata-t-elle en s'en approchant.

Les pas de Slade résonnèrent soudain dans l'escalier. Nina se tourna vers lui, et quand il la vit debout à côté du carton, ses mâchoires se crispèrent.

— Vous êtes prête ?

Elle fit oui de la tête, mais avec ses cheveux encore humides et tout ébouriffés, comme s'il s'était contenté d'une serviette pour les sécher, avec le haut d'une poitrine hâlée révélé par une chemise en jean dont il n'avait pas attaché le dernier bouton, il était tellement sexy qu'elle sentit une puissante vague de désir la submerger.

Slade s'était immobilisé, et il resta un long moment à la fixer en silence, mais sans qu'elle puisse dire s'il partageait son émoi ou s'il attendait juste qu'elle se ressaisisse.

Dans un cas comme dans l'autre, il avait perçu ce qu'elle éprouvait et, cherchant un moyen de se soustraire à son emprise, elle montra la médaille du doigt.

— Vous avez été décoré… Je suis impressionnée !

— Il n'y a pas de quoi, je vous le garantis !

— Je ne vous crois pas.

— Vous voyez ça ? répliqua Slade en effleurant la cicatrice de sa joue. C'est la seule blessure que j'aie reçue dans un combat où trois de mes hommes sont morts pour me sauver la vie.

La douleur et la culpabilité qui transparaissaient dans sa voix causèrent un serrement de cœur à Nina, mais piquèrent aussi sa curiosité. Il connaissait tout de son histoire, et elle, que savait-elle de lui ? Pratiquement rien…

— Votre sœur était très jolie, observa-t-elle avec un geste en direction de la photographie. Que lui est-il arrivé ?

— Elle a mal choisi ses fréquentations, elle a fugué et elle est morte… On y va, maintenant ?

Le ton de Slade s'était durci, et il se dirigeait déjà vers le vestibule quand son portable sonna. Il s'arrêta et prit la communication.

— Blackburn…

Une longue pause, puis il grommela un remerciement avant de raccrocher et de se remettre en marche.

— Qui était-ce ? demanda Nina en lui emboîtant le pas.

— Benjamin Camp, mon collègue informaticien. Je l'avais chargé d'examiner les finances de votre père à l'époque de l'incendie de l'hôpital.

— Et ? déclara-t-elle, le cœur battant.

— Votre père a retiré une grosse somme d'argent de son compte courant dans la semaine qui a précédé votre accouchement.

Sans constituer la preuve de quoi que ce soit, cette information était troublante, et la jeune femme la tourna et la retourna dans sa tête durant tout le trajet jusqu'à sa maison. Slade respecta son silence, mais une fois à destination, il observa pendant qu'elle cherchait ses clés dans son sac :

— Ce retrait d'argent n'a peut-être rien à voir avec la disparition de Peyton.

— Mais il peut aussi y être directement lié… Mon père ne supporte pas la contradiction, et il me jugeait incapable, à l'époque, de m'occuper d'un bébé.

— Il envisageait sans doute pour vous un brillant avenir, et tenait à ce que vous mettiez toutes les chances de votre côté.

— Vous le défendez ?

— Non, j'essaie de comprendre sa psychologie. Certains hommes croient servir les intérêts de leurs enfants en leur imposant leur propre conception de ce qui est bon pour eux, et cela les amène parfois à prendre de mauvaises décisions.

— Moi, je ne trouve aucune excuse à mon père ! Et s'il s'avère en plus qu'il a enlevé Peyton et me ment depuis des années, je n'hésiterai pas à le dénoncer à la police !

Luttant pour contenir ses larmes, Nina ouvrit la porte, puis monta se doucher sans rien ajouter. Sa cheville foulée la faisait boitiller et elle avait mal partout, mais ses blessures physiques n'étaient rien comparées à la douleur que lui causait l'idée d'avoir été aussi odieusement trahie par son propre père.

Slade prit comme dérivatif à son envie d'aller rejoindre Nina sous la douche la recherche de ce qu'internet avait à lui apprendre sur Stanford Mansfield.

La Toile lui fournit toutes sortes d'informations, d'ordre privé comme professionnel, mais dans ce dernier domaine, rien qui permette de le soupçonner de pratiques illicites.

À en juger par son train de vie fastueux, cependant, il roulait sur l'or, et cette fortune ne pouvait pas lui venir des affaires qu'il avait plaidées et dont les journaux avaient parlé.

Slade appela son cabinet, et une secrétaire l'informa que Mansfield travaillait chez lui aujourd'hui.

Quand Nina redescendit, ses cheveux blonds coiffés en queue-de-cheval et toute menue dans un ensemble pantalon de lin bleu assorti à ses yeux, elle avait l'air si jeune, si vulnérable, que la volonté de la protéger — y compris contre lui-même — l'emporta en Slade sur le désir qu'elle lui inspirait.

Ils se rendirent à l'adresse trouvée sur internet, et située à la périphérie de la ville. Là, ils découvrirent une belle demeure de style colonial entourée d'un immense parc.

— Ce Mansfield ne se refuse rien ! s'exclama Slade.

Nina garda le silence, mais il vit son visage se rembrunir. Elle devait penser, comme lui, que son père avait peut-être aidé l'avocat à se remplir les poches.

— Vous êtes sûre d'être d'attaque pour parler à Mansfield ? demanda Slade.

— Oui. Ce n'est pas au moment où une piste sérieuse se présente enfin que je vais flancher !

— Quelqu'un a tout de même essayé de nous tuer…

— Oui, mais je suis comme vous : cet attentat m'a moins effrayée que mise en colère. Il m'a aussi confirmé que j'avais raison de croire ma fille toujours vivante.

Slade ne fit pas de commentaire, mais il ne partageait pas la conviction de Nina. Une personne avait commis huit ans plus tôt un acte si grave qu'elle était prête à tuer pour éviter d'en subir les conséquences, c'était pour l'instant sa seule certitude.

Ayant remarqué que Nina boitait un peu, Slade l'aida à sortir de la voiture et lui offrit son bras pour monter les marches du perron. Après avoir sonné, il entendit, provenant de l'arrière de la maison, le bruit caractéristique d'un échange de balles sur un court de tennis.

C'était cela que Mansfield appelait « travailler chez lui » ?

Une domestique vint leur ouvrir la porte et demanda :

— Vous désirez ?

— Voir M^e^ Mansfield, répondit Slade.

— Il est occupé. Vous voulez que je vous fixe un rendez-vous avec lui plus tard dans la journée ?

— Non, il s'agit d'une affaire urgente, indiqua Slade en présentant sa carte professionnelle. Nous devons lui parler maintenant !

— Bon, suivez-moi, mais il est en train de prendre un cours de tennis, et il ne va pas être content d'être dérangé.

— Il s'en remettra…, murmura Slade, goguenard, en offrant de nouveau son bras à Nina.

Ils traversèrent la maison derrière la domestique, et arrivèrent sur une terrasse qui surplombait le terrain de tennis.

Leur apparition fit rater un revers à l'avocat. Son professeur lui dit quelque chose, mais il lui tourna le dos, alla appuyer sa raquette contre le grillage et se dirigea vers la terrasse en s'essuyant le visage avec une serviette.

Ses yeux s'arrêtèrent sur Nina, comme s'il la reconnaissait et devinait ce qui l'amenait chez lui.

— Ces personnes ont insisté pour vous voir, maître, expliqua la domestique d'un air contrit.

Mansfield la congédia d'un geste agacé de la main, puis il se laissa tomber dans l'un des fauteuils installés autour d'une table en rotin, prit la bouteille d'eau posée dessus et en but une longue gorgée.

— Qu'est-ce que vous voulez ? grommela-t-il ensuite.

— Vous savez qui nous sommes ? déclara Slade.

— Oui. Il y avait un article sur votre accident dans le journal de ce matin. Vous êtes détective privé, et quant à vous, mademoiselle Nash, qui, à Sanctuary, pourrait ignorer qui vous êtes ?

Son ton sarcastique fit bouillir le sang de Slade.

— J'ai quelques questions à vous poser, maître.

— C'est votre cliente que vous devriez interroger ! Sur la raison qui la pousse à ennuyer tout le monde avec une affaire vieille de huit ans, par exemple !

— Merci du conseil, mais je connais déjà la réponse : parce que cette affaire comporte de nombreuses zones d'ombre. Quelqu'un a même tenté hier de nous tuer pour nous empêcher de la tirer au clair… Serait-ce vous, maître ?

— Bien sûr que non ! Partez, maintenant, je vous ai assez vus !

— C'est bizarre… Tous les gens que j'interroge se prétendent innocents, mais leur comportement agressif va à l'encontre de leurs paroles.

— Allez au diable !

— Regardez les blessures que m'a values l'accident d'hier, maître ! intervint Nina. Je veux bien croire que vous n'y êtes pour rien, mais M. Blackburn et moi aurions pu mourir… Nous risquons d'être victimes d'une nouvelle tentative de meurtre, et si vous nous cachez quelque chose qui nous aurait permis de démasquer le coupable, vous aurez notre sang sur les mains.

Cet argument parut ébranler l'avocat, et Slade renchérit :

— Mlle Nash a raison, maître, et j'en sais déjà plus sur votre implication possible dans la disparition de sa fille que vous n'avez l'air de le penser… J'ai notamment découvert que son père vous avait téléphoné plusieurs fois avant et après son accouchement, et qu'il avait retiré une grosse somme d'argent de son compte en banque dans la semaine précédente. J'ai dans l'idée qu'il vous a demandé, contre rétribution, de vous occuper de faire adopter le bébé de Mlle Nash.

— C'est vrai, admit Mansfield avec un soupir résigné, mais il m'a ensuite rappelé pour me dire qu'elle refusait de signer les papiers de consentement à l'adoption.

— Mais cela n'a pas suffi à le décourager ? insista Slade.

— Non. Il pensait que sa fille finirait par se ranger à son avis, mais le bébé est né avant terme et il est mort le soir même dans l'incendie de l'hôpital, si bien que les choses en sont restées là.

— Mon père ne vous a donc pas payé pour trouver une famille à ma fille ? déclara Nina.

— Non.

— Et l'adoption de celle des Waldorp ? questionna Slade. C'est vous qui vous en êtes occupé ?

— Ça ne vous regarde pas, répondit sèchement l'avocat en se levant, et je suis de toute façon tenu par le secret professionnel. Si je divulguais la moindre information sur ce dossier, je pourrais être radié du barreau.

— Vous le serez à coup sûr si vous avez trempé dans une affaire d'enlèvement et d'adoption illégale, souligna Slade, et s'y ajoutera alors une peine de prison qui achèvera de ruiner votre réputation ! Nous allons vous laisser, maintenant, mais si vous avez commis la moindre malversation, faites-moi confiance pour le découvrir !

Nina s'efforçait de croire à l'innocence de son père tandis que la voiture se dirigeait vers le siège de l'Aide sociale à l'enfance. Slade l'avait informée que Brianna McKinney, la femme d'un de ses collègues de l'agence, lui avait arrangé un rendez-vous avec une employée de cette administration, et ce fut Brianna elle-même qui les y accueillit.

Sa spontanéité et son sourire chaleureux mirent tout de suite Nina à l'aise.

— Je connais votre histoire, mademoiselle Nash, et je suis de tout cœur avec vous. Mon fils adoptif a été kidnappé il y a quelques mois, et j'ai vécu là un véritable enfer.

— J'ai lu un article sur cette affaire dans le journal local… C'est elle qui a permis de déterminer la cause de l'incendie et de l'explosion de l'hôpital, n'est-ce pas ?

Brianna hocha affirmativement la tête, puis elle conduisit Nina et Slade dans un bureau où les attendait une femme aux cheveux auburn et au visage constellé de taches de rousseur.

Quand Brianna eut fait les présentations — l'employée s'appelait Miriam Sheppard —, Slade exposa la nature et les raisons des soupçons que Nina et lui nourrissaient à l'égard des Hood et de M. Nash.

— Nous suspectons Me Stanford Mansfield d'avoir reçu de l'argent pour confier Peyton à des gens qui ne poseraient pas trop de questions, ajouta-t-il. Et il pourrait bien s'agir du couple Waldorp. Il a adopté peu de temps après l'incendie une petite fille du même âge que celle de Mlle Nash.

— Je suis désolée, déclara Miriam, mais les dossiers d'adoption sont classés confidentiels. Je ne peux pas vous y donner accès.

— Dites-nous au moins ce que vous savez ! la supplia Nina.

— La seule information que je veux bien vous fournir — et encore, je n'en ai théoriquement pas le droit —, c'est que l'adoption de la fille des Waldorp n'est pas passée par nos services.

— Elle s'est donc faite par une filière privée ? demanda Slade.

— Oui.

— Vous n'auriez pas par hasard connaissance de l'adoption, il y a huit ans, d'un bébé prématuré ?

— Non, et les enfants qui ont des problèmes de santé se retrouvent de toute façon le plus souvent en famille d'accueil.

— Ma pauvre petite fille ! murmura Nina. Si ça se trouve, personne n'a voulu d'elle, parce qu'elle était handicapée...

Pour la première fois depuis le début de la conversation, sa situation parut toucher Miriam Sheppard.

— Je vous promets de rechercher activement dans nos dossiers de placement une enfant qui pourrait correspondre à votre fille, mademoiselle Nash.

Nina la remercia, mais l'idée de Peyton confiée à la garde de gens seulement intéressés par l'argent que cela leur rapportait lui brisait le cœur.

À choisir, elle préférait que sa fille ait été adoptée : ses chances de la retrouver en seraient diminuées, mais elle pourrait au moins espérer que Peyton vivait dans un environnement stable et sécurisant.

Ce n'était pourtant pas ce que son instinct lui disait et, comme un fait exprès, elle entendit alors de nouveau la fillette pleurer.

Slade partageait les craintes de Nina. Si Peyton avait été placée, elle serait plus facile à localiser, mais il ne pouvait envisager sans angoisse la possibilité qu'elle ait été ballottée depuis sa naissance de famille d'accueil en famille d'accueil.

Et si sa prématurité lui avait laissé des séquelles, elle risquait d'être tombée chaque fois sur des gens vénaux, qui se contentaient de lui offrir le gîte et le couvert. L'expérience avait en outre appris à Slade que ce genre de personnes pouvait se montrer d'une extrême cruauté.

Son portable sonna, et il sortit dans le couloir pour répondre.

— Monsieur Blackburn ?

— Lui-même.

— Paula Emery à l'appareil.

— Vous êtes la femme du Dr Emery ?

— Oui. Il faut que je vous voie… Roan Waldorp vient de m'appeler. Il était dans tous ses états, et je crois maintenant savoir qui a enlevé le bébé de Nina Nash, autrefois…

Une décharge d'adrénaline parcourut Slade de la tête aux pieds.

— Il s'agit des Waldorp ? demanda-t-il.

Sa correspondante garda le silence, et il aurait pu penser qu'elle avait coupé la communication s'il n'avait perçu des bruits confus dans l'écouteur.

— Je ne veux pas discuter de ça au téléphone, finit-elle par déclarer d'une voix à peine audible. Venez me rejoindre dans mon chalet. Il se trouve tout au bout de Old Canyon Road.

Elle raccrocha aussitôt après, et Slade resta un moment à s'interroger. Il l'avait sentie très nerveuse, alors disait-elle la vérité, ou bien essayait-elle de l'attirer dans un piège ?

# 14

— Nous devons partir, annonça Slade à Nina après avoir regagné le bureau de Miriam Sheppard. Une nouvelle piste vient de se présenter.

Le visage de la jeune femme s'illumina, et elle sauta sur ses pieds — mais en oubliant sa cheville blessée, qui se déroba et l'obligea à s'agripper au bras de Slade pour se soutenir.

— Je peux vous ramener chez vous, si vous voulez, suggéra-t-il.

— Non, je vous accompagne !

Slade l'aida à regagner sa Ford de location et, quand il eut démarré, elle lui demanda :

— Qui vous a appelé ?

— Paula Emery, l'épouse de votre obstétricien. Elle m'a dit que le mari de Gwen Waldorp lui avait téléphoné, et qu'il était dans tous ses états — notre visite à sa femme semble décidément l'affoler ! Et elle m'a ensuite déclaré avoir des informations à me fournir sur Peyton : elle croit savoir qui l'a kidnappée.

— Oh ! mon Dieu…, murmura Nina d'une voix étranglée.

Slade comprenait son émotion, mais il jugea nécessaire de la mettre en garde contre tout espoir prématuré :

— J'espère que c'est vrai, mais elle m'a donné rendez-vous dans un endroit isolé, et il peut donc s'agir d'un piège.

— D'un piège ?

— Oui. Quelqu'un a déjà attenté à notre vie, je vous le rappelle…

— Mais pourquoi Mme Emery s'en prendrait-elle à nous ?

— Pour protéger son mari. Et même si ce n'est qu'une hypothèse, mieux vaut être prudent.

Des nuages d'orage montaient à l'horizon, de plus en plus menaçants à mesure que la voiture s'enfonçait dans la montagne. Un vent violent secouait les arbres, la température extérieure baissait rapidement, et il fit bientôt si sombre que Slade dut allumer ses phares.

Depuis leur départ de Sanctuary, il regardait toutes les dix secondes dans son rétroviseur pour s'assurer que personne ne les suivait. Ils roulaient maintenant sur une route pratiquement déserte, mais elle était sinueuse, et les phares d'un pick-up venant dans l'autre sens l'éblouirent au détour d'un virage.

Un cerf traversa la chaussée juste après, l'autre automobiliste fit un écart pour l'éviter, et Slade donna un coup de volant à droite pour ne pas risquer d'entrer en collision avec le pick-up. Ses phares éclairèrent alors l'accotement, lui permettant de voir qu'un véhicule était tombé dans la ravine en contrebas, et il se gara sur le talus tandis que le pick-up s'éloignait.

— Que se passe-t-il ? demanda Nina.

— Il y a une voiture accidentée dans le fossé, expliqua Slade. Il faut que j'aille vérifier qu'il n'y a pas de blessé à l'intérieur… Verrouillez votre portière, et si quelqu'un s'approche, klaxonnez, d'accord ?

Puis, sans attendre la réponse, il mit pied à terre et entreprit de descendre dans la ravine. Le sol était glissant, et il faillit plusieurs fois perdre l'équilibre, mais il arriva finalement sans encombre en bas de la pente.

La voiture avait subi de gros dommages : avant écrasé, ailes cabossées, vitres brisées… En posant la main sur le capot, Slade s'aperçut que le moteur était encore chaud ; l'accident venait donc juste de se produire.

Il courut vers la portière du conducteur, regarda à l'intérieur… Une femme était plaquée contre le dossier du siège, mais l'airbag la cachait à demi. Slade planta la lame de son couteau suisse dedans pour le dégonfler, et il vit alors du sang couler sur le visage de la conductrice. Elle était mortellement pâle et respirait difficilement.

— Je m'appelle Slade Blackburn, madame, et je vais faire venir une ambulance… Tenez bon !

— A… attendez. C'est… elle la… responsable…

— Qui, « elle » ? De quoi parlez-vous ?

— Je… vous… ai… téléphoné…

— Vous êtes Paula Emery ? s'écria Slade, pétrifié.

— Oui… Carrie Poole… L'infirmière… Liaison avec… mon mari… Elle a… enlevé le bébé…

Le cœur de Slade battait la chamade. Il devait appeler les secours, et vite !

Mais il était déjà trop tard : un râle s'échappa de la gorge de Paula Emery, puis elle s'affaissa contre le volant, les yeux vitreux… Elle était morte.

Nina se demandait pourquoi Slade tardait tant à revenir. Y avait-il quelqu'un dans la voiture accidentée ? Un blessé grave, peut-être ?

Un coup de feu déchira soudain le silence, et le pare-brise de la Ford se fissura. Nina se baissa vivement, entendit une autre balle ricocher sur le pare-chocs avant, et un hurlement de terreur jaillit de sa poitrine.

Où était le tireur ? Dans les bois qui bordaient la route ? Allait-il maintenant s'en prendre à Slade ?

Au moment où elle se redressait pour klaxonner, une troisième détonation retentit, sur sa droite, puis Slade cria :

— Restez baissée, Nina !

Elle se recroquevilla et se couvrit la tête de ses bras. D'autres coups de feu résonnèrent, tandis que le tonnerre commençait à gronder, et, pendant un bref moment de silence, Nina perçut un bruit de pas, du côté de la portière du conducteur.

Était-ce le tireur ?

Après quelques secondes d'angoisse, elle entendit une clé tourner dans la serrure, mais elle ne fut pleinement rassurée qu'en voyant Slade se glisser, apparemment indemne, derrière le volant.

— Vous n'avez rien ? demanda-t-il.

— Non.

Un nouveau coup de feu éclata, et Slade cria en mettant le contact :

— Accrochez-vous !

La Ford démarra en trombe, et dès qu'il eut franchi le virage d'où avait surgi le pick-up, Slade tendit son portable à Nina.

— Appelez le shérif Driscill ! J'ai entré son numéro dans le répertoire… Dites-lui que j'ai trouvé la voiture de Mme Emery dans un fossé, non loin d'un chalet situé au bout de Old Canyon Road où j'étais censé la rejoindre. Il faut qu'il vienne procéder aux premières constatations, et qu'il se fasse accompagner par un légiste.

— Elle… elle est morte ?

— Oui.

— La malheureuse ! Que s'est-il passé ?

— Compte tenu de la présence d'une personne armée sur les lieux, je pense qu'elle a été assassinée.

— À cause de moi, parce qu'elle avait l'intention de me parler…

— Non, ce n'est pas votre faute ! Le seul coupable, dans cette affaire, c'est celui ou celle qui l'a tuée.

— Vous avez vu le tireur ?

Slade secoua la tête, puis s'engagea sur une route latérale. Un panneau, à l'entrée, indiquait qu'il s'agissait de Old Canyon Road, et Nina, comprenant alors que Slade ne comptait pas rebrousser chemin, observa :

— Pourquoi aller au chalet où Mme Emery vous avait donné rendez-vous ? Il doit être vide.

— Je veux m'en assurer.

— Elle était déjà morte, quand vous l'avez trouvée ?

— Non, et elle a eu le temps de me dire que son mari et Carrie Poole étaient amants.

— Carrie et le Dr Emery ? J'ai du mal à le croire !

— Paula Emery se trompait peut-être en leur attribuant une liaison, mais elle a accusé Carrie d'avoir enlevé votre bébé. Si c'est vrai, Carrie peut l'avoir fait à l'insu du Dr Emery, et craindre à présent que sa femme ne l'ait mis au courant. Après l'avoir tuée pour l'empêcher de nous révéler la vérité, elle risque alors, et pour la même raison, d'attenter à la vie du Dr Emery.

Les mains de Nina tremblaient tellement que Slade finit par lui reprendre le portable et téléphoner lui-même au shérif Driscill. Il lui relata les événements et conclut en disant :

— Je vais maintenant inspecter le chalet des Emery.

— D'accord, mais rappelez-moi si vous avez besoin de renforts. Et souvenez-vous que vous n'êtes pas policier, alors restez dans les limites de la légalité, sinon je me verrai dans l'obligation de vous retirer votre permis d'exercer !

Slade émit un grognement qui pouvait passer pour un assentiment, mais ce fut en pensant : « Au diable la légalité ! » qu'il raccrocha.

Nina et lui avaient été victimes de deux tentatives d'assassinat, Paula Emery était morte parce qu'elle en savait trop sur la disparition de Peyton Nash… Il était fermement décidé à tout faire pour découvrir la vérité, quitte à y perdre son emploi.

La pluie s'était mise à tomber, et le tonnerre grondait de plus en plus fort quand, arrivé au bout de Old Canyon Road, Slade s'arrêta devant un chalet construit sur une hauteur. Une petite berline était garée à l'extérieur, mais aucune lumière ne brillait aux fenêtres de la maison.

Le tireur les attendait-il, tapi dans l'ombre ?

Non, il n'aurait pas pu les devancer à pied, et cette berline ne lui appartenait pas, sinon elle les aurait dépassés sur la route.

Slade coupa le moteur et se tourna vers Nina.

— Restez dans la voiture. Enfermez-vous dedans et klaxonnez en cas d'alerte, comme je vous l'ai dit tout à l'heure. Je vais aller voir s'il y a quelqu'un dans la maison.

— Soyez prudent !

— Je le serai.

— Jurez-le-moi !

La peur — la peur pour lui — que Slade lut dans les prunelles bleues de Nina provoqua en lui une émotion à la fois si puissante et si inattendue que la voix lui manqua.

C'était une émotion qu'il n'avait encore jamais éprouvée, et pensait même qu'aucune femme ne pourrait jamais susciter en lui.

Une émotion qui finit par le pousser à entourer le visage de Nina de ses mains et à murmurer, les yeux dans les siens :

— Je vous le jure. Je tiens à la vie.

« Surtout depuis que je vous ai rencontrée », aurait-il pu ajouter, mais il ne se sentait ni le droit ni le courage de lui faire cet aveu.

— Revenez vite, chuchota-t-elle.

Slade descendit de la voiture, puis s'approcha d'une fenêtre du chalet et regarda à l'intérieur.

Aucune lampe allumée, aucun mouvement, pas le moindre signe de présence… jusqu'à ce qu'un bruit lui parvienne.

Une sorte de cognement, mais dont il était difficile de déterminer la cause et la provenance exacte.

Cherchant un moyen d'entrer plus discret que la porte principale, Slade contourna la maison, mais sans trouver de fenêtre ouverte. Il finit par arriver à une terrasse qui longeait l'arrière du bâtiment. Un escalier menait à ce qui devait être la porte de la cuisine ; il le gravit, testa la porte, mais elle était fermée à clé.

Le même bruit que tout à l'heure se fit alors entendre, mais plus proche, et venant de l'intérieur de la maison, c'était cette fois une certitude.

Slade sortit son portefeuille de sa poche, prit le petit crochet dissimulé dans un compartiment secret et força la serrure.

La pièce où il pénétra était bien une cuisine. Une odeur de café et une autre, étrangement âcre, l'y accueillirent. Alors qu'il avançait avec précaution, son pistolet à la main, un gémissement rompit le silence — la plainte sourde et prolongée de quelqu'un qui souffrait. Il s'immobilisa pour être sûr de percevoir tout bruit qui signalerait la présence d'une autre personne… Rien.

Il se remit en marche, traversa un couloir et entra dans le séjour, mais il n'avait pas fait deux pas que son pied heurta quelque chose. Il baissa les yeux et vit une femme allongée sur le sol, un bras enroulé autour d'une chaise renversée, soit pour tenter de se relever, soit pour s'en servir comme d'un heurtoir et attirer ainsi l'attention.

— Aidez-moi…, murmura-t-elle dans un souffle saccadé.

C'était Carrie Poole, l'infirmière de l'hôpital de Sanctuary. Son chemisier était maculé de sang, et elle tendit vers Slade une main tremblante, mais ses forces la trahirent : son bras retomba, ses paupières se fermèrent, et elle ne bougea plus.

Nina commençait à s'inquiéter. Elle avait vu Slade contourner le chalet, mais dix bonnes minutes s'étaient écoulées depuis… Pourquoi n'était-il pas encore revenu ? Et s'il lui était arrivé quelque chose ?

Cette pensée la glaça d'épouvante. Elle ne pouvait pas rester là, à attendre indéfiniment… Il fallait faire quelque chose.

Le bruit d'une voiture qui remontait l'allée dirigea son regard vers le rétroviseur. Elle reconnut la Mercedes noire du Dr Emery, et une bouffée d'angoisse l'envahit à l'idée que le médecin ait été le complice, voire le commanditaire, de l'enlèvement de Peyton par Carrie Poole.

Ce fut cependant l'air hagard, et non menaçant, qu'il bondit de sa voiture et courut frapper à la vitre de la Ford.

— Ouvrez-moi, Nina ! Vous avez vu ma femme ?

Il n'était donc pas au courant de l'accident de son épouse… Il ignorait qu'elle était morte…

— Je vous en prie, Nina, ouvrez-moi ! Expliquez-moi ce qui se passe et pourquoi vous êtes là !

La jeune femme hésita, mais ouvrit finalement sa portière. Si Carrie était dans la maison, elle avait peut-être tendu un piège au médecin… Un piège dans lequel Slade était alors tombé, et cela signifiait qu'il avait besoin d'aide.

— Ma femme m'a téléphoné, déclara le Dr Emery. Je l'ai

trouvée très agitée… Elle m'a dit connaître l'auteur de l'enlèvement de votre bébé, et craindre pour sa vie. Elle m'a donné rendez-vous ici.

— Je sais. Elle a également appelé Slade Blackburn.

— Il est venu avec vous ?

— Oui. Il est allé voir si vous étiez dans le chalet. Il vous croyait en danger.

Nina prit une profonde inspiration, puis elle enchaîna :

— Je suis désolée, docteur, mais j'ai une terrible nouvelle à vous annoncer : la voiture de votre femme s'est écrasée dans un fossé, à quelques kilomètres d'ici, et… elle est morte.

— Il le fallait.

Le temps que Nina comprenne le sens de cette surprenante remarque, il était trop tard : le médecin l'avait extraite de force de son siège et lui enfonçait le canon d'un revolver dans les côtes.

# 15

Slade s'apprêtait à appeler les secours quand il sentit Carrie lui poser une main sur le bras. Elle avait rouvert les yeux et ses lèvres bougeaient, mais aucun son audible n'en sortait. Slade se pencha vers elle et finit par l'entendre murmurer :

— Elle vous… a menti.

— De quoi parlez-vous ?

— Je n'ai pas eu de liaison… avec le Dr Emery… Et je n'ai pas… enlevé le bébé.

— Qui l'a fait, alors ?

— Mme Emery m'accuse… de l'avoir kidnappé sur l'ordre de son mari, parce que je… couchais avec lui, mais… c'est faux.

— Vous savez ce qu'est devenue la fille de Nina Nash ?

— Adoptée… J'ai surpris… le Dr Emery hier, au téléphone…

L'infirmière semblait au bord de l'évanouissement, et bien que Slade brûlât de lui poser d'autres questions, il y renonça : il ne pouvait tout de même pas la laisser mourir !

Il composa le numéro des secours et demanda l'envoi d'une ambulance. Il appela ensuite le shérif Driscill, mais à peine avait-il raccroché qu'il entendit la porte d'entrée s'ouvrir, puis des pas résonner dans le vestibule.

Sa main se referma aussitôt sur la crosse de son pistolet, et il attendit, sur le qui-vive…

— Slade ?

C'était la voix de Nina et, rassuré, il se dirigeait vers la porte pour aller la rejoindre quand elle apparut sur le seuil du séjour.

Mais elle n'était pas seule : le Dr Emery se tenait derrière elle, un revolver pointé sur sa nuque.

Nina tremblait si fort que ses genoux s'entrechoquaient.

Carrie Poole était allongée sur le sol, la poitrine couverte de sang, le souffle rauque…

Était-ce le Dr Emery qui lui avait tiré dessus ? Allait-il tous les tuer, maintenant ?

— Posez votre arme, Blackburn ! ordonna-t-il froidement. Et pas de geste brusque, sinon je loge une balle dans la tête de Nina !

— Espèce de crapule…, gronda Slade.

— Dépêchez-vous, ou j'appuie sur la détente !

— D'accord, d'accord…

Slade baissa lentement son bras et posa son pistolet sur le sol.

— Eloignez-le de vous, à présent ! déclara le médecin.

— Pourquoi faites-vous ça, docteur ? demanda Nina tandis que Slade poussait l'arme du pied. Vous êtes censé sauver des vies, et non donner la mort…

— Des vies, j'en sauve tous les jours ! N'ai-je pas tout mis en œuvre, autrefois, pour que votre fille n'aille pas grossir les statistiques des décès de prématurés ?

— Oui, mais vous m'avez ensuite affirmé qu'elle avait péri dans l'incendie de l'hôpital, et c'est faux !

— Vous auriez dû vous résigner à l'avoir perdue, et tourner la page ! C'était ce que votre père voulait. Ce que tout le monde voulait !

— Qu'avez-vous fait de Peyton, docteur ? intervint Slade.

— Vous posez trop de questions, tous les deux ! Ma femme…

La voix du médecin se brisa, et il marqua une pause avant de reprendre :

— Ma femme est morte, et c'est votre faute !

Carrie gémit faiblement, et le médecin poussa Nina sur le côté pour lui jeter un coup d'œil.

— Et maintenant, l'une de mes meilleures infirmières va elle aussi mourir à cause de vous, Nina !

— À cause de moi ? Vous divaguez ! Je ne suis qu'une mère à la recherche de sa fille disparue !

— Qu'est devenue Peyton, docteur ? insista Slade.

— Je n'en ai pas la moindre idée ! Je me suis juste arrangé pour qu'elle soit adoptée par des gens capables d'assumer la responsabilité d'un enfant handicapé.

— Comment avez-vous pu être aussi cruel ? s'écria Nina. J'aimais ma fille, et même si elle avait eu de graves problèmes de santé, j'aurais su m'occuper d'elle !

— Bien sûr que non, et vous étiez de toute façon trop jeune pour avoir un enfant — sans parler de l'élever seule. Votre propre père était de cet avis.

— Il a quelque chose à voir dans tout ça ?

— Non. Il a cru votre bébé mort, et il était d'autant moins disposé à en douter que cela allait vous permettre de reprendre le cours normal de votre existence... C'est ce qu'il pensait, en tout cas !

La voix du Dr Emery était montée dans les aigus, et il ajouta en posant le canon de son revolver sur la tempe de Nina :

— Mais vous avez refusé de lâcher prise !

— Oui, parce qu'il est de mon devoir de retrouver Peyton : elle a besoin de moi.

— Vous vous trompez ! Où que votre bébé ait atterri, il est mieux où il est, comme les autres.

Ces derniers mots firent tressaillir Nina, et elle vit Slade serrer les poings.

— Quels autres ? s'écria-t-il.

— Les bébés de toutes ces petites traînées qui couchent à droite et à gauche sans se soucier des conséquences.

— Je n'en crois pas mes oreilles... Et vous comptez maintenant nous tuer tous pour couvrir vos forfaits ? Vous devez bien vous douter que vous ne pourrez pas le faire en toute impunité !

Cet argument parut porter, car le médecin fouilla désespérément la pièce du regard. Mais son visage s'éclaira soudain, et il émit un petit rire sardonique.

— Si, je vais pouvoir vous réduire au silence sans craindre

d'être inquiété, en me débrouillant pour que la police attribue à Nina votre mort, Blackburn, ainsi que celle de Carrie. Ses antécédents de dépression accréditeront la thèse d'un accès de folie meurtrière suivi d'un suicide.

Le canon du revolver quitta la tempe de Nina et se braqua sur Slade.

— À genoux, Blackburn ! ordonna Emery.

Nina s'exhorta au calme. Il ne fallait pas laisser la peur lui faire perdre son sang-froid : elle devait trouver un moyen de rester en vie, pour Peyton, et cela impliquait de garder l'esprit clair.

Slade vit à l'expression déterminée de Nina qu'elle refusait de s'avouer vaincue. Mais tout en admirant une nouvelle fois son courage, il pria pour qu'elle ne prenne aucune initiative inconsidérée, car Emery risquerait alors de la tuer sur-le-champ.

Mieux valait essayer de gagner du temps.

— J'ai appelé le shérif, docteur, et tous mes collègues de l'agence suivent cette affaire de près... Vous n'avez aucune chance d'échapper à la justice.

— Taisez-vous !

— Trois meurtres de plus vous vaudraient à coup sûr la perpétuité... Si vous vous rendez maintenant, en revanche, vous serez condamné à une peine plus légère.

— Et alors ? Ma carrière, ma vie tout entière en seront quand même brisées.

— Mais vous aurez une chance de ne pas passer le reste de vos jours en prison...

— Vous dites que vous avez appelé le shérif, mais je suis sûr que vous bluffez.

— Non, et il ne va même pas tarder à arriver, répliqua Slade. Je lui ai téléphoné juste après avoir trouvé Carrie, et il devait déjà être en chemin, car je l'avais appelé une première fois pour lui signaler l'accident qui a coûté la vie à votre femme.

Un coup d'œil à Nina la lui montra en train de fixer la cheminée. Un tisonnier était appuyé contre le chambranle, et

Slade devina ce qu'elle avait en tête. Il voulut la dissuader, d'un signe discret, de mettre à exécution un plan aussi hasardeux, mais il n'eut pas à le faire : une sirène retentit au loin, Emery se tourna vers la porte, et Nina en profita pour l'éloigner d'elle d'une bourrade.

Elle n'était cependant pas assez forte pour le repousser de plus d'un mètre, et il réagit en la frappant à la tempe avec la crosse de son revolver. La violence du coup la fit vaciller sur ses jambes, puis tomber à la renverse avec un cri de douleur et de frayeur mêlées.

Fou de rage, Slade bondit vers le médecin, qui leva son arme, tira, mais Slade avait eu le temps de s'écarter de sa ligne de mire, et la balle lui effleura seulement le bras. Il se ramassa ensuite sur lui-même, et sa tête alla heurter de plein fouet l'estomac de son adversaire.

Emery poussa un grognement et bascula en arrière, mais sans lâcher son arme, et Slade se jeta sur lui pour tenter de la lui arracher. Un autre coup de feu éclata, mais la balle finit cette fois sa course dans le plafond.

Au cours de la lutte féroce pour la possession du revolver qui s'ensuivit, cependant, Emery parvint à tirer de nouveau, et Slade entendit Nina crier.

Avait-elle été touchée ?

L'espace d'une seconde, l'effroi le fit se figer sur place, mais lui succéda une fureur qui lui donna la force de ceinturer le médecin et de lui faire lâcher son arme.

Le mugissement de la sirène se rapprochait, et Slade vit du coin de l'œil Nina tenter de se relever. Il pensa alors au calvaire qu'elle vivait depuis huit ans à cause du Dr Emery…

Sa colère monta encore de plusieurs crans, et il leva le poing pour frapper le médecin au visage. Mais ce geste lui avait fait relâcher l'étreinte qui lui permettait d'immobiliser son adversaire, et ce dernier en profita pour reprendre le revolver.

Tout se passa ensuite très vite : avant que Slade n'ait eu le temps de réagir, Emery poussa un hurlement de douleur, et l'arme lui tomba des mains. Nina venait d'abattre le tisonnier sur son poignet et, à en juger par le craquement sinistre que le coup avait provoqué, elle le lui avait cassé.

Slade saisit le revolver, se releva, et Nina se jeta dans ses bras. Elle tremblait de tous ses membres, et il la garda serrée contre lui jusqu'à l'arrivée des secours.

Le shérif Driscill s'était fait accompagner par des techniciens de scène de crime, et l'ambulance demandée par Slade emmena une Carrie inconsciente à l'hôpital. Driscill avait appelé entre-temps une seconde ambulance, et le médecin légiste qu'il avait réquisitionné pour constater le décès de Paula Emery soigna la blessure à la tempe de Nina, banda l'épaule éraflée de Slade et posa une attelle sur le poignet d'Emery.

Quand le shérif lui avait signifié son arrestation, l'obstétricien avait refusé de parler hors de la présence de son avocat. Il monta dans l'ambulance encadré par deux policiers, et Slade fit alors au shérif le récit des événements.

— Emery a donc tué sa femme et voulu supprimer Carrie Poole parce qu'elles l'avaient toutes les deux démasqué et s'apprêtaient à le dénoncer ? déclara ensuite le shérif.

— C'est mon impression.

— Et il a avoué le kidnapping de votre fille, mademoiselle Nash ?

— Pas explicitement, indiqua Nina, mais il nous a dit s'être arrangé pour qu'elle soit adoptée, et ce n'est ni le premier bébé, ni sans doute le dernier, qui a ainsi été enlevé à sa mère… M. Blackburn et moi pensons qu'un avocat de Sanctuary, M^e^ Stanford Mansfield, lui a servi chaque fois d'intermédiaire.

— Je vais placer cet avocat en garde à vue, et demander une commission rogatoire pour procéder à la saisie des dossiers d'Emery.

— Je pourrai assister à l'interrogatoire de Mansfield ? s'enquit Slade.

— Entendu, répondit le shérif avant d'aller rejoindre les techniciens de scène de crime.

Depuis que le danger était passé, un flot d'émotions assaillait Nina — le soulagement d'avoir survécu, la satisfaction de ne plus être seule à savoir sa fille encore en vie, le regret des années perdues, l'espoir de la retrouver et la peur toujours présente de ne jamais y parvenir.

— Partons ! dit Slade en lui prenant doucement le bras.

Il l'aida à monter dans la voiture et, après avoir démarré, il observa d'une voix inquiète :

— Des tas d'idées vous trottent dans la tête, et elles ne sont pas toutes agréables, n'est-ce pas ?

— Vous lisez dans mes pensées, maintenant ? répliqua Nina avec un petit rire sans joie.

— Je n'ai pas cette prétention. C'est juste que les mêmes idées m'occupent l'esprit.

Slade comprenait-il vraiment ce qu'elle éprouvait ? Non, personne ne le pouvait...

— Je devrais être contente d'avoir vu partir en prison un homme qui m'a menti pendant des années sur le sort de ma fille, déclara-t-elle. Et je le suis, mais…

— Mais vous ne savez toujours pas où elle est.

— Non.

— Si Mansfield est bien le complice d'Emery dans le fonctionnement d'une filière d'adoptions illégales, il s'est fait payer grassement ses services, et il doit être possible de retrouver une trace de ces pots-de-vin. Je vais demander à Benjamin Camp d'explorer cette piste, et si ses recherches aboutissent, cela constituera une présomption de culpabilité qui persuadera peut-être Mansfield de parler.

Nina sentit ses espoirs renaître. Slade se battrait à ses côtés jusqu'au bout… Elle n'était plus seule.

La voix de Peyton chantant doucement une chanson de *Mary Poppins* résonna alors dans sa tête, et une décision qu'elle croyait difficile à prendre lui parut subitement aller de soi : s'il s'avérait que la fillette vivait dans une famille d'adoption qui la rendait pleinement heureuse, alors elle, Nina, s'effacerait.

Parce que l'amour d'une mère se devait d'être désintéressé.

Parce que seuls comptaient le bonheur et l'épanouissement de Peyton.

Assise par terre, les bras passés autour de ses genoux repliés, Rebecca se balançait d'avant en arrière.

Depuis combien de temps était-elle enfermée dans ce placard obscur ? Combien de temps allait-elle encore devoir y rester ?

Pour s'empêcher de se remettre à pleurer, elle pensa à Mary Poppins, l'entendit chanter, et joignit tout doucement sa voix à la sienne.

Des pas retentirent soudain dans la chambre, une odeur de cigarette lui parvint, puis la porte du placard s'ouvrit et tonton Reese apparut. Il saisit Rebecca par les poignets et la traîna jusqu'à la cuisine.

— C'est plus possible ! hurla-t-il. On va se débarrasser de toi, et tout de suite !

Il la poussa ensuite si rudement qu'elle tomba sur le sol.

Qu'avait-il voulu dire ? se demanda-t-elle, terrifiée. Qu'allait-il lui faire ?

# 16

Au moment où Nina franchissait le seuil de sa maison, une violente douleur lui transperça la poitrine, et elle se plia en deux.

— Qu'y a-t-il ? s'écria Slade en se penchant vers elle. Vous ne vous sentez pas bien ?

Le souffle coupé, incapable de parler, la jeune femme ferma les yeux et s'obligea à respirer lentement, profondément.

— Votre blessure à la tempe est peut-être plus grave qu'il n'y paraît, observa Slade. Vous auriez dû retourner à l'hôpital.

— Non, c'est… Peyton…, articula-t-elle péniblement Il est en train de lui arriver quelque chose de terrible, je le sens…

Que Slade la croie ou non, il ne fit pas de commentaire. Il se contenta de l'enlacer, et elle s'abandonna dans ses bras avec le sentiment d'avoir trouvé en lui le seul être en qui elle pouvait avoir toute confiance. Contrairement aux autres, qui l'avaient toujours prise pour une folle, il l'avait écoutée, soutenue, protégée…

Elle avait besoin de lui. Besoin de sa présence pour ne pas perdre courage et garder l'espoir de retrouver Peyton saine et sauve.

— Venez ! dit-il en l'entraînant vers l'escalier. Je vais vous faire couler un bain, et vous préparer ensuite une boisson chaude. Cela vous aidera à dormir.

Nina ne protesta pas, bien que l'idée de dormir l'angoissât, car le sommeil lui apporterait de nouveaux cauchemars, dont elle se réveillerait pour affronter l'obscurité et le silence d'une maison vide.

Un bain, en revanche, serait le bienvenu : il détendrait ses muscles endoloris par la fatigue et le stress des heures précédentes.

Jamais elle n'aurait pensé laisser un jour quelqu'un lui faire couler un bain, et pourtant elle ne se sentait pas la force de s'en occuper elle-même. Cette apathie devait être le contrecoup des événements traumatisants qu'elle venait de vivre.

— Je redescends, lui déclara Slade quand la baignoire fut remplie. Appelez-moi si vous avez encore besoin de moi.

Un silence suivit, pendant lequel Slade demeura immobile, les yeux rivés sur elle. Une tension presque palpable s'installa entre eux, et de folles idées germèrent alors dans l'esprit de Nina.

Celle de demander à Slade de prendre ce bain avec elle, par exemple.

Celle de lui faire l'amour.

S'il les devina, il décida de les ignorer : il pivota soudain sur ses talons et quitta la pièce sans un mot.

Ce fut les larmes aux yeux que la jeune femme se déshabilla et entra dans l'eau. Slade la considérait-il toujours comme une simple cliente, dont les intérêts ne lui tenaient ni plus ni moins à cœur que ceux des autres ?

C'était possible, mais de son côté à elle, la sollicitude qu'il lui avait témoignée aujourd'hui l'avait profondément émue. Elle éprouvait même pour lui un attachement grandissant.

Et cela l'effrayait, car elle se sentait de plus en plus dépendante d'un homme qui sortirait bientôt de sa vie.

Slade avait dû se forcer pour sortir de la salle de bains. Il aurait voulu y rester, enlever lentement ses vêtements à Nina, monter dans la baignoire avec elle, couvrir de baisers et de caresses son corps gracile, la faire gémir de plaisir… Et elle ne l'aurait pas repoussé — il l'avait lu dans ses yeux —, mais il savait que les événements de la journée l'avaient rendue particulièrement vulnérable… Il n'avait pas le droit d'en profiter.

Pour détourner ses pensées de Nina, il appela Gage McDermont et le mit au courant des derniers rebondissements de l'affaire.

— Je vais transmettre ces informations à Derrick, déclara Gage quand Slade eut terminé, et demander à Brianna de reprendre contact avec son amie de l'Aide sociale à l'enfance. La piste du placement de Peyton en famille d'accueil est pour l'instant la plus sérieuse que nous ayons.

— Moi, je vais voir si l'état de Carrie Poole lui permet de recevoir des visites : elle en sait peut-être plus qu'elle ne m'en a dit. Il faudrait aussi que Benjamin essaie de trouver dans les finances de Mansfield la trace d'éventuels pots-de-vin reçus en échange de ses « services ». J'ai obtenu l'autorisation d'assister à son interrogatoire, et j'aimerais y aller avec des armes contre lui.

— Son implication dans des manœuvres frauduleuses ne me surprendrait pas, et je ne serais pas mécontent de pouvoir envoyer cette ordure derrière les barreaux.

— Vous avez des raisons personnelles de lui en vouloir ?

— Je n'entrerai pas dans les détails, mais il a laissé un crime se commettre sous ses yeux, et il n'a même pas été poursuivi pour non-assistance à personne en danger… Comment va Nina ?

Slade garda le silence. L'intéressée était en train de descendre l'escalier, vêtue d'un peignoir de satin blanc, et il était trop occupé à se demander si elle portait quelque chose dessous pour répondre à Gage.

— Euh… elle tient le coup…, finit-il par bredouiller. Excusez-moi, mais il faut que je raccroche…

Il remit son portable dans sa poche en se forçant à se rappeler toutes les raisons qui lui interdisaient de changer la nature de ses relations avec Nina.

— J'ai peur d'aller me coucher et de faire des cauchemars, dit-elle en s'approchant de lui.

Ses yeux rougis par des larmes récentes lui apparurent alors, et cette vue le chavira.

Celle des seins ronds et fermes qui pointaient sous le tissu léger du peignoir acheva de le troubler, et ce fut au prix d'un effort surhumain qu'il déclara :

— Je vais vous préparer cette boisson chaude, et je suis sûr qu'elle vous permettra de bien dormir.

— Non, pas si je suis seule dans mon lit.

— Nina…

— N'ai-je pas mérité une nuit de plaisir, après avoir encore frôlé la mort aujourd'hui ?

Slade se dit qu'il devait résister, mais sa libido l'emporta sur ses bonnes résolutions : quand sa belle tentatrice lui prit la main et l'entraîna vers l'escalier, il se laissa faire.

Jamais Nina ne se serait crue capable de s'offrir de façon aussi impudique à un homme, mais le regard brûlant qu'elle avait vu que Slade posait sur elle avant de raccrocher avait chassé ses doutes : elle n'était pas pour lui une simple cliente, mais une femme infiniment désirable.

C'était cette certitude qui lui avait donné le courage de surmonter sa timidité et de prendre l'initiative d'emmener Slade dans sa chambre.

Il s'agirait d'une aventure sans lendemain, mais peu lui importait. Ce soir, seuls comptaient le moment présent, le besoin d'oublier pendant quelques heures sa solitude et ses angoisses dans les bras d'un homme qui serait pour elle un amant aussi attentionné que fougueux, elle le savait d'instinct.

Arrivé en haut de l'escalier, cependant, il s'arrêta et lâcha sa main.

— Ce n'est pas raisonnable, Nina…

— Vous n'avez pas envie de moi ?

— Si, mais…

— Il n'y a pas de mais qui tienne ! s'écria-t-elle. Nous sommes tous les deux majeurs et vaccinés, non ?

Un sourire se dessina sur les lèvres de Slade, puis il lui caressa la joue dans un geste si tendre qu'elle se sentit fondre.

Et, aussi puissant que soit son désir pour lui, elle comprit alors qu'il ne s'agissait pas d'une simple attirance physique : elle était en train de tomber amoureuse de lui.

— Vous méritez mieux qu'un homme comme moi, observa-t-il d'une voix rauque. Je suis marqué à jamais, extérieurement comme intérieurement, par ce que j'ai vécu.

— Moi aussi.

— Non ! Vous êtes la femme la plus belle, la plus forte, la plus courageuse que j'aie jamais rencontrée !

— Si je vous plais autant, qu'attendez-vous pour m'embrasser ?

Slade esquissa un nouveau sourire, puis la flamme de la passion se ralluma dans ses yeux, et il s'empara des lèvres de Nina avec une impétuosité qui la transporta en une seconde dans un univers de sensations d'une intensité encore inconnue.

La voix de sa raison disait à Slade de se contenter d'un simple baiser, mais comment pouvait-il refuser à Nina l'oubli, l'espace d'une nuit de plaisir, de toutes les souffrances qu'elle avait endurées ?

Sans compter qu'il la désirait plus qu'aucune femme depuis très longtemps.

Peut-être même plus qu'aucune autre femme avant elle.

Et ce n'était pas seulement sa beauté qui l'attirait. Il lui vouait aussi de l'admiration, et une profonde estime.

Tout cela rendait leur baiser plus doux et plus érotique à la fois, en faisait quelque chose d'unique et de si précieux que Slade se demanda s'il serait capable de rompre toute relation avec Nina une fois leur enquête terminée.

Oui, la conscience ne pas être digne d'elle le lui permettrait. La solitude était le prix à payer pour avoir manqué à ses devoirs envers sa sœur, sa mère et ses hommes. Pour ne pas s'être montré à la hauteur de ses responsabilités quand les circonstances l'exigeaient.

Mais il donnerait au moins à Nina ce dont elle avait besoin ce soir.

Alors il la souleva dans ses bras, entra dans la chambre et la posa sur le lit. Elle l'attira aussitôt contre elle et joignit de nouveau leurs bouches tout en cherchant d'une main fiévreuse la ceinture de son pantalon.

La puissante érection qui en tendait le tissu rendait douloureuse l'attente d'une libération, et pourtant il écarta doucement la main de Nina.

— Non, je veux vous voir d'abord, murmura-t-il.

Puis il lui ôta son peignoir et dévora des yeux le corps gracieux qui se révéla à lui, avant de mordiller l'une après l'autre les pointes dressées de ses seins au galbe parfait.

Nina poussait de petits soupirs qui le ravissaient, mais dès qu'il se redressa pour reprendre ses lèvres, elle le repoussa en disant :

— Non, à mon tour, maintenant, de vous regarder ! Déshabillez-vous !

Ainsi, ce petit bout de femme d'apparence si douce pouvait se montrer autoritaire au lit !

Amusé, Slade obéit, et elle ne le quitta pas des yeux pendant qu'il enlevait ses vêtements avec une lenteur délibérée.

Avant d'aller la rejoindre, il sortit un préservatif de la poche de son pantalon, et elle l'aida ensuite à le mettre, ses mains caressantes faisant courir en lui de délicieux frissons.

Il sentait le contrôle de ses pulsions menacer de lui échapper, mais c'était le plaisir de Nina qui lui importait le plus, et il entreprit d'explorer de la bouche et des mains les replis les plus intimes de son corps, jusqu'à ce qu'elle le supplie de venir en elle.

Quand il pénétra, il la trouva si étroite qu'il se demanda si elle avait eu d'autres amants depuis cette crapule de William Hood. La réponse était non, son intuition le lui dit sans qu'il ait à poser la question, et le fait qu'elle lui accorde à lui cette faveur le remplit d'un bonheur inattendu.

Un bonheur qui l'aurait inquiété si la force de son désir ne l'avait vite privé de toute capacité de réflexion.

Visiblement habitée par une fièvre égale à la sienne, Nina noua les jambes autour de ses reins, se cambra, et il se mit à bouger en elle sur un rythme de plus en plus rapide. Elle atteignit le paroxysme de la jouissance en criant son nom, et l'éclair fulgurant de l'extase le traversa de part en part un instant plus tard.

Encore étourdie par l'intensité du plaisir que Slade lui avait donné, Nina se blottit contre lui. Elle entendait son cœur battre, et des larmes d'émotion lui montèrent aux yeux, coulèrent le long de ses joues…

Slade se pencha vers elle et scruta son visage.

— Qu'y a-t-il ? Pourquoi pleurez-vous ?

— Je crois que je suis amoureuse de vous.

Les traits de Slade se durcirent. Il s'écarta de Nina, s'assit au bord du lit et se passa une main nerveuse dans les cheveux.

Elle avait eu tort de lui avouer ses sentiments, se dit-elle. Mais après avoir éprouvé dans ses bras un bonheur qui l'avait fait vibrer de tout son être, elle n'avait pas pu s'en empêcher.

— Désolée, je vous ai mis mal à l'aise, murmura-t-elle. J'aurais dû me taire.

Toute passion avait disparu du regard que Slade tourna alors vers elle.

— Oui, d'autant que vous n'êtes pas amoureuse de moi. Vous m'êtes juste reconnaissante de vous aider dans vos recherches.

— Ce n'est pas par reconnaissance que je me suis offerte à vous ! s'écria Nina, partagée entre la douleur et la colère.

— Admettons, mais nous avions tous les deux besoin d'un exutoire à la peur de mourir que nous avons ressentie tout à l'heure, et nous l'avons trouvé dans un moyen vieux comme le monde de se sentir vivant… Il ne faut rien voir de plus dans ce qui vient de se passer entre nous.

Cette froide analyse de ce que Nina avait vécu comme le plus beau moment de toute sa vie l'atteignit en plein cœur, et elle allait protester quand le timbre de l'entrée retentit.

Slade fronça les sourcils tandis qu'elle se redressait, alarmée.

— Qui peut bien venir me rendre visite à une heure pareille ?

— Je vais voir, annonça Slade.

Il se rhabilla rapidement, et Nina attendit qu'il soit parti pour enfiler un short et un T-shirt.

Une voix de femme, puis celles de Slade et d'un autre homme montèrent du rez-de-chaussée. Après s'être sommairement recoiffée, Nina descendit l'escalier… et eut la surprise de découvrir les Waldorp sur le pas de la porte. Gwen avait les yeux rouges, et son mari semblait très nerveux.

— Ils veulent vous parler, Nina, indiqua Slade.

L'effroi la rendit muette. Ce que les Waldorp avaient à lui dire devait concerner sa fille, et elle craignait d'apprendre quelque chose qui briserait tous ses espoirs de la retrouver.

# 17

Nina était paralysée par la terreur. Slade dut s'en apercevoir car il la prit doucement par le bras et la conduisit dans le séjour en invitant de la main les Waldorp à les suivre.

Lorsqu'ils furent tous assis, Nina fit un effort pour se ressaisir, mais elle laissa malgré tout à Slade le soin de poser la première question.

— Pourquoi êtes-vous là ? demanda-t-il aux Waldorp.

— Je suis désolée…, murmura Gwen. Nous… Je voulais tout vous dire, le jour où vous êtes venus me voir, mais… j'avais peur… et honte.

— Mais quand nous avons appris l'arrestation du Dr Emery, déclara son mari, nous avons décidé de vous révéler la vérité.

— Parce que vous avez peur d'être arrêtés vous aussi ? observa sèchement Slade.

— Non, pour libérer notre conscience, répondit Gwen.

— De quoi parlez-vous ? intervint Nina, qui avait maintenant recouvré assez de sang-froid pour participer à la conversation.

Gwen baissa les yeux. Son mari lui prit la main, et elle s'y agrippa comme une naufragée à une bouée de sauvetage avant d'expliquer :

— Nous étions censés adopter votre fille, mademoiselle Nash.

— Comment ça, « censés » ?

— Après avoir perdu notre bébé, nous avons payé Me Mansfield pour nous en trouver un autre. Il nous a appelés deux semaines plus tard pour nous proposer d'adopter une petite fille que sa mère avait abandonnée et qui…

— Il a vous a dit que je l'avais abandonnée ? s'écria Nina, indignée.

— Oui, et nous n'avions aucune raison de penser qu'il mentait.

— M$^{e}$ Mansfield vous a donc amené mon bébé ?

— Oui. Je... je suis désolée, mademoiselle Nash... Et j'ai tellement honte !

— Honte ? Et pourquoi ?

— Parce que votre fille était de santé fragile. Elle avait besoin de faire de la rééducation, et pendant des années, peut-être... Alors nous avons décidé de ne pas la garder : nous ne nous sentions pas capables d'élever une enfant handicapée.

Assis dans le canapé à côté de Nina, Slade lui caressa l'épaule dans un geste de réconfort avant de demander :

— Que s'est-il passé ensuite ?

— Nous avons informé M$^{e}$ Mansfield de notre décision, indiqua Waldorp. Il faut nous comprendre... Après avoir perdu un enfant, nous en voulions un qui soit parfait.

Nina faillit bondir de son siège. Elle avait envie de reprocher à ces gens leur cruauté, puis de leur ordonner de partir. Mais elle s'astreignait depuis si longtemps à maîtriser ses émotions qu'elle parvint à dompter sa colère.

— Qu'est devenu le bébé de Mlle Nash ? questionna Slade.

— Nous n'en avons pas la moindre idée, répondit Waldorp. M$^{e}$ Mansfield l'a repris, et il nous a téléphoné une semaine plus tard pour nous annoncer qu'il nous en avait trouvé un autre.

— Nous ne pouvions savoir, à l'époque, ni que ce premier bébé était celui de Mlle Nash, ni qu'elle ne l'avait pas abandonné, ajouta sa femme.

— Mais vous l'avez compris quand nous sommes venus vous interroger, lui rappela Slade, alors pourquoi vous êtes-vous tue ? Pourquoi votre mari et vous avez-vous attendu aujourd'hui pour nous dire la vérité ?

— Nous avions peur.

— Peur de la réaction de Mlle Nash ? Peur de perdre Judy ?

Les deux époux échangèrent un regard hésitant.

— Oui, finit par répondre Waldorp. Et peur, aussi, que

vous nous soupçonniez d'être impliqués dans l'enlèvement du bébé — ce qui est faux.

Peut-être mentait-il, mais peu importait à Nina pour l'instant. Ce couple avait rejeté sa fille, et cela suffisait à le lui rendre haïssable.

Quels autres malheurs Peyton avait-elle connus ? Et où était-elle, maintenant ? Dans une famille qui l'aimait comme tout enfant méritait de l'être, ou bien chez des gens où elle se sentait seule, perdue, abandonnée ?

Slade eut du mal à se retenir de jeter les Waldorp dehors, mais il réussit à dominer sa fureur et à les laisser partir d'eux-mêmes.

Ils avaient voulu un enfant parfait, et Peyton ne l'était pas...

Si Gwen avait donné naissance à un bébé handicapé, auraient-ils refusé de le garder, lui aussi ?

Nina était très jeune quand elle avait eu Peyton, et elle savait ne pouvoir compter sur personne pour l'aider à l'élever, mais jamais elle ne s'en serait séparée... Elle aurait tout fait pour lui offrir les meilleures conditions de vie possibles...

À cause des Waldorp, le désir qu'avait Slade de les réunir s'était intensifié au point d'en devenir physiquement douloureux.

— Je ne comprends pas les gens comme eux, observa tristement Nina.

Slade non plus, mais l'expérience lui avait appris qu'il fallait malheureusement compter avec ce genre de personnes : sa propre mère ne l'avait-elle pas déposé un jour devant la porte d'un orphelinat — pour ne plus jamais revenir ?

— Tout le monde n'a pas votre force de caractère, souligna-t-il.

— Ma force de caractère ? Vous oubliez que j'ai fait une dépression !

— Étant donné les circonstances, ce n'est pas surprenant : non seulement vous aviez perdu votre fille, mais quelqu'un s'acharnait à vous rendre cette perte plus insupportable encore.

Pour s'empêcher de prendre Nina dans ses bras, Slade s'écarta d'elle et annonça :

— Je vais passer quelques coups de fil.

Elle hocha distraitement la tête, s'approcha de la cheminée et s'abîma dans la contemplation de la photographie de Peyton — la seule, sans doute, qu'elle possédait. Il n'était pas difficile de deviner les émotions qui l'agitaient, et Slade se força à refouler les siennes. Il alla dans la cuisine et appela le shérif Driscill.

— Blackburn à l'appareil… Les Waldorp sortent à l'instant de chez Nina Nash. Ils ont avoué qu'ils étaient censés adopter sa fille après l'incendie de l'hôpital de Sanctuary, mais ils n'en ont pas voulu parce qu'elle avait des problèmes de santé. Ils ont également déclaré s'être adressés à Stanford Mansfield pour se procurer un bébé… Vous l'avez placé en garde à vue ?

— Non, pas encore. Le temps d'arriver chez lui, il n'y était plus. Il aura flairé le danger et sera parti précipitamment. J'ai lancé un avis de recherche.

— Prévenez-moi quand vous lui aurez mis la main dessus. Il sait peut-être où est Peyton Nash actuellement.

Slade appela ensuite son patron et lui demanda de charger Benjamin Camp d'effectuer des recherches sur une éventuelle résidence secondaire où l'avocat aurait pu aller se réfugier.

Après un troisième coup de téléphone — à Derrick McKinney, celui-là, pour l'informer des derniers développements de l'affaire —, Slade regagna le séjour.

— Je monte me coucher, lui annonça Nina.

Leurs regards se croisèrent, et l'air se chargea aussitôt d'électricité. L'envie d'accompagner la jeune femme dans sa chambre tenaillait Slade, mais elle lui avait déclaré son amour et, en la repoussant, il avait brûlé les ponts.

Il n'en demeurait pas moins résolu à poursuivre son enquête. Continuer de passer ses journées avec Nina sans pouvoir la toucher lui serait une véritable torture, mais il n'était pas question de renoncer avant de lui avoir rendu sa fille.

Nina cherchait en vain le sommeil : la visite des Waldorp l'avait mise à cran. Jamais elle ne leur pardonnerait de ne pas avoir gardé Peyton. S'ils l'avaient fait, sa fille serait toujours à Sanctuary, et elle aurait pu la croiser, la reconnaître…

Des années de séparation auraient alors été évitées.

« Arrête ! pensa-t-elle. Quand tu la retrouveras, tu rattraperas le temps perdu. »

« Quand » ? Non, *si* elle la retrouvait, car dans l'hypothèse où Peyton avait été adoptée par un autre couple, il serait peut-être impossible de la localiser : ce couple pouvait l'avoir emmenée vivre à l'autre bout du pays, peut-être même à l'étranger.

Et si elle n'avait pas été adoptée, que lui était-il arrivé ?

L'esprit de Nina tournait à vide : elle n'avait que des questions, et aucune réponse.

Les bruits qui s'élevaient du rez-de-chaussée lui disaient que Slade ne dormait pas, lui non plus. Elle aurait voulu qu'il monte la rejoindre et la tienne serrée dans ses bras jusqu'au matin, mais elle savait que ce vœu, comme tant d'autres depuis huit ans, ne serait pas exaucé.

Si Slade avait cédé à ses avances, c'était uniquement parce qu'il avait senti son besoin désespéré de réconfort. Sans doute lui inspirait-elle une certaine attirance physique, mais il avait surtout eu pitié d'elle.

Cette idée la mortifia, et elle se jura de conserver désormais ses distances avec lui. Après toutes ces années passées sans homme dans sa vie, elle était habituée à se suffire à elle-même.

Fermant les yeux, elle essaya de se concentrer sur la seule pensée de sa fille dans l'espoir de l'entendre chanter et d'être ainsi rassurée sur son sort.

Mais ce furent des sanglots qui lui parvinrent… Peyton était malheureuse, elle avait besoin de sa mère…

Le cœur brisé, la jeune femme enfouit son visage dans son oreiller, et ses pleurs se mêlèrent à ceux de sa fille.

Lorsque Nina rouvrit les yeux, il faisait jour. Le sommeil avait donc fini par la surprendre, mais elle ne se sentait pas reposée, et quand elle alla dans la salle de bains, la vue de son reflet dans la glace l'effraya : elle avait les paupières gonflées, et aux éraflures à la joue et au front que lui avait laissées l'accident de voiture de l'avant-veille s'ajoutait maintenant une grosse ecchymose à la tempe, souvenir du coup que lui avait assené le Dr Emery avec la crosse de son revolver.

Après s'être douchée, elle tenta de dissimuler ces vilaines blessures sous une couche de poudre, mais sans grand succès, et quelle importance, d'ailleurs ? Pour qui avait-elle essayé de se faire belle ? Ce n'était pas comme si Slade l'attendait en bas pour lui déclarer sa flamme !

Elle enfila un jean, un T-shirt et des sandales, puis descendit dans la cuisine. Slade y était attablé, un mug de café à la main. Il la considéra avec attention, et elle se demanda s'il l'avait entendue pleurer.

Peut-être pas, mais ses yeux bouffis suffisaient sans doute à le lui dire…

Quoi qu'il en soit, il n'aborda pas le sujet.

— Je vais aller interroger Emery à la prison, déclara-t-il.

— Je vous accompagne.

L'espace d'un instant, Slade parut sur le point d'objecter, mais il dut comprendre qu'elle ne céderait pas, car il garda finalement le silence. Elle se servit une tasse de café, la but rapidement, puis elle annonça à Slade qu'elle était prête à partir.

L'orage de la veille avait laissé un ciel couvert et fait chuter la température, si bien que Nina, en sortant de la maison, regretta de ne pas s'être habillée plus chaudement. Comme il était encore tôt, il n'y avait pas beaucoup de circulation dans les rues, mais quelques magasins commençaient à ouvrir, et les cafés à se remplir de clients venus prendre leur petit déjeuner.

Slade se gara devant les bureaux du shérif. Nina avait toujours mal à la cheville, mais elle parvint à descendre de voiture sans une aide que Slade ne lui proposa d'ailleurs pas.

Et c'était mieux ainsi, songea-t-elle, car le simple contact de la main de cet homme sur son bras lui aurait fait oublier toutes ses bonnes résolutions.

Dès qu'elle eut franchi la porte du bâtiment, cependant, ses pensées prirent une tout autre direction : debout près de l'entrée, le légiste était en train de parler à voix basse au shérif, et ils avaient tous les deux le visage sombre.

— Que se passe-t-il ? leur demanda Slade.

— Le Dr Emery s'est suicidé cette nuit dans sa cellule, répondit Driscill.

Nina avait pâli en entendant le shérif annoncer le décès du médecin, et Slade jura entre ses dents. Ce scélérat avait préféré se donner la mort plutôt que de se voir condamner à une longue peine de prison, mais il avait emporté ses secrets dans la tombe...

Enfin, non, pas forcément : il restait un espoir de les découvrir.

— Vous deviez demander une commission rogatoire pour procéder à la saisie des dossiers du Dr Emery, shérif, observa Slade. Vous l'avez fait ?

— Oui, mais je n'ai encore aucune nouvelle du juge auquel je me suis adressé.

La sonnerie du portable de Slade interrompit la conversation. Il le sortit de sa poche et regarda le numéro qui s'affichait sur l'écran. C'était celui de l'agence. L'un de ses collègues avait peut-être une information importante à lui communiquer.

— Il faut que je réponde, déclara-t-il. Je vais prendre la communication dehors.

Nina lui lança un coup d'œil interrogateur et il ajouta :

— Je reviens tout de suite après.

Trente secondes plus tard, il avait Derrick McKinney au bout du fil.

— Blackburn ? Il se peut que nous ayons retrouvé la trace de Peyton Nash.

Le cœur de Slade bondit dans sa poitrine.

— Je vous écoute...

— Miriam Sheppard, l'employée de l'Aide sociale à l'enfance que vous êtes allé voir hier a appelé Brianna pour lui dire qu'une petite fille venait juste d'être rendue à cette administration par les gens chez qui elle était placée. Elle va depuis sa naissance de famille d'accueil en famille d'accueil, et la dernière en date ne veut plus s'occuper d'elle.

— Où et quand cette petite fille est-elle née ?

— À l'hôpital de Sanctuary, il y a huit ans, et elle a des problèmes de vue.

— Merci, je vais tout de suite prévenir Nina.

Slade raccrocha et rentra dans le bâtiment en priant pour que cette enfant soit Peyton, pour que Nina ne connaisse pas une nouvelle désillusion.

Assise sur son lit du dortoir de l'orphelinat, Rebecca berçait sa poupée de chiffon. Une grande fille qui ressemblait à un bouledogue la fixait d'un œil mauvais, et un petit garçon, en bas, sanglotait.

La pièce sentait la poussière, et une araignée avait tissé sa toile à l'angle du mur, juste au-dessus du lit de Rebecca.

— Alors ces gens ont pas voulu de toi ? lui lança la grande fille.

Elle fit non de la tête et pressa plus fort sa poupée contre sa poitrine.

— Ça m'étonne pas ! Personne veut d'une gosse qu'est pas normale, et t'es pas près de sortir d'ici, maintenant !

Le cœur de Rebecca se serra. Cette fille avait raison... Tonton Reese lui avait dit la même chose. Il l'avait traitée de débile, il avait dit que c'était pour ça qu'aucune famille ne l'avait gardée longtemps.

Et qu'aucune famille ne le ferait jamais.

La fille qui ressemblait à un bouledogue quitta le dortoir en ricanant. Rebecca était seule, à présent, et elle se remit à bercer sa poupée. Elle voulut lui chanter une chanson, parce qu'elle lui trouvait l'air triste, mais seul un son rauque sortit de sa gorge, et elle n'insista pas de peur, sinon, de se mettre à pleurer.

# 18

Nina était sur des charbons ardents tandis qu'elle se rendait avec Slade à l'orphelinat. Avant de prendre la route, il avait appelé Miriam Sheppard pour en savoir plus sur la fillette qui venait d'y être ramenée. Tout semblait indiquer qu'il s'agissait de Peyton, mais un test ADN serait nécessaire pour en acquérir la certitude.

La tension qui persistait entre elle et Slade depuis qu'ils avaient fait l'amour ne cessa d'augmenter pendant le trajet, et elle atteignit son paroxysme quand ils arrivèrent à destination.

Après s'être garé devant le bâtiment, Slade déclara gravement :

— Si jamais…

— Inutile de me mettre en garde ! coupa la jeune femme. Je sais que rien n'est encore sûr, et il est même possible que je sois incapable de dire, en voyant cette petite fille, si c'est ou non la mienne. Je veux cependant la rencontrer avant qu'une analyse d'ADN nous fournisse une preuve dans un sens ou dans l'autre.

Slade la considéra un instant en silence, puis il acquiesça, et ils allèrent sonner à la porte.

Une femme d'une cinquantaine d'années, bien en chair et aux cheveux frisés, vint leur ouvrir.

— Je suis Mildred Jones, la directrice, annonça-t-elle avec un sourire chaleureux. Brianna McKinney m'a téléphoné pour m'expliquer la situation et m'avertir de votre visite.

Nina avait les jambes molles et la gorge sèche, mais elle réussit à demander d'une voix presque normale :

— Où est la fillette ?

— Dans le dortoir. La pauvre petite n'a pratiquement pas ouvert la bouche depuis son arrivée. Les gens qui l'ont amenée n'étaient pas très sympathiques.

— On peut lui parler ? questionna Slade tandis que Nina battait désespérément des paupières pour refouler ses larmes.

— Bien sûr, mais ne la brusquez pas. La vie ne lui a pas fait de cadeaux, et la façon dont sa dernière famille d'accueil s'est débarrassée d'elle l'a beaucoup affectée.

La directrice emmena Slade et une Nina bouleversée dans un bureau, où elle leur dit d'attendre pendant qu'elle allait chercher la fillette.

À la détresse de Nina se mêlait de la colère contre le système : que cette petite fille soit ou non la sienne, aucun enfant n'aurait dû avoir à souffrir de se sentir rejeté et abandonné de tous.

Quelques minutes plus tard entra dans la pièce une fillette au visage menu encadré de nattes blondes. Elle portait une robe défraîchie, et de grosses lunettes sur un petit nez parsemé de taches de rousseur. Elle avait l'air si craintive, comme si l'expérience lui avait appris à ne rien attendre de bon du monde des adultes, que Nina en eut le cœur brisé.

— Peyton ? chuchota-t-elle.

— Je m'appelle Rebecca, répondit la fillette d'une voix timide.

— Rebecca Davis, précisa la directrice. C'est le nom qui figure sur ses papiers.

Nina tressaillit et murmura à Slade :

— « Davis » est le deuxième prénom de William.

— Je doute qu'il s'agisse d'une simple coïncidence, mais on ne sait jamais… C'est un patronyme assez courant.

S'obligeant à maîtriser son envie de courir serrer la fillette dans ses bras, Nina se contenta de lui sourire.

— Tu as une très jolie poupée, Rebecca… Comment s'appelle-t-elle ?

— Fifi.

— Comme Fifi Brindacier ?

— Oui. Tu la connais ?

— C'est mon personnage préféré ! répondit Nina en se levant

et en allant s'accroupir devant Rebecca. J'ai tous les livres dont elle est l'héroïne. Je les collectionnais quand j'avais ton âge, et je les lis maintenant tous les ans à mes élèves de CE2.

— C'est vrai ?

— Oui. Quand j'étais petite, je voulais être comme elle.

— Moi aussi !

— J'adore Mary Poppins, aussi, et je chante souvent ses chansons dans ma tête… Tu aimes chanter ?

Le visage de Rebecca, qui s'était un instant détendu, reprit une expression apeurée.

— Oui, dit-elle d'une voix à peine audible, mais ça plaisait pas aux gens chez qui j'étais.

Un puissant élan de tendresse souleva Nina. Elle était presque sûre que cette petite fille était Peyton, mais même si ce n'était pas le cas, elle était d'ores et déjà décidée à lui ouvrir son cœur et sa maison.

— Viens t'asseoir avec moi, ma puce, et je vais te raconter une histoire, déclara-t-elle en lui tendant la main.

La fillette la prit sans hésiter, et Nina ne fut pas seulement touchée par ce témoignage de confiance : quand leurs mains se joignirent, elle sentit qu'un lien physique rompu huit ans plus tôt se renouait instantanément.

Un amour et un bonheur immenses lui gonflèrent alors le cœur, mais, pour ne pas effrayer Rebecca, ce fut d'une voix douce qu'elle commença :

— Il y a huit ans, j'ai accouché d'une petite fille, mais la nuit suivante, un terrible incendie a éclaté dans l'hôpital où elle était née. Nous avons été séparées, et je n'ai ensuite cessé de la rechercher.

— J'ai perdu ma maman, moi aussi… Tu as retrouvé ta petite fille ?

— Oui, je crois. Je l'entendais chanter dans ma tête, et devine ce qu'elle chantait…

— Les chansons de *Mary Poppins* ? s'écria Rebecca, un rayon d'espoir illuminant ses grands yeux bleus.

— Exactement !

— Alors c'est moi que tu entendais ?

— Oui, ma chérie, et tu vas venir vivre avec moi, pour toujours.

À la grande consternation de Nina, le regard de la fillette s'assombrit soudain, et elle déclara d'une voix tremblante :

— Mais tout le monde dit que je pose trop de problèmes… J'y vois mal, je suis maladroite, et je dois prendre des médicaments pour plus avoir de crises d'élip… d'épip…

— D'épilepsie ? Non, ne t'inquiète pas, mon ange : tu es la petite fille la plus merveilleuse que j'aie jamais vue. Je n'en voudrais pas d'autre que toi !

Puis Nina fit ce dont elle rêvait depuis des années : elle attira sa fille dans ses bras et la serra contre son cœur.

Une puissante émotion étreignait Slade chaque fois qu'il se remémorait le moment, deux jours plus tôt, où Nina avait retrouvé sa fille. Elles étaient enfin réunies et formaient la famille qui leur avait tant manqué à toutes les deux.

Une famille dont il ne ferait jamais partie.

Ce constat lui causait toujours un pincement de regret, et il se forçait alors à se rappeler qu'il ne *voulait* pas en faire partie. Qu'il préférait être seul.

Mais la nuit, dans sa grande maison vide, il ne pouvait s'empêcher d'imaginer le bruit des petits pieds de Rebecca résonnant dans les couloirs.

D'imaginer la fillette entrant le matin, toute joyeuse, dans la chambre où Nina et lui reposaient dans les bras l'un de l'autre.

D'imaginer la jeune femme portant leur enfant. Le demi-frère ou la demi-sœur de Rebecca.

Oui, il était bien obligé de l'admettre : Nina lui manquait. Rebecca aussi, et pourtant, il la connaissait à peine !

Le troisième jour en fin d'après-midi, il monta dans sa voiture et prit la direction des bureaux du shérif. Il avait réussi à convaincre Driscill de placer Eileen Hood, son fils et M. Nash en garde à vue pour suspicion d'enlèvement d'enfant.

N'importe lequel des trois avait en effet pu payer quelqu'un pour kidnapper le bébé de Nina. Ils avaient tous un mobile pour le séparer de sa mère, et il était même possible qu'ils aient conçu ce plan ensemble. Nina n'était pas au courant de leur interpellation : Slade avait jugé inutile de l'informer d'une mesure qui ne donnerait peut-être rien.

Ce n'en fut pas moins décidé à tout mettre en œuvre pour obtenir la vérité des Hood ou de Nash qu'il entra dans la salle d'interrogatoire. Le père de Nina semblait très mal à l'aise, et il lança les débats en déclarant d'une voix étranglée :

— Ainsi, le bébé de ma fille aurait survécu à l'incendie de l'hôpital ?

— Oui, répondit Slade. L'analyse d'ADN a confirmé que Rebecca Davis et Peyton sont une seule et même personne.

— Nina avait donc raison… Et j'ai refusé de la croire… J'ai pensé que le chagrin lui avait dérangé l'esprit…

— Non, elle a toujours eu toute sa tête, mais celui ou celle qui a été assez cruel pour lui enlever son enfant a en plus tenté de la rendre folle — ou de la faire au moins passer pour telle — en déposant des poupées poignardées devant sa porte, en répandant les affaires de son bébé dans sa chambre…

Nash se cacha le visage dans ses mains.

— C'est ce qu'elle disait, et je ne l'ai pas écoutée… Elle doit me haïr !

— Qu'est devenue Peyton, après l'incendie ? intervint William.

— Comme si vous ne le saviez pas ! répliqua Slade en le fusillant du regard. Je suis sûr que vous, votre mère ou les deux avez engagé quelqu'un pour la kidnapper !

— Non, je n'ai rien à voir là-dedans ! Je ne voulais pas de ce bébé, je le reconnais, mais je croyais vraiment qu'il avait péri dans la catastrophe.

— Mais vous, madame Hood, vous êtes au courant de ce qui s'est réellement passé, n'est-ce pas ?

— Cette petite traînée et son bâtard allaient porter un coup fatal à notre famille ! cria l'interpellée.

William pâlit et se tourna vers sa mère.

— Qu'as-tu fait, maman ?

— Ce qu'il fallait pour protéger ton avenir.

— Mais encore ?

— Ne me regarde pas comme ça : je n'ai tué personne ! J'ai juste payé Stanford Mansfield pour qu'il s'occupe de l'adoption du bébé. Il était censé le confier à un couple bien sous tous rapports.

— Les Waldorp, précisa Slade, mais quand ils se sont rendu compte que la petite fille était handicapée, ils ont refusé de la garder.

— Que lui est-il arrivé, alors ? demanda Nash en relevant vivement la tête.

— Elle a été placée, répondit Slade d'une voix vibrante de colère. Pendant toutes ces années, elle a été ballottée de famille d'accueil en famille d'accueil, au lieu de vivre avec une mère qui l'aurait aimée et choyée !

Nash baissa les yeux, l'air accablé. Il s'en voulait de ne pas avoir soutenu Nina, et Slade y vit le signe d'une réconciliation possible entre le père et la fille.

Eileen Hood, en revanche, ne montrait aucun signe de remords.

— Qui avez-vous chargé d'enlever Peyton ? lui demanda Slade.

— Je ne dirai plus rien hors de la présence de mon avocat, déclara-t-elle avec hauteur.

Nina raccrocha le téléphone d'une main tremblante. Les trois jours précédents avaient été les plus heureux de toute sa vie. Elle les avait passés à faire des courses avec Rebecca, pour lui acheter de jolis vêtements et le mobilier de sa chambre. Elles avaient beaucoup parlé, beaucoup ri et, tous les soirs, elles avaient regardé ensemble le DVD de *Mary Poppins*.

La pensée des années perdues revenait de temps en temps raviver la colère et la tristesse de la jeune femme, mais elle refusait de s'y attarder. Elle avait enfin retrouvé sa fille, et rien ne pourrait plus jamais les séparer.

Et voilà que son père l'avait appelée pour lui demander pardon de ne pas l'avoir crue, pour la supplier de le laisser occuper une place dans sa vie et celle de Rebecca… Il lui avait offert une aide financière qu'elle avait refusée, mais elle se réjouissait à l'idée de renouer avec lui et de permettre ainsi à sa fille d'avoir un grand-père pour l'aimer et la gâter.

La seule chose qui manquait maintenant à son bonheur, c'était Slade.

Selon lui, elle avait pris pour de l'amour ce qui était juste de la reconnaissance... Il se trompait : elle l'aimait.

Assez, même, pour renoncer à lui.

Parce que la perspective d'élever l'enfant d'un autre, et en particulier un enfant qui avait des problèmes de santé, pouvait faire peur à un homme. Même si Slade avait partagé ses sentiments, elle aurait donc compris qu'il ne lui donne plus signe de vie.

L'apparition de Rebecca au pied de l'escalier, vêtue du pyjama rose acheté l'avant-veille, tira la jeune femme de ses pensées.

— Tu viens me border, maman ?

Nina lui sourit, et elles montèrent à l'étage main dans la main. La fillette se coucha, sa poupée serrée contre son cœur, et après l'avoir bordée, Nina s'allongea près d'elle et lui chanta des chansons jusqu'à voir ses paupières se fermer.

Mais au lieu de partir tout de suite, elle resta un moment à la regarder, en s'émerveillant de pouvoir la contempler, la toucher, l'embrasser autrement qu'en songe.

Le sommeil finit par la gagner, et elle rêva de son premier Noël avec l'enfant qu'elle avait recherchée pendant tant d'années.

Nina n'aurait su dire combien de temps elle avait dormi lorsqu'une odeur de fumée la réveilla. L'avertisseur d'incendie installé au rez-de-chaussée se déclencha une seconde plus tard et, affolée, elle sauta à bas du lit, descendit l'escalier quatre à quatre...

Le vestibule était en feu, ce qui bloquait l'accès à la porte d'entrée, et les flammes se propageaient rapidement au séjour !

La gorge et les yeux irrités par la fumée, la jeune femme remonta en courant à l'étage pour aller chercher Rebecca. Il fallait quitter le pavillon avant qu'il ne s'embrase entièrement !

De retour dans la chambre, Nina attrapa d'une main le téléphone, et composa le numéro des secours tout en secouant doucement sa fille par l'épaule de l'autre. Quelqu'un décrocha, au bout du fil, et elle lui expliqua la situation, donna son adresse, puis posa le téléphone et prit Rebecca dans ses bras.

— Je t'en prie, ma chérie, réveille-toi !

La fillette ouvrit lentement les paupières.

— Maman ?

— Un incendie a éclaté en bas… Il faut sortir de la maison !

Mais par où ? Tout le rez-de-chaussée devait maintenant être en flammes, rendant la porte de derrière inaccessible, elle aussi…

Il ne restait plus qu'une solution : passer par une fenêtre, et vite, car de la fumée envahissait déjà le premier étage.

— J'ai peur, maman…, murmura Rebecca.

— C'est normal, mais ne t'inquiète pas, mon ange : il ne t'arrivera rien, je te le promets.

Nina jeta un coup d'œil à la fenêtre, mais il n'y avait rien à l'extérieur d'assez solide pour s'y raccrocher, et elle était trop haute pour en sauter sans risquer de se rompre le cou.

Rebecca s'était mise à tousser et, lui appuyant la tête contre sa poitrine pour l'empêcher d'inhaler trop de fumée, Nina traversa le couloir.

La chambre d'en face donnait sur le jardin, et la plus grosse branche d'un chêne touchait le carreau de la fenêtre. Nina s'en approcha et déclara en s'efforçant de parler sur un ton calme :

— Écoute-moi bien, ma chérie ! Je vais te poser le temps d'ouvrir cette fenêtre, et ensuite, on ira toutes les deux se réfugier dans l'arbre.

— Je pourrai pas y grimper, maman !

La détresse qui se lisait sur le petit visage de Rebecca bouleversa Nina, mais chaque seconde comptait : des volutes de fumée commençaient à entrer dans la pièce, et la chaleur du brasier faisait éclater les vitres, en bas…

— Tu te rappelles l'histoire qu'on a lue hier soir, ma chérie ? Celle du petit moteur qui pouvait ?

— Oui, il croyait qu'il arriverait pas à démarrer.

— Mais il s'est dit : « Si, je peux ! Si, je peux ! », et il y est arrivé. C'est ce que tu dois te dire maintenant.

— D'accord !

Rebecca releva le menton, l'air décidé, et son courage remplit Nina de fierté : la peur du vide aurait fait reculer bien des enfants de cet âge — même les plus agiles.

Après avoir ouvert la fenêtre, elle souleva de nouveau la fillette et lui expliqua :

— Je vais t'aider à t'asseoir sur cette branche. Quand je te lâcherai, tu serreras bien les jambes et tu attendras ensuite sans bouger que je te rejoigne… Prête ?

— Oui.

Mais Rebecca n'avait pas assez de force dans les jambes : Nina avait à peine cessé de la tenir que, la voyant vaciller, elle dut la reprendre dans ses bras et la ramener à l'intérieur.

Un début de panique l'envahit alors, mais elle refusa d'y céder : elle n'avait pas cherché sa fille pendant toutes ces années pour la perdre maintenant !

— Ce n'est pas grave, mon ange : nous allons faire autrement. Je vais grimper dans l'arbre la première, et je te tirerai ensuite jusqu'à moi.

— Non, ne m'abandonne pas, maman !

— Tu es ce que j'ai de plus cher au monde, mon cœur… Jamais je ne t'abandonnerai ! Tu me crois ?

Le menton de Rebecca trembla, mais elle finit par hocher affirmativement la tête.

Une épaisse fumée remplissait à présent la pièce, et des flammes commençaient à lécher l'encadrement de la porte… Le temps pressait !

Nina installa une chaise devant la fenêtre, monta dessus, puis aida Rebecca à s'y hisser. Tournant ensuite le dos à la fenêtre, elle se glissa dans l'ouverture et s'assit à califourchon sur la branche.

Après s'être assurée de sa solidité, elle tendit les bras à la fillette, qui se haussa sur la pointe des pieds et se pencha vers elle en murmurant : « Je peux ! Je peux ! »

Trente secondes plus tard, Nina la tenait étroitement serrée contre sa poitrine. Leur position était loin d'être confortable, mais elles étaient sauvées : les pompiers n'allaient plus tarder, à présent, et Rebecca trouverait sûrement amusant de les voir déployer la grande échelle pour venir les chercher.

Slade se gara devant la maison de Nina et bondit de sa voiture. Il était dans les bureaux du shérif, à attendre l'avocat d'Eileen Hood, quand la standardiste avait pris l'appel de la jeune femme. En apprenant qu'un incendie avait éclaté chez elle, Slade avait eu l'impression que quelqu'un lui enfonçait un poignard dans le cœur. Il avait couru à sa voiture et fait le trajet pied au plancher, terrifié à l'idée d'arriver trop tard.

Comment avait-il pu être assez stupide pour refuser de mettre un nom sur le sentiment que Nina lui inspirait ?

« Elle lui manquait… », s'était-il dit.

Non, il l'aimait, et c'était seulement maintenant, au moment où il risquait de la perdre, qu'il cessait de nier l'évidence !

Le mugissement d'une sirène retentit, se rapprocha… Les pompiers seraient là dans quelques minutes, mais Slade ne les attendit pas. Tout le devant de la maison était dévoré par les flammes, et d'épais nuages de fumée s'élevaient dans le ciel noir… Il fallait faire vite, car si Nina et Rebecca étaient encore à l'intérieur…

La peur au ventre, Slade les appela tout en contournant le pavillon. Peut-être étaient-elles bloquées à l'étage et pourrait-il, en escaladant le mur, les évacuer par une fenêtre.

Mais l'arrière de la maison était en feu, lui aussi…

Un cri de douleur jaillit de la poitrine de Slade.

Il était impossible que Nina et sa fille aient survécu à un incendie d'une telle violence, et qui s'était propagé aussi vite.

# 19

— Slade !

La sirène des pompiers faisait maintenant un bruit assourdissant, et pourtant Slade était sûr d'avoir entendu Nina l'appeler... Où était-elle ?

Une pluie de feuilles tomba du chêne sous lequel il se tenait, comme si quelqu'un l'avait secoué... Il leva la tête et vit Nina, assise à califourchon sur une branche, Rebecca blottie contre elle.

Une joie indicible lui dilata le cœur : elles étaient saines et sauves.

Son soulagement fut cependant de courte durée, car de la fenêtre par où elles étaient passées sortaient des flammes qui menaçaient de mettre le feu à l'arbre.

— Tenez bon ! cria-t-il. Je viens vous chercher !

Puis il attrapa la branche la plus basse, la testa pour s'assurer qu'elle supporterait son poids, et monta dessus. Les suivantes étaient plus épaisses, et il les escalada aussi vite que la prudence l'y autorisa.

— Descendez Rebecca en premier, lui dit Nina quand il eut atteint la branche située juste en dessous d'elle.

Leurs regards se croisèrent, et Slade comprit qu'elle voulait avant tout sauver sa fille. Elle avait dû se croire assez éloignée de la fenêtre pour pouvoir attendre tranquillement l'arrivée des pompiers, mais elle craignait à présent, comme lui, que l'arbre ne s'enflamme brusquement.

— Je vais vous descendre toutes les deux ensemble ! décréta-t-il.

— Non, c'est trop risqué. Occupez-vous d'abord de Rebecca, je vous en supplie !

— Je veux rester avec toi, maman..., murmura la fillette d'une voix entrecoupée.

— Je te rejoindrai tout de suite après, je te le promets.

— Écoute-moi, Rebecca ! intervint Slade doucement mais fermement. Tout se passera bien pour ta maman et pour toi. Il faut simplement que tu me fasses confiance.

— Et tu peux lui faire confiance, mon ange, renchérit Nina en soulevant le menton de sa fille et en plongeant les yeux dans les siens. Tu vas grimper sur son dos, passer les bras autour de son cou, et les jambes autour de sa taille. Tu te cramponneras bien, et tu seras en bas en moins de temps qu'il n'en faut pour le dire.

— Je sais pas si je pourrai me cramponner assez fort...

— Si, tu le pourras ! Souviens-toi du petit moteur !

Le sens de cette dernière phrase échappa à Slade, mais pas à Rebecca : elle acquiesça et laissa Slade l'installer sur son dos.

Il entendit le camion des pompiers s'arrêter dans la rue, et il appela aussitôt à l'aide. Deux hommes tournèrent le coin de la maison au moment où il touchait terre, et il leur expliqua la situation. Ils allèrent chercher une échelle et la calèrent contre le tronc de l'arbre.

— Je m'occupe du reste, leur déclara alors Slade. Il vaut mieux que vous alliez aider vos collègues à éteindre l'incendie.

En levant les yeux, il vit que Nina avait commencé à descendre, mais elle perdit subitement l'équilibre et n'évita une chute de plusieurs mètres que de justesse, en se rattrapant d'une main à la branche sur laquelle son pied avait glissé. Rebecca poussa un hurlement de frayeur, tandis que Slade bondissait sur l'échelle.

— Dépêchez-vous ! lui cria Nina, qui s'efforçait en vain d'agripper la branche avec son autre main. Je ne vais pas pouvoir tenir longtemps !

Les quelques secondes qu'il fallut à Slade pour arriver à sa hauteur lui semblèrent durer une éternité, car il la voyait se balancer dans un équilibre de plus en plus précaire. Mais il réussit à la saisir par la taille et à la plaquer contre lui juste avant qu'elle ne tombe.

Après être restés un moment immobiles, tremblants et le souffle court, ils regagnèrent la terre ferme, et Rebecca se jeta dans les bras de sa mère. Slade les entraîna ensuite rapidement vers la rue : l'incendie dégageait une chaleur insupportable, et le bois des huisseries projetait en brûlant de dangereuses étincelles.

Une autre sirène se fit soudain entendre, et la voiture du shérif se rangea une minute plus tard contre le trottoir. Driscill en sortit, et Slade aperçut une silhouette qui s'agitait sur la banquette arrière.

— Il n'y a pas de blessés ? lui demanda le shérif.

— Non, mais c'était moins une.

— Je sais qui a mis le feu à la maison de Mlle Nash, et qui a kidnappé son bébé, autrefois. Ces deux crimes ont le même auteur, et je viens de procéder à son arrestation… Regardez !

Driscill pointa l'index vers sa voiture. Slade s'en approcha et, comme la personne assise à l'arrière tapait maintenant des poings contre la vitre en criant et en pleurant, il n'eut pas de mal à la reconnaître.

— Mitzi…, murmura Nina, derrière lui.

— Je l'ai surprise en train de contempler l'incendie depuis le bout de la rue, déclara le shérif. Elle s'est enfuie en me voyant arriver, mais je l'ai rattrapée, et quand je lui ai demandé des explications, elle est devenue hystérique ! Elle a hurlé que vous et votre fille deviez disparaître, mademoiselle Nash…

— Disparaître ? coupa Nina. Et pourquoi ? Nous ne faisons peser aucune menace sur elle !

— Ce n'est pas son avis : elle craint que son mari ne la quitte pour vous, maintenant que vous avez retrouvé l'enfant dont il est le père.

— Même si William me proposait de renouer avec lui — ce qui me semble totalement invraisemblable —, comment Mitzi peut-elle s'imaginer que j'accepterais, après la façon dont il m'a traitée ?

— La peur fausse le jugement.

— Il faut croire… Et vous dites que c'est elle, aussi, qui a kidnappé ma fille il y a huit ans ?

— Oui. Mitzi et Mme Hood étaient de mèche : la première s'est chargée de l'enlèvement en lui-même, avec la complicité du Dr Emery, et la seconde a payé Stanford Mansfield pour s'occuper de l'adoption. Ce sont elles également qui vous ont ensuite persécutée pour ruiner votre crédibilité. Une lourde peine de prison les attend toutes les deux, et le père de Mitzi sera poursuivi pour faux témoignage. Quant à Mansfield, un de mes adjoints vient de le retrouver et de l'arrêter.

Pendant ce temps, le pavillon continuait à brûler, et les pompiers ne parvenaient pas à éteindre les flammes. Voyant Nina jeter un coup d'œil dans cette direction, Slade observa tristement :

— Je suis désolé pour vous… Je sais que vous teniez à cette maison.

— Ce n'est pas grave, déclara-t-elle en attirant Rebecca contre elle. Il me reste mon bien le plus précieux : ma fille.

Slade sentit ses dernières défenses tomber. Nina était la femme la plus remarquable qu'il ait jamais connue… Comment aurait-il pu ne pas l'aimer ?

— Merci de nous avoir sauvées, ajouta-t-elle dans un murmure.

Le souvenir de l'avoir accusée de confondre amour et gratitude remplit alors Slade de honte. Lâchement, égoïstement, il avait pensé pouvoir expier ses fautes en se condamnant lui-même à la solitude et en se refusant tout droit au bonheur.

Mais Nina lui avait appris ce qu'était le vrai courage. Et le véritable amour.

— Je ne veux pas de votre reconnaissance, lui dit-il.

À la lueur des flammes qui éclairaient son beau visage, il la vit froncer les sourcils.

— Alors que voulez-vous ? demanda-t-elle.

La gorge de Slade se noua. Il avait conscience du risque auquel il allait s'exposer. Celui de commettre encore des erreurs. Celui de perdre un jour Nina et Rebecca. Mais ce risque, il devait le prendre, sinon c'est aujourd'hui qu'il les perdrait.

— Je veux votre amour, répondit-il d'une voix grave.

Un sourire joua sur les lèvres de la jeune femme.

— Vous l'avez déjà, Slade.

— Et vous avez le mien.

Un éclair de surprise passa dans les yeux de Nina, mais lui succéda un nouveau sourire, et si rayonnant, celui-là, qu'il resterait à jamais gravé dans la mémoire de Slade.

Parce qu'il lui annonçait un avenir où l'amour vaincrait toutes les difficultés, comme celui que Nina éprouvait pour sa fille avait triomphé des pires épreuves.

Le regard de Slade se posa sur Rebecca, et il se pencha pour lui caresser les cheveux.

— Tu as une maman, à présent, ma puce… Que dirais-tu d'avoir un papa, aussi ?

Le visage de la fillette s'illumina, et elle acquiesça vigoureusement.

Trop ému pour parler, Slade se contenta de lui effleurer le front d'un baiser, puis il se redressa et embrassa Nina à son tour…

**Rejointe par son passé, d'Amanda Stevens - N°707**

LES MYSTÈRES DU PASSÉ – 2/2

Muette de surprise, Eve fixe la pièce percée posée près du squelette qu'on vient de découvrir dans une grotte de Floride. Ce porte-bonheur, elle le connaît : c'est celui que son père portait autour du cou, vingt-huit ans plus tôt, la nuit où il a disparu. Pourtant, Eve se tait. Car, si elle parle, elle craint que Nash, son chef qu'elle aime en secret, ne l'empêche d'enquêter sur cet étrange *cold case*...

**Le danger en embuscade, de Rachel Lee**

Blessée par balle au cours d'une enquête, Kerri a quitté la police pour enseigner le droit criminel. Dans la petite ville du Montana où elle réside, elle apprend qu'un violeur en série sème la terreur parmi les femmes. Aussitôt, elle décide d'apporter son concours à Stuart Canady, le séduisant shérif avec qui elle s'est liée d'amitié. Une relation à hauts risques car, bientôt, c'est sur elle que le criminel jette son dévolu...

---

**Deux vies à sauver, de Delores Fossen - N°708**

Une clinique louche. Des femmes mortes dans des circonstances suspectes... Missionné pour éclaircir cette étrange affaire, le shérif Daniel Logan flaire un trafic criminel. Mais son enquête prend une tournure très personnelle le jour où Kara – sa belle-sœur, enceinte et séparée depuis peu – se sent menacée et implore sa protection...

**La proie du doute, de Nicole Helm**

En entendant sa chef de section nommer les trois hommes qui viennent de s'évader de prison pour rejoindre la frontière canadienne, Selena sent son cœur s'arrêter. Car l'un des fuyards n'est autre que Peter, son demi-frère, le mouton noir de sa famille. Et si la traque qu'elle s'apprête à mener avec Axel, son troublant coéquipier, tourne mal, elle ignore si elle sera capable d'ouvrir le feu sur Peter...

Retrouvez prochainement,
dans votre collection

# BLACK ROSE

**L'instinct d'un père, de Tara Taylor Quinn - N°709**

Un enfant ! Jamais Riley Colton, célibataire endurci, n'a envisagé de devenir père. Pourtant, en apprenant que Charlize, avec qui il a partagé une nuit de passion, est enceinte de lui, il sent naître en lui quelque chose de nouveau : la fibre paternelle. Un sentiment troublant auquel vient bientôt s'ajouter un féroce instinct de protection. Car depuis peu, pour de mystérieuses raisons, Charlize est la cible d'un dangereux criminel...

**Un chalet au bout du monde, d'Elizabeth Heiter**

*Tu m'as manqué...* Les yeux écarquillés par la peur, Sabrina relit la carte qu'on a glissée sous la porte de son chalet. Ainsi, le fou qui la harcèle depuis deux ans l'a retrouvée. Mais, aussi douloureuse soit-elle, sa décision est prise : elle va fuir à nouveau. Quitter l'Alaska, où elle a trouvé refuge, et Tate... Tate, le policier dont elle aime tant le sourire et la présence rassurante. Tate dont elle refuse qu'il risque sa vie pour la protéger...

---

**À l'épreuve de la vérité, de Paula Graves - N°710**

*Décidément, tu n'es pas raisonnable...* Consciente de l'erreur qu'elle est en train de commettre, Nicki écoute le récit de l'homme qui errait sur la route, amaigri, blessé, perdu... Elle sait qui il est. Il s'appelle Dallas Cole, et le FBI le recherche depuis des semaines. Pourtant, Nicki le croit lorsqu'il prétend avoir été piégé. Et, qu'importe le danger, elle va l'aider à traquer ses ennemis et à prouver son innocence...

**La clé du secret, de Julie Miller**

Retrouver le tueur en série qui a assassiné sa sœur... Tel est l'objectif de l'agent du FBI Sam O'Rourke. Pour atteindre son but, il n'a qu'un moyen : approcher Jessica Taylor, la seule rescapée des forfaits macabres de ce détraqué... Mais bientôt il comprend qu'il est dans une impasse : traumatisée par l'agression dont elle a été victime, Jessica est devenue partiellement amnésique et refuse tout contact avec les hommes...

HARLEQUIN BLACK ROSE

Retrouvez prochainement,
dans votre collection

# BLACK ROSE

**Pour retrouver Lucy, de Joanna Wayne - N°711**

« Lucy... Lucy, c'est toi ? » D'une voix tremblante, Alonsa questionne en vain la fillette qui, au téléphone, lui a murmuré quelques mots... Désespérée, elle raccroche et, consciente qu'elle doit des explications à Hawk, le séduisant détective dont elle vient de faire la connaissance, elle commence un récit entrecoupé de larmes : deux ans plus tôt, peu après la mort de son mari, sa petite fille de six ans a disparu...

**Enquête à risques, de Marie Ferrarella**

Agacée, Moira dévisage Davis Gilroy avec qui elle va devoir mener sa prochaine mission. Si la palme de l'équipier le plus désagréable existait, c'est à lui qu'elle devrait être décernée. En effet, aussi sexy que déplaisant, Davis ne cesse de la contredire depuis qu'ils ont commencé à enquêter sur une série de tombes mystérieusement profanées...